新注和歌文学叢書
25

竹風和歌抄新注　上

中川博夫　著

〈宗尊親王集全注　2〉

青簡舎

目次

凡例

一、鎌倉幕府第六代将軍宗尊親王の家集の一つ『竹風和歌抄』（全一〇二〇首）の注釈である。

一、次の各項からなる。

①本文。②伝本は孤本であるが、本文を改めた場合や注記が必要な場合は、別に〔本文〕の項目を立てる。③現代語訳。④本歌・本説・本文（②の「本文」とは別、基にした漢詩文の意）、参考歌・参考（宗尊が踏まえた歌や詩・文ならびに解釈上に必要な歌や詩・文）、類歌（表現・趣向等が類似した歌）、影響歌（宗尊歌を踏まえた歌）、享受歌（宗尊歌を本歌取りした歌）。⑤出典。⑥他出。⑦語釈。⑧補説。②と④～⑧は、無い場合には省略。参考歌ならびに影響歌や享受歌は、広く可能性のある歌を挙げた。

一、底本は、現在知られる唯一の伝本、愛知教育大学付属図書館蔵本（九一一・一四八・T一・C）。

一、本文は、次の方針に従う。

1. 底本の翻印は、通行の字体により、歴史的仮名遣いに改め、意味や読み易さを考慮して、適宜ひら仮名を漢字に、漢字をひら仮名や別の漢字に改める。送り仮名を付す。清濁・読点を施す。なお、原則としてひら仮名の反復記号は用いない。「謌」「哥」は「歌」に統一する。

2. 本文を改めた場合、底本の原状は右傍に記す（送り仮名を付した場合は中黒の傍点で、漢字を仮名に開く場合は「なり《成》」「あはれ《哀》」のように示す）。私にふり仮名を付す場合は（　）に入れて区別する。その他、問題点や注意点は、適宜特記する。

3．他資料の本文との異同は、漢字・仮名の別や仮名遣いの違いや送り仮名の有無など、表記上の違いは原則として取らない（解釈の分かれる可能性のある表記上の違いである場合は参考までに注記する）。

4．底本の本行の原状（見消ち等の補訂は本行に反映）に対して他資料の本文との異同を示す。

5．歌頭に通し番号を付した（私家集大成ならびに新編国歌大観の番号と同じ）。

一、引用の和歌は、特記しない限り新編国歌大観本に拠り、私家集は必要に応じて『私家集大成CD－ROM版』に拠る。『万葉集』は、原則として西本願寺本の訓と旧番号に従う。歌集名は、原則として「和歌」を省く。その他の引用は、日本歌学大系、日本古典文学大系、新訂増補国史大系等の流布刊本に拠る他、特殊な本文の場合には特記する。『源氏物語』は、特記しない限り『CD－ROM角川古典大観源氏物語』に拠る。なお、表記は私に改める。

付記　ご所蔵本の翻印をご許可下さいました愛知教育大学に対し、厚く御礼申し上げます。

注釈

竹風和歌抄　宗尊親王　定家枕屏風歌　和歌九品／八代　〔集秀歌〕〔扉左肩〕

竹風和歌抄巻第一

文永三年十月五百首歌

立春

1

野も山もまだ雪深き年の内に霞ぞ遅《をそ》き春は来《き》にけり

〔本文〕　〇立春　底本は1～288まで、歌題は歌頭に記されているが、歌の前に歌より二字下げの書式に改める（以下同様）。巻三の492～595、巻五の928～1020も同じ。

〔現代語訳〕　文永三年十月五百首歌

立春

野も山もまだ雪が深い旧年の内に、霞こそ遅く立たない、（けれど）春はやって来たのだ。

〔本歌〕　年の内に春は来にけりひととせを去年とやいはむ今年とやいはむ（古今集・春上・一・元方）

〔出典〕　文永三年十月五百首歌。以下288まで同じ出典。

〔他出〕　中書王御詠・春・年中立春・一。

〔語釈〕　○文永三年十月五百首歌　文永三年（一二六六）に宗尊は将軍を廃されて京都に戻る。七月二十三日に子息の惟康が征夷大将軍となるが、宗尊は既に七月八日に鎌倉を出て二十日に入京している。その直後の八月に詠じた「百五十首歌」（本抄492〜595）に続く「五百首歌」。十月九日に移った土御門殿で詠むか。現存は、本抄288までの二八八首。全体に、失脚して帰洛し、しかしいまだ父帝後嵯峨院や母棟子にも会えない状況の、不遇感の述懐性が露わである。○立春　「五百首」の題の典拠・由来については、この「立春」が『古今六帖』（第一・歳時・春）の「はるたつ日」に当たるのを初めとして、多く『古今六帖』あるいはその「題に準拠しながら、時代に即応して取捨した」（『和歌文学大辞典』平二六・一二、古典ライブラリー）という『新撰六帖』に重なるが、なおそれらに見えないものもある。それら六帖題の本抄に於ける配列は、『古今六帖』『新撰六帖』の第一帖から第六帖までの帖や題の配列の順序に沿っている場合もあるが、その順序に従っていない場合も多い。原「五百首歌」の配列が本抄に反映しているとすれば、それは必ずしも六帖題の順序どおりではなく、題の撰者（作者自身か）の意向による編成であったのだろう。○霞ぞ遅き　係り結びで四句切れだが、「遅き春」と続くとも解される。

〔補説〕　該歌の詠まれた文永三年（一二六六）は、前年の十二月二十三日に立春を迎える年内（年中）立春であり、それを詠じたものであろう。

「み吉野は山も霞みて白雪のふりにし里に春は来にけり」（新古今集・春上・一・良経）や「風まぜに雪は降りつつしかすがに霞たなびき春は来にけり」（同・同・八・読人不知）のように、「春は来にけり」と立春を言う限りは、霞が立つことを前提とするのが、伝統的通念であろう。藤原俊成の「年の内に春立ちぬとや吉野山霞かかれる峰の白雪」（続後撰集・春上・一）も、源具親の「年の内の春とは空にみ吉野の山も霞みて雪の降りつつ」（千五百番歌合・春一・二七）も、該歌と同じく「年の内」の「雪」を詠みつつ立春の霞を併せているのは、大枠ではその類型の中にあることを意味していよう。該歌が「霞ぞ遅き」とするのは、その点で新鮮である。溯ると、「年の内に春は立ちぬとうちつけに雪げの雲を霞とぞ見る」（永久百首・冬・旧年立春・四二一・大進）が、明示的ではないにせよ、「霞」の立っていない「年内立春」を詠じていようか。

2

早春

春のなど憂《う》き身をかけで立ちぬらんかさなる年は人も分《わ》かぬに

〔現代語訳〕 早春

春はどうして、憂鬱の我が身に及ぶことなく、立ってしまうのであろうか。春になりまた積み重なる年齢は、どの人ということを分け隔てしないのに。

〔参考歌〕 数知らずかさなる年を鶯の声する方の若菜ともがな（後拾遺集・春上・三七・藤原親子）

我がものといかなる人の惜しむらん春は憂き身のほかよりぞ行く（続後撰集・春下・一六六・慈円）

などて世の老いの憂き身を隔つらん霞は春のよそならねども（中院集・廿七日月次三首　霞・一）

〔類歌〕 里分かず立ちける春のいかなれば憂き身一つをよそになすらむ（中書王御詠・春・早春・三）

〔語釈〕 **○早春** 『家持集』（一〜）や『友則集』（二、七）に見える他、『和漢朗詠集』に題として立てられる。勅撰集では『金葉集』（六）に初出。**○憂き身をかけで** 辛い境遇の身には関係することなく、の意。憂き身が（春から）無縁にうち捨てられている、ということ。「憂き身をかけて」は、下句の「人も分かぬに」との対照が不明確になるので、採らない。

〔補説〕 題の「早春」を憂鬱の我が身に寄せた、春の歌らしからぬ述懐性が強い詠作。類歌に挙げた宗尊の一首の詠作時期は不明だが、宗尊の中にある時からこのような想念が在ったことが窺われる。

参考歌の親子詠と慈円詠は、それぞれ勅撰集に収められており、宗尊が師事した為家の詠作と共に、宗尊が目にする機会があったかと思われる。慈円には他に、「あはれにも春は憂き身のよそながら老いの坂より年は越えにき」（拾玉集・百首題　建久八年・立春・四四七二）という類想の歌がある。こういった歌まで宗尊が学んでいたかどうかは、現時点では分からないが、宗尊が前代の有力歌人の歌に目を向けていた可能性は低くないので、慈円詠に対する態度については、今後の追究に俟ちたい。

子日

いつまでか我《わ》が為にとて松も引《ひ》き若菜《わかな》も摘みし東《あつさ》なりけん

〔本文〕　○底本結句の「あつさ」は「あつま」の誤写（「万」の「ま」と「左」の「さ」）と見て、私に「東なりけん」に改める。

〔現代語訳〕　子の日

いったい何時まで、私の為にということで小松も引き若菜も摘んだ、あの東国であったのだろうか。

〔本歌〕　松も引き若菜も摘まずなりぬるをいつしか桜はやも咲かなむ（後撰集・春上・五・実頼）

〔語釈〕　○子日　『古今六帖』（第一・歳時・春）の「ねのひ」。「ねのび」とも。正月最初の子の日、またその行事。野外で若菜を摘み小松の根を引き抜いて、長寿を予祝した遊宴。

〔補説〕　同じ「五百首」（↓1）で、宗尊は「起きて見し今年の夏の有明や東の月の限りなりけん」（50・夏月）と、直前の夏まで関東に在って見た有明月の感慨を詠じている。ここも、東国で幕下の諸士達と新春子の日の行事に興じたことを追想したものと捉え、本文を私に「東なりけん」に改めて解釈しておく。

題の「子日」の本意にはやや適わない述懐詠。

4

若菜

今は身に憂《う》きことをのみつみためて春の若菜《わかな》の時も知《し》られず

〔現代語訳〕 今はこの身に若菜ではなく辛いことばかりを積み貯めていて、摘み貯めるはずの春の若菜の時節であると知ることもできないよ。

〔本歌〕 摘みたむることの難きは鶯の声する野辺の若菜なりけり（拾遺集・春・二六・読人不知）

〔他出〕 中書王御詠・春・若菜・一二、初句「今は身の」。

〔語釈〕 ○若菜 『古今六帖』（第一・歳時・春）の「わかな」。○今は身に 真観の「今は身になにを愁ふとなけれども涙ぞ落つる秋の夕暮」（万代集・秋上・九五二）に学ぶか。為家の「今は身のいふかひもなき言の葉を思ひ知らでや世に散らすべき」（中院集・〔文永四年十月〕八日太閤法華山寺三首・述懐・二〇二）は後出。宗尊は、該歌と同じ「五百首」（↓1）で「今は身のよそに聞くこそあはれなれ昔は主鎌倉の里」（本抄・里・106）や「今は身のよにすけたる蘆簾かかりける身の果てぞ悲しき」（本抄・簾・113）と詠み、あるいは他にも「いつまでかよそに別ると慕ひけん今は身に添ふ秋の心を」（本抄・巻二・文永五年十月三百首歌・暮秋・394）と詠んでいる。過去を述懐する「今」の我が「身」を強く意識する表れであろう。○つみ 「積み」に「若菜」の縁で「摘み」が掛かる。○時も知られず 古くは「常夏の花をし見ればうちはへて過ぐす月日の時も知られず」（新撰和歌・夏冬・一五七・作者不記）の例があるが、これは、時を忘れてしまう、というほどの趣意で、該歌の場合と異なる。伏見院の「春雨は降り潤せどまだ寒き草の垣根は時も知られず」（伏見院御集・春雨・五三二）や「なべて世はただすさまじき心ちして春にならん時も知られず」（同・正月三日正安四年・二一六七）の「時も知られず」は、その時節であると認識できない、の意で、該歌に同様である。伏見院が宗尊詠に学んでいた可能性を見ておく必要はあろう。

〔補説〕　2、3番歌と同様に、「若菜」の題については落題とも言えるが、『正徹物語』が「宗尊親王は四季の歌にも、良もすれば述懐を詠み給ひしを難に申しける也。物哀れの体は歌人の必定する所也。此の体は好みて詠まば、さこそあらんずれども、生得の口つきにてある也」というように、季節の歌に述懐を詠じる傾きがある宗尊親王らしい詠作であるとも言える。加えて、『瓊玉和歌集』巻一の二三の梅香に寄せる物思いや、三二～三五の春曙に寄せる悲愁、あるいは五七と五八の花に寄せる憂き身の述懐詠などに窺われる、京都から自らの意志とは無縁に将軍として東下せざるを得なかった宗尊の心情と呼応するように、再び不本意にも将軍を廃されて帰洛させられた宗尊の情念を窺うことができようか。

　本抄巻三の「文永六年五月百首歌」（春・696）にも「春の野の若菜もなにも知らぬ身はただ憂き事の数をこそつめ」という類詠が見える。

5

二月

初《はつ》瀬路《ち》や中宿《やと》りせし二月の宇《う》治《ち》の渡《わた》りはさぞ霞《かす》みけん

〔現代語訳〕　二月

　初瀬路よ。（浮舟が）中休みに宿った、二月の宇治の渡りは、さぞ霞んでいたであろう。

〔本説〕「しか仰せごと侍りし後は、さるべきついではべらば、と待ち侍りしに、去年は過ぎて、この二月になむ、初瀬詣での便りに〔浮舟に〕対面して侍りし。かの〔浮舟の〕母君に、〔薫の〕おぼしめしたるさまはほのめかし侍りしかば、〔母君は〕いとかたはらいたく、かたじけなき御よそへにこそは侍るなれ、などなむ侍りしかど、そのころほひは、〔薫が婚姻で〕のどやかにもおはしまさずとうけたまはりし、折、便なく思ひ給へ包みて、かくなむとも〔薫に〕聞こえさせ侍らざりしを、〔浮舟は〕またこの月〔四月〕にも詣でて、今日帰り給ふなめり。〔初瀬の〕行き帰りの中宿りには、かくむつびらるるも、ただ過ぎにし〔八宮の〕御けはひを尋ね聞こゆる故になむ侍るめる。かの〔浮舟の〕母君も、さはることありて、このたびは、一人ものし給ふめれば、〔薫が〕かくおはしますとも、〔浮舟に〕何かはものし侍らむとて」と聞こゆ。（源氏物語・宿木）

〔参考歌〕 初瀬路やありし宿りの梅の花人はいさとぞ香ににほひける（夫木抄・春三・梅・中務卿親王家百首・七一七・真観）

〔他出〕 夫木抄・雑三・路・はつせぢ、泊瀬、大和・御集、春御歌中・九三三三。

〔語釈〕 **〇二月** 『古今六帖』（第一・歳時・春）の「なかの春」に当たるか。**〇初瀬路** 古くは平城京等大和の京から後には平安京から、大和国の笠置山地から流れる初瀬川の峡谷に開けた地である初瀬に至る道筋。長谷寺参詣の道。**〇中宿り** 旅行で目的地への途中で中休みして宿ること。ここは、京都から初瀬詣での途次あるいは帰途に宇治で宿泊すること。**〇宇治の渡り** 山城国の宇治を流れる宇治川の渡渉場。

〔補説〕 本説は、弁尼（左中弁と柏木乳母の娘）が薫の問いに答えた内容である。二月に女二宮と結婚した薫が、四月に宇治に出掛け、偶然に浮舟を垣間見て後、以前に弁尼に浮舟と逢いたいと伝言していたことを承けて、薫が「折しも、嬉しくまうで来あひたるを。いかにぞ、かの聞こえしことは」と問うたのに、弁尼が答えたのである。なお、『源氏物語』「手習」にも、横川の僧都が浮舟を見つけた経緯を語って「この三月に、年老いて侍る母の、願ありて、初瀬に詣でて侍りし、帰さの中宿りに、宇治の院と言ひ侍る所に、まかり宿りしを」と言う場面がある。このような物語に宗尊が親しんでいたであろうことは疑いない。

6

春曙

霞《かす》めるをあはれ《哀》とばかり見し世だに物は思ひき春《はる》の曙《あけぼの》

〔**現代語訳**〕 春の曙

霞んでいるのを、ああすばらしいとばかり見ていたときでさえ、深く思い悩んだのだ、この春の曙は（今はまして）。

〔**参考歌**〕 心からあくがれそめし花の香になほ物思ふ春の曙（定家卿百番自歌合・一五七）

〔**類歌**〕 おのづから涙くもらで見し世だに春はおぼろの袖の月影（南朝五百番歌合・春四・六一・経高）

〔**語釈**〕 **○春曙** 『永久百首』（春）の設題が早いか。 **○あはれ** しみじみとした情趣。底本の「哀」の字義は、ここでは希薄であるので、ひら仮名に開いた。

〔**補説**〕 前歌までと同様に述懐性の強い歌。例えば「あはれとは誰もや見らん遠山に霞たなびく春の曙」（実家集・春・遠き山の霞・五）と歌われる、「霞」立つ「春の曙」の「あはれ」なる景趣を、素直に喜べない憂愁の思いを詠じる。関東で眺めた春霞を懐旧するような趣もある。あるいは宗尊自身の旧作、「如何にせむ霞める空をあはれとも言はばなべての春の曙」（柳葉集・第三・弘長三年六月廿四日当座百首歌・三六二）などを意識したか。

7

三月

あはれ《哀》今年《ことし》我が身の春も末ぞとは知《し》らで弥生の花を見《み》しかな

〔**現代語訳**〕 三月

ああ、今年で私自身の春も終わりだとは知らないで、あの弥生三月の花を（関東で）見たことだな。

〔参考歌〕契り置きしさせもが露を命にてあはれ今年の秋もいぬめり（千載集・秋上・一〇二六・基俊）
いにしへに我が身の春は別れにきなにか弥生の暮は悲しき（続後撰集・雑三・一〇四八・基氏）
〔影響歌〕四十まで旅の野山に家居して帰るさ知らぬ花を見しかな（宗良親王千首・春・翫花・一一四）
〔語釈〕**○三月**　『古今六帖』（第一・歳時・春）の「やよひ」。**○あはれ**　否定的慨嘆で、底本の「哀」の表す悲哀の趣が感じられなくもないが、文法上は感動詞なのでひら仮名に開く。**○我が身の春**　自分の身に関わる春、自分と無関係ではない春の意。自分自身の人生の盛期の喩えを重ねる。続く「末」で、将軍位を廃されて関東を追われたことを暗喩。
〔補説〕前歌と一連の趣。581、703が類想。
宗良は、宗尊の歌に倣っていた可能性が高く、影響歌とした一首もその一連と見られる。

春興
見も聞きも飽《あ》かれぬものか鶯の花に鳴《な》く夜《よ》の曙《あけぼの》の月

〔現代語訳〕春興
見ることも聞くことも、飽きることなどできないものだな。鶯が花に鳴いている夜が明けてゆく、曙の空に残る月よ。
〔参考歌〕見も聞きもならはぬ夜半の寝覚めかな苫もる月に磯の松風（道助法親王家五十首・秋・船中月・五六〇・定範）
梅が枝の花に木伝ふ鶯の声さへにほふ春の曙（千載集・春上・二八・守覚）
〔他出〕夫木抄・春二・鶯・御集、春興を・三三二、二句「飽かれんものか」結句「在明の月」。

〔語釈〕**○春興**　『和漢朗詠集』（春）に設けられた題。**○見も聞きも**　参考歌の『道助法親王家五十首』詠の初句を国立歴史民俗博物館本を底本とする新編国歌大観本の翻印「みもききも」に従い、これと同様と見た。ただし、同書の例えば穂久邇文庫本の本文表記は「見もきくも」であって、「見るも聞くも」であった可能性も否定しきれない。加えて、「いかにかく見るも聞くもと卯の花に郭公鳴く玉川の里」（御室五十首〈底本書陵部本〉・夏・八二〇・寂蓮。第二句穂久邇文庫本表記「みるも聞もと」）の例もあり、やはり「見るも聞くも」と見るべき余地が残されているのである。**○飽かれぬものか**　四段動詞「飽く」の未然形、可能の助動詞「る」の未然形、打消の助動詞「ず」の連体形に「もの」が付く。「か」は、詠嘆の終助詞。**○鳴く夜の曙の月**　「あけ」を掛詞に「鳴く夜の明け」から「曙の月」に鎖るか。「曙の月」は、先行例の見えない新奇な句。後の例も、「さすがなほ夜の間はそれと影見えて霞に消ゆる曙の月」（俊光集・春・春曙月・四八）の他、数は少ない。「有明の月」と同様の景趣か。

9

暮春

散《ち》ればただ花も跡なき山の端《は》の霞《かすみ》ばかりに春ぞ残《のこ》れる

〔現代語訳〕暮春
散るとただ花も跡形もない山の稜線、そこにかかる霞だけに、春が残っているよ。

〔参考歌〕花も散り春も暮れぬる山の端に霞ばかりぞ立ち残りけり（東撰六帖・第一・暮春・三〇七・頼業。新和歌集・春・八四、結句「なほ残りけり」）

〔類歌〕花鳥の情けも過ぐる故郷は霞ばかりに春ぞ残れる（嘉元百首・暮春・一〇一六・公顕）
花鳥の色音も絶えて暮るる空の霞ばかりに残る春かな（玉葉集・春下・暮春霞・二七五・公雄）

〔語釈〕**○暮春**　『古今六帖』（第一・歳時・春）の「はるのはて」（第一帖の目録では「暮春」）に当たる。

10

三月尽

よそならで暮《く》るる別れを惜《お》しみしも今年《ことし》の春の限《かぎ》りなりけん

〔現代語訳〕 三月尽

自分と無縁ではないものとして暮れて行く春の別れを惜しんだのも、今年の春が最後であったのだろう。

〔参考歌〕 かくばかり暮るる別れを慕ふとも思ひも知らず春や行くらむ（宝治百首・春・暮春・七七七・師継。三十六人大歌合弘長二年・一二二。続古今集・雑上・一五三八）

忘るなよとばかりいひて別れにしその暁や限りなりけん（続後撰集・恋四・八六六・良経）

〔語釈〕 **○三月尽** 『和漢朗詠集』（春）や『堀河百首』（春）に設けられた題。**○限りなりけん** 参考歌の良経詠などに学ぶか。50にも。

〔補説〕 7番歌と同様に、七月に関東を追われ将軍を廃位された失意から、もはや「春」は自分とは無縁だとの詠嘆。

50番歌と仕立て方が類似する。

11

閏三月

さればとて盛り久しき花も見《み》ずなにと加《くは》はる春の弥生《やよひ》ぞ

〔現代語訳〕 閏三月

そうであるとして、盛りが長く続く花を見ることもない。どうして、さらに一月付け加わる春の閏三月なのか。

〔語釈〕 **○閏三月** 『和漢朗詠集』（春）に設けられた題。**○さればとて** 「加わる春の弥生」即ち閏三月であるからといって、ということ。**○盛り久しき** 俊成（長秋詠藻・六二七）あたりから詠まれ始めた措辞。勅撰集では、兼実の「裾野より峰の梢にうつりきて盛り久しき秋の色かな」（新勅撰集・秋下・文治六年女御入内屏風に・二五二）やその子良経の「春を経て盛り久しき藤の花大宮人のかざしなりけり」（続後撰集・春下・一六一）が早い。これらに学ぶか。**○なにと** 副詞。何故の意。

〔補説〕 この歌の詠まれた文永三年（一二六六）は平年で、閏月はない。前年は閏月があるが、それは閏四月である。一般的に歌題として、閏三月の空しさを詠嘆したものであろう。あるいは、この「文永三年十月五百首歌」が、「閏三月」の年の既詠を利用して構成された可能性もあろうか。宗尊十六歳の正嘉元年（一二五七）が閏三月の年である。

更衣

ためしなく憂《う》きは今年《ことし》の夏衣ひとへに身さへかはりはてつつ

〔現代語訳〕 更衣

例がないほどに憂く辛いのは今年の夏頃だった。夏衣の単衣に替わるように、ひたすらこの身までがすっかり変わり果てて。

〔参考歌〕 蟬の羽のひとへに薄き夏衣なればよりなむ物にやはあらぬ（古今集・雑体・一〇三五・躬恒）
ためしなく憂きにつけても忘られぬ心弱さの身をくだきつつ（新撰六帖・第五・わすれず・一五〇一・家良）
心もやひとへにかはる夏衣たちても居ても風ぞ待たるる（信生法師集・更衣・六九）

〔語釈〕 **○更衣** 『古今六帖』（第一・歳時・夏）の「ころもがへ」だが、同帖では「はじめの夏」「ころもがへ」の順。本抄では次歌が「首夏」であり、『和漢朗詠集』（夏）の「更衣」「首夏」の順に一致する。**○夏衣** 「夏頃」が掛かる。**〇ひとへに**　「偏に」に、「夏衣」の縁で「単衣に」が掛かる。**〇かはり**　(自身が) 変化する意に、「夏衣」「ひとへに」の縁で、(夏衣に) 替わる意が掛かる。

〔補説〕　宗尊が鎌倉を追われて将軍を廃されたのは、この年文永三年(一二六五)の秋七月だが、その前の夏に、宗尊は四月五日から小瘡を病み、治療・祈禱を行って、六月一日に漸くやや平癒に至るのである。その祈禱の験者の一人に良基があり、その良基と宗尊の妻宰子との密通の一件から、六月二十日に良基は鎌倉から逃亡する。二十三日には、宰子と娘の掄子は山内殿に、嗣子の惟康は時宗邸に移され、宗尊は家族と離別するのである。宰子と良基の関係の実際は判然としないが(後年二人は夫婦となって暮らしたが露見して宰子は所領を幕府に没収されたとの風聞があったという)、宗尊は既に三月の段階で二人の関係を知っていたらしい。宗尊がこの夏を肉体的にも精神的にも辛く過ごしたことは間違いないのではないだろうか。その記憶が詠ましめた歌であろう。これも、夏の「更衣」題の本意から離れて、述懐性の強い歌である。

13

首夏

訪《と》はばやな藤の色濃《こ》きたそかれに一日の花の陰《かけ》はいかにと

〔現代語訳〕　首夏

(あの内大臣に招かれた夕霧のように) 訪れたいものだよ。藤の色が濃い黄昏に、夏の初めの日の藤の花陰はどのようであるかと。

〔本説・本歌〕　「一日の、花の陰の対面、あかず覚え侍りしを。御暇あらば、立ち寄り給ひなむや」とあり。御文には、

我が宿の藤の色濃きたそかれに尋ねやは来ぬ春の名残を

げに、いとおもしろき枝に、付け給へり。（源氏物語・藤裏葉・四三九・内大臣＝頭中将。日本古典文学大系本）

〔語釈〕 ○首夏 『古今六帖』（第一・歳時・夏）の「はじめの夏」に当たるが、『和漢朗詠集』（夏）に見える「首夏」に一致する。→12語釈。○一日 ①月や季節の初めの日・朔日、②過去のある日、の両方に解し得るが、①の意味と見る。→補説。

〔補説〕 本説・本歌は、内大臣が、藤の花の宴に夕霧を招き、雲居の雁との婚約を許すに至る場面。「四月朔日ごろ、御前の藤の花、いとおもしろう咲き乱れて、世の常の色ならず、ただに見過ぐさむこと、惜しき盛りなるに、遊びなどし給ひて、暮れゆくほどの、いとど、色まされるに、頭中将（柏木）して、御消息あり」に続く箇所。

右に引いた、「藤裏葉」の「一日の、花の陰の対面」は、前文に言う、三月二十日に極楽寺で営まれた内大臣の母大宮の御忌日の法事に於ける内大臣と夕霧の交わりを指す。情景は「夕かけて皆帰り給ふほどに、花はみな散り乱れ、霞たどたどしきに」とあり、まさしく「花の陰」という訳ではないのだが、それを春の名残の桜陰に見なしているということであろう。該歌の「一日の花の陰」は、この「一日の、花の陰の対面」の詞を取っている。仮にその内容まで厳密に取っているとすると、該歌の下句は、「（あの内大臣と夕霧が極楽寺にまみえた）春の名残のある一日の桜の花陰は、どのようであったかと」という解釈になろうか。しかし、これでは、「首夏」の題意に適わず、夏の「藤」の歌としてもそぐわないのではないか。むしろ、「一日の花の陰」は内容の上では、「四月朔日ごろ、御前の藤の花…」を踏まえていると見るべきであろう。

宗尊は、関東で屏風の色紙形源氏絵について、女房達から難陳の裁断を仰がれているなど、『源氏』には相応に通じていたものと思われる。

14

夢なれや我《わ》が身東《あつま》に住み初《そ》めし卯月の今《いま》の心ちのみして

〔現代語訳〕 卯月

夢だったのだな。我が身が東国に住み始めたあの憂き卯月四月が、たった今であるような気持がするばかりで。

〔参考歌〕 現にもあらぬ心は夢なれや見てもはかなき物を思へば（後撰集・恋四・八七八・読人不知）

水まさる心地のみして我が為に嬉しき瀬をば見せじとやする（後撰集・恋五・九九三・読人不知）

〔語釈〕 **○卯月** 『古今六帖』（第一・歳時・夏）の「うづき」。**○卯月** 「憂」が掛かる。「夢」の縁で、「現」が微かに響くか。「飽かで行く春の別れにいにしへの人やう月と言ひ始めけむ」（千載集・夏・一三八・実清）。

〔補説〕 宗尊は、この歌を詠む十四年前の建長四年（一二五二）三月十九日に京都を出発し、四月一日に鎌倉に到着して北条時宗邸に入り、京都で征夷大将軍の宣旨があった。その「卯月」（特にはその朔日）を、昨日今日のように思い起こした歌。鎌倉を追われて京都に舞い戻ったこの時の宗尊にとって、季節や月日は、関東に於ける様々な体験と強く結び付いていたのに違いないであろう。

15

五月

袖の上《うへ》に涙の雨の晴《は》れぬかな《哉》憂《う》き身《み》やいつも五月なるらん

〔現代語訳〕 五月

袖の上で、涙の雨がちっとも晴れないことであるな。憂く辛いこの身はいつも、雨が降り続く五月なのであろうか。

〔参考歌〕 墨染の衣の袖は雲なれや涙の雨の絶えず降るらん（拾遺集・哀傷・一二九七・読人不知）

今もなほ心の闇は晴れぬかな思ひ捨ててしこの世なれども（続後撰集・雑中・一一八九・俊成）

数ならぬ身をうき雲の晴れぬかなさすがに家の風は吹けども（千載集・雑中・一〇八三・中原師尚）

〔類歌〕晴れやらぬ思ひや空にかよふらむ憂き身一つの五月雨の頃（長景集・五月雨・二八）

〔語釈〕○五月　『古今六帖』（第一・歳時・夏）の「さつき（五月）」。○憂き　「雨」（五月雨）の縁で「浮き」が響くか。

〔補説〕これも、身の沈淪を嘆く述懐性が強い。

五日

菖蒲草《あやめぐさ》袂《たもと》にかけし時だにも知《し》らずよ長《なが》きねに泣《な》かんとは

〔現代語訳〕五日

五月五日に菖蒲草を袂に掛けた時でさえも、分からずにいたよ、菖蒲の長い根のように、長い間声を上げて泣くことになろうとは。

〔参考歌〕墨染の袂にかかるねを見ればあやめも知らぬ涙なりけり（千載集・哀傷・五七二・俊忠）

今日のみと春を思はぬ時だにも立つことやすき花の陰かは（古今集・春下・一三四・躬恒）

〔影響歌〕東路に行きかふ身とはなりしかど知らずよ君に逢坂の関（宗良親王千首・恋・寄関恋・六二九。新葉集・恋三・七九一・宗良）

〔語釈〕○五日　『古今六帖』（第一・歳時・夏）の「五日」。○菖蒲草　「しやうぶ」の古名。水辺に生える宿根草。葉は剣形で香気が強く、邪気を払うとされ、端午の節句に軒に差したり、身に掛けたりした。○知らずよ　先行例を見出せない。該歌以降に、作例が散見する。○ねに　「音に」に「菖蒲草」の縁で「根に」が掛かる。

〔補説〕関東を追われ将軍を廃され妻子とも離ればなれになった境遇の悲嘆を詠じる。「五日」（五月五日）の菖蒲の歌の本意からは離れる。

六月

17　つよくのみ思ひぞ出《い》づる荒《あら》き風《かせ》吹き始《はし》めにし水無月《みなつき》の空　在注

〔現代語訳〕　六月

ただ強烈に思い出すことだ。激しい風が吹き始めてしまった、あの水無月の空を。

〔参考歌〕　いたづらに過ぐる月日の明け暮れは思ひぞ出づるいにしへの空（明日香井集・詠千日影供百首和歌元久二年正月九日相当立春仍始之・懐旧・四四九）

〔語釈〕　○六月　『古今六帖』（第一・歳時・夏）の「みな月」。○在注　注文そのものは失われているが、補説に記すような特異な体験の記憶を詠じたものであろうと解されるこの歌に、何人かが付注した痕跡であろうか。

〔補説〕　ここで言う忘れ難い六月の記憶は、この歌を詠んだ年文永三年（一二六三）十月の四ヶ月前の六月のでき事であろう。六月一日に病脳がやや平癒したのも束の間、五日には京都から戻った藤原親家を通じて妻宰子の事について父後嵯峨院から内々に諷諫があったが、二十日には北条時宗邸で北条氏の長老達が密議をこらしている一方で、宰子と通じた（という）僧良基が逐電し、二十三日には宰子と娘の掄子が山内殿へ、息子の惟康は時宗邸に移され、鎌倉中が騒然となり、二十四日には祈禱に活躍した左大臣法印厳恵の出奔があり、二十六日に近国の御家人が鎌倉に群集する事態となったのである。その後間もなく七月八日に、宗尊は鶴岡八幡宮に向け祈念・詠歌しつつ京都へ出発し、二十三日には惟康が将軍となるのである。このように鎌倉を追われ将軍を廃されるに至る直前の六月が、宗尊にとっては堪えがたく辛い時期であったことは想像に難くない。それに対する感懐を、「六月」の題に寄せて詠じたものであろう。

鵜河

大井川鵜《う》舟はそれと見《み》え分《わ》かで山もとめぐる篝《かゝり》火の影

〔現代語訳〕　鵜河

大堰川では、鵜飼の舟自体はそれだと見分けることはできなくて、ただ鵜飼の篝火の光が嵐山の麓をぐるっと廻っているよ。

〔参考歌〕　大井川幾瀬鵜舟の過ぎぬらんほのかになりぬ篝火の影（金葉集・夏・実行卿家歌合に鵜河の心をよめる・一五一・雅定）

〔影響歌〕　大井河井堰のさ波立ち返り同じ瀬めぐる篝火の影（隣女集・第三自文永七年至同八年・雑・鵜・一五〇九）

大井河流れも見えぬ夕闇に山もとめぐる篝火の影（拾藻鈔〈公順家集〉・春上・聖護院二品親王家五十首、鵜川・八三）

大井川水の水上はるばると山もとめぐる篝火の影（慶運法印集・夏・鵜河・八二）

水底にめぐるやいかに島つ鳥うたかたうかぶ篝火の影（草根集・夏・夜川篝・二八〇三）

めぐるとも昔にはあらじ橘の小島ににほふ篝火の影（草根集・夏・鵜舟廻島・二八一七）

〔享受〕　さしくだす鵜舟はそれと見え分かで河島廻る篝火の影（為村集・夏・鵜舟廻島・五三六）

〔他出〕　風雅集・夏・鵜川を・三七二。

〔語釈〕　**○鵜河**　『永久百首』（夏）に設けられた題。**○大井川**　山城国の歌枕。丹波高原の大悲山付近に源流して淀川に注ぐ桂川の上流部分、嵯峨・松尾付近、特に嵐山の麓辺りの呼び名。堰を設けた故の呼称という。この上流は現在保津川と呼ばれる。**○見え分かで**　光俊（真観）の「暮れぬれど暮るる春とも見え分かで人頼めなる常盤山かな」（洞院摂政家百首・春・暮春・二七六）や信実の「里遠く塩焼く浦は見え分かで煙にかへる沖つ白波」（信実集・

雑・八幡卅首とて人人よみ侍りしに、浦の煙・二〇二）などが早い作例。後者は、『続古今集』（雑中・一六五三）に初句「里遠み」四句「煙に隠る」で所収。関東圏でも僧正公朝が、「五月雨の空に煙は見え分かで音のみ高き富士の鳴沢」（東撰六帖抜粋本・夏・五月雨・一四八）と詠んでいる。この後、鎌倉時代を通じて作例がかなり見える。該歌も、その流れの中にある。**○山もとめぐる** 新奇な句。「ふる川の入江の橋は波越えて山もとめぐる五月雨の頃」（続古今集・五月雨をよめる・一五五三・尊海）が先行例。これに学ぶか。この「山」は嵐山を指し、川がその山裾に沿って彎曲して流れているので、「めぐる」と言ったものであろう。

〔補説〕 前歌とは一転した、夏の叙景。伝統的歌題だが、「見え分かで」「山もとめぐる」の措辞とそれが表す景趣に新しさがある。

影響に挙げた五首の内、一首目の雅有詠は、該歌の数年後の作である。雅有は、宗尊とは一歳違い（年長）で関東にも祗候していたので、帰洛した宗尊の詠作に目を向けていて、倣った可能性はあろう。そうだとすると、祖父雅経や父教定と同様に、同時代歌を真似る癖があったことになる。二首目の作者は法印公順である。生没年は未詳ながら、藤原秀能の曾孫で、永仁二年（一二九四）から建武年間（一三三四〜一三三八）までの活動が知られる。『風雅集』成立前に没したかと思われるが、もしそうだとして、公順が宗尊歌に倣ったのだとすれば、『竹風抄』あるいはその出典の「文永三年十月五百首歌」を参看したことになろうか。三首目の作者慶運は、応安二年（一三六九）六月までの生存は知られるので、あるいは『風雅集』によって宗尊詠を知り得た可能性が高いであろう。四首目と五首目の作者の正徹は、『風雅集』以後の人なので、該歌からの影響とすれば、『風雅集』によって宗尊歌を知り得た結果であろう。享受とした江戸時代の冷泉為村の歌は、『風雅集』所収の該歌の模倣的本歌取りと考えられる。

19

避暑

秋近き木の葉の色もかつ見《み》えて夕べ涼《すゞ》しき杜の下陰

〔現代語訳〕 避暑

秋の近いことを示す木の葉の色も一方では目に映って、夕方が涼しく感じられる杜の木々の下陰よ。

〔参考歌〕 秋近きけしきの杜に鳴く蟬の涙の露や下葉染むらむ（新古今集・夏・二七〇・良経）

山里の峰の雨雲とだえして夕べ涼しき槙の下露（新古今集・二七九・夏・後鳥羽院）

〔類歌〕 秋近き草の茂みに風立ちて夕日涼しき杜の下陰（風雅集・雑上・一五二三・基輔）

〔語釈〕 ○避暑 『永久百首』の設題が早いか。

20

蚊遣火

寂《さひ》しさに柴折《お》りくべし冬よりも煙けぶたき宿の蚊遣《かやり》火

〔現代語訳〕 蚊遣火

寂しさに柴木を折ってくべた冬よりもさらに、立つ煙がけむたい我が家の蚊遣火よ。

〔本歌〕 寂しさに煙をだにもたたじとて柴折りくぶる冬の山里（後拾遺集・冬・三九〇・和泉式部）

〔参考歌〕 寂しとて柴折りくべし山里になほ蚊遣火の煙立てけり（千五百番歌合・夏三・九八九・通親）

〔他出〕 夫木抄・雑一・煙・御集、蚊遣火・七九六一、二句「柴とりくべし」。

〔語釈〕 ○蚊遣火 『堀河百首』（夏）に設けられた題。 ○煙けぶたき 和泉式部の「蚊遣火の煙けぶたきあふぐ間に夜は暑さもおぼえざりけり」（和泉式部集・夏・三七）が早く、基俊の「夏の夜を下燃えあかす蚊遣火の煙けぶたき遠の山里」（基俊集・山蚊遣火・二六）が続く。建長八年（一二五六）九月十三夜の『百首歌合』に、顕朝が「今ははや小野の山なる炭竈の煙けぶたきころも来にけり」（冬・一一九〇）と詠んだ。左方は土御門院小宰相の「心なきしづが庵の蚊遣火も思ひありとは見えぬものかは」（夏・一一八九）で、判者真観は「左、下句艶にこそ侍れ。上句いま少し思はるべくや侍らん」としつつ、「右歌、重ね詞は不二庶幾一は侍れど、古き詞のめづらしからむを求め出でたらんは、捨つべきにもあらず。われと卅一字の不足に同じ事を重ね侍るこそ、術尽きたるしわざとは見え侍れ、煙けぶたき、は和泉式部に譲りて、持とは申し侍るべし」と言うのである。判詞の大意は、以下のごとくであろうか。左の歌は、下句が艶であるが、上句はもう少し思案すべきである。右の歌については、重ね詞は望み詠むことではないが、古歌詞で珍しいようなものを探し出したような場合は、それを棄却すべきでもない。自ら、三十一字に足らないので同じ詞を重ねるのは、手段が尽きた行為（結果）とは見えるが、「煙けぶたき」は、和泉式部に免じて、持とする、ということであろう。宗尊が、同歌合を披見し、この真観の考え方に従った可能性は低くないのではないか。

【補説】「冬よりも」は「けぶたき」にかかり、冬の柴焚く煙に比べて夏の蚊遣火のそれが一層煙たいことを表す。しかし、一般的な冬と夏の景趣の比較というよりは、この夏の蚊遣火の煙に、より一層「寂しさ」が募るといった含意もあろうか。とすれば勿論、妻子と離ればなれになって鎌倉を追われ将軍を廃されるに至る一連の夏の出来事が念頭にあったことになろう。↓17。

21

六月祓

かく辛《つら》き夏も今はとせし御祓（みそぎ）神は請《う》けずやなほ《猶》沈《しつ》みけん

【現代語訳】六月祓

このように辛い夏も、今はこれで（その穢れが除かれる）と行った六月祓の禊ぎ、それをしかし神は承引することなく、やはりそのままに沈淪したのであろうか。

〔本歌〕 恋せじと御手洗川にせし禊ぎ神は請けずぞなりにけらしも（古今集・恋一・五〇一・読人不知）

〔語釈〕 **○六月祓** みなづきばらへ。「夏越の祓」「夏祓」とも。古くは六月終り頃、院政期以降は六月晦日に固定して行われた祓。半年間の種々の穢れを払い除く年中行事。水辺に出て禊ぎをしたり、河社を設けて斎串を立てて人形や麻の葉に穢れを移して川に流したり、夏神楽で疫神を鎮めたりした。また、菅や茅などを編んだ茅輪をくぐり抜けることも行われた。『古今六帖』（第一・歳時・夏）の「なごしのはらへ」に当たる。「六月祓」の表記の詞書（歌題）は、勅撰集では『後拾遺集』（夏巻軸）が初出。**○沈み** 「御祓」との縁で、水に「沈み」が響くか。

〔補説〕 宗尊の四季歌には全体的に述懐性が認められるが（↓4）、特に12からここまで、恐らく宗尊の人生で最も辛かったであろう文永三年（一二六六）夏の出来事が（↓17）、夏題の歌にも濃い影を落としていて、述懐性の強い詠作が多い。

22

七月

思《おも》へただ さても年経《へ》し古郷を心の外《（ほか）》に別《わか》れぬる秋《あき》

〔現代語訳〕 七月

ただただ思ってみてくれ。それにしてもまあ長い年月を過ごした故郷を、思いがけないことに別れ来てしまった秋（七月）を。

〔本歌〕 都出でし春の嘆きにおとらめや年経る浦を別れぬる秋（源氏物語・明石・二四一・光源氏）

〔語釈〕 **○七月** 七夕に寄せずに、「七月」単独の歌題は珍しい。**○思へただ** 「思へただ頼めていにし春だにも花の盛りはいかが待たれし」（後拾遺集・別・四八三・兼長）に拠るか。**○さても**　感動詞に解する。**○古郷**　「ふるさと」。「古里」「故郷」「故里」「旧里」等とも書く。本抄底本にも「古郷」「故郷」（「ふるさと」「ふる郷」）が混在する。かつて本拠地であった故地。氏族や個人としては、その誕生の地や生活の基盤があった地を言う。国家としては、旧都や故宮（離宮を含む）を言う。ここは、鎌倉のこと。↓補説。

〔補説〕　宗尊にとって、本来の「故郷」は当然京都で、事実在鎌倉時の詠作からなる『瓊玉集』には、「月見ればあはれ都と忍ばれてなほ故郷の秋ぞ忘れぬ」（秋下・二一九）や「臥し侘びぬいかに寝し夜か草枕故郷人も夢に見えけむ」（雑上・四二五）、あるいは「年月はうつりにけりな古郷の都も知らぬながめせしまに」（雑上・四五六）などと、京都を「故郷」とする意識の歌が見えている。しかしながら、宗尊十一歳の建長四年（一二五二）春三月十九日に京都を立って四月一日に将軍として鎌倉入りしてから、二十五歳の文永三年（一二六六）夏の騒動を経て（↓17）、同年秋七月八日に鎌倉を離れるまでの十四年の歳月が、その意識にも変化を生じさせたと思しい。該歌の歌題とその内容から判断して、「年経し故郷」は、疑いなく鎌倉を指していると考えられる。本抄の次の歌々も、同様であろう。

　七夕の別れし日より別れしにま〔た〕は待たれぬ故郷の秋（巻一・文永三年十月五百首歌・七月後朝・24）
　古郷を思ひやるこそあはれなれ鶉鳴く野となりやしぬらん（同右・鶉・239。中書王御詠・雑・二五三、詞書「東の故郷を思ひやりて」）
　春雨ののどけき比ぞ今さらに古郷人は恋しかりけり（巻二・文永五年十月三百首歌・春雨・314）
　故郷を何の迷ひに別れ来て帰りかねたる心なるらん（巻三・文永三年八月百五十首歌・雑釈教・595）
　いかばかりあはれなるらん故郷の払はぬ庭の秋の紅（巻四・文永六年五月百首歌・秋・725）

ただし一方で、「故郷を寝とは偲びて草枕おくと急ぎし暁の空」（文永三年十月五百首歌・不忍・148）の「故郷」は、鎌倉からの帰洛途次に懐旧の念が沸き上がった、京都を言ったと思しく、また「いかがせん錦をとこそ思ひしに無き名たちきて帰る故郷」（同上・錦・177）の「故郷」は、明らかに京都を指している。また、「故郷に恨むる人やなかるらん旅寝の夢も見えぬ夜半かな」（文永六年四月廿八日柿本影前百首歌・雑・672）の「故郷」は鎌倉を指すかと思われるが、「忘れめや鳥の初音に立ち別れ泣く泣く出でし故郷の空」（同上・鶏・230）の「故郷」は京都を指すと見てもおかしくはない。二つの「故郷」の間で揺れ動く宗尊の心情が垣間見えるのである。

本歌は、帰京する光源氏が、送別する明石入道に対して詠んだ惜別の歌。十四年前の春に京都を離れ、鎌倉を「故郷」とするまでの歳月を経て、秋にその鎌倉を立った宗尊は、自らを光源氏に重ねつつ、明石ならぬ鎌倉から心外にも追われた胸中の無念を吐露するか。

早秋

吹きはらへさのみもいかが絞《しほ》るべき袖の涙《なみた》の秋の初《はつ》風

〔現代語訳〕 早秋

吹き払ってくれ。袖が涙に濡れてばかりではどうしたものか。このままではどんなにか私が自分で絞らなければならない袖を濡らす涙を、そこに吹く秋の初風よ。

〔参考歌〕 涙にぞ濡れつつ絞る世の人の辛き心は袖のしづくか（伊勢物語・七十五段・一三八・男）

藻塩垂れさのみもいかが浦風の干せかし袖を思ふかたより（壬二集・九条前内大臣家三十首・恋・怨恋・一九〇六）

〔語釈〕 **○早秋** 『古今六帖』（第一・歳時・秋）の「はつあき」（第一帖の目録では「早秋」）に当たるが、『和漢朗詠集』（秋）に「早秋」の形で見える。**○さのみもいかが絞るべき** 特異な措辞。「さ」は、「（絞るべき）袖の涙」を指すと見る。「さのみもいかが」で一旦切れて、「いかが絞るべき」へ鎖る、と解した。「絞るべき」は、原表記

「しほる」が「湿る」あるいは「萎る」で、ぐっしょりと濡れ萎れる（ぐっしょりと濡れ萎れさせる）に違いない、の意にも解されようか。西行の「我ながら疑はれぬる心かなゆゑなく袖を絞るべきかは」（山家集・恋百十首・一二三九）が先行の類例だが、これも「しほる」にも解されるか。

24

七月後朝

七夕の別れし日より別《わか》れしにま〔た〕□（虫損）は待《ま》たれぬ故郷《ふるさと》の秋《あき》

〔現代語訳〕　七月の後朝

七夕の両星が別れた七月七日の翌朝の日から、私も故郷と別れたのだが、七夕とは違い、二度と廻りくるのを待つことができない故郷鎌倉の秋なのだ。

〔本文〕　○底本第四句の「ま□は」を、一首の内容から私に「または」と推定して「た」を補う。

〔参考歌〕　七夕の別れし日より秋風の夜ごとに寒くなりまさるかな（続後撰集・秋上・一二六五・源重之）

〔語釈〕　**○七月後朝**　『古今六帖』（第一・歳時・秋）の「たなばた」に続く「あした」に当たる。「七夕後朝」は、『永久百首』（秋）に設題されている。「七月後朝」の表記は、他には『信生法師集』に「七月後朝に女に別れ侍るとて」（一五八）と見える。**○故郷の秋**　俊成の「その年の秋、故郷にてひとり月を見て暁方までありしにおぼえける／かくしもは姨捨山もなかりけんひとり月見る故郷の秋」（長秋草・二〇一）以降、季能（千五百番歌合・一二二〇、一六〇〇）や良経（秋篠月清集・故郷の秋を・一一六三）等の用例を経て、中世前期に散見する。勅撰集では『玉葉集』（八〇四・従三位為子）に初出し、『風雅集』にも二首（一五七〇・為守、一五八三・慈勝）見える。

〔補説〕　心ならずも追われることになった鎌倉を「故郷」とし、そこを文永三年（一二六六）七月八日に離れたことを七夕の後朝の別れに寄せつつ、一年に一度の廻り逢いを待つ七夕とは異なり、二度と再び待って出会うことのできない鎌倉の秋を思って詠嘆する。↓22。

25

秋夕

また《又》もなきあはれは人も思ひやれかかる所の秋の夕暮《ゆふくれ》

【現代語訳】 秋の夕べ

他にはないこの哀れは、人も思いやってくれ。このような所の、秋の夕暮よ。

【本歌】 大方の秋のあはれを思ひやれ月に心はあくがれぬとも（千載集・秋上・二九九・紫式部）

【語釈】 **○秋夕** 『六百番歌合』（秋）に設題されている。**○またもなきあはれ** 肯定的なこの上もないしみじみとした情趣の意にも、否定的な比類のない寂しい悲哀の意にも解されよう。この「五百首」（↓1）に通底する一連の悲痛な詠嘆に照らして、後者と見ておく。**○かかる所** これも、前項の「またもなきあはれ」と同様に、肯定的に賛嘆されるような場所の意にも、否定的に詠嘆されるような場所の意にも解される。後者と見ておく。歌詞としては、『道命阿闍梨集』の「所の、木の枝のやうにて一尺ばかりなるを、人のもとに／音に聞く高麗唐は広くともかかる所はあらじとぞ思ふ」（二四二）が早い例。宗尊の同時代には、「都出でてかかる所の旅寝にもなれずはいかが須磨の浦風」（人家集・〈右京大夫行家人人によませ侍りける住吉社歌合に〉旅泊風を・一三三）や「夜もすがら悲しき物はうき浪のかかる所の旅寝なりけり」（安嘉門院四条五百首・鹿島社・旅・四九八）の作がある。

【補説】 鎌倉を追われて帰洛する途次の何処かを想起して詠じた一首かとも疑われる。西行の「心無き身にもあはれは知られけり鴫立つ沢の秋の夕暮」（新古今集・秋上・三六二）を微かに意識していようか。「またもなきあはれ」も「かかる所」も、語釈に記したように、否定的に詠嘆する趣旨で用いられた表現であると見るが、しかし同時に、「秋の夕暮」の情趣をそのような悲嘆の中に詠じていることを、積極的に捉え返して読むべきであろう。

26

八月

草も木も色かはり行く時にこそ憂《う》きもためしは有りと見《み》えけれ

〔現代語訳〕 八月

草も木も、色が変わってゆくこの（秋八月の）時にこそ、憂く辛いこともその最たる例がある、と分かるのであった。

〔本歌〕 草も木も色かはれどもわたつ海の浪の花にぞ秋なかりける（古今集・秋下・二五〇・康秀）

〔参考歌〕 草も木も色かはりゆく秋風に里をばかれず衣うつなり（壬二集・為家卿家百首・秋・一二八九）

あはざりし昔を今にくらべてぞ憂きはためしもありと知らるる（続古今集・恋四・一二九九・北条政村）

〔他出〕 中書王御詠・秋の歌の中に・一二一。

〔語釈〕 **○八月** 『古今六帖』（第一・歳時・秋）の「はつき」。**○ためし** ここは、物事の基準、典型といった意か。参考歌の政村詠は、「逢ひ見ての後の心にくらぶれば昔は物も思はざりけり」（拾遺集・恋二・七一〇・敦忠）と同工異曲で、この「ためし」も、同様の意味。

27

九月

たぐひなき辛《つら》さなりけり秋深《ふか》くなり行く比の夜半《は》の寝《ね》覚めは

〔現代語訳〕 九月

比類のない辛さなのであった。秋が深くなってゆくこの頃の、夜中の眠りからの目覚めは。

〔参考歌〕 たぐひなき心ちこそすれ秋の夜の月すむ峰のさ牡鹿の声（山家集・秋・月前鹿・三九七）

人知れず心ながらや時雨るらん更けゆく秋の夜半の寝覚めに（後拾遺集・雑三・九三六・相模。相模集・八三）

秋深き夜半の寝覚めはわりなしと知らせ顔なる虫の声かな（相模集・秋・五二五）

〔語釈〕○九月　『古今六帖』（第一・歳時・秋）の「ながづき」。○辛さなりけり　古くは躬恒の「散るにだにあはましものを山桜待たぬは花の辛さなりけり」（躬恒集・三八一）があり、比較的近くは俊成の「恨みわびなほ返せどもさ夜衣夢にも同じ辛さなりけり」（俊成五社百首・春日・恋・恨・二八〇）がある。後者は『続後撰集』（恋二・七二五）に採られ、これが勅撰集の初出で、前者は続く『続古今集』（春下・一五二）に入る。宗尊は、これらを学ぶか。

秋興

鹿の鳴《な》く野山の末に霧晴《は》れて尾花葛《くず》花秋風ぞ吹《ふ》く

〔現代語訳〕秋興
（それまで霧にこめられていた）鹿が鳴く野山のずっと先の方で、霧が晴れて、現れた尾花や葛の花に秋風が吹いているよ。

〔本歌〕萩の花尾花葛花撫子の花女郎花また藤袴朝顔の花（万葉集・巻八・秋雑歌・一五三八・憶良）

〔参考歌〕露しげき尾花葛花吹く風に玉ぬき散らす秋の夕暮（治承三十六人歌合・二八〇・師光。万代集・秋上・九一九。師光集・秋の歌の中に・一一八）

〔類歌〕立ちかへる浪かと見えて三島野の尾花葛花秋風ぞ吹く（文保百首・秋・二六三七・国冬）

〔語釈〕○秋興　秋の感興。秋に物思うこと。伝統的漢語。題としては『和漢朗詠集』（秋）に見える。○野山の末　定家の「立つ煙野山の末の寂しさは秋とも分かず夕暮の空」（千五百番歌合・雑一・二七四九）に始まる語で、用例はさほど多くはない。順徳院にも定家詠に倣ったと思しい「かきくらす野山の末の雪のうちに一村見えて立つ煙かな」（紫禁集・同〔建保四年〕十一月一日会・遠村雪・九二二）があり、これも宗尊が目にした可能性が高い。『瓊玉集』にも、「見ず知らず野山の末の気色まで心に浮かぶ秋の夕暮」（秋上・秋夕を・一九九）や「まだ知らぬ野山の末にあくがれてかはる草木に秋を見るかな」（雑上・旅の御歌とて・四二七）の作があって、宗尊好みの語と言える。

〔補説〕「鹿」「霧」「秋風」の組み合わせの歌は、「宮城野やながむる末は霧こめて秋風ぞ吹くさ牝鹿の声」（内裏詩歌合建保元年二月・野外秋望・七二・家衡）や「立田山朝霧隠れ鳴く鹿の声の色なる秋風ぞ吹く」（万代集・秋下・一〇八九・忠信）が目に入るが、これらは「霧」が立ち込めている中で「鹿」の声が「秋風」に乗って聞こえてくる趣向で、該歌の「霧晴れて」は対照的。

類歌に挙げた国冬詠は下句を同じくするが、偶合か宗尊詠からの影響か、現時点では判断しかねる。

重陽

今日《けふ》ごとに積《つ》もれる菊の露よりも憂《う》きが涙や淵となるらん

〔現代語訳〕重陽

毎年の重陽九月九日の今日毎に積もっている菊の露よりも、私の憂く辛い涙が、それこそ深い淵となるのであろうか。

〔本歌〕我が宿の菊の白露今日ごとに幾世積もりて淵となるらむ（拾遺集・秋・三条の后の宮の裳着侍ける屏風に、九月九日の所・一八四・元輔）

〔語釈〕○重陽　九月九日の節供。「九」は陽数で、それが重なるから重陽という。古来中国ではこの日に、高い丘に登り、菊酒を酌んだり、茱萸の実を頭に挿したりすると邪気を払うとされた。日本では宮廷行事となり、平安時代には、朝廷で重陽宴が行われた。菊水の故事も相俟ってか、この時期の花である菊は延寿の効能が信じられたので、菊にまつわる催事・所作が行われ、歌にも詠まれた。歌題としては、『古今六帖』（第一・歳時・秋）の「（ながづき）九日」に当たる。『和漢朗詠集』（秋）でも「九日付菊」。

暮秋

昔《むかし》思ふ泪もいとど降《ふ》り添《そ》へて時雨《しくれ》がちなる秋《あき》の暮かな 哉

〔現代語訳〕 暮の秋

昔を思い起こすにわかな涙もよりいっそう降り加わって、時雨がちな秋の暮であることよ。

〔参考歌〕 昔思ふ草の庵の夜の雨に涙なそへそ山郭公（新古今集・夏・二〇一・俊成）

袖にさへ涙もいとどふりそひぬ十づつ六の秋の別れに（百首歌合建長八年・秋・七五四・家良）

雨涙身を知り顔にふりそへて恋のま袖は干すかたもなし（宝治百首・恋・寄雨恋・二四八五・為家）

山深み旅の日数のふるままに時雨がちなる秋の夕暮（万代集・雑四・三三四九・平範国。別本和漢兼作集・三三七）

見ればまづ添ひて涙ぞかき暗す時雨れがちなる空の気色に（百首歌合建長八年・冬・一〇四八・中納言〈真観女親子〉）

〔語釈〕 **○暮秋** 『六百番歌合』（秋）に設けられた題。**○降り添へて** 秋の暮に冬を先取りして時雨が降るのに加えて、時雨のようなにわかな涙が降る、ということ。**○時雨がちなる** 時雨がはっきりと降る傾向を見せる、という趣旨。宗尊は別に、「長月の晦日頃、時雨間なくかきくれたるに、山里なる人に／山里の梢もいかがなりぬらん都の空ぞ時雨がちなる」（中書王御詠・秋・一二四）と詠んでいる。

〔補説〕 結句の「秋の暮かな」も一見平凡だが、そう古くから使われてきた句ではない。『堀河百首』の「たまさかに逢ひて別れし人よりもまさりて惜しき秋の暮かな」（秋・九月尽・八七九・紀伊）に始まり、勅撰集では、『千載集』の俊成詠「さりともと思ふ心も虫の音も弱りはてぬる秋の暮かな」（秋下・三三三）が初出で、上記の紀伊詠が『続後撰集』（秋下・四五五）に収められ、『続古今集』の為氏詠「嵐吹く山の木の葉の空にのみさそはれてゆく秋の暮かな」（秋下・五三九）が続くのである。参考の諸詠を併せ見れば、比較的近い時代の有力歌人や歌集の歌々が用いている詞を組み合わせたような歌ということになる。初期の『瓊玉集』の時代から見られる宗尊の詠作の傾向で、前代から同時代の和歌までをよく学んでいたことを窺わせる、宗尊らしい詠作方法と言ってよいであろう。

なお、参考歌の中では、俊成の「昔思ふ」歌が宗尊に強く意識されていたと思われるが、この歌は言うまでもなく、「蘭省花時錦帳下（らんせいのはなのときのきんちやうのもと） 盧山雨夜草菴中（ろさんのあめのよのさうあんのうち）」（和漢朗詠集・山家・五五五・白居易）が本文として踏まえられていて、宗尊もそれを認識していたであろう。

31

閏九月

お《を》のづから秋加《くは》はれる年にこそげに長月も名には立ちけれ

〔現代語訳〕 閏九月

自然と、秋が長月九月に一月付け加わっている年にこそ、まことに長月も、その長いという名の評判が立つのであったよ。

〔語釈〕 **○閏九月** 歌題としては「閏九月尽（閏九月晦日）」がより一般的で、「閏九月」は珍しい。**○おのづから** 「名には立ちけれ」にかかる。**○秋加はれる年** 閏九月で秋が一月余分に加わっている年、ということ。↓補説。この措辞は、天暦九年（九五五）閏九月『内裏歌合』の「紅のやしほの色は紅葉ばに秋加はれる年にざりける」（紅葉・四。清正集・三八。万代集・秋上・一二二三）が早い例。西行に「後九月、月を翫ぶと云ふ事を／月見れば秋加はれる年はまた飽かぬ心も空にぞありける」（山家集・秋・三八一。西行法師家集・秋・後の九月に・二二〇）の作がある。

【補説】この「五百首」（→1）の詠まれた文永三年（一二六六）は平年で、それ以前で近い閏九月の年は、建長三年（一二五一）。

立冬

身一《ひと》つに秋の心をとどめ置《を》きてなべての世には冬ぞ来《き》にける

【現代語訳】立冬

我が身一つに秋の情趣そして愁いを留め置いて、しかし、すべての世の中には冬がやって来たのだったな。

【本歌】大方の我が身一つの憂きからになべての世をも怨みつるかな（拾遺集・恋五・九五三・貫之）

月見ればちぢに物こそ悲しけれ我が身一つの秋にはあらねど（古今集・秋上・一九三・千里）

【類歌】なべて世の秋の心を身一つの愁へになして虫や鳴くらん（延文百首・秋・虫・一一四九・公賢。公賢集・七九二）

【語釈】**○立冬** 歌題としては新奇。**○秋の心** 秋という季節の情趣、あるいはそれを解する気持ち、の意味か。類語は、「世の中に絶えて桜のなかりせば春の心はのどけからまし」（古今集・春上・五三・業平）や「山も野も千種にものの悲しきは秋の心をやるかたやなき」（新撰万葉集・三七六）が早いが、これらの「春の心」「秋の心」は、春・秋の季節に於ける人の心情、という意味。また、「吹く風に深きたのみのむなしくは秋の心を浅しと思はむ」（後撰集・秋中・三三三・読人不知）の「秋の心」は、秋を擬人化して言う、秋の思いやりの心情の意味。ここは、「宜将二愁字一作二秋心一」（和漢朗詠集・秋興・二二四・篁）を踏まえて、「身一つに」から「愁ひ」を込めるか。

〔補説〕 類歌に挙げた公賢詠は、「ことごとに悲しかりけりむべしこそ秋の心を愁へといひけれ」（千載集・秋下・三五一・季通）を踏まえていようが、この季通歌はまた、離合詩の「物色自堪傷客意（もののいろはおのづからかくのこころをいたましむるにたへたり）宜将愁字作秋心（うべなりうれへのじをもてあきのこころにつくれること）」（和漢朗詠集・秋興・二二四・篁）を踏まえ、字訓歌「吹くからに秋の草木のしをるればむべ山風を嵐といふらむ」（古今集・秋下・二四九・康秀）に倣ったもの。

33

氷

とけやらぬ思ひを何《なに》にたとへまし氷りも春の水の白《しら》浪

〔現代語訳〕 氷
十分にうちとけることのない思いを、何に喩えたらよいのか。春には解けて流れる水の白波も今は氷が張っている。（このようなものなのか）

〔参考歌〕 人を思ふ思ひを何にたとへまし室の八島も名のみなりけり（重之女集・恋・八一）
氷りゐし水の白波岩越えて清滝川に春風ぞ吹く（続古今集・春上・一三・良経。万代集・春上・八〇。秋篠月清集・治承題百首・立春・四〇四。後京極殿御自歌合・六）

〔語釈〕 **○氷** 『古今六帖』（第一・天）の「こほり」。**○とけ** 気持ちがほぐれる意。「氷り」「春」「水」の縁で、氷が解ける意が掛かる。**○思ひ** 「氷り」「水」の対照的縁語として「火」が響くか。**○氷りも春の** 底本の用字は「春」だが、主意は「氷りも張る」で、「はる」を掛詞として、「春の水の白浪」へ鎖ると解する。**○水の白浪** 原拠は、『古今集』の「石間行く水の白浪立ち返りかくこそは見め飽かずもあるかな」（恋四・六八二・読人不知）で、参考歌の良経詠もこれを本歌とする。

〔補説〕 述懐性の強い季節詠。「とけやらぬ思ひ」は、妻子とも別れて将軍を廃されて鎌倉から帰洛した宗尊の、この時点での実感なのであろう。それを、冬には氷っているが春になれば氷が解ける「水の白浪」に喩えたことに、やや希望を見出そうとした心情が窺えるか。

34

寒夜

氷る夜《よ》は玉をなしける我《わ》が涙《なみた》せきあへぬ袖はお《を》ろかならねど

〔現代語訳〕 寒夜

寒さに氷るこの夜は、我が涙は玉となって置いたのだ。その涙を、塞き止めきれない袖、それは粗末ではないのだけれど。

〔本歌〕 おろかなる涙ぞ袖に玉はなす我はせきあへずたきつ瀬なれば（古今集・恋二・五五七・小町）

〔参考歌〕 氷る夜は月の影見る鏡山昔をうつす冬のかたみに（建保名所百首・冬・鏡山・七一三・俊成卿女）

おろかなる涙ぞあだに名取川せきあへぬ袖はあらはれぬとも（建保名所百首・恋・名取河・九四九。紫禁集・六九四、二句「涙ぞあだの」結句「あらはれずとも」）

〔語釈〕 **○寒夜** 「寒夜千鳥」他「寒夜～」の結題には多く用いられるが、「寒夜」単独の形の題は珍しい。**○おろかならねど** 本歌の「おろかなる涙」は、清行の贈歌「包めども袖にたまらぬ白玉は人を見ぬめの涙なりけり」（五五六）を承けて、相手である清行のいいかげんな・気まぐれな涙、の意。該歌は、袖について、作りが粗く質が悪いというわけではないのに、と言う。こぼれ落ちる氷った涙の玉の多さを暗示する。

幾《いく》千世もを《お》とめの姿《すかた》君ぞ見《み》ん限《かき》りも知《し》らぬ雲の通ひ路

〔現代語訳〕 五節

幾千代にも渡って、五節の舞姫の天つ乙女達の姿を、我が君は見るであろう。限りも知らない遙かな（その乙女達が帰って行くはずの）天空の雲の通い路のように（ずっと続いて）。

〔本歌〕 天つ風雲の通ひ路吹きとぢよをとめの姿しばしとどめむ（古今集・雑上・八七二・遍昭）
動きなき巌の果ても君ぞ見むをとめの袖の撫で尽くすまで（拾遺集・賀・三〇〇・元輔）

〔参考歌〕 雨の下めぐむ草木のめもはるに限りも知らぬ御代の末末（新古今集・賀・七三四・式子）
万代を重ぬる声にしるきかな限りも知らぬ君が御世とは（続古今集・神祇・七三八・通親）

〔語釈〕 **○五節** ごせち。大嘗会や新嘗祭の際に、五節舞姫による舞楽を中心に行われる公事。その「五節舞姫」あるいは「五節舞」の略でもある。公事は、十一月中の丑の日から辰の日にかけて行われる。丑の日に五節帳台試、寅の日に五節淵酔と五節御前試があり、卯の日は新嘗祭では舞姫の付き添いの童女御覧があり、辰の日、豊明の夜に五節舞が演じられる。天武天皇の代に起こるという。五節とは、『春秋左氏伝』昭公元年条の記事に基づき、遅・速・本・末・中の五声の節の意という。歌題としては、『永久百首』に設けられている。**○をとめ** 五節の舞姫のこと。舞う少女。人数は四人以上とされる。**○君** 詠作時は、直接には宗尊の弟である亀山天皇を指すことになるが、父後嵯峨院を意識しているように感じられなくもない。ちなみに、参考歌の式子詠の「君」は、『正治初度百首』（祝・三〇〇）の歌であるので、後鳥羽院を指し、通親詠の「君」は、詞書にある「建春門院」即ち後白河女御・高倉生母で皇太后となる平滋子を指し、この場合の「御世」は寿命の意であろう。

〔補説〕 下句は、「御世」の永続を言う比喩であろうが、帰洛後にまだ参上してない皇居あるいは仙洞御所への遠い道筋を暗喩しているように解されなくもないか。

36

炭竈

かくしつついつまでか世にすみ竈《かま》のなげきの煙立《た》ちもまさらん

〔現代語訳〕 炭竈

このようにしながら、いったいいつまでこの世に住み、炭竈に入れる投げ木から盛んに立ち上る煙のように、胸に焦がす嘆きの煙がしきりに立ち上るのだろうか。

〔参考歌〕 かくしつつ世をや尽くさむ高砂の尾上に立てる松ならなくに（古今集・雑上・九〇八・読人不知）

うちはへて燻《くゆ》るも苦しいかでなほ世にすみ竈の煙絶えなん（後拾遺集・恋四・八一九・範永女）

煙絶えて焼く人もなき炭竈の跡のなげきを誰か樵るらむ（新古今集・雑中・一六六九・賀茂重保）

〔語釈〕 **○炭竈** 『古今六帖』（第二・山）の「すみがま」。前後は『古今六帖』第一帖の部類「歳時」の各題が配されているが、「炭竈」を歳時の冬に寄せて配したのであろう。**○世にすみ竈のなげきの煙** 「世に住み」から「すみ」を掛詞に「炭竈の」へ鎖り、さらに「炭竈の投げ木の煙」から「なげき」を掛詞に「嘆きの煙」を起こす。この「五百首」（↓1）で宗尊は「身を焦がす嘆きの煙くらべみん富士も浅間も立ちはまさらじ」（煙・68）とも詠んでいる。

〔補説〕 冬の「炭竈」の歌というよりは、述懐そのものと言ってよい歌。

37

歳暮

憂《う》く辛《つら》く今年《ことし》はさらに惜《お》しまれずただ早《はや》く暮れぬ月日急《いそ》ぎて

〔現代語訳〕 歳暮

憂く辛くて、今年が行くのはいっこうに惜しいと思われない。ただもう、すでに暮れてしまった。月日が慌ただしく過ぎて。

〔語釈〕 **○歳暮** 『古今六帖』（第一・歳時・冬）の「としのくれ」（第一帖の目録では「歳暮」）。**○憂く辛く** 類辞の「憂く辛き」を併せても古い用例は見えない。定家の文治三年（一一八七）冬「閑居百首」の「憂く辛き人をも身をもよし知らじただ時の間の逢ふこともがな」（拾遺愚草・恋・三七五）が早い例となる。これに倣ってか為家は、「憂く辛く思ひ取りにし年月は我がいつはりになほや恋ひまし」（洞院摂政家百首・恋・怨恋・一四一六）を初めとして、『中院集』に二首（三〇、八六）、『為家集』に一首（一四五五）、「憂く辛く」を初句に置く歌を残している。これらに学んだか。

〔補説〕 この歌を収める「五百首」（↓1）の詠まれた文永三年（一二六六）は、心ならずも鎌倉を追われ将軍を廃されて帰洛した年である（↓17）。「五百首」の詠作は十月なので、「歳暮」の題詠としても、「早暮れね」とあるべきかと疑われなくもないが、「早暮れぬ」であれば、むしろ十月の時点で早くも「歳暮」を実感していた、ということであろうか。

38

世

かかる世にさてもあらるる命こそはかなきもの《物》のつれなかりけり

〔現代語訳〕 世

このような世の中で、それでもやはり生きていることができる命こそは、はかないものであり、それがまた思うにまかせないのであったな。

〔参考歌〕 散ると見てさてもあられぬ辛さかな人の頼めし宿の梅が枝（弘長百首・春・梅・五四・行家）

いつはりと思ひとられぬ夕べこそはかなきものの悲しかりけれ（新勅撰集・恋三・八四四・藻壁門院少将。閑窓撰歌合建長三年・三五。新三十六人撰・二三七）

〔類歌〕　厭へとやさてもあられし世の中の憂きことしげくなりまさるらん（柳葉集・巻五・文永二年潤四月三百六十首歌・雑・八四七。中書王御詠・述懐・三〇九）

〔語釈〕　**○世**　歌題としては珍しいか。**○さてもあらるる**　類歌の「さてもあられし」も同様で、「さてもあり」に助動詞の「る」が付いた形で珍しい。参考歌の『弘長百首』詠が、近い先行例。宗尊は、弘長元年（一二六一）に京都で父後嵯峨院が召した同百首の題に従って、鎌倉に於いて翌年冬に百首歌をものしている。同百首をいち早く披見したかと想像されるので、この行家詠などに刺激された可能性があろうか。**○命こそ**　結句にかかるのであれば、「つれなかりけれ」とあるべき。次句の「はかなき」にかかり、それが「ものの」に続いて、係り結びが流れたと解する。**○ものの**　「の」は、格助詞で主格と見るが、同格の趣意も重なるか。→補説。

〔補説〕　「ものの」を、逆接の接続助詞と解することもできよう。その場合も、下句は、「はかないとはいうものの、思うにまかせないのであったな」という意味で、一首の大意は変わらない。

39

昔

長き夜《よ》の寝《ね》覚めの後も見《み》る夢は心に浮《う》かぶ昔《むかし》なりけり

〔現代語訳〕　昔

長い夜に眠りから目覚めた後にまた（現に）見る夢は、心の中に浮かんでくる昔のことなのであったな。

〔参考歌〕　現にて夢なるものは長き夜の寝覚めに思ふ昔なりけり（続古今集・雑下・中務卿親王家百首に・一八一七・公朝）

憂き身こそなほ山陰にしづめども心に浮かぶ月を見せばや（続後撰集・雑中・一一三三・慈円）
見るままに現の夢となりゆくは定めなき世の昔なりけり（続後撰集・雑下・往事似夢といふことを・一二一七・光成）

〔類歌〕長き夜の寝覚めの床に思ひ出でておどろく夢は昔なりけり（中書王御詠・雑・懐旧・三二三）

〔他出〕中書王御詠・雑・懐旧・三二四。

〔語釈〕○昔　歌題としては珍しいか。

〔補説〕大枠では、「往事眇茫都似夢（わうしべうばうとしてすべてゆめににたり）旧遊零落半帰泉（きうゆうれいらくしてなかばせんにくゐす）」（和漢朗詠集・懐旧・七四三・白居易）といった、往昔を夢と見る詩的類型の上にある歌。

参考歌の公朝詠は、弘長元年（一二六一）九月に宗尊が召した百首の一首で、作者は当時の鎌倉歌壇の主要歌人。

40

暁

夢のうちの覚《さ》めぬ迷《まよ》ひも明《あ》くる夜《よ》を我《わ》が暁と思《おも》はましかば

〔現代語訳〕暁

夢の中の覚醒することのない迷いも、その夜が明けるのを、私自身の（迷いが明ける）暁と思えたらいいのにな。

〔参考歌〕我はまたむなしき夢の覚めぬ間に誰が暁と鳥の鳴くらん（続古今集・哀傷・暁の心をよめる・一四七三・雅成）
長き夜の夢のうちにも待ちわびぬ覚むるならひの暁の空（続古今集・釈教・未得真覚恒処夢中、故仏説為生死長夜の心を・八一四・長恵）

〔類歌〕見る夢の迷ひのうちに明け暮れて覚めぬを覚むと思ひけるかな（中書王御詠・雑・未得真覚恒処夢中・三五七）

〔語釈〕 ○暁 『古今六帖』に見えない。『和漢朗詠集』に設けられた題だが、直接には『新撰六帖』（第一）の「あかつき」に拠るか。また、承久二年（一二二〇）秋慈円勧進の「四季題百首」（拾玉集、壬二集、拾遺愚草）にも見える。○我が暁 「鳥の音を聞きてののちもまどろまず我が暁の程を知れとや」（宝治百首・雑・暁鶏・三一九九・道助）が先行例だが、宗尊の念頭にはむしろ参考歌の雅成詠があったのではないだろうか。

〔補説〕 参考歌の長恵詠と類歌に示した宗尊詠の題は、『成唯識論』中の一節「未レ得二真覚一恒処二夢中一、故仏説為二生死長夜一」（大蔵経・三十一巻）に拠るもの。該歌もこの、いまだ真の悟りを得ない内は常に夢の中にいるのと同じで、だから仏は説いてこれを生死の長夜というのだ、といった考え方に従っていよう。参考歌の両首及び、後出の例だが、「迷ひ来し憂き世の夢を寝るが内に見果てて覚むる暁もがな」（新千載集・釈教・八四五・昌義法師）や「高野山迷ひの夢も覚むるやとその暁を待たぬ夜ぞなき」（太平記・光厳院禅定法皇行脚事・一二一四・光厳院）等から、「暁」は、無明の闇の「迷ひ」から覚めるときという意味合いがあった、と解されよう。

41

曙

旅衣袖《そで》も涙にそほちついくしののめの露払《つゆはら》ひけん

〔現代語訳〕 曙

旅衣の袖も涙に濡れそぼちながら進んで行き、一体幾つの明け方の露を払ったのだろうか。

〔参考歌〕 心から花の雫にそほちつつうくひずとのみ鳥の鳴くらむ（古今集・物名・うぐひす・四二二・敏行）

〔他出〕 中書王御詠・雑・旅歌とて・二三二、結句「露払ふらん」。

〔語釈〕 ○曙 歌題としては珍しいか。○そほちつついくしののめの 「そほちつつ行く」（「そほち」は「そぼち」「そほぢ」とも）から「いく」を掛詞に「幾しののめの」へ鎖る。「しののめ」は、夜明け方の空が白む頃。

〔補説〕 文永三年（一二六六）七月八日に出立し二十日に入京した帰洛の旅の途次の感懐かと思しい。結句が、この「文永三年十月五百首歌」では「露払ひけん」、文永四年（一二六七）十一月前後に成立と推定される『中書王御詠』では「露払ふらん」である。「露払ひけん」は、帰洛三ヶ月後の文永三年十月にこの旅を思い起こした体なのであろう。「露払ふらん」は、『中書王御詠』が旅中の詠草からそのまま採録したか（従ってその詠草を「文永三年十月五百首歌」に形を変えて流用したか）、「文永三年十月五百首歌」の一首を、帰洛途次の各所に於ける詠作（一二一二～一二三〇）に続けて配する過程で、その当時・当地の心情に即する形に改めたか、の何れかであろうか。しかしまた、建長四年（一二五二）三月十九日に京都を出発し四月一日に鎌倉に下着した旅のことを遠く思い出した感懐と解されなくもない。

朝

山見《み》れば雲たえだえにたなびき《る》て物寂《さび》しかる朝《あさ》ぼらけかな

〔本文〕 ○底本第三句「たるひきて」は、「な」（字母「奈」）を「る」（字母「留」あるいは「累」）に誤写したと見て、私に「たなびきて」に改める。

〔現代語訳〕 朝

山を見ると、雲がたえだえにたなびいて、何となく物寂しい夜明け方であることだな。

〔参考歌〕 たえだえにたなびく雲のあらはれて紛ひもはてぬ山桜かな（新勅撰集・春上・六七・藻壁門院少将。新三十六人撰・一二三二。三十六人大歌合弘長二年・一八二）

山里は物寂しかることこそあれ世の憂きよりは住みよかりけり（和漢朗詠集・山家・五六三・作者不記）

明けぬれば暮るるものとは知りながらなほ恨めしき朝ぼらけかな（後拾遺集・恋二・六七二・道信）

〔語釈〕 ○朝 『古今六帖』の第一・歳時・秋と第五・雑思に「あした」と見えるが、これは共に『新撰六帖』(第一、第五)では「のちのあした」とあるもので、歌の内容も後朝であるので(前者は七夕後朝)、当たらない。40の「暁」と同様に、『新撰六帖』(第一)の現存『古今六帖』に見えない題の(「あかつき」に続く)「あした」が相当する。その『新撰六帖』では、「あした」「ひる」「ゆふべ」と続いていて、該歌と次歌と次次歌の「朝」「昼」「夕」の並びに一致するので、これに拠ったのであろう。なお、「朝」の表記では、承久二年(一二二〇)秋慈円勧進の「四季題百首」(拾玉集、壬二集、拾遺愚草)に見える。○朝ぼらけ 夜がほのぼのと明ける頃。「曙」と同じ頃。

昼

久かたの天つ日影《かけ》の半空《そら》に傾《かたふ》かぬ身といつ思ひけん

〔本文〕 ○第二句の「天つ」の底本の字母は「津」で、私家集大成は「天津」と翻印するが、「津」はひらがなと見る。58、170、266、304(私家集大成はここのみ「津」を「つ」とする)も同様。

〔現代語訳〕 昼
天の日の光が中空でまだ傾いてはいないように、傾くことのない我が身だと、いったい何時思ったのだろうか。

〔参考歌〕 傾かぬ妹が心の日影かな中空にのみ物思ひして(六百番歌合・恋上・昼恋・八一一・慈円)
名にしおふ今宵は秋の中空に影傾かず澄める月かな(歌合文永二年八月十五夜・停午月・八六・為教)

〔語釈〕 ○昼 歌題としては珍しい。『古今六帖』に見えない。『新撰六帖』(第一)の「ひる」に相当する。↓42語釈。○天つ日影 天にある日の光、太陽のこと。後鳥羽院の「いく年の天つ日影にさらすらん誰がてづくりの布引の滝」(後鳥羽院御集・建保四年二月御百首・夏・五二四)が早い例で、『宝治百首』には家良の「久方の天つ日影も曇りなき御代のためとや照り始めけん」(雑・寄日祝・三九六二)の他に、三首(二二五八・知家、三九七九・為氏、三九八二・為継）の作例がある。これらに学ぶか。

〔補説〕 将軍であった自己の安定した境遇を回顧する。

44

夕

いにしへを昨日の夢とおどろけば現《うつゝ》の外《（ほか）》にけふも暮れつゝ

〔現代語訳〕 夕べ

過ぎ去った昔を、ただ昨日見た夢に過ぎないのだと気が付き驚くと、現実とはかけ離れたところで（夢のように）今日も日が暮れていって。

〔参考歌〕 現には臥せど寝られず起きかへり昨日の夢を何時か忘れん（後撰集・恋五・九二五・読人不知）

〔類歌〕 寝るがうちも現の外の世をや見る何をなにとて夢と分くらん（隣女集・巻四自文永九年至建治三年・雑・夢・二五七四）

いにしへは今と覚えて見る夢の驚けばまた昔なりけり（他阿上人集・雑・四二五）

〔他出〕 中書王御詠・雑・夢・三二八、結句「今日も暮れぬる」。

〔語釈〕 **○夕** 『古今六帖』に見えない。『新撰六帖』（第一）の「ゆふべ」に相当する。なお、「夕」の表記では、承久二年（一二二〇）秋慈円勧進の「四季題百首」（拾玉集、壬二集、拾遺愚草）に見える。↓42語釈。

〔補説〕 過去はほんの昨日の夢のようだと現実には驚くが、今日もまた夢のように現実感がなく暮れていって、夢と現の区別がつかないという趣。

45

夕暗《やみ》

忘《わす》れめや月をも待《ま》たず関越《こ》えて都たどりし夕暗《ゆふ》の空《そら》

〔現代語訳〕 夕暗

忘れようか（忘れはしない）。月が出るのも待たずに、逢坂の関を越えて、都へと道を辿った夕闇の空を。

〔参考歌〕 夕暮の月よりさきに関越えて木の下暗き桐原の駒（新撰六帖・第一・こまびき・一四三・知家）

〔語釈〕 **〇夕暗** 『古今六帖』（第一・天）の「ゆふやみ」（第一帖目録は「夕暗」と表記）。**〇忘れめや** 宗尊好尚の句。『柳葉集』に二首（七九一、八一二）、本抄に七首（45、59＝中書王御詠・二三四、63、230＝中書王御詠・二三一、472、701、861）見える。**〇関** 逢坂の関。山城と近江の国境。京畿の東を画し、東国への出入り口。**〇夕暗の空** 題から見ても、また底本が「ゆふぐれのそら」を736と777で「夕暮の空」と表記していることから見ても、「ゆふやみのそら」であろう。

〔補説〕 宗尊は、文永三年（一二六六）七月二十日の子の刻に入京し、六波羅の北条時茂邸に入ったという。とすれば、逢坂の関を越えたのは、二十日の月が出る前の時間帯で、そのまま暗闇の中を六波羅に向かったとしても不思議はない。実体験を詠じたものであろうが、参考歌の知家詠を意識して、八月十六日の駒牽のために信濃国桐原の御牧の駒が逢坂の関を越えていく風情を、自らに重ね合わせたかとも疑われる。

46

天

世を照《て》らす月日の影の明《あき》らけき空見《み》る時はなほ頼《たの》まれぬ

〔現代語訳〕 天

この世を照らす天の月と日の光が明るく澄んでいる空を見る時は、やはり自然と頼みにしてしまうのだ。

〔本歌〕　山別れ飛び行く雲の帰り来る影見る時はなほ頼まれぬ（新古今集・雲・雑下・一六九三・道真）

〔参考歌〕　世を照らす月日の光見るたびに曇らじと思ふ心こそつけ（続古今集・雑中・一六七七・実氏。洞院摂政家百首・雑・述懐・一七九六）

曇りなき鏡の山の月を見て明らけき代を空に知るかな（新古今集・賀・七五一・永範）

空晴れて照らす月日の明らけく君をあふげばいや高の山（万代集・神祇・一六三六・経光。玉葉集・賀・一一〇二）

〔語釈〕　○天　『拾遺集』に「詠天」として人麿の「空の海に雲の浪立ち月の舟星の林に漕ぎかくる見ゆ」（雑上・四八八）が見える。○月日の影　日光と月光。帝王と后妃を寓意か。

〔補説〕　大宰府左遷からの帰洛を、帰り来る雲に寄せて期待した道真詠を踏まえて、帰洛は果たしたもののいまだ不遇をかこつ自身の復権を期待する意味を込めるか。弟亀山天皇代だが、「世を照らす月日の影の明らけき空」は、父帝後嵯峨院の君臨と母妃（准后）棟子の存在を寓意するか。

47

夕日

いたづらに今日《けふ》も暮れぬとながめつつ夕日に干《ほ》さぬ我《わ》が袂《たもと》かな《哉》

〔現代語訳〕　夕日

ただむなしく今日も暮れた、と、ぼうっと視線をさまよわせながら、夕日に（涙を）乾かすこともない我が袂であることよ。

〔参考歌〕　いたづらに今日も暮れぬる入相にまためぐりあふ我が涙かな（万代集・雑二・三〇五七・慶政）

いたづらに濡るる袖かな墨染の今日も暮れぬる空をながめて（新撰六帖・第四・おもひをのぶ・一二七三・知家）

朝露に濡れにし袖を干す程にやがて夕立つ我が袂かな（山家集・恋百十首・一二六六）

〔類歌〕世を憂しと思ふ涙にしほたれて干す間も知らぬ我が袂かな（柳葉集・巻三・弘長三年八月、三代集詞にて読み侍りし百首歌・雑・四四六）

〔語釈〕**○夕日** 歌題としては珍しい。**○夕日に干さぬ** 新奇な句。夕日を眺めて流す涙を、その夕日に乾かすこともない、ということ。「いたづらに」「ながめ」「袂」から、涙が暗示されている。

〔補説〕類歌は、「限りなく思ふ涙にそほちぬる袖はかわかじ逢はむ日までに」（古今集・離別・四〇一・読人不知）の第二句を取りつつ、為家の「露けさは秋の草葉をたぐひとて干す間も知らぬ我が袂かな」（新撰六帖・第六・あきの草・一九二七）にも倣った作。

『瓊玉集』にも窺われるとおり、宗尊は『新撰六帖』を披見していたと推測される。従って、参考歌の知家詠も宗尊の視野に入っていたであろう。同じく、慶政上人歌を収める『万代集』も、宗尊の手許にあった可能性を見てもよいであろう。西行詠については、なお他の事例と併せて検証されるべきである。

48

月

長き夜も明《あ》くるを際《きは》とまどろまで愁へぞ人に月は見《み》せけり

〔現代語訳〕月

長い夜も、明けるまでを限りだと、まどろむこともなくて、（夜明けまで）月は人に対して愁えを見せたのだった。

〔参考歌〕まどろまで物思ふ宿の長き夜は鳥の音ばかりうれしきはなし（新勅撰集・雑二・一一七一・匡房。堀河百首・雑・暁・一二八二）

〔影響歌〕夜な夜なは明くるを際に待ちつくす限りはいつも暁の鐘（伏見院御集・暁恋・二〇三六）

分きてなど夜しもまさる愁へにて明くるを際に虫の鳴くらん（風雅集・秋中・五五九・章義門院）

〔他出〕中書王御詠・秋・愁へに沈みてのち、月を見て・一一六、二句「明くるを際に」結句「月は見せける」。

〔語釈〕○月　「月」単独の題は、『古今集』（一九五）から見え、平安時代の歌合にも散見する。まとまった設題としては、『和漢朗詠集』の「八月十五夜」に「付けたり」として見えるのが早く、『堀河百首』が続く。○明くるを際と　夜明けを境目としてそれまで、ということ。先行類句は、「灯火の尽くるを際とながめつつあはれ幾夜を嘆き来ぬらん」（二条太皇太后宮大弐集・一一七）や「灯火の尽くるを際にながめつつまどろまぬ夜を幾夜経ぬらむ」（物語二百番歌合・心高・三六〇・御製）、あるいは「灯火の尽くるを際に起きゐつつこの世を夢とさとり行くかな」（後鳥羽院御集・雑百首・一〇八二）の「尽くるを際と（に）」で、白氏の「上陽白髪人」を踏まえる。↓補説。

〔補説〕下句だけが「月」を擬人化している、「まどろまで」の主語は「人」（宗尊）と見て、右のように解釈した。一首全体が「月」を擬人化している、「まどろまで」の主語も「月」と見れば、月はまどろみもせずに終夜、悲哀の相を人に見せた、という主旨に解される。しかしいずれの場合でも結局は、その「月」を眺める「人」たる宗尊自身が、まどろむこともできずに終夜、憂愁の心で月をながめた、ということではあろう。

語釈に示した「尽くるを際と（に）」の歌々に宗尊が学んだとすれば、該歌に於いても、「上陽白髪人」の「秋夜長（あきのよながし）　夜長無眠天不明（よながくしてねぶることなければてんもあけず）　耿耿残灯背壁影（かうかうたるのこんのともしびのかべにそむけたるかげ）　蕭蕭暗雨打窓声（せうせうたるくらきあめのまどをうつこゑ）」（和漢朗詠集・秋・秋夜・二三三・白居易）を意識していたであろうか。

春月

霞《かす》むともいつまで見《み》えし影ならん今《いま》は涙の春の夜《よ》の月

〔現代語訳〕 春の月
霞むとしても、ともかくも見えた月影はいつまでであったろうか。今は涙に曇っている春の夜の月よ。

〔参考歌〕 さやかにも見るべき月を我はただ涙に曇る折ぞ多かる（拾遺集・恋三・七八八・中務）
時分かぬ涙に袖はおもなれて霞むも知らず春の夜の月（土御門院御集・詠二十首和歌承久四年正月廿五日・四季月・春・一一五。秋風集・春上・五六・土御門院）。↓補説。

〔影響歌〕 ほのかにもいつまで見えし影ならんよそになる戸の舟の追風（耕雲千首・恋・寄渡恋・六五〇）

〔他出〕 中書王御詠・春・春月・二四。

〔語釈〕 **○春月** ここから、52の「冬月」までの四季の「月」は、『古今六帖』（第一・天）の「春（夏・秋・冬）の月」に当たる。↓補説。**○今は涙の** 「人知れず思ひそめてし心こそ今は涙の色となりけれ」（千載集・恋一・六八七・源季貞）が先蹤となる。

〔補説〕 ここから52までの春夏秋冬の月の題、ならびに54〜56の春（夏）秋冬の風の題の設定は、『古今六帖』や『新撰六帖』に従ったものであろうが、なお、土御門院の「詠二十首和歌承久四年正月廿五日」の「四季日」「四季月」「四季雨」「四季雲」「四季風」（土御門院御集・一一一〜一三〇）からの影響も考えられようか。

夏月

起《お》きて見《み》し今年《ことし》の夏の有明や東《あつま》の月の限《かき》りなり成けん

〔現代語訳〕　夏の月
起きてながめ見た今年の夏の有明の月が、東で見る月の最後であったのだろうか。
〔語釈〕　○夏月　↓49語釈。○起きて見し　歌詞としては他に見えない。実体験の反映か。↓補説。○今年の夏　『万葉集』の「片岡のこなたの峰に椎まかば今年の夏の陰になみむか」（巻七・雑歌・詠岳・一〇九九・作者未詳。古今六帖・第六・しひ・四二六一、三句「椎まくは」結句「陰にせんかも」）が原拠。ここは実際の今年の夏ということで、この「五百首」（↓1）が詠まれた文永三年（一二六六）の夏。歌詞としては、「今年の春」「今年の秋」がより一般的。宗尊は971にも用いている。○東の月　歌詞としては新奇。後鳥羽院の「東路の月」（後鳥羽院御集・一二八五）が先行する。関東と京都とに跨って活躍した寂身の、「宵に見る東の月はかたぶきぬ今や都の有明の空」（寂身集・雑雑歌寛喜三年貞永元ゝ等・同じ頃（十五日の夜）月をながめて・三三五）が管見に入る先行例。○限りなりけん　↓10。
〔補説〕　この歌を収める「五百首」（↓1）が詠まれたのは、文永三年（一二六六）十月で、それ以前の七月八日に鎌倉から京都へ出発している。東国で見る夏の有明月は、この夏が最後であった。特に六月二十日から月末にかけては慌ただしい状況が続いて（↓17）、宗尊は実際に、夜中あるいは夜明け近くに、有明の月を「起きて見」たことがあったのではないだろうか。

51

秋月

この秋は涙に影ぞかはりぬる月やあらぬと思《おも》ふばかりに

（此）

〔現代語訳〕　秋の月
この秋は、月の光が涙で変わって（曇って）しまった。あの業平のように、「月やあらぬ」、昔と同じ月はないのか、いやあるけれど（我が身の境遇が変わったのだ）、と思うだけに。

〔本歌〕月やあらぬ春や昔の春ならぬ我が身一つはもとの身にして（伊勢物語・四段・五・男。古今集・恋五・七四七・業平）

〔参考歌〕面影の霞める月ぞ宿りける春や昔の袖の涙に（新古今集・恋二・一一三六・俊成女）

里は荒れて月やあらぬと恨みても誰あさぢふに衣うつらむ（新古今集・秋下・四七八・良経）

身の憂さを月やあらぬとながむれば昔ながらの影ぞもりくる（新古今集・雑上・一五四二・二条院讃岐）

なにとかは月やあらぬとたどるべき我がもとの身を思ひ知りなば（続古今集・釈教・月の夜坐禅の次に・七六二・後嵯峨院）

〔類歌〕いかにせん月やあらぬとかこちても我が身一つにかはる憂き世を（本抄・巻二・文永五年十月三百首歌・月・374）

〔他出〕中書王御詠・秋・愁へに沈みてのち、月を見て・一一三。

〔語釈〕**○秋月**　→49語釈。**○この秋**　七月に将軍を更迭され京都に送還された文永三年（一二六六）の秋。**○涙に影ぞかはりぬる**　悲しみに流す涙によって曇り、月光の様子が変わってしまって見える、ということ。先行の類例は、「ことわりの秋にはあへぬ涙かな月の桂も変はる光に」（新古今集・秋上・三九一・俊成女）が早く、土御門院に「雲ゐより宿りなれにし秋の月いかに変はれる涙とか知る」（続古今集・雑下・一七三六）、順徳院に「月もなほ見し面影は変はりけり泣きふるしてし袖の涙に」（恋・八四）がある。また、『洞院摂政家百首』にも「待ち出でしならひばかりはそれながら影も涙に変はる月かな」（恋・遇不逢恋・一三三四・成実）と見える。宗尊と同時代の例には「秋を経てなれしなかばの夜半の月曇る涙に影ぞかはれる」（実材母集・八月十五夜、終夜眺むる月も影寂しう見えしかば・一九四）がある。

〔補説〕この「五百首」（→1）を詠じた文永三年（一二六六）の「この秋」は、京都を出て東下りする『伊勢物語』の男・業平とは逆に、将軍を廃されて鎌倉を追われて帰洛した秋。同じく「月やあらぬ」歌を本歌にした参考歌の諸詠は、該歌を作る際に特に意識の上に置いていたという訳ではないだろうが、日頃から当然に学んでいて、既に宗尊の知識の中にあったと見てよいであろう。

本抄では「文永三年十月五百首歌」の一首だが、『中書王御詠』では詞書「愁いに沈んで後、月を見て」（一一一～一二六）の詞書の下の一首である。属目の述懐詠を定数歌に取り込んだのか、逆に、定数歌の一首を「愁いに沈んで後、月を見て」の詞書の下に再構成したのかは即断できない。

冬月

時雨れながらたえだえ《〱》迷《まよ》ふ村雲の空行く月ぞ秋にまされる

〔現代語訳〕 冬の月

時雨を降らせながらちぎれちぎれにさまよう群雲、その空をめぐり行く冬の月は、秋にまさっている。

〔参考歌〕 時雨れつる峰の村雲たえだえにあらはれ渡る冬の夜の月（内裏百番歌合承久元年・冬夜月・一六九・信実）

紅葉するほどは時雨の村雲に空行く月やめぐりあふらん（千五百番歌合・冬一・一七四〇・後鳥羽院。後鳥羽院御集・四五九）

たえだえに里分く月の光かな時雨をかくる夜半の村雲（新古今集・冬・五九九・寂蓮）

〔類歌〕 村雲の空行く月もあるものをたえだえにだに見えぬ君かな（新拾遺集・恋四・寄月恋・一三〇一・公忠）

風早み時雨ながらに行く月の空さだめなき村雲のかげ（六帖詠草・秋・時雨るる月を・八六一）

〔語釈〕 **○冬月** →49語釈。**○時雨れながら** 先行例の見えない句。後出も、『文保百首』の例は「時雨れながらに」（七五七・公顕、一八五一・実任）で、尊氏と伝える「夢絶えて枕ぞ寒き時雨れながら寝屋の隙もる夜半の嵐に」（北野社百首和歌（建武三年）・閨冬・時雨・三七）が、真に尊氏の詠であれば、「時雨ながら」の句の近い時代の作例となる。**○たえだえ迷ふ**　これも先行例は見えず、後出も、肖柏の「雪もまだたえだえ迷ふ草の上に霞乱れて霞む春風」（春夢草・春上・早春・七〇七）を見出す程度。**○空行く月ぞ**　勿論「空行く月」は、参考歌の後鳥羽院詠も踏まえる「忘るなよほどは雲ゐになりぬとも空行く月のめぐりあふまで」（拾遺集・雑上・四七〇・読人不知）を初めとして通用の措辞。「空行く月ぞ」の形は意外にも希だが、これは偶々のことで、特異な句という訳でもないであろう。早くは、「うき雲のをさまりにける秋の夜は空行く月ぞ物憂かりける」（大斎院前御集・三六五）の例がある。**○秋にまされる**　類句も含めて明確な先行例は、定家の「忘られぬ弥生の空の恨みより春の別れぞ秋にまされる」（洞院摂政家百首・春・暮春・二三〇。拾遺愚草・一四一五）のみ。後代でも、春あるいは夏について言う例がほとんどで、冬について「秋にまさ」ると言うのは特異。

〔補説〕「時雨ながら」「たえだえまよふ」「秋にまされる」といった伝統的ではない措辞を用いて、村雲と冬月の景を秋に比して優るとする詠みぶりは、新鮮である。例えば伏見院の「時雨すさぶ夜半の薄雲たえだえに月の姿も消えみ消えずみ」（伏見院御集・冬・二三〇二）のような、京極派和歌に通う景趣を佳しとする価値観がそこに認められるであろう。

用語の面から判断して、類歌として挙げた二首は、南北朝期の押小路内大臣三条公忠と、江戸中後期の小沢蘆庵の歌。偶合の可能性は排除できず、公忠や蘆庵が『竹風抄』の歌を披見し得たか否かは、なお検討を要するべき問題である。

53　風

吹《ふ》く風に言《こと》づてやらん東路の嶺《ね》越《こ》し山越《こ》し思《おも》ふ心《こゝろ》を

〔現代語訳〕　風

吹き行く風に言づてをしてやろう。東路の嶺々を越し山々を越して、私の思う心を。
〔本歌〕 甲斐が嶺を嶺越し山越し吹く風を人にもがもや言づてやらむ（古今集・東歌・甲斐歌・一〇九八）
〔語釈〕 **○風** 『和漢朗詠集』に設けられた題。
〔補説〕 東歌を本歌に、将軍を廃され鎌倉を追われて帰洛した宗尊が、東国に至る道筋にあって自らが実見した山嶺を想起し鎌倉で心通じた者を念頭に置いて、現在の心境を伝えたい、と詠じたものであろう。

54

春風

ありて世はげにも果《は》てこそ憂《う》かりけれ卯《う》の花さそへ春の山風

〔現代語訳〕 春の風
この世の中は、生きながらえても、まことに最後には憂く辛いものであった。「憂」という名の卯の花を誘って連れ去ってくれ、春の山風よ。
〔本歌〕 残りなく散るぞめでたき桜花ありて世の中果ての憂ければ（古今集・春下・七一・読人不知）
〔参考歌〕 谷河のうち出づる浪も声立てつ鶯さそへ春の山風（新古今集・春上・一七・家隆）
〔語釈〕 **○春風** ここから、56の「冬風」までの春・秋・冬の「風」は、『古今六帖』（第一・天）の「春（夏）・秋・冬の風」に当たる。原「五百首」には、「夏風」も存したか。↓49語釈。**○卯の花さそへ** 「時鳥我とはなしに卯の花の憂き世の中に鳴き渡るらむ」（古今集・夏・一六四・躬恒）を初めとした「卯の花」に「憂」が掛かる趣向を踏まえて、「憂」き状態であることを「卯の花」によそえるか。「さそへ」は、参考の家隆詠も含めて一般に、こちらに連れてこい、との意だが、ここは一首の趣旨から見て、こちらから遠くに連れ去ってくれ、との意か。

55

秋風

いかに吹《ふ》く今年《ことし》の秋の風なれば草葉の色を身に知《し》らすらん

【現代語訳】秋の風
いったいどのような吹き方をする今年の秋の風だというので、草葉の色が変わる（そのように人の身の上も変わる）ことを、この我が身に思い知らせるのであろうか。

【参考歌】来ぬ人を待つ夕暮の秋風はいかに吹けばかわびしかるらむ（古今集・恋五・七七七・読人不知）
秋風の吹きと吹きぬる武蔵野はなべて草葉の色かはりけり（古今集・恋五・八二一・読人不知）
秋の野にいかなる露の置きつめばちぢの草葉の色かはるらん（後撰集・秋下・三七〇・読人不知）

【類歌】いかに吹く秋の夕べの風なれば鹿の音ながら身にはしむらん（続拾遺集・秋上・二五六・後深草院少将内侍）
あすか川淵瀬のなにとありそめてかはるためしを身に知らすむ（中書王御詠・雑・六帖の題の歌に・川・二六二）

【語釈】**○秋風**　↓54語釈。**○今年の秋**　この「五百首」（↓1）を詠んだ文永三年（一二六六）の秋。↓57。↓補説。

【補説】この年文永三年（一二六六）の夏まで鎌倉で将軍であったものが、秋には京洛で沈淪していることを念頭に置いた述懐性が強い歌であろう。

56

冬風

いづこにも残る木の葉やなかるらん夕《ゆふ》べ時雨《しく》れて山風《かせ》ぞ吹《ふ》く

【現代語訳】冬の風

どこにも、残っている木の葉はないのであろうか。夕方に時雨がきて、山の風が吹いている。

〔参考歌〕 木の葉散るむべ山風の嵐より時雨になりぬ峰の浮雲（北野宮歌合元久元年十一月・時雨・八・有家。万代集・冬・後鳥羽院御時歌合に・一二八九）

おのづから残る紅葉もあらじかし山の秋風吹きまさるなり（洞院摂政家百首・秋・紅葉・七五四・範宗）

〔類歌〕 山風に堪へぬ木の葉の降りそひて時雨を染むる神な月かな（寂身集・詠百首和歌　寛元三年於関東詠之・冬・四〇七）

〔語釈〕 ○冬風　→54語釈。○山風ぞ吹く　定家の「鶯もまだ出でやらぬ春の雲今年ともいはず山風ぞ吹く」（拾遺愚草・内大臣家百首建保三年九月十三夜講・春・早春・一一〇二）を初めとして、建保期頃から詠まれ始めて盛行する句。

〔補説〕 言うまでもなく「時雨」も「山風」もそれぞれ、落葉を誘うものとしても、落葉によそえられるものとしても、落葉と深く結び付いている。その両者を併せて、「時雨」を運ぶ冬の「山風」の中の残り無き落葉を詠じる。

57

嵐

この秋は人の心《こゝろ》のあらしのみ我《わ》が身をせめて吹きまさりつつ

〔現代語訳〕 嵐

この秋は、人の心の荒くすさんだような嵐の風ばかりが、我が身を責めてずっと吹きつのっていて。

〔本歌〕 身に寒くあらぬ物からわびしきは人の心の嵐なりけり（後撰集・雑三・一二四六・土佐）

〔影響歌〕 霜雪に我が身をせめて暮ると明くと君につかふる年ぞ経にける（隣女集・巻三自文永七年至同八年・雑・文の心よみ侍りし歌中に・夙夜匪懈臣事一人・一六七六）

〔語釈〕 ○嵐　『古今六帖』（第一・天）の「あらし」。○この秋　この「五百首」（→1）を詠んだ文永三年（一二六六）の秋。→55。**〇心のあらし**「心の荒し」に、「吹きまさりつつ」の主語となる「嵐」が掛かる。
〔補説〕影響歌の作者雅有は、関東祗候の廷臣で、祖父雅経・父教定と同様に秀句好みと見られ、「我が身をせめて」を該歌に拠ったと見た。

58

雲

天つ空風《かせ》の上《うへ》行くうき雲の宿《やと》り定《さた》めぬ世に迷ひつつ

〔現代語訳〕雲
はるかな天空で吹く風の上を行く浮雲のように、宿りを定めることのないこの憂き世にさまよい続けていて。

〔本歌〕あしひきの山たちはなれ行く雲の宿り定めぬ世にこそありけれ（古今集・物名・たちばな・四三〇・滋蔭）

〔参考歌〕を初瀬や宿やは分かむ吹きにほふ風の上行く花の白雲（後鳥羽院自歌合・落花・四。後鳥羽院御集・一七五二）
天つ空うき雲払ふ秋風にくまなく澄める夜半の月かな（新勅撰集・秋上・二五三・公能）

〔語釈〕**〇雲**『古今六帖』（第一・天）の「くも」。**〇うき雲**「浮雲」に「世」「迷ひ」の縁で「憂き」が掛かる。

〔補説〕京洛に親王として生まれ育ち、十一歳ではからずも鎌倉に下って将軍となり、十四年後の今また鎌倉を追われて京都に戻された境遇を、「浮雲」に寄せて詠嘆するか。

59

雨

忘《わす》れめや軒の茅間《かやま》に雨降《ふ》りて袖干《ほ》しかねし菊川の宿

〔現代語訳〕 雨

忘れようか（忘れはしない）。軒の茅間に雨が降りそそいで、衣の袖を干しかねた、あの菊川の宿を。

〔参考歌〕 忘れめや葵を草に引き結びかりねの野辺の露の曙（新古今集・夏・一八二・式子）

春くれば軒の茅間の雨そそきことづけてのみ濡るる袖かな（万代集・恋一・一九三一・匡房。江帥集・恋・二三五）

宇津の山夕越え来れば霙降り袖ほしかねつあはれこの旅（六百番歌合・冬・霙・五二七・顕昭）

〔他出〕 中書王御詠・雑・旅歌とて・二三四、三句「雨漏りて」。

〔語釈〕 **○雨** 『古今六帖』（第一・天）の「あめ」。**○忘れめや** ↓45。**○軒の茅間** 茅葺き屋根の軒の、茅と茅の隙間。雨が漏れやすい。珍しい景物だが、鄙びた侘びしさを醸す。参考歌の他に、『江帥集』に「忍べとや軒の茅間の忍草恋は人目を忍ぶものかは」（雑・こひ・三九五）、あるいはこれに倣ったと思しい『顕輔集』の「東野の軒の茅間の忍草恋をば人の忍ぶものかは」（恋・六三）、またさらにこれに負ったかと思しい清輔作という「東屋の軒の茅間に生ふと見し人を忍ぶは我が身なりけり」（夫木抄・雑・あづまや・一四三八八）などが、数少ない先行例。宗尊は、これらに学んだかと思われるが、実見もしたかと疑われる。同時代で少し後出の雅有詠「東屋の軒の茅間を漏る時雨音にぞ立てぬ袖は濡れけり」（隣女集・巻三自文永七年至同八年・恋・忍恋・一三七〇）も、関東に祗候し京都鎌倉を往還した経験が反映していようか。**○菊川** 遠江国榛原郡菊川村、現在の静岡県島田市菊川の地名。鎌倉時代の宿駅。佐夜中山と大井川という東海道の難所の中間に位置。『吾妻鏡』建久元年（一一九〇）十月十三日条に、上洛途次の源頼朝が宿泊する所として、「於二遠江国菊河宿一」とあるのが早い。承久の乱に捕らえられて鎌倉に護送される途中駿河国藍沢原で処刑された中御門宗行が、この地の宿の柱に「昔南陽県菊水、汲二下流一而延レ齢、今東海道菊河、宿二西岸一而失レ命（昔南陽県の菊水、下流を汲んで齢を延ぶ。今東海道の菊河、西岸に宿して命を失ふ）」と書きつけたという（吾妻鏡・承久三年七月十日条）。鎌倉期には初倉から大井川を越えて島田に至る道もあったというが、『海道記』『東関紀行』の作者も『十六夜日記』の阿仏尼も、佐夜中山から当宿を通っていて、前二者は宗行のことを追想している。宗尊の脳裏にもまた宗行の故事がよぎったか、とも想像される。

〔補説〕　宗尊は、建長四年（一二五二）春三月十九日に京都を出発し、四月一日に鎌倉に下着していて、十二日間の東下の旅であった（同年三月は小月）。その旅程と思しき、『吾妻鏡』の記事では、菊川に至ったのは、京都を出て七日目の三月二十六日の夜で、それから四日目に鎌倉に入っていることになる。その折に宗尊と入れ違いに鎌倉を追われた前将軍頼嗣は、三月二十一日に幕府を出て北条時盛亭に移り（翌日鎌倉出発か）、四月三日に帰洛している。鎌倉出発も京都帰着も重服を押して進発したというから、少々強行軍であったということであろうか。この間、鎌倉を出て京都までは十一、二日間であった。宗尊の帰洛の場合は、文永三年（一二六六）七月四日に幕府を出て同じく時盛亭に移り、八日に鎌倉を出発し、二十日の子刻に入京している。頼嗣の場合よりやや時間を要した十三日間の旅である。以上を勘案して、帰洛する宗尊の菊川通過が、鎌倉を出てから四、五日目だとすると、菊川に至ったのは、七月十二日か十三日頃であったろうか。

63は、該歌と一対のような歌。

春雨

袖のみぞ今は濡《ぬ》れける春雨の恵《めぐ》みやいつの昔《むかし》なりけん

〔本文〕　○第四～五句の「いつの昔」は底本「いつ。《の》むかし」。

〔現代語訳〕　春雨

袖ばかりが今は濡れたのだった。春雨の恵みがあったのは、いったい何時の昔であったのだろうか。

〔参考歌〕　草も木もあまねく恵む春雨に袖は濡れてもかひなかりけり（俊成五社百首・賀茂・春・春雨・一一一）

春雨のあまねき御代の恵みとは頼むものから濡るる袖かな（続古今集・雑上・春雨の心を・一四九五・基良。宝治百首・春・春雨・三二六。万代集・春上・一六三。三十六人大歌合弘長二年・一〇。新時代不同歌合・一四八）

重ねしも昔なりけん唐衣片敷くのみぞ今は悲しき（宝治百首・恋・寄衣恋・三一四三・為継）

〔語釈〕○春雨　『古今六帖』には見えない。『堀河百首』（春）に設けられた題だが、直接には『新撰六帖』（第一の「はるさめ」に拠るか。○袖のみぞ　「いさやまだ人の心も白露のおくにもとにも袖のみぞひつ」（後撰集・恋五・九六四・読人不知）が原拠。

〔補説〕「春雨」の「恵」の歌は、参考歌の俊成詠に始発し、『千五百番歌合』の「消えやらぬ雪より恵む若草の露知り染むる春雨の空」（春二・二六七・具親）を経て、貞永元年（一二三二）の『洞院摂政家百首』の「数数に恵む草葉もあらはれぬ曇らぬ御代の春雨の空」（雑・祝・一九六六・隆祐）あたりから、「御代」の「恵」を言う歌が詠まれてゆく。特に、後嵯峨院が宝治二年（一二四八）に召した『宝治百首』（春・春雨）では、参考歌の基良詠の他にも、次のような類想歌が詠まれている。

いたづらに降りぬと思ひし春雨の恵みあまねき御代にあひつつ（三二五・家良）

里分かぬうるほひ四方にあふぐかな君が恵みの春雨の空（三二七・隆親）

おしなべて四方の山べの草木まで恵みあまねき春雨ぞ降る（三三六・有教）

春雨の恵みあまねき君が代に跡を尋ねてふるかひぞある（三三八・定嗣）

ぬれてだに御代の恵みにもれじとてをがさもとらぬ春雨の空（三五〇・隆祐）

のどかなる御代のしるしをみせがほに四方の草木も恵む春雨（三六〇・下野）

これら、父帝後嵯峨院の代を言祝いだ歌々は、当然宗尊の視野に入っていたであろう。これらを踏まえて、七月二十日に帰洛しつつ、後嵯峨院ならびに母の棟子から義絶されて謁見も許されない境遇を嘆息したものであろう。幕府による十一月六日の解義絶の奏請を承けて、宗尊が初めて仙洞で父に対面するのは、十二月十六日のことである。

なお、父後嵯峨院没、宗尊出家後の「文永九年十一月頃百番自歌合」にも同じ「春雨」題で「春雨の恵みも今は昔にて涙にくたす苔の袖かな」（本抄・巻五・945）という近似した作を詠じている。

61

五月雨

あはれ我《わ》が袖より外に見《み》しもの《物》を過ぎにしかたの五月雨《さみだれ》の空

〔現代語訳〕 五月雨

ああ、私の袖に無縁のものとして見たのだけれど、過ぎ去った昔の五月雨の降る空は。（今は袖に五月雨のように涙が降るよ）

〔本歌〕 我ならぬ草葉もものは思ひけり袖より外に置ける白露（後撰集・雑四・一二八一・忠国）

〔参考歌〕 よそに聞く苗代水にあはれ我がおり立つ名をも流しつるかな（金葉集・別・三三五・兼房）

ながめつつ昔も月は見しものをかくやは袖の隙なかるべき（千載集・雑上・九八五・相模）

それとなく思ひ出づれば袖ぞ濡るる過ぎにし方の夕暮の空（後鳥羽院御集・詠五百首和歌・雑・一〇〇六）

〔類歌〕 あはれ我が袖のみぬれていとどしくいかに降りぬる五月雨の空（中院集・廿八日、続百首・五月雨・七〇）

〔語釈〕 **○五月雨**　『堀河百首』（夏）に設けられた題。

〔補説〕 類歌の為家詠は、文永四年（一二六七）正月か二月の作（佐藤恒雄『藤原為家全歌集』）。

62

夕

忘《わす》れずよ富士《ふし》の川門《と》の夕立に濡《ぬ》れ濡れ行《ゆ》きし旅の悲《かな》しさ

〔現代語訳〕　夕〔立〕
忘れないよ。富士川の川門の渡りに降る夕立に、濡れに濡れながら行った、あの旅の悲しさを。
〔本歌〕　忘れずよまた忘れずよ瓦屋の下たく煙下むせびつつ（後拾遺集・恋二・七〇七・実方）
遅れじとつねのみゆきは急ぎしを煙にそはぬ旅の悲しさ（後拾遺集・哀傷・五四二・行成）
〔参考歌〕　濡れ濡れもなほ狩り行かんはし鷹の上羽の雪をうち払ひつつ（金葉集・冬・雪中　鷹狩をよめる・二八一・道済）
舟よばふ富士の川門に日は暮れぬ夜半にや過ぎん浮島の原（続古今集・羇旅・九三二・基政。宗尊親王百五十番歌合弘長元年・冬・二〇〇）
〔類歌〕　忘れずよ清見が関の波間より霞みて見えし三保の浦松（柳葉集・巻二・弘長二年十一月百首歌・旅・二八五。続古今集・羇旅・八五八・宗尊）
〔語釈〕　○夕　夕方の意の「夕」は、44に既出。ここは、前後の配列から見て、「夕」の「雨」の類を言ったものであろう。省略かあるいは誤脱か。『古今六帖』（第一・天）には「ゆふだち」がある。本文は改めないが、解釈の上では、「夕立」と見ておく。○忘れずよ　父後嵯峨院にも「忘れずよ朝ぎよめするとのもりの袖にうつりし秋萩の花」（続後撰集・秋上・二八七）の作例がある。宗尊は、この句を多用している（柳葉集・二八三、二八五。本抄・107、160、180、471、565）。○富士の川門　駿河国の歌枕「富士川」（現静岡県富士市の富士川）の、川の両岸がせまっている所、川の渡し場。この形の先行例は参考に示した、上洛の経験のある幕府御家人の後藤基政の歌を見出すのみ。後年でも、建治元年（一二七五）の『都路の別れ』に関東祗候の廷臣藤原雅有が「明けやらぬ富士の川門の朝霧に浅瀬をたどる秋の旅人」（一三）と詠んでいる程度である。宗尊も含めて何れも、実際に「富士の川門」を渡った経験を踏まえた作であろう。
〔補説〕　『後拾遺集』の両首を本歌と見たが、実方は『拾遺集』初出歌人で、行成は『後拾遺集』当代歌人である。

これについては、『瓊玉和歌集新注』126・128補説、解説参照。

参考歌の作者後藤基政は、鎌倉幕府御家人で、宗尊幕下に一芸堪能を以て結番された「昼番衆」にも加えられた近習である。弘長元年（一二六一）七月二十二日には宗尊が「関東近古詠」（『東撰六帖』か）撰進を基政に下命していて、両者の関係の強さが窺われるのである。

宗尊の帰洛の折の感懐であろう。宗尊が十二日間で京都から鎌倉に東下したときの旅程と思しき『吾妻鏡』の記事によると、宗尊は建長四年（一二五二）の三月二十八日の昼に蒲原に至り、富士川を越えて、同日の夜に木瀬（黄瀬）川に至っていて、それから二日目の四月一日に鎌倉に入っているのである（当三月は小月）。文永三年（一二六六）の帰洛の旅は、十三日間であるが、逆の道程をほぼ同じような日程で辿ったとすれば、宗尊が富士川を渡ったのは、鎌倉を七月八日に立ってから二日目の七月十日の夕刻であったろうか。→59。

63

急雨

忘れめや宿立《た》ち別《わか》れ今はとて出でし夕べの秋の村雨《むらさめ》

〔現代語訳〕　急雨

忘れようか（忘れはしない）。宿を立ち別れて、今はもう（行くのだ）と出た夕方に降っていた秋の村雨を。

〔参考歌〕　忘れめや葵を草に引き結びかりねの野辺の露の曙（新古今集・夏・一八二・式子）

今はとて別るる時は天の河渡らぬさきに袖ぞ潰ちぬる（古今集・秋上・一八二・宗于）

〔語釈〕　**○急雨**　むらさめ。『古今六帖』（第一・天）の「むらさめ」。**○忘れめや**　→45。

〔補説〕　「宿」が、旅の宿所だとすれば、59と一対のような感もある。しかし、この「宿」は、鎌倉に於ける宗尊の御所を指しているのではないだろうか。『吾妻鏡』によると、文永三年（一二六六）七月四日、宗尊は、「可レ有二御帰洛ニ之御出門」で御所を出て、女房輿に乗り、戌刻に入道勝円北条時盛の佐介亭に移った。この日の鎌倉は、少なくとも夕方の申刻には雨が降っていたのである。

64

志津久

山陰の木木《々》の雫に袖濡《ぬ》れて暁ごとに出《い》でし旅《たび》かな

〔現代語訳〕しづく
山陰の木々からしたたる雫に袖が濡れながら、暁のたびごとに出立した旅であったな。

〔参考歌〕山路にてそほちにけりな白露の暁おきの木木の雫に（新古今集・羇旅・九二四・国信）
身をつめば露をあはれと思ふかな暁ごとにいかでおくらん（拾遺集・恋二・七三〇・読人不知）

〔語釈〕**○志津久**　しづく。一字一音の万葉仮名風の表記。『古今六帖』（第一・天）の「しづく」。第一帖の題目録に同じ「志津久」の表記が見える。

〔補説〕文永三年（一二六六）七月の帰洛の旅を回想した歌か。

65

霧

隔《へた》て来てなほ《猶》ぞ忘《わす》れぬ越《こ》えわびし山は高《たか》しの秋の朝霧

〔現代語訳〕霧
すでに遙か遠くに隔て来て、それでもやはり忘れない。あの時越えかねた山は高くあり、その高師の山を包んでいた秋の朝霧を。

〔参考歌〕　雲のゐる梢はるかに霧こめて高しの山に鹿ぞ鳴くなる（新勅撰集・秋下・三〇三・実朝）

〔語釈〕　**〇霧**　『古今六帖』（第一・天）の「きり」。**〇山は高しの秋の朝霧**　「山は高し」から「たかし」を掛詞に「高師の秋の朝霧」へ鎖る。歌枕「高師（山）」は、三河国渥美郡（現愛知県豊橋市）と遠江国浜名郡（現静岡県湖西市）の境にある山。

〔補説〕　宗尊は他にも、「忘れめや霧深かりし曙の高師の山の秋〔の〕けしきは」（本抄・巻二・文永五年十月三百首歌・羇中・472）や「高師山にて霧いと深かりしかば／霧深き高師の山の秋よりも我ぞ憂き世に道迷ひぬる」（中書王御詠・雑・二二四）と、「霧」の「高師」「の山」を詠んでいる。いずれも、東下か帰洛の旅に通過した高師の山を思い起こしたものであろうか。

霰

冬されば初瀬《お》をとめの袖さえて手にまく玉と散《ち》る霰《あられ》哉《かな》

〔現代語訳〕　霰

冬になると、初瀬乙女の袖は冷たく冴えて、まるで手に巻き付ける玉とばかり、散る霰であることよ。

〔本歌〕　こもりくの泊瀬をとめが手に纏ける玉は乱れてありと言はじやも（万葉集・巻三・挽歌・四二四・山前王）

〔参考歌〕　冬来ては初瀬をとめの衣手に玉と乱れて降る霰かな（弘長百首・冬・霰・三九〇・為氏）
やすくやは夢も結ばん袖さえて寝られぬ閨に霰降る夜は（百首歌合建長八年・冬・一一七二・鷹司院帥）

〔他出〕　中書王御詠・冬・霰・一四八。夫木抄・雑十七・未通女・御集、霰・一六五八八。

〔語釈〕　**〇霰**　『古今六帖』（第一・天）の「あられ」。**〇初瀬をとめ**　石田王の死を哀傷する歌の反歌である本歌では、藤原宮に居したと思しい石田王の、初瀬に住んでいたらしい愛人を言う。しかし、本歌の万葉歌左注には、

「右二首者或云、紀皇女薨後山前王代二石田王一作之也」とあり、これに従えば、妻紀皇女を亡くした夫石田王の思いを、山前王が代作したということになる。いずれにせよ、「初瀬をとめ」は、古代の女性の印象があり、該歌もそれを踏まえていよう。**○散る霰かな**　宗尊は先に「さえ暮らす峰の浮き雲と絶えして夕日かすかに散る霰かな」（瓊玉集・冬・三百六十首中に・三〇三）と詠んでいて、これがこの句形の早い例となる。

〔補説〕　本歌は、愛する人の死を玉の緒が切れて乱れることに喩えて悲傷する歌。該歌は、その趣を残しつつ、霰を玉に見立てる趣向。

参考歌二首目の作者鷹司院帥は、真観の女であり、宗尊が意を向けていた可能性は見てよいであろう。

67

雪

埋《うつ》もるるまた我が友となりにけり雪の下なる窓の呉竹

〔現代語訳〕　雪

世に埋もれる私の友と、またなったのであった。雪の下に埋もれる窓近くの呉竹は。

〔参考歌〕　我が友と我ぞいふべき呉竹の憂きふししげき身としなれれば（堀河百首・雑・竹・一三二五・隆源）

窓に植ゑて我が友と見る呉竹は袖にかはらず露も置きけり（俊成五社百首・住吉・雑・竹・三八三）

夢かよふ道さへ絶えぬ呉竹のふしみの里の雪の下折れ（新古今集・冬・六七三・有家）

〔類歌〕　降り積もる雪の下なる呉竹や埋もるる身の友となるらん（続門葉集・冬・四六〇・前権僧正教範）

〔影響歌〕　折れかへり末葉も今朝は庭の面の雪の下なる窓の呉竹（雅有集・一夜百首和歌・冬・竹深雪・二七七）

〔語釈〕　**○雪**　『古今六帖』（第一・天）の「ゆき」。**○埋もるる**　「我」と「友」の両者にかかると解する。「埋もるる我」は、世に沈淪する私宗尊を言い、「埋もるる友」は「雪」「下」の縁で、雪の下に埋もれる友たる呉竹を言う。

○呉竹　呉（中国）から渡来した竹で、淡竹のことという。真竹よりも丈は低く、節が多く、葉は細い。

〔補説〕「呉竹」を「友」と見ることは、『和漢朗詠集』の「晋騎兵参軍王子猷（しんのきへいさんくんわうしいう）栽称此君（うゑてこのきみとしようす）　唐太子賓客白楽天（たうのたいしのひんかくはくらくてん）　愛為吾友（あいしてわがともとなす）」（和漢朗詠集・竹・四三二・篤茂）に依拠する。これは、『白氏文集』の「水能性淡為㆓吾友㆒　竹解㆓心虚㆒即我師（水は能く性淡にして吾が友たり　竹は心虚しきを解して即ち我が師）」（巻五十三・池上竹下作）を誤ったもの。

煙

身を焦《こ》がす嘆《なげ》きの煙くらべ見《み》ん富士も浅間《あさま》も立《た》ちはまさらじ

〔現代語訳〕煙

この身を焦がす胸の中の嘆きの煙を、比べ見てみよう。富士山も浅間山も、その煙が私の煙に立ち勝ることはあるまい。

〔参考歌〕くらべ見む我が身よ富士の山ならば絶えぬ煙に堪へぬべきかな（建保名所百首・雑・不尽山・九八八・家衡）

くらべ見よ浅間の山の煙にも誰か思ひの焦がれまさると（狭衣物語・巻四・一六三・狭衣）

道の辺の野原の柳下もえぬあはれ嘆きの煙くらべに（拾遺愚草・雑・野外柳・二七四七）

下燃ゆる嘆きの煙空に見よ今も野山の秋の夕暮（定家卿百番自歌合・於㆓北野聖廟㆒詠㆑之・一六二）

〔類歌〕くらべばや富士も浅間も下燃えの思ひあればぞ煙立つらむ（光吉集・恋・一七六）

〔語釈〕　**○煙**　『古今六帖』（第一・天）の「けぶり」。**○嘆き**　「焦がす」「煙」の縁で、「投げ木」あるいは「木」が響くか。→36。**○富士も浅間も**　「富士」は、駿河国の歌枕。甲斐との国境に位置する。富士山。「浅間」は、信濃国の歌枕。上野との国境に位置する。浅間山。この句形の先例は、良経の「消え難き下の思ひはなきものを富士も浅間も煙立てども」（秋篠月清集・二夜百首・寄山恋・一六〇）で、これを宗尊は視野に入れていたか。

〔補説〕 参考歌の定家の両首の内、前者は周知のとおり、定家が後鳥羽院の勘気に触れる原因となった愁訴の歌。後者は、菅原道真の不遇と無念を寓意した歌で、建仁三年（一二〇三）四月十日に、道真を祭る北野神社の旧木が煙を出すことを伝え聞いて、愚案として記した歌である（明月記）。宗尊の念頭に、これらのことがかすめた可能性は見てもよいであろう。

宗尊は、すでに「文永元年六月十七日庚申宗尊親王百番自歌合」の「名所恋」題で「くらべばや恋をするがの山高みおよばぬ富士の煙なりとも」（瓊玉集・三四九）と詠んでいる。

類歌の作者惟宗光吉は、文永十一年（一二七四）生、文和元年（一三五二）九月二十九日に七十九歳で没の二条派歌人。該歌との類似が偶然か、意識的かは今後の課題としておきたい。

69

塵

身の愁《うれ》へ重《かさ》なる末よいかならん塵も積《つ》もれば山となるなり

〔現代語訳〕 塵

我が身の憂愁がたび重なってゆく結末、それはどうなるであろうか。塵も積もれば山となるというらしいが。

〔語釈〕 **○塵** 『古今六帖』（第一・天）の「ちり」。

〔補説〕 「受二此業果報一則難レ可レ得レ度、譬如下積二微塵一成レ山難レ可中得移動上」（大智度論・九四）を原拠とするという、所謂「塵積もりて山となる」「塵も積もれば山となる」の類の措辞の、これは早い用例となろう。現代では肯定的な意味合いに用いられるが、ここでは、否定的あるいは悲観的なものの集積の譬えに用いられている。

70

蜻蛉

あはれにもさすが憂《う》き世にかげろふのあり《有》としもなき身を嘆《歎》くらん

〔現代語訳〕　蜻蛉

ああなんとあわれにも、どういってもやはり憂く辛い世の中に、夕暮までのはかない命の蜻蛉のように、はっきりと生きているという訳でもないこの身を嘆くのであろう。

〔参考歌〕　夕暮に命かけたるかげろふのありやあらずや問ふもはかなし（新古今集・恋三・一一九五・読人不知）

身ばかりはさすが憂き世にめぐれども心は山にあり明の月（拾玉集・一日百首・述懐・九九五）

〔語釈〕　**○蜻蛉**　『古今六帖』（第一・天）の「かげろふ」。**○あはれにも**　「ありとしもなき」と「嘆くらん」の両者にかかる。**○かげろふ**　題の「蜻蛉」。トンボの総称でもあり、ウスバカゲロウ等の脈翅目の昆虫をも言うが、ここは特に、トンボに似た蜉蝣目の昆虫で、「朝生而暮死」（大戴礼・夏小正）即ち朝生まれた夕暮に死ぬとされた蜉蝣のこと。

〔補説〕　「かげろふ」に寄せて薄命の思いを愁嘆する。

71

山

今もなほ《猶》急《いそ》がれぬかな《哉》み吉野《よしの》の山のあなたの宿と言《い》ひしに

〔本文〕　○底本第四句は「山のあたた《な歟》の」。一首の内容から傍記に従い、「あたた」を「あなた」に改める。

〔現代語訳〕　山

今でもまだ、ぐずぐずと急ぐことができないことだな。「み吉野の山のあなた」に住処が欲しいと言っていたのに。

〔本歌〕　み吉野の山のあなたに宿もがな世の憂き時の隠れがにせむ（古今集・雑下・九五〇・読人不知）

〔語釈〕　**○山**　『古今六帖』（第二・山）の「やま」。**○急がれぬかな**　吉野の山のあなたに隠棲することに向けて早急に事を運ぶことができないことだ、その支度をすることがきないことだ、といった趣意。「朝ごとの鏡の影におもなれて雪見にとしも急がれぬかな」（金葉集・冬・二八九・顕房）に拠るか。**○み吉野の山**　大和国の歌枕。はるかな隠棲の地としての通念がある。

72

山彦

思ふ事言《い》ふに叶《かな》はば山彦《ひこ》のこたへするまで身をや愁《うれ》へん

〔現代語訳〕　山彦

思うことを言ってもし叶うのならば、それこそ山彦が応えるまで、この身を愁い訴えようか。

〔本歌〕　つれもなき人を恋ふとて山びこのこたへするまで嘆きつるかな（古今集・恋一・五二一・読人不知）

〔語釈〕　**○山彦**　山の精霊・神。それが響かせると考えられていた、声や音の反響。『古今六帖』（第二・山）の「やまびこ」。

73

杣

身の上《うへ》にしげきなげきの目《め》に見《み》えば数にもあらじ水尾《みお》の杣《そま》山

〔本文〕　○底本結句は「みお《お》のそまやま」。本行の「お」がやや見にくいための処置か。

〔現代語訳〕　杣
この身の上に繋く絶え間ない嘆きが、もし目に見えるならば、（それがあまりにも多くて）水尾の杣山の繁木から樵る投木も、物の数でもあるまいよ。

〔他出〕　中書王御詠・雑・六帖題の歌に・杣・二一五九。

〔語釈〕　○杣　『古今六帖』（第二・山）の「そま」。○しげきなげき　「繁き嘆き」（絶え間の無い憂嘆）に、題の「杣」と「水尾の杣山」の縁で、「繁木」（みっしりと繁っている木々）「投木」（薪の木）の意が掛かる。「折はへて音をのみぞ鳴く郭公しげきなげきの枝ごとにゐて」（後撰集・夏・一七五・読人不知）に遡る句だが、この「しげき」には「繁木」は掛からず、「なげき」には「木」のみが掛かる。○水尾の杣山　「水尾」は、近江国の歌枕。現在の滋賀県高島市高島北方の山という。「高島や水尾の杣山跡絶えて氷も雪も深き冬かな」（新勅撰集・冬・四一三・家隆。壬二集・冬・三宮十五首歌の中に冬の歌・二六〇七）が早い例。「杣山」は、木々を伐採して用材とするために管理されている山。

〔補説〕　『中書王御詠』では「六帖の題の歌に」の一首である。これは、「弘長文永のはじめ、九月六日六帖の題あまねく関東の好士に下されて十三夜の御会に詠進すべきよし仰せ下さるる時、僅かに八ヶ日の間、六帖一部の題五百廿余首を奉る事、寂恵がほか公朝法印、円勇一両人に過ぎず」（寂恵法師文）と伝えられる折の一首であろうか。即ち宗尊が鎌倉で、弘長・文永初の九月六日から八日間に諸歌人に六帖題で詠ませ、十三夜にその歌会を催した折に詠んだ歌であろう。この「弘長文永のはじめ」（寂恵法師文）の「九月十三夜六帖題歌会」（仮称）の催行時期については、次のように推定される。参加者公朝に、「六帖題、さは／今年はや四十も過ぎぬ蒲を切る沢辺の水に袖濡らしつつ」（夫木抄・雑八・沢・一一三九四）がある。「この四十も過ぎぬ」につけば、嘉禄二年（一二二六）生まれの公朝の四十歳は、文永二年（一二六五）なので、早くとも同年かその翌年の詠作かということになる。また、同じく公朝の「六帖題、庭／秋の野に庭をば造れ今もかも布留の滝見る君もこそ来れ」（夫木抄・雑八・滝・ふるの滝、大和・一二三七二）は、『新撰六帖』の「宿しめてかひこそなけれ苔の上の庭造りせぬ山の岩かど」（第二・には・八一九・信実）に学びつつ、文永二年（一二六五）七月七日の『白河殿七百首』の「今もまた行きても見ばや石の上布留の滝つ瀬跡を尋ねて」（雑・名所滝・六二〇・後嵯峨院。続拾遺集・雑上・一〇九八）にも触発された一首ではないだろうか。これは、右の推定と矛盾しない。文永三年（一二六六）七月には宗尊は失脚し帰洛する。従って、宗尊の下命した「九月十三夜六帖題歌会」の催行時期は、文永二年（一二六五）のことと推定されるのである。設題の基本は『古今六帖』の題にあるが、同六帖の題を踏襲しながらも取捨のある『新撰六帖』にのみ見える題があるので、これにも従うか。宗尊はこれに先んじて、弘長元年（一二六一）七月二十二日に後藤基政に「関東近古の詠」撰進を下命していて（吾妻鏡）、これが現存『東撰六帖』に関連すると思しい。また宗尊自身も、『新撰六帖』や『現存六帖』の歌に依拠した詠作が目立つし、この「文永三年十月五百首歌」の現存歌は二八八首だが、その題は多く『古今六帖』あるいは『新撰六帖』に重なる。これらは総じて、宗尊の六帖題歌に対する関心の高さを示すと見てよく、それは大量の定数歌を立て続けに詠じて和歌に習熟し和歌に耽溺しようとする姿勢の顕れなのであろう。

ここで、『中書王御詠』中の「六帖の題の歌」について、『竹風抄』との関連があるので、まとめておきたい。詞書に「六帖の題の歌よみ侍りしに」「六帖の歌の中に」とあって、事実『古今六帖』『新撰六帖』の題によると認められる『中書王御詠』の歌番号（ここだけ視認の点から算用数字）と題を一覧する。

26春田、45春風、62五日、80夏のはて、98秋雨、99稲妻、166人づて、167とほみちへだてたる、168名ををしむ、169よひのま、170うたたね、190日ごろへだてたる、193おどろかす、194むかしあへる人、257里、258山、259杣、260滝、261・262川、263水、264橋、265杜、266・267松、268杉、269椎、270竹、271鶴、272雉。

98詞書「六帖の題の歌に、秋雨」に続く99詞書「稲妻」は、「稲妻」題が『古今六帖』『新撰六帖』（第一）に「いなづま」で見えるので、99の歌も「六帖の題の歌」と認められる。166詞書「六帖の題の歌に、人づて」に続く167「とほみちへだてたる」～170「うたたね」、193詞書「六帖の題の歌に、おどろかす」に続く194「むかしあへる人」、257詞書「六帖の題の歌に、里」に続く258「山」～272「雉」の場合も同様である。これらの内、264は「文永三年八月百五十首歌」（竹風抄・562「雑橋」）の歌であり、166、259、260、261、269、270、271、272は「文永三年十月五百首歌」（竹風抄・154、73、86、87、218、192、80「沢」、234）の歌である。題は、『中書王御詠』264「橋」が「文永三年八月百五十首歌」では「雑橋」、同271「鶴」が「文永三年十月五百首歌」では「沢」である以外は同じである。これらの歌は、文永元年（一二六四）九月に「六帖の題の歌」として詠まれた後に、「文永三年八月百五十首歌」「文永三年十月五百首歌」の定数歌に組み込まれ、さらに家集『竹風抄』に採録されたのであろうか。中にはそうではない歌も含まれるのかもしれず、それらの経緯の詳細はさらなる検証が必要であろう。

一方で、『中書王御詠』26詞書「六帖の題の歌よみ侍りしに、春田」に続いて、27～29詞書が「帰雁」とのみあるのは、前の「六帖の題の歌よみ侍りしに」がかかるかとも思しく、事実「帰雁」題は『古今六帖』には見えないが、『新撰六帖』（第六）に「かへるかり」で見える。しかし、28の歌は「文永二年潤四月三百六十首歌」（柳葉集・六五二）の一首なのである。また、62詞書「六帖の題の歌に、五日」に続く、63詞書「早苗」と64詞書「五月雨」の両歌は、共に同じく「文永二年潤四月三百六十首歌」（柳葉集・六八九）の一首だが、前者の「早苗・さなへ」は『古今六帖』にも『新撰六帖』にも見えない題であり、後者の「五月雨」は「帰雁」と同様に、『新撰六帖』（第一）に「さみだれ」で見えるのである。従ってこれらは、元来は「六帖の題の歌」として詠まれたものではなかったと推測されるのである。

嶺

手向けせし磐国山《いはくに》の嶺よりもなほ《猶》さがしきはこの《此》世なりけり

〔現代語訳〕　嶺

古の人が手向けをした、あの磐国山の嶺よりも、さらに険しいのは、この世なのであったな。

【本歌】周防なる磐国山を越えむ日は手向けよくせよ荒きその道（万葉集・巻四・相聞・五六七・若麿。五代集歌枕・いはくに山　磐国山　周防・四二七・大伴百代、結句「荒しその道」）

【他出】夫木抄・雑二・山・いはくに山　御集、嶺・八一二〇。

【語釈】**○嶺**　『古今六帖』（第二・山）の「みね」。**○磐国山**　岩国山。周防国玖珂郡岩国の北、現在の山口県岩国市錦見と玖珂郡和木町の境界にある山。標高二七七・八メートル。この付近を通って岩国と和木を結ぶ古道が存在した。**○さがしき**　「険し」の連体形。山や道が険しいの意。

【補説】本歌は、次のような左注をともなう。

天平二年（七三〇）六月、大宰帥大伴卿（旅人）がにわかに足に腫瘍ができ、病床に苦しんだ。そこで、駅使を走らせて（朝廷）に上奏し、庶弟の稲公と甥の胡麻呂とを呼び寄せて遺言をしたいと請願した。（朝廷は）その二名に勅命を下し、駅馬を賜って発遣して、旅人卿の看病をさせた。ところが、数十日経って、幸いに（旅人は）回復した。そこで、稲公らは、（旅人の）病気が癒えたというので、大宰府を出発して都に上ることになった。そこで、大伴百代と山口若麻呂及び旅人卿の子の家持らは、駅使を送って、一緒に夷守の駅家に着いた。ともかくも形ばかりの酒宴をして、別れを悲しみ、これらの歌を作った。

特にこの作歌事情を踏まえている訳ではないだろうが、旅人が病に苦しんだ印象も手伝って、「磐国山」を旅の難所として捉えていたか。

75

谷

憂きに身を捨《す》つる人こそなかるらめあはれ深《ふか》くも見《み》ゆる谷かな《哉》

【現代語訳】谷

憂く辛いことで、この谷にその身を投げ捨てる人はないであろう。（しかし）ああなんと、（この我が身を捨てるのに十分なほどに）深く見える谷であることだな。

〔参考歌〕身を捨てて深き淵にも入りぬべしそこの心の知らまほしさに（後拾遺集・恋一・女の、淵に身を投げよといひ侍りければ・六四七・源道済）
いたづらに身をぞ捨てつる人を思ふ心や深き谷となるらん（和泉式部集・恋・八〇）
ひたすらに憂き身を捨つるものならばかへりぶちには投げじとぞ思ふ（和泉式部続集・人人国国にある所をよませしに、山城、帰淵・五三九）
あはれとやそれさへ憂しと身を捨てて思ひし谷の深き心を（明日香井集・詠千日影供百首和歌元久二年正月九日二）
立ちこむる霧はいづくもかはらねどあはれ深きはみ吉野の谷（拾玉集・詠百首和歌当座百首・秋・霧・一四三相当立春仍始之・述懐・四五三）

〔語釈〕○谷　『古今六帖』（第二・山）の「たに」。○身を捨つる　「身を捨つる人はまことに捨つるかは捨てぬ人こそ捨つるなりけれ」（詞花集・雑下・三七二・読人不知）を原拠に、出家遁世する意に用いられる。しかしここは、「身を捨つる人や見るらん唐国の虎伏す野辺の秋の夜の月」（瓊玉集・秋下・野月・二二六）と同様に、実際に身体を捨てる、身を投げうつ意か。○あはれ　感動詞と見る。名詞で「あはれ深くも」（感慨深くもの意）と続くと見ることもできるか。あるいは、両者が掛かると解することもできようか。いずれにせよ、一首の大意は変わらない。

〔補説〕宗尊の別の一首「憂しとても身をやは捨つるいで人はことのみぞよき秋の夕暮」（瓊玉集・秋上・秋の御歌中に・二〇六）に似通うが、この歌の「身を」「捨つる」は出家遁世の謂いで、該歌の「身を捨つる」は実際の身投げを言うか。あるいはやはり、「谷」に「身を捨つる」は、深山幽谷に隠棲することの比喩であろうか。参考に挙げた、「淵」や「谷」に「身を捨つ」ことを言う歌々も、恋や述懐の比喩表現である。和泉式部の「ひたすらに」

の歌のみは直截な身投げを言っているようだが、これも「かへりぶち（帰淵）」の所名の興味から、「ひたすらに憂き身を捨つるものならば」と仮定して、帰り戻ることがないように、「帰淵」は選ばないと戯れたごとくに見える。もし該歌が、宗尊の投身自殺の願望を透かしているとすれば、古典和歌としてはやや異質な詠みぶりで、そこに宗尊の憂愁の深さを見るべきなのであろうか。

76

坂

金風《あき》にあふ坂越《こ》えし夕宿や旅《たび》の辛《つら》さの限《かぎ》りなりけり　成

〔現代語訳〕 坂

秋風にあいながら、逢坂を越えた夕方の宿りは、旅の辛さの極みであったのだな。

〔語釈〕 **○坂**　歌題としては珍しいか。**○金風**　「あきかぜ」。漢語の「金風」は五行説から秋風のことで、『万葉』でも「あきかぜ」に「金風」が用いられている。『古今六帖』（第一・天）の「あきの風」。**○あふ坂**　「あふ」を掛詞に「金風にあふ」から「逢坂越えし」へ鎖る。「逢坂」は、近江の国の歌枕。現在の滋賀県大津市の南の逢坂山。関所が置かれ、京都と東国を結ぶ要所。**○夕宿**　他に例を見ない語。夕べの宿りという意か。**○旅の辛さ**　先行例を見ない措辞。**○限りなりけり**　平安朝から見える句だが、慈円が好み、勅撰集の初例になる慈円詠「山里の暁方の鹿の音は夜はのあはれの限りなりけり」（千載集・秋下・三一九）以降に、作例が増えている。

〔補説〕 鎌倉を追われた文永三年（一二六六）の帰洛の旅の逢坂越えを詠じたものであろう。七月二十日の子刻に入京している（六波羅北方北条時茂邸に入る）が、その日は、「粟津の森」で日暮を待ち（471）、逢坂の関の辺りでも休息の宿を取り、入京に備えたか。その折の、帰洛する喜びよりも深い失意を思い起こしての、詠嘆であろう。建長四年（一二五二）三月十九日に京都を発って関東に下向したときを思い出した感懐と思しい、「忘れずよ鳥〔の〕音辛くおとづれて逢坂越えし春の曙」（柳葉集・巻二・弘長二年十一月百首歌・旅・二八三）と一対の趣。

77

岡

とにかくに世の憂《う》きことはしげ岡の松のつれなく立《た》てる我《われ》かな

〔現代語訳〕岡

なんやかやと、この世の中の憂く辛いことは繁くしきりで、茂岡の千代を待つ松がよそよそしく立っている、それとは無縁に、ただこの世に立っている私であることだな。

〔本歌〕千年経る松だに朽つる世の中に今日とも知らで立てる我かな（新古今集・雑下・松の木の焼けけるを見て・一七九一・性空）

茂岡に神さび立ちて栄えたる千代松の木の年の知らなく（万葉集・巻六・雑歌・九九〇・紀鹿人。五代集歌枕・岳・しげをか・五九七・紀広人。袖中抄・一三三七）

〔参考歌〕とにかくに身の憂きことの茂ければひとかたにやは袖は濡れける（続後撰集・雑中・一一七九・八条院高倉）

〔語釈〕**○岡**『古今六帖』（第二・山）の「をか」。**○世の憂きことはしげ岡の**「世の憂きことは繁（し）」から「しげ」を掛詞に「茂岡の」へ鎖る。「茂岡」は、本歌の万葉歌の題詞「紀朝臣鹿人跡見茂岡之松樹歌一首」の「跡見の茂岡」で、奈良県桜井市外山《とび》付近の岡。**○松のつれなく立てる我かな**「つれなく」「立てる」を掛詞に、「松のつれなく立てる」から「つれなく立てる我かな」へ鎖る。「松」は、本歌の「千代松」を承けて、千歳を「待つ」意が掛かる。「つれなし」は、そ知らぬさま・関係性が希薄で冷淡であるさまを言うか、あるいは自分の思いどおりにならないさまを言う。前者で通釈したが、後者の場合三句以下は、「茂岡の千代を待つ松がよそよそしく立っているが、そのように千代を待つことの思うに任せず、ただこの世に立っている私であることだな」といった解釈になるか。

78

杜

思ひ出づることの繁《しげ》さぞ隙《ひま》もなき信太《しのた》の杜《もり》や昔なるらん

【現代語訳】 杜

私が思い出すことの頻繁なことといったら、ほんの少しの絶え間もないよ。密生する葉が幾重にも分かれるようにするあの信太の杜の物思いというのは、昔のことを思うということなのであろうか。

【本歌】 和泉なる信太の杜の葛の葉の千重に別れて物をこそ思へ（古今六帖・第二・もり・一〇四九・作者不記）

【参考歌】 我が思ふことの繁さにくらぶれば信太の森の千枝は数かは（詞花集・雑下・三六五・増基）

我が袖よ信太の杜にくらぶとも千々の滴も昔なるらん（壬二集・恋・恋歌あまたよみ侍りしに・二八七四）

【語釈】 **○杜**　『古今六帖』（第二・山）の「もり」。**○繁さ**　ことの多さ、頻繁さ。「杜」の縁で、木や葉の多さ、それらが繁茂・密生していることの意が掛かる。

【補説】 本歌の『古今六帖』歌の「葛の葉の千重に」には、「楠の木の千枝に」（寛文九年刊本）の異同がある（他に「ちへ」が「千々」の異同もある）。『歌枕名寄』（三四八二）や『夫木抄』（一〇〇九三）も、これと同様である。宗尊が拠った本文は、この歌からは推測し得ない。「楠の木の千枝」の本文に沿えば、下句は、「繁茂する大きな楠の木の枝が千枝に分かれるようにするあの信太の杜の物思いというのは、昔のことを思うということなのであろうか」といった解釈になる。

野

憂《う》きふしもまた《又》思ひ出になり《成》にけり野路《のち》の篠生《さゝふ》の秋の仮庵《かりいほ》

〔現代語訳〕野

憂く辛い折の臥し寝もまた、思い出となったのであった。野路の篠原で秋の仮庵に宿りをしたことよ。

〔本歌〕山田もる秋の仮庵に置く露は稲負鳥の涙なりけり（古今集・秋下・三〇六・忠岑）

〔参考歌〕もとづての五十師の笹生《ふ》分け見れど我が世ばかりの憂きふしはなし（現存六帖抜粋本・第六・ささ・二九一・真観）

我が宿は野路の篠原かき分けてうち寝る下に絶えぬ白露（秋篠月清集・十題百首・居処十首・二二八。後京極殿御自歌合・野亭・一七八）

霰降る野路の篠原臥しわびてさらに都を夢にだに見ず（続古今集・羇旅・九〇七・式子）

〔類歌〕露分くる野路の篠《ささ》原憂き節のあはれ繁きは我が世なりけり（中書王御詠・雑・野路にて・二二八）

〔語釈〕○野『古今六帖』第二の部類題である「野」が当たるか。歌題は「春（夏・秋・冬・雑）の野」の各題が収められている。ここは、「秋の野」が当たるか。あるいはまた、同六帖第二の、目録に見えない題の「のべ」が相当する可能性もあろうか。『堀河百首』（雑）に設けられた題でもある。○ふし 折節の意の「節」に、「かり庵」の縁で、寝ることの意の「臥し」が掛かると見る。「篠」とも縁語。○野路 近江国の歌枕。現在の滋賀県草津市野路。○篠生「笹生」とも。「笹原」に同じ。笹の群生する場所。→補説。

〔補説〕この一首も、文永三年（一二六六）七月の帰洛の旅の途次、直接は類歌を思い起こしたものであろうか。

参考の真観詠は、俊頼の「田上にて笹生の山にのぼりてあそびけるに、檀の紅葉をみてよめる」と詞書する「ももづての五十師の笹生時雨して襲津《そつ》彦まゆみ紅葉しにけり」（散木奇歌集・冬・五七七。田上集・四二）に負ったと思しく、初句は「ももづて」が原態か。この「ももづて」も不審だが、「ももづたふ」の転か。

「野路」と「篠原（しのはら）」は近江国の近接する両所の歌枕だが、むしろ早くは共に普通名詞に用いられる場合があった。この二つが合わさった「野路の篠原」については、「篠原」が普通名詞に用いられることが多いことや、「篠」の読みが「しの」「ささ」両用であることも手伝ってか、「野路のしの原」「野路のささ原」の両者が併存していて、その区別は難しい。該歌の「野路の篠原（ささふ）」は、この「野路の篠原（しのはら・ささはら）」の混乱の中に、近江国の別の所名と思しい「五十師の笹生」を用いた真観詠の存在も与り、生じたものではないだろうか。

沢

あはれとも聞く人あれや沈《しつ》みゆく身は葦鶴《あしたつ》の沢になく音《ね》を

〔現代語訳〕 沢

ああしみじみと哀れだと、これを聞く人があってくれよ。沈淪していく我が身というのは、葦鶴が沢に鳴いているようであり、その声のように泣く私の声を。

〔参考歌〕 昔見し雲ゐを恋ひて葦鶴の沢辺に鳴くや我が身なるらん（詞花集・雑下・四位して殿上おりて侍りけるころ、鶴鳴レ皐といふことをよめる・三五〇・公重）

〔類歌〕 あはれとも聞く人あらば和歌の浦の蘆辺の鶴に音をや添へまし（草庵集・雑・等持院贈左大臣家五首に、述懐・一二三四）

〔他出〕 中書王御詠・雑・六帖の題の歌に・鶴・二七一、二句「聞く人あれな」。

〔語釈〕 **○沢** 『古今六帖』（第三・水）の「さは」。**○沈みゆく** 沈淪する意。「沢」の縁で水に「沈みゆく」意が響く。慈円（拾玉集・六七六）や定家（拾遺愚草・二七三八〈長歌〉）あるいは長綱（長綱百首・九五）など、新古今時代に少々作例が見える。建長五年（一二五三）四月に、時に五十六歳で散位（前権大納言正二位）の為家は、「すくひなん火水の河の横波にたちも離れず沈み行く身を」（為家集・雑・念同年〈建長五年〉四月・一五五六）と詠んでいる。↓補説。**〇なく** 鶴が「鳴く」意に、「あはれ」「沈みゆく」「身」の縁で、私が「泣く」意が掛かる。**〇葦鶴** 「葦田鶴」とも。鶴のこと。鶴は葦の生える水辺にいることから。

〔補説〕 宗尊は、文永三年（一二六六）七月に失脚して帰洛した直後のこの「文永三年十月五百首」で他にも、「憂き身世に思はぬ外の名取川いかにせんとか沈み行くらん」（河・87）あるいは「沈み行く三島の浦の浜楸久しや袖を浪にまかせて」（楸・215）と詠じる歌を以て、我が身が「沈みゆく」ことを嘆じている。文永三年十月時点の五百首歌に組み込まれている歌としては、「憂き身世に思はぬ外の名取川」というように征夷大将軍の栄職に就きながらも、同年七月に突如その地位を追われ失意のうちに帰洛した心情の表出と解することができる。しかし、それ以前の将軍在任中でも、「沈みゆく今こそ思へ昔せし我がかねごとははかなかりけり」（柳葉集・巻五・文永二年潤四月三百六十首歌・雑・八四一。中書王御詠・雑・述懐・二九五）と詠じていたのではあった。そもそも、右の「憂き身世に思はぬほかの名取川」歌は、『中書王御詠』（雑・二六一）では「六帖の題の歌に」の「川」の一首であって、同じ「六帖の題の歌に」では「鶴」題でも「あはれとも聞く人あれな沈みゆく身はあしたづの沢になく音を」（中書王御詠・雑・二七二）とも詠じていたのであった。この「六帖の題の歌」が、文永元年（一二六四）九月の宗尊主催の六帖題歌会の歌であるとすれば（↓73）、宗尊が将軍在任中も失脚後も長きに渡り、身の沈淪を嘆じる意識を持っていたらしいことは認めてよいのであろう。

類歌に挙げた頓阿の一首は、該歌の影響下にある可能性もあろうが、それは、『竹風抄』の流布や、頓阿の宗尊詠享受の問題を広く検証する中で見定めれていくべきであろう。

田

霜深《ふか》き刈《かり》田のひつちあるかひもなき身を何となほ猶《お》惜しむらん

〔現代語訳〕田

霜が深い刈田の穭はあるはずの穎、芽も見えない、そのようにこの世に生きている効、価値もない我が身を、それでも何故惜しむのだろうか。

〔参考歌〕霜埋む刈田の木の葉踏みしだきむれゐる雁も秋を恋ふらし（続古今集・冬・五八九・良経）

鶉伏す刈《かり》田のひつち生ひ出でてほのかに照らす三日月の影（山家集・雑・題しらず・九四五）

よしさらば思ふひつちのかしげつつものにもならで霜枯れねとや（永久百首・秋・稂田・二八三・俊頼）

刈りはてて守る人もなき小山田に生ふるひつちのあるはあるかは（永久百首・秋・稂田・二八七・大進）

葦引の山のまにまに隠れなむ憂き世の中はあるかひもなし（古今集・雑下・九五三・読人不知）

〔類歌〕老いて世にあるかひもなきひつち田の霜をいただく身とぞなりぬる（新千載集・雑下・二〇七二・資明）

〔語釈〕**〇田** 歌題としては珍しいか。承久二年（一二二〇）秋慈円勧進の「四季題百首」（拾玉集、壬二集、拾遺愚草）に見える。**〇刈田** 稲を刈り取った後の田。**〇ひつち** 穭。稲を刈った後の株から生ずる芽。ひこばえ。ここまで、次句をおこす序。**〇あるかひもなき** 「ある穎もなき」に「ある効《かひ》もなき」が掛かる。「穎（かひ・かび）」は、植物の芽あるいは稲の穂。

園

木にもあらず草にもあらでうつろふは我が棲《す》む竹の園《すのゝ》の秋風《かせ》

〔本文〕 ○底本結句の「すのゝ」は、題の「園」と一首の内容に照らし、「そのゝ（園の）」の誤写と見て、私に改める。

〔現代語訳〕 園
木でもなく草でもなくて、それでも我が身が移ろい衰えるのは、私が棲む竹の園、親王の境遇に吹く秋風によるのだ。

〔本歌〕 心なき身は草木にもあらなくに秋来る風に疑はるらん（後撰集・雑四・一二七四・伊勢）

〔類歌〕 寂しさは花もにほはず鳥もゐず苔に古りたる薗の秋風（草根集・秋・秋園・三八一八）
木にもあらず草にもあらで咲く花はまがきの竹につもる白雪（続門葉集・冬・四五七・寛恵）
木にもあらず草にもあらで咲く花や竹のさ枝に降れる白雪（新後拾遺集・雑秋・八一八・紀親文）
木にもあらず草にもあらで木にも咲き草にも咲ける雪の花かな（鳥の迹・冬・四七七・山名玉山）
おのが身よ草にもあらず木にもあらでさらぬ別れを堪へ忍ぶべく（挙白集・一九八五）

〔語釈〕 **○園**　歌題としては珍しいか。**○棲む**　生きる、生活するの意。**○竹の園の秋風**　「竹の園」は、前漢孝文帝の子梁の孝王の竹園の故事から、天子の子・孫を言う。本抄の書名『竹風和歌抄』も、もとよりこれにちなむ。「園の秋風」は、あまり例を見ない句だが、本抄には別に「夕されば緑の苔に鳥おりてしづかになりぬ園の秋風」（巻四・文永六年四月廿八日、柿本影前にて講じ侍りし百首歌・秋・633。夫木抄・秋四・五三九六、六華集・秋・六四七、共に三句「鳥落ちて」）の作がある。他には、類歌の一首目に挙げた正徹詠が見える程度。

〔補説〕 類歌に挙げた、初二句が「木にもあらず草にもあらで」の三首は、竹に積もる雪を花に見立てる趣向で、内容の上では、該歌と無縁。三首間に影響関係があるか偶合かは不明。木下長嘯子の「おのが身よ」の一首は、歌境としては該歌に通じる点もあるが、該歌に拠らなければ詠出し得ない訳でもないであろう。

83　路

身の憂《う》さも世のはかなさも道すがら思ひ続《つゝ》けて濡《ぬ》れし袖《そて》かな

〔本文〕○結句の「濡れし」は底本「ぬるゝ《れし》」。

〔現代語訳〕路
我が身の憂さも、この世の儚さも、旅の道すがらに思い続けて、涙に濡れた袖であることだな。

〔参考歌〕道すがら落ちぬばかりにふる袖の袂に何を包むなるらん（後拾遺集・雑四・一〇七八・読人不知）
雨雲のかへるばかりの村雨にところせきまで濡れし袖かな（後拾遺集・恋二・六八七・読人不知）
そこはかと思ひ続けて来て見れば今年の今日も袖は濡れけり（新古今集・哀傷・八四一・慈円）

〔類歌〕世の憂さも身のはかなさもつくづくと思ひ残さぬ夜半の手枕（芳雲集・雑・夜述懐・四七七六）

〔語釈〕○路　『古今六帖』（第二・山）の「みち」。

〔補説〕文永三年（一二六六）七月の帰洛途次の感懐であろう。
前歌と同様に初二句が、後の京極派が好む所謂双貫句法の措辞。結句の「濡れし袖かな」を、宗尊は「時も秋頃も月夜の旅寝してさもためしなく濡れし袖かな」（本抄・巻二・文永五年十月三百首歌・羇中・475）とも詠んでいるが、この歌の初二句も双貫句法。↓475。

84

水

帰《かへ》り来《こ》ぬ昔《むかし》を恋《こ》ひて我《わ》が袖に流《なが》るる水の絶《た》ゆる間《ま》ぞなき

〔現代語訳〕 水

帰って来ない昔を恋い慕って、泣かずにはいられない私の袖に流れる涙の水が、絶える間もないよ。

〔本歌〕 あはれてふ言の葉ごとに置く露は昔を恋ふる涙なりけり（古今集・雑下・九四〇・読人不知）

先立たぬ悔いの八千たび悲しきは流るる水の帰り来ぬなり（古今集・哀傷・八三七・命婦）

〔参考歌〕 帰り来ぬ昔を今と思ひ寝の夢の枕ににほふ橘（新古今集・夏・二四〇・式子）

たけからぬ涙のかかる我が袖に流るる水と言はせてしかな（和泉式部続集・かへりごとさらにせぬ女にやるとて、よませし・二二八）

〔語釈〕 **○水** 『古今六帖』（第三・水）の「水（みづ）」。**○帰り来ぬ** 流れて行って戻ることのない「流るる水」と縁語。**○流るる** 「恋ひて」「袖」の縁で「泣かるる」が掛かる。

85

池

さこそげに世《よ》をうき草も茂《しげ》るらめすみ浮《う》かれにし宿の池《いけ》水

〔現代語訳〕 池

さぞほんとうに、「世を憂き」ならぬ「浮草」も茂っているだろう。私が住み続けることなくさまよい出た家の、澄みがたい池の水は。

〔参考歌〕 花さへに世をうき草になりにけり散るを惜しめばさそふ山水（西行法師家集・春・一〇六。聞書集・寄花述

懐・一〇六。宮河歌合・一八）

〔語釈〕 **〇池**　『古今六帖』（第三・水）の「いけ」。**〇さこそげに**　『建礼門院右京大夫集』（一六五）や『拾玉集』（三九八九）あたりから見え始める句。『為家五社百首』に「さこそげにときはかきはと守るらめ国つ主のやほよろづ世を」（いはひ・石清水・六九五）の作があり、これに学ぶか。**〇世をうき草**　「世を憂き」（この世を辛くいやだと思う）から「うき」を掛詞に「浮草」へ鎖る。**〇すみ浮かれにし宿**　鎌倉の御所を言うか。「住み浮かる」は、もとの所に住み着かずに他の所へうかれ出る意。「池水」の縁で「澄み憂」（澄み難い）が掛かる。

〔補説〕　参考歌の西行詠は、「わびぬれば身をうき草のねを絶えてさそふ水あらばいなむとぞ思ふ」（古今集・雑下・九三八・小町）を踏まえる。宗尊にとって比較的身近であったかと想像される『新撰六帖』の信実詠「さそふ水ありて行く瀬のなくはこそ世をうき草のさても絶えなめ」（新撰六帖・第六・うき草・二〇五四）も、この『古今集』歌を本歌として、「世をうき草」の語を用いている。あるいは、これに学んだ可能性もあろう。

86

滝

拾《ひろ》ふてふ滝の白《しら》玉よしや我《われ》ほかに借《か》るべき涙ならね《れ》ば

〔本文〕　〇底本の歌末「なられは」は、「禰」の「ね」を「禮」の「れ」に誤ったと見て、他出の『中書王御詠』の本文に従い、「ならねば」に改める。

〔現代語訳〕　滝

あの昔の人が拾うという散り乱れた滝のしぶきの白玉、それは憂き時の涙に借りるというが、仕方ない、ままよ、私は他の時に借りることができる涙ではないので。（憂き時しかない私はその涙を流すしかないのだ）

〔本歌〕　こき散らす滝の白玉拾ひ置きて世の憂き時の涙にぞ借る（古今集・雑上・布引の滝にてよめる・九二二・行平）

〔参考歌〕 紀の国や由良の湊に拾ふてふたまさかにだに逢ひ見てしかな（新古今集・恋一・一〇七五・長方）
音に聞く吉野の滝もよしや我が袖におちける涙なりけり（続後撰集・恋一・六八六・後嵯峨院。宝治百首・
恋・寄滝恋・二六三八）
〔他出〕 中書王御詠・雑・六帖の題の歌に・滝・二六〇、結句「なみだならねば」。
〔語釈〕 ○滝 『古今六帖』（第三・水）の「たき」。○よしや我 「よしや」は、副詞で結句にかかるか。この句形は1012にも用いている。

87

河

憂き身世に思《おも》はぬ外《ほか》の名取川いかにせんとか沈《しつ》み行くらん

〔現代語訳〕 河
憂く辛い我が身が、この世の中で、あの「名取川」というように思いの外の名声を取りながら、いったいどうしようということで、川に沈んでいくように沈淪していくのだろうか。

〔本歌〕 名取川瀬々の埋もれ木あらはればいかにせむとか逢ひ見そめけむ（古今集・恋三・六五〇・読人不知）
陸奥にありといふなる名取川無き名取りては苦しかりけり（古今集・恋三・六二八・忠岑）
〔参考歌〕 憂き身よに沈みはてたる名取川また埋もれ木の数や添ふらん（続後撰集・雑中・寄河述懐・一一六九・伊長）
いつはりの思はぬ外の名取川うき名とどむな瀬々の埋もれ木（紫禁集・又当座、寄川恋・一八一）
〔他出〕 中書王御詠・雑・六帖の題の歌に・川・二六一。
〔語釈〕 ○河 『古今六帖』（第三・水）の「かは」。○憂き身世に この句を、宗尊は本抄994にも用いている他に、この文永三年（一二六六）「十月五百首歌」の直前、七月の帰洛途次に既に「憂き身世に色かはりゆく浅茅生の小野のかりねの袖の露けさ」（中書王御詠・雑・小野宿にとまりて・二二六）と詠んでいる。原拠は、『源氏物語』「花宴」の、光源氏の誘いかけをかわそうとする朧月夜君の「憂き身世にやがて消えなば尋ねても草の原をば問はじとや思ふ」（一〇三）。『新古今集』に「憂き身世に長らへばなほ思ひ出でよ袂に契る有明の月」（雑上・月前述懐といへる心をよめる・一五一三・経通）が収められて、以後、鎌倉期に盛行する。「憂き」に、「沈み」の縁で「浮き」が響くか。**〇思はぬ外の名取川**　「思はぬ外の名取り」に、「沈み行く」の縁で、陸奥国の歌枕「名取川」が掛かる。「名取川」は、現在の宮城県南部を東流し、名取市閖上で仙台湾に注ぐ川。**〇沈み行く**　沈淪していく意に、「名取川」の縁で、川に沈んでいく意が掛かる。→80。

〔補説〕「思はぬ外の名取川」は、思いがけず将軍職に就いたことを寓意するか。

88

岸

まつこともなくて憂《う》き世に住吉のきし方をのみ偲《しの》ぶ比かな

〔現代語訳〕岸

住吉の松ではないが何を待つこともなくて、この憂く辛い世に住み、（あの古歌とは違い）住吉の岸ならぬ来し方をばかり偲ぶこの頃であることだな。

〔本歌〕忘れ草摘みて帰らむ住吉のきし方の世は思ひ出でもなし（後拾遺集・雑四・住吉に参りてよみ侍りける・一〇六六・平棟仲）

〔参考歌〕世の中をすみよしとしも思はぬに待つことなしに我が身経ましや（敦忠集・七二）

時鳥鳴く音ならでは世の中に待つこともなき我が身なりけり（詞花集・夏・五六・忠兼）

かりに来と恨みし人の絶えにしを草葉につけて偲ぶ頃かな（新古今集・夏・一八七・好忠。好忠集（伝西行筆

巻子本切）・四月上・一〇。曽禰好忠集（天理図書館蔵）・四月上・一〇四、初句「かりにかと」。時代不同歌合・二四七）

〔類歌〕待つことのなきにつけても住吉のきし方のみぞ思ひやらるる（閑谷集・しづかなる所にて、一人何となく過ぎにし方など思ひ出でられて・二四五）

〔他出〕中書王御詠・雑・雑の歌の中に・二七三。

〔語釈〕**○岸**『和歌一字抄』や『五代集歌枕』の分類項目に「岸」があるが、歌題としては珍しいか。『為家集』に「文永八年四月六日続百首」の一首として「岸」題が見える。**○まつ**「待つ」に「住吉」「きし」の縁で「松」が掛かる。「住吉のきしもせざらんものゆゑにねたくや人にまつといはれむ」（拾遺集・神楽歌・ある人のいはく、住吉明神の託宣とぞ・五八七）に学ぶか。**○憂き世に住吉のきし方をのみ**「すみ」を掛詞に「憂き世に住み」から「住吉の」へ鎖り、さらに「きし」を掛詞に「住吉の岸」から「来し方をのみ」へ鎖る。「住吉」は、摂津国の歌枕。現在の大阪市住吉区付近で、住吉大社がある。創祀時は海に臨んでいたと思しく、岸の神木の松が景物となる。**○偲ぶ比かな**　参考歌の好忠詠が原拠となるが、俊成（俊成五社百首・三七二）、家長（鳥羽殿影供歌合建仁元年四月・四七。「忍ぶ頃かな」の意）、慈円（拾玉集・四九三〇）、為家（為家千首・二〇一）、順徳院（紫禁集・二五九。「忍ぶ頃かな」の意）等々、鎌倉前期に作例が目に付く。俊成の「深くも人の偲ぶ頃かな」から、慈円の「深くも秋を偲ぶ頃かな」や為家の「深くも春を偲ぶ頃かな」への影響もあろうか。宗尊自身は既に、『中書王御詠』の「待つこともなくて憂き世に住吉のきし方をのみ偲ぶ頃かな」と「あはれにも賤の小手巻ありし世を身の盛りとて偲ぶ頃かな」（雑・雑の歌の中に・二七三、二八五）という、恐らくは将軍を解任された後の述懐を詠じた歌に用いている。また、「文永九年十一月頃百番自歌合」（本抄・1013）でも詠じている。

〔補説〕将来の望みもなく、鎌倉に将軍として在った往昔をのみ回想するとの趣旨か。

89

梯

朽ちはつる谷のかけ《た》橋いにしへの道ありし世を恋ひ渡《わた》りつつ

〔**本文**〕 ○底本の第二句の「かた橋」は、「个（あるいは介）」の「け」を「多」の「た」に誤ったと見て、私に「かけ橋」に改める。

〔**現代語訳**〕 梯
朽ち果ててしまった谷の架け橋よ、昔そこにまだ道が通っていて渡っていたときがあったように、往古の道理が通っていた世の中を、ずっと恋い慕い続けていて。

〔**参考歌**〕 朽ちはつる長柄の橋の跡に来て昔を遠く恋ひ渡るかな（続後撰集・雑上・一〇二七・実氏）

〔**語釈**〕 **○梯** 歌題としては珍しいか。**○谷のかけ橋** 平安時代から通用の句。宗尊に比較的身近かと思われる作例を挙げておく。「世を渡る道を絶えてもいるべきにあやぶまれけり谷のかけ橋」（明日香井集・渓梯・百日歌合・六五六）、「玉葛谷のかけ橋波越えて来る人絶ゆる五月雨の頃」（宝治百首・夏・渓五月雨・九六四・基家）、「朽ちにける谷のかけ橋ふみ見ても通はぬさきに中や絶えなん」（時朝集・不逢恋・六三）。**○道ありし世** 道理がとおっていた正しい世。「かけ橋」の縁で、人が行く道筋が通っていた時代の意が掛かる。後鳥羽院の「奥山のおどろが下も踏み分けて道ある世ぞと人に知らせん」（新古今集・雑中・一六三五）を意識するか。**○渡りつつ** ずっとし続けての意に、「かけ橋」の縁で、橋を渡っての意が掛かる。

90

淵

恋だにも淵となり《成》ける みなの川まして愁《うれ》へに積《つ》もる涙《なみた》は

〔現代語訳〕淵

恋でさえも、筑波嶺から落ちる水が集まるみなの川のように、深い思いの淵となってしまったという。まして私の愁えに積もる涙は（さらに深い淵となるのだ）。

〔本歌〕筑波嶺の峰より落つるみなの河恋ぞ積もりて淵となりける（後撰集・恋三・七七六・陽成院。百人秀歌・一二。百人一首・一三、結句「淵となりぬる」）

〔参考歌〕さばかりに積もる涙をしきたへの枕ぞ恋の淵となりぬる（光明峰寺摂政家歌合・寄枕恋・九七・成実）
いかにせむ逢ふ瀬も知らず恋せ川積もる涙や淵となるらん（時朝集・寄河恋・一三二）

〔語釈〕**○淵**『古今六帖』（第三・水）の「ふち」。**○みなの川** 表記は「男女川」あるいは「水無川」とも。常陸国の歌枕。筑波山の東峰、女体山の岩間より流れ出て渓流となり桜川に流入する。

91

瀬

昨日まで思《おも》はざりきな明日香《あすか》川今日《けふ》に瀬《せ》になる恨みせんとは

〔現代語訳〕瀬

昨日まで思ってもみなかったな。あの明日香川の昨日の淵が今日の瀬になるという、世の無常の恨みを今日まさにするだろうとは。

〔本歌〕世の中はなにか常なる明日香川昨日の淵ぞ今日は瀬になる（古今集・雑上・九三三・読人不知）

〔参考歌〕つひに行く道とはかねて聞きしかど昨日今日とは思はざりしを（古今集・哀傷・八六一・業平）

〔語釈〕○瀬 『古今六帖』（第三・水）の「せ」。○明日香川 「飛鳥川」とも書く。大和国の歌枕（能因歌枕は常陸とも）。現在の奈良県高市郡の南境高取山に源流し、稲淵を経て明日香村を北行して大和川に入る川。「昨日」「今日」の縁で「明日」が響く。○今日に 本歌の「今日は」（異文「今日の」）は、「（瀬に）なる」にかかるが、ここは「今日に」が、「（瀬に）なる」にかかり、かつ「恨みせん」にもかかる。

92

泡

人の世は流《なか》れて早《はや》き山川の岩間《ま》にめぐるあはれいつまで

〔現代語訳〕泡 人の人生は、流れて早い山中の川の岩間にゆきめぐる水の泡のようにはかなく、あああわれにもいつまでなのか。

〔本歌〕昨日といひ今日とくらして明日香川流れて早き月日なりけり（古今集・冬・年の果てによめる・三四一・列樹）
春霞立つや遅きと山川の岩間をくぐる音聞こゆなり（後拾遺集・春上・一三・和泉式部）

〔参考歌〕早瀬河渡るふなびと影をだにとどめぬ水のあはれ世の中（新勅撰集・雑三・一二三二・公経）
早くゆく岩間の水のわくらばにうきてもめぐるあはれ世の中（明日香井集・春日社百首・雑・尺教・十是身如聚沫・六〇八）
聞きなるるやそぢ余りの鐘の声宵暁もあはれいつまで（続古今集・雑下・一八〇八・信実）

〔類歌〕山河の流れて早き水よりもとまらぬものは命なりけり（新和歌集・釈教・人命不停過於山水・四〇四・仏也）

〔他出〕中書王御詠・雑・無常・三三一。続後拾遺集・哀傷・題不知・一二二八。

〔語釈〕 **○泡** 歌題としては珍しいか。**○あはれいつまで** これを結句に置く早い例は、俊成の「田上や宇治の網代にもるるありて日を経ん程もあはれいつまで」（俊成五社百首・伊勢・冬・網代・六五）。その後、新古今時代から鎌倉中期にかけて作例が散見する。実朝にも「うつせみの世は夢なれや桜花咲きては散りぬあはれいつまで」（金槐集定家所伝本・雑・桜・五四九）や「朝ぼらけ跡なき波に鳴く千鳥あなことごとしあはれいつまで」（同上・千鳥・六〇五）の作がある。勅撰集所収歌として信実詠を参考に挙げたが、その出典は、宗尊が目にした可能性の高い『新撰六帖』（第二・かね・九〇九、二句「むそぢ余りの」）で、同書には家良の「淀河にいけてつなげる鯉に見よ誰もこの世はあはれいつまで」（第三・こひ・九六二）も見える。特にどれに拠ったということではなく、宗尊の中に自然と貯えられていた歌句であったろう。ここは、「泡（あわ）」から「あはれ」へ鎖る。「流れて」から「泡」までは、「人の世」のはかなさを寓意する。『維摩経』の「此身如二水泡一」などが想起される。

93

湖

憂《う》きことをみるめしなくは涙せく袖はあふみの海となるとも

〔現代語訳〕 湖

憂く辛い目を見ることがないのなら、涙を堰き止める袖は、たとえ海松布の生えない近江の湖のようになるとしても（かまわないのだが、なんとも辛い憂き目に逢う身であることだ）。

〔本歌〕 涙こそあふみの海となりにけれみるめなしてふながめせしまに（後拾遺集・恋四・八三〇・相模）

〔参考歌〕 涙せく袖に思ひや余るらむながむる空も色かはるまで（新勅撰集・恋三・八四五・良経）

〔語釈〕 **○湖** 歌題としては珍しいか。藤原為忠の家集『為忠集』に一首（二〇八）見える。また、建久二年（一一九一）十二月二十七日の左大将良経家の「十題百首」（秋篠月清集、拾遺愚草等）の地部（地儀部）では湖を詠んでいて、『拾玉集』では地儀十題の三番目に「湖」とある。宗尊が撰定させたと考えられる『東撰六帖』の題目録の雑にも見える。**○憂き** 「みるめ」「海」の縁で「浮き」が響くか。**○みるめ** 「見る目」（逢う機会）に「海」の縁で「海松布」が掛かる。**○あふみの海** 近江国の歌枕。琵琶湖のこと。「近江」に「憂き」「みるめ」の縁で「逢ふ身」が掛かる。

〔補説〕『後拾遺集』初出歌人相模の歌を本歌と見ることについては、『瓊玉和歌集新注』126・128補説、解説参照。

海

いづこかもつひ《ゐ》のとまりと契るらん我《われ》世の中とうみ渡《わた》る舟

〔現代語訳〕 海

いったいどこを最後に行き着く港だと契っているのだろうか。私は、この世の中をそれとして、海を渡る舟ならぬ、この世を倦み渡る、いやいや過ごしてゆく舟なのだ。

〔本歌〕 いかにせむ身をうき舟の荷を重みつひの泊りやいづくなるらむ（新古今集・雑下・一七〇六・増賀）

難波津を今日こそみつの浦ごとにこれやこの世をうみ渡る舟（後撰集・雑三・一二四四・業平）

〔語釈〕 **○海** 『古今六帖』（第三・水）の「うみ」。**○世の中と** 底本を尊重したが、「世の中を」とあるべきか。

○うみ渡る 「倦み渡る」に「海渡る」が掛かる。

95

潮

ありしにもあらずなるみの浦に満《み》つ潮《塩》のいやましに物ぞ悲しき

〔現代語訳〕潮
昔そうあったようではなくなってゆく身が憂く辛く、鳴海の浦に満ちる潮がますます満ちるように、ますますもの悲しいのだ。

〔本歌〕ありしにもあらずなりゆく世の中にかはらぬものは秋の夜の月（詞花集・秋・九八・明快）
葦辺より満ち来る潮のいやましに思ふか君が忘れかねつる（新古今集・恋五・一三七八・山口女王。原歌万葉集・巻四・相聞・六一七）

〔参考歌〕いさ知らず鳴海の浦にひく潮の早くぞ人は遠ざかりにし（続古今集・恋五・一三八七・為家）

〔語釈〕**〇潮**　歌題としては珍しいか。『和歌童蒙抄』（地儀）の分類項目には見える。**〇あらずなるみの浦に**　「なるみ」を掛詞に「あらず成る身」から「鳴海の浦に」へ鎖る。「浦」に「悲しき」の縁で「憂」が掛かると解しておく。「鳴海の浦」は、尾張国の歌枕。現在の愛知県名古屋市緑区鳴海町辺りの、かつて海辺であった所。「鳴海潟」とも。鳴海には宿駅が置かれた。

〔補説〕本歌の作者明快は『後拾遺集』初出歌人。これについては、『瓊玉和歌集新注』126・128補説、解説参照。

96

浦

あはれ我《わ》がうきめをみつのうらに焼《や》くこれ《是》や藻《も》塩《しほ》のからき世の中

〔現代語訳〕浦

ああ、私が憂き目を見た心の辛さは、浮海布を御津の浦で焼く、その藻塩が塩辛いように、これがまさに憂く辛い世の中なのか。

〔本歌〕 我を君なにはの浦にありしかばうきめをみつのあまとなりにき（古今集・雑下・九七三・読人不知）

〔他出〕 中書王御詠・雑・雑の歌の中に・二七四。

〔語釈〕 **○浦** 『古今六帖』（第三・水）の「うら」。**○うきめをみつのうらに焼く** 「憂き目を見つの憂」に「浮海布（浮き藻）を御津の浦に焼く」が掛かり、「うら」に心の意が掛かるか。「御津」は、官船の出入りする重要な港の尊称。ここは本歌から、摂津国西成郡の御津。現在の大阪市中央区三津寺町付近に比定される。「大伴の御津」とも。→99。**○藻塩のからき世の中** 「藻塩の鹹き」から「からき」の掛詞で「辛き世の中」を起こす。

渚

うらやまし渚に寄《よ》する白《しら》浪のかつ立《た》ち返《かへ》る昔《むかし》ともがな

〔現代語訳〕 渚

うらやましいことだ。浦の渚に寄せる白波が、寄せるそばからすぐに返す、そのように、すぐに立ち返る昔となればよいのにな。

〔本歌〕 いとどしく過ぎゆく方の恋ひしきにうらやましくも返る波かな（後撰集・羇旅・一三五二・業平。伊勢物語・七段・八・男）

あるかひもなぎさに寄する白波の間なくもの思ふわが身なりけり（新古今集・恋一・一〇六六・景明）

〔語釈〕 **○渚** 『古今六帖』（第三・水）の「なぎさ」。**○うらやまし** 「渚」「寄する」「白波」の縁で「浦」が掛かる。**○白浪のかつ立ち返る** 「渚に」から「白浪の」までが、波が寄せてはまたすぐに返す意に、すぐに立ち戻る

（昔）あるいは繰り返す（昔）の意が掛かる「かつ立ち返る」を起こす序。

〔補説〕993と同工異曲。

98

潟

やすくこそ埋もれにけれ石見潟《いはみかた》寄《よ》する玉藻《も》の浪の荒《あら》さに

〔現代語訳〕潟 すごくたやすくこの身は埋もれてしまったな。岩見潟のうち寄せる玉藻にかかる波の荒さ、そのような世間の荒波で。

〔参考歌〕石見潟うらみぞ深き沖つ波寄する玉藻に埋もるる身は（新勅撰集・恋一・六三二・読人不知。古今六帖・第三・も・一八五五、四句「うち寄する藻に」）

〔語釈〕○潟 『古今六帖』（第三・水）の「かた」。○玉藻 「藻」の美称。岸近くの水辺の景物として詠まれる。

〔補説〕参考歌に負ったと思しいが、参考歌の下句が「うち寄せる玉藻に埋もれるように、人に知られずに埋もれている身は」という意味であるのに対して、該歌は「打ち寄せる玉藻にかかる波の荒さによって玉藻が埋もれるように、世間の波の荒さによってこの身が埋もれてしまった」という趣旨であり、人が埋もれることの比喩にずれがある、と解した。しかし、同様の比喩と見て、「うち寄せる玉藻にかかる浪の荒さで、入り乱れる玉藻に埋もれるようにこの身が埋もれてしまった」という趣旨にも解し得るか。

99

泊

これもまた《又》馴《な》れなばさぞなうき寝《ね》する御津《みつ》の泊《とまり》の夜半《よは》の松風《まつかせ》

〔現代語訳〕　泊まり
これもまた、もし馴れてしまうならばさぞまあ（どうなのであろうか）。憂く辛い旅の泊まりの浮き寝をする、御津の港に吹く松風は。
〔参考歌〕　これもまたさぞな昔の契りぞと思ふものからあさましきかな（続詞花集・恋中・五五六・和泉式部。千載集・恋四・八四一、初句「これもみな」）
ひとすぢに馴れなばさても杉の庵に夜な夜なかはる風の音かな（新古今集・雑中・一六二一・通具）
馴れなばと何思ひけん柴の庵に寝覚めゆるさぬ夜半の松風（白河殿七百首・山家夜・六三八・真観）
いざこどもはや日のもとへ大伴の御津の浜松待ち恋ひぬらん（新古今集・羈旅・八九八・憶良。原歌万葉集・巻一・雑歌・六三）
〔類歌〕　ふけゆけば松風寒し大伴の御津の泊の秋の夜の月（柳葉集・弘長二年院より人人に召されし百首歌の題にて読みて奉りし・秋・月・一七九）
〔他出〕　中書王御詠・雑・旅泊・二四三。夫木抄・雑七・みつのとまり、摂津・御集、旅泊・一一九九三。
〔語釈〕　○泊　『古今六帖』（第三・水）の「とまり」。○馴れなばさぞな　特異な句。「さぞな」は、鎌倉時代以降に盛行の語で、これを二句切れに置き結句を体言で結ぶ歌の、宗尊に身近な先例は、「言はで思ふ心はさぞないとどしく恋ひまさるてふ山吹の花」（百首歌合建長八年・春・六〇九・良教）や「別れ路のつらさはさぞな有明の月の空行く春の雁がね」（宗尊親王百五十番歌合・春・二二・重教）などである。○御津の泊　官船が出入りするような港に停泊すること、あるいはその場所。ここは、「松風」から、参考の憶良歌が想起され、大阪湾の東岸一帯の地、今の大阪から堺にかけての地である「大伴」の「御津」のこと。↓96。
〔補説〕　和泉式部歌に拠り、通具詠や真観詠に倣いつつ、山上憶良歌を意識するか。

100

江

世の中にすみえぬもの《物》は蘆鴨《あしかも》の騒《さは》ぐ入江と我《われ》となりけり

〔現代語訳〕江

この世の中ですみ得ぬものは、蘆鴨が騒ぐ入り江が澄むことができないのと、世間に住むことができない私となのであったな。

〔本歌〕世の中にふりぬるものは津の国の長柄の橋と我となりけり（古今集・雑下・八九〇・読人不知）

〔参考歌〕蘆鴨の騒ぐ入江の白浪の知らずや人をかく恋ひむとは（古今集・恋一・五三三・読人不知）

蘆鴨の騒ぐ入江の水の江のよにすみがたき我が身なりけり（新古今集・雑下・一七〇七・人麿）

山里の岩井の水は年ふれどすみえぬものは我が身なりけり（弘長百首・雑・山家・六三一・実氏）

〔語釈〕○江　『古今六帖』（第三・水）の「え」。○すみえぬ　「住み得ぬ」に「入江」の縁で「澄み得ぬ」が掛かる。○蘆鴨　蘆辺に群がり居る鴨。

〔補説〕『古今集』の両首を本歌と見たが、「蘆鴨の騒ぐ入り江」につけば、参考歌とした『新古今集』の人麿歌を本歌と見ることもできるか。

述懐性が強く、出離への希求が感じられる。

101

戸

寄《よ》る辺《へ》なき心地《ち》こそすれ鳴戸《なると》より出でけん舟《ふね》や我が身なるらん

〔現代語訳〕戸

寄る辺もない気持ちがするのだ。あの鳴戸から出たとかいう（激しい潮流に弄ばれて寄る辺もない）舟は、我が身なのであろうか。

〔本歌〕 鳴戸よりさし出だされし舟よりも我ぞ寄る辺もなき心地せし（後撰集・恋二・春宮に鳴る戸といふ戸のもとに、女と物言ひけるに、親の戸を鎖して立てて率て入りにければ、またの朝につかはしける・六五一・滋幹）

〔類歌〕 浪の上にただよふ舟のうきてのみさすらひ行くや我が身なるらん（中書王御詠・雑・鳴海がたを過ぐるに、舟のあまた沖に浮かべるを見て・二二五）

〔語釈〕 **○戸**　『古今六帖』（第二・宅）の「と」に当たるが、同六帖も『新撰六帖』も家の「戸」に寄せた歌のみ。該歌は、海峡・瀬戸の「戸」に寄せて詠じている。従って、前後は『古今六帖』第三帖の部類「水」の各題が配されているのにもかかわらず、「戸」を水に寄せて配したのであろう。**○寄る辺**　「我」の場合、頼みとする人。「舟」の場合、頼る所。**○鳴戸**　「鳴門」とも。潮流が潮の干満によって激しい音を立てて流れるような海峡の意。特に阿波と淡路の間の海峡や周防の大島の海峡が「なると」と呼ばれる。本歌の詞書の「鳴る戸」は、「開閉すると音がするゆえに「鳴る戸」と呼ばれている戸口が春宮御所にあったのであろう」（片桐洋一校注『後撰和歌集』平二・四、岩波書店）という。

〔補説〕 本歌の二句には「さし下されし」（片仮名本）、「さし渡されし」（歴史民俗博物館蔵高松宮旧蔵本）の異同がある。

渡

舟人の対馬《つしま》の渡《わた》り浪高《たか》み過ぎわづらふやこの世《よ》なるらん

〔現代語訳〕 渡り

舟人が対馬の渡りの波が高いので通り過ぎてゆくのが難しい、そのように生きてゆくのに苦しむのが、この世なのだろうか。

〔本歌〕ありねよし対馬の渡り海中《わた》に幣取り向けてはや帰り来ね（万葉集・巻一・雑歌・六二・春日老。五代集歌枕・つしまのわたり　対馬国・一七一五）

霰降る鹿島の崎を波高み過ぎてや行かむ恋しきものを（万葉集・巻七・雑歌・一一七四・作者未詳。五代集歌枕・かしまのさき　常陸・一六二二）

〔類歌〕折れ違ふ薦間をくぐるをし鳥の過ぎわづらふはこの世なりけり（言葉集・述懐・水鳥・三九二・源仲頼）

〔他出〕歌枕名寄・西海部下・対馬島・対馬渡・九二〇一。夫木抄・雑八・つしまのわたり、対馬・古渡、古来歌・一二二三七。

〔語釈〕**○渡**　わたり。ここでは、海峡の意。歌題として「渡」一文字は珍しいか。**○対馬の渡り**　対馬海峡。本歌一首目の万葉歌に基づくが、宗尊に先行して、幕府御家人後藤基綱が「漕ぎ出づる対馬の渡りほど遠み跡こそ霞めゆきの島松」（夫木抄・雑八・対馬の渡り、対馬・題不知、古来歌・一二二四〇）と詠んでいることは、関東圏の『万葉集』享受及び御家人歌人詠から将軍宗尊への影響の可能性として注意されてよい。

103

島

舟とめて誰ながめけん橘《たち花》の小島の月の有《あり》明の空

〔現代語訳〕島

舟を泊めて、誰が眺めたのだろうか。（あの匂宮か浮舟か）。橘の小島の有明月の空を。

〔本説・本歌〕いとはかなげなるもの、と明け暮れ見出す小さき舟に乗り給ひて、さし渡り給ふほど、遙かならむ岸にも漕ぎ離れたらむやうに心細くおぼえて、つとつきて抱かれたるもいとらうたしとおぼす。有明の月澄み昇りて、水の面も曇りなきに、「これなむ橘の小島」と申して、御舟しばしさしとどめたるを見給へば、大きやかなる岩のさまして、されたる常磐木の影繁れり。「かれ見たまへ。いとはかなけれど、千年も経べき緑の深さを」とのたまひて、

年経とも変はらむものか橘の小島の崎に契る心は

女も、めづらしからむ道のやうにおぼえて、

橘の小島の色は変はらじをこのうき舟ぞゆくへ知られぬ

折から人のさまに、をかしくのみ何事もおぼしなす（源氏物語・浮舟・七四一、二・匂宮、浮舟）

〔参考歌〕 いにしへや見ぬ面影も橘の花散る里の有明の空（千五百番歌合・夏二・八一一・雅経）

袖の香やなほとまるらん橘の小島に寄せし夜半の浮舟（続古今集・雑中・一六四三・後嵯峨院。白河殿七百首・羇中舟・六〇七）

〔語釈〕 **〇島** 『古今六帖』（第三・水）の「しま」。**〇誰ながめけん** 「身にしみて誰ながむらん村雲に秋風はらふ有明の月」（為家集・秋・〔建長五年七月〕・八〇二）等、「誰ながむらむ」が先行する通例。「誰ながめけむ」自体の先行例は、関東祇候の廷臣藤原顕氏の「桜咲く奈良の都のふることに大和言の葉誰ながめけむ」（顕氏集・日光別当法印会弘長元五廿七・花下歌・一〇四）が目に付く程度だが、この「ながむ」は、「詠む」の意味で「眺む」が微かに響く。該歌も、「詠む」の意味を掛けて解釈することが可能ではある。**〇橘の小島** 山城国の歌枕。京都府宇治市の宇治川辺り。「今もかも咲きにほふらむ橘の小島の崎の山吹の花」（古今集・春下・一二一・読人不知）。ここは、『源氏物語』による。花木の「橘」の印象を込めるか。↓補説。

〔補説〕 本説は、匂宮が浮舟を宇治川対岸の隠れ家にいざなう途中の場面。

「橘」と「有明」の「空」「月」の詠み併せは、参考歌の雅経詠の他にも、定家の「袖の香を花橘におどろけば空

に有明の月ぞ残れる」（千五百番歌合・夏二・八九一）や良経の「橘のにほひにさそふいにしへの面影になる有明の月」（秋篠月清集・夏・暁更盧橘・一〇六〇）がある。言うまでもなく、いずれも「五月待つ花橘の香をかげば昔の人の袖の香ぞする」（古今集・夏・一三九・読人不知）を踏まえている。雅経詠はさらに、「面影も立ち」と「橘の花」の掛詞を用いつつ、『源氏物語』の「花散里」も仕込んでいようか。該歌も、「誰ながめけん」という過去を思いやる表現には、『古今集』「五月待つ」歌を初めとした過去を想起させる「橘」の花の属性が意識されている。

巌

住《す》みわぶる身をいづかたに隠《かく》さまし巌の中も憂《う》き世なりけり　成

〔現代語訳〕　巌
どうにも住みかねるこの身を、いったいどこに隠そうかしら。世の憂きことが聞こえてこないという巌の中もまた、憂く辛いこの世なのであったよ。

〔本歌〕　いかならむ巌の中に住まばかは世の憂きことの聞こえこざらむ（古今集・雑下・九五二・読人不知）

〔参考歌〕　住みわぶる憂き身の果ての雲もなほさすらへ消ゆる方やなからん（秋風抄・雑・二九二・慶政。秋風集・雑下・一二六二、三句「雲霧を」）

〔類歌〕　忘はるる《（ママ）》身をいづかたに隠さまし世の中ならぬ世の中もがな（登蓮恋百首・九七）
いかにせむ巌の中の谷の戸もただよふ雲のうき世なりけり（詠十首和歌・渓雲・一一七・孝継）

〔語釈〕　○巌　『古今六帖』（第二・山）の「いはほ」。

〔補説〕　124と同工異曲。
類歌の前者は、宗尊の視野に入っていたとまでは考えにくい。後者は、道助法親王主催の嘉禄元年（一二二五）

四月歌会と推定されている作品の一首で、これも同様であろう。

105　都

待《ま》たれこし都は同《おな》じ都《みやこ》にて我《わ》が身ぞあらぬ我《わ》が身な《成》りける

〔現代語訳〕都　ずっと（還ることが）待たれてきた都は、変わることなく同じ都であって、しかし我が身は、かつて都にあったときとは別の我が身なのであったな。

〔本歌〕月やあらぬ春や昔の春ならぬ我が身一つはもとの身にして（古今集・恋五・七四七・業平。伊勢物語・四段・五・男）

〔語釈〕**〇都**　『古今六帖』（第二・都）の「みやこ」。

〔補説〕宗尊は別に、やはり「月やあらぬ」歌を本歌にして、「待たれこし花の都の春の月もとの身にしてながめましかば」（中書王御詠・春・春月・二三）という類想歌を詠んでいる。

106　里

今は身のよそに聞くこそあはれなれ昔《むかし》は主《あるし》鎌倉の里

〔現代語訳〕里　今は我が身とは無縁のものとしてその名を耳にするのが、何とも哀れであるよ。昔はそこの主であったのだ、鎌倉の里よ。

〔参考歌〕雲間よりよそに聞くこそあはれなれ朝倉山の鶯の声（長秋詠藻・右大臣家百首・鶯・四九三。雲葉集・春上・

四六・俊成）

宮柱ふと敷き立てて万代に今ぞ栄えん鎌倉の里（続古今集・賀・一九〇二・実朝。金槐集・慶賀の歌の中に・六七六）

〔語釈〕 **○里** 『古今六帖』（第二・都）の「さと」。**○今は身の** ↓4。

〔補説〕 将軍として君臨した鎌倉への懐旧の念。宗尊は、該歌に先立つ「文永三年八月百五十首歌」の「雑里」でも「十年余り五年までに住み馴れてなほ忘られぬ鎌倉の里」（本抄・巻三・555）と詠んでいる。

山家

忘《わす》れずよあくがれそめし山里《さと》のその夜《よ》の雨の音のはげしさ

〔現代語訳〕 山家

忘れないよ。憧れて深く心を寄せた山里の、その夜の雨の音の激しさは。

〔参考歌〕 忘れずよまた忘れずよ瓦屋の下たく煙下むせびつつ（後拾遺集・恋二・七〇七・実方）

心からあくがれそめし花の香になほ物思ふ春の曙（万代集・雑一・題しらず・二七九九・定家。拾遺愚草・恋・二六〇九。定家卿百番自歌合・一五七）

袖濡れしその夜の雨のなごりよりやがて晴れせぬ五月雨の空（長秋詠藻・恋・三五〇）

吉野山紅葉の庵いかならん夜半の嵐の音のはげしき（万代集・雑中・一一八五・山田法師。山田法師集・三三、結句「音のはげしさ」）

〔語釈〕 **○山家** 『和漢朗詠集』に立てられ、『堀河百首』（雑）にも設けられた題。**○忘れずよ** ↓62。**○そめし** 「染めし」（深く心を寄せた・思い込んだ）に解した。参考の定家詠の「そめし」は、「初めし」（始めた）。

〔補説〕 山家に隠棲することの憧憬から空想した「山里」を、あるいは京都鎌倉往還途次（恐らくは帰洛途次）の山里風の宿りに実感した感懐か。西行の「誰住みてあはれ知るらん山里の雨降りすさむ夕暮の空」（新古今集・雑中・一六四二）を念頭に置いた可能性も見る必要があろう。

山栖

荒《あ》れまさる庭の浅茅の露深《ふか》み分けくる人も見《み》えぬ宿《やと》かな

〔現代語訳〕 山栖

どんどん荒れてゆく庭の浅茅に置く露が深いので、それを分けてやって来る人も見えないこの家であることだな。

〔語釈〕 **○山栖** 「山棲」に同じ。サンセイ。山に棲むこと。隠遁すること。いずれにせよ、珍しい歌題。**○荒れまさる** 平安時代から見え、『源氏物語』にも「荒れまさる軒のしのぶをながめつつ繁くも露のかかる袖かな」（須磨・一九八・花散里）と見えるが、院政期以降に盛行する語。為家（為家五社百首・五二九）、真観（新撰六帖・三九五）、家良（新撰六帖・八九一他）といった宗尊の師筋も詠じている。**○浅茅の露深み** 丈の低い茅に、露がその葉先から根元の底まで深くびっしりと置いているので、ということ。「浅」と「深」は意識的対比。「露深み」の句自体の先行例は、「狩衣萩の花摺り露深みうつろふ色にそほちゆくかな」（新勅撰集・秋上・二三五・行宗）などがあるが、むしろ、俊成女の「浅茅分け宿る月さへ影寒き露深草の野辺の秋風」（撰歌合建仁元年八月十五日・野月露涼・七五）や良経の「露深しとばかりみつる浅茅原暮るれば虫の声もみちぬる」（秋篠月清集・秋・一一六八）などが、景趣としては近いか。なお、西行の「浅茅深くなりゆくあとを分けいれば袂にぞまづ露は散りける」（聞書集・墓に参りて・一一一）を参考にして、「荒れまさる」状態が「浅茅」を深く茂らせたことを詠じたと見れば、深く茂った浅茅に置く露がびっしりと置いているので、といった趣旨に解することができるか。

水郷

何となき世《よ》のいとなみもあはれ《哀》なり《也》水の上《うへ》行《ゆ》く宇治《うち》の柴舟《ふね》

〔現代語訳〕　水郷

何ということのないこの世の生業も、しみじみと哀れであった。はかない泡が浮く水の上を進み行く、憂しという宇治の柴舟も。

〔参考歌〕　流れての世をも頼まず水の上の泡に消えぬるうき身と思へば（後撰集・雑一・一一一五・千里）

暮れて行く春の湊は知らねども霞に落つる宇治の柴舟（新古今集・春下・一六九・寂蓮）

〔語釈〕　**○水郷**　結題にはよく用いられるが、「水郷」単独の歌題は珍しいか。**○世のいとなみ**　常磐三寂の寂然の「たちまじる世のいとなみをひきかづく衣の裏に玉もかけなむ」（唯心房集・十如是・作・二五）が早い。これは衣裏宝珠を詠む。その後、定家が建保六年（一二一八）の「文集百首」で「荒らし置く田のもの葉草茂りつつ世のいとなみのほかや住み憂き」（拾遺愚草員外・山家・人間栄耀因縁浅、林下幽閑気味深・四六五）と詠む。建長三年（一二五一）の為家には、三月の「つきもせぬ世のいとなみに明け暮れて心しづむる時の間もなし」（為家集・雑・一四三九）や「あればある世のいとなみに身を捨てて過ぐる月日の果てぞ悲しき」（同・同・一四四一）、九月の「来む世こそ思へば憂けれ報ふべき世のいとなみを慰めにして」（同・同・一五六九）、十二月の「明け暮らす世のいとなみを嘆く間に今年も早く暮ぞ近づく」（同・冬・九三四）といった一連の作がある。後代では、伏見院の用例（含む類例）が目立つ（伏見院御集・一五八六、一六三三〜一六三五）。**○あはれ**　「水の上」の縁で、「泡」が掛かるか。**○宇治**　山城国の歌枕。「世」「あはれ」の縁で、「憂し」が掛かる。

〔補説〕 実朝の「世の中は常にもがもな渚漕ぐ海人の小舟の綱手かなしも」（新勅撰集・羈旅・五二五）に通う。

田家

鷺のゐる外面《そとも》の梢色づきて門田寂《さひ》しき秋の夕《ゆふ》暮

〔現代語訳〕 田家

鷺がとまっている家の外にある梢が色づいて、家の前の田は寂しさにつつまれる、秋の夕暮よ。

〔他出〕 中書王御詠・秋・秋のうたのなかに・一一三。夫木抄・雑九・鷺・秋御歌中・一二六九〇。

〔語釈〕 **○田家** 107の「山家」と同じく、『和漢朗詠集』に立てられ、『堀河百首』（雑）に設けられた題。**○鷺のゐる** 『金葉集』に収める和泉式部の「鷺のゐる松原いかに騒ぐらん白毛はうたて里響むなり」（雑上・五五六）や『堀河百首』の藤原顕仲詠「鷺のゐる荒れ田のくろに摘む芹も春の若菜の数にやはあらぬ」（春・若菜・七四）が早い。『現存六帖』に見える家良の「鷺のゐる野沢のま菅水越えてなほ曇りそふ五月雨の空」（さぎ・八五四）や『百首歌合建長八年』の経家詠「鷺のゐる荒れ田のくろに雪さえて根芹も白く摘む若菜かな」（春・一三三三）などが、宗尊に身近な例。**○外面の梢** 先例は見えない。後出としても、『歌合（正安元年～嘉元二年）』の親子詠「よも山に冬近からし今朝見れば外面の梢色染めぬなり」（秋朝・一〇）、あるいは『宗良親王千首』の「いとどなほ外面の梢茂りあひて煙に暮るる里のかやり火」（夏・蚊遣火・二八五）や『師兼千首』の「山里の外面の梢陰茂み心涼しき滝の音かな」（雑・山家夏・八三二）が見える程度。これらに、宗尊からの影響の可能性を見ておく必要があろう。「外面」は、家の背後あるいは北側を言うが、家の外側一般をも言う。**○門田** 家の門前にある田。あるいは家の近くの田。

〔補説〕 「鷺」が、「白鷺の松の梢に群れゐると見ゆるは雪の積もるなりけり」（為忠家初度百首・冬・松上雪・四八一・頼政）のような白鷺を言っているのだとすれば、「色づ」く「梢」との色彩上の対照の趣向となる。また、「外面の梢」を家の後ろ側にある梢、「門田」を家の門の前側にある田とすれば、その対比も趣向となるが、そうとも限らないか。

苫屋

111

明石潟《あかしかた》年経《へ》し浦の秋風に苫《笘》屋《や》も荒《あ》れて月や澄むらん

〔本文〕 ○底本第四句の「笘」は、「苫」を誤ったものと見て、私に「苫」に改める。

〔現代語訳〕 苫屋

明石潟は、幾年もの間吹き過ぎてきた浦の秋風によって苫屋も荒れて、しかし月は変わらずに澄んでいるのだろか。

〔本歌〕 年経つる苫屋も荒れてうき波の返るかたにや身をたぐへまし（源氏物語・明石・二三八・明石君）

〔本説・本歌〕 「思ひ捨てがたき筋もあめれば。今いととく見なほしたまひてむ。ただこの住みかこそ見捨てがたけれ。いかがすべき」とて、

都出でし春の嘆きにおとらめや年ふる浦を別れぬる秋

とて、おし拭ひたまへるに、いとどものおぼえず、しほたれまさる。立ちゐもあさましうよろぼふ。（源氏物語・明石・二四二・光源氏）

〔参考歌〕 明石潟海人の苫屋の煙にもしばしぞ曇る秋の夜の月（続後撰集・秋中・三五七・順徳院）

名にし負ふ境やいづく明石潟なほ浦遠く澄める月かな（続古今集・秋上・四〇八・信実）

〔他出〕 中書王御詠・秋・浦月・一〇三。

〔語釈〕 **○苫屋** 歌題としては珍しいか。**○明石潟** 播磨国の歌枕。現在の兵庫県明石市の海岸。「月」「澄む」の

縁で、月が「明かし」が響く。**〇秋風**　「年」「経し」の縁で、「飽き」が響くか。**〇苫屋**　菅や茅を編んで屋根を葺いた粗末な小屋。主に海浜のものを言う。

〔補説〕　本歌の明石君の歌は、光源氏が帰洛するのに際し、明石君にまた逢うまでの形見として琴を残して惜別する場面で、源氏の「うち捨てて立つも悲しき浦波の名残いかにと思ひやるかな」（二三七）に対する返歌。また、本説は、その光源氏が明石の浦を去るのに際して、その秋の名残惜しさを、都を出たかつての春の嘆きに劣らないと述懐する場面。宗尊は、光源氏が帰洛した後に明石の浦の荒涼とした月の風情を思いやる体で、宗尊が過ごした鎌倉をその明石に重ねるか。

112

宅

家あればまた《又》愁《うれ》ふなる世の中に宿も定《さた》めぬ身こそやすけれ

〔現代語訳〕　宅
住む家があるのでさらに愁うという、この世の中に、住居も定めない身こそが気安いのだ。

〔本歌〕　白波の寄する渚に世をつくす海人の子なれば宿も定めず（新古今集・雑下・一七〇三・読人不知。和漢朗詠集・遊女・七二二・海人詠）

〔語釈〕　**〇宅**　『古今六帖』（第二・宅）の「いへ」に当たるか。

〔補説〕　上句には何らかの典故があるようにも思われるので、なお追究する必要があろう。

113

簾

今は身のよに煤《すゝ》けたる蘆簾《芦》かかりける身の果《は》てぞ悲《かな》しき

〔現代語訳〕　簾

今ではもうこの身は、世の中にまみれて汚れているし、節も煤けて黒くなって掛かっている蘆簾のように、こうなった身のなれの果てが何とも悲しいのだ。

〔参考歌〕すくも焚く難波をとめが蘆簾よに煤けたる我が身なりけり（新撰六帖・第二・すだれ・八四二・為家）

年を経てよに煤けたる伊予簾かけさげられて身をば捨ててき（新撰六帖・第二・すだれ・八四五・真観）

〔語釈〕**○簾**　『古今六帖』（第二・宅）の「すだれ」。**○よに**　「世に」に「蘆簾」の縁で「節」が掛かる。**○蘆簾かかりける身の**　「蘆簾掛かりける」から「かかりける」を掛詞に「斯かりける身の」（このような身の）へ鎖る。**○果てぞ悲しき**　行く末の最後を思うと何とも悲しい、ということ。『清輔集』（一八〇）や『寂然法師集』（七〇）等院政期末頃から見られて、鎌倉期に盛行する句。勅撰集には、『新古今集』の「下燃えに思ひ消えなん煙だに跡なき雲の果てぞ悲しき」（恋一・一〇八一・俊成女）が初出。為家は、参考歌と同じく『新撰六帖』で「かげろふのありやなしやも頼まれぬ世はあだものの果てぞ悲しき」（第一・かげろふ・四九七）や「人はさも知らぬものゆゑあぢきなく思ふ思ひの果てぞ悲しき」（第四・ざふの思・一二六七）と詠じている他、「あればある世のいとなみに身を捨てて過ぐる月日の果てぞ悲しき」（為家集・雑・〔建長五年三月〕・一四四一。109にも所引）や「身に報ふ憂き世の罪と知りながらなほまどはるる果てぞ悲しき」（同・同・報同〔建長五〕年四月・一五五一）とも詠じている。宗尊は、これらから自然と学び得たであろう。

門

いかにせん我が門にさへ関据《すへ》ゑて人の行《ゆ》き来もやすからぬ世《よ》を

〔現代語訳〕　門

どうしようか。自分の家の門にまで関所を据えて、人の行き来さえも安らかではない、この世の中を。

〔参考歌〕 いかにせむ恋路の末に関据ゑて行けども遠き逢坂の山 （新勅撰集・恋二・七五五・藻璧門院少将。三十六人大歌合・一八八）

〔語釈〕 ○門 『古今六帖』（第二・宅）の「かど」。○人の行き来 さほど多用はされないが、古く「逢坂のゆふつけ鳥にあらばこそ人の行き来をなきつつも見め」（古今六帖・第二・にはとり・一三六一・伊勢）や「妹背川昔ながらのなかならば人の行き来のかげは見てまし」（蜻蛉日記・一七六・登子）の作があるが、以後は、鎌倉期まで用例が見えない。宗尊に直近の例としては、「逢坂や人の行き来はいかならん我が身にかたき夜半の関守」（亀山殿五首歌合文永二年九月・不逢恋・六九・資季）がある。○やすからぬ世 容易ではない世の中。「水草ゐる入江になるるうき鴨のやすからぬ世は思ひ知りにき」（新撰六帖・第三・かも・九三六・家良）に学ぶか。

〔補説〕 帰洛後の宗尊の居所に六波羅辺りから武士がでて、人の出入りの監視の為の衛所の類を設けたか。樋口芳麻呂「宗尊親王の和歌─文永三年後半期の和歌を中心に─」（『文学』36─6、昭和四三・六）が、文永三年（一二六六）十月九日に六波羅北方北条時茂邸から故承明門院旧跡の「土御門殿に移ってから詠まれたことを示しているかとも思われる」と言うとおりであろう。

宗尊は別に、「いかにせん急ぎしまでは関据ゑて憂きに越えける足柄の山」（中書王御詠・雑・足柄を越ゆとて・二一三）という、同じ参考歌に負ったと思しい歌を詠んでいる。

115

庭

よそに見《み》ん人の袂も濡《ぬ》れぬべし露けき庭の草の深《ふか》さを

〔現代語訳〕 庭

この庭をよそ事として見るであろう人の袂も、きっと涙で濡れてしまうに違いない。びっしりと置く露で湿っぽい我が庭の、草深さを（そのあわれさを見ると）。

〔参考歌〕 分けて入る袖にあはれをかけよとて露けき庭に虫さへぞ鳴く（山家集・秋・四四四。西行法師家集・雑・五一三）

分け侘びて今も人目はかれぬべし茂る夏野の草の深さに（宝治百首・夏・夏草・一〇一〇・実雄。万代集・夏・六六六。新後撰集・夏・二三二）

〔語釈〕 ○庭 『古今六帖』（第二・宅）の「には」。○よそに見ん 自分とは無縁の、関係のないものと見るだろう、という意。紫式部の「水鳥を水の上とやよそに見む我もうきたる世を過ぐしつつ」（紫式部日記・六。千載集・冬・四三〇）が原拠となるか。

関

皆人《みなうと》の疎《うと》くなりつつ足柄《あしから》の関の山路《ち》を別《わか》れ来《こ》しかな

〔現代語訳〕 関

すべての人がだんだんと疎遠になっていきながら、足柄の関がある山路を別れて来たのだな。

〔本歌〕 足柄の関の山路を行く人は知るも知らぬも疎からぬかな（後撰集・羇旅・東なる人のもとへまかりける道に、相模の足柄の関にて、女の京にまかり上りけるに逢ひて・一三六一・真静）

〔語釈〕 ○関 『古今六帖』（第二・山）の「せき」。○足柄の関 相模国の歌枕。相模国と駿河国の境にある足柄山の東麓にある関。

〔補説〕 文永三年（一二六六）七月に鎌倉を追われて帰洛した折の、足柄関を越えて関東で親しかった「皆人」が次第に遠くなっていった感懐を詠じたか。

117　人

さこそはあれあはれ《哀》いかにといふ人もなきや憂《う》き身《み》の限りなるらん

〔本文〕 ○底本初句は「さこそ《は》あれ」。「は」を本行に補入する。

〔現代語訳〕 人

憂き身ではあることはあるけれども、それを、「ああ、どれほどでしょう」と問うてくれる人も無いことが、その憂き身の極みであるのだろうか。

〔本歌〕 おのづからさこそはあれと思ふ間にまことに人の問はずなりぬる（新古今集・恋五・一三九九・経信母）

思ひやる心の中の悲しさをあはれいかにと言はぬ日ぞなき（続後撰集・羇旅・同じ時〔成尋法師入唐時〕、かの母のもとにつかはしける・一二八九・読人不知）

〔参考歌〕 さりともと昔は末も頼まれき老いぞ憂き身の限りなりける（続古今集・雑中・一七一〇・道円）

〔語釈〕 **○人**　十界や六道の中の「人」ではなく、他の人の意か。歌題としては珍しいか。**○さこそはあれ**　それはそうであっても。「さ」は「憂き身」を指す。『新古今集』の読人不知歌の詞を取ったと見た。ただし、宗尊は別に、「さこそはあれ出で入る人の跡もなし身のことわりの庭の白雪」（中書王御詠・冬・庭雪・一五二）とも詠んでいるが、これは北条政村の「憂きもなほさこそはあれとことわりを世になぐさめて身ぞふりにける」（三十六人大歌合弘長二年・一八〇）に負ったかとも思われるので、経信母の歌の本歌取りと見ることについてはなお考える余地があろう。**○限り**　極限の意。

118

父

行《ゆ》く末ぞ思ひ知《し》らるるたらちねのある世にだにもかく沈《しつ》む身は

〔現代語訳〕父

行く末が、おのずから思い知られるよ。たらちねの父が生きているこのときでさえも、このように沈淪している我が身は。

〔参考歌〕冬深み枯れ野を見てぞ行く末の我が身の上は思ひ知らるる（久安百首・冬・四五一・季通）

〔語釈〕**○父**　次歌の「母」、次次歌の「子」と一連だろうが、いずれも歌題としては珍しいか。**○たらちね**　父。後嵯峨院のこと。**○ある世にだにも**　今現に生きている間でさえも。「あはれとも誰かは我を思ひ出でむある世にだにも問ふ人もなし」（千載集・雑中・一〇九七・兼房）に拠る。

〔補説〕文永三年（一二六六）七月二十日、将軍職にあった鎌倉を追われて入京した宗尊は、恐らくは鎌倉幕府あるいは北条執権家への遠慮のために、父後嵯峨院と母平棟子から義絶されて謁見を許されなかった。この「五百首」を詠んだ十月の時点でもその事態は変わっていなかったであろう。十一月六日に幕府が後嵯峨院に義絶を解くように奏請し、宗尊が、帰洛後に初めて父と対面するのは、十二月十六日のことであった。

119

母

迷《まよ》ふらん心の闇《やみ》を思ふにぞ涙もいとどかき暗《くら》しける

〔現代語訳〕母

子である私を思って道に迷っているであろう母の心の闇を思うにつけ、私の心もいっそうかき乱れて暗くなり、流す涙もよりいっそう辺りを暗くするのであったな。

〔本歌〕人の親の心は闇にあらねども子を思ふ道にまどひぬるかな（後撰集・雑一・一一〇二・兼輔）
かき暗す心の闇に迷ひにき夢うつつとは世人さだめよ（古今集・恋三・六四六・業平）

〔類歌〕迷ひゆく心の闇の深き夜は暁告ぐる鳥の音もなし（中書王御詠・雑・生死長夜・三五八）

〔語釈〕○母　歌題としては珍しいか。○かき暗し　涙で目が見えないぐらいに暗くする意。本歌を承け、かつ「迷ふ」「心」「闇」の縁で、悲しみや惑乱で気持ちが真っ暗になる意が掛かる。

〔補説〕宗尊は、鎌倉から帰洛後も母平棟子に会えなかった（↓118補説）。当時の貴顕として、必ずしも母親に直接保育された訳ではないだろうし、事実幼時には曾祖母承明門院に養育されたと思しい。しかし、少なくとも関東下向の前々年の九歳頃までは、母との同行の記録も垣間見えていて、宗尊の母親に対する記憶は、当時の親王としては十分に深く心に刻み込まれていたと想像される。「日記の家」（今鏡）の出で聡明であったと思しく、かつ頗る美人であったと伝える（岡屋関白記）、母棟子の自分に対する変わらない愛情を疑わない真情の吐露ということであろう。

120

子

移《うつ》り行くこの世なりとも東《あつま》人情《なさ》けはかけよ親《おや》の為とて

〔現代語訳〕子

移ろって行くこの世であり、私の子である者（惟康）の人生であるとしても、東国の人よ、それに情けをかけてくれ、せめて親の為ということで。

〔参考歌〕移り行く月日ばかりはかはれども我が身をさらぬ憂き世なりけり（続後撰集・雑中・一一八一・家良）
出羽なる平鹿《ひらか》のみ鷹立ち返り親の為には鷲も取るなり（新撰六帖・第二・おほたか・七一〇・真観）

〔語釈〕 **○子** 『堤中納言集（部類名家集本）』の雑の部類に「子」と見えるが、歌題としては珍しいか。**○この世** 題の「子」を承け、歌の「親」の縁で、「こ」に「子」を掛け込めるか。とすると、「世」は、この世の中と子の人生の両意が重なる。**○情けはかけよ** 作例は希少。先行例としては、「逢はずとも情けはかけよおのづから報いにかかる恋もこそすれ」（久安百首・恋・七六二・実清）がある。**○親の為とて** この句形は参考歌の他に、「立ち返り心の闇ぞ頼もしき親の為とて子を思ふ身は」（長綱集・雑・三五八）が目に入る程度。

〔補説〕「こ（子）の世」は、鎌倉に残されて新将軍となった我が子惟康を指すのであろう。また、「東人情けはかけよ」は、直接には、自分を将軍職から降ろして鎌倉から追い出した東国武士、取り分けて執権家を中心とする北条氏を念頭に置いた表現であろう。あるいは、参考に挙げた真観の特異な歌も、出羽では親の為に鷲までも取るというのだから、東人は、親の為ということなら自分の子ながら惟康にも情けをかけてくれてもよいではないか、というように意識した可能性があろうか。

忠臣

松の色は年の寒《さむ》きに見《み》ゆれどもその類《たくひ》なる人はなき世ぞ

〔現代語訳〕 忠臣

松の色が変わらずにいることは、一年のうちの寒い季節に分かるけれど、それと同類である（主君が困難なときにも）態度が変わらない人は無い、この世なのだ。

〔本文〕 子曰、歳寒、然後、知二松柏之後レ凋也（論語・子罕第九）

〔参考〕 十八公栄霜後露（しふはつこうのえいはしもののちにあらはれ） 一千年色雪中深（いっせんねんのいろはゆきのうちにふかし）（和漢朗詠集・松・四二五・順）

〔参考歌〕　年寒き松の心もあらはれて花さく色を見する雪かな（新勅撰集・冬・四〇九・道家）

〔語釈〕　〇忠臣　歌題としては珍しいか。〇その類なる　上句に言う、寒さにも変わらず常緑である「松の色」と同様に、難局にも「色」（様子や態度）を変えないでいる、ということ。

〔補説〕　「玄冬素雪之寒朝（くゑんとうそせつのかんてうに）　松彰君子之徳（まつくんしのとくをあらはす）」（和漢朗詠集・松・四二四・河原院賦・順）のように、常緑の「松」は、「君子」に比される。後代の例だが、「年寒み松の色にぞつかへては二心なき人も知られむ」（心敬集・百首和歌・冬・歳暮・七〇）と詠まれるのも、その通念に従っていよう。宗尊は、将軍であった立場から、寒さにも変わらない「松の色」を、あえて心変わりしない「忠臣」によそえて、将軍職を追われた後の臣下達の変節を慨嘆したものであろう。

歌人

天地《あめつち》を動《うご》かす道と思ひしも昔なりけり大和言《こと》の葉

〔現代語訳〕　歌人

天神地祇を動かす（そして男女の仲を睦まじくさせ、勇猛な武士の心をもなだめる）道だと、（あの貫之が）思ったのも、もはや昔のことであったのだ。この大和言葉の道、和歌よ。

〔本説〕　やまと歌は、人の心を種として万の言の葉とぞなれりける。…力をも入れずして天地を動かし、目に見えぬ鬼神をもあはれと思はせ、男女の中をも和らげ、猛き武士の心をも慰むるは、歌なり。（古今集・仮名序）

〔参考歌〕　石の上ふるの中道立ち返り昔に通ふ大和言の葉（千五百番歌合・雑・二九九八・具親。続古今集・雑下・一七七七）

〔語釈〕　〇歌人　歌題としては珍しいか。〇昔　紀貫之の昔。将軍として和歌を詠み重ねた在鎌倉の往事を含意するか。

〔補説〕 文永三年（一二六六）、妻宰子の良基との密通の風聞ある中で、六月二十日の北条時宗邸での密議を経て、同日に良基は逃亡し、二十三日に宰子と娘の掄子は山内殿に、嗣子の惟康は時宗邸に移される。宗尊自らは七月四日に鎌倉の御所を出て、八日には妻や子女と別れて帰洛の途につくのである。その政変を策動したのは北条執権家を中心とする鎌倉の武士達であろうことは想像に難くない。また、宰子が入洛するのは、十月にこの五百首を詠じた後の十一月十七日であった。このような絶望的境遇の中で、鎌倉で和歌を読み続けてきた宗尊が、「天地を動かし」て「男女の中をも和らげ、猛き武士の心をも慰むる」はずの「大和言の葉」の効能を疑い、そういう力を持った「道」だと貫之が思ったことも「昔なりけり」と慨嘆したことは、当然のことであったのかもしれない。
　その際、参考歌とした具親詠や、それに先立つ定家の「秋津島外まで浪はしづかにて昔に返る大和言の葉」（老若五十首歌合・雑・四一五。拾遺愚草・一八二〇）などを、宗尊が否定的に意識した可能性は見てもよいであろう。

遊子

よもすがらあくがれ越《こ》ゆる関の戸の有明の月に鳥の音ぞする

〔現代語訳〕 遊子
　夜通し、ぼんやりとさまようようにして越える関の門を照らす有明の月に、鳥の声が聞こえるよ。

〔本文〕 遊子猶行於残月（いうしなほさんぐゐつにゆく） 函谷鶏鳴（かんこくにはとりなく）（和漢朗詠集・暁・四一六・賈嵩）

〔参考歌〕 鳥の音に関の戸出づる旅人をまだ夜ぶかしと送る月影（白河殿七百首・雑・遊子越関・五七七・為家）

〔語釈〕 ○遊子 旅行く人の意。歌題としては珍しいか。参考歌は、文永二年（一二六五）七月七日の白河殿（白川殿・禅林寺殿）の当座探題歌会詠であり、その歌題「遊子越関」が先行する類例となる。**〇あくがれ越ゆる**　新奇な措辞。「あくがる」は、さまよい歩く、あるいは身から心が離れてぼんやりする意。ぼうっとした心持ちでふらふらと（関を）越えるということ。宗尊は、「よもすがら」の「あくがる」を、「心のみ寝られぬままにあくがれてただよもすがら月を見るかな」（柳葉集・巻二・弘長二年十二月百首歌・月・三二七）とも詠んでいる。**〇関の戸**　関所の出入り口、関門。**〇鳥**　孟嘗君の函谷関の故事に拠る本文から、鶏のこと。

〔補説〕　一般に京都から東下する旅人の立場の感懐に見なし得る一首である。とすれば、宗尊が建長四年（一二五二）三月十九日の辰一点に六波羅から発って、東下する際に越えた逢坂の関に於ける感懐を遙かに思い起こしているようにも捉えられる。しかし、「よもすがらあくがれ越ゆる」を、宗尊が鎌倉を追われて帰洛した際の記録に照らせば、この「五百首歌」を詠む三ヶ月前の、文永三年（一二六六）七月二十日の子刻に入京する前に越えたであろう逢坂の関を追想していると解されるのである。あるいはその両者を、重ね合わせて見るべきなのかもしれない。いずれにせよ、自らを故郷を失った「遊子」になずらえたような趣があろう。もとより一般的に「遊子」を詠じたとしても、孟嘗君の函谷関の故事を踏まえた「夜をこめて鳥のそら音にはかるともよに逢坂の関は許さじ」（後拾遺集・雑二・九三九・清少納言）や、「有明の月」を詠じた「有明の月も清水に宿りけり今宵は越えじ逢坂の関」（千載集・羇旅・四九八・範永）から見て、「関」は「逢坂の関」を想起したと考えるべきであろう。

124

隠子

いかにせん山に入る人これもまた《又》なほ《猶》憂《う》き時のある世なりけり

〔現代語訳〕　隠子

どうしようか。世を捨てて山に入る人、これもやはり、さらに憂く辛い時がある世の中なのであったよ。

〔本歌〕　世を捨てて山に入る人山にてもなほ憂き時はいづち行くらむ（古今集・雑下・九五六・躬恒）

朝な朝な立つ河霧の空にのみうきて思ひのある世なりけり（古今集・恋一・五一三・読人不知）

〔参考歌〕　道ありと我が君の代に出ではてて山の奥には住む人もなし（白河殿七百首・雑・隠士出山・五七八・経任）

〔語釈〕　**〇隠子**　世の中を厭い避けて隠れ住む人。「隠士」に同じか。前歌と同様に、参考歌の「隠士出山」が先行する類例となる。**〇山に入る人**　本歌の場合、出家する意味に解される。ここは、それを含めてより広く、世を出離して山中庵居するような隠士を言うか。

〔補説〕　104と同工異曲。

老人

さすがまた《又》年の積もりのしるしにて老いぬる人は情けありけり

〔現代語訳〕　老人

なんといってもやはり、年を重ねていることの証拠として、老いている人は情けがあるのであったな。

〔参考歌〕　春雨にふりかはりゆく年月の年の積もりや老いになるらん（平中物語・五段・二五・友だち）

雲のゐる越の白山老いにけりおほくの年のゆき積もりつつ（和漢朗詠集・山・四九七・作者不記（忠見とする伝本あり）。拾遺集・冬・二四九・忠見、初句「年経れば」四句「多くの冬の」）

〔語釈〕　**〇老人**　『和漢朗詠集』に立てられ、『永久百首』（雑）に設けられた題。**〇さすがまた**　真観の『宝治百首』詠「やよいかに言いははなたでさすがまた絶えずゆづるのかけたるやなぞ」（恋・寄弓恋・三二五八）が早い例か。鎌倉時代中期から南北朝・室町前期にかけて盛行する。宗尊は既に、「弘長二年十二月百首歌」で「さすがまた消えも果てなで埋み火の埋もるる身よなに残るらん」（柳葉集・巻二・埋火・三四〇）と用いている。**〇情けありけり**

先行例を見ない句。宗尊は先に、「弘長元年九月中務卿宗尊親王家百首」で「今の世に伝へて聞けばいにしへの人の心は情けありけり」（柳葉集・巻一・雑・一四二）と詠んでいる。

〔**補説**〕文永三年（一二六六）七月の失脚前後から、帰洛して十月にこの五百首を詠じるまでに、思いがけず情けをかけられた特定の「老人」に対する実感であろうか。あるいは、「老人」一般に対する感懐であろうか。ちなみに、当時は現代よりは老いの境目が早かったであろうことが想像されるが、『新撰六帖』で、当時五十二～三歳の家良は「いそぢ余り老いぬる人の寝覚めにぞ夜を長月の程も知らるる」（第一・ながづき・一五六）と詠じている。また、正治二年（一二〇〇）秋の『正治初度百首』で、二条院讃岐は「暮れはつる年の積もりをかぞふればむそぢの春も近づきにけり」と詠んでいる。「年の積もり」、「老いぬる人」のいずれについても、五十歳代を老境とする通念が窺われるか。

漁夫

蘆まじる沖の洲崎に影見《み》えて漁《いさ》りに帰る海士の灯

〔**現代語訳**〕漁夫

蘆が混じって生えている沖の洲崎に、その光がちらちらと見えて、海人の灯が漁へと戻ってゆくよ。

〔**参考歌**〕わたつ海の沖なかにひのはなれ出でて燃ゆと見ゆるは海人の漁りか（拾遺集・物名・かにひの花・三五八・伊勢）

海原やなぎたる波の漁り舟沖の洲崎に漕ぎまはる見ゆ（宝治百首・雑・海眺望・三八八一・家良）

山の端に月傾けば漁りする海人の灯沖になづさふ（万葉集・従㆓長門浦㆒舶出之夜仰㆓観月光㆒作歌三首・三六二三・作者未詳）

〔語釈〕 ○漁夫 「漁父」とも。『和漢朗詠集』に「水」の付けたりとして「漁父」が見えるが、歌題としては、鎌倉時代まででは必ずしも一般的ではない。○蘆まじる 新奇な句。後代でも、室町時代の歌僧正広の「蘆まじる入江の真薦吹く風に降らでも浪は五月雨の声」（松下集・夏・江五月雨）が見える程度。「洲崎」に、他の物に交じってまばらに蘆が生えている状態を言うか。「蘆（葦）」に他の物が「まじる」ことを言うのは、古く『万葉集』に「湊葦に交じれる草のしり草の人皆知りぬ吾が下思ひ」（巻十一・寄物陳思・二四六八・作者未詳。古今六帖・第六・つれなしぐさ・三五九三・人丸、初句「しほあしに」結句「わがしたおもひは」）がある。院政期末には「難波江の蘆生にまじるかきつばた花し咲かずは誰か分かまし」（教長集・春・一六五）や「蘆原やかつみまじりに繁りあひて入江は舟の通ひ路もなし」（有房集・水の辺に草深しといふことを・一〇九）あるいは「春駒も心あるらむかきつばた花咲きまじる蘆のあたりは」（公衡集・賦百字和歌・春・かきつばた・一九）等と詠まれている。為家には「難波なる蘆根にまじるみをつくしうき節繁き世にや朽ちなん」（新撰六帖・第三・みをつくし・一二〇二）があって、これらから発想した詞か。

○洲崎 海浜で土砂が堆積した洲が、沖の方に突き出して崎状になっている場所を言う。○漁りに帰る 「海士（海人）」について言う「帰る」は、多く浜や湊へと戻る意であるが、ここは、漁場へと戻っていくことを言っているとすれば珍しい。漁のために（沖へ出て、そこから）陸の方へと戻る意に解されなくもないか。あるいは、「帰る」は「反る（返る）」で、漁の作業につれて灯がひるがえることを言った可能性も見るべきか。

〔補説〕 沖の方に突き出た洲崎に生える蘆間から、漁へと戻る漁り火が明滅するように見えることを叙すか。

海人

我《われ》なれや塩焼《しほや》きめ刈《か》り海士《あま》人の干《ほ》さぬ袂もからき思ひも

〔現代語訳〕 海人

私なのだ。塩を焼き、海藻を刈って、そのように海に働く者の、濡れて干すひまもない袂も、ひどい思いも（その憂き目を見ているのは）。

【本歌】しかの海人のめ刈り塩焼き暇なみ櫛げのを櫛取りも見なくに（新勅撰集・雑四・一三三七・読人不知。原歌万葉集・巻三・雑歌・二七八・石川君子、初句「しかの海人は」四句「つげのをぐしを」）

【参考歌】潮たるる伊勢をの海人や我ならむさらばみるめを刈るよしもがな（千載集・雑下・七一九・実国）

【類歌】つれなさの辛き思ひやまさるらんめ刈り塩焼く海人のしわざに（長綱集・こひ・三三四）

【他出】中書王御詠・恋・恋歌・一八三、二句「塩焼きめ刈る」。

【語釈】**○海人**『古今六帖』（第三・水）の「あま」。**○塩焼きめ刈り**「め」（海藻・海布・和布）は、食用にする海藻の総称。原拠は、本歌の「め刈り塩焼き」である。「塩焼きめ刈り」の形では、同じ歌を本歌にした後鳥羽院の「海人をとめ塩焼きめ刈りしがの浦に黄楊のを櫛も取る間なき頃」（後鳥羽院御集・建保四年二月御百首・雑・五九二。万代集・雑三・三二九二）がある。また、『新撰六帖』には、家良の「海士人の身を浦なみに袖濡れてめ刈り塩焼き世を渡るらん」と為家の「海松布刈り塩焼く海人の足たゆく暮るれば帰る暇なの身や」（第三・あま・一〇九一、一〇九二）という、やはり同じ歌を本歌にした歌がある。これらに倣った可能性を見る必要もあろう。**○からき** 辛く過酷である意。「塩」の縁で、塩辛い意が響くか。

128

工匠

飛《ひ》驒《た》人の採《と》るてふ板《いた》のわれまでも捨《す》てられぬ世《よ》の情《なさ》けともがな

【現代語訳】工匠

飛驒人が採り集めるという板の割れ、それならぬ我までもが捨てようとして捨てることのできないこの世、そこにせめて人の情けがあってほしいものだ。

〔参考歌〕 飛騨人の真木流すてふ丹生の川言《こと》は通へど船ぞ通はぬ（万葉集・巻七・一一七三・作者未詳）

伊勢の海に海人の採るてふ忘れ貝忘れにけらし君も来まさず（続後撰集・恋五・九八四・読人不知）

我ながら心の果てを知らぬかな捨てられぬ世のまた厭はしき（新古今集・雑下・一七六六・良経）

〔語釈〕 **○工匠** たくみ。後代では、『易林本節用集』に見える表記。歌題としては珍しいか。**○飛騨人の採るてふ板のわれまでも** 「板の」までは序詞で、「割れ」との掛詞で「我」を起こすと解しておく。「飛騨人の採るてふ板」の典拠は不明。「とにかくに物は思はず飛騨匠打つ墨縄のただ一筋に」（拾遺集・恋五・九九〇・人麿。万葉集・巻十一・寄物陳思・二六四八・作者未詳、初句「かにかくに」三句「飛騨人の」）とも詠まれ、令制下で飛騨国から毎年交替で都に上ったという木工技術者の「飛騨匠（飛騨工）」が、製材としての「板」を扱うことから言うか。「板の割れ」の類の先行例も少なく、「ふき板の割れて漏り来る月影を恋しき人と思はましかば」（六条修理大夫集・二九二）が目に付く程度。**○情けともがな** 先行例の見えない句。162にも。

朋友

またかかる友だにあれな世の中の憂《う》きも辛《つら》きも嘆《なげ》きあはせん

〔現代語訳〕 朋友

告げなくてもまっさきにそれと知る涙、このような友だけでも別に在ってほしいよ。そうしたら、世の中の憂きことも辛いことも、ともに嘆きあおう。

〔本歌〕 世の中の憂きも辛きも告げなくにまづ知る物は涙なりけり（古今集・雑下・九四一・読人不知）

〔語釈〕 **○朋友** 歌題としては珍しいか。**○またかかる** 「またかかる旅しなければ草枕露けからんと思はざりしを」（古今六帖・第四・たび・二四二〇・作者不記）に遡る句。内容の上では、「かかる」は、本歌の「世の中の憂きも辛きも告げなくにまづ知る物」である「涙」（の特性）を指す。

沈倫

この《此》世には犯《をか》せる罪《つみ》もなきもの《物》を沈む・や世世《よゝ》の報《むく》ひなるらん

〔現代語訳〕　沈倫

この現世では犯している罪もないのだけれど、このように身が沈淪するのは、前の世世で犯した罪の報いなのだろうか。

〔参考歌〕　八百万神もあはれと思ふらむ犯せる罪のそれとなければ（源氏物語・須磨・二一七・光源氏）

水底に宿る月だに浮かべるを沈むや何のみくづなるらん（拾遺集・雑上・四四一・済時）

〔語釈〕　○沈倫　正しくは「沈淪」。誤写か、あるいは通用か。いずれにせよ、歌題としては珍しいか。○世世の報ひ　前世の多くのときに犯した罪の応報。「報ひ」は、もと「報い」で、中世以後の転。定家の「いかなりし世世の報いの辛さにてこの年月に弱らざるらん」（六百番歌合・恋上・旧恋・七七五）が早く、以後盛行する。『新撰六帖』には家良の「いかなりし世世の報ひぞ木樵りむし身におふほどの宿のはかなさ」（第六・むし・二二二一）の作例があり、これらに学んだか。

〔補説〕　参考の『源氏物語』歌は、須磨に退隠していた光源氏が、三月一日の上巳の祓えの折に、沈淪する自身の無実を神々に嘆訴した歌。これを詠むやいなや、「にはかに風吹き出でて、空もかき暗れぬ」さまとなり、以下、波浪・雷鳴・風雨に襲われることとなる。宗尊は、我が身を光源氏に重ねて、文永三年七月の将軍更迭の理由とされた「将軍御謀反」（外記日記）の罪は事実無根であり、また、その遠因ともいう妻宰子と良基の不義密通の件で父帝後嵯峨院に「内々」に使者（親家）を遣わし京都から院腹心の経任が下向したことは事実でもそこに幕府に敵対する意図はない、にもかかわらず、失脚し沈淪したのは前世の応報かと嘆いているのであろう。

述懐

言《こと》の葉も及《をよ》ばゝこそは恨《うら》みても泣《な》きても人に身をば愁《うれ》へめ

〔現代語訳〕 述懐

言葉も、それがもし及ぶのであれば、恨んででも、泣いてでも、人に我が身の愁いを訴えようものを。

〔本歌〕 怨みても泣きても言はむ方ぞなき鏡に見ゆる影ならずして（古今集・恋五・八一四・興風）

〔参考歌〕 たぐひなき嘆きのもとは書きつくる言の葉もなほ及ばれぬかな（長秋詠藻・一六二）

身一つにまた書きつもる言の葉もありしにいまの及びやはする（為家五社百首・懐旧・北野・六七二）

〔語釈〕 **○述懐** 『古今六帖』には見えない。題としては『和漢朗詠集』に立てられ、『堀河百首』（雑）に設けられる。直接には『新撰六帖』（第四）にある「おもひをのぶ」に拠るか。**○恨みても** 「言の葉」の縁で、「葉」に草木の「葉」が響き、「裏見ても」が響くか。

〔補説〕 本歌は、『源氏物語』「浮舟」で、匂宮と薫との愛情の間に苦悶する浮舟を、詩会の後の深更に匂宮が訪い、対岸の家に引き連れて行く場面の「恨みても、泣きても、よろづ、のたまひ明かして、夜深く、率て帰り給ふ」の部分の引歌である。『奥入』がそれを注しているが、『源氏釈』は「恨みても泣きても言はん方ぞなきたとへて言はんことのはかなさ」（浮舟・四〇六）という歌を挙げている。

宗尊は「文永元年十月百首歌」で、同じ本歌により「真葛はふ野原の牡鹿恨みてもなきてもさこそ妻を恋ふらめ」（柳葉集・巻四・秋・五八三、瓊玉集・秋上・一七九）と詠んでいる。

宇多々寝

覚《さ》めて後悔《くひ》いの八千《やち》たび悲《かな》しきは昔を見《み》つるうたた寝《ね》の夢

〔現代語訳〕　うたた寝

覚めて後、後悔が繰り返し何千回も悲しいのは、昔のことを見たうたた寝の夢だ。

〔本歌〕　先立たぬ悔いの八千たび悲しきは流るる水の帰り来ぬなり（古今集・哀傷・八三七・閑院〔命婦〕）

〔参考歌〕　うたた寝の夢なかりせば別れにし昔の人をまたも見ましや（金葉集・雑上・五五三・顕季）

橘の匂ふあたりのうたた寝は夢も昔の袖の香ぞする（新古今集・夏・二四五・俊成女）

〔語釈〕　**○宇多々寝**　『古今六帖』（第四・恋）の「うたたね」。**○覚めて後**　「覚めて後夢なりけりと思ふにも逢ふは名残の惜しくやはあらぬ」（新古今集・恋二・一二二五・実定）に学ぶか。**○昔を見つる**　「折しもあれ花橘のかをるかな昔を見つる夢の枕に」（千載集・夏・一七五・公衡）に学ぶか。**○うたた寝の夢**　定家の建久二年冬の「十題百首」（天部十首）詠「はかなしや見るほどもなし稲妻の光に覚むるうたた寝の夢」（拾遺愚草・七〇五）が早く、同じく定家の『六百番歌合』詠「夏の夜は馴るる清水の浮き枕結ぶほどなきうたた寝の夢」（夏・夏夜・二三九）や俊成の『御室五十首』詠「匂ひくる花橘の袖の香に涙露けきうたた寝の夢」（夏・二六五）等以降、新古今歌人達が多用している。『新古今集』には式子の「窓近き竹の葉すさぶ風の音にいとどみじかきうたた寝の夢」（夏・二五六）が採られ、右の俊成歌は『続古今集』（夏・二四九）に撰入されている。

〔補説〕　本歌の「悔いの八千たび」の詞の摂取は、『日吉社撰歌合寛喜四年』の光俊（真観）詠「先立たぬ世世の契りを恨みても悔いの八千たび音をのみぞ泣く」（恋・八六）まで見出せず、その後も鎌倉期には該歌が見える程度である。南朝の、『師兼千首』詠「なにとただ悔いの八千たび嘆くらん心に絶えし中川の水」（恋・絶後悔恋・六九七）や宗良親王詠「涙川悔いの八千たび思へども流れし名をばせくかひもなし」（李花集・恋・恋百首とてよみ侍りし中に、題恋・五七二。新葉集・恋二・七二八・読人不知）が、これに続く。南朝歌人による『瓊玉集』の受容は認められるが『竹風抄』の場合は、その明確な徴証は認められない。写本の伝存状況に照らしても、本書が流布したとは考えにくいが、例えば、宗良の「覚めて後思ひ知るこそはかなけれそもうたた寝の夏の夜の夢」（宗良親王千首・雑・夏夜夢・九〇〇）といった該歌との類歌をどのように捉えるか、なお追尋すべき課題であろう。参考、『瓊玉和歌集新注』解説。

夢

時《とき》の間《ま》のただ目《め》の前《まへ》を現《うつゝ》とて過《す》ぐれば夢になる世な《成》りけり

〔現代語訳〕夢

ほんの束の間のただ目の前のことを現実として、しかし、それもすぐに過ぎると夢になるこの世なのであったな。

〔本歌〕時の間の現をしのぶ心こそはかなき夢にまさらざりけれ（後撰集・恋三・七六七・読人不知）
行く先を知らぬ涙の悲しきはただ目の前に落つるなりけり（後撰集・離別・一三三三・源のわたる〔済〕）

〔参考歌〕また暮れぬ過ぐれば夢の心ちしてあはれはかなく積もる年かな（拾遺愚草・冬・文治三年冬、侍従公仲よませ侍りし、冬十首・二四二九）
現とも夢とも言はじ目の前に見るとはなくてあらぬ憂き世を（続後撰集・雑下・一二四四・行範）

〔類歌〕時の間のただ目の前の形にて身はうき雲のあとはかもなし（伏見院御集・雑・一一九九）

〔他出〕中書王御詠・雑・夢・三二九。

〔語釈〕○夢　『古今六帖』（第四・恋）の「ゆめ」。

134

無常

見し人の昨日の煙《けふり》今日《けふ》の雲立《た》ちも止《と》まらぬ世にこそあり《有》けれ

〔本文〕 詞書の肩に「風」（風雅集）の集付あり

〔現代語訳〕 無常
見知った人の荼毘にふされた昨日の煙も、今日の煙の雲も、次々に立ち続けて、立ち止まることもない、この世なのであったな。

〔参考歌〕 見し人の煙を雲とながむれば夕べの空もむつましきかな（源氏物語・夕顔・三六・光源氏）
鳥辺山遅れ先立つ夕煙昨日の友や今日のうき雲（如願法師集・哀傷・或所にて、無常歌よみ侍りしに・六五八）

〔類歌〕 鳥辺山昨日の煙今日の雲誰が家家の思ひなるらん（親清四女集・一四五）
鳥辺山昨日の煙今日の雲消えてはかなき数やそふらん（光吉集・雑・二七二）

〔他出〕 中書王御詠・雑・無常・三三〇。風雅集・雑下・題しらず・一九九六。

〔語釈〕 **○無常** 『和漢朗詠集』に見え、『堀河百首』（雑）に設けられた題。**○立ちも止まらぬ** 「煙」と「雲」の立つことが止まらない意に、時が歩みを止めることのない意が掛かり、次句の「世」に続く。

〔補説〕 参考の『源氏物語』歌は、何某院で頓死した夕顔の素性を乳母子の右近から聞き、光源氏が「ひとりごち」した歌。

135

懐旧

なにごとも思ひ捨《す》つれどいにしへの恋しきのみぞかなはざりける

〔現代語訳〕 懐旧

どんな事も思い捨てたけれども、昔が恋しいことだけは、思い捨てることがかなわないのであったな。

〔参考歌〕何事も思ひ捨つれど秋はなほ野辺のけしきのねたくもあるかな（久安百首・秋・八三五・俊成）

いにしへになほ立ち帰る心かな恋しきことにもの忘れせで（古今集・恋四・七三四・貫之）

世の中は憂き身にそへる影なれや思ひ捨つれど離れざりけり（金葉集・雑上・五九五・俊頼。千載集・雑下・一一六一）

忍ぶるぞかなはざりける辛きをも憂きをも知るは涙なれども（続後撰集・恋一・六七五・後嵯峨院）

〔語釈〕**○懐旧**　前歌の「無常」と同じく、『和漢朗詠集』に立てられ、『堀河百首』（雑）に設けられた題。**○恋しきのみぞ**　他の作例は、六条院宣旨（顕良女・俊成妻）の「ひきまゆのいとかく身をもつつまずは恋しきのみぞ嘆きならまし」（六条院宣旨集・恋・忍恋・七一）が見えるのみ。

別離

年を経《へ》て馴《な》れ慣《な》らひにし名残《なごり》こそ別るゝ今の辛《つら》さなりけれ 成

〔本文〕○底本の歌末「けれ」の「れ」は、「り」に上書き。

〔現代語訳〕別離

長い年月を経て、馴れに馴れて親しんだ名残こそが、別れる今の辛さなのであったな。

〔参考歌〕年を経て馴れたる人も別れにし去年は今年の今日にぞありける（後拾遺集・哀傷・五八六・時文）

〔他出〕中書王御詠・雑・離別・二一一、結句「ちぎりなりけれ」。

〔語釈〕**○別離**　『古今六帖』（第四・別）の「わかれ」に当たるか。「別」の表記では、『堀河百首』（雑）に見える。宗尊が撰進させたと考えられている『東撰和歌六帖』の題目録（雑）には「別離」が見える。**○馴れ慣らひにし**

「馴れ慣らふ」は、歌語としては珍しい。『今鏡』（花園の匂ひ）に、（賀茂臨時祭の四位の陪従として召されて参内した清輔が、六条天皇代にいまだ昇殿を許されていなかったので、とまどいながら）「北の陣の方に巡りて、后の宮のおはします、御達の局町など見るに、また殿上の方ざまへ参りて、はるかに見渡しなどしけるにも、昔に変はりたる事もなく、馴れ慣らひたりし人どもの見えければ」（講談社学術文庫本）と見える。

旅行

送《をく》るとは言《い》ふばかりにてさも人の身に添《そ》はざりし旅の空かな

〔現代語訳〕 旅行

送っていく、とは口で言うだけであって、そのようにも、他の人が我が身に付き添わなかった、あの旅の空であったな。

〔参考歌〕 身に添ひて旅の空にも巡るかな月を友とも契らざりしに（林下集・旅の歌とて・三四八）

旅の空送るとならば秋の月群雲隠れよき道なせそ（林葉集・月送行客師光家会・四七六）

送るとて月も嵐も頼まれず我が独り行く佐夜の中山（建保名所百首・佐夜中山遠江国・一一二七・行能）

〔語釈〕 **○旅行** 『古今六帖』（第四・別）の「たび」に当たるか。「旅行」の形では、元仁二年（一二二五）三月二十九日の「権大納言（基家）家三十首」に出題されている（拾遺愚草、壬二集、拾玉集等）。また、『続古今集』には、祖父土御門院の「旅行の心を」と詞書する「白雲を空なるものと思ひしはまだ山越えぬ都なりけり」（羈旅・九四三）の一首があり、父後嵯峨院にも「宝治百首歌召しけるついでに、旅行」と詞書する「限りなく遠くなりゆく都かな隅田河原の渡りしてけり」（新後撰集・羈旅・一六一四）の一首がある。**○送る** 目的地への到着を見届けるように付き添っていく意。**○言ふばかりにて** 『宝治百首』の「夏来ぬと言ふばかりにて遅桜散らぬ限りや春と頼まん」

（夏・首夏・八二九・成茂）が先行例。宗尊は既に「亡き人の数そふ世こそ悲しけれあらましかばと言ふばかりにて」（瓊玉集・雑下・雑の御歌の中に・五〇〇）と詠んでいる。**○さも人**　「忘るるをよしさらばとも思へかしさも人わろき身の嘆きかな」（百首歌合建長八年・恋・一四七六・家良）に学ぶか。

〔補説〕 文永三年（一二六六）七月の、鎌倉から帰洛する旅の孤独感を詠ずるか。

旅泊

舟の中《うち》浪の上にて明けぬめりさてもうき世は過《す》ぐるもの《物》とて

〔現代語訳〕 旅泊

舟の中、浪の上で、旅の浮き寝の夜が明けてしまうようだ。そうであっても、憂き世の中は、過ぎてゆくものだといって。

〔本文〕 翠帳紅閨（すいちやうこうけい） 万事之礼法雖異（ばんしのれいはふことなりといへども） 舟中浪上（ふねのうちなみのうへ） 一生之歓会是同（いつしやうのくわんくわいこれおなじ）（和漢朗詠集・遊女・七二〇・以言）

〔参考歌〕 舟の中波の上なるうき寝には立ちかへるとて袖ぞ濡れける（六百番歌合・恋下・寄遊女恋・一一五〇・経家）

〔他出〕 中書王御詠・雑・旅泊・二四四、結句「過ぐすものとて」、為家評詞「後京極殿見るべし」。

〔語釈〕 **○旅泊**　歌題としては、鎌倉時代以降に盛行する。勅撰集では、『新勅撰集』（羈旅・五二七・頼資）に初出し、『宝治百首』（雑）に設けられた。**○明けぬめり**　「睦言もまだ尽きなくに明けぬめりいづらは秋の長してふ夜は」（古今集・誹諧歌・一〇一五・躬恒）に遡及する句。**○うき世**　「憂き世」に「舟」「浪の上」の縁で「浮き」が掛かる。

〔補説〕 『中書王御詠』の為家評詞は、良経の「舟のうち波の下にぞ老いにける海人のしわざもいとまなの世や」

（新古今集・雑下・一七〇四）との類似を指摘か。

野行幸

芹《せり》川の千世の古《ふる》道いかにして昔に帰《かへ》る御幸待《ま》ちけん

〔現代語訳〕 野の行幸
芹川の千世の長い歳月を経た古道は、どのようにして、嵯峨天皇の昔に帰る、あの仁和の光孝天皇の行幸を待ったのだろうか。

〔本歌〕 嵯峨の山みゆき絶えにし芹河の千世の古道跡はありけり（後撰集・雑一・仁和の帝、嵯峨の御時の例にて芹河に行幸し給ひける日・一〇七五・行平）

〔参考歌〕 いかで我隙行く駒を引き止めて昔に帰る道を尋ねん（千載集・雑中・一〇八七・参河）
芹川の波も昔に立ち帰りみゆき絶えせぬ嵯峨の山風（六百番歌合・冬・野行幸・五三九・良経。続古今集・雑下・一七五〇）
御幸せし昔の跡の名残とて今もかひある千代の古道（白河殿七百首・雑・野行幸・五八一・教定）

〔語釈〕 ○野行幸 『永久百首』（冬）に設けられ、『六百番歌合』にも採用され、『白河殿七百首』にも詠まれた題（→参考歌）。○芹川 山城国の歌枕。本来は、山城国紀伊郡、現在の京都市伏見区鳥羽を流れていた川、あるいはその辺りを言うか。しかし本歌の行平詠の「嵯峨の山」が嵯峨天皇の比喩ではなく地名に解されて、「芹川」が山城国葛野郡、現在の京都市右京区嵯峨を流れて大堰川に注ぐ川、あるいはその辺りに比定されていったか。○昔に帰る 往時に戻る意。「道」の縁で、来た道を戻る意が響く。○御幸 ここは天皇の「みゆき」を言っているので、主に上皇等の「みゆき」に宛てられるこの「御幸」は相応しくないが、書き分けがどれ程厳密であったかはなお審らかにしえない。底本に従っておく。

網代

朽ちねただ身を宇治河の網代木《あしろ》よ浪のかけてもさやは思ひし

〔現代語訳〕 網代

ただひたすらに朽ちてしまえ。身を憂しと見る自分は、まるで宇治川の網代木だよ。だからそこに波が掛けて朽ちるように、朽ちてしまえばいいのだけれど、しかし、少しでもそのようになると思ったか、いや思わなかったのだ。

〔本歌〕 数ならぬ身を宇治河の網代木に多くの日をも過ぐしつるかな（拾遺集・恋三・八四三・読人不知）

〔参考歌〕 朽ちねただなほ物思ふ名取川憂かりし瀬瀬に残る埋もれ木（続後撰集・恋四・八九九・祝部成賢）

忍ぶれどかひもなぎさの海人小舟波のかけても今は頼まじ（金葉集・恋上・四〇九・読人不知）

〔語釈〕 **○網代** 『古今六帖』（第三・水）の「あじろ」。**○身を宇治河の網代木よ** 「身を憂し」から「うし（うぢ）」を掛詞に山城国の歌枕「宇治河の網代木よ」へ鎖る。また、「宇治河の網代木」を「身」の比喩とする。「網代」は、冬季に川の上流に向けて両岸から杭を並べて打ち、その間に竹や柴を斜めに編んだ簀を付けて魚を捕る仕掛け。宇治川や近江の田上川で氷魚漁に用いるのが有名だが、弘安七年（一二八四）二月二十七日に官符により宇治の網代は停止されたという（歴代編年集成等。大日本史料参照）。「網代木」は、その「網代」の杭のこと。**○浪のかけても** 「浪の掛けても」に、ちょっとでもの意の「かけても」が掛かり、次句の「思ひし」にかかる。**○さやは思ひし** 反語表現。他には、「甲斐が嶺のかひもなくまたあひも見ず佐夜の中山さやは思ひし」（後葉集・雑四・甲斐歌に、逢ひて逢はぬ心を・五六五）が見える程度。

141

恋

なにとこは恋てふことを知《し》り初《そ》めて憂《う》き世の上にもの思ふらん

〔現代語訳〕恋

何だってまあ、恋ということを知り始めて、ただでさえ憂く辛いこの世の面で、恋の物思いをするのだろうか。

〔本歌〕いさやまだ恋てふことも知らなくにこやそなるらんいこそ寝られね（拾遺集・恋四・八九六・読人不知）

〔参考歌〕いかにして恋てふことを知りぬらむものの心も昨日今日こそ（六百番歌合・恋上・幼恋・八五五・有家）

〔語釈〕〇恋　『古今六帖』（第四・恋）の「こひ」。〇なにとこは　何だって（どうして）いったい（これは）まあ、ということ。「なにと」は、感動詞にも原因の副詞にも解される。「知り初めて」と「もの思ふらん」の両方にかかる。実定・俊恵・西行・俊成・隆信・慈円・秀能等々、院政期末頃から鎌倉前期にかけて詠まれている。特に慈円は好んだようだが、その中の一首を挙げておく。「なにとこは身を知る雨の降りぬらん晴れよと思はば晴れぬべき世を」（拾玉集・難波百首・二七七六）。〇憂き世の上　先行例は、「末の露本の雫は今日ならず憂き世の上と見るぞ悲しき」（源三位頼政集・六四二・素覚（家基））が見えるのみ。「憂き」に「上」の縁で「浮き」が響くか。

142

不知人恋

誰《たれ》としも知《し》らぬながめの夕暮《くれ》や上《うは》の空なる思《おも》ひなるらん

〔現代語訳〕人を知らざる恋

相手を誰だとも知らない恋の物思いに耽ってぼうっと眺める夕暮は、はるか上空を眺めるような、よりどころのない思いのときであるのだろうか。

〔参考歌〕夕暮は雲のはたてに物ぞ思ふ天つ空なる人を恋ふとて（古今集・恋一・四八四・読人不知）

誰としも知らぬ別れの悲しきは松浦の沖を出づる舟人（新古今集・離別・八八三・隆信）
一目見し人は誰ともしら雲の上の空なる恋もするかな（千載集・恋一・六四七・実能）
ひかげさしをとめの姿見てしより上の空なる物をこそ思へ（新勅撰集・恋一・六四七・高遠）

〔語釈〕 **○不知人恋** 『明日香井集』に「不知人恋／知る人もなぎさの松の根を深みまだあらはれず波はかかれど」（詠百首和歌・恋・五一六）と見える題だが、この歌、「人に知らせざる恋」。先行する類題としては、『金葉集』に「すみかを知らせざる恋といへる心をよめる」（恋下・四七五・前斎院六条〔堀河〕。三奏本・四七二では「すみどころをしらせぬ恋といへる事をよめる」）が見える。歌は「行方なくかきこもるにぞひき繭の厭ふ心の程は知らるる」である。より近似した「不知～恋」という類の題としては、院政後期に次のような例が見える。①「不知在処恋／逢坂の名をこそせめて惜しむとも関の清水のすむやいづくぞ」（教長集・恋・七四一）、②「不知在所恋歌林苑／いづことも知らせぬにこそ知られぬれ我をなこその関にやあるらん」（林葉集・恋・七九八）、③「不知居所恋／なかなかに虎伏す野辺と聞くならばはや思ひ寝の夢に見てまし」（同上・恋・八九四）、④「不知在所恋／いかで我尋ね行きてか恨みまし海人の子なればとのみことへし」（重家集・二四〇）、⑤「不知家恋／我が恋は尋ね行くべき方ぞなきうらやましきは三輪の杉むら」（長方集・恋・一八〇）。**○上の空なる** 心ここにないような不安な、あるいは、不確かであてにならないの意。「ながめ」「夕暮」の縁で、空の上の方の意が掛かる。

143
経年人恋《々》
今もなほ《猶》懲《こ》りぬ心を知《し》るやとておどろかすこそつれなかりけれ

〔本文〕 ○底本の詞書（歌題）の表記「人々」の同字点は、前歌の「人恋」の「恋」を承けると解する。

〔現代語訳〕 年を経る人の恋

今でもやはり、懲りずに恋い慕う私の心を、あなたが知るかといって、気を惹いてみることこそが、何とも思いどおりにならず非情であると分かることなのであったな。

〔本歌〕 頼めつつ逢はで年経るいつはりに懲りぬ心を人は知らなむ（古今集・恋二・六一四・躬恒。後撰集・恋五・九六七・業平〔実は仲平か〕）

〔参考歌〕 あし引の山田の引板のひたぶるに忘るる人をおどろかすかな（続後撰集・恋五・九九二・人麿）

〔語釈〕 **○経年人恋** 類例は「経年恋」が、『後拾遺集』（恋一・六六一・俊房）に見え、『永久百首』（恋）に設けられているが、「経年人恋」は新奇。

〔補説〕 「中納言平惟仲久しくありて消息して侍りける返事に書かせ侍りける」と詞書する「夢とのみ思ひなりにし世の中を何今更におどろかすらん」（拾遺集・雑賀・一二〇六・成忠女）と、それに倣ったと思しい「夢とのみ思ひなしつつあるものを何なかなかにおどろかすらん」（続後撰集・恋四・久しく絶えたる男の訪れたる女にかはりて・八七九・匡房）は、長い間つれなくされてきた女の立場で、相手の気紛れを責めるような趣意。該歌は、それと対照的な立場で、長年に渡って思慕しても、相手が結局はつれないのだと気付かされるだけだったことを嘆く主旨か。なお、詞遣いの類似した「はかなさを忘れぬほどを知るやとて月日を経てもおどろかすかな」（拾遺愚草・雑・無常・二七七二）は、定家の母美福門院加賀が建久四年（一一九三）二月十三日に亡くなった後の五月に、季経が定家に贈った弔慰の歌である。

初遇

別れ路《ち》はげに憂《う》かりけるもの《物》ぞともこの暁《あかつき》や思ひ知《し》られん

〔現代語訳〕 初めて遇へる

恋人との別れ路は、まことに辛いものだということも、初めての逢瀬の暁の時に、ひとりでに思い知らされるのであろうか。

〔参考歌〕 有明のつれなく見えし別れより暁ばかりうきものはなし（古今集・恋三・六二五・忠岑）

別れ路をげにいかばかり嘆くらん聞く人さへぞ袖は濡れける（金葉集・別・三三九・彰子）

いにしへの恋しきたびに思ふかなさらぬ別れはげに憂かりけり（新勅撰集・雑二・一一四六・忠通）

〔語釈〕 **○初遇** 『古今六帖』（第五・雑思）の「はじめてあへる」。同帖では、「雑思」の下に収められる題だが、ここでは、下に「恋」あるいは「人」が略されている趣か。ここから166の「形見」まで、148「不忍」153「道使」159「恋昔」163「無名」を除き、同様か。**○別れ路** 恋人と別れて行く道だが、離別そのものを言う。

後朝

いかにせんかかるためしもまだ知《し》らで行く方《かた》まどふ明《あ》け暗《く》れの空

〔現代語訳〕 後朝

どうしようか。このような慣らいもまだ知らなくて、（恋人と別れて）帰って行く方角も迷い、気持のやり場にも戸惑っている、この逢瀬の翌明け方のまだ暗い空よ。

〔本説・本歌〕 （薫は）心やましく、こわづくり給ふも、げにあやしきわざなり。

しるべせし我やかへりてまどふべき心も行かぬ明け暮れの道（薫）

かかるためし、世にありけんや、とのたまへば、〔（大君は）心からに、憂くぞ聞き給ふ。〕（補入本文）

かたがたに暮らす心を思ひやれ人やりならぬ道にまどはば

とほのかにのたまふを、いと飽かぬ心地すれば、いかに、こよなう隔たりて侍るめれば、いとわりなうこそ、など、よろづに恨みつつ、ほのぼのと明け行く程に、よべのかたより出で給ふなり。（源氏物語・総角・六六一。日本古典文学大系本に拠る。物語二百番歌合・三八九）

〔参考歌〕 明け暗れの空にぞ我は迷ひぬる思ふ心の行かぬまにまに（拾遺集・恋二・女のもとより暗きに帰りて、遣はしける・七三六・順。能宣集（西本願寺本三十六人集）・人のもとよりまかり帰りて遣はす・七、二・三句「道にぞ今朝はまどひつる」。同（書陵部本）・人のもとにまかりて、まだ暗きにまかり帰りて・一三九、二・三句「道にぞ今朝はまどひぬる」）

〔他出〕 中書王御詠・恋・後朝・一八二、下句「行く方まよふ明け暮れの道」。

〔語釈〕 **○後朝** 『古今六帖』（第五・雑思）には「あした」があるが、直接には『新撰六帖』の「のちのあした」に拠るか。「後朝」の表記は、『堀河百首』（恋）に「後朝恋」と見える。↓144語釈。**○いかにせんかかるためしも** 先行の類例に「いかにせむかかるためしは片し貝並びふせれど会はでやみぬる」（今撰集・恋・一五四・内新宰相）があるが、これに倣った訳でもないであろう。**○まだ知らで** 「慣らひ来し誰がいつはりもまだ知らで待つとせしまの庭の蓬生」（新古今集・恋四・一二八五・俊成女）に学ぶか。**○行く方** 帰って行く方角の意に、比喩で、別れの悲しみに沈む心をもって行くところの意が重なる。

〔補説〕 本歌を含む本説は次のような場面。薫は大君に求愛するが、大君は中の君と薫を結婚させようとする思惑があるので、それをそらす為に、薫は彼岸の果て八月二十八日に、匂宮を宇治に案内して中の君の部屋に導き、二人は結ばれる。その後、薫はそれを大君に伝えつつ、またも厳しく求愛を拒まれてむなしく夜を過ごして退出する場面。

思他人

色見《み》えぬ花《はな》とは何か思ひけんあらはにうつる人の心《こゝろ》を

〔現代語訳〕　他人を思ふ

（あの古歌のように）色に見えないでうつろう花だとは、どうして思ったのだろうか。こんなにも目に見えてあからさまに、他へと移る人の心を。

〔本歌〕　色見えでうつろふものは世の中の人の心の花にぞありける（古今集・恋五・七九七・小町）

〔参考歌〕　いかがせん奥も隠れぬ笹垣のあらはに薄き人の心を（順徳院百首・恋・七二）

〔他出〕　中書王御詠・恋・寄花恋・二〇四。

〔語釈〕　**○思他人**　『古今六帖』（第五・雑思）の「こと人を思ふ」に当たるか。→144語釈。**○人の心を**　「を」を格助詞に解した。逆接の接続助詞に解すれば、「人の心であるのに」の意、感動の間投助詞に解すれば、「人の心であるのになあ」の意となろう。

忍

147
逢《あ》ふ事よいつの人間《ま》を契りにて忍ぶる中に年《とし》の経《へ》ぬらん

〔現代語訳〕　忍ぶ

（あの古歌のように）梅の花ではなく、いつの間にかうつろってしまうのは、逢うこと、なのだよ。何時とも知れない人目のないときに逢うことを約束として、逢わずに忍んでいるうちに、年が経ってしまうのだろうか。

〔本歌〕　暮ると明くと目かれぬものを梅の花いつの人間にうつろひぬらん（古今集・春上・四五・貫之）

〔参考歌〕　逢ふことはながめふるやの板庇さすがにかけて年の経ぬらん（金葉集・恋下・五〇四・読人不知）

〔語釈〕　**○忍**　この一字題は珍しい。「忍恋」は、『永久百首』（恋）に設けられて以降、盛行する。→144語釈。

○逢ふ事よ　先行例は、「逢ふことよ今は限りの旅なれや行く末知らで胸ぞもえける」（新勅撰集・雑五・一三七三・

大弐）のみ。あるいは「逢ふことは」の誤写の可能性も見るべきか。

148

不忍

故郷を寝《ぬ》とは偲《しの》びて草枕起《お》くと急《いそ》ぎし暁《あかつき》の空《そら》

〔現代語訳〕 忍ばざる

故郷を寝るといっては偲び、草枕の旅寝で（白露が置き）起きるといっては先を急いだ、あの暁の空よ。

〔本歌〕 つれもなき人をやねたく白露のおくとは嘆き寝とはしのばむ（古今集・恋一・四八六・読人不知）

〔語釈〕 **○不忍** 珍しい歌題。建長三年（一二五一）頃まで生存し、東国にも居した寂身の『寂身法師集』に「不忍恋／よしさらばおさへぬ袖の涙にて深き心の色をだに見よ」（雑雑歌　寛喜二年貞永元年等・恋・三四九）を見出し得る。該歌の内容は、恋歌ではなく羈旅の述懐であるから、「不忍」の題に必ずしもそぐわない。↓144語釈。**○故郷** ここは京都を言うか。↓22。**○偲びて** 「忍ばざる（ず）」であるから、「偲びて」と表現したということであろうか。**○起く** 本歌を承けて「草枕」の縁もあり、「（白露の）置く」が掛かるか。

〔補説〕 文永三年（一二六六）七月の帰洛の旅の感懐か。142から166までが恋の歌群であるとすれば、「故郷」を思慕する羈旅の述懐の趣である該歌の配置は不審か。

149

隔日来

言問《ことゝ》ひし面《おも》影ばかり形見《かたみ》にて幾日《いくか》過ぎ来《き》ぬ夕暮《くれ》の空《そら》

〔現代語訳〕 日来隔てたる

私に恋の言葉をかけた、あの人の面影だけを形見として、いったい何日が過ぎ来たったのか。この夕暮の空よ。

〔参考歌〕夕暮はもの思ひまさる見し人の言問ひし顔面影にして（古今六帖・第四・おもかげ・二〇七二・笠女郎。万葉集・巻四・相聞・六〇二、初句「夕されば」四句「言問ひしさま」）

〔語釈〕○隔日来　『古今六帖』（第五・雑思）の「日ごろへだてたる」に当たる。類例は、『和歌一字抄』に「隔日恋裏」の題で「三日月のわれて逢ひ見し面影の有明までになりにけるかな」（隔・三六七・関白）が見える。しかし、これは、『新撰六帖』（第五）の「日ごろへだてたる」の為家の詠作（一四三二）である。為家自身が、『詠歌一体』（題をよくよく心得べき事）に、題を「隔日恋」として引き、『玉葉集』（恋二・一四八〇）には、「六帖の題にて歌よみ侍りけるに、日ごろへだてたり、ということを」の詞書で収められている。後代では、室町時代の歌僧正広の家集『松下集』に「隔日来恋／呉竹の一夜隔つるふしの間をむなしき中といかで恨みん」（長享三年）十一月十日、引摂寺月次歌合に・一四九九）と見える。↓144語釈。

夜居間

忍《しの》びける誰《た》が宵《よひ》の間《ま》のながめより待つとは人に月を言《い》ひけん

〔現代語訳〕宵の間

いったい誰の、じっと堪え忍んだ宵の間の物思いの眺めから、他の人に対して、（恋しい人ではなく）月を待っていると言ったのだろうか。

〔本歌〕あしひきの山より出づる月待つと人には言ひて君をこそ待て（拾遺集・恋三・七八二・人麿。万葉集・巻十二・寄物陳思・三〇〇二・作者未詳、結句「妹をこそ待て」）

〔参考歌〕月待つと人には言ひてながむれば慰めがたき夕暮の空（千載集・恋四・八七三・範兼）

頼めつつ来ぬ夜は経ともひさかたの月をば人の待つといへかし（新勅撰集・恋五・九五六・赤染衛門）

〔語釈〕 **○夜居間**　「夜居」は、宿直で、夜間に寝ずに部局に詰めていること。その意味での「夜居の間」でも通意だが、歌題としては特殊であろう。『古今六帖』（第五・雑思）に見える「よひのま」に当たり、「宵」を「夜居」に宛てたと解釈しておく。↓144語釈。

〔補説〕 宗尊には、物事の起源あるいは本意の始原を問う傾きが窺われる。いくつか例を挙げておこう。

常磐なる尾上の松もあるものを何とて花の散り始めけむ（柳葉集・巻五・文永二年潤四月三百六十首歌・春・六七二）

馴れて見る春だにかなし桜花散り始めけむ時はいかにと（瓊玉集・春下・落花を・七七）

昔よりなど時鳥あぢきなく頼まぬものの待たれ初めけむ（瓊玉集・夏・奉らせ給ひし百首に、郭公を・一〇一）

該歌も、その傾向の中にある。150、307、369、420、541、571、602、609、639等も同様。↓解説。

待人

侘・びつつも曇《くも》れと言《い》ひし月影の時雨《しく》るるしもぞ人は待《ま》たるる

〔現代語訳〕 人を待つ

（あの古歌のように）気落ちしながらも、（月夜には来ぬ人が待たれるので）曇れ（そして雨も降ってほしい）と言った月が、（かき曇って）時雨れるのは実に、かえって人がつい待たれることだ。

〔本歌〕 月夜には来ぬ人待たるるかき曇り雨も降らなむ侘びつつも寝む（古今集・恋五・七七五・読人不知）

〔参考歌〕 侘びつつも寝られざりけりかき曇る雨にも人のなほ待たれつつ（宗尊親王百五十番歌合弘長元年・恋・二八四・藤原清時）

〔他出〕 中書王御詠・恋・待恋・一七四。

〔語釈〕 ○待人 『古今六帖』（第五・雑思）の「人をまつ」。↓144語釈。

152

不待

風の音《をと》をそれかと待ちし夕暮《くれ》もげにいつまでの庭の荻原

〔現代語訳〕 待たず

そこを吹く風の音を、（訪れる人の）それかと待ってきた夕暮も、本当にまったく何時まで続くのか、この庭の荻原よ。

〔参考歌〕 さりともと思ひし人は音もせで荻の上葉に風ぞ吹くなる（後拾遺集・秋上・三二一・小右近）
荻の葉に人頼めなる風の音を我が身にしめて明かしつるかな（後拾遺集・秋上・三二二・実誓）
人とはぬ庭の荻原音立てて風のみ秋の夕暮の空（白河殿七百首・秋・聞荻・二一四・為氏）

〔語釈〕 ○不待 『古今六帖』（第五・雑思）の「待たず」。下に「恋」が略されているとすれば、「待たぬ（待たざる）恋」だが、あるいは、前歌の「待人」との連続で見れば、「不待人（人を待たず）」の省略形かと疑われなくもない。↓144語釈。○荻原 荻が群生している場所。

153

道使

なほ《を》ざりの道行く人のたよりにもあはれをかくる言《こと》の葉ぞなき

〔現代語訳〕 道の使ひ

とおりいっぺんの、旅の道を行く人の便りにも、（私に）情けをかける言葉などはないよ。

〔参考歌〕 玉ぼこの道の便りに言問ふも人の情けの程は見えけり（新撰六帖・第五・道のたより・一四八一・家良）

いかにせんそなたの風のつてにだにあはれをかくる言の葉もなし（宝治百首・恋・寄風恋・二五五六・但馬）

〔語釈〕 ○道使 他には見えない題。『古今六帖』（第五・雑思）に見える「道のたより」と同じで、「便」と「使」の誤写か。あるいは、『古今六帖』（第二・山）の「つかひ」の改変か。ただし、同六帖では、一般的な恋の「使ひ」の歌が収められているが、『新撰六帖』の「つかひ」では、祭と神の「使ひ」が詠まれていて、趣を異にする。

↓144語釈。

〔補説〕 歌題は誤写が疑われ、一首の意想が必ずしも分明ではない。参考の家良詠に異を唱えるような趣に解しておく。

人伝

知《し》らせばや吉野《よしの》の山の桜《さくら》花まだ越《こ》えぬ間《ま》の心づくしを

〔現代語訳〕 人伝て

知らせたいものだよ。吉野の山の桜の花を、まだ（大和へと）越えて行かない間は、人づてにばかり聞いていて、心尽くしの物思いをするように、まだ逢いに越えて行かない間の、さまざまに心を尽くす物思いを（人づてにでも）。

〔本歌〕 越えぬ間は吉野の山の桜花人づてにのみ聞き渡るかな（古今集・恋二・大和に侍りける人につかはしける・五八八・貫之）

踏めば惜し踏までは行かむ方もなし心づくしの山桜かな（千載集・春下・落花満山路といへる心をよめる・八三・赤染衛門）

〔参考歌〕 頼めてもまだ越えぬ間は逢坂の関もなそのここちこそすれ（六百番歌合・恋下・寄関恋・一〇〇四・家隆）
夕づく夜花にいざよふ春はまた心づくしのみ吉野の山（如願法師集・春・建仁二年二月十三日当座御歌合に、暮山見花・三七七）
〔影響歌〕 越えぬ間の心づくしよ花にだにかかりしものかみ吉野の山（春夢草・恋上・不逢恋・一四七八）
〔他出〕 中書王御詠・恋・六帖の題の歌に、人づて・一六六。
〔語釈〕 **○人伝** 『古今六帖』（第五・雑思）の「人づて」。↓144語釈。**○吉野の山** 大和国の歌枕。吉野山。**○越えぬ間** 本歌の詞を取る。大和へと越えて行かない間の意に、逢うことの一線を越えない間の意が重なる。
〔補説〕 影響の『春夢草』の一首については、先行例がない52の「たえだえ迷ふ」の語も、後出歌として『春夢草』の一首を見出し得るので、肖柏の宗尊詠受容の問題を考える必要性を検討する材料として、一応掲出しておくものである。

忘

忘《わす》るるはやすかりけりと見《み》ゆる世《よ》に我のみ人をなに偲《しの》ぶらん

〔現代語訳〕 忘る
（人を）忘れるのはたやすかったのだ、と見えるこの世の中で、私だけが人を、どうして（忘れずに）偲んでいるのだろうか。
〔参考歌〕 そのままにやすくや物の忘るると人の心を我が身ともがな（洞院摂政家百首・恋・遇不逢恋・一二九七・実氏。万代集・恋四・二四〇六。続後拾遺集・恋四・九二九）
かくばかり忘るることのやすからば人づてにても教へやはせむ（人家集・中務卿親王家百首に・四七〇・親

子）
ながからぬ人の心も見ゆる世に涙の玉はを絶えざりけり（新撰六帖・第五・たまのを・一六八一・家良）

〔類歌〕 我のみや絶えぬ記念《（かたみ）》と偲ぶらむつらきが中の有明の月（瓊玉集・恋下・逢不会恋・三九一）
我のみよなど偲ぶらん世を見れば昔忘るる人ぞ多かる（本抄・巻五・文永六年八月百首歌・雑・823）

〔語釈〕 **○忘**　『古今六帖』（第五・雑思）の「わする」。↓144語釈。

〔補説〕 参考歌の『人家集』歌は、同集が作者別類聚であり、四七〇歌を収める歌群中の一首「有明はなほぞかなしき逢ふまでの形見とてこそ月は見れども」（寄月恋・四六二）が、『続拾遺集』（恋三・九五九）に、「典侍親子朝臣」の歌として見える他、他歌集と一致する歌から見て、真観女の親子（後嵯峨院中納言典侍）の作と考えられている。親子は、弘長元年（一二六一）九月の宗尊主宰の「中務卿宗尊親王家百首」の作者であるので、『人家集』の詞書「中務卿親王家百首」も、同百首を指すと考えられるのである。従って、参考歌の三首は何れも、宗尊の視野に入っていた可能性があることになろう。参考　福田秀一「人家和歌集（解説・錯簡考と翻刻）」（『国文学研究資料館紀要』七、昭五六・三）、安井久善「中世散佚百首和歌二種について―光俊勧進結縁経裏百首・中務卿宗尊親王家百首―」（『日本大学商学集誌』四―一、人文特集Ⅰ、昭四七・九）。

156

不忘

曙《あけぼの》も夕べも絶《た》えぬ形見《かたみ》にて人を忘《わす》るる時の間《ま》ぞなき

〔現代語訳〕 忘れず
曙も夕方も、絶えることのない恋の形見として、あの人を忘れる時は少しの間もないよ。

〔参考歌〕 契りきや飽かぬ別れに露置きし暁ばかり形見なれとは（新古今集・恋四・建仁元年三月歌合に、逢不遇恋の

心を・一三〇一・通具。新宮撰歌合建仁元年三月・遇不会恋・七一）
憂きものと誰か言ひけん暁の別れのみこそ形見なりけれ（千五百番歌合・恋三・二六二九・俊成女。万代集・恋四・二四八八。続古今集・恋三・一一七八）
故郷も秋は夕べを形見にて風のみ送る小野の篠原（新古今集新日本古典文学大系本・羈旅・九五七・俊成女、新編国歌大観本三句「形見とて」。卿相侍臣歌合建永元年七月・羈中暮・五九）
うたた寝の夢の契りの形見とて夕べの空に過ぐる村雨（宝治百首・恋・寄雨恋・二四八七・実雄）
恋ひ侘ぶと聞きにだに聞け鐘の音にうち忘らるる時の間ぞなき（新古今集・哀傷・八一六・和泉式部）
ものごとに忘れがたみを留めおきて涙のたゆむ時の間ぞなき（新勅撰集・雑三・一二五五・基良）

〔類歌〕 我のみや絶えぬ記念（かたみ）と偲ぶらむつらきが中の有明の月（瓊玉集・恋下・逢不会恋・三九一）

〔他出〕 中書王御詠・恋・遇不逢恋・一八九。

〔語釈〕 **○不忘** 『古今六帖』（第五・雑思）の「わすれず」。→144語釈。**○曙** 恋人との別れの時としては、「有明のつれなく見えし別れより暁ばかり憂き物はなし」（古今集・恋三・六二五・忠岑）を初めとして、「曙」よりも少し前の「暁」を言うのが一般的。それを「形見」とするのも、この忠岑詠を本歌にする参考の前両首のような詠み方が目立つ。**○夕べ** 本来は恋人が訪れて来る時間帯だが、ここは、「来ぬ人によそへて待ちし夕べより月てふものは恨みそめてき」（続後撰集・恋五・九六八・後嵯峨院）のように、待っても恋しい人が訪れて来ない時として言う。

157

心替

あはれにも命をきはと言《い》ひし人添《そ》はぬが多《おほ》くなり《成》にけるかな《哉》

〔現代語訳〕 心替はる

しみじみと感に堪えないで、（相手を思う心は）命の限りと言った人よ、（それなのに心変わりして）、なんとも悲しく哀れなことに、いっしょにならない人が、多くなってしまったことであるな。

〔参考歌〕 頼むめる命をきはのかね言もあまりになれば疑はれつつ（新撰六帖・第五・たのむ・一五五二・為家。秋風抄・恋・二二五、初句「頼むから」。秋風集・恋中・八三八）

〔語釈〕 **○心替** 『古今六帖』（第五・雑思）の「心かはる」。→144語釈。**○あはれにも** 「言ひし人」と「多くなりにけるかな」の両者にかかると解する。**○添はぬ** 「恋すれば我が身は影となりにけりさりとて人に添はぬものゆゑ」（古今集・恋一・五二八・読人不知）に遡及する詞。「添ふ」は、男女が連れ添う、一緒に暮らす、夫婦となる、の意味。

驚

驚《おどろ》かすさのみや夢になしはてんつれなく見《み》えし月はいかにと

〔現代語訳〕 驚かす

ぐずぐずとして無情に見えた、あの別れの時の有明の月はどうであったかと。そう言って、（せっかく二人の仲は夢とばかり思うようになった）私の気をまた今さら惹こうとする、むしろそのことだけを夢だとしてしまおうか。

〔本歌〕 有明のつれなく見えし別れより暁ばかり憂きものはなし（古今集・恋三・六二五・忠岑）
夢とのみ思ひなりにし世の中を何今さらに驚かすらん（拾遺集・雑賀・一二〇六・成忠女）

〔参考歌〕 辛きをも憂きをも夢になしはてて逢ふ夜ばかりを現ともがな（新勅撰集・恋五・九七七・顕昭）
問へかしな蘆屋の里の晴るる夜に我が住むかたの月はいかにと（続後撰集・秋中・三四六・少将内侍）

〔語釈〕 **○驚** 『古今六帖』（第五・雑思）の「おどろかす」。→144語釈。

【補説】宗尊にしては晦渋な歌。上句と下句は倒置で、結句から初句に還ると解した。

恋昔

昔とて偲《忍》ぶばかりになり《成》にけり見しも聞き《き、》しも昨日と思ふに

【現代語訳】昔を恋ふ

昔ということで、懐かしく偲ぶ程になってしまったのだったな。見たのも、聞いたのも、ほんの昨日のことだと思うのに。

【参考歌】世の中は見しも聞きしもはかなくてむなしき空は煙なりけり（新古今集・哀傷・八三〇・清輔）

【他出】中書王御詠・雑・懐旧・三一五。

【語釈】○恋昔　『古今六帖』（第五・雑思）の「むかしをこふ」。→144語釈。○見しも聞きしも　「すぐすぐと見しも聞きしもなくなるにいつならんとぞ我も悲しき」（古今六帖・第四・かなしび・二四九二・作者不記）や「人はみな見しも聞きしも世の中にあるはあるかとなきはなしとか」（好忠集・みなみ・四六五）が早い。参考歌とほぼ同時代の例に「おくれゐて涙さへこそとどまらね見しも聞きしも残りなき世に」（待賢門院堀河集・よろづの人のなくなるを聞きて・一二二）がある。○昨日と思ふに　「数ふれば八年経にけりあはれわが沈みしことは昨日と思ふに」（千載集・神祇・一二六二・実定）や「ここのへの花は老木になりにけりなれこし春は昨日と思ふに」（続後撰集・春中・一一四・後鳥羽院）に学ぶか。

【補説】一首は懐旧の趣であり、142から166までが恋の歌群であるとすれば、そぐわないか。あるいは、「見しも聞きしも」を、恋しい人のことを見たのも聞いたのも、といった趣意に用いたか。

160

昔逢人

忘《わす》れずよとばかりだにも知《し》らせばや昔がたりの夢《ゆめ》の一夜《よ》を

〔**現代語訳**〕 昔逢へる人

忘れないよ、とだけでさえも知らせたいものだ。もはや昔話となった、あの逢瀬の夢の一夜を。

〔**参考歌**〕 忘れずよまた忘れずよ瓦屋のしたたくけぶり下むせびつつ（後拾遺集・恋二・七〇七・実方）

逢ひ見しは昔がたりの現にてそのかね言を夢になせとや（新古今集・恋二・一二九九・通親）

〔**語釈**〕 **○昔逢人** 『古今六帖』（第五・雑思）の「むかしあへる人」。なお、新編国歌大観本や図書寮叢刊本及び細川家永青文庫叢刊本には、「むかしある人」の本文が存し、『新撰六帖』も「むかしある人」とあるが、寛文九年刊本や『校証古今和歌六帖』等には「むかしあへる人」であり、なおかつ所収歌の内容に照らしても、「むかしあへる人」であるべきか。↓144語釈。**○忘れずよ** ↓62。**○とばかりだにも** 家隆に「いかにして我が思ふ程は数ならずとばかりだにも君に知らせん」（壬二集・家百首・恋・片恋・一四一七）という先行作があるが、むしろ「今はただ思ひ絶えなんとばかりを人づてならで言ふよしもがな」（後拾遺集・恋三・七五〇・道雅）を意識したか。↓438。**○夢の一夜** 先行例は見えない。「辛かりし多くの年は忘られて一夜の夢をあはれとぞ見し」（新古今集・恋三・一一六二・範永）などの、「一夜の夢」を言い換えたか。

〔**補説**〕 上句と下句は倒置。

161

来不逢

逢《あ》はでのみ帰《かへ》るぞ辛《つら》き片《かた》糸の絶《た》えずくるとは見《み》ゆるもの《物》から

〔**現代語訳**〕 来れど逢はず

片糸が合わないように、逢わないままで帰るのは辛いよ。片糸の（縒り合わせて）途絶えずに繰るように、絶えることなく来ると見えるものなのに。

〔本歌〕 逢はでのみあまたの世をも帰るかな人目の繁き逢坂に来て（後撰集・恋五・女のもとにまかりて、えあはでかへりてつかはしける・九〇五・読人不知）

〔参考歌〕 片糸をこなたかなたによりかけてあはずは何を玉の緒にせむ（古今集・恋一・四八三・読人不知）
濡れつつもくると見えしは夏引の手引きに絶えぬ糸にやありけん（後撰集・恋五・九七六・読人不知）

〔語釈〕 **○来不逢** 『古今六帖』（第五・雑思）の「くれどあはず」。→144語釈。**○逢はで** 「片糸」の縁で、片糸が「合はで」の意が掛かる。**○片糸の絶えずくる** 「片糸」は、二本の糸を縒り合わせる前の片一方の細い糸。「片糸の」が「くる」の枕詞で、「絶えず」も縁語。あるいは「片糸の」は、序詞風に「絶えず繰る」の掛詞で「絶えず来る」を起こす、とも解される。**○見ゆるものから** 「天雲のよそにも人のなりゆくかさすがに目には見ゆるものから」（古今集・恋五・七八四・紀有常女）に遡る。

留人

長月の有明《あり》の夜《よ》もまだ深《ふか》しあはれしばしの情けともがな

〔現代語訳〕 人を留む
長月の有明頃の夜はまだ深い。ああ、もう暫くの間でも、愛情を通わしてほしいものだ。

〔本歌〕 しばし待てまだ夜は深し長月の有明の月は人まどふなり（新古今集・恋三・一一八二・惟成）

〔参考歌〕 今来むと言ひしばかりに長月の有明の月を待ち出でつるかな（古今集・恋四・六九一・素性）

〔語釈〕 **○留人** 『古今六帖』（第五・雑思）の「ひとをとどむ」。→144語釈。**○有明の夜** 宗尊以前に先行例の見えない詞。宗尊は既に「文永元年十月百首」で「鹿のなく有明の夜の山おろしに木の葉時雨れて月ぞ残れる」（瓊玉集・秋下・二六九。柳葉集・巻四・文永元年十月百首歌・秋・五九一）と詠んでいる。**○情けともがな** 先行例の見えない句。128にも。

〔補説〕 本歌の類歌に「待てと言はばまだ夜は深し長月の有明の月ぞ人はまどはす」（古今六帖・第五・人をとどむ・作者不記）があり、先後は不明である。両首共に、参考歌を踏まえていよう。宗尊も、本歌の背後に参考歌を見通していよう。

無名

憂《う》し辛《つら》しあら人神のいにしへも無《な》き名にてこそ沈《しつ》みはてしか

〔本文〕 ○底本第四句は「なきの□□□□（判読不能）」に「なき名にてこそ」を上書き。

〔現代語訳〕 無き名

憂いよ。辛いよ。あら人神である天神の昔も、この私のように、無実の評判によって、すっかり沈淪したのだな。

〔参考歌〕 憂し辛し安積の沼の草の名よかりにも深きえには結ばで（六百番歌合・恋上・見恋・六四五・定家。続古今集・恋一・一〇三〇）

思ひ出づや無き名を立つは憂かりきとあら人神もありし昔を（続詞花集・神祇・三七九・ある局なる女房。袋草紙・希代歌・仏神感応歌・二五五・修理進某妹。袖中抄・六四四。十訓抄・第十可庶幾才芸事・一六七・小大進。古今著聞集・小大進歌に依りて北野の神助を蒙る事・一二一）

〔語釈〕 **○無名** 『古今六帖』（第五・雑思）の「なきな」。↓144語釈。**○あら人神** 人の姿となってこの世に現れる神、あるいは強い力を持った霊験あらたかな神の意。後者は特にまた、菅原道真など高名な人物が死後に神と祀られた場合にも言う。ここも道真（天神）を意識する。「現人神」あるいは「荒人神」と表記。

〔補説〕右大臣から突如大宰府に左遷され、没後に天神と祀られた菅原道真に、将軍を廃されて鎌倉を追われた宗尊自身の境遇を重ねるか。そうだとすると、一首は述懐の趣であり、142から166までが恋の歌群であるとすれば、そぐわないが、あるいは、「無き名」を思いもかけない恋の噂の意に用いたか。

参考歌の「思ひ出づや」の歌については、宮中の装束紛失に無実の嫌疑をかけられた折、北野神社で、天神（菅原道真）に愁訴した歌であるとの伝承がある。『袋草紙』は、次のとおりの話を伝える。

待賢門院（璋子）が中宮であった時に、女の装束が一揃い失せてしまい、宮中が騒動となった。この女（修理進）は、ある局の女房に嫌疑をかけられた。そこで、泣く泣く北野神社に参籠して、詠んだ歌である。その後まことの犯人が出来した。それは下女の敷島というものであった。

『続詞花集』の詞書は、「待賢門院后宮と申しける時、女房の衣の失せたりけるを、ある局なる女房、怪しきさまにいはれける、北野の宮に籠もり侍りける、御前の柱に書き付けける」であり、嫌疑をかけられた者（歌の作者）が「ある局なる女房」となっている。『十訓抄』や『古今著聞集』は、さらに詳細な話となっていて、失せる衣は待賢門院の「御衣」で、その責めを負わされる「小大進」の名が明らかになっている。

不恨

かかりける報《むく》ひもお《を》のが辛《つら》さにて身をこそ嘆《なげ》け世《よ》をば恨みず

〔現代語訳〕恨みず

このようになった報いも、自分の薄情さ故であって、この身をこそ嘆くけれども、二人の仲を恨むことはしないよ。

〔本歌〕　海人の刈る藻にすむ虫のわれからと音をこそなかめ世をばうらみじ（古今集・恋五・八〇七・直子。伊勢物語・六十五段・一二〇・女）

〔参考歌〕　かかりける嘆きは何の報いぞと知る人あらば問はましものを（千載集・恋二・七六一・成範）

〔語釈〕　**〇不恨**　『古今六帖』（第四・恋）の「うらみず」。↓144語釈。

面影

なかなか《中々》に見馴《みな》れし人の面影は別《わか》れてしもぞ身には添《そ》ひける

〔現代語訳〕　面影

かえって、逢い親しんだ人の面影は、別れてからに限って、とりわけこの身に寄り添うのであった。

〔参考歌〕　衣河みなれし人の別れには袂までこそ浪は立ちけれ（新古今集・離別・八六五・重之）

面影の忘らるまじき別れかな名残を人の月にとどめて（新古今集・恋三・一一八五・西行）

〔語釈〕　**〇面影**　『古今六帖』（第四・恋）の「おもかげ」。↓144語釈。**〇なかなかに**　下句、より直接には「添ひける」にかかる。

〔補説〕　参考歌の他にも、同じ『新古今集』の良経詠「身に添へるその面影も消えななむ夢なりけりと忘るばかりに」（恋二・一一二六）や、哀傷歌ではあるが西行の「なきあとの面影をのみ身に添へてさこそは人の恋ひしからめ」（八三七）等も、宗尊の視野に入っていたであろう。

166

形見

朝夕に馴《な》れにし事を思ふには我《わ》が身《み》ぞ人の形見《かたみ》なりける

〔現代語訳〕 形見

朝夕に、慣れ親しんだことを思うにつけては、この我が身こそがあの人の形見なのであったと気付くよ。

〔参考歌〕 思ひかね馴れにし人の形見とて厭はるる身をまづや偲ばん（新撰六帖・第五・かたみ・一六四六・家良）

思ひわび絶えゆく仲の形見とは馴れし我が身の頼まれやせん（新撰六帖・第五・かたみ・一六四七・為家）

〔影響歌〕 厭はじよ馴れしあはれを思ふ折は我が身ぞ人の形見ともなる（伏見院御集・恋形身・一六八一）

〔類歌〕 朝夕に面影うつす鏡こそ別れし君が形見なりけれ（本抄・第五・〔文永九年十一月頃百番自歌合〕・鏡・1010）

〔語釈〕 ○形見 『古今六帖』（第五・雑思）の「かたみ」。↓144語釈。

〔補説〕 直接には、参考歌に挙げた『新撰六帖』の「かたみ」題の両首に負った作であろう。これらの、「我が身」を恋の「形見」と見る趣向は、梢少将公重の「年経れど君に馴れにし我が身こそ面がはりせぬ形見なりけれ」（風情集・はなれて年経恋・五四）が先行する。『風情集』の流布と受容の問題を考える中で、改めて捉え返すべきであろうか。

また、伏見院の類詠を宗尊からの影響歌として挙げたが、あるいは偶然の類似かもしれない。伏見院ひいては、京極派の宗尊詠受容の有りようとして、今後の課題としたい。

167

金

いつまでか陸奥《みちのく》山も我が世《よ》にて金《（こがね）》花咲《さ》く身と思ひけん

〔現代語訳〕　金

天皇の御代が栄えるだろうという黄金の花が咲く東国の陸奥の山のことも、私自身の人生として、まさに黄金の花咲く身であると、いったいいつまで思ったのだろうか。

〔本歌〕　すめろきの御代栄えむと東なる陸奥山に金花咲く（万葉集・巻十八・四〇九七・家持）

〔語釈〕　○金　あまり例のない題。良経の「五行をよみ侍りける」という十五首とそれに唱和した定家の十五首中に「木火土金水」の一つとして見える（秋篠月清集・一四八五～九九、拾遺愚草員外・三七九～九三）。良経の一首は「来む世まで長き宝となる物は仏に磨くこがねなりけり」（秋篠月清集・一四八八）で、「金」を「こがね」として詠むが、定家のそれは「霜さえて月影白き風のうちにおのが秋なる鐘の音かな」（拾遺愚草員外・三八二）で、「鐘」あるいは「秋」に「金」の趣意を込めている。宗尊は、「こがね」として詠む。

〔補説〕　将軍時代を回想した述懐か。東国鎌倉の主として在った日々の栄華を、「金花咲く」「陸奥山」によそえたのであろう。北条氏を中心とした幕府に迎立された名ばかりの将軍であっても、宗尊にとっては忘れ難い栄耀であったということであろうか。宗尊の心裏を探る手がかりとなる一首ではある。

玉

返《かへ》しても涙の外《ほか》の玉は見《み》ず夜半《よは》の衣の恨《うら》めしの世《よ》や

〔現代語訳〕　玉

（あの古歌のように）たとえ夜の衣を裏返して着ても、恋しい人どころか、涙の玉以外の玉は見えない。この夜半の衣の裏は、裏ならぬ、恨めしいだけの恋の仲だよ。

〔本歌〕　いとせめて恋しき時はむば玉の夜の衣を返してぞ着る（古今集・恋二・五五四・小町）

〔参考歌〕引きかけて涙を人につつむまに裏や朽ちなむ夜半の衣は（千載集・恋三・八一四・実定）

〔他出〕中書王御詠・雑・雑の歌の中に・二八二、結句「恨めしの身や」。

〔語釈〕○玉　『古今六帖』（第五・服飾）の「たま」。○涙の外　↓500。○夜半の衣の恨めしの世や　「夜半の衣の裏」から「うら」を掛詞に「恨めしの世や」へ鎖る。「世」は、二人の仲。『中書王御詠』では雑歌としてあり、その場合、人生あるいは世間の意か。↓補説。

〔補説〕恋歌とすれば、『古今集』歌の本歌取りとして、歌末が「世や」であれ「身や」であれ、分かり易いであろう。しかし、『中書王御詠』のように、雑歌（述懐歌）とすれば、「衣」の「裏」の「玉」、即ち法華七喩の一の「衣裏繋玉」（「衣裏明珠」とも）の譬喩が、意識されていると見る必要があるのではないか。「衣裏繋玉」は、本来既に仏性を得ていながらそれを悟らず、仏の導きで初めて悟ることの譬えで、昔、二乗の人が大通知勝仏から大乗の種因を得ながらも無明ゆえに悟らず、『法華経』を聞き初めて悟ったということから、『法華経』を無価（この上なく貴重である）の宝珠に譬えていうものである。本歌と共にこれを踏まえているとすれば、一首は、「（あの古歌のように）たとえ夜の衣を裏返して着ても、恋しい人どころか、仏性を具えていることを示す玉も、涙の玉以外の玉は見えない。この夜半の衣の裏は、裏ならぬ、恨めしいだけのこの世の中だよ。」といった趣意になろうか。

参考までに、衣裏繋玉を言う『法華経』（五百弟子受記品第八）の一節を読み下しで挙げておく（岩波文庫本による）。

世尊よ、譬へば、人有りて、親友の家に至りて、酒に酔ひて臥せるが如し。是《こ》の時、親友は官《おほやけ》の事ありて当に行くべかりしかば、無価《むげ》の宝珠を以て、其の衣の裏に繋け、之を与へて去れり。其の人、酔ひ臥して、都《すべ》て覚知せず、起き已りて、遊行して他国に至り、衣食の為の故に、勤力《つとめ》て求索《もとむ》ること、甚だ大いに艱難し、若し少しく得る所有れば、便ち以て足れりと為せり。後に於て、親友は会遇《たまたまあひ》てこれを見、是の言を作す。「咄《つたなき》かな、丈夫《をのこ》よ、何んぞ、衣食の為に、乃ち、是の如《かく》くなるに至れるや。我昔、汝をして安楽なることを得て、五欲に自ら恣《ほしいまま》ならしめんと欲して、某の年日月に於て、無価の宝珠を以て汝の衣の裏に繋けしなり。今、故《なほ》、現に在り。而るを汝は知らずして、勤苦し憂悩し、以て自活することを求む。甚だこれ癡《おろか》なり。汝は今、此の宝を以て、須《もとむ》る所に貿易《かへ》るべし。常に意の如くにして、乏しく短《たらざ》る所無からしむべし」と。仏も亦、是《かく》の如し。

169

鏡

見《み》ればまた《又》鏡《か丶み》の影《かけ》もかはらぬにうつりはてぬる身の盛りかな《哉》

〔現代語訳〕鏡

見ると前と同じように、鏡に映る姿も変わっていないのに、すっかり移ろってしまった、我が身の盛りであることだな。

〔参考歌〕うばたまの我が黒髪やかはるらむ鏡の影に降れる白雪（古今集・物名・かみやがは・四六〇・貫之）

忍ぶとて影だに見えじます鏡うつりはてにし人の心は（続後撰集・恋五・九六三・実氏。宝治百首・恋・寄鏡恋・三〇四〇）

〔語釈〕○鏡　『古今六帖』（第五・服飾）の「かがみ」。○うつり　衰えるの意に、「鏡」「影」の縁で、映るの意が掛かる。○身の盛り　宗尊は、別に「あはれにも賤の小手巻ありし世を身の盛りとて偲ぶ頃かな」（中書王御詠・雑・雑の歌の中に・二八五）とも詠んでいる。

170

鬘

天つ人花《はな》の鬘《かつら》の時の間《ま》にしぼむためしぞ身に知《し》られぬる

〔現代語訳〕鬘

天人の花の鬘が、ほんの少しの間に生気がなくなりしぼむように、すぐにしぼむ例しは、この我が身によっておのずから分かってしまったのだ。

〔参考歌〕七夕の飽かぬ別れの涙にや花の鬘も露けかるらん（金葉集・秋・一六五・師時）
ながめきて年に添へたるあはれとも身に知られぬる春の夜の月（宝治百首・春・春月・四〇四・基家。秋風集・春上・五八。新時代不同歌合・一三六）

〔語釈〕**〇鬘**　『古今六帖』（第六・草）と『新撰六帖』に「たまかづら」は見えるが、あるいはそれが相当するか。そもそも「鬘」単独の歌題の例は少ない。『明題部類抄』に著録する「出題入道光俊朝臣」という「三百六十首」の「述懐廿首　寄二雑物一」に見える。また、為家の「文永八年四月廿八日当座百首」の「恋」には「鬘」題が設けられて、「そのかみの契りも知らず玉鬘あらぬすぢにぞかけはなれにし」（為家集・一九六一）と詠まれている。**〇天つ人**　『金葉集』歌を念頭に、七夕の両星を言うか。**〇花の鬘**　季節の花で作った髪飾り。「花鬘」とも。

狩衣

狩衣《かり》葎《むぐらしげ》茂れる宿《やと》にきてかこつばかりの袖の露けさ

〔現代語訳〕狩衣
狩衣を着て、葎が茂っている家にやって来て、その葎の家のせいにするほどの、涙に濡れた袖の露っぽさよ。

〔本歌〕秋の野の露分けきたる狩衣葎茂れる宿にかこつな（源氏物語・手習・七七二・妹尼）

〔語釈〕**〇狩衣**　『古今六帖』（第五・服飾）の「かりころも」。元来は野外の鷹狩など遊猟に用いた衣。平安期以降には貴族（公家）の略装平服。中世以降武家が礼服に用いた。ここでは、本歌を承けて、原義が生きる。**〇きて**「来て」に「狩衣」の縁で「着て」が掛かる。**〇袖の露けさ**　ここでは、袖が涙で濡れて露っぽいさまを言う。「露」

は、「葎」の縁語。この句の先例には、『永久百首』の「夏山の裾野の草や深からん分け来る人の袖の露けさ」（夏・夏草・一四四・忠房）があるが、これは実際の草の露に濡れた袖の露っぽさを言う。涙に濡れた袖の露っぽさを言う例としては、『続古今集』に東三条院詮子の「いとどしく物思ふ夜はの月影に昔を恋ふる袖の露けさ」（雑五・一五九四）が収められていて、宗尊が目にした可能性は高いであろう。なお、宗尊は別に、「小野宿にとまりて／憂き身世に色かはりゆく浅茅生の小野のかりねの袖の露けさ」（中書王御詠・雑・二二六）と詠んでいる。

〔補説〕本歌は、小野の山里で、横川の僧都の妹尼に引き取られた浮舟に、妹尼の亡き娘の婿であった中将が心惹かれ、八月十余日、小鷹狩りのついでに三たび来訪する。応じぬ浮舟に代わり、妹尼が対応し、中将が、「松虫の声を尋ねて来つれどもまた荻原の露にまどひぬ」（七七一）と詠んだのに対して返した歌。

湿衣

露深《ふか》き草の袂は払《はら》へども我《わ》が濡《ぬ》れ衣《きぬ》は秋風もなし

〔現代語訳〕湿衣（ぬれぎぬ）

露が深く置いた深い草のような涙の袂は、秋風が吹き払うけれども、私の濡れ衣は、無実の罪は、それを晴らす秋風とてないよ。

〔参考歌〕世とともに我が濡衣となるものはわぶる涙の着するなりけり（後撰集・雑三・一二〇二・読人不知）

憂き事をしのぶる雨の下にして我が濡れ衣はほせど乾かず（後撰集・雑四・一二六七・小町孫）

〔類歌〕いかにせん露は払はで秋風の吹くにつけても濡るる袂を（柳葉集・巻五・文永二年潤四月三百六十首歌・秋・七〇七。続古今集・秋上・三五三）

〔語釈〕○湿衣　『古今六帖』（第五・服飾）の「ぬれぎぬ」。○露深き草の　「露深き」から「深き草の」へ鎖る。

〔補説〕　文永三年（一二六六）七月の将軍更迭の事由を、宗尊自身の落ち度に求めるような策動があって、あるいは宗尊がそのように認識して、その冤罪を慨嘆するか。

擣衣

有明と言《い》ひしばかりの月にまた《又》誰《たれ》待ちわびて衣打《ころもう》つらん

〔現代語訳〕　擣衣

有明の頃と、（恋人が）言ったばかりに待つことになった有明の月に、同じように誰が待ちかねて衣を打っているのだろうか。

〔本歌〕　今来むと言ひしばかりに長月の有明の月を待ち出でつるかな（古今集・恋四・六九一・素性）

〔参考歌〕　ながむればちぢに物思ふ月にまた我が身一つの峰の松風（新古今集・秋上・三九七・長明）
里は荒れて月やあらぬと恨みても誰浅茅生に衣打つらむ（新古今集・秋下・四七八・良経）

〔他出〕　中書王御詠・秋・擣衣・一一八。

〔語釈〕　○擣衣　『古今六帖』（第五・服飾）の「ころもうつ」に当たる。○誰待ちわびて　作例は少ない。同時代では他には、「夕暮は誰待ちわびて花薄野中の水に涙かるらん」（長綱百首・秋・水辺薄・四五）や「降り乱れみぞれし空の更けし夜に誰待ちわびてゆき隠れけん」（実材母集・題を探りて人人よみ侍りし折折の歌・夜霙・七七三）が知られる。後代では、中院通秀に「思ひやりあはれも深し里遠み誰待ちわびて衣打つらん」（十輪院御詠・擣衣幽・文明十五将軍家着到・一五二）がある。

単

174

うらなくも何頼《たの》みけん夏衣ひとへに憂《う》きはこの世《よ》なりけり

〔現代語訳〕 単

無邪気にも、どうして頼みとしたのだろうか。（裏地がない夏衣の）単衣ならぬ偏に、ただひたすらに憂く辛いのはこの世の中であったのだ。

〔参考歌〕 夏衣ひとへに辛き人恋ふる我が心こそうらなかりけれ（続古今集・恋一・一〇三四・顕輔）

我が背子がけふたちきたる夏衣人の心のうらなくもがな（新撰六帖・第五・なつごろも・一七二一・家良）

〔類歌〕 うらなくも何頼みけん薄衣ひとへにかはる人の心を（永享百首・恋・寄衣恋・八七二・貞成）

〔語釈〕 **○単** ひとへ。歌題としては珍しいか。『古今六帖』（第五・服飾）の「夏ごろも」に相当するか。**○うらなくも** 「うら（心）」は下心・内心で、「心《うら》無くも」は、何気なく・無心にも、の意。「夏衣」「ひとへ」の縁で、「裏無く」（夏衣の単衣の裏地が無く）の意が掛かる。**○何頼みけん** 「かくばかり常なき世とは知りながら人をはるかに何頼みけん」（後撰集・恋二・六一五・時望）に遡る句。宗尊は、「うつり行く人の心の花かづらのちの世かけて何頼みけん」（宗尊親王三百首・恋・二七六）とも詠んでいる。**○夏衣** 「ひとへ」の枕詞。**○ひとへに** 夏衣の「単衣（に）」に「偏に」（ひたすらに）が掛かる。

175

裳

萩が花散《ち》りにけらしな乙女子が露の玉裳《も》に秋風ぞ吹《ふ》く

〔現代語訳〕 裳

萩の花が散ってしまったらしいな。乙女子の、（萩に置く）露の玉のような、美しい玉裳に秋風が吹くよ。

〔参考歌〕 秋されば妹に見せむと植ゑし萩露霜置きて散りにけらしも（続後撰集・秋下・四一〇・人麿。人丸集・一

○七）

露ながら萩の枝折る乙女子が玉裳吹きしく庭の秋風（壬二集・院百首建保四年・秋・八三八）

〔語釈〕　**○裳**　『古今六帖』（第五・服飾）の「裳」。**○萩が花散りにけらしな**　「萩が花」が「散る」ことを言う原拠は、『古今集』の「萩が花散るらむ小野の露霜に濡れてを行かむさ夜はふくとも」（古今集・秋上・二二四・読人不知）に求められるが、「散りにけらしな」という古めかしい表現は、参考の人麿歌に倣った結果ではないか。なお『人丸集』には、他に「この頃の秋風寒し萩が花散らす白露置きにけらしも」（人丸集・一二三）という歌も見える。**○露の玉裳**　「露の玉」と「玉裳」を合わせる。

〔補説〕　参考歌の「露ながら」の家隆詠は、「をとめらが玉裳裾引くこの庭に秋風吹きて花は散りつつ」（万葉集・巻二十・四四五二・安宿王。古今六帖・第二・には・一三五五、初句「乙女子が」）に負っていよう。あるいは宗尊も、これを視野に入れていたかもしれない。

帯

東《あつま》には結《むす》び絶えける契りにて縹《はなた》の帯ぞ色かはりにし

〔現代語訳〕　帯

東国では、縹の帯の結びが絶えたように、結び付きが絶えた縁として、（それを表すように）縹の帯は色が変わってしまったのだ。

〔参考歌〕　泣きながす涙に堪へで絶えぬれば縹の帯の心地こそすれ（後拾遺集・恋三・七五七・和泉式部）

うつりやすき縹の帯の色ぞ憂き絶えける仲をなに結びけん（明日香井集・院百首建保四年・恋・八〇八）

〔類歌〕　月草の花田の帯のゆふは山絶えぬる妻を鹿や恋ふらん（宗尊親王三百首・秋・一一七）

思へただ縹の帯のかりにだに結ばぬ仲のうつりやすさは（中書王御詠・恋・変恋・一八七）

〔語釈〕 **○帯** 『古今六帖』（第五・服飾）の「おび」。**○結び絶えける** 結縁が絶えたの意。「縹の帯」の縁で、帯の結びが途切れたの意が掛かる。

〔補説〕 将軍職を解かれ、鎌倉を追われた境遇から、東国の人々と絶縁となったことを嘆く趣旨か。

参考歌の和泉式部詠も含めて、「縹の帯」に寄せて「仲」の「絶」えを言う歌の淵源には、『催馬楽』の「石川の高麗人に　帯を取られて　からき悔いする　いかなる　いかなる帯ぞ　縹の帯の　中はたいれるか　かやるか　あやるか　中はいれたるか」（呂・石川）が存している。該歌も、その範疇にある。「縹の帯」の「色」について言う歌は、「憂きにさは仲や絶えまし色なくて縹の帯に思ひなしつつ」（頼政集・四五八）が早く、参考の雅経詠が続く。その他にも、鎌倉前中期には、次のような歌を見出し得る。

うつり行く縹の帯の結ぼほれいかなる色に絶えは果つらん（洞院摂政家百首・恋・遇不逢恋・一二九〇・道家）

結びおきし花田の帯の幾夜経て逢はぬにかへる色は見ゆらん（光明峰寺摂政家歌合・寄帯恋・一二〇・隆祐）

心のみ花田の帯の一すぢにうつろふ色はいふかひもなし（光明峰寺摂政家歌合・寄帯恋・一二二・源家清）

月草の縹の帯の色も憂しこなたかなたのうつりやすさに（新撰六帖・第六・つきくさ・二〇五九・信実）

白露の結ぶ契りも月草の縹の帯の色やうつらん（範宗集・恋・寄草恋・五五六）

妹と我縹の帯の仲なれや色かはりぬと見れば絶えぬる（亀山殿五首歌合文永二年九月・絶恋・九〇・後嵯峨院）

参考歌に挙げた「うつりやすき」の雅経詠は、175の参考歌とした家隆詠と同機会、即ち建保四年（一二一六）の「後鳥羽院百首」の作であるので、同百首自体を宗尊が目にしていた可能性を探る意味合いもあって、参考歌とした。しかし、右の歌々の何れかに学んだかとも疑われるし、特定の一首ではなく、少しく流行したかと思しい詠み方に従ったものであると見ることもできるであろう。

177

錦

いかがせん錦《にしき》をとこそ思ひしに無《な》き名たちきて帰る故郷

【本文】○第二句の「とこそ」は、底本「とよに《こそ》」（「に」は字中に見消ち）。

【現代語訳】錦

どうしようか。錦を裁って着て（栄誉とともに）故郷に帰ろうとこそ思ったのに、それどころか、無実の汚名が立って来て、それを身にまとって帰る故郷よ。

【参考歌】故郷に帰ると見てや龍田姫紅葉の錦空に着すらん（拾遺集・雑秋・一一二九・能宣）

白浪は故郷なれや紅葉葉の錦を着つつ立ち帰るらん（拾遺集・雑秋・一一三〇・読人不知）

禊ぎして衣をとこそ思ひしか涙をさへも流しつるかな（続古今集・哀傷・服脱ぎ侍りける日よめる・一四六六・俊頼。万代集・雑五・三五一二。散木奇歌集・悲嘆・八三七）

【他出】中書王御詠・雑・都にのぼりてのち、錦を題にて・二五二、初句「いかにせん」。

【語釈】○錦　『古今六帖』（第五・錦綾）の「にしき」。○いかがせん　宗尊がよく用いている句。『柳葉集』に三首（二七＝瓊玉集・一八九、八一三、八一九）、本抄にも他に五首（216、223、344、422、703）見える。宗尊の閉塞感の反映と見てもよいであろう。○たちきて　「立ち来て」に「錦」の縁で「裁ち着て」が掛かる。○故郷　ここは京都のこと。→22。

【補説】文永三年（一二六六）七月に、将軍職を追われて、生まれ故郷京都に帰るに至ったことを詠嘆するか。宗尊が同月二十日に入京するも、父帝後嵯峨院も母棟子も、義絶して謁見を許さなかったということから、この失脚は、表向き宗尊の不始末・不行跡に起因するものとされていたか、とも想像される。それを「無き名たちきて」と言い表したか。

栄誉と共に帰郷することを、「故郷」に「錦」を着て帰ると言う比喩は、「卿衣レ錦還レ郷、朕無二西顧之憂一矣」（南史・柳慶遠伝）や「令三卿衣レ錦還レ郷、尽二栄養之理一」（南史・劉之遴伝）などの言説が典故であろう。参考の『拾遺集』歌両首も、これに負っていようか。「富貴不レ帰二故郷一、如二衣レ錦夜行一」（漢書・項籍（羽）伝、朱買臣伝。史記・項羽本紀、「錦」は「繍」）という類似の漢故事も存する。それらは、『江吏部集』（中・寛弘七年三月三十日）や『本朝文粋』（巻三・対冊・大江挙周）、あるいは『唐物語』（第十九）や『十訓抄』（八の十）や『平家物語〈覚一本〉』（巻七・実盛）等々に引かれてもいる。宗尊が、『南史』を直接学んでいたか否か、何によってこの知識を得たかは、全く不明である。しかし、該歌がこの類の比喩に拠っていることは疑いないところであろう。

綾

ながめつつ今日《けふ》もむなしく呉羽とり過《あやま》たぬ身を空に愁《うれ》へて

〔現代語訳〕 綾

物思いして眺めながら、今日も虚しく暮れた。（呉羽とり）綾ならぬ過ってはいない我が身を、空に向かって空しく嘆き訴えて。

〔参考歌〕 曇りなき星の光をあふぎても過たぬ身をなほぞ疑ふ（新勅撰集・雑二・嘆くこと侍りける時、述懐歌・一二〇三・良経）

あはれまた五十の冬もくれはとり過たぬ身の老いをかこてば（道助法親王家五十首・冬・惜歳暮・八二二・保季）

〔語釈〕 **○綾** 『古今六帖』（第五・錦綾）の「あや」。**○今日もむなしく呉羽とり過たぬ身を** 「今日もむなしく暮れ」から、「くれ」を掛詞に「呉羽とり過たぬ身を」へ鎖る。「呉羽とり」（呉織・呉服・呉服部）は、「綾」と同音の

「過たぬ」にかかる枕詞。「過たぬ身」は、間違っていない自分の意。→補説。○空に　天空に対しての意に、「むなしく」の縁で、かいがなく空しくの意が掛かる。

〔補説〕　参考歌は、建久七年（一一九六）十一月二十五日に良経の父兼実が関白を罷免され、翌日叔父の慈円が天台座主を辞任するなど、九条家が失脚した建久の政変で沈淪していた時期の「西洞隠士百首」の作。この歌の「過たぬ身」を、宗尊は、該歌と同じ「五百首」で、「人ぞ憂き藻に住む虫のそれとだに過たぬ身はそれとおぼゆる」（本抄・吾柄・256）や「跡垂るる四方の社の神神も過たぬ身の程は知るらん」（同上・社・272）と用いている。後者は、『中書王御詠』（雑・三四五）にも収められ、そこでの詞書は「同じ頃〔思はざるほかに沈みにしことを、北野に愁へ申すとて〕、心のうちに思ひつづけ侍りし」である。他にも、『中書王御詠』に「いにしへもありきやいかにかくばかり過たぬ身の沈むためしは」（雑・述懐・二九四）の一首を残していて、将軍を廃されて鎌倉を追われて帰京した経緯について、宗尊は、172の「濡れ衣」、前歌の「無き名」と同様に、「過たぬ身」と詠じて、自分自身には過誤・瑕疵のないことを訴えたものであろう。

糸

くるしくも賤《しつ》が絓《しけ》糸手に掛《か》けてへがたき世とは今ぞ知りぬる

〔現代語訳〕　糸

糸を繰るではないが、苦しいことにも、賤の粗末で弱い絓糸を手に掛けて綜難いように、経難く、思うままにして過ごすことが困難なこの世だとは、今やっと分かったのだ。

〔参考歌〕　我が恋は賤のしけ糸すぢ弱み絶え間は多くくるは少なし（金葉集・恋下・五一四・顕国）

花見にも行くべきものを青柳のいと手にかけて今日は暮らしつ（貫之集・延喜十五年の春斎院の御屏風の和

歌・女柳の枝をひかへてたてり・四八。古今六帖・第六・やなぎ・四一六四・遍昭）

かくばかり経がたく見ゆる世の中にうら山しくもすめる月かな（拾遺集・雑上・四三五・高光）

うばたまの夜の衣をたちながらかへる物とは今ぞ知りぬる（新古今集・恋三・一一七五・実頼）

〔他出〕 中書王御詠・雑・雑の歌の中に・二八四。

〔語釈〕 **○糸** 『古今六帖』（第五・錦綾）の「いと」。**○くるしくも** 「苦しくも」に、「しけ糸」「手」「掛け」「へ（綜）」の縁で、（糸を）「繰る」が掛かる。**○絓糸** 繭の上皮（表面部分）で紡いだ質の悪い絹糸。弱く切れやすい。**○手に掛けて** 糸を手に引っ掛ける意に、自分の思いどおりにしての意が掛かる。**○へがたき** 「綜難き」（縦糸を伸ばして機に掛けることが難しい）に「経難き」が掛かる。

莚

忘《わす》れずよ苔の筵《むしろ》に仮寝《かりね》せし山路《ち》の秋の露の深《ふか》さは

〔現代語訳〕 莚

忘れないよ。苔の筵で旅の仮寝をした山路の、秋の露深さは。

〔参考歌〕 かくしても明かせば幾夜過ぎぬらん山路の苔の露の筵に（新古今集・羈旅・九四九・俊成女）

あだにしく苔の莚の露けきは都見ぬ目の涙なりけり（土御門院御集・草名十首・三一六）

〔語釈〕 **○莚** 『古今六帖』（第二・宅）の「むしろ」。「莚」は、「筵」に通じる。**○忘れずよ** →62。**○山路の秋** 定家の「あしびきの山路の秋になる袖はうつろふ人の嵐なりけり」（六百番歌合・恋下・寄山恋・九七一）が早い作例となる。**○露の深さ** 平安期から見える通用の措辞だが、「思ひ出でて誰かはとめて分けも来ん入る山道の露の深さを」（山家集・雑・竜門に参るとて・一四二七）や「如何にせん忍ぶの山に道絶えて思ひいれども露の深さを」（続後撰集・恋一・六六七・俊成女。秋風抄・恋・一七九）、あるいは「置きあまる露の深さや重ぬらんつたふしづくの秋の草根は」（新撰六帖・第一・しづく・四三四・信実）や「消ぬがうへにまたや結ばん秋草の茂る繁みの露の深さは」（現存六帖・秋のくさ・一六・藻壁門院少将）等々が宗尊の視野に入っていたか。

〔補説〕 建久三年（一二六六）七月の、鎌倉から帰洛する途次の旅寝を回想したか。とすれば実体験に基づくが、同時に、参考歌の『新古今集』の俊成女詠や祖父土御門院の歌をも意識していたのではないか。

181

扇

人心憂《こゝろう》きにあふぎの秋立《た》ちて捨《す》て置《を》かれしや我《わ》が身《み》なるらん

〔現代語訳〕 扇

人の心のつれなく冷淡であることに遇い、扇が秋になって捨て置かれたこと、それは我が身なのであろうか。

〔本歌〕 人心憂さこそまされ春立てばとまらず消ゆるゆき隠れなん（後撰集・春上・三〇・読人不知）

〔参考歌〕 世の中は憂きにあふぎの秋果てぬなにの別れの忘れがたみぞ（拾遺愚草・雑・同じ頃〈良経死去の後〉人のとぶらへりし、返し・二八三八）

〔語釈〕 ○扇 『古今六帖』（第五・服飾）の「あふぎ」。○憂きにあふぎの 「憂きに遭ふ」から「あふ」を掛詞に「扇の」へ鎖る。

〔補説〕 文永三年（一二六六）七月の失脚時の人心の離反を念頭に置くか。

182

薫物

いかにしてただかばかりも残りけんを比叡《ひえ》の山の深《ふか》き住《す》ま《ゐ》ひに

〔現代語訳〕 薫物
どのようにして、ただ薫物の香ばかりが、こればかり残ったのだろうか。比叡山の山深い住居に。
〔本歌〕 春過ぎて散りはてにける梅の花ただかばかりぞ枝に残れる（拾遺集・雑春・一〇六三・如覚）
〔語釈〕 **○薫物** たきもの。「薫物」を遣り取りする贈答歌等にはまま見えるが、歌題としては珍しいか。『久安百首』の物名（一九七・公能）に「たきもの」が見える。**○かばかりも** 香だけがの意に、これほどもの意が掛かる。**○残りけん** 「花に染む心のいかで残りけん捨てはててきと思ふ我が身に」（千載集・雑中・一〇六六・西行）が勅撰集の初出。
〔補説〕 主題・作意が不明確である。本歌の詞書は、「比叡の山に住み侍りける頃、人の薫物を乞ひて侍りければ、侍りけるままに少しを、梅の花のわづかに散り残りて侍る枝に付けて遣はしける」である。この事情をも取り込んだ詠作か。

灯
月の射《さ》す秋の窓なる灯の背《そむ》けられぬる身をいかにせん

〔現代語訳〕 灯
月が射す秋の窓にある灯が、光を後ろに背けられたように、人から背けられてしまったこの身を、どうしようか。
〔本文〕 背レ燭共憐深夜月（ともしびをそむけてはともにあはれぶしんやうのつき） 踏レ花同惜少年春（はなをふんではおなじくをしむせうねんのはる）（和漢朗詠集・春夜・二七・白居易）
秋夜長（あきのよながし） 夜長無レ眠天不レ明（よながくしてねぶることなければてんもあけず） 耿耿残灯背レ壁

影（かうかうたるのこんのともしびのかべにそむけたるかげ）　蕭蕭暗雨打レ窓声（せうせうたるくらきあめのまどをうつこゑ）（和漢朗詠集・秋夜・二三三・白居易）

〔語釈〕**○灯**　これ一字の題としては珍しいか。『明題部類抄』によると、入道光俊（真観）出題という「三百六十首」（年月未詳）の「述懐廿首　寄二雑物一」に「灯」がある。**○灯の**　ここまで、「背けられぬる」を起こす有意の序。本文「上陽白髪人」の、疎まれて幽閉された境遇を踏まえる。**○背けられぬる**　灯が光を後ろに向かせられたの意に、人から離反されたの意が掛かる。前者の意味は、本文の「春夜」の詩の「背レ燭共憐深夜月」が当たる。

〔補説〕定家は、建保六年（一二一八）の「文集百首」で、本文の前者を題に「背けつる窓の灯深き夜の霞に出づる二月の月」（拾遺愚草員外・春・四一八）と詠むが、その一句目の「背燭」は、「背灯」に作る（時雨亭文庫本）。

筆

身の憂《う》さは数かきあへぬ水茎の跡まで辛《つら》き名をや流《なか》さん

〔現代語訳〕筆

我が身の憂さは、水の上に数を画いて数えられないように、数えきれないほど多く、それを書きおおせない私の筆の跡までが、堪え難い評判を流すのであろうか。

〔参考歌〕行く水に数かくよりもはかなきは思はぬ人を思ふなりけり（古今集・恋一・五二二・読人不知）

年を経て名のみや積もる言の葉に数かきあへぬ水茎の跡（紫禁集・〔建保二～三年人麿影供〕・寄筆恋・四三九）

〔語釈〕**○筆**　183の「灯」と同様、これ一字の題としては珍しいが、やはり『明題部類抄』によると、入道光俊（真観）出題という「三百六十首」（年月未詳）の「述懐廿首　寄二雑物一」に「筆」がある。**○数かきあへぬ水茎の**

跡　まず、「数画きあへぬ水」と続き、数を画いてかぞえることができない水、の意を表す。「数画く」は、ものの数をかぞえる時に、一定の数ごとに目印の線を引くこと。そして、「かきあへぬ」を掛詞として、「書きあへぬ水茎の跡」と続き、十分に書くことができない筆跡、の意を表す。「水茎の跡」は、筆で書いた文字の筆跡。ここは、記しとどめた和歌を言うか。「水茎」自体も、筆で書いた文字、それで綴った手紙を言う。**〇流さん**　「水茎の跡」の「水」の縁語。

〔補説〕「数かきあへぬ水茎の跡」は、愁いても愁いきれない「身の憂さ」を、嘆いても嘆きおおせない自らの詠草を言うか。

書

海山を越《こ》えてだに見《み》し玉章を同《おな》じ都にかき絶えにけり

〔現代語訳〕　書《ふみ》

海山を越えていてさえ見た手紙なのに、この同じ都にあって、ぱったりと見ることがなくなり、書くことも途絶えてしまったのだな。

〔参考歌〕　雲居なる海山越えていまし（いゆき）なば吾は恋ひむな後は逢ひぬとも（万葉集・巻十二・悲別歌・三一九〇・作者未詳）

程経れば同じ都のうちだにもおぼつかなさは問はまほしきを（続後撰集・羈旅・一二九三・西行。山家集・雑・一〇九一）

〔語釈〕　**〇書**　『古今六帖』（第五・服飾）の「ふみ」に当たる。**〇玉章**　手紙。**〇同じ都**　和泉式部の「別れても同じ都にありしかばいとこのたびの心ちやはせし」（千載集・離別・四九〇。和泉式部集・一八三、八四〇）が早く、後に影響を与えている。宗尊は、この歌や参考歌の西行詠に学んだのであろう。**〇かき絶えにけり**　「掻き絶えにけり」（ぱったりとなくなってしまった）に、「玉章」の縁で、「書き絶えにけり」（手紙を書くことが途絶えてしまった）が掛かる。

〔補説〕　上句「海山を越えてだに見し玉章」は、将軍として鎌倉に在ったときに都から届いた手紙を言ったのであろう。下句「同じ都にかき絶えにけり」は、文永三年（一二六六）七月に疑惑の内に将軍を廃されて帰洛して以後、同じ都にありながら、累の及ぶことを恐れてか、宗尊を義絶した父母を含めて、それまで鎌倉に音信していた者からもぱったりと手紙が来なくなり、自分からも書き送ることがなくなってしまったことを詠嘆したものであろう。

箏

この秋は悲《かな》しきことの音《ね》に立《た》てて憂《う》き身に通《かよ》ふ峰の秋風

〔現代語訳〕　箏

この秋は、悲しい事が泣き声となって表に出て、箏の琴が音を鳴らしてその音に峰の松風が似通って音を出すように、憂きこの身の泣き声に通って、峰の秋風が吹いてくるよ。

〔本歌〕　琴の音に峰の松風通ふらしいづれのをより調べそめけん（拾遺集・雑上・四五一・徽子女王〔斎宮女御〕）

〔参考歌〕　身にぞしむ恋しきことの音に立ててかきなす松の風の調べは（仙洞句題五十首・寄琴恋・二九一・俊成女）

わび人の手馴《た》れのことの音に立てて憂き世をあきの調べをぞする（新撰六帖・第五・こと・一八〇三・知家）

〔語釈〕　**〇箏**　さう。中国渡来の十三絃の琴をいう。中国渡来の七絃の琴《きん》、六絃の和琴と併せて、琴に一括される。歌題としては、『永久百首』（雑）に「箏」がある。『古今六帖』（第五・服飾）の「こと」に当たるか。**〇こと**　「事」に、題の「箏」と「音」「立て」の縁で、「琴」が掛かる。**〇音に立てて**　声に出して（泣く）の意に、箏の琴が音を鳴らしての意が掛かる。**○峰の秋風**　「秋風」では初句の「秋」と重なること、また、「箏」の題の下で「通ふ」と詠んでいるのは本歌の斎宮女御徽子の歌を踏まえていると見られること、から推して、本来は「峰の松風」とあるべきかと思われる。

斧

帰《かへ》り来《き》て都を見《み》れば斧《をの》の柄《え》の朽《く》ちし昔の心ちこそすれ

〔現代語訳〕　斧

帰って来て都を見ると、あの木樵りの斧の柄が朽ちていつのまにか長い時が過ぎて、帰ると当時の人は誰もいなかったという、その昔と同じ気分がするよ。

〔参考歌〕　故郷は見しごともあらず斧の柄の朽ちし所ぞ恋ひしかりける（古今集・雑下・筑紫に侍りける時にまかり通ひつつ碁打ちける人の許に、京に帰りまうで来て遣はしける・九九一・友則）

斧の柄の朽ちし昔は遠けれどありしにあらぬ世をも経るかな（新古今集・雑中・後白河院かくれさせ給ひて後、百首歌に・一六七二・式子）

〔語釈〕　**○斧**　これ一字の題は珍しいが、『古今六帖』（第二・山）の「をののえ」に相当するものであろうか。**○斧の柄の朽ちし昔**　知らないうちに長い年月を過ごすことの喩えである「爛柯」の故事（述異記等）を踏まえて言う。晋の王質が、山に木を樵りに行き、信安郡石室山で、童子達が碁を打つのを、貰った棗の種を口に含んで飢えることなく見ていたら、一局終わらないうちに持っていた斧の柄が朽ちてしまい、家に帰ってみると、当時の人はみないなくなっていたという故事である。ここは、帰ってみたら当時の人が無かった（「既帰無二復時人一」）ことまでも意識していようか。

〔補説〕建長四年（一二五二）三月に十一歳で出京して、十四年後の文永三年（一二六六）七月に二十五歳で帰洛した、その都の様子に対する感懐。

車

牛弱《よは》み山路《ち》にかか《、》る小車のおし《を》〔て〕上《のほ》せし我が身なりける

〔本文〕○底本第四句「をしのほ《本ノマヽ》せし」を、一首の解釈から、私に「おして上せし」に改める。

〔現代語訳〕車

牛がひ弱くて、山道にさしかかる車を押して登らせるように、おして無理やりに都へ上らせた、我が身であったな。

〔参考歌〕春樵りの柴積み車牛を弱み誰が古里の垣根しめにぞ（万代集・雑一・柴積みたる車のゆきわづらふを見て・二八一五・実方。実方集時雨亭文庫本・一七七）

〔語釈〕**○車**『古今六帖』（第二・人）の「車」。**○小車のおし〔て〕上せし** 車を押して山路の坂を登らせたの意に、強引に上京させたの意が掛かる、と解した。「小車の」までは序詞だが、あるいは、帰洛途次の実体験とすれば、有意ということになろうか。

〔補説〕四句の本文を私に整定した。建長四年（一二五二）三月に出京して、四月から鎌倉で征夷大将軍に就いたのも、宗尊の意志ではなかったはずだが、それなりにその地位に自足していたのであろうか。この「五百首」中にも、鎌倉を「故郷」と言い（24）、「昔」は鎌倉の「主」であったことを思い（106）、それを「我が世」「花咲く身」とも捉え（167）、だからこそ、その「古郷」鎌倉と心外にも別れたと嘆く（22）、そういった歌が残されているのであろう。該歌も、鎌倉で十四年を過ごし、文永三年（一二六六）七月に、突然のごとく鎌倉と将軍職を追われて帰

洛するに至ったことを、「おして上せし我が身」と述懐したものである、と解しておきたい。

189

船

今は我《われ》引《ひ》く人もなき捨て舟のあはれいかなるえに沈《しつ》むらん

〔現代語訳〕船

今は私は、曳く人もない捨て舟で、引き導いてくれる人もなく、その捨て舟があわれなことにどのような江にか沈みゆくように、ああ、どのような因縁で世の中に沈むのだろうか。

〔参考歌〕この世だに月待つほどは苦しきにあはれいかなる闇にまどはむ（詞花集・雑下・三六〇・顕仲女）

最上川　瀬瀬の岩角　湧きかへり…いはではえこそ　なぎさなる　片割れ舟の　埋もれて　引く人もなき　嘆きすと　浪の立ちゐに　仰げども…（千載集・雑下・一一六〇・俊頼。堀河百首・雑・一五七六）

潮たるる海人の捨て舟うきながら引く人なしに年を積むかな（宝治百首・雑・浦船・三五三三・有教）

引きたつる人もなぎさに年積もる身は捨て舟の綱手かなしも（百首歌合建長八年・雑・一五〇一・経家）

憂き身世に立ちこそめぐれ捨て舟の引く人もなしと何恨みけん（白河殿七百首・雑・寄舟述懐・六八九・経任）

〔他出〕中書王御詠・雑・雑の歌の中に・二七七。

〔語釈〕○船　『古今六帖』（第三・水）の「ふね」。○今は我　『万葉』（旧訓）以来の措辞。文永三年（一二六六）七月の帰洛後の作を収める本抄では八首に用いられている（189＝中書王御詠・二七七、236、242、332、483、959、978、982）。他に『中書王御詠』には「今は我沈みはてぬと思ふ世にやすく浮かぶは涙なりけり」（雑・述懐・二九三）があるが、これも身の沈淪を嘆いていて、失脚後の作であろう。宗尊の「今は我」は特に、自己の不遇な現在を意識する傾きがあると見てよいであろう。**○引く人もなき**　舟を曳く人もないの意に、自分を導く人、あるいはひいきにして引き上げる人もないの意が掛かる。前者は後者の比喩でもある。**○えに**　「江に」に「縁に」が掛かる。これも、前者が後者の比喩ともなっている。

〔補説〕「捨て舟」を「引く人」がないことを、身の沈淪によそえて詠むことは、参考歌に挙げた俊頼の長歌が早いようだが、『宝治百首』以下の三首に見るように、鎌倉中後期に少しく行われたらしい。為家は、「文永八年四月廿八日当座百首」（雑・浦舟）で、参考歌の経家詠に刺激されてか、「引きたつる人やはあらん和歌の浦に沈みはてぬる海人の捨て舟」（為家集・一九八三）と詠んでいるし、雅有も、「難波江や海人の捨て船いたづらに引く人なくて身ぞ沈みぬる」（隣女集・巻四自文永九年至建治三年・雑・二五一六）や「稲舟のいまだ一瀬のぼりかね引く人もなき身を嘆くかな」（雅有集・堀河院後百首題をよみ侍りしに・雑・船・六三二）を残している。宗尊は、こういった流行にも敏感であったのかもしれない。

筏

杣川の岩にかかれる筏士の過ぎえぬ世《よ》にぞ身を砕《くだ》きける

〔現代語訳〕筏

杣川の岩に引っ掛かっている筏士が、そこを通り過ぎられないように、生きて行くことができないこの世の中で、川の水が岩に砕けるように、この身を砕くばかりに嘆いたのだったな。

〔参考歌〕風をいたみ岩うつ波のおのれのみ砕けてものを思ふ頃かな（詞花集・恋上・二一一・重之）

杣山の梢に重る雪折れに絶えぬ嘆きの身を砕くらむ（新古今集・雑上・一五八二・俊成）

〔語釈〕○筏　平安中期の『故侍中左金吾家集（頼実集）』（八九）に「いかだ」の題が見えるが、これ一字の歌題は珍しいか。宗尊が撰定させたかと考えられる『東撰六帖』の題目録の雑に「筏」がある。○身を砕き　身の限りを尽くして思い煩う意。「杣川」「岩」の縁で、川の水が岩に砕ける意が掛かる。
【補説】良経の「吉野川早き流れを堰く岩のつれなきなかに身を砕くらむ」（新勅撰集・恋一・六九五。六百番歌合・恋下・寄川恋・九九五）や実朝の「山河の瀬瀬の岩波湧きかへりおのれひとりや身を砕くらん」（金槐集定家所伝本・恋・四四四）は、いずれも恋歌で、共に参考歌の重之詠を踏まえたと思しい。これらも、宗尊の視野には入っていたであろう。

網

くるしくも引く人なくて朽ちはてぬ我《わ》が身をうらの海人《あま》のうけ縄

【現代語訳】網
浦の海人のうけ縄の網を繰り引く人もなくて、網が腐りきってしまうように、苦しいことにも、私を引き導いてくれる人もなくて、朽ち果ててしまう我が身を憂く辛く思うよ。
【本歌】みるめなき我が身をうらと知らねばや離《か》れなで海人の足たゆくくる（古今集・恋三・六二三・小町。伊勢物語・二十五段・五七・色好みなる女）
【参考歌】磯馴るる海人の釣り縄うちはへてくるしくもあるか妹にあはずて（古今六帖・第三・つり・一八三五・作者不記）
うらみてもかひこそなけれ年月の絶えずくるしき海人のうけ縄（白河殿七百首・恋・寄泛恋・五四三・為氏）
【語釈】○網　『古今六帖』（第三・水）の「あみ」。○くるしくも　「苦しくも」に、「引く」「浦」「海人」「うけ縄」の縁で、（網を）「繰る」が掛かる。○引く人　自分を導く人の意に、「浦」「海人」「うけ縄」の縁で、網を引く人

（漁師）の意が掛かる。**○朽ちはてぬ**　我が身が衰滅してしまう意に、「うけ縄」の縁で、網が朽ち果ててしまう意が掛かる。**○我が身をうらの海人のうけ縄**　「我が身を憂」から「う」を重ねて「浦の海人のうけ縄」へと鎖る。宗尊は、別に「いかにせん我が身をうらの沖つ風思ふ方には寄る舟もなし」（中書王御詠・恋・寄風恋・一九七）とも用いている。「海人のうけ縄」は、漁師の使う浮きのついた網の縄。「うけ縄」の作例は「いふかたもなぎさにこそは海人小舟釣りのうけ縄たゆたひてふる」（成尋阿闍梨母集・人の、いかでかある、と問ひたるに・六二）が早く、西行にも「小鯛引く網のうけ縄よりくめりうきしわざある塩崎の浦」（山家集・雑・一三七八）や「はらか釣る大輪田崎のうけ縄に心がけつつ過ぎんとぞ思ふ」（同・同・一四五〇）の作例があり、鎌倉期以降の用例は少なくない。「海人のうけ縄」の句は、実朝の「うちはへて秋は来にけり紀の国や由良のみさきの海人のうけ縄」（金槐集定家所伝本・秋・一五七）が早い例となる。

竹

呉竹のその名は世世に古《ふ》りぬれどかく憂《う》き節《ふし》や身に始《はし》むらん

〔現代語訳〕竹

呉竹というその名前は、そしてまた親王という名前は、呉竹の節節《よよ》ならぬ世世を経て長い年月を経過してきているが、このように憂く辛い、呉竹の節ならぬ折節は、この身から始めるのであろうか。

〔参考歌〕今更になに生ひ出づらむ竹の子の憂き節しげき世とは知らずや（古今集・雑下・物思ひける時いときなきこを見てよめる・九五七・躬恒）

世にふればことの葉しげき呉竹の憂き節ごとに鶯ぞ鳴く（古今集・雑下・九五八・読人不知）

ちはやぶる　神のみよより　呉竹の　世世にもたえず…（古今集・雑体・短歌・一〇〇二・貫之）

〔類歌〕 世にふればうきことしげき笹竹のその名もつらき我が身なりけり（瓊玉集・雑下・人人によませさせ給ひし百首に・四六五）

〔他出〕 中書王御詠・雑・六帖の題の歌に・竹・二七〇。

〔語釈〕 **○竹** 『古今六帖』（第六・木）の「たけ」。**○呉竹のその名は** 「竹」は、宗尊の身分の親王（皇族・皇子・皇孫）の称である「竹園」を表象する。あるいは、「竹の園」を物名風に込め掛けるか。「竹の園」「竹の園生」は、前漢孝文帝の子孝王が梁に封ぜられ、方三百里の苑を作って修竹苑と名づけ、世人が梁の孝王の竹園と称した故事によるという（史記・梁孝王世家、西京雑記）。類歌に挙げた『瓊玉集』の「笹竹のその名も」と同様の措辞。なおまた、「呉竹の」は、「世世」の枕詞でもある。「呉竹」は、呉から渡来した竹の意で、丈低く、節が多く、葉が細い。淡竹に当る。内裏の清涼殿東庭に、御溝水側の河竹と一対で北側の仁寿殿寄りに植えられていたものが有名。**○世** 「呉竹」「節（ふし）」の縁で「節節（よよ）」が掛かる。**○節** 折節（時節）の意に、「呉竹」「よよ（節節）」の縁で、竹の節の意が掛かる。

〔補説〕 親王を「竹の園」で表す一例を挙げれば、『御室五十首』で、「色かへぬ竹の園こそうれしけれやまと言の葉なほ常盤なり」（雑・述懐・二九二・俊成）や「色かへぬ竹の園なる鶯はいく万代の春を待つらん」（雑・祝・一九〇・公継）という、同五十首とその主催者の後白河院皇子守覚法親王とを言祝ぐ歌がある。

193

苔

苔の下《した》と言《い》はぬばかりぞ世の中にあるかひもなく埋《うつ》もるる身は

〔現代語訳〕 苔

苔の下（に死んで埋もれている）と、言わないだけなのだ。この世の中に生きているかいもなく、沈淪して埋もれているこの身は。

〔本歌〕 ことに出でて言はぬばかりぞ水無瀬河下に通ひて恋しきものを（古今集・恋二・六〇七・友則）

〔参考歌〕 あしひきの山のまにまにかくれなむ憂き世の中はあるかひもなし（古今集・雑下・九五三・読人不知）

もろともに苔の下にも朽ちもせで埋まれぬ名を見るぞ悲しき（金葉集・雑下・六二〇・和泉式部）

今来むと言はぬばかりぞ郭公有明の月のむら雲の空（続後撰集・夏・一八七・順徳院）

〔語釈〕 **○苔**　『古今六帖』（第六・草）の「こけ」。**○苔の下**　墓の下。死んで苔むした地中にあることを言う。

〔補説〕 文永三年（一二六六）七月の将軍失脚後の沈淪を嘆くか。

194

芝

これを見《み》て涙のほどは人も見《み》よ露も払《はら》はぬ庭の芝草《くさ》

〔現代語訳〕 芝

これを見て、私の涙の程度は、人も分かってくれ。置く露を少しも払っていない庭の芝草を。

〔参考歌〕 世の憂さを思ひ忍ぶと人も見よかくてふるやの軒のけしきを（千載集・雑中・一〇八五・公重）

〔語釈〕 **○芝**　『古今六帖』（第六・草）の「しば」。**○これを見て**　「これを見て思ひも出でよ浜千鳥あとなき跡を尋ねけりとは」（後葉集・雑二・五三一・忠通。袋草紙・一二四。今鏡・はまちどり・六四）が先行例。**○露も**　草に置く「露も」と、少しもの意の「つゆも」との掛詞。**○芝草**　葉が細長い、穂を出す雑草。

195

蕨

亡《な》き人の形見《かたみ》に摘《つ》みし初蕨《はつわらび》あまたの春や思ひ出《い》づらむ

〔現代語訳〕 蕨

亡き人の形見として摘んだ初蕨。（それをよすがとして、あの中の君は）たくさんの春を思い出しているのであろうか。

〔本歌〕 君にとてあまたの春をつみしかば常を忘れぬ初蕨なり（源氏物語・早蕨・六八四・阿闍梨）

この春は誰にか見せむ亡き人の形見に摘める峰の早蕨（源氏物語・早蕨・六八五・中の君）

〔語釈〕 ○蕨 『古今六帖』（第六・草）の「わらび」。

〔補説〕 本歌の前者は、春頃に、山の阿闍梨から中の君に、（堂童子が仏に供養した初穂である）「蕨、つくづくし、をかしき籠に入れて」贈ってきた際の、阿闍梨の歌。「君」は中の君を指して「君にとて」は「初蕨なり」にかかり、「あまたの春」は中の君の亡父八の宮に多年春毎に献上してきたことを言い、「つみ」は「積み」と「摘み」の掛詞。

後者は、それに対して中の君が、以前までは「亡き人」（亡父八の宮）の形見として「峰の早蕨」を一緒に見た姉の大君までもが既に亡い、「この春」の悲しみを訴えて、返した歌。

その中の君の心情を思いやった趣がある。

196

躑躅

恋しくもいかがなからん岩つつじ言《い》はねばこそあれあり《有》しその世は

〔現代語訳〕 躑躅

恋しくあることも、どうしてないことだろうか（やはり恋しいのだ）。岩躑躅ではないが、口に出して言わないからこそそのままなのだけれど、かつての二人の仲のあの夜は。

〔本歌〕 思ひ出づるときはの山の岩つつじ言はねばこそあれ恋しきものを（古今集・恋一・四九五・読人不知）

思ひ出づやありしその夜のくれ竹はあさましかりし臥し所かな（金葉集・恋上・三六二・公実）

〔語釈〕**○躑躅**　『古今六帖』（第六・木）の「つつじ」。**○岩つつじ**　「岩」と同音で「言は」を起こす序。**○言はねばこそあれ**　①恋しいと口に出して言わないからこそ、恋しいということが表にあらわれないでいるけれども、②恋しいと口に出して言わないだけであって、本当は恋しいけれども、の両方の解釈が考えられる。②の場合、初二句の趣意と重複してしまうので、①を採る。**○ありしその世**　昔の二人の仲の意に、その時の例の夜の意が掛かるか。

〔補説〕　本歌の作者公実は『後拾遺集』初出歌人。これについては、『瓊玉和歌集新注』126・128補説、解説参照。

藤

松が枝に末《すゑ》に余《あま》れる藤の花かかる方《かた》なきたぐひとぞ見《み》る

〔現代語訳〕　藤

松の枝で、枝のさらに先の方にまで余って咲きかかっている藤の花は、頼るところが無いもの、その同類と見るよ。

〔語釈〕**○藤**　『古今六帖』（第六・木）の「ふぢ」。**○かかる方なき**　「かかる」は、依存する意に、覆いかぶさる・及ぶ意が掛かる。「人はみな立ち出づるものを庭鞠のかかる方なき身をいかにせん」（為忠家後度百首・雑・蹴鞠・六八八・親隆）や「風吹けばさやの中山なか空にかかる方なく迷ふ白雲」（隆祐集・百番歌合・名所述懐五首中右、九条前内大臣家百首・二四三）等と同様の用法。↓補説。**○たぐひとぞ見る**　「暁の風に別るる横雲を起き行く袖のたぐひとぞ見る」（後京極殿御自歌合・恋・寄雲恋・一二二。秋篠月清集・二夜百首・寄雲恋・一五五）あたりが、宗尊が学び得る先行作か。

〔補説〕「松」と「藤」は、それぞれ多く皇統と藤氏によそえられて、その和合や共栄を言祝ぐ歌に用いられる。叙景歌としても例えば、宗尊の父後嵯峨院の「紫の藤江の岸の松がえに寄せて返らぬ波ぞかかれる」（続後撰集・夏・一五七）のように、悲嘆とは無縁の景趣に詠まれるのが普通である。該歌も、下句を、比類無いぐらいのすばらしさと見るよ、といった趣旨に解すれば、雅趣あるいは賀趣の歌となる。しかし、本「五百首」の述懐（悲嘆愁訴）の基調に照らし、特に次歌も本来祝意を持つ「葵（諸葛）」に寄せた嘆きの述懐であることを考え合わせれば、藤の花が松の枝の先の空間にまで伸びている様に、拠り所の無い不安定さを見て、自己の寄る辺なき境遇によそえたと解するべきではないだろうか。

葵

憂《う》かりける御蔭《みかけ》の山の諸葛《もろかつら》かけきやかかる嘆《なけ》きせんとは

〔現代語訳〕 葵

憂く辛かった御蔭の山の諸葛よ、諸葛を掛けるように、神に願いを掛けたか、そして気にかけたか（いやかけやしなかった）、このような嘆きをしようとは。

〔参考歌〕 かねてより思ひしことぞ伏芝のこるばかりなる嘆きせんとは（千載集・恋三・七九九・待賢門院加賀）

かぞいろの見し世の花の衣手にかけきやかかる墨染の袖（新撰六帖・第二・おや・八六八・知家）

〔他出〕 歌枕名寄・畿内一・山城一・賀茂・日影山　付御影山、同事歟、可尋決・御集・五九、三句「諸葉草」。夫木抄・夏一・葵・御集、葵・二四八一、三句同上。

〔語釈〕 **〇葵**『古今六帖』（第六・草）の「あふひ」。**〇御蔭の山**　ここは、「御生山（みあれやま）」の別称。比叡山の西麓にある。賀茂別雷神社（上賀茂）の摂社御蔭神社がある。葵祭の前儀として、四月の中の午の日に、ここから神霊を賀茂御祖神社（下賀茂）に遷す祭儀が「御蔭祭」。**○諸葛**　葵（二葉葵）のこと。葵祭でこれを挿頭に用いるので、「諸鬘」とも書く。「かけて祈るそのかみ山の山人と人もみあれの諸鬘せり」（新勅撰集・神祇・五六四・雅経）などと詠まれる。**○かけきや**　「諸葛」が序詞のように働き、その諸葛を掛けるの意に、神に願いを託したかの意と、加えて、気にかけたかの意とが掛かるか。**○かかる**　「斯かる」、このようなの意。「諸葛」「かけきや」の縁で「掛かる」が響く。

卯花

我もいざ隠《かく》れてなかん郭公世をうの花の陰《かけ》はいづくぞ

〔現代語訳〕　卯の花

私もさあ、隠れて泣こう。卯の花の陰に隠れて鳴く声を忍ぶという時鳥よ、世の中を憂く思うときの物陰、卯の花の蔭は何処なのか。

〔本歌〕　鳴く声をえやは忍ばぬ時鳥はつ卯の花の蔭に隠れて（新古今集・夏・一九〇・人麿）

〔参考歌〕　山がつの垣ほわたりに宿もがな世をうの花の盛りなる頃（長秋詠藻・〈保延六、七年堀河百首題述懐百首〉・夏・卯花・一二三）

〔他出〕　中書王御詠・夏・郭公・五三。

〔語釈〕　**○卯花**　『古今六帖』（第一・歳時）の「うのはな」。**○なかん**　「泣かん」に「郭公」の縁で「鳴（く）」が掛かる。**○世をうの花の陰**　「世を憂」から「う」を掛詞に「卯の花の陰」へ鎖る。「陰」には、「世を憂」の状況から隠れる物陰の意が掛かる。本抄では、他に617と959にも「世をうの花」が用いられている。

昌蒲

世《よ》の中に我隠《われこも》り江の菖蒲草《あやめ》ねをば泣《な》けども人はなびかず

〔現代語訳〕 昌蒲

この世の中で、私は隠れ籠もっていて、隠り江の菖蒲草の根ではないが、音に出して声をあげて泣くけれども、菖蒲草が靡くようには、人は靡いて心を寄せてはくれないのだ。

〔参考歌〕 世をたえて我隠り江のうき草のひまなくうくは涙なりけり（百首歌合建長八年・雑・一四八一・真観）

風吹けばうれうちなびく隠れ沼のあやめの草も心あるらし（内裏歌合寛和二年・夏・菖蒲・一六・惟成。惟成弁集・二五、二句「くれうちなびく」）

〔語釈〕 **○昌蒲** 菖蒲。「菖」は「昌」にも作る。『古今六帖』（第一・歳時）の「あやめぐさ」に当たる。**○我隠り江の** 「我隠り」から「隠り江の」へ鎖る。「隠り江」は、深く入り込んでいるかあるいは物陰になっていて、隠れている入り江。**○菖蒲草ねをば泣け** 「菖蒲草」が序詞のように働き、その「根」に「音」掛けて、「音をば泣け」へと続く。**○なびかず** 人が心を寄せて従ってはくれない、ということ。「菖蒲草」「根」の縁で、菖蒲草の根はそのままで葉先が横に揺れる意が掛かる。この意味の「なびく」の原拠は、「河の瀬になびく玉藻のみ隠れて人に知られぬ恋もするかな」（古今集・恋二・五六五・友則）。

〔補説〕 「菖蒲草」が「なびく」ことを言うのは、和歌では必ずしも一般的ではない。参考歌の惟成の歌などを踏まえているとすれば、宗尊の和歌の学習範囲の問題にも関わってくるであろう。

201

蓬

尋《たつ》ね来《き》てうち払《はら》ふべき人もなし庭の蓬の秋の夕露《ゆふつゆ》

〔**現代語訳**〕蓬

尋ねて来て払うはずの人もいない。この庭の蓬に置く秋の夕方の露は。

〔**参考歌**〕宿は荒れぬ庭は蓬に埋もれぬ露うち払ひ問ふ人はなし（老若五十首歌合・秋・二四二・雅経）

問へかしな別れの庭に露深き蓬がもとの心細さを（続後撰集・雑下・相空法師身まかりにけるを、西行法師とぶらひ侍らざりければ・一二四五・寂然）

〔**語釈**〕**○蓬**　『古今六帖』（第六・草）の「よもぎ」。

202

荻

身の憂《う》さを嘆《なげ》かで過ぎしいにしへはいかが聞《き》きけん荻《おき》の上風《うは》

〔**現代語訳**〕荻

我が身の憂き辛さを嘆くことなく過ぎた昔は、いったいどのように聞いたことだろうか、荻の上を吹く風を。

〔**類歌**〕秋の夜は現の憂さの数添へて寝る夢もなき荻の上風（柳葉集・巻一・〔弘長元年九月中務卿宗尊王家百首〕・秋・九六。瓊玉集・秋上・一六二）

〔**語釈**〕**○荻**　『古今六帖』（第六・草）の「をぎ」。

〔**補説**〕「荻の上風」は、「秋はなほ夕まぐれこそただならね荻の上風萩の下露」（和漢朗詠集・秋・秋興・二二九・義孝）や「さらぬだに秋の寝覚めはあるものをけしきことなる荻の上風」（堀河百首・秋・荻・六七六・師頼）、あるいは

「物ごとに秋のけしきはしるけれどまづ身にしむは荻の上風」（千載集・秋上・二三三・行宗）等に窺えるように、秋の風情をいやがうえにも添えるものという通念があり、それを踏まえた歌。

萩

嘆《なげ》くかな秋にはあへず色変《か》はる萩の下葉《は》を身のたぐひとて

〔現代語訳〕　嘆くことであるな。秋に堪えられずに色が変わる萩の下葉を、秋に様変わりした我が身の同類として。

〔参考歌〕　秋萩の下葉色づく今よりやひとりある人のいねがてにする（古今集・秋上・二二〇・読人不知）
ちはやぶる神のいがきに這ふ葛も秋にはあへずうつろひにけり（古今集・秋下・二六二・貫之）
我が袖は四方の草葉の上よりも秋にはあへず色変はりけり（洞院摂政家百首東北大学本拾遺・早秋・二二二・家隆）

〔語釈〕　○萩　『古今六帖』（第六・草）の「秋はぎ」に当たる。一字の歌題の「萩」としては、『和漢朗詠集』（秋）に立項され、『堀河百首』（秋）に設けられている。

〔補説〕　恋歌として、「秋にはあへず色変はる萩の下葉」を、「秋」に「飽き」が掛かると見て、相手が自分に飽きたことに堪えれずに自分の顔色・様子が変わることを寓意する、と解釈すると、それを「身のたぐひとて」と言う結句と整合しない。また、「色変はる萩の下葉を見てもまづ人の心の秋ぞ知らるる」（新古今集・恋五・一三五三・相模）を踏まえて、やはり「秋」と「飽き」の掛詞で、「色変はる萩の下葉」が、相手の表に表れない心底での心変わりを比喩しているとすると、これもやはり「身のたぐひとて」と齟齬することになる。述懐歌として、「秋にはあへず色変はる萩の下葉」は、文永三年（一二六六）秋に失脚し、様変わりして沈淪する我が身の比喩であると解

204

するべきであろうか。

薄

憂き身とて人はさながら厭《いと》ふ世にあはれに招《まね》く花薄かな

〔現代語訳〕 薄

煩わしい我が身ということで、人はすっかり嫌がるこの世の中で、いとしいことにも私を招いてなびく花薄であるな。

〔本歌〕 招くとて立ちもとまらぬ秋ゆゑにあはれ片寄る花薄かな（拾遺集・秋・二一三・好忠）

〔語釈〕 **○薄** 『古今六帖』（第六・草）の「すすき」。**○憂き身とて** ここでは、文永三年（一二六六）秋の失脚後の境遇を言うのであろうが、宗尊は将軍在位中にも既に、「憂き身とて恨みもはてじさきの世に契りあればぞ思ひそめけむ」（柳葉集・巻二・弘長二年十一月百首歌・不逢恋・二七六）や「憂き身とて思ひな捨てそ幾秋を馴れてもあかぬ袖の月影」（同・巻四・〔文永元年六月十七日庚申百番自歌合〕・月・四九五）と詠んでいる。**○人はさながら** 登蓮の「昔見し人はさながら薄氷思ひしとけばあぢきなの世や」（中古六歌仙・無常・二三三。登蓮法師集・無常・二四）が早い。宗尊に先行して、『洞院摂政家百首』には「いかにせん人はさながらこゆるぎの磯べに沈む波の下草」（雑・述懐・一八三九・範宗）が見え、同時代には、平親清の妻で後に西園寺公経妾となる実材母の「馴れて見し人はさながら夢の世に昔語りも誰とかはせん」（実材母集・昔見馴れし人、うち続き失せ侍るもいとあはれにて・一三九）と「馴れて見し人はさながら夢の世になほおどろかぬ程のはかなさ」（同・六九五）がある。

〔補説〕 「花薄」が「招く」歌の原拠は、「秋の野の草の袂か花薄ほにいでて招く袖と見ゆらむ」（古今集・秋上・二四三・棟梁）で、本歌の好忠詠もこれを踏まえる。

女郎花

しひ《ゐ》てなほ《猶》あはれ《哀》とぞ思ふ女郎花我《わ》が身《み》うつろふ秋は憂《う》けれど

〔現代語訳〕　女郎花

（秋の花だけれど）やはり無性にいとしいと思う女郎花なのだ。その女郎花ではなく、我が身がうつろい衰える秋は、憂く辛いけれど。

〔参考歌〕　名にし負はばあはれとぞ思ふ女郎花誰を憂しとはまだきうつろふ（万代集・秋上・亭子院女郎花合後宴歌・八六八・平希世。亭子院女郎花合・三七、初二句「名にし負へばあはれと思ふ」）

誰が秋にあらぬものゆゑ女郎花なぞ色に出でてまだきうつろふ（古今集・秋上・二三二・貫之）

〔語釈〕　○女郎花　『古今六帖』（第六・草）の「をみなへし」。○しひてなほ　俊恵の「しひてなほ行きなん君と聞くからにかつみながらも恋しきやなぞ」（林葉集・雑・九九〇）や、文治二年（一一八六）十月の『歌合』に於ける定家の兄成家の「しひてなほ秋の心をくだけとや伏見の暮に鹿の鳴くらん」（鹿・七六）あたりが早く、定家も建仁元年（一二〇一）三月の『通親亭影供歌合』で、「しひてなほ袖濡らせとや藤の花春はいく日の雨に咲くらむ」（雨中藤花・八二）と詠み、後鳥羽院は元久元年（一二〇四）十二月の「賀茂上社卅首御会」で「花散りぬいし井の水のしひてなほ春をとどめよ志賀の山風」（後鳥羽院御集・春・一二三四）と詠んでいる。その後は、真観が「しひてなほ恋ひこそ渡れあふみにかありてふ瀬田の橋もとどろに」（宝治百首・寄橋恋・二七四一）や「しひてなほ恋ひや渡らむ下紐のとけしばかりを身の契りにて」（白河殿七百首・恋・寄紐恋・五〇八）と詠み、家良にも「しひてなほ春や行くらむ山桜散りかひ曇る花のまよひに」（後鳥羽院定家知家入道撰歌・後鳥羽院御撰・三四）の作がある。宗尊はこれらから、流行を敏感に学び取ったのではないか。

〔補説〕　宗尊は先に、「尾花とも萩とも言はじ女郎花なれをぞ秋のあはれとは見る」（柳葉集・巻二・弘長二年十二月百首歌・女郎花・三二二）と、「女郎花」を特別視する歌を詠んでいる。

蘭

頼《たの》みつる夢路《ち》の小野《をの》の蘭《ふぢばかま》いかに違《ちか》へて風の吹《ふ》くらん

〔現代語訳〕蘭

頼みとした夢路の小野に咲く藤袴よ。（しかし藤袴の香りは通ってこない）。いったいどのようにくい違わせて、風が吹いているのだろうか。

〔参考歌〕夢のごと見しは人にも語らぬにいかに違へて逢はぬなるらん（新勅撰集・恋三・八三四・待賢門院堀河。久安百首・恋・一〇六九）

〔語釈〕**○蘭** 歌中では「ふぢばかま」。「蘭」の表記の題としては、『和漢朗詠集』（秋）に立てられ、『堀河百首』（秋）に設けられる。**○夢路の小野** 他の用例は、『実方中将集』（時雨亭文庫素寂本）に「おぼつかな夢路の小野のたよりにやなほざりなりし宵の稲妻」（枇杷殿に行き、侍従君に・一一一。原文片仮名）と見えるのみ。**○違へて** 吹く方向を異ならせてという趣意か。「夢」の縁で、夢を違わせる（悪夢を吉夢に転ずる）意が響くか。

〔補説〕「藤袴（蘭）」と「夢」とを結びつけるのは、その芳香と名前の「袴」の印象が関わるのであろうが、文治六年（一一九〇）三月朔日に清書された『俊成五社百首』の「藤袴草の枕に結ぶ夜は夢にもやがて匂ふなりけり」（伊勢・秋・蘭・四二）が早く、同年（四月建久に改元）七月には、俊成の甥に当たる公衡が「賦百字和歌（一字百首）」（ふぢばかま）で「まどろめば夢にぞ見つる藤袴昔もかかるためしをぞ聞く」（公衡集・五〇）と詠み、『千五百番歌合』では、公衡の甥公継が「藤袴夢路はさこそ通ひけれ逢ふと見る夜のうつり香もがな」（恋二・二四三六）と詠んでいる。また家隆は、文治四年（一一八八）頃～建久八年（一一九七）という（久保田淳『藤原家隆集とその研究』昭四三、三弥井書店）「二百首和歌」で「藤袴月の枕に匂ふなり夢は旅寝の露にくだけて」（壬二集・蘭・一〇六〇）を、正治二年（一二〇〇）「院百首正治二年」（正治初度百首）で「夢路より露や置くらん藤袴覚むればやがて袖ぞしほるる」（壬二集・秋・四三九）を詠んでいる（後者は正治初度百首・一四四二では「藤袴」が「草の原」）。宗尊に身近な先行例としては、『白河殿七百首』の「脱ぎ捨てし誰が名残とて藤袴夢の枕に今にほふらん」（蘭薫枕・二三四・公雄）がある。同時代では、実材母に「誰か見し夢の枕の藤袴にほひも深き夜半の名残を」（実材母集・〔亡姉娘追悼〕・五四九）や「夢絶えし枕にかをる藤袴如何に見しよの名残なるらん」（同・蘭・七五四）、その実材母が平親清との間に設けたと思しい娘にも「暁の枕ににほふ藤袴誰が夢絶えし秋の形見ぞ」（親清四女集・八五）、さらにその実材母の子か孫か婿であるかとされる政範には『白河殿七百首』の「蘭薫枕」と同題で「夢絶ゆる夜半の寝覚めの藤袴見しよにかをる秋の手枕」（政範集・二〇二）の作がある。鎌倉前期から中期にかけて、主に俊成の周辺や実材母の縁者という狭い範囲で行われた詠み方であると言うことができる。とすれば、宗尊は、そういった比較的新しい小さな流行にも敏感であったということになる。

しかしまた、そうであったとしても、該歌の作意は分かりにくい。『古今集』（秋上・二三九～二四一）の

なに人か来て脱ぎかけし藤袴くる秋ごとに野辺をにほはす（敏行）

宿りせし人の形見か藤袴忘られがたき香ににほひつつ（貫之）

主知らぬ香こそにほへれ秋の野に誰が脱ぎかけし藤袴ぞも（素性）

の三首などによる、「藤袴」の本意である、芳香を賞でる通念を踏まえたものと解しておく。

槿

朝顔《かほ》はまた咲《さ》く秋も頼《たの》むらん我《わ》が一時の花《はな》ぞ悲《かな》しき

〔現代語訳〕槿

一時の花である朝顔はそれでも、再び咲く秋も頼みとするのであろう。私自身の、（もう二度とない）一時の盛りの花が悲しいのだ。

〔参考歌〕暮れ行けばもとの籬に帰るらしただ一時ぞ朝顔の花（拾玉集・百首句題・秋・槿花蔵垣・三三二一）

あだなれど花はときはに頼まれぬ散りてまた咲く人しなければ（久安百首・無常・一二八九・安芸）

〔語釈〕○槿『古今六帖』（第六・草）の「あさがほ」。○朝顔 いわゆる秋の七草の「あさがほ」は、「木槿」「桔梗」「昼顔」等の諸説があり、一般的な特定は難しいが、ここは一首の内容に照らして、早朝に開花し日闌けて萎む性質から儚いものや夕べを待たない無常なものに喩えられる、「牽牛子（けにごし）」、即ち今日言うアサガオであろう。○また咲く「朝顔」について言う例は他に見えない。先行の用例に「今よりはまた咲く花もなきものをいたくな置きそ菊の上の露」（新古今集・秋下・五〇九・定頼）や「峰に散る桜は谷の埋もれ木にまた咲く花となりにけるかな」（金葉集橋本公夏本拾遺・春・一八・覚樹。続詞花集・春下・七三）があるが、前者は「もうその他に咲く（花はないので）」の意味であり、後者は落花の見立てであり、該歌の場合とは趣意が異なる。

〔補説〕「花」を「一時」と見る通念の原拠は、「秋の野になまめき立てる女郎花あなかしがまし花も一時」（古今集・雑体・誹諧歌・一〇一六・遍昭）に求められる。

「一時の花」に、将軍在位の期間を寓意するか。

菊

よそにのみきくの籬に見《み》し色の我《わ》が身《み》の秋になりにけるかな

〔現代語訳〕菊
無関係とばかり聞いていた菊の花の変色、その菊の籬で見た色が、菊の花ではなく私自身の秋となった、私は様変わりしてしまったことであるな。

〔本歌〕須磨の海人の浪かけ衣よそにのみ聞くは我が身になりにけるかな（新古今集・恋一・一〇四一・道信）

〔参考歌〕秋深みよそにのみきく白露の誰が言の葉にかかるなるらん（後撰集・秋下・四二五・伊望女）
色変はる菊の籬を来ても見よ身をこそ人の問ふに憂からめ（現存六帖・きく・一二〇・知家）
唐衣干せど袂の露けきは我が身の秋になればなりけり（新勅撰集・秋下・二九八・読人不知）

〔語釈〕**○菊**　『古今六帖』（第六・草）の「きく」。**○よそにのみきくの籬に**　「よそにのみ聞く」から「きく」を掛詞に「菊の籬に」へ鎖る。「聞く」は、「色」にかかると解する。

〔補説〕954と同工異曲。

葛

報《むく》ひある身をかへりみて真葛原ただ前《（さき）》の世に秋風ぞ吹《ふ》く

〔現代語訳〕葛
応報あるこの身を顧みて、葉裏が返り見える真葛原に吹く秋風のように、ただ前世には恨めしい秋風だけが吹いているのだ（と思う）。

〔参考歌〕ものをのみさも思はする前の世の報ひや秋の夕べなるらん（新撰六帖・第一・あきの晩・一五四・信実。万代集・秋上・九五三。秋風抄・序）

うけ難き身の報ひさへ忘られてなほ前の世ぞ悲しかりける（続後撰集・雑中・一一八〇・雅成。秋風集・雑中・一二二三。新時代不同歌合・一〇八）

〔他出〕 中書王御詠・秋・葛・九〇。拾遺風体集・雑・述懐・四四八。

〔語釈〕 **○葛** 『古今六帖』（第六・草）の「くず」。**○かへりみて** 「顧みて」に、「真葛原」の縁で、葛の葉が裏返って、それを見ての、意が掛かる。

〔補説〕 「秋風の吹き裏返す葛の葉のうらみてもなほ恨めしきかな」（古今集・恋五・八二三・貞文）を本歌にした歌は多い。「真葛原」を用いた公経の「かれはてて言の葉もなき真葛原なにをうらみの野辺の秋風」（続後撰集・恋五・一〇〇二）もその一首。その延長上に宗尊は、「真葛原うらみしころの秋風やかれがれになるはじめなりけん」（宗尊親王三百首・恋・二七〇）と詠んでいる。これらは恋歌だが、「秋風」の吹く「真葛原」の印象は、葛の葉の「裏見」の掛詞の「恨み」と結び付いていたかと思われる。該歌も、その印象に従った感があろうか。

『中書王御詠』では、為家の評詞「是体心、信実朝臣詠候歟（是の体の心、信実朝臣詠じ候ふか）」が付されている。これは「このような風体の趣意は、信実朝臣が詠じましたか」といった意味で、参考歌に挙げた信実の「ものをのみ」詠を念頭に置いたものであろう。

葦

人のため葦《あし》のねたくも思《おも》はぬをなにはのことにかく沈《しつ》むらん

〔現代語訳〕 葦

人のせいで、葦の根ならぬ妬ましいとも思わないのに、難波の葦の根のように、どのような事のなりゆきで、このように世に沈んでいるのだろうか。

〔参考歌〕 いにしへになにはのこともかはらねど涙のかかるたびはなかりき（後拾遺集・哀傷・五九五・信宗）
忘るるも苦しくもあらずねぬなはの妬くもと思ふことしなければ（後拾遺集・雑二・九四六・伊賀少将）
難波江の葦間に宿る月見れば我が身一つは沈まざりけり（詞花集新日本古典大系本・雑上・三四七・顕輔、新編国家大観本四句「我が身一つも」）

〔語釈〕 **○葦** 『古今六帖』（第六・草）の「あし」。**○葦のねたくも** 「なには（難波）」「沈む」の縁語「葦の根」から、「ね」の同音で、「妬くも」を起こす。ここの「妬し」は、いまいましい、しゃくだの意。**○なにはのことに** 「葦の根」の縁語「難波」に、「何（は）のことに」（どのようなことでの意）が掛かる。「難波」は、摂津国の歌枕。現在の大阪市周辺。ここはその海。**○かく沈むらん** 118では「かく沈む身は」と言う。

萍

偽り・の濁《にご》れる水に誘《さそ》はれて身をうき草の世《よ》に迷ふかな

〔現代語訳〕 萍《うきくさ》（誘ふ水あればということで）嘘偽りの濁っている水であったのに、ついそれに誘われて、そのあげく、身を憂きものとして、水にさまよう浮草のように、この世の中に（京都から鎌倉、鎌倉からまた京都へと）さまようことであるな。

〔本歌〕 わびぬれば身をうき草の根を絶えて誘ふ水あらば去なむとぞ思ふ（古今集・雑下・文屋康秀が、三河掾になりて、県見にはえ出で立たじや、と言ひ遣れりける返事によめる・九三八・小町）

〔参考歌〕 君すめば濁れる水もなかりけり汀のたづも心してゐよ（後拾遺集・賀・東三条院に東宮渡り給ひて、池の浮草など払はせ給けるに・四五五・小大君）

〔語釈〕 **○萍**　『古今六帖』（第六・草）の「うきくさ」。**○偽りの濁れる水**　自分を将軍に招請し、そして失脚させた勢力あるいは情勢を念頭に言うか。**○身をうき草**　「身を憂き」に、「水」の縁語「浮草」が掛かる。「浮草の」は、「迷ふ」を起こす。

〔補説〕　宗尊は、建長四年（一二五二）春三月に十一歳で東国鎌倉に下り、四月から将軍として在った十四年後、文永三年（一二六六）秋七月に突然の如く将軍を廃されて京都に帰り上った。その転変を、小町歌を念頭に詠嘆した作であろう。なお、宗尊は別に、文永三年七月の将軍廃位・帰洛前後の詠をも収めたと思しい『中書王御詠』に、「偽りの世にあふ坂の岩清水清き心ぞ木隠れにける」（雑・会坂の関を越ゆとて・二三〇）を残している。これもやはり、帰洛途次に通過した「逢坂の関」に寄せて、該歌と同様に、自分を失脚させた者達に対する不信感を吐露したと見るべきであろう。

木

友と見《み》る谷の埋もれ木それもまた《又》かか《ゝ》る無《な》き名に朽《く》ち果《は》てしかな

〔現代語訳〕　木

友と思って見る谷の埋もれ木、それもまた、無名の木のままで朽ち果てたように、私も世に埋もれて、このような無実の汚名のままで朽ち果てたことだな。

〔参考歌〕　いたづらに世にふるものと高砂の松も我をや友と見るらん（拾遺集・雑上・官給はらで嘆き侍りける頃、人の草子書かせ侍りける奥に書きつけ侍りける・四六三・貫之）

花咲かでいく世の春にあふみなる朽ち木の杣の谷の埋もれ木（新勅撰集・雑四・一三〇七・雅経）

〔類歌〕　つひにさて朽ち果てぬべき我なれや春のよそなる谷の埋もれ木（親清四女集・一三八）

〔**語釈**〕**○木**　『古今六帖』（第六・木）の「き」。**○かかる無き名**　宗尊は、該歌に先立ち、文永三年（一二六六）八月の「百五十首歌」（雑神祇）でも、「八百万神てふ神よあはれ知れためしもあらじかかる無き名は」（本抄・592）と詠んでいて、この年の七月に将軍を廃された経緯については、自分に全く瑕疵がないことを愁訴している。

213

松

知る人もうとくなり行く世の中に色も変《か》はらぬ高砂の松

〔**現代語訳**〕松
知っている人も疎遠になってゆくこの世の中で、（人が心変わりするのとは違い）少しも色を変えない高砂の松よ。

〔**本歌**〕誰をかも知る人にせむ高砂の松も昔の友ならなくに（古今集・雑上・九〇九・興風）

〔**参考歌**〕高砂の松と言ひつつ年を経て変はらぬ色と聞かば頼まむ（後撰集・恋四・八六四・読人不知）

〔**語釈**〕**○松**　『古今六帖』（第六・木）の「まつ」。

〔**補説**〕121と類想。

214

桐

人訪《と》はぬ秋の庭こそ寂《さひ》しけれ桐の落《お》ち葉《は》に風〔の〕音《をと》して

〔**本文**〕○底本結句「風をとして」を、一首の解釈から私に、「の」を補い「風の音して」に改めた。なお、本抄底本の「音」は、「絶すをとする」（353）「をとたてゝ」（621）「をとまても」（628）「滝はをとする」（705）と、「をと」と表記されている。

〔**現代語訳**〕桐

人が訪れない秋の庭こそが、何とも寂しいのであった。桐の落ち葉に、風の音がなって。

〔参考〕 秋庭不掃携藤杖（あきのにははらはずしてとうちやうにたづさはて）　閑踏梧桐黄葉行（しづかにごとうのくわうえふをふんでありく）（和漢朗詠集・落葉・三〇九・白居易）

〔参考歌〕 桐の葉も踏み分けがたくなりにけりかならず人を待つとなけれど（新古今集・秋下・五三四・式子）

人は来で年ふる秋の柴の庵に桐の落ち葉を風ぞ訪ひける（千五百番歌合・秋二・六百三十三番判歌・後鳥羽院）

〔語釈〕 **○桐**　歌題としては珍しいか。単題詩（単言を題とする詩）より成る李嶠の『百二十詠』（百詠）に基づく、源光行の『百詠和歌』の巻四・嘉樹部に「松　桂　槐　柳　桐　桃　李　梨　梅　橘」と見える。この『百詠和歌』は、幼将軍実朝に献上されたかという。**○秋の庭**　『万葉集』（巻二十・四三一七）にも見える詞だが、「荒れわたる秋の庭こそあはれなれまして消えなん露の夕暮」（新古今集・雑上・一五六一・俊成）に学ぶか。**○桐の落ち葉**　家隆が文治四、五年（一一八八、九）頃、遅くとも建久八年（一一九七）までに詠んだとされる「初心百首」（冬）の「故郷の庭の日影もさえ暮れて桐の落ち葉に霰降るなり」（壬二集・五九。新勅撰集・冬・三九三）が早いか（第三句は、新編国歌大観本は「浅暮れて」だが、『藤原家隆集とその研究』本に従う）。その後、後鳥羽院が、建仁元年（一二〇一）九～十二月の『仙洞句題五十首』で「山陰や秋ぞ払はぬ庭の面に桐の落ち葉にすめる月影」（山家月・一四四）という、参考の白詩に負ったと思しい作をものしている。参考歌の『千五百番歌合』の判歌は、恐らくこれと相前後する時期の作であろう。なお、参考歌の式子の「桐の葉も」詠は、それに先立つ正治二年（一二〇〇）の『正治初度百首』の作。この「桐の葉」の語は、その前年までに成った『御室五十首』で、俊成が「秋を浅みまだ色づかぬ桐の葉に風ぞ涼しき暮れかかるほど」（秋・二七一）と用いている。

〔補説〕 『風雅集』に収められた「寂しさよ桐の落ち葉は風になりて人は音せぬ宿の夕暮」（雑上・閑居冬夕を・一五九二・従二位為子）や「枯れ積もる楢の落ち葉に音すなり風吹きまずる夕暮の雨」（冬・題しらず・七四七・進子）は、

景趣・歌境が該歌に似通う。直接の影響関係を見ることは躊躇されるが、宗尊詠が京極派の好尚に通じるものであったと言うことはできるであろう。

楸

沈《しつ》み行く・み島《しま》の浦《うら》の浜楸久しや袖を浪にまかせて

〔現代語訳〕楸

沈み行く身は、三島の浦の波にまかせて沈んで行く浜楸のように、久しく長いよ、この袖を涙の波に濡れるのにまかせて。

〔参考歌〕浪間より見ゆる小島の浜ひさ木久しくなりぬ君に逢はずて（拾遺集・恋四・八五六・読人不知。原歌万葉集・巻十一・寄物陳思・二七五三・作者未詳、結句「君に逢はずして」）

我が恋は浪越す磯の浜楸沈みはつれど知る人もなし（新勅撰集・恋二・七六七・俊成）

憂かりけるみ島の浦の藻塩火の燃えて焦がれて世をつくせとや（歌枕名寄・摂津三・三島・現六・四二一七・作者不記。夫木抄・雑七・みしまのうら、摂津又伊与或肥後・うら、現存六・一一六五三・読人不知。拾遺風体集・恋・三一二・衣笠内大臣（家良）、下句「燃えつ焦がれつ身をつくすとも」）

田子の浦の海人とやさらばなりなまし濡れそふ袖の波にまかせて（為家千首・恋・六八三）

〔類歌〕七十年の波をりかくる浜楸久しや我が身しほたれてのみ（宗良親王千首・雑・浜楸・八〇八）

〔他出〕夫木抄・雑七・みしまのうら、摂津又伊与或肥後・御集、楸・一一六五二、結句「君にまかせて」。

〔語釈〕○**楸**　『古今六帖』（第六・木）の「ひさぎ」。○**沈み行くみ島の浦の浜楸**　「沈み行く身」から「み」を掛詞に「三島の浦の浜楸」へと鎖る。「沈み行く」（↓80）は、「浜楸」にもかかる。「楸」は、「ひさぎ」の同音から、次句の「久し」を起こす序でもある。一般的に、「三島の浦」は、摂津国の歌枕で、現在の大阪府高槻市に地名として残る「三島江」付近にあったであろう河口あるいは海浜を言うか。参考の「憂かりける」歌の他に、好忠の「波の打つみ島の浦のうつせ貝むなしきからに我やなりなん」（続後撰集・雑下・一二二六・好忠。万代集・雑三・三三八五、四句「むなしきからと」）が、宗尊の視野に入っていた可能性があるであろう。なおこれは、『好忠集』（四六四）では、「たつみ」の題で、初句「波のたつ」四句「むなしきからと」とある。物名で「たつみ」を詠み込んだのであろうから、本来の初二句は「波のたつみ島の浦の」であろう。**○袖を浪にまかせて**「浜楸」が波の打ち寄せるままに濡れる様の比喩で、袖を涙の波で濡れるのに委ねざるを得ないことを言う。

〔補説〕 参考歌の「憂かりける」詠は、諸集の詞書等から見て、『現存六帖』の散佚部分に収められていた家良の作と思しい。宗尊が目にした可能性は少なくないであろう。

槇

いかがせん我《われ》おほしてふ杣山の槇の古木《ふる》のうれはしきこと

〔現代語訳〕 槇

どうしようか。私が烏帽子を被ったという仙洞、その杣山に生える真木の古木のように、今は古烏帽子となったのが、嘆かわしいことだ。

〔本歌〕 あしひきの山田のそほづおのれさへ我をほしてふうれはしきこと（古今集・雑体・誹諧歌・一〇二七・読人不知）

〔参考歌〕 見ずひさになりぞしにけるをすて山槇の古木の苔深きまで（新撰六帖・第六・まき・二四四二・為家。現存六帖・まき・六九四）

〔語釈〕 ○槇 『古今六帖』（第六・木）の「ま木（まき）」。「真木」「柀」とも表記。優れた木のことで、檜や杉などの建築用材の木の総称。○いかがせん →177。○我おほしてふ 誹諧歌である本歌は、「我を欲してふ」の意に解されているが、該歌の場合それは当たらないであろう。『八雲御抄』（巻四・言語部・料簡言）に、この『古今集』歌に注して、「われをほしといふは、烏帽子といふといへり。古烏帽子になる故なり。それが無下におぼゆることがうれはしきなり」とある。契沖『古今余材抄』は、「八雲御抄には、我を烏帽子にせん、といふごとく注させ給へるは、いかがおぼしめしけるにか、おぼつかなし」と批判し、現在では顧みられない解釈であろう。宗尊はこの説に従ったのではないだろうか。仮にそうだとしてもなお、「てふ」の意味が釈然としないが、一応自分の元服を他人事のように言ったと解しておく。宗尊が元服して烏帽子を被るのは、十一歳の建長四年（一二五二）正月八日（増鏡）であった。○杣山 用材となる木々が繁った山。ここはあるいは、宗尊が元服した仙洞を暗喩するか。

〔補説〕 参考歌の為家詠は、「あだへゆく小為手《をすて》の山の真木の葉も久しく見ねば苔生ひにけり」（万葉集・巻七・雑歌・一二一四・作者未詳）を本歌にする。「小為手の山」は、紀伊国の所在未詳の所名。

檜

杣山の峰の檜原と侘《わ》び人の絶《た》えぬ嘆《なげ》きといづれ繁《しげ》けん

〔本文〕 ○底本第二句の「檜原と」の「と」は「の」に上書き。○底本結句「いつれしけ、けん」を、「、」は衍字と見て私に「いづれ繁けん」に改める。

〔現代語訳〕 檜

杣山の峰の檜原（の繁茂）と、侘び人の絶えることのない嘆き（の頻繁さ）と、どちらがより密であろうか。

〔参考歌〕 夕されば物思ふ袖と荻の葉と置きあへぬ露のいづれ繁けん（秋風抄・秋・晩露・五九・道家。秋風集・秋

上・二五四）

杣山の梢に重る雪折れに絶えぬ嘆きの身をくだくらむ（新古今集・雑上・一五八二・俊成）

〔語釈〕 **○檜**　これ一字の歌題は珍しいか。**○峰の檜原**　良経の『千五百番歌合』詠「三室山峰の檜原のつれなきをしをる嵐に霰降るなり」（冬二・一八九二）あたりから詠まれ始めた詞。宗尊の同時代では、『宝治百首』の知家詠「繁りあふ峰の檜原に杣立てている山人のやむ時もなし」（雑・杣山・三五七七）がある。**○嘆き**　「杣山」「檜原」「繁けん」の縁で、「き」に「木」が響く。**○繁けん**　形容詞「しげし」の未然形の古形「しげけ」に助動詞「む（ん）」が付いたもの。

椎

はし鷹《たか》のとかへる山にありといふしひて《ゐ》つれなく世《よ》をしたふかな

〔現代語訳〕 椎

はし鷹の羽が生え変わり色を変える山にあるという色を変えない椎、そのように強いてさりげなく、この世の中を慕うことであるな。

〔本歌〕 忘るとは恨みざらなむはし鷹のとかへる山の椎は紅葉ぢず（後撰集・雑二・一一七一・読人不知）

〔他出〕 中書王御詠・雑・六帖の題の歌に・椎・二六九。

〔語釈〕 **○椎**　『古今六帖』（第六・木）の「しひ」（題目録には見えない）。**○はし鷹**　鷂。小型の鷹の一種。「はし鷹の」は、「とかへる」の枕詞とも解される。**○とかへる**　鷹の羽毛が秋から冬にかけて生え変わり色を変えること。元いた所に戻ることともいうが、採らない。**○しひて**　前句までは序詞で、「椎」から同音の「強ひて」を起こし、「したふ」にかかる。**○つれなく世をしたふかな**　「つれなき世」とあれば、理解しやすいが、「つれなく」の場合、

「したふ」にかけて解さざるを得ない。そ知らぬふりをして、の意に解しておく。
〔補説〕 序詞「はし鷹のとかへる山にありといふ椎」が、「強ひてつれなく世をしたふかな」の比喩でもあるとすれば、色を変えない椎が宗尊自身、はし鷹が羽毛の色を変えることが様変わりする世間、ということになり、そのような世間をしかし、慕わざるをえないことの述懐か。

榁

つれなさのこれや憂《う》き身のともの浦寂《うらさひ》しく立《た》てる磯のむろの木

〔現代語訳〕 榁《むろ》
やりきれない切なさの、これがこの憂苦の身の友か、鞆の浦に寂しく立っているむろの木よ。

〔本歌〕 鞆の浦の磯のむろの木見るごとにあひ見し妹は忘られむやは（新勅撰集・雑四・一三二三・旅人。五代集歌枕・ともの浦　鞆浦　備後・一〇六八、結句「忘られんや《ママ》」。原歌万葉集・巻三・挽歌・四四七、三句「見むごとに」結句「忘らめやも」）

〔参考歌〕 月はよもすみもわびじを世の中に憂き身の友といかが頼まん（続後撰集・雑中・一一一〇・信実）

〔語釈〕 ○榁『古今六帖』（第六・木）の「むろ」。「むろのき（榁・室の木）」のこと。「榁」は、古訓に「かはやなぎ」と「むろ」がある。ひのき科の「杜松（ねず）」の古名と言い、それには、山地・丘陵に自生する常緑低木の「タチムロ」と、海岸に自生する葡蔔性の「ハイムロ（はいねず）」があるという。しかし、後者では、本歌や該歌の景趣とは齟齬がある。前者の常緑低木である「タチムロ」も、時に一〇メートル程に達するというのであれば、これに当たるともされる。また、「イブキ」（柏槙）のこととも、「モロギ」のこととも言う。あるいはまた、「榁」が、「ぎよりう（御柳）」という別種の木を指すという説もある。いずれにせよ、宗尊詠が、旅人歌を本歌に、海辺に印象深く立つ木を思い描いていることだけは確かであろう。澤瀉久孝『万葉集注釈』（昭三三、中央公論社）、西宮一民『万葉集全注』（昭五九、有斐閣）等参照。**〇これや憂き身のともの浦**　「とも」を掛詞に「これや憂き身の友」から「鞆の浦」へ鎖る。「鞆の浦」は、備後国沼隈郡（現広島県福山市）の歌枕。

〔補説〕『夫木抄』に詞書「六帖題御歌、むろの木」、作者「中務卿のみこ」として見える「昔へを思へば遠し岩屋戸に根延ふむろの木幾世経ぬらん」（巻二十九・枌・一四〇二三）は、宗尊の作である可能性が高く、それは、「岩屋戸に根延ふむろの木なれ見れば昔の人をあひ見るがごと」（古今六帖・第六・むろ・四二八二・作者不記）と為家の「世世かけて思へば遠し葦原や中つ国よりならふ言の葉」（新撰六帖・第五・ことのは・一七九二。万代集・雑二・三〇六六。為家集・雑・一四二六）に拠った作であろう。

梅

梅の花ただ一時を盛《さか》りにて身〔の〕なる果《は》てはすさまじの世《よ》や

〔本文〕〇底本第四句「身なるはては」は、歌意から、「身の」の「の」を誤脱したと見て私に「の」を補い、「身〔の〕なる果ては」に改める。

〔現代語訳〕梅

梅の花がただ一時を盛りとして、（花は散り）実の生る果てとなるように、我が身も一時を盛りとして、この身が成り行く果ては、寒々ともの寂しい人生よ。

〔参考歌〕梅の花咲きての後のみなればやすきものとのみ人のいふらむ（古今集・雑体・誹諧歌・一〇六六・読人不知）

〔語釈〕〇梅　『古今六帖』（第六・木）の「むめ」。**〇身〔の〕なる果ては**　類例は、「埋もれ木の花咲くこともなかりしに身のなる果てぞ悲しかりける」（平家物語覚一本・巻四・宮御最期・二九・頼政。同延慶本・第二中・源三位入道自害事・七六、結句「哀れなりける」）が見える。「身」「なる」は、「梅の花」の縁で、「実」「生る」が掛かる。

〔補説〕「ただ一時を盛りにて」は、将軍在位のときを言ったものであろう。「桜」を題とする次歌と一対。「すさまじの世」は、新奇な措辞である。伏見院は、これを次のように用いている。

春べとてまた霞立つ時はあれど我が身一つはすさまじの世や（伏見院御集・霞・六七一）

年暮れて荒れたる空の雪霰降るにつけてはすさまじの世や（伏見院御集・除夜述志・一九二〇。伏見院御集冬部・歳暮・三八）

遇合か該歌からの影響かの問題については、さらに考究する必要があろう。

桜

今《いま》こそあれ我《われ》も桜の一盛《さか》り花咲《さ》く春はありしものなり

〔現代語訳〕桜

今でこそこうであるのだけれど、私も、桜が一盛り花咲く春を迎えるように、花が咲いた栄えの春はあったものなのである。

〔本歌〕今こそあれ我も昔は男山さかゆく時もありこしものを（古今集・雑上・八八九・読人不知）

いざ桜我も散りなむ一盛りありなば人に憂きめ見えなむ（古今集・春下・七七・承均）

三千年になるてふ桃の今年より花咲く春にあひにけるかな（拾遺集・賀・二八八・躬恒。和漢朗詠集・三月三日付桃・四四）

いにしへの倭文の苧環賤しきも良きも盛りはありしものなり（古今集・雑上・八八八・読人不知）

〔語釈〕○桜『古今六帖』（第六・木）の「さくら」。

〔補説〕「一盛り花咲く春」は、将軍在位のときを言ったものであろう。「梅」を題とする前歌と一対。
本歌の三代集歌四首の詞に負っている。四首全てを「本歌」と見るべきかについては異論もありえようが、少なくとも、実朝にも通じるこのような詠み方は、幅広い和歌の知識に基づいた、そしてそれに大きく依存することを厭わない、宗尊なりの意識的方法であったかと考える。『瓊玉和歌集新注』130、150、351、367、492等の補説等および解説参照。

梨

さても我《われ》無き名をおふのうらなしの身はいたづらになり《成》にけるかな

〔本文〕〇底本第二句の「おふの」は、「ふ」の上に「ほ」を上書きする。原本文に従う。

〔現代語訳〕梨
それにしても私よ、麻生の浦の梨の実が虚しく生る、ではないが、無実の罪の評判を負う、裏無しの下心がないこの身は、虚しくなってしまったのであったな。

〔本歌〕麻生の浦に片枝さし覆ひなる梨のなりもならずも寝て語らはむ（古今集・東歌・伊勢歌・一〇九九）

〔参考歌〕さても我いかになるみの浦なれば思ふ方には遠ざかるらん（続古今集・羇旅・九三三・安嘉門院右衛門佐）
昔見し片枝もいかになりぬらん身はいたづらにをふの浦梨（続後撰集・雑上・一〇三〇・忠定）

〔語釈〕〇**梨**　『古今六帖』（第六・木）の「なし」。〇**無き名をおふのうらなしの身**　「無き名を負ふの心《うら》無しの身」に「麻《を》生《ふ》の浦梨の実」が掛かる。「麻生の浦」は、伊勢国の歌枕だが、所在・実態は不明。〇**いたづらになり**　無為なものとしてはかなくなる意に、「梨」「実」の縁で、むだに生る意が掛かる。有名な伊尹の「あはれとも言ふべき人は思ほえで身のいたづらになりぬべきかな」（拾遺集・恋五・九五〇）の下句は、我が身がむなしく死んでしまうに違いないことだな、の意で、該歌とは意味が異なるが、宗尊がこの歌を意識した可能性は見てよいかもしれない。

〔補説〕「無き名をおふのうらなしの身」は、文永三年（一二六六）七月の突然の将軍廃位が自らに起因するものではなく、何の含む所もないことを言い表したものであろう。それなのに、自身が空虚な存在になったことを嘆く述懐の歌。

樗

223

いかがせんかかる憂《う》き世にあふち咲く浅間《あさま》の杜のあさましの身や

〔現代語訳〕樗

どうしようか。このような憂く辛い世に逢っている、樗が咲く浅間の杜ならぬ、あさましく嘆かわしいこの身であるよ。

〔参考歌〕雲晴れぬ浅間の山のあさましや人の心を見てこそやまめ（古今集・雑体・誹諧歌・一〇五〇・中興）

あふちさく花に隠れて時鳥名こそあさまの杜に鳴くなれ（百首歌合建長八年・夏・九三三・忠定）

〔他出〕夫木抄・雑四・あさまのもり、国末勘之・御集、樗・一〇〇七六。

〔語釈〕○**樗**　『古今六帖』（第六・木）の「あふち」。「楝」とも書く。「栴檀」の古名。夏に薄紫の花を付ける。○**いかがせん**　→177。○**世にあふち咲く**　「世に逢ふ」から「樗咲く」へと鎖る。○**浅間の杜の**　信濃国の歌枕「浅間山」の「杜」を言うか。宗尊と同時代では、参考歌の他には、幕府御家人で宇都宮氏の一族笠間時朝に「夜もすがら待ちあかしつる郭公浅間の杜に今ぞ鳴くなる」（時朝集・杜郭公・一六九）の作例が見える程度。同音の縁で次句の「あさまし」を起こす。○**あさましの身や**　あきれるほどひどく情けない身よ、ということ。梢少将公重の「音羽川音に立ててはいはねども浅間の嶽のあさましの身や」（風情集・五九〇）が早いか。家隆に「しかりとて直き心も世に絶えずまじる蓬のあさましの身や」（壬二集・雑・述懐歌あまたよみ侍りしとき・三〇七九）、家長に「世とともに消えぬ思ひを信濃なる同じ煙のあさましの身や」（洞院摂政家百首・恋・不遇恋・一一六二）の作例がある。これらを宗尊が目にした可能性はあろうか。

〔補説〕「あふち」と「浅間の杜」の取り合わせは、参考歌の忠定詠に倣ったか。建長八年（一二五六）の『百首歌合』の歌に拠ったかと思しい宗尊の歌は、他にも散見される。

橘

遠《とを》からぬ我が昔《むかし》のみ恋しきに見《み》し世《よ》に匂《ほ》へ軒の橘《たち花》

〔現代語訳〕橘

遠くない私の昔ばかりが恋しいので、私がかつて見た世だと、思い出させて匂ってくれ、軒の橘よ。

〔参考歌〕昔をば花橘のなかりせば何につけてか思ひ出でまし（後拾遺集・夏・二一五・高遠）

帰り来ぬ昔を今と思ひ寝の夢の枕ににほふ橘（新古今集・夏・二四〇・式子）

〔他出〕中書王御詠・夏・六帖の題の歌に・橘・六八。

〔語釈〕○**橘**　『古今六帖』（第六・木）の「たち花（たちばな）」。○**見し世に匂へ**　かつて見た世と同じに、それを思い出させるものとして薫ってくれ、との趣意か。家隆の「夏もなほ月やあらぬとながむれば昔にかをる軒の橘」（老若五十首歌合・夏・一四七）は、「月やあらぬ春や昔の春ならぬ我が身一つはもとの身にして」（古今集・恋五・七四七・業平。伊勢物語・四段・五・男）を本歌にし、慈円の「橘の風を涙に吹きためて昔にかをる袖ぞ悲しき」（拾玉集・詠百首和歌・夏・三六〇〇）は、補説の「五月待つ」歌を本歌にするが、両首の「昔にかをる」は、「見し世に匂ふ」

と類似した意味であろう。後代になるが、東常縁の「忘られぬ心をなほや誘ふらむ昔に匂ふ軒の橘」（常縁集・夏・盧橘・七六）があるが、この「昔に匂ふ」も、同様の意味であろう。

〔補説〕 参考歌の両首も該歌も、大枠では、「五月待つ花橘の香をかげば昔の人の袖の香ぞする」（古今集・夏・一三九・読人不知）から派生した歌。

225

柞

柞原《はゝそ》風の便《たよ》りに音もせず憂《う》き木《こ》の下《もと》の秋の夕暮《ゆふくれ》

〔現代語訳〕 柞

柞原は、吹き来る風に、音を立てることもない。そのように、ふと寄せられる消息に、返信することもない。つれない柞の木の下の、憂鬱なる秋の夕暮よ。

〔本歌〕 時ならで柞の紅葉散りにけりいかに木の下寂しかるらん（拾遺集・哀傷・一二八四・村上天皇）

〔参考歌〕 色かへぬ松吹く風の音はして散るは柞の紅葉なりけり（千載集・秋下・三七五・朝仲）

〔語釈〕 **○柞** 『古今六帖』（第六・木）の「ははそ」。柞は、ぶな科の落葉高木、楢や櫟の類の総称。**○風の便り** 漢語の「風便」「風信」に当たる。風が吹いて来ること、風が吹く機会の意。「音」の縁で、ふとした機会に寄せられる消息の意が掛かるか。**○音** 物音の意に、「風の便り」の縁で、返信の意が掛かるか。**○憂き** 柞原が風に音を立てないことがつれないの意に、自分が憂く辛いの意が重なる。

〔補説〕 「柞原」が「風」に音を立てないとするのは、既に散った柞を想定しているのか、あるいは散る柞をむしろ視覚で捉えようとする意図なのか、よく分からない。参考歌を踏まえて、後者と見ておく。

柏

楢《なら》の葉のもろく落《お》つるを涙にて時雨降《ふ》り置《を》ける袖《そで》の上《うへ》かな

〔現代語訳〕 柏

楢の葉がもろくも散り落ちるのを、我が涙のそれとして、時雨が楢の葉に降り置いたように、涙の時雨が降り置いている袖の上であることだな。

〔本歌〕 神無月時雨降り置けるならの葉の名に負ふ宮のふるごとぞこれ（古今集・雑下・貞観御時、万葉集はいつ許作れるぞと、問はせ給ひければ、よみて奉りける・九九七・文屋有季）

〔語釈〕 **○柏** 『古今六帖』（第六・木）の「かしは」。「柏」は、ブナ科の落葉高木。ただし宗尊は、同じブナ科の落葉高木の「楢の葉」を詠む。これは「楢柏」（「楢」や「柏」と同じブナ科の落葉高木）あるいは「楢の葉柏」（楢の木の葉の意）からの誤用か通用か。→補説。 **○楢の葉のもろく落つるを涙にて** 楢の葉がはかなく散り落ちる様子を、自分の涙のことと見て、ということ。「もろく落つる」は、新鮮な表現。京極派に通う。為兼に「冬の来て木の葉吹きしく山陰に鹿も涙やもろく落ちそふ」（為兼鹿百首・冬・初冬・五五）、伏見院に「冬来れば枝に木の葉の力弱み風をかごとにもろく落つなり」（伏見院御集・落葉・一五八八）、後伏見院に「山嵐にもろく落ちゆく紅葉葉のとどまらぬ世はかくこそありけれ」（風雅集・雑上・風前落葉といふ事をよませ給ひける・一五九三）の作がある。 **○時雨降り置ける** 本歌の詞を取り、「楢の葉」に時雨が降り置いている意に、涙の比喩の時雨が袖の上に降り置いている意が重なる。

〔補説〕 「楢柏」の作例は、『為忠家後度百首』の「楢柏その八枚手《やひらで》をそなへつつ宿のへつひに手向けつるかな」（雑・神祭・七〇四・親隆）や、覚性法親王の『出観集』の「冬来れば遠方野辺の楢柏朝吹く風の声ぞ寂しき」（冬・初冬の心を・五二一。万代集・冬・一二七二）が早い。『正治初度百首』に「楢柏末葉に夏やなりぬらん木陰涼しき蜩の声」（夏・一三八・惟明）がある他、『閑谷集』（一九一）や『明日香井集』（五五七）にも用例が見える。一方、「楢の葉柏」は、「榊とる卯月になれば神山の楢の葉柏元つ葉もなし」（後拾遺集・夏・一六九・好忠）を初めとして多くの作例が存する。宗尊に近い時代の、『新撰六帖』（第六）の「かしは」で、信実は「佐保山の楢の柏木また生えの元つ葉繁み紅葉しにけり」（二四七九）、真観は「山風に楢の葉柏音高しすむみみづくも聞きやおどろく」（二四八〇）と詠んでいる。以上から、宗尊が「柏」題で「楢の葉」を詠むことも、ありうべきことであったかと思われる。

花

色変《か》はる憂《う》き世《よ》の花の一盛《さか》りありしをよしや思《おも》ひ出《て》にして

〔現代語訳〕 花

様子が変わるつれない世の中で、色があせ衰える花も一時の盛りがあるように、私にも束の間の栄華があったものを、ままよそれでもかまわない、思い出にして。

〔本歌〕 いざ桜我も散りなむ一盛りありなば人に憂きめ見えなむ（古今集・春下・七七・承均）

〔参考歌〕 今はただ昔ぞ常に恋ひらるる残りありしを思ひ出にして（詞花集・雑四・三四三・伊通）

我もしかありしものなり山桜あはれはかなき一盛りかな（現存六帖・やまざくら・六一九・信実）

〔他出〕 夫木抄・春四・花・御集、落花・一四六二。

〔語釈〕 **○花** 『古今六帖』（第六・木）の「はな（花）」。**○色変はる** 「色」は、世の中の様子・気配の意に、花の容色・色合いの意が掛かり、「世」と「花」の両方にかかる。**○ありしを** 「を」は、接続助詞でも格助詞でも通意。その曖昧さのままに解しておく。

〔補説〕 「花の一盛り」は、将軍在位のときを言ったと思しく、221と類想。

228

紅葉

類無《たくひな》き身とや嘆《なけ》かん秋山の木の葉《は》に変《か》はる色《いろ》の見えずは

〔現代語訳〕 紅葉

比べるものがないこの身と嘆こうか。秋山の木の葉に、もし変化する色が見えないものならば。いや、秋山の木の葉には変わる色が見えるのだから、自分もその類として嘆こう。

〔参考歌〕 秋山の木の葉も今は紅葉ぢつつ今朝吹く風に霜置きにけり（続後撰集・秋下・四一四・人麿）

冬来ては時雨ぞいたくまさるらし木の葉に変はる色は見えねど（紫禁集・同〔建保四年三月十五日〕頃、二百首和歌・八五六。万代集・冬・一二九六・順徳院）

〔語釈〕 ○紅葉 『古今六帖』（第六・木）の「もみぢ（紅葉）」。

〔補説〕 やや分かりにくい歌。「類無き身とや嘆かん」は反語表現だが、嘆かないと言っているのではなく、比較するものが無い身として嘆くことはしない、同類のものがあってそれと同じような身だと嘆こう、という趣旨か。つまり、「秋山の木の葉」にはあたりまえに変色が見えるが、我が「身」もその同類であって、（栄華から）様変わりしていて、それを嘆く、ということか。

229

鶴

近江路《あふみち》を朝立《た》ち来《こ》しも涙にてたづの音《ね》にのみ我《われ》ぞなかれし

〔現代語訳〕 鶴

近江路を朝に立って来たのも涙のなかで、立つならぬ鶴《たづ》の鳴く音とばかり、私の方が自然とただ声をあげて泣いたのだ。

〔本歌〕 近江より朝立ち来ればうねの野にたづぞ鳴くなる明けぬこの夜は（古今集・大歌所御歌・近江ぶり・一〇七一）

〔参考歌〕 下紐のゆふつけ鳥の声立てて今朝の別れに我ぞなきぬる（続後撰集・恋三・八二一・読人不知）

〔語釈〕 **○鶴** 『古今六帖』（第六・鳥）の「つる」。**○たづ** 鶴の歌語。「田鶴」とも書く。「近江路」「立ち来し」の縁で、「立つ」が掛かると見る。**○音** 鶴の鳴く音の意に、「涙」の縁で、泣き声の意が掛かる。**○なかれし** 「泣かれし」に「たづ」の縁で「鳴（く）」が掛かる。

〔補説〕 文永三年（一二六六）七月に失脚して帰洛する途次の感懐か。

鶏

忘《わす》れめや鳥の初音《はつね》に立ち別《わか》れなく〳〵出でし故郷《ふる》の空《そら》

〔現代語訳〕 鶏

忘れようか（忘れはしない）。鶏が鳴く朝の初音とともに立ち別れ、泣く泣く出たあの故郷の空を。

〔参考歌〕 言問へよ思ひおきつの浜千鳥なくなく出でし跡の月影（新古今集・羈旅・九三四・定家）

〔他出〕 中書王御詠・雑・旅歌とて・二三一。

〔語釈〕 **○鶏** 『古今六帖』（第二・宅）の「にはとり」。前後は、『古今六帖』第六帖の部類「鳥」の各題が配されているので、ここもその部類の下にある「とり」（「鶏」は「とり」とも訓むし、「とり」が鶏を言う場合もある）に当たるようにも思われるが、『古今六帖』『新撰六帖』の「とり」題では、鶏は詠まれていない。ここは、第二帖の「にはとり」題を、第六帖の「鳥」に寄せて一括して配したのであろう。234「雉」、235「山雉（山鳥か）」、239「鶉」、241「千鳥」も同様か。**○忘れめや** →45。**○なくなく** 「泣く泣く」に「鳥の初音」の縁で「鳴く（鳴く）」が掛かる。

○故郷　鎌倉を言うか。京都にも解される。↓22。↓補説。

〔補説〕　文永三年（一二六六）七月八日に、京都へ向けて鎌倉を出発した朝を思い起こした感懐と見てよいだろうか。しかしまた、建長四年（一二五二）三月十九日に、鎌倉へと京都を立った朝のことを遠く思い出した感懐と解されなくもないか。参考歌の定家詠は、「君を思ひ興津の浜に鳴く鶴のたづね来ればぞありとだに聞く」（古今集・雑上・九一四・忠房）を本歌に、『伊勢物語』の「名にし負はばいざ言問はむ都鳥我が思ふ人はありやなしやと」（九段・一三・男）と「月やあらぬ春や昔の春ならぬ我が身一つはもとの身にして／とよみて、夜のほのぼのと明くるに、泣く泣く帰りにけり」（四段）をも踏まえた作と考える。従って、この「おきつ」（「置きつ」との掛詞）は、本歌の詞書「貫之が和泉の国に侍りける時に」を踏襲した和泉国の歌枕ではなく、昔男（業平）の東下りを念頭に置いた駿河国のそれと見る。宗尊が定家詠をそのように解していたとすれば、「故郷の空」は、京都の空を言ったものということになろうか。拙稿「『新古今集』羇旅歌二首試解―「言問へよ」と「宿問はば」―」（『国文鶴見』四三、平二一・三）参照。

　この場合の宗尊の「故郷」意識は、鎌倉と京都の双方に掛かっていたかと見るべき程に区別し難い。↓解説。

231

　　　烏

さえまさる月夜烏の梢より浮《う》かれてなくや吾が身なるらむ

〔現代語訳〕　烏

　一段と冷えまさってゆく月夜、その下に居る烏が梢からふらふらと落ち着かずに鳴くのは、心がうつろに泣く我が身の姿なのであろうか。

〔参考歌〕　暁と夜烏鳴けどこの山の梢の上はいまだしづけし（古今六帖・第六・からす・四四七六・作者不記。万葉集・

巻七・雑歌・一二六三・古歌集、三句「このみねの」)

吹く風に霜置き迷ふみ山辺に月夜烏の声も寒けし(新撰六帖・第六・からす・二六〇一・家良)

月さえて山は梢のしづけきにうかれ烏の夜たた鳴くらん(新撰六帖・第六・からす・二六〇五・真観)

うかれきてさこそは昼と迷ふらめ明くるも知らぬ月の夜烏(現存六帖・からす・八五三・実氏)

〔語釈〕 **○烏** 『古今六帖』(第六・鳥)の「からす」。**○さえまさる月夜烏** 「さえまさる月夜」から「月夜烏」へ鎖る。「月夜烏」の語は、『八雲御抄』(第三・枝葉部・鳥)の「烏」に「月夜」とあるが、古い用例は見えず、作例としては参考歌の『新撰六帖』の家良詠が早い。なお、「夜烏」について、『枕草子』(六十八段。新潮日本古典集成本)は、「夜烏どもの居て、夜中ばかりに寝ね騒ぐ。落ちまどひ、木伝ひて、寝起きたる声に鳴きたるこそ、昼の目にたがひてをかしけれ」という。**○浮かれてなくや吾が身なるらむ** 梢の烏が、落ち着かない様子で鳴いているのが、心落ち着かずに泣いている自分自身のように聞こえる、との趣旨。「なく」は「鳴く」に「泣く」が掛かる。「昔見し雲ゐを恋ひて蘆鶴の沢辺になくや我が身なるらん」(詞花集・雑下・三五〇・公重)に倣うか。烏について、「浮かる」と言う例は、古くは「恨みつつとどむる人のなければや山時鳥うかれでてなく」(寛平御時后宮歌合・六〇・作者不記。袋草紙・八六三・躬恒。新撰万葉集・六五に異伝)があり、「可憎病鵲半夜驚人(あなにくのやもめがらすのよなかにひとをおどろかす)　薄媚狂鶏三更唱暁(なさけなきうかれどりのあけもはてぬにあかつきをとなふる)」(新撰朗詠集・雑・恋・七三二・張文成)という詩句もある。

〔補説〕 どれと特定はできないが、参考歌に挙げた六帖題の「からす」の歌歌に学んだ作であろう。なお、同様の素材・措辞・景趣の歌が、京極派に散見するので、左に例示しておく。

星の影もあかつき近き梢より一声長き月の夜烏(伏見院御集・鳥・一一八二)

月に鳴くやもめ烏の夜の声我も寝覚めに聞きうかれつも(伏見院御集・雑・一四一二)

明け方の寒き林に月落ちて霜夜の烏二声ぞ鳴く(伏見院御集・冬・一五七〇)

明け方の霜の夜烏声さえて梢の奥に月落ちにけり（伏見院御集・冬烏・二二七一）
夜烏は高き梢に鳴き落ちて月しづかなる暁の山（風雅集・雑中・一六二九・光厳院）
朝烏声する杜の梢しも月は夜深き有明の影（風雅集・雑中・一六三六・実明女）

鵲

この秋ぞ身に知《し》られにし鵲《かささぎ》の行《ゆ》き逢《あ》ひの橋の辛《つら》き別れは

〔現代語訳〕　鵲

この秋こそは、我が身にはっきりと分かってしまったのだ。鵲が渡す橋で七夕が行き逢い翌朝にまた辛い別れをする、その恨めしく堪えがたい別れというものは。

〔参考歌〕　夜や寒き衣や薄き鵲の行き逢ひの橋に霜や置くらん（古今六帖・第六・かささぎ・四四八九・作者不記）

〔語釈〕　**○鵲**　『古今六帖』（第六・鳥）の「かささぎ」。**○鵲の行き逢ひの橋**　「鵲」はカラス科の鳥。七夕に天の川に翼の橋を架けて織女を渡すという『淮南子』などに言う中国の伝説が原拠。「七月七日、烏鵲填レ河、成レ橋而渡二織女一」（白孔六帖）。日本の婚姻形態の影響からか、天の川を渡るのが男の牽牛（彦星）へと傾く中で、「彦星の行き逢ひを待つ鵲のと渡る橋を我に貸さなむ」（新古今集・雑下・鵲・一七〇〇・道真）などと詠まれる。

〔補説〕　「この秋」は、本五百首が詠まれた文永三年（一二六六）の秋で、即ち、失脚して鎌倉を追われるように離れた折の別れの辛さを嘆じたものであろう。宗尊が京都へ出発したのは、折しも七月八日で、赤橋の前で輿を鶴岡八幡宮の方に向けて祈念・詠歌している（中書王御詠・二一二）。それを思い起こし、赤橋を「鵲の行き逢ひの橋」に見立てたか。

鷺

立《た》ち出《い》でて夕暮ごとにながむれば鷺《さぎ》飛《と》び渡《わた》る遠《をち》の山ぎは

〔現代語訳〕 鷺

外に立ち出て、夕暮ごとに眺めると、遠くの山際に鷺が飛び渡っていくよ。

〔本歌〕 寂しさに宿を立ち出でてながむればいづくも同じ秋の夕暮（後拾遺集・秋上・三三三・良暹）

〔参考歌〕 逢ふことを夕暮ごとに出で立てど夢路ならではかひなかりけり（後拾遺集・哀傷・六〇一・読人不知）

〔語釈〕 **○鷺** 『古今六帖』（第六・鳥）の「さぎ」。**○遠の山ぎは** 定家の「むら雲の絶え間の影に虹立ちて時雨過ぎぬる遠の山ぎは」（同・草樹上・五六二一。拾遺愚草員外・一字百首・一二）が先行例となる。

〔補説〕 「鷺」は「立つ」あるいは「ゐる」と詠むのが伝統である。「飛ぶ」「渡る」と言う古い例は、『万葉集』の「池神の力士舞かも白鷺の桙啄《く》ひ持ちて飛び渡るらむ」（巻十六・詠二白鷺啄レ木飛一歌・三八三一・奥麿）があるが、これは伎楽の様子を比喩したものであろう。叙景として、「鷺（白鷺）」が「飛ぶ」「渡る」ことを詠むのは、定家の「夕立の雲間の日影晴れそめて山のこなたを渡る白鷺」（拾遺愚草・十題百首・鳥・七五五。玉葉集・夏・四一六）が早い例の一つか。京極派は、これを好み、同歌の他にも『玉葉集』には、雅有の「つららゐる刈田の面の夕暮に山もと遠く鷺渡る見ゆ」（冬・九三三）と伏見院の「田のもより山もとさして行く鷺の近しと見ればはるかにぞ飛ぶ」（雑三・二二六三）を収めている。その伏見院には他にも、「見渡せば秋の夕日の影晴れて色濃き山を渡る白鷺」（伏見院御集・秋夕・九一七、八五一にも）や「ながめこす田のもの上ははるかにて鷺つれ渡る秋の山もと」（同・秋鷺・九八二）の作がある。これらの影響と思しく、『風雅集』には「夕日影田のもはるかに飛ぶ鷺の翼のほかに山ぞ暮れぬる」（雑中・一六四五・光厳院）と「緑濃き日陰の山のはるばるとおのれまがはず渡る白鷺」（同・一七三九・徽安門院）が残されている。該歌は、右の雅有詠にも先行し、伏見院の三首の先蹤とも言える景趣を詠じていると言える。新古今歌人から関東縁故歌人を経て京極派歌人へと繋がる詠みぶりの一例として捉えることができる。

雉

み狩野《かりの》の枯生《かれふ》の雉子《きぎす》いづくにか命待《ま》つ間《ま》の身をも隠《かく》さん

〔現代語訳〕 雉

御狩野の草枯れたところにいる雉は、いったいどこに寿命を待つ間の身を隠すのだろうか。そのように自分は、いったいどこに身を隠そうか。

〔本歌〕 ありはてぬ命待つ間のほどばかり憂き事しげく思はずもがな（古今集・雑下・九六五・貞文）

萩原も霜枯れにけりみ狩野はあさる雉子の隠れなきまで（後拾遺集・冬・三九五・長済）

〔参考歌〕 身を隠すかたなきものは我ならでまたは焼け野の雉子なりけり（万代集・雑一・二七六一・赤染衛門。赤染衛門集・つとめてかへるに雉の隠れ所もなきを見て・四八九）

霜枯れの野田の草根に伏す鳴のなにの陰にか身をも隠さん（新撰六帖・第六・しぎ・二五九七・為家。現存六帖・しぎ・八四八）

み狩野はきじの隠れの程だにも残る草なく霜枯れにけり（百首歌合建長八年・冬・八七二・行家）

〔他出〕 中書王御詠・雑・六帖の題の歌に・雉・二七二。

〔語釈〕 **○雉** 『古今六帖』（第二・野）の「きじ」。歌語としては「きぎす」とも。**○枯生** 草の枯れたところ。為家の「霜さやぐ枯生の蘆のよを寒みあらはに氷るこやの池水」（為家一夜百首・冬・池氷・五七）と「浅茅原枯生の小野の草の上にまじる色なく積もる白雪」（院御歌合宝治元年・野外雪・一五六）、およびその子為氏の「浅緑このめ春雨ふるなへに枯生の小野ぞ色まさり行く」（宝治百首・春・春雨・三四三）が先行例で、その後用例が散見する比較的新奇な詞。

235

山雉

山鳥《とり》の尾《お》ろの長尾《なかを》のうちはへてひとり憂《う》き世になくなくぞ経《ふ》る

〔現代語訳〕 山雉

山鳥の尾の長い尾が長く延びているように、長くうち続いて、ただ独り憂く辛いこの世の中に、山鳥が鳴く鳴くように、泣く泣く月日を過ごしているのだ。

〔参考歌〕 山鳥の尾ろの長尾に鏡掛けとなふべみこそ汝に寄そりけめ（奥義抄・三四八。袖中抄・五一八。和歌童蒙抄・四九〇、下句「となへつつこそなきゆすりけれ」。和歌色葉・一一八、結句「なきおそりけめ」）

山つ鳥尾ろの長尾のを鏡にかかる心を見るやとほづま（万代集・恋二・思不言恋といふことを・二〇二六・仲実）

増鏡影だに見せよ山鳥の尾ろの長尾のなかは絶ゆとも（万代集・恋五・寄鳥恋を・二六九三・承明門院小宰相）

〔語釈〕 **〇山雉** 珍しい歌題。あるいは、『古今六帖』（第二・山）の「やまどり」（山鳥）の誤りか。**〇尾ろの長尾の** ここまで次句の「うちはへて」を起こす序。「尾ろ」は、尾のこと。「ろ」は接尾語。参考歌の「山鳥の」詠の、原歌である『万葉集』の「山鳥の尾ろのはつをに鏡掛けとなふべみこそ汝に寄そりけめ」（巻十四・相聞・三四六八・作者未詳）の異伝。「はつを」は、未詳。**〇ひとり憂き世に** 良経の「奥山にひとり憂き世はさとりにき常なき色を風にながめて」（新古今集・釈教・一九三五）や後鳥羽院の「君かくて山の端深くすまひせばひとり憂き世にものや思はん」（続後撰集・雑中・一二〇〇）に学ぶか。**〇うちはへて**　山鳥の尾が長く延びての意に、時が長くうち続いての意が掛かる。**〇なくなくぞ経る**　「泣く泣く」に「山鳥」の縁で「鳴く鳴く」が掛かる。「無く（無く）」と「泣く泣く」の掛詞ではあるけれども、『源氏物語』の「見しはなくあるは悲しき世の果てを背きしかひもなくなくぞ経る」（須磨・一七八・藤壺）に始まる句形。鎌倉時代に入ってからまま用いられていく。元久三年（一二〇六）三月七日に急逝した良経を哀悼する家隆と定家の贈答中に家隆の「桜花こふとも知らじかげろふのもゆる春日に泣く泣くぞふる」（壬二集・雑・三一四一。拾遺愚草・雑・二八一三）が見える（「経る」と「降る」の掛詞）。為家には「河合《あひ》や身をうき波に立つ鵆またはためしもなくなくぞ経る」（河合社歌合寛元元年十一月・千鳥・二一）や「み狩りせぬ野守の鏡時にあはでうつし心もなくなくぞ経る」（新撰六帖・第五・かがみ・一六九二）の作があり、『新撰六帖』には他に、家良の「むもれ行く浅茅が庭の鈴虫は秋をかさねてなくなくぞ経る」（第六・すずむし・二二四六）もある。宗尊がこれらを目にした可能性は高いであろう。

鶯

今《いま》は我《われ》物憂《う》かる身となり成はてゝ鶯の音になかぬ日はなし

〔現代語訳〕　鶯

今では、私は物憂くけだるい身となりはてて、鶯が声をあげて鳴くように、憂く辛く声を出して鳴かない日はないよ。

〔本歌〕　春立てど花もにほはぬ山里は物憂かる音に鶯ぞ鳴く（古今集・春上・一五・棟梁）

住の江のまつほど久になりぬればあしたづの音になかぬ日はなし（古今集・恋五・七七九・兼覧王）

〔参考歌〕　花鳥の色をも音をもいたづらに物憂かる身は過ぐすのみなり（後撰集・夏・二一二・雅正）

【語釈】 **○鶯** 『古今六帖』（第六・鳥）の「うぐひす」。**○今は我** →189。**○鶯の音になかぬ日はなし** 「鶯の音に鳴（く）」から「な（く・かぬ）」を掛詞に「音に泣かぬ日はなし」へと鎖る。「物憂かる」の縁で、「鶯」に「憂く」が掛かると解する。

【補説】 参考歌の「花鳥の」の一首も、本歌と見ることができるかもしれない。

郭公

都にもまだ出でやらで郭公いまだ旅《たび》なる音《ね》こそなかるれ

【現代語訳】 郭公

都にもまだ出て行くこともなく、時鳥は、いまだに旅にある声をあげて鳴いている、そのように私もさっと都に出て行けず、いまだに旅にあって、自然と声に出して泣くことだよ。

【本歌】 今朝来鳴きいまだ旅なる郭公花橘に宿は借らなむ（古今集・夏・一四一・読人不知）

【参考歌】 来ぬ人をまつちの山の郭公おなじ心に音こそなかるれ（拾遺集・恋三・八二〇・読人不知）

【語釈】 **○郭公** 『古今六帖』（第六・鳥）の「ほととぎす」。**○まだ出でやらで** 「郭公（時鳥）」について言うのは、家隆の「もろ共にまだ出でやらで時鳥山のあなたの月に鳴くなり」（壬二集・初心百首・夏・二四。一〇三四、二句「まだ出でやらぬ」。二二二六）が早く、為家の「時鳥まだ出でやらぬ峰に生ふるまつとは知るや惜しむ初声」（為家千首・夏・二二三）が続く。宗尊がこれらを目にした可能性はあろう。

【補説】 本五百首を通底する述懐性に照らし、また前後が鳥に寄せた悲嘆の述懐歌であることも考えれば、この歌も単なる旅の時鳥を詠んだものではなく、文永三年（一二六六）七月に失脚して帰洛する途次の旅の悲哀を回想して詠じたものと見るべきであろう。

雁

浮《う》かれ来《く》る雲井の雁も我がごとや都の秋の月になくらん

〔現代語訳〕 雁

さすらい来る雲居の雁も、私がさまよいながら帰って来たこの都の秋の月に泣くのと同じように、都の秋の月に鳴いているのだろうか。

〔本説〕 雁の鳴き渡る声、ほのかに聞こゆるに、幼き心地にも、とかく思し乱るるにや、「雲居の雁も我がごとや」とひとりごち給ふ気はひ、若う、らうたげなり。（源氏物語・乙女）

〔参考歌〕 逢坂のゆふつけ鳥も我がごとや越えゆく人のあとになくらむ（新勅撰集・雑二・一一七〇・知家）

〔語釈〕 **○雁** 『古今六帖』（第六・鳥）の「かり」。**○浮かれ来る** 「浮かれ来」は、中世から詠まれ始める措辞で、「くだかけはいづれの里を浮かれ来てまだ夜深きに八声なくらん」（正治初度百首・鳥・七九五・忠良）が早い。その後は、為家の「咲きそむる花のところを限りにて今日幾里を浮かれ来ぬらん」（万代集・春上・一九五）や、実氏の「浮かれ来てさこそは昼と迷ふらめ明くるも知らぬ月の夜がらす」（現存六帖・からす・八五三）がある。これらから、ふらふらとさまようようにやって来る意味に解される。宗尊は、別に補説に挙げた歌をものしているが、必ずしも伝統的ではない新奇な措辞にも敏感な宗尊の姿勢が窺われる。ここでは、雁がさすらって戻って来る意に、宗尊自身の鎌倉からさまようように帰洛した意が掛かるか。**○我がごとや** 「あしひきの山郭公我がごとや君に恋ひつつ寝ねがてにする」（古今集・恋一・四九九・読人不知）が原拠。**○なく** 自分が「泣く」に、雁が「鳴く」が掛かる。

〔補説〕 本説は、内大臣（頭中将）の女で祖母大宮のもとに預けられていた雲居の雁が、幼なじみから恋仲となった夕霧との関係を知った父内大臣の、雲居の雁を自邸に引き取る意向に対し、夕霧とともに悩む場面。「雲井の雁も我がごとや」の引き歌は、古歌と思しい。『源氏釈』『奥入』『紫明抄』は、「霧深き雲居の雁もわがごとや晴れせずものの悲しかるらん」を注する。ちなみに、伏見天皇の永仁元年（一二九三）八月十五日の『永仁元年内裏御会』で詠まれた「鳴きかはす雲居の雁の心にも我がごと月に物や悲しき」（月前雁・九六・定成）は、同歌を本歌にしたと思われる。

なお、宗尊は、「文永三年秋の頃、初雁を聞きて」（詞書）として、「我もさぞよをあき風に浮かれ来て都にわぶる初雁の声」（中書王御詠・秋・九五）という類歌を詠んでいる。

鶉

古郷を思ひやるこそあはれなれ鶉鳴《うつらな》く野とな《成》りやしぬらん

〔現代語訳〕 鶉

故郷を思いやるのは、なんとも哀れに寂しい。鶉が鳴く野となってしまっているのだろうか。

〔本歌〕 年を経て住みこし里を出でていなばいとど深草野とやなりなむ（古今集・雑下・九七一・業平。伊勢物語・百二十三段・二〇六・男）

〔参考歌〕 住みなれし我が古里はこのごろや浅茅が原に鶉鳴くらん（新古今集・雑中・三井寺焼けて後、住み侍りける房を思ひやりてよめる・一六八〇・行尊）

〔他出〕 中書王御詠・雑・東の故郷を思ひやりて・二五三。

〔語釈〕 **○鶉**　『古今六帖』（第二・野）の「うづら」。**○古郷**　ここは鎌倉の居所を言う。→22。

240 鴫

霜さゆる室《むろ》の刈《かり》田に立《た》つ鴫の羽《はね》かく数や我《わ》が思ふこと

【現代語訳】 鴫

霜が冷たく冴える室の刈田から飛び立つ鴫の、羽を羽ばたかせる多くの数は、私があれこれ思案することの数だ。

【本歌】 暁の鴫の羽がき百羽がき君が来ぬ夜は我ぞ数かく（古今集・恋五・七六一・読人不知）

【参考歌】 我が門のおくての引板におどろきて室の刈田に鴫ぞ立つなる（千載集・秋下・三二七・兼昌）

百羽がき羽かく鴫も我がごとく朝《（あした）》わびしき数はまさらじ（拾遺集・恋二・七二四・貫之）

暁の鴫の羽がきかきもあへじ我が思ふことの数を知らせば（続後撰集・雑中・一一五七・土御門院。万代集・雑一・二八八八。土御門院御集・寄暁述懐・四）

【語釈】 **○鴫** 『古今六帖』（第六・鳥）の「しぎ」。**○室の刈田** 促成のための室で育てた早稲を植えて刈り取ったあとの田。

241 千鳥

聞《き》けばまた《又》いとど昔の恋しきに寝《ね》覚めの千鳥《ちとり》心して鳴《な》け

【現代語訳】 千鳥

その声を聞くとまたいっそう、昔が恋しいから、私が寝覚めに聞く千鳥は心して鳴いてくれ。

【本歌】 暁の寝覚めの千鳥誰がためか佐保の河原にをちかへり鳴く（拾遺集・雑上・四八四・能宣）

〔参考歌〕 近江の海夕波千鳥鳴くなれば心も知らぬ昔思ほゆ（古今六帖・第二・くに・一二六五・作者不記。綺語抄・四七一、五八七、三・四句「なが鳴けば心もしのに」）
女郎花見るに心はなぐさまでいとど昔の秋ぞ恋しき（新古今集・哀傷・七八二・実頼。和漢朗詠集・秋・女郎花・二八一。伊勢集・七九。古今六帖・第五・むかしをこふ・二九〇八・作者不記）
時鳥心して鳴け橘の花散る里の五月雨の空（千五百番歌合・夏一・六六〇・後鳥羽院。後鳥羽院御集・四二三。万代集・夏・七一一）

〔語釈〕 ○千鳥 『古今六帖』（第三・水、第六・鳥）の「ちどり（千鳥・千どり）」。

馬

今は我《われ》野原のあさる春駒の放《はな》たれてのみ世《よ》をや過《す》ぐさん

〔現代語訳〕 馬
今は私は、野原の餌をあさる春駒が解き放たれているそれではないが、追い放たれてばかりで、この世を過ごしてゆくのだろうか。

〔本歌〕 厭はるる我が身は春の駒なれや野飼ひがてらに放ち捨てつる（古今集・雑体・誹諧歌・一〇四五・読人不知）

〔参考歌〕 水隠りに蘆の若葉や萌えぬらん玉江の沼をあさる春駒（千載集・春上・三五・清輔）
刈らぬより美豆の入江の草若みかげも離れずあさる春駒（為家五社百首・春・春駒・石清水・七九）
春日野のにひ若草につながれて立ちも離れずあさる春駒（為家五社百首・春・春駒・春日・八一）

〔語釈〕 ○馬 『古今六帖』（第二・人）の「むま」。○今は我 →189。○野原のあさる春駒の 「放たれて」を起こす序。○放たれて 馬が解き放たれての意に、追放されて・罷免されて・うち捨てられての意が掛かる。鎌倉を追われ、将軍職を解かれ、人々から遠ざけれていることを寓意するか。先行例は、「夜の鶴都のうちに放たれて子を恋ひつつもなき明かすかな」（詞花集・雑上・三四〇・高内侍）や「あしてなきかにの大野に放たれてする方もなき身をいかにせん」（散木奇歌集・恨躬恥運雑歌百首・一四二九）。

鹿

物思《おも》へば我《わ》がためならぬ鹿の音《ね》も涙もよほすつまとなり《成》けり

〔現代語訳〕鹿

物思いをすると、私のためではない妻を恋い慕って鳴く鹿の声も、私が涙を催すたねとなるのであったな。

〔参考歌〕秋風や涙もよほすつまならむおとづれしより袖の乾かぬ（千載集・秋上・二三四・俊頼。散木奇歌集・秋・三七五）

木の葉散る峰の嵐に夢覚めて涙もよほす鹿の声かな（散木奇歌集・秋・夜深聞鹿・四四八）

〔類歌〕よそにかく涙もよほすつまぞとも知らでや鹿のひとりなくらん（嘉喜門院集・六二）

〔語釈〕○鹿　『古今六帖』（第二・やま）の「しか」。○涙もよほす　『源氏物語』の「吹き迷ふみ山おろしに夢覚めて涙もよほす滝の音かな」（若紫・四九・光源氏）が早い。「鹿」の鳴く音について言うのは、参考歌の俊頼詠に始まり、西行の「さらぬだに秋はもののみ悲しきを涙もよほすさ牡鹿の声」（山家集・秋・鹿・四三二）や実定の「おのが身もいかが露けき篠分けて涙もよほすさ牡鹿の声」（林下集・秋歌の中に・一〇三）が続き、新古今時代には通親の「あぢきなやおのれはなきてさ牡鹿のよその枕に涙もよほす」（正治初度百首・秋・五四三）や慈円の「草枕涙もよほす鹿の音や今宵の月も曇るなるらん」（和歌所影供歌合建仁元年八月・旅月聞鹿・七九）がある。○つま　よすが・機縁の意の「端」に「鹿」の縁で「妻」が掛かる。

〔補説〕「妻恋ふる鹿の涙や秋萩の下葉もみづる露となるらん」（貫之集・萩・四一七。古今六帖・第六・女のつらきにやれる・三六四二・貫之。秋風集・秋下・三六〇、四句「下葉もけさす」）を初めとして、例えば「妻恋ふる涙なりけりさ牡鹿のしがらむ萩に置ける白露」（久安百首・秋・七四〇・実清。続後撰集・秋上・二九二）など、「鹿」が「妻」を恋しくて流す「涙」を置く「露」と見る歌の類型がある。そういった歌も念頭に置くか。

244

猪

愁《うれ》へあれば安《やす》くやは寝《ぬ》るかるもかく臥《ふ》す猪《ゐ》は物や思はざるらん

〔現代語訳〕猪
　愁いがあるので、安らかに寝るか、いや寝られない。（かるもかく）寝床で安眠して臥すという猪は、辛い物思いはしないのだろうか。

〔本歌〕かるもかき臥す猪の床の寝《い》を安みさこそ寝《ね》ざらめかからずもがな（後拾遺集・恋四・八二一・和泉式部）

〔語釈〕○猪　歌題としては珍しいか。建久二年（一一九一）十二月二十七日の左大将良経家の「十題百首」（秋篠月清集、拾遺愚草等）の獣部では「臥す猪」を詠んでいて、『拾玉集』では獣十題の九番目に「猪」が見える。→93。また、『土御門院御集』所収「土御門院御百首」の「獣名十首」の二首目（三五二）も「臥す猪」を詠む。**○かるもかく**「枯草掻く」と書く。「ゐ（猪）」にかかる枕詞。猪が枯れ草を掻き集めて寝床にすることからいうという。本歌の「かるもかき」は、動詞としてその原意が活きている。なお、俊成は、『六百番歌合』の判詞で、「臥す猪のかるも」の詞でこの和泉式部詠を想起させてもいるが（四〇二）、「臥す猪の床」の詞を厳しく批判している（一〇六一～二）。

〔補説〕「愁へあれば」を、宗尊は失脚以前の鎌倉で既に、「弘長三年六月廿四日当座百首歌」（春）に於いて、「愁へあれば聞くこと厭ふ宿ぞとも知らずがほなる鶯の声」（柳葉集・三六〇）と詠んでいる。ちなみに、恐らくはこれに倣って、南朝の宗良親王が「愁へあれば聞くこと厭ふ吾が宿になれのみ春と鶯ぞ鳴く」（李花集・春・永き日も暮らし難う侍りしに、ただ鶯のみ鳴きければ・二五）と、また師賢も「愁へあれば聞くこと厭ふ我が身とも知らでやここに鶯の鳴く」（新葉集・雑上・一〇一〇）と詠んでいる。南朝歌人の宗尊歌摂取については、『瓊玉集』からのそれが認められる。『柳風集』は、現存伝本が『瓊玉集』に比べれば多くはなく、流布が広範であったとは考えにくいけれども、南朝歌人による摂取の痕跡が見られなくもない。同集が南朝歌人間に伝存した可能性もあろう。

犬

賤《しつ》の男《お》が手馴《たな》れの犬の我もさぞ憂《う》き世の家は出《い》でがてに《ね》する

〔本文〕〇底本結句「いてかねにする」を、一首の解釈から私に「出でがてにする」に改める。↓補説。

〔現代語訳〕犬

身分低き男が飼い慣らしている犬は家を出て行けない、私もそのように、憂く辛いこの俗世の家を出て行きかねているのだ。

〔本歌〕憂き世には門させりとも見えなくになどか我が身の出でがてにする（古今集・雑下・九六四・貞文）

〔参考歌〕賤の男が手馴れの駒も春来れば野辺につきげとなりにけるかな（六条宣旨集・はるごま・一二）

〔語釈〕〇犬　前歌の「猪」と同様に歌題としては珍しいか。建久二年（一一九一）十二月二十七日の左大将良経家の「十題百首」（秋篠月清集、拾遺愚草等）の獣部では「犬ぞとがむる」「犬の声」を詠んでいて、『拾玉集』では獣十題の七番目に「犬」が見える。↓93、244。**〇賤の男の手馴れの犬の**「我」を比喩する序。「家」を「出でがてにする」様の比喩と見た。

〔補説〕　貞文詠を本歌と見つつ、結句を「出でがてにする」に改めた。また、左に掲出する、「憂き世」の「家」の出入りを言う歌の存在からも、結句は「出でがてにする」とあるべきかと判断した。

憂き世をば厭ひがほなる身なれども心は家を出でばこそあらめ（重家集・六〇一）

憂き世をば嵐の風にさそはれて家を出でにしすみかとぞ見る（山家集・雑・七四七・待賢門院〈上西門院〉兵衛）

思へども心は出でて身は出でぬ家ぞ憂き世の関屋なるらん（現存六帖抜粋本・いへ・一一八・為家。夫木抄・雑三・うきよのせき・結縁経百首・九五二〇）

迷ひこし憂き世の家を離れてぞ今はた法の門に入りぬる（新千載集・釈教・八二五・読人不知）

なおしかし、底本結句の「いてかねにする」は、「寝ねがてにする」の誤りとも考えらる。その場合、次のような歌が参考となろうか。

秋萩の下葉色づく今よりやひとりある人の寝ねがてにする（古今集・秋上・二二〇・読人不知）

我もさぞ老曽の森のほととぎす暁がたは寝ねがてにする（林葉集・夏・暁郭公尾坂歌合・二六一）

誰となく人をとがむる里の犬の声澄むほどに夜は更けにけり（寂蓮法師集・已上円位法師勧進・二九八）

いかにせむ友こそなけれ山の犬の声恐ろしき夜半の寝覚めに（拾玉集・御裳濯百首・雑・五九三）

小夜更けて宿守る犬の声しげし人はしづまる里の一村（伏見院御集・一一五〇）

これらを踏まえると、一首の意味は、「身分低き男が飼い慣らしている犬が家で夜に吠えている、私もそのように、憂く辛いこの俗世ので眠りかねているのだ。」ということになろうか。

鼠

虎《とら》とのみ用《もち》ゐられしは昔にて今は鼠《ねすみ》のあな憂世《うよ》の中

【現代語訳】 鼠

虎とばかりに将軍として用いられたのは、昔のことであって、今は何の用もない鼠の穴ならぬ、あな憂のああ辛いこの世の中だ。

【本文】 東方先生喟然長息仰而応レ之曰…用レ之則為レ虎、不レ用則為レ鼠（文選・巻四十五・設論）

【他出】 増鏡・北野の雪・八二。

【語釈】 **○鼠** 歌題としては珍しいか。『和歌童蒙抄』第九・獣部に「鼯」「鼠」の順でみえる。また、『土御門院御集』所収の「土御門院御百首」の「獣名十首」の五首目（三五四）も「ねずみ」を詠む（左掲）。**○あな憂世の中** 「あな」は、ああ、の意の感動詞に、「鼠」の縁で、「穴」が掛かる。「あな憂世の中」の原拠は、「しかりとて背かれなくに事しあればまづ嘆かれぬあな憂世の中」（古今集・雑下・九三六・篁）に求められる。「鼠」の「穴」は、「壁厭空心鼠孔穿（かべにはいとふこうしんにしてねずみのあなのうがたるることを）」（和漢朗詠集・秋・虫・三三九・篁）と見える。「あな」と「穴」の掛詞の先例には、「よめのこのこ鼠いかがなりぬらんあな美しと思ほゆるかな」（和泉式部集・入道殿の、小式部の内侍子産みたるに、のたまはせたる・六一四）、「後の世に弥陀の離相をかぶらずはあなあさましの月の鼠や」（秋篠月清集・十題百首・獣・二七〇）、「世を忍ぶ心のうちのあな鼠やすく出づべき道もあるらし」（土御門院御集・土御門院御百首・獣名十首・三五四）等がある。

【補説】 東方朔の本文は、木藤才蔵校注『増鏡』（昭四〇・二、岩波日本古典文学大系）が引き、また、幽斎の『聞書全集』にもこれを注することを、井上宗雄全訳注『増鏡（中）』（昭五八・九、講談社学術文庫）が指摘している。

鼯

三国《みくに》山梢に伝《つた》ふむささびも取《と》りつく方はある世なりけり

〔本文〕○第三句「むささびも」は底本「むさゝひ《も》の」（見消ち字中）。一首の解釈から、見消ちと傍記の位置を誤写したものと判断して、私に改める。

〔現代語訳〕鼯《むささび》

三国山の梢に伝い渡るむささびでも、取りつく場所はある世の中であったのだな。（それなのにわたしは取りすがる所とてないよ）

〔本歌〕三国山梢に住まふむささびの鳥待つがごと我が待ち痩せむ（万葉集・巻七・譬喩歌・寄獣・一三六七・作者未詳。五代集歌枕・みくに山・三〇一、二句「こずゑにまよふ」）

〔参考歌〕奥山の梢に伝ふむささびの声も寒けく夜は更けにけり（新撰六帖・第二・むささび・五三一・家良。現存六帖・むささび・六九）

〔語釈〕**○鼯**　『和歌童蒙抄』第九・獣部に「鼯」「鼠」の順でみえる。また、『土御門院御集』所収の「土御門院御百首」の「獣名十首」の六首目（三五五）も「むささび」を詠む（前歌の「ねずみ」と連続）。**○三国山**　三つの国境に位置する山の称であろうが、『五代集歌枕』『八雲御抄』『歌枕名寄』は、摂津国とする。**○取りつく方**　公重の「鷗ゐる入江に流すもち縄の取りつく方もなきぞわびしき」（風情集・六三〇）、信実の「玉かづらはふ木あまたもあるものを取りつく方もなきぞ悲しき」（新撰六帖・第六・たまかづら・二〇九九）が先行例。『夫木抄』に、後者（古今集・七〇九が本歌）に倣ったかと思しい作者宗尊とする「み山木の末まではへる玉かづら取りつく方も今はなき身か」（雑十・蘰・六帖題御歌、玉かづら・一三三八六）が収められている。

248

蛙

井の底に住むや蛙《かはづ》も我《われ》ばかり行く方《かた》もなき物は思《おも》はじ

〔現代語訳〕蛙

井戸の底に住んでいるよ、その蛙でも、私ぐらい、どこに行く所もない、何の方途もない物思いはするまい。

〔本歌〕あらち男の狩る矢の前に立つ鹿もいと我ばかり物は思はじ（拾遺集・恋五・九五四・人麿）

〔参考歌〕いかにせむ井の底に見る大空の我が身一つにせばき憂き世を（新撰六帖・第二・井・八一二・為家。現存六帖抜粋本・第二・井・一二二）

涙河身なぐばかりの淵はあれど氷解けねば行く方もなし（後撰集・冬・四九四・読人不知）

涙河袖のみわたにわきかへり行く方もなき物をこそ思へ（新勅撰集・恋一・六六一・俊成）

〔語釈〕○蛙　『古今六帖』（第三・水）の「かはづ」。○住むや　「や」は、詠嘆の間投助詞。

〔補説〕井の中の蛙よりも閉塞的な自己の慨嘆。

249

蝶

花の色に心《こゝろ》を〔染めて〕飛ぶ蝶《てふ》の離《はな》れやらぬは憂《う》き世なりけり

〔本文〕○底本の第二・三句は「こゝろを飛てふの」で脱落があるが、一首の解釈から私に補い、「心を〔染めて〕飛ぶ蝶の」に改めておく。↓補説。

〔現代語訳〕蝶

花の色に心を深く寄せて飛ぶ蝶が花を離れきれないように、私が完全に離れられないのはこの辛い憂き世なのであったな。

〔参考歌〕 秋の野の千草の花に飛ぶ蝶の命に頼む露もはかなし（新撰六帖・第六・てふ・二二七一・家良）

ひとすぢにまどふは人の身なりけり蝶すら花の色はやつさず（新撰六帖・第六・てふ・二二七五・真観）

昔より離れがたきは憂き世かなかたみにしのぶ中ならねども（新古今集・雑下・一八三二・兼実）

〔語釈〕 **○蝶** 『古今六帖』（第六・虫）の「てふ」。**○飛ぶ蝶の** 「離れやらぬ」を起こす序。「飛ぶ蝶」は参考歌の『新撰六帖』の両首に先行して、西行の「ませに咲く花にむつれて飛ぶ蝶のうらやましくもはかなかりけり」（山家集・雑・一〇二六）と家隆の「撫子の花の籬に飛ぶ蝶の色色まじり置ける露かな」（壬二集・夏・夏歌・二二六八）がある。比較的新鮮な措辞に敏感な宗尊の姿を窺わせる一例。

〔補説〕 二句は、「心をしめて」「心をうつし」等とも考えられるか。いずれにせよ、花を離れないで飛ぶ蝶の様子を、自分が憂き世を離れきれないことの比喩とするものであろう。あるいは、世の中を思い切れないことを言う、「あはれてふことこそうたて世の中を思ひ離れぬほだしなりけれ」（古今集・雑下・九三九・読人不知）を意識するところがあったか。もちろんこの「てふ」は、という の意味で「蝶」ではない。しかし、『新撰六帖』の「てふ」題で、為家は「咲き続く折節変はる花ばなにうつるてふなや思ひ知るらん」（二二七二）、信実は「咲く花に羽うちかはしあはれてふさのみや深き色にめづらん」（二二七四）と、物名風に、「蝶」を「てふ」（という）に掛けて詠み込んでいるのである。それらに触発されて、『古今集』歌の「あはれてふ」に宗尊の意識が及んだ可能性を考えてみたいということである。

250

蟬

唐衣《から》織《お》り延《は》へ寒き秋風に身は空蟬《うつせみ》のなき暮《く》らしつつ

〔現代語訳〕蟬

唐衣を織って長く延ばすように、長く引き続いて寒い秋風に、この身は空蟬のように空しく、蟬が鳴くように、一日中ずっと泣き続けていて。

〔本歌〕うちはへて音をなき暮らす空蟬の空しき恋も我はするかな（後撰集・夏・一九二・読人不知）

〔参考歌〕木隠れて身は空蟬の唐衣ころも経にけり忍び忍びに（千五百番歌合・恋二・二四三二・良経）

鳴き暮らし思ひ暮らして空蟬の涙おりはへ絶えぬ恋かな（宝治百首・恋・寄虫恋・二九一四・少将内侍）

あはれともいふ人なしに空蟬の身をいたづらに泣き暮らすらん（新撰六帖・第六・せみ・二二三八・知家）

〔語釈〕**○蟬**　『古今六帖』（第六・虫）の「せみ」。**○唐衣**　「織り延へ」を起こす序。枕詞とも解されるか。**○織り延へ**　布を織って長く延ばすように、長く続けて、ということ。「折延へ」（時を長く続けての意）との掛詞にも解しうるが、大意はかわらない。**○身は空蟬の**　「なき」を起こす序。「空蟬の」は枕詞にも解されるが、「身は空蟬」に我が身が蟬の抜け殻のように空しいの意を込める、有意の序と見る。**○なき**　「鳴き」に「泣き」が掛かる。

251

蛬

声絶《た》えずなけや枕のきりぎりすさぞな今年《ことし》の秋は悲《かな》しき

〔現代語訳〕蛬

声が途絶えることなく鳴いてくれ、枕にいる蟋蟀よ。私も声が途絶えずに泣いて、いかにも今年の秋は、悲しいのだ。

〔本歌〕 声絶えず鳴けや鶯ひととせにふたたびとだに来べき春かは（古今集・春下・一三一・興風）
鳴けや鳴け蓬が杣のきりぎりす過ぎ行く秋はげにぞ悲しき（後拾遺集・秋上・二七三・好忠）

〔参考歌〕 我がごとく物や悲しききりぎりす枕つどへによもすがらなく（古今六帖・第六・きりぎりす・三九九〇・作者不記）

〔語釈〕 **○蛬** 『古今六帖』（第六・虫）の「きりぎりす」。コオロギの古名。**○なけや** 「きりぎりす」に対して言う「鳴けや」に、「悲しき」の縁で、自分自身が「泣（く）」が掛かる。**○さぞな** 「悲し」にかける先例は、『千五百番歌合』の後鳥羽院の判歌「夜はの秋はさぞな悲しき虫の音も風のけしきも月の光も」（秋三・七百六番）が早く、宗尊と同時代では、真観の「岩木にもものの心はありといへばさぞな別れの秋は悲しき」（新撰六帖・第一・あきのはて・一七〇）と真観女尚侍家中納言の「恋は世の常なりけれどみな人の身にはじめてはさぞな悲しき」（閑窓撰歌合建長三年・四七）がある。

〔補説〕 「今年」は、本五百首を詠じた文永三年（一二六六）の秋で、失脚して帰洛した秋の嘆き。

松虫

限《かき》りあれば松虫《むし》の音《ね》も弱《よは》るなり《也》我《われ》のみひとりなき《鳴》・残《のこ》れとて

〔現代語訳〕 松虫
期限があるので、松虫の鳴く音も弱っているようだ。私だけがひとり、残って泣き続けろといって。

〔参考歌〕 山遠み雲ゐに雁の越えて去なば我のみひとり音にやなきなん（金槐集定家所伝本・雑・六三〇）

〔語釈〕 **○松虫** 『古今六帖』（第六・虫）の「まつむし」。**○なき** 「泣き」に「松虫」の縁で「鳴き」が掛かる。

〔補説〕「松虫」の鳴く音が「弱る」ことを言うのは、西行の「さらぬだに声弱かりし松虫の秋の末には聞きもわかれず」（山家集・秋・秋の末に松虫を聞きて・四七五）が早いか。続く、寂蓮の「来ぬ人の秋のけしきや更けぬらむ恨みに弱る松虫の声」（六百番歌合・恋下・寄虫恋・一〇八〇。新古今集・恋四・一三二一、初句「来ぬ人を」）や俊成の「さえまさる秋のころもをうちわびて人まつ虫も声弱るなり」（正治初度百首・秋・一一五五）、あるいは良経の「宿さびて庭に木の葉のつもるより人まつ虫も声弱るなり」（秋篠月清集・秋・秋の暮に・一二六三）は、「松虫」に「人」を「待つ」意を掛けたもの。より純粋な叙景歌には、定家の「霜のたて山の錦をおりはへて鳴く音も弱る野べの松虫」（拾遺愚草・秋・（建保二年水無瀬殿秋十首）・二三八三）や家隆の「高砂の尾上にまさる秋風に裾野に弱る松虫の声」（壬二集・院百首建保四年・秋・八五二）、あるいは、秀能の「庭の荻のなかばは霜や結ぶらん末越す風に弱る松虫」（如願法師集・秋・建保六年八月廿七日水無瀬殿歌御会侍りし時・五二三）や順徳院の「霜さゆる籬の菊の色ながらうつろひ弱る松虫の声」（紫禁集・同（建保六年九月）廿五日、当座詩歌合、秋歌・一〇八八）等々、建保期の諸詠がある。また、『宝治百首』では、顕氏の「長月の暁深く置く霜にやや声弱る庭の松虫」（秋・暁虫・一五四〇）や俊成女の「忘れじと契りし宿に秋や来しなほまつ虫は声弱るまで」（恋・寄虫恋・二九一三）などが詠まれている。中世に詠まれ始める、新古今前夜から建保期を経て確立したかに見える表現であり、宗尊がそういった流れに沿っていることが窺える。

253

蜘

世の憂《う》さはかくてもいかがささがにの厭《いと》ひやせまし惜《お》しからぬ身に

〔現代語訳〕蜘

世の中の辛さは、それでもどうだろうか。（ささがにの）厭うことをしたものだろうか、惜しくもないこの身で。

〔語釈〕○蜘　『古今六帖』（第六・虫）の「くも」。○ささがにの　「いと」の枕詞。「ささがに」は蜘蛛の歌語。

○惜しからぬ身　「命かはなにぞも露のあだものを逢ふにしかへば惜しからぬ身を」（友則集・四九）に遡及する措辞で、その後も、恋歌で恋人に逢うことに比べて言う例が散見する。述懐歌で、世にあるに値しない我が身を言うのは、梢少将公重の「よの人もあはれといはじ我もまた惜しからぬ身ぞ消え果てねただ」（風情集・五五一）が早く、守覚法親王の「何事を待つともなしに長らへて惜しからぬ身の年を経るかな」（守覚法親王集・雑・述懐・一一〇。万代集・雑六・三六八三。続後撰集・雑中・一一九〇、二句「待つとはなしに」）が続く。真観にも「秋の夜に月を離れて行く雲の惜しからぬ身と思ふ悲しさ」（百首歌合建長八年・秋・四八八）の作がある。

鱸

鱸釣《すゝきつ》る海人《あま》とだによも人は見《み》じあるにもあらで旅を来《こ》しかば

〔現代語訳〕　鱸

（あの人麿のように）鱸を釣る漁師とさえも、まさか人は見るまい。生きているともなくて、旅をやって来たので。

〔本歌〕　あらたへの藤江の浦に鱸釣る海人とか見らむ旅行く我を（万葉集・巻三・雑歌・二五二・人麿）

〔参考歌〕　さりともと思ふらむこそ悲しけれあるにもあらぬ身を知らずして（伊勢物語・六十五段・一二一・女）

数ならぬ伏屋に生ふる名の憂さにあるにもあらず消ゆる帚木（源氏物語・帚木・二三・空蝉）

〔語釈〕　**○鱸**　『古今六帖』（第三・水）の「すずき」。

〔補説〕　文永三年（一二六六）七月の、失脚して帰洛する落魄の旅を述懐したものであろう。

255
貝

あはれ誰《た》が拾《ひろ》へる跡の浦《うら》なれは今は言《い》ふかひなき身なるらん

〔現代語訳〕 貝
ああいったい誰が貝を拾った跡の浦なので、今は貝もなく、言うかいもない、取るに足らないこの身であるのだろうか。

〔本歌〕 潮の間に四方の浦浦尋ぬれど今は我が身の言ふかひもなし（新古今集・雑下・一七一六・和泉式部）

〔語釈〕 **○貝** 『古今六帖』（第三・水）の「かひ」。**○言ふかひなき** 言う「詮《かひ》」もないの意に、「拾へる」「浦」の縁で、「貝」も無いの意が掛かる。**○身** 自身の意に、「かひ」の縁で、貝の身の意が響くか。

〔補説〕 文永三年（一二六六）の将軍失脚後の身の沈淪を、一体誰のせいなのかと慨嘆する趣。

256
吾柄

人ぞ憂《う》き藻に棲《す》む虫のそれとだに過《あやま》たぬ身はそれとおぼゆる

〔現代語訳〕 吾柄
人がつれなく恨めしいのだ。海藻に棲む虫の「割殻」ならぬ「我から」それとさえも、我が身故とさえも過ってはいないこの身は、人がつれなく恨めしいのだと、自然と思うのだ。

〔本歌〕 海人の刈る藻に棲む虫のわれからと音をこそなかめ世をば恨みじ（古今集・恋五・八〇七・直子）

〔参考歌〕 人からの恨みともがな海人の刈る藻に棲む虫の名だに忘れん（新撰六帖・第三・われから・一一四九・信実）

〔語釈〕 **○吾柄** 『古今六帖』（第三・水）の「われから」。海藻に棲息する小さな甲殻類。「吾柄」は宛字。多く「割殻」と書く。**○藻に棲む虫のそれとだに過たぬ身は**　「藻に棲む虫のそれ」は、「割殻」で、「我から」が掛かる。自分自身のせいだと少しでも思う程にさえも過ちを犯してはいない我が身は、という趣旨。「過たぬ身」は、178参照。**○それ**　初句を指すと解する。

〔補説〕　文永三年（一二六六）の将軍失脚が、自らに起因するものではなく、それをもたらした人が恨めしい、と詠嘆する趣。

伊勢

五十鈴《いすゝ》川同じ流《なか》れに沈《しつ》む身をいかがあはれ《哀》と神も見ざらむ

〔現代語訳〕　伊勢

伊勢の五十鈴川と同じ流れの皇統であるのに、川の流れに沈むように世に沈むこの身を、どうして哀れだと伊勢の神も見ないだろうか、見るに違いないよ。

〔参考歌〕　山川の同じ流れにすみながら我が身一つぞ沈みはてぬる（続後撰集・雑中・園城寺住みうかれける頃よみ侍りける・一一七二・隆明。万代集・雑六・前大僧正増誉園城寺長吏になりて侍りける時、言ひ遣はしける・三六一〇）

〔語釈〕　**○伊勢**　伊勢大神宮（内宮・外宮）のこと。ここは内宮、「天照坐皇大神宮」つまり皇大神宮のこと。皇室の祖先神天照大神を祭る。→補説。**○五十鈴川同じ流れ**　「五十鈴川」は、伊勢国の歌枕。「御裳濯川」とも言い、伊勢国度会郡を流れる川。伊勢内宮の御手洗川。内宮の祭神は皇室の祖先神天照大神であるので、宗尊も属する皇統を寓意。「川」の「同じ流れ」が、皇統をなぞらえる先例は、故後冷泉院から後三条院への代替わりを言った「天の川同じ流れと聞きながら渡らむことのなほぞ悲しき」（後拾遺集・雑一・八八八・周防内侍）、故禎子内親王から悰子内親王への斎院の交代を言った「有栖川同じ流れはかはらねど見しや昔の影ぞ忘れぬ」（新古今集・哀傷・八二七・雅定）がある。**〇沈む**　川の流れの水に沈む意に、世に沈淪する意が掛かる。

〔補説〕　歌の主題あるいは奉献先の神社名として、『俊成五社百首』は、伊勢・賀茂・春日・住吉・日吉の五社、『為家五社（七社）百首』は、俊成の五社に石清水・北野の二社を加える。建保三年（一二一五）九月十三夜披講の「内大臣道家家百首」は、伊勢・石清水・賀茂・春日・住吉が神祇五首の歌題。『明題部類抄』によると、「前大納言為家卿中院亭会」の「千首」（出題為家）の「神祇二十首」は、「伊勢・石清水・賀茂・松尾・平野・稲荷・春日・大原野・布留・住吉・日吉・梅宮・吉田・祇園・北野・貴布祢・出雲・三輪・玉津島・熊野」の諸社である。本五百首の内の二二八首を収める本抄では、この257から272までの一六首（伊勢・石清水・賀茂・平野・稲荷・春日・大原野・広瀬・住吉・日吉・北野・熊野・伊豆・筥根・三島・社）が、神社名題（272は「社」）の歌群であるので、原「五百首」では二〇首～三〇首ほどが同類の歌題の歌群であったかと推測される。伊勢及び畿内に近江の日吉社を加えた主要神社を列して、白河朝の永保元年（一〇八一）十一月十八日に定められたという「二十二社」（百練抄）は、恒例の祈年穀や国家重要時に勅使等を発遣し奉幣される。伊勢（内外）・石清水・賀茂（上下）・松尾・平野・稲荷・春日（上七社）、大原野・大神（おほみわ）・石上（いそのかみ）・大和・広瀬・竜田・住吉（中七社）・日吉・梅宮・吉田・広田・祇園・北野・丹生・貴船（下八社）の二二社。原「五百首」に詠まれた諸社は、257「伊勢」から267「北野」までは、全てこの中にある。これら京都朝廷ゆかりの諸社に、上皇等が熱心に参詣した268「熊野」と、269～271「伊豆・箱根・三島」などの関東（幕府・将軍家）縁故の諸社（あるいは他にも若干の神社）を加えたものではなかったか。

『とはずがたり』巻四の、惟康親王の将軍廃位にともなう上洛を語る場面に、次のとおりある。

さても将軍と申すも、夷などがおのれと世を打ち取りてかくなりたるなどにてもおはしまさず。（宗尊は）後嵯峨天皇第二の皇子と申すべきにや、後深草帝には、御歳とやらん月とやらん御まさりにて、先ず出で来給ひにしかば、十善の主（帝王）にもなり給はば、これ（惟康）も位をも嗣ぎ給ふべき御身なりしかども、（宗尊の）

母准后（棟子）の御事故、叶はで止み給ひしを、（宗尊が）将軍にて下り給ひしかども、ただ人にてはおはしまさで、中務親王と申し侍りしぞかし。（惟康は）その御後なれば、申すにや及ぶ。何となき御思ひ腹など申すこともあれども、（惟康の母・摂政近衛兼経女宰子は）藤門執柄の流れよりも出で給ひき。（惟康は父母の）いづ方につけてか、少しもいるがせなるべき御事にはおはします、と思ひ続くるにも、先づ先立つものは涙なりけり。

五十鈴川同じ流れを忘れずはいかにあはれと神も見るらん

この歌は、作者後深草院二条の、惟康に対する同情の感懐であろうが、該歌との類似は偶合ではなく、惟康の父宗尊の歌を流用した結果と考えられないだろうか。後深草院二条の宗尊歌受容の道筋、『竹風抄』の流布、など不明なままだが、一応その可能性を見ておきたい。

ここから272まで、諸々の神社を歌題とする神祇に寄せる述懐歌群。

石清水

さかゆきし道こそかはれ男《おとこ》山それも昔《むかし》と神に愁《うれ》へて

〔現代語訳〕 石清水

男山の坂を上っていった道、男として栄え来た道はすっかり変わるけれど、私が栄えたのも昔だと、（今は）男山石清水八幡の神に愁訴して。

〔本歌〕 今こそあれ我も昔は男山さかゆく時もあり来しものを（古今集・雑上・八八九・読人不知）

〔他出〕 中書王御詠・雑・神祇の歌の中に・八幡・三三三、四句「我も昔と」。閑月集・羇旅・題知らず・四四三、四句同上。

〔語釈〕 **○石清水** 石清水八幡宮。清和天皇の貞観二年（八六〇）に宇佐八幡宮を勧請。古来朝廷の崇敬を受けるが、八幡神は、武門特に源氏の守護神の性格も帯びる。↓257。**○さかゆきし**　「坂行きし」に「栄ゆ」が掛かる。「来し」も響くか。**○男山**　山城国の歌枕。石清水八幡宮が鎮座する山城国綴喜郡（現京都府八幡市）の男山。生駒山の北端に連なる。八幡宮、八幡神をも意味する。在俗の元服後の男性の意を寓意。**○それも昔と**　本歌の「我も昔は」に照らせば、『中書王御詠』や『閑月集』の「我も昔と」が原態であろうか。もし「それも昔と」が誤写でないとすれば、「知る人とまつを頼むもあはれなりそれも昔は馴れし友かは」（現存六帖・まつ・五〇六・下野。秋風集・雑中・一一六〇。秋風抄・雑・三〇五）が宗尊の視野に入っていたか。ちなみに、この歌は『秋風抄』では初句「ある人と」だが、「誰をかも知る人にせむ高砂の松も昔の友ならなくに」（古今集・雑上・九〇九・興風）を本歌にしていると見られるので、「知る人と」が正しいか。

〔補説〕　宗尊は将軍在位中には、「世の中の憂きを見るにも男山頼む心に身をまかせつつ」（瓊玉集・雑上・同じ心を〈神祇〉・四一二）と詠んでいる。これには、武門の信仰を集めた八幡神を将軍として頼みとする心情があったか。また、該歌より五年後には、「文永八年七月、千五百番歌合あるべしとて、内裏より仰せられし百首歌」の「祝」で「今こそは昔に越えて男山さかゆく君が御代と見えけれ」（本抄・900）と、同じ題材ながら、弟亀山天皇の代を言祝ぐ、該歌とは対照的な詠み方を見せている。

賀茂

頼《たの》み来《こ》し身もいたづらになり成ぬべきまた又雲分《わ》くな賀茂《かも》川の波《なみ》

〔現代語訳〕　賀茂

賀茂別雷の神を頼み来たった我が身も、このままではきっとはかなく無為になってしまうだろう。どうかあの請願を違うことなく、我が身を助けて、雲を分けて天に昇ることをするな、賀茂川の波近く鎮座する賀茂別雷の神よ。

〔本歌〕　我頼む人いたづらになしはてばまた雲分けて昇るばかりぞ（新古今集・神祇・一八六一・賀茂別雷命）

〔参考歌〕　あはれとも言ふべき人は思ほえで身のいたづらになりぬべきかな（拾遺集・恋五・九五〇・伊尹）

〔他出〕　中書王御詠・雑・神祇の歌の中に・賀茂・三三四、二～五句「身はいたづらになりはてぬ雲をや分くる賀茂の川波」。

〔語釈〕　**○賀茂**　賀茂社（上・下両社）のこと。ここは特に上賀茂、別雷神を祭る賀茂別雷神社を言う。宮城鎮護の神として、伊勢大神宮に並び皇室・朝廷の尊崇を受ける。ここの「賀茂」から「平野」「稲荷」「春日」を挟んで「大原野」までの並びは、『袋草紙』の「希代歌・神明御歌」の並びに一致するが、この部分は「五百首」からの抄録であるので、その原態との一致は不明。↓257。**○賀茂川の波**　「賀茂川」は山城国の歌枕。他に「葵草かざして行くと思ふよりいそぎ立たるる賀茂河の波」（和泉式部集・夏・三一五）が見えるが、珍しい句。ここは、上賀茂神社あるいはその祭神の賀茂別雷神を寓意。**○また雲分くな**　本歌を踏まえる。賀茂別雷神は、「雲分けて天下りけむそのかみの誓ひたがふな賀茂のみづ垣」（政範集・ある所にて人人百首の歌よみ侍りし時・賀茂社・三九四）と歌われるように、雲を分けて天下ったと信じられていた。

〔補説〕　『中書王御詠』の形だと、一首の意味は「賀茂別雷の神を頼み来たった我が身は、すっかりはかなく無為になってしまった。あの請願を違えて、雲を分けて天に昇ったのか、賀茂の川波近く鎮座する賀茂別雷の神よ。」となり、将軍失脚と京都送還の絶望感や虚無感がより直截に表されていることになる。

平野

民を撫《な》でし三年《とせ》の情《なさ》け忘れずはいかにこの世《よ》を神の見《み》るらん

〔現代語訳〕平野
人民を慈しみいたわった（あの仁徳天皇としての）三年に渡る恩情を忘れていないなら、今は平野明神としてある神は、この世の中をどのように見るのだろうか。

〔本説〕是に天皇（仁徳天皇）、高山に登りて、四方の国を見たまひて詔りたまひしく、「国の中に烟発たず。国皆貧窮し。故、今より三年に至るまで、悉に人民の課・役を除せ。」とのりたまひき。是を以ちて大殿破れ壊れて、悉に雨漏れども、都て脩め理ること勿く、椷《うつはもの》を以ちて其の漏る雨を受けて、漏らざる処に遷り避けましき。後に国の中を見たまへば、国に烟満てり。故、人民富めりと為《おも》ほして、今はと課・役を科せたまひき。是を以ちて百姓栄えて、役使に苦しまざりき。故、其の御世を称へて、聖帝の世と謂ふなり。（古事記。日本古典文学大系訓み下し文）

〔語釈〕〇平野　平野神社のこと。山城国葛野郡（現京都市北区平野宮本町）にある式内社。祭神は、今木神（いまきのかみ）・久度神（くどのかみ）・古開神（ふるあきのかみ）の三座と、後れて承和（八三四～四八）年間に合祀された比売神（ひめがみ）を併せた計四座。平野神は、狭義の主神たる、「今来」すなわち新しい渡来を意味する今木神を意味し、広義には右の三座ないし四座を意味する。草創は、延暦十三年（七九四）の平安遷都に際し、平城京田村後宮の今木神が桓武天皇によって勧請されたものという。『帝王編年記』（仁徳）は、仁徳天皇について、「今平野大明神此天皇也」という。『二十二社注式』では、今木神に日本武尊、久度神に仲哀天皇、古開神に仁徳天皇、比売神に天照大神、そして摂社県社の神に天穂日命を各々祭神として比定し、またそれぞれに源・平・高階・大江氏、そして中原・清原・菅原・秋篠氏の氏神とする。また、各本地を大日・聖観音・地蔵・不動とする説も生じた。「八姓の氏神」（簾中抄、公事根源）「あまたの家の氏神」（今鏡）と了解されていたらしい。四月・十一月の上申の日の平野祭には、大臣もしくは参議以上が赴参し、皇太子奉幣があったので、平野社は皇太子守護の神と位置づけられ、伊勢に並んで「平野神宮」（文徳実録・仁寿元・十・十七）とも呼ばれていた。神宮寺は施無畏寺。該歌は、『帝王編年記』に伝える、仁徳天皇を平野大明神とする考えに従って詠まれている。↓257、259。**〇民を撫でし三年の情け** 平野明神たる仁徳天皇が、国中の貧窮に際して、人民の課役を三年間免除したことを言う。↓補説。**〇この世** 宗尊が将軍職を追われ、心ならずも京都に舞い戻らざるをえなかった世の中。嘆かわしく辛い世の中との認識であろう。

〔補説〕 平野明神となったという仁徳天皇の仁政の伝説を踏まえる。

稲荷

稲荷山《いなりやま》憂き目《うめ》をみつと思《おも》ふこそ祈《いの》る社《やしろ》の数もつらけれ

〔現代語訳〕 稲荷

稲荷山よ、憂く辛い目を見た「見つ」と思ふからこそ、祈りを捧げる稲荷の社の「三つ」の数さえも恨めしいのであった。

〔本歌〕 稲荷山社の数を人問はばつれなき人をみつとこたへむ（拾遺集・雑恋・一二一一・貞文）

我を君なにはの浦にありしかばうきめをみつのあまとなりにき（古今集・雑下・九七三・読人不知）

〔語釈〕 **〇稲荷** 山城国紀伊郡稲荷山（現京都市伏見区）の稲荷神社のこと。通称伏見稲荷。上・中・下の三社があり、五穀の神倉稲魂神を祭る中の社を本社とし、上社には猿田彦命、下社には大宮女命を祭る。↓257、259。**〇稲荷山** 山城国の歌枕。稲荷神社が鎮座する山。稲荷神社そのものをも言う。↓「稲荷」。**〇みつ** 「見つ」に、「稲荷山」「社」「数」の縁で、稲荷の上・中・下・三社の「三つ」が掛かる。↓「稲荷」。**〇祈る社の数** 稲荷神社が上・

中・下の三社からなることを言う。↓「稲荷」。

〔補説〕　本歌二首目は、96でも本歌にしている。「うきめをみつ」は、「憂き目」と「浮海布（浮き藻）」の掛詞で、96はそれを踏襲するが、該歌では「浮海布」が掛けられてはいない。宗尊の本歌取りを広く捉える立場で、本歌と見ておくが、宗尊の詠作方法全体を見渡してなお考えるべきであろう。

春日

あはれ《哀》とやさすがに神もみ笠《かさ》山ふりさけ空に嘆《なげ》く心《こゝろ》を

〔本文〕　○底本結句の「こゝろを」は、下の文字（判読不能）に上書き。

〔現代語訳〕　春日

哀れだと、さすがに三笠の山の春日明神も、見るだろうか。振り仰いで空に向かって嘆く私の心を。

〔本歌〕　いかばかり神もうれしとみ笠山ふた葉の松の千代のけしきを（金葉集・賀・三二一・周防内侍）

天の原ふりさけ見れば春日なる三笠の山に出でし月かも（古今集・羈旅・四〇六・仲麿）

〔語釈〕　○春日　大和国添上郡（現奈良市）の春日神社のこと。春日大社、春日大明神とも。藤原氏の氏神。↓257、259。○さすがに神もみ笠山　「さすがに神も見」から「み」を掛詞に「三笠山」へ鎖る。「さすがに」は、「見」にかかり、そうは言うもののやはり見るだろうの意で、本来藤原氏の氏神である三笠山の春日明神でも、皇統にある自分を（哀れだと）見るだろう、の趣旨か。↓263。「三笠山」にかけて、なんといってもやはり、神は神でも、三笠山の神だ、と解される文脈も活きるか。「三笠山」は、大和国の歌枕。大和国添上郡（現奈良市）の春日山前方にある一峰、春日大社の背後に位置し、春日大社を寓意。

〔補説〕　『後拾遺集』初出歌人周防内侍の歌を本歌と見ることについては、『瓊玉和歌集新注』126・128補説、解説参照。

大原野

小塩《をしほ》山松に憂《う》き身《み》や愁《うれ》へまし神代もかかるためしあらじな

〔現代語訳〕大原野

大原野の神の小塩山の松に、この憂鬱の身を愁訴しようかしら。神代にも、このような例はあるまいな、と。

〔参考歌〕大原や小塩の山の小松原はや木高かれ千代の影見む（後撰集・慶賀・一三七三・貫之）

数ならで思ふ心は道もなし誰が情けにか身を愁へまし（続後撰集・雑中・一一八三・信実。信実集・雑・一九〇。万代集・雑六・三六四五。秋風抄・序）

〔類歌〕高砂の松に憂き身や愁へましさらでこの世に知る人はなし（中書王御詠・雑・松・二六六）

〔語釈〕**○大原野**　山城国乙訓郡（現京都市西京区）の大原野神社のこと。藤原氏の氏神奈良の春日明神を勧請。参考歌も詞書「左大臣の家の男子女子、冠し、裳着侍りけるに」で、氏長者藤原実頼の子女の成長と繁栄を祈念するもの。→257、259。**○小塩山**　山城国の歌枕。山城国乙訓郡（現京都市西京区）大原野町西部の山。今現在は、西京区大原野南春日町の大原野神社や勝持寺の西に位置する標高六四一メートルの峰をそれとするが、この付近は多くの峰が連なるので古くは不明。山麓の大原野神社を象徴し、神社そのものをも言う。

〔補説〕「かかるためし」は、突然の将軍からの失脚のようなひどい先例、という趣旨に解される。本五百首の二ケ月前、失脚して鎌倉から帰洛直後の「文永三年八月百五十首歌」（雑神祇）でも宗尊は、「八百万神てふ神よあはれ知れたためしもあらじかかる無き名は」（本抄・592）と、該歌と同様に、冤罪とも言うべき不当な処置を神に愁訴する歌を詠じているのである。ただしまた、「かかるためし」に、参考歌のように本来藤氏の祝賀に寄せて言うはずの「小塩山」の「松」には、松が象徴する皇統にある宗尊のような親王がひどい不遇を愁訴するといった先例はない、という趣旨を重ねて解することもできるか。262も、藤原氏の氏神たる「春日」に寄せた愁訴。

広瀬

あはれ知《し》れ神の御室《みむろ》の広瀬川袖漬《つ》くばかり祈《いの》りやはする

〔現代語訳〕 広瀬

哀れを知ってくれ。広い社殿にいらっしゃる広瀬の神よ。そこを流れる広瀬川は、あの古歌のように、袖が浸って濡れるほど浅いけれど、そのように浅く祈ることはするか。するはずもない、深く祈るのだから。

〔本歌〕 広瀬川袖漬くばかり浅きをや心深めて我が思ふらむ（万葉集・巻七・譬喩歌・一三八一・作者未詳。古今六帖・第三・かは・一五八一、結句「我は思はん」。五代集歌枕・ひろせがは・一二八三、結句「我が思へらん」。続古今集・恋二・一一二五、三句「浅き瀬に」結句「我は思はん」）

〔語釈〕 **○広瀬** 広瀬神社のこと。大和国広瀬郡（現奈良県北葛城郡河合町川合）、大和川と曽我川との合流点に鎮座。「延喜式」神名上の「広瀬郡五座第一座／小一座」に「広瀬坐和加宇加（乃）売命神社名神大、月次、新嘗」（国史大系本。「乃」は神道体系本）とある。祭神は主神若宇賀能売命（食物神・水神）、相殿神櫛玉比売命・穂雷命。元慶二年（八七八）七月二十六日、広瀬・竜田両社に神宝を納める倉が一宇ずつ造立されて、翌年六月十四日に神財が奉納されたという（三代実録）。陰暦四月四日と七月四日に、その竜田神社と共に、広瀬竜田祭が行われる。↓257。↓補説。**○御室** 神が来臨する場所。神を祭る物。神社の社殿などを言う。あるいは、元慶年間に造られたという神宝を収める倉（↓前項）を指すか。**○広瀬川** 大和国の歌枕。曽我川が広瀬神社の東付近で大和川に合流する、その流れを言うか。前の「御室の」を承けて、場所が広いの意の「広（し）」が掛かるか。

〔補説〕「広瀬」を歌に詠むことは珍しい。『夫木抄』（雑十六・神祇付社）の「広瀬の神、広瀬、山城」の項に、集付「御集、現存六」作者「衣笠内大臣」として「手向けする広瀬の神のしるしあらば恋の涙の淵もあせなん」（一六〇九二）がある。この家良詠が一応先行例となり、これを宗尊が目にした可能性はあろう。他に、『歌枕名寄』（大和六・飛鳥・雑篇）には「広瀬河　神」を立項するが、右の本歌（三二四六。集付は万葉巻七と続古今巻十二で本文は後者に同じ）と該歌（三二四七）とを挙げるのみで、『夫木抄』（雑六・河）には「広瀬川、広瀬、山城又大和」の項に、「題不知」（集付万葉巻七）として右の本歌（一一三〇六）を挙げるのみ。後出でも南北朝期に、「広瀬竜田祭」を年中行事として詠む例（年中行事歌合・三六・宗時、新葉集・五九九・家賢）が見える程度。

住吉

敷島の我《わ》が道守《まも》る誓《ちか》ひあらば憂《う》き身な捨《す》てそ住吉《すみよし》の神

〔現代語訳〕住吉

私が敷島の和歌を詠む道を守ってゆく誓願をもし立てるのならば、この情けなく厭わしい身を見捨ててくれるな、住吉の神よ。

〔参考歌〕我が道を守らば君を守るらむ齢はゆづれ住吉の松（新古今集・賀・七三九・定家）

敷島の道を守らば住吉の神をしるべに関も越えなむ（為家五社百首・恋・関・住吉・六二二）

敷島の道を捨てずは住吉の神ぞ守らん我が君の御代（弘長百首・雑・神祇・六八二・家良）

〔語釈〕○住吉　住吉大社、住吉明神のこと。摂津国住吉（現大阪市住吉区）に鎮座。摂津国一宮。表筒男（ウワヅツオ）命（第一本宮）・中筒男命（第二本宮）・底筒男命（第三本宮）の三神に加え、神功皇后の三韓出兵の時、その海上を守護したとの伝承から、神功皇后（息長帯姫命。第四本宮）を祭る。海路・軍事の神だが、南社の祭神を玉津島明神（衣通姫）と説く（奥義抄）ように、和歌の神としても信仰された。ここもその意識。↓257。**〇敷島の我が道**　「敷島の道も盛りに興りて」（千載集・序）のように、和歌の道、歌道のことを言う。「敷島の我が道」は、先行例が見えない。参考歌の定家詠から援用か。後代では、下冷泉持為の「敷島の我が道守れ玉津島入江に沈むうき身なりとも」（持為集・同日〔永享九年十一月二十九日〕新玉津島にて・一一〇）や烏丸光広の「敷島の我が道照らすともし火の明石の浦に影遺す人」（黄葉集・人丸の図に・一六三八）がある。これらは、自分の和歌の道、自己の歌道の意であることは明らかである。該歌の場合、「我が」は、「守る」にかかると解されるが、「道」にも「誓ひ」にも、あるいはその三者にかけても解し得る。一応、「守る」にかかると見ておく。「我が」に「和歌」を響かせるか。なお、「敷島の道」を嘉する「住吉の神」を詠むのは、俊成の「敷島や道をばことに住吉の松もうれしと千世をそふらし」（正治初度百首・祝・一二〇三）が早い。**〇誓ひあらば**　意外に用例が少ない句。先行例には家隆の「誓ひあらば逢ひ見んといふ露の身は何にかくべき言の葉もなし」（壬二集・恋・恋歌あまたよみ侍りしに・二九一九）がある。

〔補説〕　既に将軍在位の在関東時から数多の和歌を詠じて来た宗尊が、改めてこの先も和歌を詠み続ける誓いを立てて、住吉の神の加護を願う。少なくとも、日頃の「荒痢」で没する文永十一年（一二七四）七月の二年前、文永九年頃までは、宗尊は和歌を捨てていないことが諸資料に確認される。

266

日吉

曇《くも》りなき心のうちを照らし見《み》よ天つ日吉《よし》の神ならば神

〔現代語訳〕　日吉

天の日のように曇りのない我が心の中を、照らし見てくれ。天の日という名の日吉の神であるならば、その神神よ。

〔本歌〕天の川苗代水に堰き下せ天下ります神ならば神（金葉集・雑下・六二五・能因）

〔参考歌〕やはらぐる光さやかに照らし見よ頼む日吉の七のみ社（拾遺愚草・十題百首・神祇・七九〇）

我が頼む心の底を照らし見よ御裳濯川に宿る月影（老若五十首歌合・雑・四七五・定家。拾遺愚草・一八二六）

〔類歌〕敷島の道のしるべぞ曇りなき天つ日吉の照らす光に（拾藻鈔（公順）・雑下・同家〔為世〕日吉社百首歌・四六六）

三笠山あふぐ春日も曇りなき心の底は照らし見るらん（伏見院御集・山・七五一、一六一四）

〔語釈〕○日吉　日吉（ひえ）山王権現のこと。日吉大社とも。主神は大山咋神（オオヤマクイノカミ）。多くの末社を有する（古く七社、後に二十一社）比叡山の大比叡峰や小比叡（八王寺山）の山岳信仰から始まったとされ、延暦寺と習合して朝野の信仰が厚かった。伊勢と畿内の諸社の二十一社に、最後にこの近江の日吉社が加えられて、「二十二社」となった。↓257。

〔補説〕『後拾遺集』初出歌人能因の歌を本歌と見ることについては、『瓊玉和歌集新注』126・128補説、解説参照。

参考歌の定家詠の「七のみ社」は、東本宮二宮（地主権現）と西本宮大宮権現に聖真子を併せた「両所三聖」に、八王子・三宮・客人宮・十禅師の四社を加えた山王七社を言う。

北野

頼《たの》むかなかかる憂《う》き身の為にこそ神も北野に跡を垂《た》れけん

〔現代語訳〕北野

頼みとすることであるよ。このような辛い身のためにこそ、天神も北野に跡を垂れて現れたのであろう。

〔参考歌〕 たぐひなく憂かりける身のためにこそ人のつらさもある世なりけれ（秋風抄・恋下・九一六・家良）

〔他出〕 中書王御詠・雑・神祇の歌の中に・北野・三三五、結句「跡は垂れけめ」。

〔語釈〕 **○北野** 北野神社のこと。北野天神、北野天満宮とも。平安京北郊、現在の京都市上京区御前通今小路上ル馬喰町にある。菅原道真（神号「天満大自在天」）を祭る。左遷された道真が大宰府に没してのち、その怨霊が醍醐天皇や藤原時平等に祟りをなしたとして、御霊鎮魂のために宗祀。↓257。**○垂れけん** 「こそ」の係結びで、「垂れけめ」とあるべきところ。

〔補説〕 『北野天神縁起』では、北野天神は、「一仏浄土の縁として必天満大自在天神あはれみをたれ」たものといい、そもそも人間の姿としての天神即ち菅原道真は、仏や菩薩が衆生済度のために仮にこの世に姿を現した「権者」の「化現」として、菅相公是善の家の南庭に小児の姿で出現したのだ、ともいう（承久本他）。また、同書の一部伝本では、「本地を尋ぬれば観音の垂迹なり」（津田本）とも記す。宗尊が、具体的に北野の本地をどのように認識していたかは不明だが、当時一般の本地垂迹の通念に従い、北野天神も何らかの仏菩薩が神明として示現したものとして、「神も北野に跡を垂れけん」と表現したのであろう。参考　真保亨『北野聖廟絵の研究』（平六・二、中央公論美術出版）。

熊野

神も見《み》よ熊野《くまの》の那智《なち》の山深《ふか》み落ちたる滝の清《きよ》き流《なか》れを

〔現代語訳〕 熊野

神も御覧あれ。熊野三山の那智の山が深くて、その山奥から落ちている那智の滝の、清い流れを。落ち沈んでいる私の、清廉を。

〔参考歌〕 み熊野の那智のお山に引くしめのうちはへてのみ落つる滝かな（金槐集定家所伝本・雑・那智の滝のありさま語りしを・六五一）

那智の山はるかに落つる滝つせにすすぐ心のちりも残らじ（続古今集・神祇・七三七・式乾門院御匣）

〔語釈〕 ○熊野 熊野権現のこと。本宮・熊野坐神社（和歌山県東牟婁郡本宮町）、新宮・熊野速玉神社（新宮市）、那智山・熊野那智大社（東牟婁郡那智勝浦町）の三山を一体と見て、熊野三山とも言う。平安時代以来、上皇達が崇敬して熱心に参詣した。→257。○神も見よ 治承二年（一一七八）三月十五日の『別雷社歌合』の作「神も見よ思ふ事なき人だにもたつことやすきしめの内かは」（述懐・一六〇・仲綱）が早く、慈円が多用し、定家や為家に用例が見える句。勅撰集では『続後撰集』に初出で、同集の「神も見よ曇りなきよの鏡山祈るかひある月ぞさやけき」（賀・一三六三・祝部成茂）や「神も見よ姿ばかりぞ男山心は深き道に入りにき」（神祇・五四六・源定通）を、宗尊は学んだか。○熊野 この「熊野」は、熊野権現全体、熊野三山の総称。○那智の山 紀伊国牟婁郡那智（現和歌山県東牟婁郡那智勝浦町那智山）の、那智滝を擁する山域。熊野三山の内の一つ、那智大社があり、ここもそれを指す。

〔補説〕 「落ちたる滝の清き流れ」は、将軍を失脚し沈淪する自身の潔白を寓意するか。「清き流れ」が清廉を寓意するのは、玄賓の「三輪川の清き流れにすすぎてし我が名をここにまたや汚さむ」（和漢朗詠集・僧・六一二。続古今集・釈教・八〇一）に始まるが、宗尊は「文永元年六月十七日庚申宗尊親王百番自歌合」（仮称）の「河」題で既に、この歌を本歌に「住みわびば行きて尋ねん三輪川の清き流れやいづこなるらん」（柳葉集・巻四・五四四。瓊玉集・雑上・四三九）と詠じている。該歌でも玄賓の歌を微かに意識するか。

伊豆

朽ちにけり伊豆《いつ》のみ山の宮柱心のうちに立《た》てし誓《ちか》ひを

〔現代語訳〕 伊豆

朽ちてしまったのだな。何時だったか、伊豆の御山に立つ宮柱のように、心の中に立てた誓願であったものを。

〔参考歌〕 ちはやぶる伊豆のお山の玉椿八百万代も色はかはらじ（金槐集定家所伝本・賀・二所詣し侍りし時・三六六。続後撰集・賀・一三五九・実朝）

春日なる三笠の山の宮柱立てし誓ひはいまも古りせず（続後撰集・神祇・五五一・素俊）

〔語釈〕 ○伊豆　伊豆御山にある伊豆山神社のこと。伊豆権現、走湯（山）権現とも。祭神は伊豆山神。古代の、洞穴中より湧いて海に流れる走り湯（下宮・浜宮）とその北の伊豆山（上宮）に対する信仰が基という。源頼朝が崇敬し、伊豆権現と箱根権現の二所権現（及び三島明神）を参詣する、「二所詣」の先例を開く。以後、鎌倉将軍の重要行事となり、宗尊も参詣した。歌題としては珍しい。人麿家集の『柿本集』（書陵部蔵。私家集大成人麿Ⅱ）に「伊豆」の題で「逢ふことをいつしかとのみまつ島のかはらず人を恋ひ渡るかな」（五九〇）が見えるが、これは物名風に、「伊豆」を「何時しか」に詠み込んだもの。相模が治安三年（一〇二三）正月に走湯権現に参詣して社頭に埋めた「走湯百首」は、その後の山の僧からの返歌の百首、さらに相模の権現への返歌の百首と共に、『相模集』（流布本）に見える。↓257。○伊豆のみ山　伊豆国の歌枕。現在熱海市の伊豆山。伊豆権現が鎮座する。「伊豆のお山」とも。「伊豆」に「何時」が掛かると見ておく。

〔補説〕 次歌の「筥根」と一対で、また次次歌の「三島」と併せて、三首は、将軍として二所詣に参じた各社に寄せた述懐。該歌は、将軍として立てた（経世撫民の）心中の誓願が、将軍失脚により脆くも崩れ去ったことを嘆く。将軍を失脚し帰洛してこの歌を詠んだ前年、文永二年（一二六五）には二月七日〜十二日に二所詣を行い、その間に伊豆山に「三十首歌」を奉納している。その歌の一首が『新後拾遺集』（神祇・一五一三）に次のように見える。

文永二年二月、二所に詣でける時、伊豆の御山に奉りける卅首歌の中に

中務卿宗尊親王

神もまた捨てぬ道とは頼めどもあはれ知るべき言の葉ぞなき

筥根

箱根《はこね》山去年《こぞ》の二月《きさらき》この《此》度を限《かき》りなりとや神は知《し》りけん

〔現代語訳〕　筥根（箱根）

箱根の山、箱根権現よ。（私が参詣した）去年の二月に、この度の参詣の旅をそれでもう限りだと（もう参詣はしないと）、神は知っていたのだろうか。

〔参考歌〕　さりともと我は頼みしいにしへも憂かるべき身と神は知りけん（秋風集・神祇・六三四・忠良。玉葉集・神祇・二七八九）

〔他出〕　中書王御詠・雑・神祇の歌の中に・箱根・三三六。

〔語釈〕　**○筥根**　一般に「箱根」だが、「筥根」とも書く。箱根神社のこと。箱根権現とも。相模国足柄下郡（現神奈川県足柄下郡箱根町元箱根）にある。駒が岳や芦の湖を中心とする箱根の山に対する信仰が基。旧国幣小社。祭神は箱根大神と称し、瓊瓊杵尊・木花咲耶姫命・彦火火出見尊の三神とされる。前歌の「伊豆」（伊豆山神社）と共に、「二所詣」の神社として崇敬され、宗尊も将軍在位時には恒例の参詣を行った。→257。**○箱根山**　相模国の歌枕。現在の神奈川県と静岡県との境に位置する箱根の山全体を言う。箱根神社（箱根権現）を擁し、ここもそれを寓意。**○この度を**　底本の「度」については、他にこの字は用いられていないが、散見する「夏」と比較すると、

点を打っていて明らかに区別されている。『私家集大成』『新編国歌大観』共に、「夏」に起こすが、「度」と見るべきであろう。「度」に「旅」が掛かる。

〔補説〕前歌の「伊豆」と一対で、また次歌の「三島」と併せて、三首は、将軍として二所詣に参じた各社に寄せた述懐。該歌は、宗尊が将軍を失脚した文永三年（一二六六）七月の前年文永二年に行った、二月七日〜十二日の二所詣を回顧した述懐。文永三年にも、正月三十日に二所詣の精進始を行っているが、その後の将軍解任に向けた一連の動きのためか、結局宗尊自身は二所に参詣せず、二月五日に奉幣使が進発し、九日に帰参しているのである（吾妻鏡）。従って、文永二年度が宗尊の二所詣の最後となった。

三島

思ひ出づる心《こゝろ》や神も通《かよ》ふらん夢にみしまの御手洗《みたらし》の水

〔現代語訳〕三島

思い出す心は、神も共に似通うのだろうか。夢に見た、三島の御手洗の水よ。

〔語釈〕**○三島**　伊豆国田方郡（現三島市大宮町）にある神社、三島大社のこと。延喜式内社。伊豆国一宮。源頼朝が伊豆山権現と箱根権現の二所と共に、三島大社にも度々参詣して神事には奉幣使を派遣して崇敬して以来、将軍の恒例行事となり、宗尊も二所詣の折に併せて参詣した。↓257、269、270。**○夢にみしまの御手洗の水**　「夢に見し」から「みし」を掛詞に「三島の御手洗の水」へ鎖る。「御手洗の水」の句は、早く「神垣のい垣のいかに契らねどかくていくたびみたらしの水」（惟規集・加茂にて、或女に・四）の例が見える（「みたらし」の「み」に「見」が掛かる）。その後は、宜秋門院丹後の「千はやぶる神にも問はん君が代をうれしといかにみたらしの水」（正治初度百首・祝・二二〇〇。これも「見」が掛かる）や、長明の「さりともと濁りなき世を頼むかな流れ絶えせぬ御手洗の水」（正治後度百首・神祇・六五四）、あるいは慈円の「賀茂百首」の「夏きても暑さまさらぬ衣手に結ぶ影ある御手洗の水」（拾玉集・詠百首和歌・夏・二三一六）や、為家の賀茂社奉納の「末結ぶ手にも千歳やせかるらん菊咲きかかる御手洗の水」（為家五社百首・秋・菊・賀茂・三六七）等と詠まれる。丹後の一首は判然としないが恐らくこれも含めて、何れも上賀茂神社の御手洗川を詠んでいる。「三島の御手洗の水」は新奇。三島は清水豊富な土地で、現在の三島大社にも神前の池に水が湛えられている。当時も同様のものが存在していたとすれば、これが「御手洗の水」に当たると見てよいであろう。ちなみに南朝の師賢は、「下総国へ下り侍りける道にて、三島大明神に読みて奉りける歌中に」として、「契り有りて今日はみしまの御手洗に憂き影うつす墨染の袖」（新葉集・雑下・一二七九）と詠んでいる。

社

跡垂《あとた》るゝ四方の社《やしろ》の神々も過《あやま》たぬ身の程は知るらん

〔現代語訳〕 社

我が国に垂迹している四方の社の神々も、間違っていない無実のこの身の様子をご存じであろう。

〔参考歌〕 守れただ四方の社の天つ神君ゆゑにこそ跡も垂るらめ（続古今集・神祇・七四七・基家。宝治百首・雑・寄社祝・三九二〇）

君を祈るただ一言の神のみや二心なき程は知るらむ（続古今集・神祇・七一六・賀茂氏久）

〔他出〕 中書王御詠・雑・同じ頃、心のうちに思ひ続け侍りし・三四五。

〔語釈〕 **〇社** 『古今六帖』（第二・山）の「やしろ」。神霊の降り立つ場所、神を祭る建物の意。**〇過たぬ身** →178。

〔補説〕 『中書王御詠』では、「同じ頃、心のうちに思ひつづけ侍りし」の詞書の下、「身の憂さもさてこそしばし慰むれ神のまことのある世ともがな」（三四三）「末の世もかはらぬものと頼み来し神の誓ひのいかがなりぬる」（三四四）に続く歌。「同じ頃」は、「その頃同社に奉りし十首歌に」（三三三九～三三四二詞書）を通して、「思はざるほかに沈みにしことを、北野に愁へ申すとて」（三三三八詞書）を承ける
257から271までが各諸社名に寄せる述懐で、それを概括する「四方の社の神々」という該歌で結ぶ。

序品、入於深山

忍ぶ山心の奥《おく》や教《をし》へけんしひ《ゐ》てぞ見《み》つる有明の月

【現代語訳】 序品、「深山に入る」

信夫山ならず、深い山の奥に入って忍ぶ心の奥を、仏は説き教えたのであろうか。どうあっても見てしまう、有明の月よ、仏の光明よ。

【参考歌】 信夫山忍びて通ふ道もがな人の心の奥も見るべく（伊勢物語・十五段・一二三・男。新勅撰集・恋五・九四二・業平）

【語釈】 **○序品、入於深山**　『法華経（妙法蓮華経）』「序品第一」で、『法華経』を説く前に釈尊が霊鷲山で示した瑞相につき、弥勒菩薩が大衆に代わり、その奇跡の不思議を文殊菩薩に対して問う偈の中の一節、「又見下菩薩　勇猛精進　入二於深山一　思中惟仏道上」の一句。**○忍ぶ山**　参考歌から、陸奥国の歌枕「信夫山」を念頭に置くか。ただし、参考歌の場合は「忍び」の序だが、ここは「忍ぶ」に、堪え忍ぶの原意が生きた掛詞。「道絶えて我が身に深きしのぶ山心の奥を知る人もなし」（続後撰集・恋一・六六六・道家）にも学ぶか。宗尊には、これに倣った「しのぶ山心の奥に立つ雲の晴れぬ思ひは知る人もなし」（宗尊親王三百首・恋・二〇五）もある。**○心の奥**　「奥」は、題の「深山」から、「忍ぶ山」の縁で、深い山奥の意が掛かる。**○しひてぞ見つる**　先行例は、建長三年九月『影供歌合』の「旅衣ほさで時雨るるみ山路にしひてぞ見つる峰のもみぢ葉」（行路紅葉・三〇三・公基）。

〔補説〕　同じ偈頌句を題とする歌は、行尊の「入於深山／世を背き深き山路へ入りにけりしづかに法を思ひとくとて」（行尊大僧正集・五五）が早く、以後散見する。中で、「月」を詠む歌には、寂然の「入於深山思惟仏道といふ文の心を／雲かかる苔の岩とに跡絶えて心に晴れぬ月をしぞ思ふ」（唯心房集・一六二）や秀能の「入於深山／奥山にすむ心だにありければしづかに四方の月は見えけり」（如願法師集・九二六）がある。これらの「月」は、「思惟仏道」の「仏道」、あるいはそれを導く仏の光明、即ち「序品」で仏（釈尊）が示す瑞相の一つ、眉間の白毫相から遍く光を放つその光明、を寓意していようか。該歌の場合も同様か。

ここから巻一巻軸の288まで釈教歌。内、285までは『法華経』二十八品の各品の経文歌で、286は『法華経』の結経たる『普賢経』を題とする。恐らくは、『法華経』の開経『無量義経』を題とする一首、『法華経』二十八品の各品の経文を題とする二八首、『普賢経』を題とする一首、からなるいわゆる「法華経二十八品歌」三〇首からの抄録であろう。全体には、『発心和歌集』以来の「法華経二十八品歌」の経文題で経旨を詠む伝統的な歌と、他にあまり例を見ない経文を題とする新奇な歌とが併存している。

方便品、常自寂滅相

長閑にも心と花《はな》の散《ち》るにこそ風の辛《つら》さはなき世《よ》なりけり

〔現代語訳〕　方便品、「常に自ら寂滅の相なればなり」

何とものどかに自から花が散るにつけて、吹く風の恨めしさは無い、この世であったのだな。この世の万物は、もとより自から消滅するのが本質であり、それはしかし真の滅でなく、来世に仏となることができるのだから、辛い恨めしさなどはないこの世であったのだ。

〔参考歌〕　吹く風ぞ思へばつらき桜花心と散れる春しなければ（後拾遺集・春下・一四三・大弐三位）

吹く風ものどけき御代の春にこそ心と花の散るは見えけれ（雲葉集・春中・百首歌の中に・一四九・式子。式子内親王集・百首歌の中に・三五三）

〔語釈〕〇**方便品、常自寂滅相**　『法華経』「方便品第二」は、釈尊が舎利弗に大乗一乗の智慧に転じさせて、諸法実相（有形無形の万物は全て空なるままに真実の姿であること）を説く。そこで、釈尊が「唯一仏乗」（一切衆生を成仏させる無二の教法）の意義を説く偈の一節、「我雖レ説二涅槃一　是亦非二真滅相一　諸法従レ本来　常自寂滅相　仏子行レ道已　来世得レ作レ仏」の一句。なお、底本の「滅」は、『私家集大成』『新編国歌大観』共に「成」に起こす。しかし、284「薬王品、病即消滅、不老不死」の「滅」と比べれば三水がはっきりしないが、他所の「成」に比較すると明らかに異なる運筆であり、「滅」と見るべきである。

〔補説〕経旨歌ではあるが、参考歌の両首を念頭に置いていようか。

同じ偈頌句を題として、慈円は「常自寂滅相／昔より心のどかに行く舟はまどひし浪の末をしぞ思ふ」（拾玉集・詠百首和歌法門妙経八巻之中取百句・方便品十四首・二四二一）と詠んでいる。他例は見えない。

譬喩品、浅識聞之　迷惑不解

山の井の浅《あさ》き心に迷《まよ》ふこそ理《ことはり》とこそ袖は濡《ぬ》れけれ

〔現代語訳〕譬喩品、「浅識のものはこれを聞きて　迷惑して解《さと》らざればなり」

山の井戸が浅いように、浅い心で迷っている、しかし、浅識のものは法華経の説法を聞いても迷い惑って理解しないと言うから、それこそが仏の説くまさに真理だと、袖は涙に濡れたのだった。

〔参考歌〕山の井の浅き心も思はぬに影ばかりのみ人の見ゆらむ（古今集・恋五・七六四・読人不知）

〔語釈〕〇**譬喩品、浅識聞之　迷惑不解**　『法華経』「譬喩品第三」は、方便品の教えを領解して悦んだ舎利弗が、阿羅漢達に真実の教えを説くことを懇請し、釈尊が「三車（火宅）」の喩を以て説く。そこで、釈尊が重ねて義を説いた偈の一節、「斯法華経　為二深智一説　浅識聞レ之　迷惑不レ解」の一句。**〇山の井の**　「浅き」を起こす序。

〔補説〕　経旨歌で、偈頌の句題を承けてはいるが、参考歌の措辞を取っている。本歌と見ることもできるか。同じ偈頌句を題とする例は見えない。

法師品、諸法空為座

人を待《ま》つ心もいつか残《のこ》りける空《むな》しき床《ゆか》に明《あ》くるしののめ

〔現代語訳〕　法師品、「諸法の空を座となす」

法華経を説くために人々を待ち受ける心も、いつの間にか残ったのだった。万物が無である空しい台座に、白々と明ける夜明けよ。

〔参考歌〕　山人の昔の跡を来て見れば空しきゆかを払ふ谷風（千載集・雑上・一〇三九・清輔）

たぐひなくつらしと思ふ秋の夜の月を残して明くるしののめ（千載集・秋上・一七八・成通）

〔語釈〕　**〇法師品、諸法空為座**　『法華経』「法師品第十」は、薬王菩薩をはじめとする八万の大士に対し、釈迦在世にも仏滅後も、『法華経』の一偈一句を聞いて随喜する者に、成仏の記別を授けることを約し、五種法師（受持・読経・誦経・解説・書写）、十種供養（華・香・瓔珞・抹香・塗香・焼香・繒蓋・幢幡・衣服・伎楽）を説く。そこで、釈尊が重ねて説いた偈の一節、「若人説二此経一　応下入二如来室一　著二於如来衣一　而坐二如来座一　処レ衆無レ所レ畏　広為分別説上　大慈悲為レ室　柔和忍辱衣　諸法空為レ座　処レ此為レ説レ法」の一句。**〇空しき床**　「むなしきゆか」。題の偈頌句「諸法空為座」を承けて言うが、歌詞としては参考歌に拠るか。ただし、「むなしきとこ」とも読め、それが歌詞としてはむしろ通用だが、ここは寝床の意味ではないので、勤行の台座の意味を持つ「ゆか」に読んでおく。

〔補説〕 題の経旨がどのように表現されているのかが、必ずしも分明ではない。上句は、「衆に処して畏る所なく 広く為に分別して説くべし」を踏まえて、（釈尊が説く）法華経を人が説く為に衆人に対処する心がまえも、知らず知らずのうちにそのまま残り伝わったのだ、といった趣旨を表そうとした、と解しておきたい。

同じ偈頌句を題とする例は、室町後期の岩城の連歌師広幢の他撰家集『広幢集』に、「諸法空為座／見し人もにほひし花も春風も跡をとどめぬみ吉野の山」（二一五）が見える程度。

宝塔品、如所説者、皆是真実

誓《ちか》ひ置《を》きし昔の人の理《ことはり》に今説《と》く法のまことをぞ知《し》る

〔現代語訳〕 宝塔品、「説く所の如きは、皆これ真実なり。」

誓願し置いた昔の人の真理によって、今説く法華経の真実であることが分かるよ。

〔語釈〕 **○宝塔品、如所説者、皆是真実** 『法華経』「見宝塔品第十一」は、大地から湧出して空中にある高さ五百由旬、縦横二百五十由旬の七宝の宝塔から、塔内の多宝如来と並座した釈尊が、仏の白毫から放たれた光明に照らされて集まった十方浄土の諸仏に空中説法を行うことを説く。その冒頭部分で、諸天諸衆が宝塔供養をすると「その時、宝塔の中より大音声を出だして、歎《ほ》めて言ふ」とする一節、「善哉。善哉。釈迦牟尼世尊。能以下平等大慧。教二菩薩一法。仏所二護念一。妙法華経上。為二大衆一説。如レ是。如レ是。釈迦牟尼世尊。如レ所レ説者。皆是真實。」の末尾の章句。**○まことをぞ知る** 公任が、法華経二十八品歌の「神力品」に「めづらしくのぶる下にてみ法をば誠のなかのまことをぞ知る」（公任集・二八〇）と詠むのが早い例。慈円にも「花もみも同じにほひの枝を見て法の蓮のまことをぞ知る」（拾玉集・五一九〇）の作例がある。

〔補説〕 同じ経文を題とした歌の先行例は目に入らない。後代でも、室町期の歌僧正広の「詠法花経廿八品和歌」

の「宝塔品、如所説者、皆是真実／春の風岩間の氷解く水を空よりすます日の光かな」（松下集・三三二五）や、近世初期の烏丸光広の法華経二十八品歌の「宝塔品、如所説者、皆是真実／香をとめて来ぬる鶯声なくは妙なる梅の花と知らめや」（黄葉集・一四三二）等（他には難波拾草・八一二の一首）が見える程度。

278

提婆品、于時奉事、経於千歳

薪樵《こ》りいつか千歳《とせ》を過ぐしけん山路《ち》の露に袖は濡《ぬ》れつつ

〔現代語訳〕 提婆品、「時に奉《つか》事ふること、千歳を経」

釈尊は法華経を得るために、薪を伐採して、知らぬ間に千年を過ごしたのだろうか。山路の露に袖は濡れながら。

〔本歌〕 濡れて干す山路の菊の露の間にいつか千歳を我は経にけむ（古今集・秋下・二七三・素性）

〔語釈〕 **○提婆品、于時奉事、経於千歳** 『法華経』「提婆達多品第十二」は、三逆の罪で生きながら無間地獄に堕ちた提婆達多と垢穢五障ある八歳の竜女が成仏したことから、末世一切の男女成仏を説くが、釈尊が過去世に国王であったとき阿私仙人に千年のあいだ仕え、難行苦行して法華経を得た、その阿私仙人が提婆達多の過去世の名であったとする。この巻の冒頭で、釈尊が仙人に従って、水を汲み薪を拾って修行し、法華経を得たということを説く部分の、「即随二仙人一。供二給所レ須一。採レ菓汲レ水。拾レ薪設レ食。乃至以レ身。而作二床座一。身心無レ倦。于レ時奉事。経二於千歳一。為二於法一故。精勤給侍。令レ無レ所レ乏。」の章句の一部。

〔補説〕 経旨歌で経文の題を承けてはいるが、特徴的な詞の一致から、素性歌を本歌にしたと見るべきであろう。281、283、285も同様。

勧持品、我不愛身命　但惜無上道

かかる憂《う》き身をば何とか惜《お》しむべき花にぞ後の春も待《ま》たるる

〔現代語訳〕勧持品、「我身命を愛せずして　但無上道のみを惜しむなり。」（あの菩薩達でさえ、法華経を説き弘めるために諸難を忍び、身命をとくに愛しむこともなく、ただ無上の悟りの道を希求して、来世に仏の教えを護持することを誓願したのだから）　このような憂く辛い我が身を、どうして惜しむであろうか、ちっとも惜しみはしない。ただ、花によって後の春も自然と待たれるように、法華経によって後世が待たれるだけなのだ。

〔参考歌〕身に替へてあやなく花を惜しむかな生けらば後の春もこそあれ（後撰集・春・五四・長能）

〔語釈〕○勧持品、我不愛身命　但惜無上道　『法華経』「勧持品第十三」は、薬王や大楽説等の菩薩や阿羅漢達が、仏滅後の法華経弘法を誓願することを説く。そこで、諸菩薩が声を合わせて唱える偈の一節、「為レ説二是経一故忍二此諸難事一　我不レ愛二身命一　但惜二無上道一　我等於二来世一　護二持仏所一レ嘱」の章句の一部。○花　「法華経」を寓意する。

〔補説〕勧持品の同じ偈頌句を題として詠むことは、『発心和歌集』の法華経二十八品歌で「勧持品　為説是経故　忍此諸難事　我不愛身命　但惜無上道／憂きことの忍び難きを忍びてもなほこの道を惜しみとどめん」（三七）に始まり、以後、和泉式部（和泉式部続集・四八九〜五〇〇。「我不愛身命」の訓読文字を各歌頭に置く）、忠通（田多民治集・一八〇。両句とも）、俊成（長秋詠藻・四一五。両句とも）、慈円（拾玉集・二四八一、四四五七。前一句のみ）、定家（拾遺愚草・二九七。前一句のみ）等に作例が見える。

寿量品、常在霊鷲山　及余諸住処

我《われ》と見《み》ぬ心ぞつらきいづこにも有りしながらの月はすむなり《也》

〔現代語訳〕　寿量品、「常に霊鷲山　及び余の諸の住処に在るなり」

自分から進んで見ようとしない心は恨めしいよ。この世界のどこにでも、はるか昔から有ったそのままの月は今も澄んで、住んでいるのだ。仏は、久遠に霊鷲山やその他の住処に常在しているのだ。

〔参考歌〕　昔思ふ草にやつるる軒端より有りしながらの秋の夜の月（洞院摂政家百首・秋・月・六二六・定家）

荒れはてて人目まれなる故郷に有りしながらにすめる月かな（秋夢集＝後嵯峨院大納言典侍集・四三）

〔語釈〕　**○寿量品、常在霊鷲山　及余諸住処**　『法華経』「如来寿量品第十六」は、「方便品」「安楽品」「普門品」とともに四要品という。本門（法華経後半部）の正説の中心で、弥勒の疑問に答えて、仏が、五百塵点劫の喩えと良医の喩えで、仏の寿命の久遠常住を説く。「自我得仏来」に始まる、重ねて仏身常住を説く最後の「自我偈」と通称される偈頌は、如来加持の文・破地獄の文とも呼ばれて『法華経』の眼目とされ、我々の住む世界がそのまま寂光浄土であることを説き、仏の大悲の発露を説く。その「自我偈」の一節、「常在ニ霊鷲山　及余諸住処一　衆生見ニ劫尽　大火所レ焼時　我此土安穏　天人常充満」の章句の一部。**○有りしながらの月**　昔からあったそのままの月。久遠常住の仏を寓意。**○すむ**　「澄む」と「住む」の掛詞。

〔補説〕　「自我偈」の同じ句を題に詠むことは、『久安百首』（尺教）の崇徳院詠「寿量品、常在霊鷲山／世の中になほありあけのつきせずととけば心の闇ぞ晴れぬる」（八七）や、『詞花集』（雑下）巻軸に収める登蓮の「常在霊鷲山の心をよめる／世の中の人の心のうき雲に空隠れする有明の月」（四一五）が早い。以後、この「常在霊鷲山」のみを題とする例が散見するが、「及余諸住処」までを題とする例は見えない。

随喜品、世皆不牢固　如水沫泡焔

水の上のあはれはかなきこ《此》の世とは知《し》りてまどふに濡《ぬ》るる《ゝ》袖かな《哉》

〔現代語訳〕　随喜品、「世は皆牢固ならざること　水の沫・泡・焔の如し」
　水の上のように、ああなんともはかないこの世の中だとは、知っていて心乱れるにつけて、涙に濡れる袖であることだよ。

〔本歌〕　なにかその名の立つことの惜しからむ知りてまどふは我ひとりかは（古今集・雑体・誹諧歌・一〇五三・興風）

〔参考歌〕　世の中をいかが頼まんうたかたのあはれはかなき水の泡かな（堀河百首・雑・無常・一五五四・匡房）
　玉きはる命をあだに行く舟のあはれはかなき浪の上かな（壬二集・家百首・雑・寄舟雑・一四三五）

〔語釈〕　○随喜品、世皆不牢固　如水沫泡焔　『法華経』「随喜功徳品第十八」は、前品の「分別功徳品第十七」の終りに説かれた五品中の初随喜品について、その功徳を弥勒に対して詳しく説く。仏滅後に『法華経』を聞いて随喜する者の功徳が、五十人目に至っても広大無量であることを説く。その義を重ねて宣べる偈の一節、「世皆不㆓牢固㆒如㆓水沫泡焔㆒　汝等咸応㆑当　疾生㆓厭離心㆒」の章句の一部。

〔補説〕　経旨歌で経文の題を承けてはいるが、特徴的措辞の一致から、興風歌を本歌にしつつ、参考歌の匡房詠などにも負ったと見る。278、283、285も同様。
　随喜品の同じ偈頌句を題として詠むことは、『発心和歌集』の法華経二十八品歌「随喜功徳品、世皆不牢固　如水沫泡焔　汝等咸応当　疾生厭離心／かげろふの有るかなきかの世の中に我有るものと誰頼みけん」（四二）に始まり、寂然『法門百首』の「随喜功徳、世皆不牢固　如水沫泡焔／結ぶかと見れば消え行く水の泡のしばしたまゐる世とはしらずや」（八五）に受け継がれる。宗尊より後出では、『尊円親王詠法華経百首』の「世皆不牢固　如水沫泡焔／涙川身さへ流るる水の泡のあはでやつひに思ひ消えなん」（六五）や、尭恵『下葉集』の「法花経廿八品」歌「随喜功徳品、世皆不牢固　如水沫泡焔　汝等咸応当　疾生厭離心／おろかなり見ても知らずや水の泡の身はすみやかになき物かとも」（六四五）がある。『発心和歌集』歌以外はいずれも、題に即したはかなさの喩えで「水の泡」を詠み込んでいる。それに照らしても、宗尊の「水の上」はやや異質。

不軽品、汝等皆行菩薩道、当得作仏

秋はみな花に咲くべき萩なればあだには分けじ宮城野の原

〔現代語訳〕 不軽品、「汝等は皆菩薩の道を行じて、当に仏と作ることを得べければなり。」

秋には皆、花として咲くことができる萩であるので、あだやおろそかには分け行くことはするまい、萩がある宮城野の原を。（それが、あらゆる者は皆仏になることができるのだから、まったく軽んじ侮ることはしない、と言った常不軽菩薩の心だ）

〔参考歌〕 秋はみな思ふことなき荻の葉も末たわむまで露は置くめり（詞花集・雑上・三三〇・和泉式部）

今ぞ知る冬こもりせる草も木も花に咲くべき種しありとは（万代集・釈教・一切衆生悉有仏性の心を・一七〇六・有長）

さ牡鹿のしがらみ伏する萩なれば下葉や上になりかへるらん（拾遺集書陵部堀河宰相具世筆本・雑下・五一四・躬恒。拾遺抄・雑上・四〇九。拾遺集第三句は新編国歌大観本「秋萩は」）

〔語釈〕 **○不軽品、汝等皆行菩薩道、当得作仏**　『法華経』「常不軽菩薩品第二十」は、常不軽菩薩の故事を示して、法華経の行者を誹謗する者の罪報と護持する者の功徳とを得大勢菩薩に説く。威音王仏滅後の像法時の過去世で、増上慢の比丘達が勢力を振るう中、常不軽菩薩（今の釈迦牟尼仏）が現れて、一切衆生は仏性があるとして、出会うあらゆる四衆を礼拝讃歎した。その時に唱える、「我深敬㆓汝等㆒。不㆓敢軽慢㆒。所以者何。汝等皆行㆓菩薩道㆒。当㆑得㆑作㆑仏の章句の一部。

【補説】 経文を題とする経旨歌ではあるが、詞を参考歌の三首に負っていようか。

「不軽品」の同じ章句を題にする先例は見えない。慈円の「詠百首和歌法門妙経八巻之中取百句」には「譬喩品五首」の一首として「必当得作仏／高き峰に先立つ人を見るからに我も行くべき道を知るかな」（拾玉集・二四二七）の類題詠がある。

属累品、汝等亦、応随学如来立法、勿《而》生悩

みな人に五月知《し》らせて郭公夕《ゆふ》べの空に声な惜《お》しみそ

【本文】 ○底本は、経文章句題の末尾が「而生悩」とあるが、『法華経』の原文と文意とに照らして、「而」は「勿」であるべきであり、単純な誤写と見て私に改める。

【現代語訳】 属累品、「汝等も亦、応に随って如来の立法に学ぶべし。悩みを生ずることなかれ。」

全ての人に五月を知らせて、時鳥は、夕方の空に声を惜しむな。一切の衆生に、法華経の弘通を付託して如来の法を学んで、悩みを生ずるな、と三度説いた仏の声のように。

【本歌】 鳴けや鳴け高田の山の郭公この五月雨に声な惜しみそ（拾遺集・夏・一一七・読人不知）

【語釈】 **○属累品、汝等亦、応随学如来立法、勿生悩** 『法華経』「嘱累品第二十二」は、一切の大衆に対する仏法の付嘱（実践弘通を付託すること）を説く。そこで、釈迦牟尼仏が、宝塔の説法の座から立ち上がって、右手で無量の菩薩達の頭を三度摩でて作す言説、「我於㆓無量。百千万億。阿僧祇劫㆒。修‐習是難㆑得。阿耨多羅三藐三菩提法㆒。今以付‐嘱汝等㆒。…如来是一切衆生。之大施主。汝等亦応㆔随学㆓。如来之法㆒。勿㆑生㆓慳悋㆒。」の章句の部分に相当し

ようか。字句の異なりの原因は不明である。

〔補説〕経文の題詠ではあるが、他の法華経経旨歌（278、281、285）にも認められるように、『拾遺集』歌を本歌にしたとみるべきであろう。

「嘱累品」のこの部分の章句を題とする例は、他に見えない。

284

薬王品、病即消滅、不老不死
舟のうちにのり知《し》らでこそ求《もと》めけめ有りけるもの《物》を死《し》なぬ薬は

〔現代語訳〕薬王品、「病は即《ただち》に消滅して、不老不死ならん。」

舟の中に乗り、ならぬ、法華経の法を知らないからこそ、求めたのであろう。不死の妙薬法華経は、とっくに存在していたものを。


〔語釈〕○薬王品、病即消滅、不老不死　『法華経』「薬王菩薩本事品第二十三」は、仏が宿王華菩薩に対して、法華経の座に列する薬王菩薩の往時（前身たる一切衆生喜見菩薩）の苦行や焼身供養を説いて、行者を勧奨する。この品の最後部で、仏は宿王華に対して薬王菩薩本事品を嘱累することを告げ、後の五百歳の中で閻浮提に広宣流布して神通力で守護すべきことを説くが、その所以として言う「此経則為。閻浮提人。病之良薬。若人有レ病。得レ聞ニ是経一。病即消滅。不老不死。」の末尾の両句。○舟のうちに　「乗り」の掛詞で「法」を起こす序。○死なぬ薬　蓬莱山の不老不死の仙薬の趣意で詠まれる例が散見するが、「薬王品」の「不老不死」に寄せて言う先例は、建長五年（一二五三）に藤原定家十三回忌に為家が勧進した追善詩歌である『二十八品並九品詩歌』「薬王品」の小宰相詠「名のみ聞く蓬が島も尋ね見じ死なぬ薬の法に逢ひなば」（四八）がある。

〔補説〕同じ章句を題とする先行例は、寂然『法門百首』の「薬王品、病即消滅、不老不死／舟の中に老いを積みけるいにしへもかかるみ法を尋ねましかば」(祝・四四)、と慈円「詠百首和歌法門妙経八巻之中取百句」「薬王品六首」の一首「病即消滅／法の風に秋の霧さへ晴れのきてしぼむ華なきませの中かな」(拾玉集・二五二五)がある。該歌は、前者に負ったかもしれない。後出は、『尊円親王詠法華経百首』の「病即消滅、不老不死／唐人も御法にあはばいたづらに蓬の島の草は尋ねじ」(雑・薬王品・八五)と正広「詠法華経廿八品歌」の「薬王品、病即消滅、不老不死／谷の戸にふる年明けて老いせじと若菜つむなり雪の山人」(松下集・三二三七)が見える。

妙音品、宿王智仏、問《間》訊世尊

尋ね来《き》てさまざま問《と》ひし言《こと》の葉を答《こた》へぬしもぞ言《い》ふにまされる

〔本文〕○底本は、経文章句題の末尾が「間訊世尊」とあるが、『法華経』の原文により、単純な誤写と見て「問訊世尊」に改める。

〔現代語訳〕妙音品、「宿王智仏は、世尊を問訊したまふ。」

妙音菩薩が釈迦牟尼仏を尋ね来たって、さまざまに問い尋ねた言葉を、釈迦が答えないというのも、直接言うのに優っているのだ。

〔本歌〕主なしと答ふる人はなけれども宿のけしきぞ言ふにまされる(後拾遺集・哀傷・霊山に籠もりたる人に逢はむとてまかりたりけるに、身罷りて後十三日にあたりて物忌すと聞き侍りて・五五三・能因)

〔語釈〕**○妙音品、宿王智仏、問訊世尊**　『法華経』「妙音菩薩品第二十四」は、釈迦牟尼仏が光明を放って東方の恒河沙の世界を照らすと、その中の浄光荘厳世界にいた浄華宿王智如来とその弟子で無量の三昧を得ている妙音菩薩がいて、妙音菩薩が三昧の力で八万四千の菩薩とともに耆闍崛山(霊鷲山)に来詣して『法華経』を聴聞することを説く。その妙音菩薩が、耆闍崛山で釈迦に瓔珞を奉って言う「世尊。浄華宿王智仏。問二訊世尊一…又問二訊多宝如来一…我今欲レ見二多宝仏身一。唯願世尊。示レ我令レ見。」の章句の一部。続いて、「爾レ時釈迦牟尼仏。語二多宝仏一。是妙音菩薩。欲レ得二相見一。時多宝仏。告二妙音一言。…」とあり、釈迦牟尼仏は宿王智には答えておらず、また、妙音にも直接には語っていない。このことを詠むか。

〔補説〕 経文の題詠ではあるが、他の法華経経旨歌（278、281、283）にも認められるように、また、歌詞の一致からも能因詠を本歌にしたと見る。なお、『後拾遺集』初出歌人能因の歌を本歌と見ることについては、『瓊玉和歌集新注』126・128補説、解説参照。

同じ章句を題とする先行例は見えない。

普賢経

露《つゆ》霜の消《き》えてぞ色はまさりける朝日に向《む》かふ峰の紅葉葉《々》

〔現代語訳〕 普賢経

置いていた露や霜が消えて、その色は鮮やかに照りまさるのであった。朝日に向き合う峰の紅葉の葉よ。罪障は霜露の如きもので、仏の智慧の日光がそれを削除してくれる、そのように。

〔参考歌〕 紅葉葉のなほ色まさる朝日山夜の間の露の心をぞ知る（拾遺愚草・秋・内裏にて、朝見紅葉・二三九四）

露霜の色どる木木も数見えて朝日いざよふ嶺の紅葉葉（歌合建保四年八月廿二日・朝紅葉・一七・資高）

〔他出〕 新後撰集・釈教・同経〔普賢経〕の心を・六二八。

〔語釈〕 **○普賢経** 観普賢菩薩行法経。『法華経』の掉尾「普賢菩薩勧発品」を承けて締め括るとされる、『法華経』の結経。釈迦が、三か月後に涅槃に入ることを予告した際、阿難や弥勒菩薩達が仏滅後の修行の心得などを問い、仏が答えた様子を説く。仏滅後に衆生が修行の師とするべき普賢菩薩と出会う方法、また、六根を清浄にして滅罪懺悔する方法等を説く。その経文の偈の「衆罪如二霜露一　慧日能消除　是故応二至心一　懺三悔六情根二」を念頭に置く。↓補説。**〇朝日に向かふ**　先行例は、良経の「人の世は思ひなれたる別れにて朝日に向かふ雪の曙」（拾遺愚草・雑・無常・同じ年（建久四年）の雪の朝、大将殿より・二八〇〇）が目に入る程度。

〔補説〕「普賢経」を題に詠むことは、『発心和歌集』の「普賢経、衆罪如霜露　慧日能消除　是故応至心　懺悔六情根／作り置ける罪をばいかで露霜の朝日に当たるごとくけしてん」（五三）に始まる。以後、左に挙げるとおり、多くは「衆罪如霜露　慧日能消除」を踏まえた詠み方である。該歌も同様だと考える。

夜半に置く露のごとくの罪なればつとめて消ゆる物にぞありける（後葉集・雑五・普賢経の心をよませ給ひける・五八六・近衛院）

ゆきつもる罪の名残も知らじかしかばかりさせる法の日影に（田多民治集・観普賢経・一九六）

長き夜に積もれる霜のあだものは恵む朝日に消えぬとぞ聞く（教長集・雑・普賢経・八四〇）

露霜と結べる罪のくやしきを思ひとくこそ朝日なりけれ（長秋詠藻・普賢経、衆罪如霜露　恵日能消除・四三一）

心より結び置きける霜なれば思ひとく日に残らざりけり（月詣集・釈教・普賢経の心をよめる・一〇六一・大輔）

朝日影思へば同じ夜の夢別れにしぼるしののめの露（拾遺愚草・雑・普賢経・二九五五）

法の日の照らさざりせばいかにして積もれる罪の霜を消たまし（秋風集・釈教・普賢経の心を・五八四・俊房女）

露霜とともに日を待つ老いの波積もれる罪はかつや消えなむ（二十八品並九品詩歌・普賢経・六〇・基良）

寺

誰《たれ》かまた《又》向《む》かひの寺の鐘の音を雪の夕べ・の月に聞《き》くらん

〔現代語訳〕　寺

私の他に誰がまた、向かいにある寺の鐘の音を、雪が降る夕方の月の下で聞いているのだろうか。（あの薫か）。

【本説】雪のかき暗し降る日、ひねもすにながめ暮らして、世の人の、すさまじきことにいふなる、十二月の月夜の、曇りなくさし出でたるを、簾垂巻き上げて見給へば、向かひの寺の鐘の声、枕をそばだてて、今日も暮れぬ、と、かすかなる響きを聞きて、

おくれじと空行く月を慕ふかなつひにすむべきこの世ならねば（源氏物語・総角・六八〇・薫）

【影響歌】秋はいま《はや（傍記）》今日暮れぬとぞおどろかす向かひの寺の入相の鐘（亀山院御集・暮秋詠十首和歌・古寺暮秋・二九二）

【語釈】○寺『古今六帖』（第二・仏事）の「てら」。○向かひの寺『源氏物語』「橋姫」で、光源氏の異母弟宇治八の宮が、宇治の山荘に隠棲して、この寺の阿闍梨と法談しまた参籠する宇治山の寺。「総角」では、薫が宇治八の宮邸にあって鐘の声を聞く。→補説。○雪の夕べ　家隆の「年も経ぬいかに待ち見ぬ宿なれや雪の夕べの杉の山本」（壬二集・冬・前参議信成卿北野会、冬望雪・二六六五）が先行例として見える。「雪の夕暮」は、寂蓮の「降りそむる今朝だに人の待たれつるみ山の里の雪の夕暮」（右大臣家歌合治承三年・雪・二三）が早く、『正治初度百首』の定家詠「駒とめて袖うち払ふ陰もなし佐野の渡りの雪の夕暮」（冬・一三七〇）と家隆詠「寂しさの友だになきは庵さす野中の松の雪の夕暮」（冬・一四七〇）が続き、新古今歌人達が多く詠み寂蓮と定家の歌が『新古今集』（冬・六六三、六七一）に入集する。「雪の夕べ」を詠むのは、この状況とも無縁ではないであろう。

【補説】「向かひの寺」「雪の夕べの月に聞くらん」は、歌詞としては新鮮である。宗尊が「寺」の題の本意をどのように捉えていたのかはよく分からないが、『源氏物語』（総角）の薫に我が身をよそえて、絵画的な情景を叙しつつ、鐘の音を聞く孤独さを述懐する趣か。本説は、宇治八の宮の娘大君が匂宮等との関係を悲観して重態となり、薫が看護するうちにやがて他界し、悲しみに沈む薫が、世の無常と出離への思いを募らせる場面。

影響歌に挙げた、『源氏物語』「総角」の同じ場面を本説とする、「秋はいま」の一首は、作者が宗尊の七歳年少

の弟亀山院であるので、一応影響下にあると見たが、直接の関係はない可能性もあろう。しかし、いずれにせよ、この『源氏物語』を踏まえた「宇治」の「向かひの寺」については、宗尊以降に作例が散見するのである。まず正徹が、「鐘の声向かひの寺と聞きし夜の宮も跡なき宇治の川橋」（草根集・雑・八七七八）や「身は夢ぞ宇治の橋姫忘れねよ向かひの寺の鐘に待つ夜を」（同上・九三二二）と詠んでいる。その後にも、正広「すむ月に向かひの寺の鐘の声昔よいかに宇治の山里」（松下集・自歌合　三百六十番・対月聞鐘・三〇九六）、大内政弘「ほどもなき向かひの寺の鐘の声をちこちかはる宇治の川風」（拾塵集・雑中・古寺鐘・九三九）、長孝「月もまた入らば名残や宇治河に向かひの寺の暁の空」（広沢輯藻・古寺の月といふ事をよみける二十首・一〇〇六）等々というように、細々ではあるが、「宇治」の「向かひの寺」を詠む系譜を辿ることができる。ただし、正徹に対してだけでも、宗尊詠からの影響があるか否かについては、現段階では不明である。『竹風抄』の流布あるいは宗尊詠の享受を、総合的に検証する必要がある。

鐘

暮《く》るる間《ま》も知《し》らぬ命の長《なが》らへて今日《けふ》も聞《き》きつる入相《あひ》の鐘

〔現代語訳〕鐘　日が暮れるまでのほんの短い間も知れない命が、（思いがけず）生き長らえて、今日もまた聞いてしまった、日没を知らせる鐘よ。

〔参考歌〕暮るる間も頼むものとはなけれども知らぬぞ人の命なりける（続古今集・雑下・一七九二・順徳院。秋風集・雑下・一二四八。順徳院百首・九九）

〔語釈〕○鐘　『古今六帖』（第二・仏事）の「かね」。○知らぬ命　平安中期頃から詠まれ始める。勅撰集では「逢ふことはいつともなくてあはれ我が知らぬ命に年を経るかな」（金葉集・恋下・四六六・経信）が初出で、以降、多く類想の恋歌に詠まれる。「暮るる間も知らぬ命」の先行例には、和泉式部の「暮るる間も知らぬ命にかへつつもおそく桜の花をこそ見め」（和泉式部集・桜の花の待ち遠なり、といひて・六五七）があるが、これを宗尊が視野に入れていたかどうかは不明である。宗尊の、和泉式部詠摂取の問題として総合的に検証する必要があろう。

〔補説〕　伝統的な言詞や想念に拠りつつ、厭世観漂う述懐を詠じる。

「入相の鐘」については、「山寺の入相の鐘の声ごとに今日も暮れぬと聞くぞ悲しき」（拾遺集・哀傷・一三二九・読人不知）を淵源に、寂然の「今日過ぎぬ命もしかとおどろかす入相の鐘の声ぞ悲しき」（新古今集・釈教・此日已過、命即衰滅・一九五五）や西行の「待たれつる入相の鐘の音すなり明日もやあらば聞かんとすらむ」（新古今集・雑下・一八〇八）のように、自分の寿命の区切りを知らせるものとしての通念が存している。宗尊も、これらの歌を念頭に置き、その通念に従っていよう。

なお、参考歌の順徳院詠は、「暮るる間も定めなき世に逢ふ事をいつとも知らで恋ひ渡るかな」（金葉集・恋下・四三一・隆源）を本歌にするが、宗尊もそれは認識していたであろう。

竹風和歌抄巻第二

文永五年十月三百首歌

初春

我《わ》が為と迎《むか》へしもの《物》を今はただ春来《き》にけりとよそに聞《き》くかな

〔現代語訳〕　文永五年十月三百首歌

初春

かつては、我が為に来る春だと迎えたものを、今はただ春が来てしまったのだと、自分とは無縁なものとして聞くことであるな。

〔参考歌〕　袖交はすみはしのきはに年ふりていくたび春をよそに迎へつ（六百番歌合・春・元日宴・一一・兼宗）

いくかへり春をばよそに迎へつつ送る年のみ身に積もるらん（正治初度百首・冬・一三七三・定家）

今は我陰の朽木となりはてて花さく春をよそに聞くかな（正治初度百首・春・九一六・季経）

年暮れて迎ふる春はよそなれど身の老いらくぞ憂きをきらはぬ（続後撰集・雑上・一一〇一・覚寛）

〔出典〕　文永五年十月三百首歌。以下491まで同じ。

〔語釈〕　**○文永五年十月三百首歌**　文永五年（一二六八）十月に詠まれた「三百首」。宗尊が帰洛して二年後、二十七歳。この月十月の五日には、父後嵯峨院が出家する。本集に現存は、一二〇三首、春一〇題四三首、夏五題一八首、秋一〇題四五首、冬五題二三首、恋七題三五首、雑七題三九首で、各題二首～八首。原型は、各題軽重により二首～一〇首、春・秋一〇題六〇首、夏・冬五題三〇首で、あるいは恋と雑が各一〇題六〇首であった可能性もあろうか。各々の題は、いずれも伝統的で穏当なものだが、配列は特に典拠があるようには見えない。
【補説】参考歌の何れかに負ったとは言い切れないが、これらの、中世和歌の特徴とも言える迎春を疎遠・無縁なものとする沈淪（最後の一首は老残）の述懐歌に類想である。少なくとも、この歌の述懐性に窺う限り、突然に失脚して帰洛し、二年を経てもなお、宗尊は失意から脱していないように見える。

290

（初春）

程もなくめぐる月日ぞあはれ《哀》なる待ち遠《とを》なりし春も来にけり

【現代語訳】（初春）
すぐに廻る月日がなんとも物悲しいよ。待ち遠しかった春もまたやって来てしまったのだった（それなのに）。
【参考歌】のどかにて待ち遠なりしあらたまの年の老いゆく冬は来にけり（恵慶法師集・冬・二七二）
待ち遠に思ひし春のめぐり来て今年の花をまた見つるかな（現存六帖・はな・三九五・雅成親王）
【類歌】行きめぐる月日程なくいや年のはしになるまで暮るる年かな（草根集・冬・歳暮・六三三〇）
【補説】本来待望の春の到来は嬉しいはずなのに、その喜びとは無縁の身には、それをもたらす歳月の早い循環さえも寂しく恨めしいとの述懐。

291

（初春）

年月は立《た》ち返《かへ》れどもあはれ我が偲《忍》ぶ昔《むかし》ぞ遠ざかり行く

〔現代語訳〕（初春）

年月は改まって元に返るけれども、ああ、私が偲ぶ昔は遠ざかってゆくのだ。

〔参考歌〕年月は立ち替はれども石の神古りにし方を忘れやはする（堀河百首・雑・懐旧・一五三六・河内）

惜しめどもはかなく暮れて行く年の偲ぶ昔に返らましかば（千載集・冬・四七三・光行）

〔語釈〕○あはれ我が　「あはれわれ」とも解される。底本の表記「我」は、「わが」と「われ」両様に用いられていて、この表記からはどちらとも判断できない。一般的には、「逢ふことはいつともなくてあはれ我が知らぬ命に年を経るかな」（金葉集・恋下・四六六・経信）等のように「あはれわが」の措辞が通用である。「あはれわれ」は、真観に「あはれ我何心地せん我がせこがふるとも雨に濡れて来たらば」（宝治百首・恋・寄雨恋・二五〇一）の作例はあって、宗尊が学び得なくもないであろうが、全体に用例は少ない。「あはれ我が」に解しておく。

292

霞

み吉野《よしの》の山のあなたの霞《かす》めるは誰《た》が隠《かく》れ家も春や知るらん

〔現代語訳〕霞

吉野の山の彼方が霞んでいるということは、誰かが隠れ棲む所でも、春になったのを知っているのだろうか。

〔本歌〕み吉野の山のあなたに宿もがな世の憂き時の隠れがにせむ（古今集・雑下・九五〇・読人不知）

〔参考歌〕いつしかと明け行く空の霞めるは天の戸よりや春は立つらん（金葉集・春・三・顕仲）

〔語釈〕 **○み吉野の山**　大和国の歌枕。現在の奈良県吉野郡の吉野山に限らず、一帯の山々の総称。**○隠れ家**　隠棲場所。「家」を宛てるが、「が」は本来場所の意味。

（霞）

幾《いく》春か霞《かすみ》の袖も潮《しほ》なれて海人《あま》の衣のうらにたつらん

〔現代語訳〕（霞）

いったい幾たびの春、袖のような霞も、海人の衣のように潮に萎え馴れて、その衣の裏として裁つならず、この浦に立っているのだろうか。

〔参考歌〕 鈴鹿山伊勢をの海人の捨て衣潮なれたりと人や見るらん（後撰集・恋三・七一八・伊尹）

行く春の霞の袖を引きとめてしほるばかりや恨みかけまし（新勅撰集・春下・一三六・俊成。久安百首・春・八二〇）

〔語釈〕 **○霞の袖**　「霞」を「袖」に見立てる。参考歌の俊成詠が早い。**○潮なれて**　「なれ」は、「萎れ」に「馴れ」が掛かる。（「霞の袖も」）潮水や潮風にぐっしょりと萎え、そのままに馴れて。「海人」「衣」の縁で、その「海人の衣」が「潮なれて」が重なる。**○うらに**　「裏に」に「潮」「海人」の縁で「浦に」が掛かる。**○たつ**　「立つ」に「袖」「衣」「裏」の縁で「裁つ」が掛かる。

〔補説〕 宗尊は該歌に先行して別に、参考歌の『後撰集』歌を踏まえて「伊勢の海人の干さぬ袂に宿りきて潮なれにけり秋の月かな」（柳葉集・巻五・文永二年潤四月三百六十首歌・秋・七三二。中書王御詠・秋・海辺月を・一〇五）と詠んでいる。

（霞）

西《にし》の海《うみ》遠つ浪間《ま》の夕づく日《ひ》霞に沈《しづ》む春の寂《さひ》しさ

〔現代語訳〕（霞）

西の海の遠い波間に見える夕方の日の光が、霞の中に沈み行く春の寂しさよ。

〔参考歌〕波間より夕日かかれる高砂の松の上葉は霞まざりけり（建保名所百首・春・高砂・二〇・順徳院。紫禁集・六一七。万代集・春上・一四八。続古今集・春上・四三）

なごの海や遠き波間に霞みして夕日に帰る海人の釣舟（洞院摂政家百首・雑・眺望・一七五二・頼氏）

西の海夕潮たどる波間より来し方しるく出づる月影（道助法親王家五十首・雑・海旅・一〇四二・保季。万代集・雑四・三四一五）

〔語釈〕**○夕づく日**　夕方の日の光。「万葉語で院政期に再発見された」（新日本古典文学大系『金葉和歌集　詞花和歌集』の金葉集四二七番歌川村晃生注。平元・九、岩波書店）という措辞。本抄では、294と349に用いられている。**○霞に沈む**　治承三年（一一七九）十月の『右大臣家歌合』の「満つ潮に隠れぬ沖の離れ石霞に沈む春の曙」（霞・六・仲綱）が早い例。その後新古今時代に散見。寂蓮の「暮れて行く春の湊は知らねども霞に落つる宇治の柴舟」（新古今集・春下・一六九）の「霞に落つる」にも通う措辞。夕日について言う例は希少。**○春の寂しさ**　同じ時代では、後鳥羽院の孫で雅成親王の子澄覚に「里は荒れて人はまれなるみ山辺に日影のどけき春の寂しさ」（澄覚法親王集・春歌中に・四七）の例が見える程度の句形。

〔補説〕西園寺実兼の「咲きみてる花のかをりの夕づく日霞みて沈む春の遠山」（玉葉集・春下・二〇四）は、該歌に似通う。が、直接の影響があるか否かは判断できない。

295

（霞）

暮を待《ま》つ人の為とや大空《おほ》の曇《くも》ると見《み》えてなほ《猶》霞《かす》むらん

〔現代語訳〕（霞）

日暮を待つ人の為ということで、大空が曇ると見えて、しかしやはり霞んでいるのだろうか。

〔本歌〕いつしかと暮を待つ間の大空は曇るさへこそうれしかりけれ（拾遺集・恋二・七二二・読人不知）

〔参考歌〕春の夜の朧月夜の名残とや出づる朝日もなほ霞むらん（続古今集・春上・朝霞を・五五・家隆）

〔語釈〕**○暮を待つ人**　本歌を承けて、恋人との逢瀬の時である日の暮を待っている人、ということ。**○曇ると見えて**　先行例は、西行の「なかなかに曇ると見えて晴るる夜の月は光の添ふ心地する」（山家集・秋・月歌あまたよみけるに・三七〇。西行法師家集・秋・月の歌あまたよみ侍りしに・二一三）が見えるのみ。

296

（霞）

住《す》み馴《な》れし東《あつま》をよそに隔て来《き》て霞《かす》む都の春を見るかな

〔現代語訳〕（霞）

住み馴れた東国を、はるか遠くに隔ててやって来て、霞む都の春を見ることだよ。

〔参考歌〕わたの原はるかに浪を隔て来て都に出でし月を見るかな（千載集・羇旅・五一六・西行）

住み馴れし都をなにと別れけん憂きはいづくも我が身なりけり（続後撰集・雑中・一一三一・素暹）

霞しく松浦の沖に漕ぎ出でて唐までの春を見るかな（新勅撰集・雑四・一三三八・慈円）

〔補説〕「住み馴れし東」と言うとおり、宗尊は、建長四年（一二五二）四月一日に鎌倉に下着し、文永三年（一二六六）七月八日に鎌倉を離れた、この十四年余の間に十四度の春を東国で迎えた。

297　（霞）

東路《あつま》や隔《へた》てはてにし面《おも》影のなほ《猶》立《た》ち添《そ》ふは霞《かすみ》なりけり

〔現代語訳〕（霞）東路の東国よ。すっかり隔ててしまったその面影が、それでもまだ立ち離れないのは、東から付き添うように立つ春の霞ゆえなのであったな。

〔参考歌〕東路の八重の霞を分けきても君に逢はねばなほ隔てたる心地こそすれ（千載集・雑下・旋頭歌・一一六四・俊頼）

尋ね来て秋見し山の面影にあはれ立ち添ふ春霞かな（拾遺愚草・春・重奉和早率百首文治五年三月・五〇三）

〔語釈〕**○東路**　京都から東国へ至る道筋。ここはその東国、特に鎌倉を指す。**○立ち添ふ**　（面影が）付け加わるの意に、「霞」の縁で、立って寄り添うの意が掛かる。

〔類歌〕山桜花のほかなるにほひさへなほ立ち添ふは霞なりけり（嘉元百首・春・花・三一一・実兼。続千載集・春下・一〇三）

298　鶯

誘《さそ》ひける知るべやなにぞ花咲《さ》かぬ籬の竹に鶯《うくひす》の鳴《な》く

〔現代語訳〕鶯　ここに鶯を誘った道案内は何なのか。花が咲かない籬の竹に、鶯が鳴いている。

【本歌】花の香を風のたよりにたぐへてぞ鶯誘ふしるべにはやる（古今集・春上・一三・友則）

ゆきかへる春をも知らず花咲かぬみ山隠れの鶯の声（拾遺集・雑春・一〇六五・公任）

【影響歌】誘はるるしるべやなにぞなほさゆる嵐のつての鶯の声（嘉元百首・春・鶯・二二〇三・覚助）

【補説】「籬の竹」と「鶯」の詠み併せは、『為忠家初度百首』の「鶯の朝立つ声ぞ聞こゆなる籬の竹にねぐらしてけり」（春・竹林鶯・二三・為盛）が早い。その後、覚性法親王の「風吹けば籬〔の〕竹のなびきて手にとる程に鶯の鳴く」（出観集・春・竹近聞鶯・三二）や重家の「鶯はいくよの花かなれきぬる籬の竹に宿を定めて」（重家集・鶯毎春友といふ題を・五三六）が続いて、新古今時代に受け継がれ、例えば「植ゑてみる籬の竹を鶯もわが友とてやねぐらをば借る」（正治初度百首・春・一〇一〇・経家）等の作例が散見する。宗尊は、それを敏感に取り入れている。

影響歌の作者覚助法親王は、建武三年・延元元年（一三三六）没、八十七歳（一説九十歳）。後嵯峨院の皇子で、宗尊の異母弟。聖護院門跡、園城寺長吏。一品。『続拾遺集』以下の勅撰集に八九首入集。

（鶯）

木伝《つた》ひし春は昔になり《成》はてて古《ふる》巣に沈《しつ》む谷の鶯

【現代語訳】（鶯）

木伝った春はすっかり昔となって、今は古巣に沈み隠れている谷の鶯よ。

【参考歌】袖垂れていざ我が園に鶯の木伝ひ散らす梅の花見む（拾遺集・春・二八・読人不知。万葉集・巻十九・四二七七・永手、結句「梅の花見に」）

鶯は木伝ふ花の枝にても谷の古巣を思ひ忘るな（詞花集・恋下・二五九・仁祐）

渓《たに》深く今はと帰る鶯の古巣や春のとまりなるらん（洞院摂政家百首・春・暮春・一三二・為家）

〔参考〕新路如今穿宿雪（しんろはいましゆくせつをうがつ）旧巣為後属春雲（きうさうはのちのためにはるのくもにしよくす）（和漢朗詠集・鶯・七〇・道真）

〔影響歌〕急がれし春は昔になりはてて雪ものどけき年の暮かな（沙弥蓮愉集・冬・出家し侍りし時、歳暮をよめる・四〇六）

〔語釈〕○木伝ひし　木から木、枝から枝へと飛び移った、との意。○古巣に沈む　新奇な措辞。類例として、「山里の春の情けやこれならん霞に沈む鶯の声」（若宮社歌合建久二年三月・山居聞鶯・五・季経）が目に付く程度。

〔補説〕自らの沈淪を「谷の鶯」に重ね合わせたような印象がある。

一首の趣向は必ずしも伝統的ではないが、例えば、『和歌一字抄』に見える「今ぞ聞くみ谷隠れの古巣より梢に移る鶯の声」（初始・同〔初聞鶯〕・一七二・実行）と、対照的である。

影響歌と見た一首の作者藤原景綱は、弘安七年（一二八四）四月に、同月四日に没した執権北条時宗の死に従って出家した。当時五十歳で、幕府評定衆。『続古今集』以下の勅撰集に三〇首入集。

（鶯）

鶯の鳴く音《ね》もことに身にしむはいかに聞《き》きなす夕べなるらん

〔現代語訳〕（鶯）

鶯の鳴く声が、いつもより特に身にしみるのは、それをどのように思って聞く夕方であるからだろうか。

〔参考歌〕きりぎりす鳴く声ことに身にしむはいかに聞きなす寝覚めなるらん（弘長百首・秋・虫・二六一・基家）

常よりも身にしむものは梅が枝の花より散らす鶯の声（正治初度百首・春・一〇九・惟明）

色なくて身にしむものは春の日にをちかへり鳴く鶯の声（万代集・春上・九二・惟信）
春ごとに鳴くをあはれと聞きそめて身にしむものは鶯の声（万代集・春上・九三・永実）
鳴く虫の声の色には見えねども憂きは身にしむ秋の夕暮（続古今集・秋上・三七六・藻璧門院少将。万代集・秋下・一一四三。閑窓撰歌合建長三年・一一）

〔補説〕「夕べ」に聞く「鶯」の「鳴く音」が特に身にしみることを訝しんで、その訳を自問する趣か。

301

梅

袖ふれし誰が形見《かたみ》とは知《し》〔ら〕ねども昔恋しき梅が香ぞする

〔本文〕○底本第三句の「しね」は、一首の解釈から「知らね」の「ら」の誤脱と見て、私に「ら」を補う。

〔現代語訳〕梅

袖が触れた誰の形見とは知らないけれども、昔が恋しい梅の香りがするよ。

〔参考歌〕梅が香を袖にうつしてとどめてば春は過ぐとも形見ならまし（古今集・春上・四六・読人不知）
梅の花誰が袖ふれしにほひぞと春や昔の月にとはばや（新古今集・春上・四六・通具）
さつき待つ花橘の香をかげば昔の人の袖の香ぞする（古今集・夏・一三九・読人不知）

〔補説〕参考歌の通具詠は、「色よりも香こそあはれとおもほゆれ誰が袖ふれし宿の梅ぞも」（古今集・春上・三三・読人不知）と「月やあらぬ春や昔の春ならぬ我が身一つはもとの身にして」（同・恋五・七四七・業平。伊勢物語・四段・五・男）を本歌にする。該歌にもその面影があるか。

302

（梅）

短《みしか》夜の春の枕の梅が香にはかなき夢も見《み》えぬ比かな

〔現代語訳〕（梅）

ただでさえ夜が短い春の、寝る枕に薫る梅の香りに（寝覚めて）、ほんの儚い夢までもが見えない、この頃であることだな。

〔参考歌〕　風通ふ寝覚めの袖の花の香にかをる枕の春の夜の夢（新古今集・雑上・八七二・俊成女）

思ひ出づる契りのほども短夜の春の枕に夢は覚めにき（道助法親王家五十首・恋・寄枕恋・九五〇・定家。拾遺愚草・二〇五一）

花の香の霞める月にあくがれて夢もさだかに見えぬ頃かな（正治初度百首・春・一三一〇・定家。定家卿百番自歌合・七。拾遺愚草・九〇七）

〔語釈〕　**〇春の枕**　参考歌の定家詠より、良経の「寝ぬる夜のほどなき夢ぞ知られぬる春の枕に残るともし火」（秋篠月清集・春・春歌とて・一〇二七。御京極殿御自歌合・八）が先行する。漢語「春枕」の訓読語。菅原文時の孫で惟熙の子宣義に、「暁林霧暗鶯猶宿（あかつきのはやしにきりくらくしてうぐひすはなほしゆくす）　春枕夢驚蝶也虚（はるのまくらにゆめおどろきててふもまたむなし）」（和漢兼作集・春上・春朝早起・三六）の作がある。

303

（梅）

人待《ま》たで寝《ね》なましもの《物》を梅の花うたて匂ひの夜半《よは》の春風

〔現代語訳〕（梅）

人を待たないで寝たらよかったのだけれど。梅の花は、妙にいやらしいことに、その匂いを夜中の春風に薫らせている（それで人が来るかと思って寝られずにいたのだ）。

〔本歌〕散ると見てあるべきものを梅の花うたて匂ひの袖にとまれる（古今集・春上・四七・素性）

〔参考歌〕ことならば色をもみせよ梅の花香は隠れなき夜半の春風（宝治百首・春・梅薫風・二四一・後嵯峨院。雲葉集・春上・八三）

〔補説〕「やすらはで寝なましものを小夜更けてかたぶくまでの月を見しかな」（後拾遺集・恋二・六八〇・赤染衛門）を本歌にした、「やすらはで寝なましものを梅の花来ぬ人の香に匂はざりせば」（百首歌合建長八年・春・一九五・小宰相）に通う。あるいはこの歌にも触発されたか。

春月

天つ空《そら》雲のいづこも見《み》え分《わ》かで霞に宿《やど》る春の夜《よ》の月

〔現代語訳〕春の月

天空の雲のどの辺りにあるとも見分けることもできなくて、霞の中に宿っている春の夜の月よ。

〔本歌〕夏の夜はまだ宵ながら明けぬるを雲のいづこに月宿るらむ（古今集・夏・一六六・深養父）

〔参考歌〕山の端もいづくと見えぬ大空の霞に宿る春の夜の月（老若五十首歌合・春・三一・忠良。三百六十番歌合・春・一九）

惜しむべき雲のいづくの影も見ず霞みて明くる春の夜の月（宝治百首・春・春月・四〇三・実氏）

305

（春月）

いにしへにかはらぬ影《かげ》や霞《かす》むらん住《す》み来《こ》し里の春の夜《よ》の月

〔現代語訳〕（春の月）

昔と変わらない光が霞んでいるのだろうか。長年住んできた里の、春の夜の月は。

〔本歌〕　年を経て住み来し里を出でていなばいとど深草野とやなりなむ（古今集・雑下・九七一・業平。伊勢物語・百二十三段・二〇六・男）

〔参考歌〕　いにしへにかはらぬ影やうつるらん野中の水のもとの心に（宝治百首・秋・野月・一六五一・為経）

深草の里の月影寂しさも住み来しままの野辺の秋風（新古今集・秋上・三七四・通具）

〔語釈〕　○住み来し里　十四年余を過ごした鎌倉を念頭に置いて言うか。「影」「月」の縁で「澄み来し」が響く。

〔補説〕　「月やあらぬ春や昔の春ならぬ我が身一つはもとの身にして」（古今集・恋五・七四七・業平。伊勢物語・四段・五・男）とその物語の面影が感じられなくもない。また、この歌を本歌にした「ながむれば我が身一つのあらぬ世に昔に似たる春の夜の月」（続後撰集・春下・一四六・俊成女。宝治百首・春・春月・四三六）の歌境に通う。

306

（春月）

ほのかなる昔の夢の面影《おもかげ》を霞《かす》みて見《み》する春の夜《よ》の月

〔現代語訳〕（春の月）

かすかな、昔の夢の面影を、霞みながら見せている春の夜の月よ。

〔参考歌〕　ほのかなる面影ばかり見えながら待つほど遅き山の端の月（歌合文永二年八月十五夜・未出月・二一・為教）

天の原更け行く空をながむれば霞みて澄める春の夜の月（壬二集・春・霞歌よみ侍りし時・二〇七〇）
面影の霞める月ぞ宿りける春や昔の袖の涙に（新古今集・恋二・一一三六・俊成女）

〔語釈〕 **○昔の夢**　過去にあった夢のような出来事や状態。あるいは、過去にあった出来事や状態を思い起こして見る夢。「程もなく雲となりぬる君なれば昔の夢の心地こそすれ」（栄花物語・楚王の夢・二八〇・人）が早い。「小野山の今朝降る雪を踏み分けて昔の夢ぞ見る心地する」（公衡百首・冬・四八）や「とまり舟寝覚めに残る月影を昔の夢に泣く泣くぞ見る」（道助法親王家五十首・秋・船中月・五五一・道助）、あるいは「伝へ聞く昔の夢の通ひ路も逢ふ人しげき宇津の山越え」（洞院摂政家百首・前宮内卿落素百首（家隆）・旅・一二六二）等が、宗尊の視野に入っていた可能性があるか。宗尊は先に、「さてもまた昔の夢の見ゆべくは千度や夜半の衣返さん」（中書王御詠・雑・懐旧・三一六）とも詠んでいる。

〔補説〕　前歌と同様に、「月やあらぬ春や昔の春ならぬ我が身一つはもとの身にして」（古今集・恋五・七四七・業平。伊勢物語・四段・五・男）とその物語が想起されるか。

春曙

曙《明ほの》は時しも分《わ》かぬ空なるを春のみなどて思ひ初《そ》めけん

〔現代語訳〕　春の曙

曙の空は、四季の時などを区別しないものなのに、春の曙だけがどうして、（人が）それに対して思い入れを始めたのだろうか。

〔本歌〕　限りなき君がためにと折る花は時しも分かぬものにぞありける（古今集・雑上・八六六・読人不知。伊勢物語・九十八段・一七三・仕うまつる男、初句「我が頼む」）

〔参考歌〕　時分かずいつも夕べはあるものを秋しもなどて悲しかるらん（続後撰集・秋上・二七八・実雄）
つねよりも秋の夕べをあはれとは鹿の音にてや思ひ初めけん（千載集・秋下・三三一・賀茂政平）

〔補説〕　一句を本歌から取りつつ、全体には、参考歌の実雄詠に倣っていようか。その実雄詠は、「大底四時心惣苦（おほむねしいしこころすべてねんごろなり）就中腸断是秋天（このなかにはらわたのたゆることはこれあきのてん）」（和漢朗詠集・秋・秋興・二二三・白居易）に拠っていて、宗尊もそれは意識していたであろう。『枕草子』の「春は曙」を直接念頭に置いていたか否かは分からないが、どちらにせよ伝統的通念に従いつつ、その事物・現象の起源を問う傾きがある、宗尊らしい一首と言える（↓150）。為兼の「思ひ初めき四つの時には花の春春のうちにも曙の空」（玉葉集・春下・一七四）にも通う。

（春曙）

明《あ》くる夜《よ》の霞《かすみ》の梢ほのかにて山の端《は》寂《さひ》し春のしののめ

〔現代語訳〕（春の曙）
夜が明ける霞の中にある梢は仄かで、山の稜線は寂しさをみせている春のしののめどきよ。

〔参考歌〕　明け渡る雲間の星の光まで山の端寂し峰の白雪（家隆卿百番自歌合・一〇〇。三百六十番歌合・冬・五一八・家隆）
咲くと見し花の梢はほのかにて霞ぞにほふ夕暮の空（拾遺愚草・閑居百首・春・三一五）
夜半に残る海人の漁り火ほのかなる葦屋の里の春のしののめ（建保名所百首・春・葦屋里・一四八・家衡）

〔他出〕　夫木抄・春二・霞・御集、春曙・四八三。

〔語釈〕　○しののめ　東の空が白々とする、夜明け方。早朝。

309

（春曙）

いつのまに出でつる舟の霞《かす》むらん浦《うら》の湊《みなと》の春の曙《あけほの》

〔現代語訳〕（春の曙）

いつのまに、湊を出た舟が霞んでいるのだろうか。浦の湊の春の曙よ。

〔参考歌〕 いつのまに霞立つらん春日野の雪だにとけぬ冬と見しまに（後撰集・春上・一五・読人不知）

満つ潮の流れ干る間もなかりけり浦の湊の五月雨の頃（洞院摂政家百首・夏・五月雨・四三二・為家。為家集・夏・五月雨貞永元・三七六）

〔他出〕 夫木抄・雑七・湊・うらのみなと・御集、湊春曙・一一八七九。

〔語釈〕 **○浦の湊** 海岸や湖岸の湾入したところ一帯を言う「浦」に、水流の出入り口の「水門」を原義とする、舟の停泊場所を言う「湊」が付いた語。湾内の岸辺の舟泊まりから、沖への出口となる細い水路までを言うか。

〔補説〕 慈円に、「島かけて沖の釣り舟霞むなり明石の浦の春の曙」（拾玉集・詠百首倭歌〔文治三年十一月廿一日兼実出題句題百首〕・雑・暁見漁舟・八八二）という類詠がある。これは、「ほのぼのと明石の浦の朝霧に島隠れ行く舟をしぞ思ふ」（古今集・羇旅・四〇九・読人不知〔伝人麿〕）を踏まえる。該歌も、微かにこの歌を意識するか。

310

（春曙）

鳥の音《ね》は霞の底《そこ》にお《を》とづれて遠里《さと》しるき春の曙《あけほの》

〔現代語訳〕（春の曙）

鳥の声は、霞が立ち込める底に音を立てて、遠くの里も、春の曙の中でそこだとはっきりと分かるよ。

〔参考歌〕住吉の松の嵐も霞むなり遠里小野の春の曙（新勅撰集・春上・一四・覚延。御室五十首・春・七〇七）
山里は春の朝明けぞあはれなる霞の底の鶯の声（出観集・春・山家春興・三四）
〔語釈〕○霞の底　俊成の「吹きおろす春の嵐や寒からん霞の底に呼子鳥かな」（為忠家初度百首・春・谷中喚子鳥・九三）が早いか。勅撰集では、良経の「花はみな霞の底にうつろひて雲に色づくを初瀬の山」（新勅撰集・春下・一一四）が初出。宗尊は、これらにも学んでいよう。
〔補説〕「鳥の音」は「遠里」に響く鶏鳴で、それによって、霞の中でも「遠里」の在処がはっきりと分かる、という趣向だと解される。

（春曙）
月を見《み》て慰《なくさ》めかねし秋よりもなほ《猶》さらしなの春の曙《あけほの》

〔現代語訳〕（春の曙）
月を見て心を慰めあぐねた秋の夜よりも、一段とそうであるのは、この春の曙だ。
〔本歌〕我が心慰めかねつさらしなやをばすて山に照る月を見て（古今集・雑上・八七八・読人不知）
〔参考歌〕さらしなやをばすて山の夜半よりも吉野の奥の春の曙（拾玉集・御裳濯百首・春・五〇八）
〔語釈〕○なほさらしなの　「なほさら（猶更）」（いっそうますます）から「さら」を掛詞に信濃国の歌枕「さらしな（更科・更級）の」へ鎖る。「更科」は、現在の長野県更埴市や千曲市あるいは長野市の一部の辺り。
〔補説〕秋夜に比した春曙の情趣を詠じるが、単純に春曙の風情がまさるというのではなく、本歌を踏まえて、「更科」の月を見て秋の夜と比べても、より一段と心を慰撫しかねる春の曙を詠嘆する、宗尊に特徴的な時季の述懐。続く二首も同様。

312

（春曙）

はかなくもなほ《猶》身にしめて思ふかな《哉》あはれ憂《う》き世の春《はる》の曙

〔現代語訳〕（春の曙）

むなしくも、やはり我が身に深く染み込ませて思うことであるな。ああ、憂く辛い世の春の曙を。

〔参考歌〕　これやこの憂き世の外の春ならむ花のとぼその曙の空（新古今集・釈教・一九三八・寂蓮）

〔補説〕　参考歌の寂蓮歌は十楽の第二「蓮花初開楽」を詠み、「憂き世の外」は極楽浄土を言う。これを意識して、敢えて、「憂き世」の「春の曙」の情趣を詠嘆するか。

313

（春曙）

ありし世を夢と見《み》なしてながむれば今もはかなき春の曙

〔現代語訳〕（春の曙）

過去の人生を夢だと思い見なして、あらためて眺めてみると、今も夢のように儚いこの春の曙であるよ。

〔参考歌〕　ありし世を夢に見なして涙さへとまらぬ宿ぞ悲しかりける（続古今集・哀傷・一四〇一・紫式部。栄花物語・いはかげ・七二）

ありし世に思ひそめてし心にて忘れず今も惜しき春かな（宝治百首・春・暮春・七八四・真観）

〔語釈〕　**○ありし世**　哀傷歌の場合、人の生きていたときを言い、参考歌の紫式部詠も故一条院の在世を言う。しかしここは、自分の過ごしてきたとき、過去を言う。

春雨

春雨ののどけき比ぞ今さらに古郷人は恋しかりけり

〔現代語訳〕　春雨

春雨がのどかな頃は、今になってひとしおに、故郷の人が恋しいのであった。

〔本歌〕　かきたれてのどけき頃の春雨に故郷人をいかに忍ぶや（源氏物語・真木柱・四二一・光源氏）

〔参考歌〕　春雨ののどけき空は世の中のしづかなるべきしるしなりけり（俊成祇園百首・春・春雨・一一）

〔補説〕　本歌の『源氏物語』歌は、鬚黒大将のものとなった玉鬘は冷泉帝に尚侍として出仕したが、帝が玉鬘に執心したのを心配した鬚黒大将により大将邸に退出させられた後に、玉鬘を思慕する光源氏の消息の歌。この「故郷人」は、親代わりでもある光源氏自身を言う。該歌の「古郷人」は、鎌倉の人々を念頭に置くか。

（春雨）

訪《と》ふ人も跡《あと》絶《た》え果《は》つる春雨にあはれ露《つゆ》けき苔の庭かな《哉》

〔現代語訳〕（春雨）

訪れる人の跡も絶え果ててしまった春雨によって、ああなんとも、露でしっとりと湿っぽい苔むす庭であることよ。

〔参考歌〕　山陰やつれなく残る淡雪も跡絶え果つる春雨ぞ降る（歌合建保七年二月十一日・春雨・一一・伊平）

〔語釈〕　**○あはれ露けき**　先例としては、基俊の「五月雨に海人の苫屋に旅寝してあはれ露けき草枕かな」（基俊集・雨の中の旅の宿り・二四、同・二一一。中古六歌仙・一四三）が目に付く。

〔補説〕　春雨によって訪れる人の跡も消され、その雨の露で潤された苔むす庭の風情を嘆じる。

（春雨）

鷺のゐる一もと柳露落《お》ちて河辺寂《さひ》しき春雨の空

〔現代語訳〕（春雨）

鷺がいる一本の柳から、雨の滴の露が落ちて、春雨が降る空の下で川のほとりが寂しいよ。

〔参考歌〕　我が宿の一もと柳春来れば吹きくる風ぞかつ乱れける（堀河百首・春・柳・一一八・源顕仲）

あふちさく外面の木陰露落ちて五月雨晴るる風渡るなり（新古今集・夏・二三四・忠良）

〔語釈〕　○鷺のゐる一もと柳　「鷺のゐる」（↓110）と「一もと柳」を結びつけた新奇な措辞。「一もと柳」は、参考歌の顕仲詠の他に、やはりこれに拠ったと思しい実氏の「道の辺の一もと柳伏してなびき起きて乱るる春風ぞ吹く」（宝治百首・春・行路柳・二八三。現存六帖・やなぎ・五六九）が、宗尊の視野に入っていたか。「鷺」が「ゐる」「柳」の先例は、『宇津保物語』の「川辺なる柳が枝にゐる鷺を白く咲くともまづ見つるかな」（菊の宴・四九六・仁寿殿女御）や良経の「遠方や岸の柳にゐる鷺のみの毛なみ寄る川風ぞ吹く」（正治初度百首・鳥・四九五）等が目に付く。○春雨の空　『正治初度百首』の定家詠「百千鳥声や昔のそれならぬ我が身ふり行く春雨の空」（春・一三一一）や寂蓮詠「霞しく野辺のけしきは浅緑染めこそやらね春雨の空」（春・一六一九）が早く、以下新古今歌人達が好んで詠むが、勅撰集には、『玉葉集』の二首（三三・永福門院、九八・雅経）が初出で、『風雅集』にも二首（一一七・為兼、二四七・永福門院内侍）採られ、新古今歌人による新しい句が京極派に掬い上げられた例の一つ。宗尊が、新古今歌人の試みにも目を向けていた証左でもある。

317

帰雁

秋までの我《わ》が世も知《し》らぬ別れ路《ち》をいかに頼《たの》めて雁の鳴くらん

〔現代語訳〕　帰雁　（再び雁が戻って来る）秋まで続く私の命であるとも分からないこの春の、雁が北へ帰る別れ路であるのに、いったいどのように私に期待をもたせ、雁が鳴いているのだろうか。

〔本歌〕　秋までの命も知らず春の野に萩の古根を焼くと焼くかな（後拾遺集・春上・四八・和泉式部）

誰が世も我が世も知らぬ世の中に待つほどいかがあらむとすらん（後拾遺集・別・四七〇・道信）

〔語釈〕　**○いかに頼めて**　宇都宮朝業（信生）の「かりそめの契りだになき荻の葉をいかに頼めて結び置きけむ」（信生法師集・一四七）が、希少な先行例。これは、「いまだうちとけず侍りし女、立ち出でて侍りしひまにまで来寄りて、帰り侍りしかば」と詞書する。相手の女を「荻の葉」に見立てていよう。大意は、「ほんの仮初めの契りさえない荻の葉であるあなたであるのに、それを、どのように（私からあなたに）期待をさせて、約束を結んだというのだろうか。」ということか。これに学んだとまでは言えないだろうが、宗尊が信生の家集を見ていた可能性は探ってみる必要があろう。

318

（帰雁）

雁《かり》が音《ね》は霞《かす》める月に帰るなり《也》数さへ見《み》えん秋を契《ちぎ》りて

〔現代語訳〕　（帰雁）　雁の声は、霞んでいる月の中で、鳴いて帰って行くのが聞こえる。（はっきりと）その数までが見えるであろう

（戻り来る）秋を約束して。

〔本歌〕 白雲に羽うち交はし飛ぶ雁の数さへ見ゆる秋の夜の月（古今集・秋上・一九一・読人不知）
　春来れば雁帰るなり白雲の道行きぶりにことやつてまし（古今集・春上・三〇・躬恒）

〔参考歌〕 つれもなく霞める月の深き夜に数さへ見えず帰る雁がね（拾遺愚草・内裏歌合、夜帰雁・二一四九）

〔語釈〕 **○雁が音**　雁の鳴き声。雁の意味にも解し得る。**○帰るなり**　本歌の「春来れば」詠から取る。「なり」は伝聞の推定で、帰ってゆく声が聞こえる、という意味。

（帰雁）

霞《かす》み行く有明の月のおぼろ夜《よ》にやすらひかねて帰る雁が音　金

〔現代語訳〕（帰雁）
　霞んで行く有明の月の朧な夜に、ぐずぐずとしてはいられなくて帰って行く雁が音よ。

〔本歌〕 秋の夜の有明の月の入るまでにやすらひかねて帰りにしかな（新古今集・恋三・一一六九・敦道）

〔参考歌〕 霞み行くおぼろ月夜の有明にほのかにかをる梅の下風（御室五十首・春・四五四・有家）

〔語釈〕 **○おぼろ夜**　『御室撰歌合』の俊成判詞（五番）に「天徳歌合にも中務が歌に、おぼろ夜の月を見捨てて帰る雁名残惜しきにほのかにも見む、とよみ侍りてありしかば」と引かれる歌が早い例のようだが、より確実には、『古今六帖』に「墨染のたそかれどきのおぼろ夜にありこし君にさやにあひ見つ」（第五・はじめてあへる・二五八二）と見えるのが古い例となる。宗尊により身近なところでは、『宝治百首』の公相詠「おぼろ夜の名にこそ立てれ山の端の霞のほかに出づる月影」（春・春月・四〇九）がある。**○雁が音**　→318。

（帰雁）
来《こ》し方《かた》は恋しきもの《物》を立《た》ち帰《かへ》る道しるべせよ春《はる》の雁《かり》が音《ね》

〔現代語訳〕（帰雁）
来たった方は恋しいものだから、私に過去に立ち戻る道しるべをしてくれ、（秋に）やって来た方へ（必ず）立ち帰る春の雁よ。

〔参考歌〕思ひ出でもなき我が身さへ来し方はさぞな恋しき帰る雁が音（治承三十六人歌合・帰雁・六九・静賢）
来し方は我も恋しきものなれば心あるべし帰る雁が音（拾玉集・詠百首和歌当座百首・春・帰雁・一四一四）
来し方を思ふ寝覚めの曙に帰るも悲し春の雁が音（現存六帖・かり・七八五・実位）

〔語釈〕○来し方　雁が秋にやって来た方面の意に、自分の過去の意が重なる。○立ち帰る　雁が（北へと）帰る意に、自分が過去に戻る意が重なる。

〔補説〕雁に寄せて過去への懐旧を詠じる例は、宗尊に先行して参考歌に挙げた歌に見られる。宗尊は既に鎌倉に於いて、「来し方を忍ぶ我が身の心もてなにか恨みん春の雁がね」（瓊玉集・春上・四二）や「来し方に帰るは難き世の中をいかにならひて雁の行くらん」（柳葉集・巻五・文永二年潤四月三百六十首歌・春・六五一。中書王御詠・春・帰雁・二八）などと、京都から心ならずも将軍として東下した過去への忍従あるいは京都への思慕を、「春の雁がね」や「帰る」「雁」に寄せて詠じているが、これらはいまだ懐旧というには至らない生々しい詠嘆であろう。それに対して、十四年余を鎌倉で過ごし、それはもはや「故郷」とまで言えるものとなっていながら、無理やりに将軍を廃されてまた洛中の人となった後の歌を収める本抄には、該歌の他にも、より懐旧の傾きがある次のような類詠が収められていて、鎌倉での歳月あるいはそれを含めた人生の過去全般に向けられた、宗尊の想念を窺うことができるのである。

来し方は立ち帰るべき道もなしあはれをかけよ春の雁がね（巻四・文永六年五月百首歌・春・700）
春といへば来し方急ぐ雁がねも昔に帰る御代や知るらむ（巻五・〔文永八年七月内裏千五百番歌合百首歌〕・春・837）
来し方にまた立ち帰る道知らば我に教へよ春の雁がね（巻五・〔文永九年十一月頃百番自歌合〕・帰雁・940）

321

花

吉野《よしの》山桜《さくら》のひまの嶺の松雪間《まも》萌え出でし草かとぞ見《み》る

〔現代語訳〕花　吉野山の（白く一面に咲き渡る）桜の隙間にのぞく峰の松よ。まるで雪の間に萌え出てきた草かと見るよ。

〔参考歌〕み吉野の山辺に咲ける桜花雪かとのみぞあやまたれける（古今集・春上・六〇・友則）
吉野山峰の朝けの桜花松の葉青き雪かとぞ見る（院四十五番歌合建保三年・春山朝・一三・家隆。壬二集・春・二〇四二）

〔他出〕歌枕名寄・畿内七・大和二・吉野・山・二〇四八、四句「雪にもえ出でし」。

〔語釈〕 **○桜のひま**　新奇な措辞。一帯に白く咲き渡る桜の花の隙間ということ。**○雪間萌え出でし**　「春日野の雪間を分けておひいでくる草のはつかに見えし君はも」（古今集・恋一・四七八・忠岑）を本歌にした、藤原道家の「春日野の雪間萌え出づる初草のときはの色に春風ぞ吹く」（道家百首・春・七）が、先行の類例となる。宗尊は既に、この道家詠に倣ったかのような、「里人は若菜摘むべくなりにけり雪間萌え出づる春日野の原」（柳葉集・巻四・〔文永元年六月十七日庚申百番自歌合〕・若菜・四五六）をものしている。

322
（花）
いとまある大宮人も今の世は花折《お》りかざす情けだになし
【現代語訳】（花）
暇がある大宮人も、今の世の中は、花を折ってかざしに挿す心さえないよ。
【本歌】ももしきの大宮人はいとまあれや桜かざして今日も暮らしつ（新古今集・春下・一〇四・赤人。和漢朗詠集・春・春興・二五）
【参考歌】ともすれば変はるけしきを見とがめて言問ふ人の情けだになし（拾玉集・百首述懐・一五九）

【語釈】○大宮人　宮廷に仕える人。○情け　情趣を理解する心、風流心。

【補説】宗尊は、「今の世は」として、現在の世の中を嘆く述懐歌を、他にも次のとおり詠んでいる。
今の世はつづら折りなる山道のすぐに行く身や迷ひはてなん（柳葉集・巻五・文永二年潤四月三百六十首歌・雑・八二〇）
今の世はげにわび人の愁へこそ石打つ水の末も通らね（中書王御詠・雑・六帖の題の歌に・水・二六三）
今の世は昔を偲ぶ人もなしなに匂ふらん軒の橘（本抄・巻四・文永六年五月百首歌・夏・709）
二首目が文永元年（一二六四）九月の六帖題歌会の折の作とすれば（↓73）、一首目と共に在関東時の作で、該歌と三首目は帰洛後の作である。とすると、「今の世」を嘆くことは、将軍在任時と解任後とには関わらない宗尊の姿勢だと言えることになる。

323
（花）
惜《お》しみつつ経《へ》にける年の春毎に独《孤》り寝《ぬ》るもの《物》と花を見《み》るかな

【現代語訳】（花）

惜しみながら過ごしてきた毎年の春ごとに、ただ独り寝るものであると（思って）、桜の花を見ることであるな。

【参考歌】独り寝る草の枕はさゆれども降り積む雪を払はでぞ見る（後拾遺集・冬・四〇九・国基）

春毎に見るとはすれど桜花あかでも年の積もりぬるかな（後拾遺集・春上・九五・実政）

頼めつつ経にける年の春毎に幾しほまつの色まさるらむ（雅成親王集・逐年増恋・四〇）

【補説】下句が分かりにくい。孤閨をかこつことが習い性となって諦観しながら、桜の花を見ることだ、という趣意に解しておく。

（花）

この春もあればぞ見《み》つるとばかりにまた《又》命さへ惜《お》しき花かな

【現代語訳】（花）

この春も生きているからこそ見たのだとばかりに、やはりまた命までが惜しくなる、この桜の花であることよ。

【参考歌】憂きままに厭ひし身こそ惜しまるれあればぞ見ける秋の夜の月（後拾遺集・秋上・二六三・隆成）

厭はしき我が命さへ行く人の帰らんまでと惜しくなりぬる（後拾遺集・別・四七五・相模）

命あれば今年の秋も月は見つ別れし人に逢ふよなきかな（新古今集・哀傷・七九九・能因）

あぢきなく春は命の惜しきかな花ぞこの世のほだしなりける（和泉式部続集・花のいとおもしろきを見て・一八六）

【補説】参考歌に挙げた四首の内、勅撰集歌三首は宗尊がかねて学び得ていたものであろう。四首目の和泉式部歌は、宗尊の視野に入っていたかについては疑問が残るが、類想の先蹤歌として挙げておく。

325

（花）

花をのみあだなる色と見《み》しほどに身さへうつろふ春ぞ経《へ》にける

〔現代語訳〕（花）
桜の花だけをうつろいやすい色だと見ているうちに、我が身までが徒らに衰える春を過ごしてしまったのだった。

〔参考歌〕咲きしより散りはつるまで見しほどに花の本にて二十日経にけり（詞花集・春・四八・忠通）
はかなくて過ぎにしかたをかぞふれば花にもの思ふ春ぞ経にける（新古今集・春下・一〇一・式子）

〔補説〕詞の上では参考歌の両首に拠りつつ、「花の色はうつりにけりないたづらに我が身世にふるながめせしまに」（古今集・春下・一一三・小町）や「我はけさうひにぞ見つる花の色をあだなる物といふべかりけり」（同・物名・薔薇・四三六・貫之）をも意識するか。

326

（花）

明日知《あすし》らぬ身によそへつつながむれば花よりもろく散《ち》る涙かな

〔現代語訳〕（花）
明日を知らないこの身に引き比べながら、桜の花をじっと眺めていると、その花よりもはかなく散る、涙であることよ。

〔参考歌〕明日知らぬ我が身ながらも桜花うつろふ色ぞ今日は悲しき（続古今集・雑歌・一五三六・土御門院小宰相。現存六帖・さくら・五七二。三十六人大歌合弘長二年・五二）

さらぬだに惜しき名残をいかにまた花よりもろき雪と見ゆらん（正治初度百首・春・三一六・守覚）

ながむべき残りの春をかぞふれば花とともにも散る涙かな（新古今集・春下・一四二・俊恵）

〔補説〕 参考歌の小宰相詠は、「明日知らぬ我が身と思へど暮れぬ間の今日は人こそ悲しかりけれ」（古今集・哀傷・紀友則が身まかりにける時よめる・八三八・貫之）を本歌にし、宗尊もそれは認識していたであろう。

（花）

みな人の堪《た》へてつれなく過《す》ぐす世《よ》をもどき顔《かほ》にも散《ち》る桜かな

〔現代語訳〕（花）

すべての人が堪えて思うにまかせずに過ごしているこの世を、非難がましい様子で散る桜であることよ。

〔参考歌〕 惜しまれぬ我だに堪へて過ぐす世に何を憂しとか花の散るらん（東撰六帖・春・桜・二四〇・藤原景家）

果ては憂き世とはみながら住むものをうらやましくも散る桜かな（現存六帖・さくら・五九八・鷹司院新参）

見るままにありて憂き世のならひぞと知らせ顔にも散る桜かな（現存六帖・さくら・五九九・藻璧門院但馬）

〔類歌〕 憂きながらさてのみ人は過ぐす世にしばしも堪へず散る桜かな（中書王御詠・春・四三）

〔語釈〕 ○もどき顔　批判めいたさま。『夫木抄』に「永久二年大神宮禰宜歌合、菊」と詞書する「風にあへずしほるる野辺の草の葉をもどき顔なる庭の菊かな」（秋五・菊・五九五三・読人不知）が、詞書を信じれば、早い作例となるが、「する墨も落つる涙にあらはれて恋しとだにもえこそ書かれね」（金葉集・恋下・四四三・永実）を踏まえた、長明の「する墨をもどき顔にも洗ふかなかくかひなしと涙もや知る」（長明集・恋の心を・八一）が確実な先行例。他には後出の「我が心世につながれて離れぬはもどき顔なる野辺の春駒」（安嘉門院四条五百首・鹿島社・春駒・四一八）が見える程度の珍しい語。宗尊の用語の幅広さや自在さを窺わせる。

【補説】二句を、「風吹けば峰にわかるる白雲の絶えてつれなき君が心か」（古今集・恋二・六〇一・忠岑）に負ったと見て「絶えてつれなく」と解すれば、一首は「（知っている）人が皆死んで、それでもそ知らぬ風で過ごしているこの人生を、非難がましい様子で散る桜であることよ。」という趣旨になろうか。しかし、参考歌や宗尊自身の類歌を参照すれば、「堪へてつれなく」と解するのが妥当と考えられる。

328

（花）

あはれとも果《は》ては憂き世・のことわり《は》を思ひ入りて・や花の散《ち》るらん

【現代語訳】（花）

しみじみ悲しいものと、最後は憂く辛い世の中であるという道理を深く心に思いこんで、花が散っているのだろうか。

【本歌】残りなく散るぞめでたき桜花ありて世の中果ての憂ければ（古今集・春下・七一・読人不知）

【参考歌】身憂しとて憂き世は捨てじおほかたのことわりにてを思ひ入りなん（拾玉集・厭離百首・雑・六五六）

【語釈】**○あはれとも** 「思ひ入りてや」及び「散るらん」にかかるか。**○果ては** 結局は。「憂き」及び「思ひ入りてや」にかかるか。

329

暮春

世の憂《う》さを忘《わす》れし花も散りは・てゝなぐさめがたき春の暮かな《哉》

【現代語訳】暮春

世の中の辛さを忘れた桜の花も、今はすっかり散り果てて、何とも心を慰め難い春の暮であることよ。

〔参考歌〕散りはててのちや帰らん故郷も忘られぬべき山桜かな（後拾遺集・春上・一二五・道済）
いとどしく慰めがたき夕暮に秋とおぼゆる風ぞ吹くなる（後拾遺集・秋上・三一八・道済）
世の憂さを厭ひながらも経るものをしばしもめぐる花もあれかし（俊忠集・同じ所にて、又の年の春、残りの花を惜しむ心を・四〇）
またも来む春ぞと今は思へどもなぐさめがたき今日の暮かな（宝治百首・春・暮春・七九四・鷹司院帥）

〔補説〕参考歌の内、『後拾遺集』の両首を特に意識したかと思われるが、下句については、『宝治百首』の真観女鷹司院帥詠に学んだ可能性も見ておくべきであろう。

（暮春）
暮《く》れて行く春の有明の山の端《は》につれなく見《み》えて霞《かす》む月影

〔現代語訳〕（暮春）
暮れて行く春の有明頃の山の端に、薄情に見えて霞んでいる月よ。

〔本歌〕有明のつれなく見えし別れより暁ばかり憂きものはなし（古今集・恋三・六二五・忠岑）

〔参考歌〕暮れて行く春の名残をながむれば霞の奥に有明の月（式子内親王集・又〈御百首〉・春・一一八）

〔語釈〕〇春の有明「今はとて春の有明に散る花や月にも惜しき峰の白雲」（続古今集・春下・一三五・二条院讃岐。千五百番歌合・春四・五五四。雲葉集・春中・一九二）が先行例。「有明」は、陰暦二十日前後以降の月あるいはその頃のことを言うが、ここは、「暮春」の題なので、春三月の月末頃の月を言うか。

331

（暮春）

絶《た》え〳〵に霞《かす》みて迷ふ天《あま》雲のよそにや春も別れはてなん

〔現代語訳〕（暮春）

絶え絶えに霞んで紛れる空の雲、そのように遠くかけ離れて、春もすっかり別れて行ってしまうのだろうか。

〔本歌〕 天雲のよそにも人のなりゆくかさすがに目には見ゆるものから（古今集・恋五・七八四・有常女）

〔語釈〕 **○霞みて迷ふ**　新奇な句。「迷ふ」は、見紛れる意に解したが、さまよう意にも解されるか。**○天雲の よそ**　「よそ」の枕詞とも解されるが、上句を有意の序と見て、「天空にある雲の」という原義が生きると解する。「天雲のよそに見しより吾妹子に心も身さへ寄りにしものを」（万葉集・巻四・相聞・五四七・金村）等、『万葉』以来の措辞。

332

郭公

時鳥《ほとゝきす》ありけるもの《物》を今は我《われ》待《ま》つこともなきこ《此》の世と思《おも》ふに

〔現代語訳〕 郭公

時鳥は確かにいるのだったけれども、今は私は、それを待つこともないこの世だと思うので。

〔参考歌〕 時鳥鳴く音ならでは世の中に待つこともなき我が身なりけり（詞花集・夏・五六・忠兼）

〔語釈〕 **○今は我**　↓189。

〔補説〕 待ちこがれるものという「郭公」の本意からははずれる、というよりは、その本意を十分に分かった上で、『詞花集』の忠兼詠に拠りつつ、敢えて「待つこともなき」と言って憂愁を吐露する、季節歌に述懐を詠じる宗尊らしい一首。忠兼詠は、ほとんど本歌とも言うべき役割を担っているが、作者の藤原忠兼は、『詞花集』初出歌人であるので、本歌としては扱わないでおく。

（郭公）

かたらひし人こそあらめ時鳥なれさへ我に情《なさ》けかはるな

〔現代語訳〕（郭公）

親しく交わった人、それはそうあるだろうけれども（人の情けが変わる、それは仕方ないだろうけれども）。時鳥よ、お前までが、私に対してかける情けが変わることがあってくれるな。

〔語釈〕 **○人こそあらめ** 『久安百首』の「まばらなる賤が篠屋は夜をさぶみ人こそあらめ風もとまらず」（冬・七五三・実清）のように、単純に「人は在るだろうが、他の何かは（無い）」ということを表す場合もある。一方で、同じ『久安百首』の「つれもなき人こそあらめなぞもかく目もあはでのみ夜を明すらん」（恋・七六五・実清）や寂蓮の「尋ね来ぬ人こそあらめあたら夜の月と花とに帰る雁がね」（寂蓮結題百首・晴れの空の帰る雁・一一）の場合は、「〜の人はそれでもしょうがないだろうけれども」（あるいは「〜の人は…であるのはそれで仕方ないだろうけれど」）「他の何かもが…であることは受け入れ難い」といった趣旨を表現する措辞である。ここは後者で、親しく愛しあった人は情けが変わることはあるだろうけれども（それはしょうがないけれども）、時鳥までが情けが変わることはいやだからせめて、という趣意。宗尊は、「文永六年五月百首歌」（恋）でも「遠ざかる人こそあらめ心さへなど身に添はずなりまさるらん」（本抄・巻四・740）と詠んでいる。**○なれさへ** 『久安百首』の「巣を恋ひて帰りわづらふつばめかなれさへ秋の風や悲しき」（秋・五三七・隆季）が早い。宗尊に身近な先例としては、『宝治百首』の「波のひく潮干の潟の浜千鳥なれさへ声の遠ざかり行く」（冬・潟千鳥・二三三〇・忠定）がある。

〔補説〕　宗尊は、該歌に先行して、「憂き身をばかたらふ人もなきものを情けありける時鳥かな」（中書王御詠・夏・郭公・六〇）と、対照的な趣旨を詠じている。なお、この歌は、『新三井集』（夏・一三二）に、詞書「卅首の歌送り侍りし中に」、作者「菅原長宣朝臣」で見える。その真偽は今、未詳とせざるをえない。

334

（郭公）

時鳥空にかたらふ夕暮《くれ》は我《われ》さへあやな音《ね》ぞなかれける

〔現代語訳〕（郭公）
時鳥が、上空で不実にその音を鳴く夕暮は、私までが訳もなく、ただひとりでに声を上げて泣いたのだった。

〔本歌〕　彦星の妻待つ宵の秋風に我さへあやな人ぞ恋しき（拾遺集・秋・一四二・躬恒）

〔語釈〕　**○空にかたらふ**　式子の「あはれとや空にかたらふ時鳥寝ぬ夜つもれば夜半の一声」（式子内親王集・前小斎院御百首・夏・二四）が早いが、『宗尊親王百五十番歌合』の顕氏詠「誰としも分きて頼めぬ時鳥空にかたらふ声ぞ聞こゆる」（夏・六三。顕氏集・三）に学ぶか。「空に」は、上空での意に、はっきりせず虚ろにの意が掛かる。「かたらふ」は、親密に語り合うあるいは語り続ける意だが、「時鳥」が鳴く意に用いられる。**○音ぞなかれける**　「音ぞ泣かれける」に、「時鳥」の縁で、「音ぞ鳴（く）」が掛かる。「帰り来むまたあふ坂と頼めども別れは鳥のねぞなかれける」（続古今集・離別・八三九・為家）と同様。

335

（郭公）

聞《き》けばまづ思ひぞ出《い》づる時鳥昔のことを音にや鳴《な》くらむ

〔現代語訳〕（郭公）

その声を聞くと先づ昔のことを思い出す、時鳥よ。おまえは、私が声を上げて泣くように、昔のことを、声に出して鳴いているのだろうか。

〔参考歌〕昔へや今も恋しき時鳥故郷にしも鳴きて来つらむ（古今集・夏・一六三・忠岑）
思ひ出づるときはの山の郭公唐紅の振りいでてぞ鳴く（古今集・夏・一四八・読人不知）
千々につけ思ひぞ出づる昔をばのどけかれとも君ぞいはまし（後拾遺集・雑五・一一〇五・為光）

〔語釈〕**○聞けばまづ**　『宝治百首』の「聞けばまづ身にぞしみける刈り残す門田にそよぐ秋の村雨」（雑・田家雨・三七五六・但馬）が早い。その後これに倣ってか、『弘長百首』で為家が「聞けばまづ涙こぼるる秋風や初雁が音のしるべなるらん」（秋・初雁・二七七）と詠む。これらに学ぶか。**○鳴く**　「思ひ出づる」「昔」の縁で、「泣く」が掛かるか。

〔補説〕「時鳥」と「昔」の結び付きは、参考歌の忠岑詠や、同じ『古今集』の「石上ふるき都の郭公声ばかりこそ昔なりけれ」（夏・一四四・素性）を基底としている。「蘭省花時錦帳下（らんせいのはなのときのきんちやうのもと）廬山雨夜草菴中（ろさんのあめのよのさうあんのうち）」（和漢朗詠集・山家・五五五・白居易）を本文とする俊成の「昔思ふ草の庵の夜の雨に涙な添へそ山郭公」（新古今集・夏・二〇一）も、「夏山に鳴く時鳥心あらば物思ふ我に声な聞かせそ」（古今集・夏・一四五・読人不知）などの、「物思」いの中で鳴く「時鳥」の類詠を踏まえつつ、なお「時鳥」と「昔」の連想も働いている一首と考えるのである。該歌は、そういう通念の上に詠まれたものであろう。

（郭公）

我《われ》ばかり物は思《おも》はじ時鳥《ほとゝきす》同じ憂《う》き世《よ》に音をば鳴くとも

〔現代語訳〕（郭公）

私ほど物思いはするまい、時鳥は、同じこの憂く辛い世の中で、私が声を上げて泣くように、声を上げて鳴くとしても。

〔本歌〕時鳥我とはなしに卯の花の憂き世の中になき渡るらむ（古今集・夏・一六四・躬恒）
あらち男の狩る矢の前に立つ鹿もいと我ばかり物は思はじ（拾遺集・恋五・九五四・人麿）

〔参考歌〕我ばかりわりなく物や思ふらん夜昼もなく時鳥かな（増基法師集・ほととぎすのなくを・一〇三）

〔類歌〕我ばかり世をば嘆かじ郭公声に立てては鳴き渡るらん（人家集・六二・尊海）

〔語釈〕○同じ憂き世　「もろともに同じ憂き世にすむ月のうらやましくも西へ行くかな」（後拾遺集・雑一・八六八・中原長国妻）に拠るか。○鳴く　「物は思（ふ）」「憂き世」の縁で、「泣く」が掛かる。

〔補説〕「物思」いと「時鳥」の詠み併せは、『万葉集』の「独りゐて物思ふ宵に時鳥こよ鳴き渡る心あるらし」（巻八・夏雑歌・一四七六・広耳）や「物思ふと寝ねぬ朝けに時鳥鳴きてさ渡るすべ無きまでに」（巻十・夏雑歌・作者未詳）等に始まり、『古今集』の「夏山に鳴く時鳥心あらば物思ふ我に声な聞かせそ」（夏・一四五・読人不知）や「五月雨に物思ひをれば時鳥夜深く鳴きていづちゆくらむ」（夏・一五三・友則）等を経て、類型となる。該歌は、それに従いつつ、「鳴く」「時鳥」と「泣く」「我」を対比して、「我」の「物思」いの度合いを強調する趣向。
宗尊は、同じ人麿歌を、248でも本歌に取っている。

（郭公）

我がごとや五月の後の郭公時過《す》ぎにける音《ね》をばなくらん

〔現代語訳〕（郭公）
盛りの時が過ぎてしまった、声を上げて泣く私のように、五月の後の時鳥は、時季が過ぎてしまった声を上げて鳴いているのだろうか。

〔本歌〕 あしひきの山郭公我がごとや君に恋ひつつ寝ねがてにする（古今集・恋一・四九九・読人不知）

信濃なる須我の荒野に時鳥鳴く声聞けば時過ぎにけり（万葉集・巻十四・東歌・三三五二・信濃国歌。五代集歌枕・野・すがのあらの　信濃・七三七）

〔参考歌〕 枯れはつる花の心はつらからで時過ぎにける身をぞ恨むる（後撰集・恋一・五四〇・読人不知）

〔語釈〕 **○五月の後** 珍しい措辞。他には、「空にこふ雨待ちえたる小山田は五月の後も早苗取るなり」（東撰六帖抜粋本・夏・早苗・一三八・政村）が目に入る程度。宗尊は、これに学ぶか。あるいは、「後の五月」（卯月の後に来る皐月の意）を変化させたか。**○時過ぎにける** 自分については、盛りの時が過ぎてしまったこと（将軍在位の栄光の時が過ぎ去ったこと）を言い、時鳥については、最もよく鳴く時節が過ぎてしまったことを言う。**○なく** 「鳴く」と「泣く」の掛詞。

〔補説〕 「時鳥」の鳴き声は、春と夏の合間には「春の行く道に来むかへ時鳥かたらふ声にたちやとまると」（金葉集・春・三月尽の心をよめる・八九・証観）、四月には「神まつる卯月にならば時鳥ゆふかけてやは鳴きて渡らぬ」（道命阿闍梨集・四月夕暮に郭公待つとて・二五三）、さらに閏四月には「うちとけで鳴かましものを時鳥卯月の二つなからましかば」（入道右大臣（頼宗集）・閏四月、人人山里にて、時鳥の歌俄にかはらけとりてよみしに・七）とされる。五月は、「五月来ば鳴きも古りなむ郭公まだしき程の声を聞かばや」（古今集・夏・一三八・伊勢）や「いつのまに五月来ぬらむあしひきの山郭公今ぞなくなる」（同・同・一四〇・読人不知）とされ、これらを踏まえて、「今は早かたらひつくせ時鳥なが鳴く頃の五月来ぬなり」（新勅撰集・夏・一五五・成茂）とも詠まれる。該歌は、「時鳥」が本格的に盛りと鳴くのは「五月」との通念を踏まえていよう。

二首を本歌として、かつ他の一首を踏まえたと見ることには異論もありえようが、複数の古歌に依拠した詠み方は、実朝と同様に宗尊の方法の一つではある。

橘

橘《たち花》の花《はな》の軒端《は》も荒《あ》れにけりあはれ幾代《いくよ》の宿の昔ぞ

〔現代語訳〕 橘

橘の花近くにある軒端も荒れてしまったのだった。（あの橘の昔とは）ああいったい幾代を経た家の昔というのだ。

〔本歌〕 荒れにけりあはれ幾代の宿なれや住みけむ人の訪れもせぬ（古今集・雑下・九八四・読人不知）

五月待つ花橘の香をかげば昔の人の袖の香ぞする（古今集・夏・一三九・読人不知）

〔類歌〕 色も香もあはれいくよの梅の花荒るる軒端に春を知るらむ（柳葉集・巻二・弘長三年八月、三代集詞にて読み侍りし百首歌・春・四〇五）

〔語釈〕 **○橘の花の軒端** 理屈としては、橘の花に隣接してある屋根の軒のはし、ということだが、橘の花が植えてある家の軒端、あるいはその家、ということであろう。↓補説。 **○宿の昔** ある家の過ぎ来たった往時。平時子や時忠の弟である親宗の「範玄僧都房にて、逢友懐旧といふ心を／君をきみ我も忘れず立つ春の宿の昔は夢か現か」（親宗集・一二三）が、唯一先行例として目に入る。

〔補説〕 「花の軒端」の詞を取り出してみると、他の用例は次のとおり、いずれも京極派の作である。

①あはれしばしこの時過ぎてながめばや花の軒端のにほふ曙（玉葉集・春下・一九七・為教女為子）

②木の間洩る月さへ影のかをるかな花の軒端のおぼろ夜の空（伏見院御集・春夜・五四一）

③山薄き霞の空はやや暮れて花の軒端ににほふ月影（風雅集・春中・二〇五・進子）

これらは、先行する「真木の戸は軒端の花の陰なれや床も枕も春の曙」（拾遺愚草・花月百首・花・六一九）や「春はただ軒端の花をながめつつ家路わするる雲の上かな」（正治後度百首・禁中・八一・後鳥羽院）等の「軒端の花」（軒端近くにある桜）を転倒した形で、軒端が盛りの花に埋もれているような状態を言う、と思われる。該歌の場合は、「花の軒端」という詞として捉えるのではなく、「橘の花」「の軒端」という区切りと見るべきであろうから、意味合いは異なるであろう。しかしながら、京極派の宗尊歌摂取の問題を広く見渡す中で、改めて考えることも必要であろう。例えば該歌の「宿の昔」について見ても、これもさほど用例が多くない詞だが、伏見院には「思ふかな我もながめの春ふりぬ花はましての宿の昔を」（伏見院御集・一一五。同上・五色を四季にわたして当座によみ侍りしに・白春・七六八）の作がある。「花の軒端」と「宿の昔」という二つの特異な詞の一致が、意図的摂取の痕跡なのか偶然の結果なのか、さらに考究すべきであると思うのである。

なお、『瓊玉集』の歌の摂取が認められる宗良親王の「故郷の檐の橘も今は花咲きぬらんと思ひやられて／今はまた我が袖の香ぞ残るらん花橘の宿の昔を」（李花集・夏・二〇三）については、該歌の影響下にある可能性は見ておいてよいであろう。

（橘）

忘《わす》らるる昔ならでは橘の匂《にほ》ひにつけて偲《しの》ぶともなし

【本文】 ○底本第二句の「ならては」の「ては」は、「ねは」に上書きか。また、「は（字母「八」）」は「か（字母「可」）」にも見える。

【現代語訳】（橘）

ひとりでに忘れる昔でなくては、あらためて橘の匂いにつけて思慕するということもないのだ。

【本歌】 五月待つ花橘の香をかげば昔の人の袖の香ぞする（古今集・夏・一三九・読人不知）

【参考歌】 忘らるる昔を今になすものは花橘のにほひなりけり（万代集・夏・七〇九・八条院六条）

〔語釈〕 ○忘らるる　助動詞「る」を自発と見た。受け身と見て、「忘れられる昔」と解しても通意。
〔補説〕 橘の香は昔を思い起こさせるものだが、その昔は忘れているから偲ぶのであって、忘れていなければあらためて橘の香で偲ぶこともない、ということ。その理屈が主眼ではなく、橘の香で思慕するまでもない忘れられない昔があるということを、逆説的に言ったと捉えるべきであろう。とすればまた、「橘」の本意からははずれた、述懐に傾いた歌ということになる。

340

五月雨

五月雨《さみだれ》の空暮《く》れかかる峰《みね》の雲花にまがへし色としはなし

〔現代語訳〕 五月雨
五月雨が降る空が暮れようとしている峰にかかる雲は、もはやまったく花に見紛えた色というわけではない。
〔語釈〕 ○空暮れかかる峰の雲　「空暮れかかる」から「かかる」を掛詞に「かかる峰の雲」へ鎖る。○色としはなし　「色とはなし」に、強意の副助詞「し」が挟まったもの。寂蓮の「寂しさはその色としもなかりけり槙立つ山の秋の夕暮」（新古今集・秋上・三六一）に倣うか。ただしこれは、永万二年（一一六六）『中宮亮重家朝臣家歌合』の「恋しさはその色としもなきものをなど身にしみて思ふなるらん」（恋・一二〇・右京大夫）が先行する。
〔補説〕 良経の「初瀬山うつろふ花に春暮れてまがひし雲ぞ峰に残れる」（新古今集・春下・一五七）を念頭に置くか。

341

（五月雨）

問《と》へかしな物思ふ宿《やと》の五月雨にいとどひまなき袖の雫を

〔現代語訳〕 （五月雨）

尋ねてくれよな。私が物思いをするこの家に降る五月雨に、いっそう隙なく洩れ落ちる袖の涙の雫を。

〔参考歌〕思ひやれ訪はで日を経る五月雨のひとり宿もる袖の雫を（金葉集・恋上・四〇六・皇后宮肥後）

〔類歌〕いかにせむ心のうちもかきくれて物思ふ宿の五月雨の頃（柳葉集・巻三・弘長三年八月、三代集詞にて読み侍りし百首歌・夏・四一五。瓊玉集・夏・百首御歌中に・一三〇）

問へかしな心のうちも晴れやらで袖のみ濡らす五月雨の頃（中書王御詠・夏・五月雨の頃人のもとにつかはし侍りし・六七）

〔語釈〕**○問へかしな**　尋ね聞いてくれ、訪問してくれ、どちらの意にも解し得る。勅撰集では、『後拾遺集』の「問へかしな幾世もあらじ露の身をしばしも言の葉にやかかると」（雑三・一〇〇六・読人不知）が初出だが、それ以後は、新古今（2首）、新勅撰（4）、続後撰（2）、続古今（6）、続拾遺（2）、新後撰（2）、玉葉（1）、続千載（2）、新千載（2）、新続古今（2）、新葉（1）という撰入状況で、宗尊当代には定着していた句であろう。宗尊は、『宗尊親王三百首』に一首（一一〇）、『柳葉集』に一首（三六二）、『中書王御詠』に二首（一三、六七）、本抄には他に、五首（360、514、699、729、933）に用いている。**○物思ふ宿**　『古今集』の「鳴き渡る雁の涙や落ちつらむ物思ふ宿の萩の上の露」（秋上・二二一・読人不知）が原拠の措辞。

〔補説〕宗尊は、初二句を同じくする類詠を「文永六年五月百首歌」（冬・729）でも詠んでいる。

（五月雨）

いとどしく袖のみかさぞまさり行く身を知《し》る比の五月雨の空

〔現代語訳〕（五月雨）よりいっそう（涙にくれる）袖の水嵩が増さってゆく、（憂く辛い）私の身のほどを思ひ知る時節である五月雨が降る空よ。

〔参考歌〕　みさぶらひみかさと申せ宮城野の木の下露は雨にまされり（古今集・東歌・陸奥歌・一〇九一）
かずかずに思ひ思はず問ひがたみ身を知る雨は降りぞまされる（古今集・恋四・七〇五・業平。伊勢物語・百七段・一八五・男）

〔影響歌〕　我が袖の涙の川の五月雨は流れてまさるみかさなりけり（李花集・夏・五月雨の頃よみ侍りし・二〇八）

〔語釈〕　○いとどしく　「まさり行く」にかかる。

（五月雨）

今ぞ憂《う》き昔は袖のよそにのみ思ひしもの《物》を五月雨の空《そら》

〔現代語訳〕（五月雨）

今は憂く辛いのだ。昔は、自分の袖とは無縁とばかりに思っていたのだけれど、五月雨の空は。（今は袖に五月雨のように涙の雨が降るよ）。

〔類歌〕　あはれ我が袖より外に見しものを過ぎにしかたの五月雨の空（本抄・巻一・文永三年十月五百首歌・五月雨・61）

〔補説〕　「今ぞ憂き」の歌い出しは新鮮。後出の例が散見する。中では、宗良親王の「今ぞ憂きげにそのかみの契りならばあふひむなしきかざしならめや」（宗良親王千首・恋・寄葵恋・六八二）と「今ぞ憂き同じ都のうちにては心ばかりの隔てなりしを」（新葉集・恋二・七三四。李花集・恋・六〇八）の両首に、宗尊詠からの影響の可能性を見ておきたい。

344

（五月雨）

いかがせん憂《う》きには空と頼《たの》みしにながめも辛《つら》き五月雨《さみだれ》の比

【本文】○第三句「頼みしに」は、底本「たの〻《み》しに」（「の」と「し」の間に補入符を打つか、「之」の「し」の上部を見消ちするかして、左傍に「み」とあり）。

【現代語訳】（五月雨）

どうしようか。（あの古歌のように）憂鬱なときには（じっとながめる）空と頼みにしていたのに、その空をじっとながめることも辛い、五月雨のこの頃よ。

【本歌】心には月見むとしも思はねど憂きには空ぞながめられける（後拾遺集・雑三・九九三・為任）

【参考歌】いかにせむ憂きには空を見しものを曇りはてぬる五月雨の頃（百首歌合建長八年・夏・一〇三七・民部卿）

【補説】本歌の作者藤原為任は、『後拾遺集』にのみ入集で生年は未詳ながら、『小右記』永延元年（九八七）三月二十六日条に右馬助として見え、寛徳二年（一〇四五）射殺された（尊卑分脈）といい、『拾遺集』当代の人物である。

345

蛍

お《を》のれのみ夏を知《し》らせて松陰の岩井の水に飛《と》ぶ蛍《ほたる》かな

【現代語訳】蛍

自分だけが夏であることを知らせて、夏がないと思う松の樹陰にある岩井の水の上に飛ぶ蛍であることよ。

【本歌】松蔭の岩井の水を結びあげて夏なき年と思ひけるかな（拾遺集・夏・一三一・恵慶）

紅葉せぬ常磐の山に住む鹿はおのれ鳴きてや秋を知るらん（拾遺集・秋・一九〇・能宣）

〔語釈〕 ○飛ぶ蛍かな 「漁り火の昔の光ほの見えて蘆屋の里に飛ぶ蛍かな」（新古今集・夏・二五五・良経）等、新古今時代から盛んに詠まれる句。

〔補説〕 『拾遺集』の両首の詞と心の両方を取る、院政期の本歌取り説に通う詠み方。

（蛍）

我《われ》のみと燃《も》えて見《み》せたる蛍かな哉誰《たれ》も思ひは身に添《そ》ふれども

〔現代語訳〕（蛍）

火に燃えているのは自分だけだと、まさに燃えて見せている蛍であることよ。誰も、物「思ひ」の「火」は、その身にそなわっているのだけれども。

〔参考歌〕 秋の夜のあはれは誰も知るものを我のみと鳴くきりぎりすかな（千載集・秋下・三二九・兼宗）

身に近き秋ぞ知らるる夏虫の燃えて見せたる夜半の思ひに（秋風抄・夏・四三・鷹司院按察。秋風集・夏・二一三。現存六帖・なつむし・三二八）

よそなれど同じ心ぞ通ふべき誰も思ひの一つならねば（新古今集・哀傷・七七三・実資）

〔語釈〕 ○思ひ 「ひ」に「燃えて」「蛍」の縁で「火」が掛かる。○身に添ふれども 「身に添ふ」は、『万葉』以来の詞だが、中世に盛行した。宗尊は、先に『宗尊親王三百首』で「寂しさは身に添ふものとなりにけり秋よりのちの夕暮の空」（冬・一七九）と詠み、「文永元年六月十七日庚申百番自歌合」（月）では「憂きことの身に添ふ秋と嘆きてもなほうとまれぬ夜半の月かな」（柳葉集・巻四・四九三。瓊玉集・秋下・二三二）、「文永二年潤四月三百六十首歌」（雑）では「世の憂さは身に添ふものと知りながらなほ急がるる山の奥かな」（柳葉集・巻五・八四九。中書王御詠・雑・山家・二五五）と詠んでいる。また、「みな人のなべて身に添ふ思ひ草憂き世の中にたねやまきけむ」（中書王御詠・雑・雑の歌の中に・二七九）とも詠んでいる。本抄でも別に、377・394・574で用いている。宗尊好みの詞と言ってよいであろう。

〔補説〕　大づかみには、参考歌の鷹司院按察詠と共に、「音もせで思ひに燃ゆる蛍こそ鳴く虫よりもあはれなりけれ」（後拾遺集・夏・二一六・重之）の類型の枠内にある歌。

納涼

大井川山陰暗《かけくら》く日は暮《く》れて堰《ゐせき》の水の音ぞ涼しき

〔現代語訳〕　納涼

大堰川は、山陰が暗く日は暮れて、堰を流れる水の音が涼しいよ。

〔参考歌〕　かたぶけば山陰暗き大井川月にもくだす鵜舟なりけり（白河殿七百首・深夜鵜川・一七八・後嵯峨院）

夕されば玉ゐる数も見えねども関の小川の音ぞ涼しき（千載集・夏・二一一・道経）

〔語釈〕　○大井川　「大堰川」とも書く。山城国の歌枕。山城国嵯峨・松尾（現京都市右京区）辺を流れる川。鞍馬山北に源流し、丹波国に入って保津川、山城国の嵯峨・松尾辺で大井川、桂一帯を南流して桂川、さらに賀茂川と合流して淀川となる。堰が設けられて、両岸の用水としたので、その名が生じたとも。紅葉の名所。筏や鵜舟などが詠まれる。

〔補説〕　「大井川瀬瀬の岩波音絶えて井堰の水に風氷るなり」（秋篠月清集・二夜百首・一四七）の冬景を夏に転じた趣。

（納涼）

岩間洩《も》る清水も涼《す》し逢《あふ》坂の木隠《かく》れ通《かよ》ふ関の夕《ゆふ》風

【現代語訳】（納涼）

岩の間を洩れてしたたる清水も涼しい。逢坂の木々に木隠れながら吹き通う、関の夕風よ。

【本歌】越えはてば都も遠くなりぬべし関の夕風しばし涼まん（後拾遺集・羈旅・七月朔日頃に尾張に下りけるに夕涼みに関山を越ゆとて、しばし車をとどめて休み侍りて、よみ侍りける・五一一・赤染衛門）

君が代に逢坂山の石清水木隠れたりと思ひけるかな（古今集・雑体・一〇〇四・忠岑）

【参考歌】岩間洩る清水を宿に堰き止めてほかより夏を過ぐしつるかな（千載集・夏・二一二・俊恵）

【語釈】○逢坂　逢坂の関のこと。山城国と近江国の境、逢坂山に大化二年（六四六）頃に設置されたという関。京都と東国との出入口。○木隠れ通ふ　新鮮な措辞。

（納涼）

夕《ゆふ》づく日《ひ》木の葉隠《かく》れにかたぶきて岡辺《へ》涼《す》しき楢《なら》の下陰《かけ》

【現代語訳】（納涼）

射す夕方の日の光が、木の葉に隠れながら傾いて、岡のほとりの、涼しい楢の木の下陰よ。

【本歌】数ならぬ我が身山辺の郭公木の葉隠れの声は聞こゆや（後撰集・五月許に、物言ふ女につかはしける・夏・一七九・読人不知）

【参考歌】夕づく日霞の下にかたぶきて入逢の鐘に春ぞ残れる（土御門院御集・春・春情難繋夕陽前・二一三）

夏来れば過ぎ憂かりけり石上ふるから小野の楢の下陰（月詣集・六月・樹陰納涼といふことを・五二四・長明。長明集・夏・樹陰納涼・二二）

【語釈】○夕づく日　→294。○岡辺涼しき　意外にも例を見ない措辞。

350

早秋

秋は来《き》ぬ涙は袖に落ち初《そ》めついかにかすべき夕べなるらむ

【現代語訳】早秋

秋は来た。涙は袖に落ち始めた。どうすればよい、この夕方であるのだろうか。

【参考歌】秋は来ぬ紅葉は宿に降りしきぬ道踏み分けて訪ふ人はなし（古今集・秋下・二八七・読人不知）

いかなりし秋に涙の落ち初めて身はならはしと袖の濡るらん（秋風抄・雑・前太政大臣家十五首に・二八四・実雄。秋風集・雑上・一〇九三。三十六人大歌合弘長二年・七九。続拾遺集・雑秋・五七二）

【影響歌】ものをのみさも思はするさきの世の報いや秋の夕べなるらん（続古今集・秋上・三七二・信実）

物思ふ涙の露の落ち初めて我が袖よりぞ秋は知らるる（隣女集・巻二自文永七年至同八年・秋・立秋・一一四二）

【補説】影響歌に挙げた雅有の一首は、該歌よりも数年後の作。雅有には、祖父以来の秀句好みの傾向があるので、あるいは、「落ち初む（め）」の語を用いるべく、実雄詠か該歌に倣った可能性を見ておきたい。

351

（早秋）

つれなくもまた《又》同《おな》じ世《よ》にめぐり来《き》ぬ辛《つら》き三年《みとせ》の秋の初《はつ》風

【現代語訳】（早秋）

薄情なことに、また再び同じ時節にめぐり来てしまった。この辛い三年間の、秋の初風よ。

〔補説〕 該歌を詠む文永五年（一二六七）十月から見て足掛け三年前の、文永三年（一二六六）の初秋七月に鎌倉を追われて帰洛した辛い体験を、「秋の初風」に寄せて思い起こすことを嘆じたものであろう。

〔語釈〕 〇世　ここは、時季・期間ほどの意味か。

荻

あらぬかとたどるばかりの夕暮《くれ》も昔に似たる荻《おき》の上風《うは》

〔現代語訳〕 荻

この身はもはや生きていないのかと、思い迷うばかりの夕暮も、あの昔に似て（同じように吹いて）いる荻の上風よ。

〔本歌〕 我が身こそあらぬかとのみたどらるれ問ふべき人に忘られしより（新古今集・恋五・一四〇五・小町）

〔参考歌〕 問はれしは昔がたりの夕暮に思ひも入れぬ荻の上風（内裏百番歌合建保四年・恋・一九〇・知家）

〔補説〕 「秋はなほ夕まぐれこそただならね荻の上風萩の下露」（和漢朗詠集・秋・秋興・二二九・義孝）や「いとどしく物の悲しき夕暮にあはれを添ふる荻の上風」（堀河百首・秋・荻・六八四・永縁）等と詠まれる「荻の上風」は、秋の夕暮の哀愁を催す景物である。この世に生きてあるかとも思えない今この夕暮に、同じように思った昔の夕暮と同じような荻の上風が吹いている、その哀れを歌うか。とすれば「昔」は、将軍から失脚して帰洛した文永三年（一二六六）の秋を思い起こして言ったものであろう。

（荻）

353
情《なさ》けかな問ふ・べき人も辛《つら》き夜《よ》に絶えず・音《をと》する荻の上風《かせ》

【現代語訳】（荻）
情けであることだな。私を訪うはずの人も、（訪うことなく）冷たく薄情な夜に、絶えることなく音がする荻を吹く上風は。

【本歌】あはれにも絶えず音する時雨かな問ふべき人も問はぬすみかに（後拾遺集・冬・三八〇・兼房）

【参考歌】おほかたの秋の情けの荻の葉にいかにせよとて風なびくらん（正治初度百首・秋・四二一・後鳥羽院。後鳥羽院御集・四二一）

【語釈】○**情けかな**　初句に置く詠み方は新奇。「情け」は、しみじみとした情趣、風情の意だが、ここは、思いやり、情愛の意が込められるか。○**夜**　男女の仲の意の「世」にも、あるいは、「夜」と「世」の掛詞にも解し得るか。

【補説】哀愁を催す「荻の上風」（→352補説）も、人の訪れが絶えてない夜には、かえって情けである、との感懐か。「荻の上風」を「情け」と見るのは355も同様だが、この類例は他に、『文保百首』の実兼の「おとづるる情けばかりを待ちえてもおのれ寂しき荻の上風」（秋・五三八）が目に付く程度。宗尊は、参考歌の後鳥羽院詠に負うところがあったか。
『後拾遺集』初出歌人の兼房の歌を本歌と見ることについては、『瓊玉和歌集新注』126・128補説、解説参照。

354
聞《き》けば先づ・あはれ濡《ぬ》れ添《そ》ふ袂かな涙《なみだ》なりけり荻〔の〕上風
（荻）

【本文】○底本第五句「荻上風」は、「荻の上風」の「の」の誤脱と見て、私に「の」を補う。あるいは、「荻上風」で「をぎのうはかぜ」と読むと見ることもできるか。

〔**現代語訳**〕（荻）その音を聞くとまっ先に、ああなんともますます濡れ増さる袂であることよ。涙そのものなのであったな。荻の上風は。

〔**参考歌**〕聞けばまづ涙こぼるる秋風や初雁が音のしるべなるらん（弘長百首・秋・初雁・二七七・為家）
　折からにわきて濡れ添ふ袂かな深山の里の秋の夕暮（宝治百首・秋・秋夕・一三六八・公相）

〔**補説**〕「涙なりけり」は、ほぼ結句に置かれる通用の句である。これを四句に置いて、歌末を体言で止めるのは、やはり多く結句に置かれる「命なりけり」を用いた西行の「年たけてまた越ゆべしと思ひきや命なりけり佐夜の中山」（新古今集・羈旅・九八七）に通う。あるいは、意識的に倣ったか。

（荻）

ありはてぬ《有》こ《此》の世のほどの情けとて幾《いく》秋聞《き》きつ荻《おき》の上風《うはかせ》

〔**現代語訳**〕（荻）いつまでも生き続けきれない、この世にある間の情けということで、いったい幾秋聞いたのか。荻の上風を。

〔**本歌**〕ありはてぬ命待つ間のほどばかり憂きことしげく思はずもがな（古今集・雑下・九六五・貞文）

〔**参考歌**〕幾返り馴れても悲し荻原や末越す風の秋の夕暮（正治初度百首・秋・一三四二・定家。拾遺愚草・九三九。万代集・秋上・八八六。続千載集・秋上・三五九）

〔**語釈**〕**○情け**　353と同様に、しみじみとした情趣、風情の意に、思いやり、情愛の意が込められるか。

〔**補説**〕「荻の上風」を「情け」と捉えることについては、353補説参照。

356
露
物思《おも》はぬ人の袖には大かたの秋とばかりや露の置《を》くらん
〔現代語訳〕露
物思いをしない人の袖には、普通の秋だとばかりに、露が置いているのだろうか。
〔本歌〕物思はぬ人もや今宵ながむらん寝られぬままに月を見るかな（千載集・雑上・九八四・赤染衛門）
大かたも秋はわびしき時なれど露けかるらん袖をしぞ思ふ（後撰集・秋中・二七八・醍醐天皇）
〔参考歌〕物思はでただ大かたの露にだに濡るれば濡るる秋の袂を（新古今集・恋四・一三一四・有家）
〔類歌〕物思はぬ人の袖まで露けきや秋の夕べのならひなるらん（延文百首・秋・秋夕・二五四二・実名）
憂き旅のあはれは知らじ大方の秋とばかりに虫や鳴くらん（師兼千首・秋・旅店虫・三六一）
〔補説〕本歌両首の言詞を取り、参考歌にも刺激されたか。言外に、「まして物思いする私の袖には、涙の露までもがこんなに置いているのだ」といった思念を主張するか。当然に、「大かたの秋来るからに我が身こそ悲しきものと思ひ知りぬれ」（古今集・秋上・一八五・読人不知）も意識していたであろう。

357
（露）
我《われ》ならぬ今は草葉の上《うへ》をさへ袖より余《あま》る露かとぞ見《み》る
〔現代語訳〕（露）
今は、私（の袖）だけではない、草葉の上（の露）までも、（涙の露が置く私の）袖から余って置く露かと見るよ。
〔本歌〕我ならぬ草葉も物は思ひけり袖より外に置ける白露（後撰集・雑四・一二八一・忠国）

〔参考歌〕秋の露野辺のものとぞ思ひしを袖より余る涙なりけり（俊成祇園百首・秋・露・四五）
置く露は草葉の上と思ひしに袖さへ濡れて秋は来にけり（続後撰集・秋上・二四七・弁内侍）
〔補説〕忠国歌を本歌に、参考歌の俊成詠にも倣うか。参考歌の弁内侍詠とは、対照的趣向。

（露）
夢の世《よ》をおどろく秋の袂より思ひ入りたる露ぞこぼるる

〔現代語訳〕（露）
夢のような世の中からはっと目を覚ますこの秋の袂、そこから、深く思いつめた涙の露がこぼれるよ。
〔参考歌〕夢とのみ思ひなりにし世の中を何今更におどろかすらん（拾遺集・雑賀・一二〇六・貴子）
思ひ入る身は深草の秋の露頼めし末や木枯らしの風（新古今集・恋五・一三三七・家隆）
物思はでただ大かたの露にだに濡るれば濡るる秋の袂を（新古今集・恋四・一三一四・有家）
〔語釈〕**○夢の世をおどろく**　参考歌の『拾遺集』の一首を念頭に置いた措辞かもしれないが、先行の類例には「夢の世をおどろきながら見るほどはただまぼろしの心ちこそすれ」（久安百首・無常・一〇九一・堀川）もある。**○思ひ入りたる**　底本は「思ひ入たる」で、他動詞の「思ひ入れたる」にも解し得る。「夕日さす枯野の草の秋ならば思ひ入れたる露や置かまし」（百首歌合建長八年・秋・八四六・基家）は、行家の判詞に「夕日さす枯野の気色、寂しきにつけても見所ありておぼえ侍るに、思ひ入れたる露ぞ、いかなる色ともわきがたく侍る」ともあって、確実に「思ひ入れたる露」の形であったと思しい。宗尊が同歌合を披見した、この歌を知っていた可能性は見てもよいであろう。ただしここでは、参考歌の家隆詠や、俊成の「世の中よ道こそなけれ思ひ入る山の奥にも鹿ぞ鳴くなる」（千載集・雑中・一一五一）等の、自動詞の「思ひ入る」を用いた歌からの影響を重く見て、「思ひ入りたる」に解しておく。

虫

松虫の声《こゑ》する野辺《へ》の花薄宿借《やとか》る人の袖かとぞ見る

〔現代語訳〕虫

松虫の声がする野辺の花薄は、宿を借りる人の袖かと見るよ。

〔本歌〕秋の野の草の袂か花薄ほに出でて招く袖と見ゆらむ（古今集・秋上・二四三・棟梁）

〔参考歌〕松虫の声するかたの草枕今宵も野辺に宿や借らまし（紫禁集・建保三年正月十五日・夕尋虫・五二〇）

さのみやはとまりもすべき花薄招く野原の松虫の声（為家集・秋・薄虫〔建長五年八月〕・五三二）

〔影響歌〕松虫の声する野辺の花薄誰とさだめて人招くらむ（隣女集・巻三自文永七年至同八年・秋・虫・一一八五）

〔語釈〕○声する野辺　「摘みたむることのかたきは鶯の声する野辺の若菜なりけり」（拾遺集・春・二六・読人不知）が原拠。「松虫」について言う先例としては、「松虫の声する野辺を尋ぬとて草むらごとに袖ぬらしつつ」（道助法親王家五十首・秋・尋秋声・五〇三・光経）や「夕づく夜分かぬ宿りも松虫の声する野辺のゆくへ尋ねむ」（範宗集・秋・同〔建保三年〕八月十一日旬影供歌三首内・夕尋虫・三一六）、あるいは「松虫の声する野辺の露分けて我が門とはば袖やぬれなん」（現存六帖・まつむし・三四七・藻璧門院少将）がある。○花薄　穂が出て花が咲いたようになっている薄。○袖かとぞ見る　「花薄」を袖に見立ててこの句形を用いて言う先例は、『堀河百首』の「風吹けば花野の薄ほに出でて露うち払ふ袖かとぞ見る」（秋・薄・六二九・顕季）や「潮風に浪寄る浦の花薄しづくをのごふ袖かとぞ見る」（同・同・六三〇・源顕仲）。

〔補説〕「薄」と「松虫」の詠み併せは、必ずしも古い類型ではない。参考歌の為家詠が早い例となる。なお、この為家詠に倣って、為世は「行き暮れぬここにとまらん花薄招く野原に松虫の声」（為世集・野径夕秋・一〇六）と詠んでいる。

360
（虫）

問《と》へかしな虫《むし》の音《ね》しげき夕暮の浅茅《あさち》が庭の秋はいかにと

〔現代語訳〕（虫）

問い尋ねてくれ。虫の音が絶えない夕暮の、浅茅が生い繁る庭の秋はどれほどであるかと。

〔参考歌〕 問へかしな尾花がもとの思ひ草しをるる野辺の露はいかにと（新古今集・恋五・一三四〇・通具）

いとどしく虫の音しげき浅茅生に露おきそふる雲の上人（源氏物語・桐壺・四・桐壺更衣母）

〔語釈〕 **○しげき** 「虫の音」が絶え間なくしきりである意に、「浅茅」の縁で、それが隙間なく密生している意が掛かる。**○浅茅が庭** 丈の低い茅などの雑草が生えた荒れた家の庭。

〔補説〕 参考歌の「いとどしく」の一首は、桐壺の更衣の死後の秋の夜、桐壺帝が更衣の里邸に見舞いに遣わした靫負命婦の「鈴虫の声の限りを尽くしても長き夜あかずふる涙かな」（三）に対して、更衣の母が詠んだ歌。

「問へかしな」で始まり「いかにと」で結ぶ仕立て方で、宗尊は「問へかしな物思ふ宿の神無月我が身時雨の袖はいかにと」（本抄・巻四・文永六年五月百首歌・冬・729）とも詠んでいる。

361
（虫）

我《われ》もまた《又》同じなく音《ね》の葎よそのあはれといつか聞《き》きけむ

〔現代語訳〕（虫）

私もやはり同じ泣く声をあげている、鳴く音の蟋蟀だ。それを自分とは無縁の哀れだと、いったいいつ聞いたのだろうか。

〔参考歌〕きりぎりすいたくな鳴きそ秋の夜の長き思ひは我ぞまされる（古今集・秋上・一九六・忠房）
我のみやあはれと思はむきりぎりすなく夕影のやまとなでしこ（古今集・秋上・二四四・素性）

〔語釈〕**○同じなく音**　「なく」は「鳴く」と「泣く」の掛詞。慈円の「住みわぶる山里からに郭公同じなく音もあはれそひけり」（拾玉集・百首・夏・三三〇）が早く、「今もなほ心づくしの郭公同じ鳴く音を待たれずもがな」（洞院摂政家百首・夏・郭公・三九一・藻壁門院少将）が続く。**○よそのあはれ**　これも慈円の「炭竈の煙を空にながむればよそのあはれもおほ原の里」（拾玉集・勒句百首・冬・二一九九）が早い。『宝治百首』の「ひびきをばよそのあはれとなしはてて誰身のために衣打つらん」（秋・聞擣衣・一八一三・資季）が、宗尊に身近な先行例か。

鹿

秋もなほ《猶》鹿《しか》の音《ね》聞《き》かぬ宿ならば夕べばかりの物や思《おも》はん

〔現代語訳〕鹿
秋もやはり、もし鹿の鳴き声を聞かない家であるのならば、特にこの夕方ほどの物思いをするだろうか。

〔本歌〕我が宿に花を残さず移し植ゑて鹿の音聞かぬ野辺となしつる（後拾遺集・秋上・三三二・頼実）

〔参考歌〕夕まぐれさてもや秋はかなしきと鹿の音聞かぬ人に問はばや（千載集・秋下・三一一・道因）
秋はなほ夕まぐれこそただならね荻の上風萩の下露（和漢朗詠集・秋・秋興・二二九・義孝）

〔語釈〕**○夕べばかり**　新奇な措辞。「中務卿宗尊親王家の歌合に、秋夕」と詞書する左近中将具氏の「身の憂さを知らすは秋のならひとて夕べばかりや袖ぬらさまし」（続拾遺集・雑秋・五七三）が先行するか。

〔補説〕下句は反語に解する。秋夕の鹿鳴の哀愁を強調する趣旨。
『後拾遺集』初出歌人の兼房の歌を本歌と見ることについては、『瓊玉和歌集新注』126・128補説、解説参照。

363

（鹿）

悲《かな》しとも言《い》はばなべての秋なるを鳴きて知《し》らするさ牡鹿《をしか》の声

〔現代語訳〕（鹿）

悲しいと言葉に出して言うならば、ごく普通の秋ではあるけれども、それを鳴いて知らせる牡鹿の声よ。

〔本歌〕ともかくも言はばなべてになりぬべし音に泣きてこそ見すべかりけれ（千載集・恋五・九〇六・和泉式部）

〔参考歌〕荻の葉に吹けば嵐の秋なるを待ちける夜はのさ牡鹿の声（新古今集・秋上・三五六・良経）

山深き秋の夕べをあはれとも鳴きて知らするさ牡鹿の声（影供歌合建長三年九月・暮山鹿・一三九・通成）

〔補説〕大枠では、「奥山に紅葉踏み分け鳴く鹿の声聞く時ぞ秋は悲しき」（古今集・秋上・二一五・読人不知）を初めとする、鹿鳴に悲秋を知る類型の範疇に入る一首。

364

（鹿）

秋の夜《よ》の寝覚《ね》めに通《かよ》ふ鹿の音《ね》は遠《とを》きしもこそ心澄《す》みけれ

〔現代語訳〕（鹿）

秋の夜の、寝ての目覚めに通ってくる鹿の鳴き声は、それがすごく遠いことが、心澄むのであったな。

〔参考歌〕秋の夜のながき思ひや通ふらん同じ寝覚めのさ牡鹿の声（続後撰集・秋上・三〇三・後嵯峨院）

野か山かはるかに遠き鹿の音を秋の寝覚めに聞きあかしつる（秋篠月清集・二夜百首・鹿・一三一）

心澄む柴のかり屋の寝覚めかな月吹く風にましら鳴くなり（御室五十首・旅・九六・実房。三百六十番歌合・四八五）

〔類歌〕 いとどまた秋のあはれは深き夜の寝覚めに通ふさ牡鹿の声（自葉集・秋上・寝覚鹿といふことを・一七六）

〔補説〕 「寝覚め」に「心澄」むことを言う歌で、宗尊の視野に入っていた可能性があるのは、参考歌の実房詠の他に、基家の「老いらくの物憂きほどになれる身は寝覚めぞいたく心澄みける」（弘長百首・雑・暁・五六二）がある。ちなみに、後に後二条院は「寝覚めする暁ばかり世の中に心澄むときは人もあらじな」（後二条院百首・雑・暁・八二）と詠んでいる。

類歌の作者は、康永元年（一三四二）に没した春日若宮社の神主中臣祐臣。

秋夕

いとどまた《又》なほ《を》住《す》み憂《う》さやまさるらん十市《とをち》の里の秋の夕風《かせ》

〔現代語訳〕 秋の夕べ

よりいっそうまたさらに、住み辛さがましているのだろうか。逢うことが遠いという十市の里は、そこに吹く秋の夕風で。

〔本歌〕 暮ればとく行きて語らむ逢ふ事の十市の里の住み憂かりしも（拾遺集・雑賀・春日使にまかりて、帰りてすなはち女のもとに遣はしける・一一九七・伊尹）

〔語釈〕 **○住み憂さ** 新鮮な語句。宗尊はこれ以前に、「弘長二年十一月百首歌」の「山家」題で「ともすれば山の奥のみしのばれて心とまらぬ宿の住み憂さ」（柳葉集・巻二・二九一）と詠んでいて、本抄には別に「雨晴るる庭の桂の追風に心とまりし宿の住み憂さ」（巻四・〔文永六年四月廿八日柿本影前百首歌〕・夏・622）が収められている。

○十市の里　大和国の歌枕。現在の奈良県橿原市十市町。本歌を承けて、ここも「遠（し）」が掛かる。

366

（秋夕）

夕暮《くれ》はいかがはせまし我《わ》が心そことも知《し》らず秋の誘《さそ》ふを

〔現代語訳〕（秋の夕べ）

夕暮は、いったいどうすればいいのだろうか。私の心を、どこだとも分からないままに行こうと、秋が誘うのを。

〔本歌〕とどまらむことは心にかなへどもいかにかせまし秋の誘ふを（新古今集・離別・八七五・実方）

〔参考歌〕思ふどちそこととも知らず行き暮れぬ花の宿貸せ野辺の鶯（新古今集・春上・八二・家隆）

〔語釈〕○いかがはせまし　本歌の「いかにかせまし」と同義でその変形だが、同形の原拠は「世の中はいかがはせまし茂山の青葉の杉のしるしだになし」（拾遺集・雑恋・一二三六・読人不知）に求められる。

〔補説〕「夕暮は雲のはたてに物ぞ思ふ天つ空なる人を恋ふとて」（古今集・恋一・四八四・読人不知）以来の、「夕暮」の物思いの系譜上にあり、さらに「秋」の「夕暮」に、彷徨い出そうな「心」のありようを詠む。

本歌の実方詠は、「実方朝臣、陸奥国に下り侍りけるに、餞すとてよみ侍りける／中納言隆家／別れ路はいつも嘆きの絶えせぬにいとど悲しき秋の夕暮」（新古今集・離別・八七四）の返歌。

367

（秋夕）

墨染めの夕べ身にしむ秋の色をいつか袂《たもと》の上《うへ》に見《み》るべき

〔現代語訳〕（秋の夕べ）

墨染の衣（出家した身）の夕方の、身に染みる秋の色を、いったいいつおのれの袂の上に見ることができるのか。

〔参考歌〕いつか我苔の袂に露置きて知らぬ山路の月を見るべき（新古今集・雑中・一六六四・家隆）

〔類歌〕墨染の袂に露も置き添へて夕べ身にしむ秋は来にけり（本抄・巻五・〔文永九年十一月頃百番自歌合〕・初秋・929）

〔語釈〕○墨染めの　「夕べ」の枕詞だが、ここは、出家した者・僧侶の衣の意味で有意に働く。929と947にも。

〔補説〕いつになったら出家してしみじみと「秋の色」を見ることができるのか、と嘆く趣旨に解した。宗尊の出家は、文永九年（一二七二）二月三十日。類歌は、その年の十一月頃の一首で、該歌を思い起こしての詠作かと思しい。

（秋夕）

心から夕べの空にながめして今年《ことし》も干《ほ》さぬ秋《あき》の袖かな

〔現代語訳〕（秋の夕べ）自分の心のせいで、夕方の空にしみじみと物思いの眺めをして、今年も涙で乾かすことのない秋の袖であることよ。

〔参考歌〕暮れはつる空さへ悲し心からいとども春のながめせしまに（洞院摂政家百首・春・暮春・二八九・俊成女）
ながむれば露のかからぬ袖ぞなき秋の盛りの夕暮の空（式子内親王集・又〔御百首〕・秋・一四三）
松島や潮汲む海人の秋の袖月は物思ふならひのみかは（新古今集・秋上・四〇一・長明）

〔類歌〕神無月夕べの空をながむれば時雨れぬ宿も袖はぬれけり（秋風抄・冬・一四六・兼経）

〔語釈〕○心から　『古今集』以来の措辞だが、「ながめ」「ながむ」にかける用い方は、定家の「もよほすもなくさむもただ心からながむる月をなどかこつらん」（正治初度百首・秋・一三五一）あたりが早いか。**〇秋の袖**　秋の物思いをする人の袖という趣意。「秋の袂」が先行し、参考歌の長明詠以降に広まる。

（秋夕）

秋はなほ《猶》げにいひ知《し》らぬ夕べかないつよりかかる時になりけん

〔現代語訳〕（秋の夕べ）

秋はやはり、まことに何と言っていいか分からない、夕暮時であることだな。いったいいつからこのような時になったのだろうか。

〔参考歌〕　惜しみかねげにいひ知らぬ別れかな月もいまはの有明の空（千載集・恋五・九四六・兼実）

なほざりのながめまでこそ憂かりけれいつよりかかる秋となりけん（百首歌合建長八年・秋・三二一・基家）

〔類歌〕　悲しさのげにいひ知らぬ夕べかな別れし秋はあまた経ぬれど（実材母集・返し、四のむすめ・五八四）

〔語釈〕　**〇げにいひ知らぬ**　参考歌の兼実詠が原拠であろう。弘長元年（一二六一）の『宗尊親王家百五十番歌合』で、前遠江守時直が、兼実詠に拠って「暁はげにいひ知らぬつらさとも思はでしもや別れ初めけん」（恋・二七八）と詠んでいて、これを九条基家が撰歌している。**〇いつよりかかる**　良経の「おほかたにながめし暮の空ながらいつよりかかる思ひ添ひけむ」（秋篠月清集・南海漁父百首・恋・五五〇）が早い。これも宗尊の視野に入っていた可能性はあろう。

〔補説〕　宗尊には、物事の起源あるいは本意の始原を問う傾きが窺われる。該歌も同様である。↓150。

（秋夕）

370

我《わ》が為と思ひなしてぞながめつる昔より憂《う》き秋の夕暮《ゆふくれ》

〔現代語訳〕（秋の夕べ）

私の為だけ（に来る）と思い込んで物思いに眺めたあの昔よりも、さらに憂く辛いこの秋の夕暮よ。

〔本歌〕世の中は昔よりやは憂かりけむ我が身一つの為になれるか（古今集・雑下・九四八・読人不知）

〔参考歌〕荻の葉のそよとな告げそ我が為に秋は悲しき夕暮の空（弘長百首・秋・荻・二五〇・為氏）

たぐひとは藻に棲む虫の名をぞ思ふ昔より憂き世とは聞かねば（現存六帖抜粋本・第三・われから・一七三・有長）

〔類歌〕この秋は老いを添へてぞ嘆きつる昔より憂き夕暮の空（亀山殿七百首・秋・秋夕・二八四・公雄）

〔補説〕より直接には、宗尊がかつて鎌倉で、「我が為に来る秋にしもあらなくに虫の音聞けばまづぞ悲しき」（古今集・秋上・一八六・読人不知）を本歌に詠じた、「来る秋は我が為とのみ嘆かれて虫の音聞かぬ夕暮も憂し」（柳葉集・巻四・〔文永元年六月十七日庚申百番自歌合〕・秋夕・四八六）を思い起こし、その「昔より憂き」今の「秋の夕暮」を嘆くか。

371

月

ながめつつ過ぎ来《こ》し方《かた》はそなたぞと思ひ出でたる山の端《は》の月

〔現代語訳〕月

ずっと物思いに眺め続けて時が過ぎてきた方は、そちらのほうだと思い出した、今出ている（東の）山の端の月よ。

〔語釈〕○過ぎ来し方　「覚めて思ふ過ぎ来し方はいにしへの六十の夢を見けるなりけり」（長秋詠藻・右大臣家百

首・述懐・五五七）が早い例で、鎌倉時代に作例が散見する。右の俊成詠の「方」は、時間上の方向、その頃・その時の意。「かへりみる故郷遠く隔つなり過ぎ来し方にかかる白雲」（遠島御歌合・羈旅・一三九・少輔）の「方」は、空間上の方面、その場所・その地点の意。該歌の「方」は、両方の意が掛かる。**○思ひ出でたる山の端の月**「出でたる」を重ねて、「思ひ出でたる」から「出でたる山の端の月」へ鎖る。

〔補説〕 京都の東山の稜線から出た月を見て、過去に物思いに月を眺め続けたのは、その東の方にあたる鎌倉の地であったと思い出した、ということ。

（月）

よそまでは何か厭《いと》はん葛城《かつらき》や月にかゝらぬ嶺の白雲《しら》

〔現代語訳〕（月）

あの遠くかけ離れた所（の雲）までは、どうして嫌だと思おうか。葛城の、月にかかることのない峰の白雲は。

〔本歌〕 よそにのみ見てややみなん葛城や高間の山の嶺の白雲（新古今集・恋一・九九〇・読人不知）

〔参考歌〕 よそに見し雲だにもなし葛城や嵐吹く夜の山の端の月（続後撰集・秋中・三五九・忠定）

生駒山月ゆゑとしもなけれども厭ひなれにし嶺の白雲（建保名所百首・秋・伊駒山・四八九・知家）

村雲を何かは厭ふ夜半の月霞める空は絶え間だになし（宝治百首・春・春月・四二一・顕氏）

〔他出〕 続拾遺集・秋上・月歌中に・二八九。歌枕名寄・畿内八・大和三・葛城・峰・続拾四　月・二三一九。

〔語釈〕 **○葛城**　葛城山のこと。大和国の歌枕。北の生駒山地に続く金剛山を主峰とする山並を言う。大和・河内の国境の山。

373

（月）

焼《や》く塩《しほ》の煙も見《み》えず月澄《す》みて難波の御津《みつ》に秋風ぞ吹《ふ》く

【現代語訳】（月）

焼く塩に立つ煙も見えずに、月は澄んで、難波の御津に秋風が吹くよ。

【本歌】おしてるや難波のみつに焼く塩のからくも我は老いにけるかな（古今集・雑上・八九四・読人不知）

【参考歌】雲こそは空になからめ東野の煙も見えぬ夜半の月かな（続古今集・秋上・四〇四・実伊）

【類歌】いづくにか塩焼く煙なびくらん浦吹く風は月も曇らず（洞院摂政家百首・秋・月・六九一・藻壁門院少将）
藻塩焼く煙吹きしき浦風に空はくまなき秋の夜の月（東撰六帖抜粋本・秋・月・二八八・平経成）

【他出】新時代不同歌合・二七五。

【語釈】○難波の御津　摂津国の歌枕。現在の大阪湾の内で、大阪市中央区三津寺町付近という。本歌の「みつ」は、「水」と「御津」の掛詞だが、該歌では「水」の意味は微かに響く程度か。

374

（月）

いかにせん月やあらぬとかこちても我《わ》が身《み》一《ひと》つに変《か》はる憂《う》き世を

【現代語訳】（月）

どうしようか。月は（昔と同じでは）ないのか（いや同じく出ている）、と、（あの業平のように）恨みに思い愚痴を言っても、（業平が言うように）もとのままであるどころか、この我が身一つに於いて、すっかり変わる憂く辛いこの世を。

〔本歌〕月やあらぬ春や昔の春ならぬ我が身一つはもとの身にして（古今集・恋五・七四七・業平。伊勢物語・四段・五・男）

〔参考歌〕夏山の繁みにはへる青つづらくるしや憂き世我が身一つに（続後撰集・夏・二二四・後鳥羽院）
何とかは月やあらぬとたどるべき我がもとの身を思ひ知りなば（続古今集・釈教・月の夜坐禅の次に・七六二・後嵯峨院）

〔類歌〕いかにせん月やあらぬとかこちても憂きはかはらぬもとの我が身を（親清四女集・続題歌・在原業平・二九）

〔補説〕西園寺公経の愛妾となる前の実材母が、平親清との間になしたかという親清四女の家集に収める類歌は、該歌に似る。これは、本歌を同じくするからでもあるが、なお両歌の間の影響関係の可能性は探る必要があろう。

（月）

静かなる身にこそいとど心澄《す》め昔はいかが月の見えけん

〔現代語訳〕（月）
静かであるこの身にこそ、いっそう心は澄み、月が澄んで見えるのだ。昔は、どのように月が見えていたのであろうか。

〔参考歌〕胸の月心の水も夜な夜なの静かなるにぞ澄み始めける（続古今集・釈教・毎夜坐禅観水月・七六一・土御門院）

〔語釈〕**○心澄め** 心が清澄になる意。「月」の縁で、月光が明澄である意が掛かる。**○昔** 将軍在位の鎌倉の往時か。

376

（月）

沈《しつ》みにし三年《とせ》の秋をかぞへても命あればと月を見《み》るかな

【本文】 ○初句「沈みにし」は底本「しつみぬる《にし》」（見消ち各字中）。

【現代語訳】（月）

沈淪してしまっていたこの三年の秋を数え上げてみても、（毎年ただ）命あって生き長らえているので（見ることができるのだ）、と、月を眺め見ることだな。

【本歌】 命あれば今年の秋も月は見つ別れし人にあふ世なきかな（新古今集・哀傷・源為善朝臣身まかりにける又の年、月を見て・七九九・能因）

【語釈】 **○三年の秋をかぞへても** 実際の三年間の秋の月日の数を勘定することを越えて、その秋の月日を顧みることをするということ。「花見つる年の幾とせかぞへてもなほ偲ばるる春の暮かな」（宝治百首・春・暮春・七六三・実氏）や「つれなさの積もる月日をかぞへても今さら辛き年の暮かな」（続古今集・恋二・一一二一・公宗）等と同様。

【補説】「沈みにし三年の秋」は、文永三年（一二六六）の七月に将軍を失脚して帰京してから、この歌を含む三百首歌を詠じた同五年十月の前までの、足掛け三年間の秋。

『後拾遺集』初出歌人の能因の歌を本歌と見ることについては、『瓊玉和歌集新注』126・128補説、解説参照。

377

（月）

いつよりか身に添《そ》ふ影《かけ》と契《ちき》りけん袖に別《わか》れぬ秋の夜《よ》の月

【本文】 ○初句「いつよりか」は底本「いつよりも《か》」。

〔現代語訳〕（月）
いったいいつから、この身に付き従う影と約束したのだろうか。私の袖から離れることのない、秋の夜の月よ。
〔本歌〕身に添へる影とこそ見れ秋の月袖にうつらぬ折しなければ（新古今集・秋上・四一〇・相模）
〔参考歌〕草枕一夜の露を契りにて袖に別るる野辺の月影（道助法親王家五十首・雑・野旅・一〇五七・道助。雲葉集・羇旅・九七〇）
〔類歌〕あはれなり馴れこし人も見えぬよになほ身にそへる秋の月影（中書王御詠・雑・手越宿にて月を見て・二一七）
〔語釈〕○身に添ふ →346。
〔補説〕下句は、袖に絶え間なく涙が置いていることを暗示している。
『後拾遺集』初出歌人の相模の歌を本歌と見ることについては、『瓊玉和歌集新注』126・128補説、解説参照。
ちなみに、類歌の宗尊詠の詞書の「手越宿は」、安倍川下流右岸に位置する宿駅で、『中書王御詠』の配列から、文永三年（一二六六）秋の帰洛途次の滞留時の詠作かと考えられる。

（月）
山の端《は》に入りての後の悲《かな》しきに馴《な》れはならはじ秋の夜《は》の月《つき》
〔本文〕○底本結句「秋のはのつき」の「は」（字母「者」）は「よ」（字母「与」）の誤写と見て、私に「秋の夜の月」に改める。
〔現代語訳〕（月）
山の端に入ってからの後の悲しいことにつけて、馴れ親しむことは習慣とするまい、秋の夜の月よ。
〔本歌〕君に人馴れなならひそ奥山に入りての後はわびしかりけり（後拾遺集・雑三・三条院東宮と申しける時、法師

にまかりなりて、宮の内に奉り侍りける・一〇三一・統理）

〔参考歌〕 馴れて後死なむ別れの悲しきに命に替へぬ逢ふこともがな（千載集・恋二・七二五・道因）

〔補説〕 『後拾遺集』初出歌人の藤原統理の歌を本歌と見ることについては、『瓊玉和歌集新注』126・128補説、解説参照。

霧

朝ぼらけ立《た》つ河霧の山の端に浮《う》きて残《のこ》れる有明の月

〔現代語訳〕 霧

明け方、立つ川霧が山の端に浮き上って、そこに浮いて残っている有明の月よ。

〔本歌〕 朝ぼらけ有明の月と見るまでに吉野の里に降れる白雪（古今集・冬・三三二・是則）

朝な朝な立つ河霧の空にのみうきて思ひのある世なりけり（古今集・恋一・五一三・読人不知）

〔参考歌〕 鐘の音も明けはなれゆく山の端の霧に残れる有明の月（如願法師集・春日詠百首応製和歌・秋・四七。続拾遺集・秋下・三二六・秀能）

〔語釈〕 **○朝ぼらけ** 夜がほのぼのと明ける朝方。**○河霧の山の端に浮きて残れる有明の月** 「浮きて」を重ねて、「河霧の山の端に浮きて」から「浮きて残れる有明の月」へ鎖る。

〔補説〕 景の趣向は、「河霧の麓をこめて立ちぬれば空にぞ秋の山は見えける」（拾遺集・秋・二〇二・深養父）に通う。

380

（霧）

雁鳴きて寒《さむ》き朝けに見渡《わた》せば霧の外《ほか》なる山の端《は》もなし

【本文】○歌頭に「玉」（玉葉集）の集付あり。○第四句「霧の外なる」は底本「霧《の歟》ほかなる」。傍記に従い、「霧の外なる」に改める。

【現代語訳】（霧）

雁が鳴いて寒い早朝に、見渡すと、霧に包まれる以外の山の端はないよ。

【参考歌】雁鳴きて寒き朝けの露ならし春日の山をもみだすものは（古今六帖・第一・つゆ・五八五・作者不記。五代集歌枕・かすが山・一一一二）

雁鳴きて寒き朝けの露霜に矢野の神山色づきにけり（新勅撰集・秋下・三三七・実朝。金槐集定家所伝本・秋・二六一）

見渡せば今や桜の花盛り雲の外なる山の端もなし（為家集・雑・勅字六首貞永元年内裏当座・一六九七。新後拾遺集・春下・一〇三・為家）

【他出】玉葉集・秋上・五九七、四句「霧にこもらぬ」。

【語釈】○朝け「朝明け」の縮約形。夜が明ける頃の早い朝。

381

（霧）

秋深《ふか》き須磨《すま》の塩屋《しほや》の夕暮に霧の下焚《た》く海人《あま》のすくも火

【現代語訳】（霧）

秋が深い須磨の塩焼き小屋の夕暮に、立ちこめる霧の下の方で燃やす（のが見える）、海人のすくもの火よ。

〔参考歌〕煙だにそれとも見えぬ夕霧になほ下燃えの海人の藻塩火（新勅撰集・秋上・海霧といへる心を・二七八・知家）

消えねただ海人のすくも火下燃えの煙やそれと人もこそ問へ（続拾遺集・恋一・建長二年八月十五夜、鳥羽殿歌合に・九七四・為家。拾遺風体集・恋・忍恋・二八〇）

〔語釈〕○須磨の塩屋　作例は意外に少なく、俊成の「五月雨は須磨の塩屋も空とぢて煙ばかりぞ雲にそひける」（千五百番歌合・夏三・九一一）が先行例として目に付く。「須磨」は、摂津国の歌枕。現在の兵庫県神戸市須磨区の沿岸部。○すくも火　「すくも」は、もみ殻、あるいは蘆や萱の枯れたもの、または藻屑などを言う。それを燃やす火。

（霧）

舟寄《よ》する遠方《かた》人の袖見《み》えて夕霧《ゆふ》薄《うす》き秋の川波《なみ》

〔本文〕○歌頭に「続拾」（続拾遺集）の集付あり。

〔現代語訳〕（霧）

舟を寄せる遠くの方の人の袖が見えて、かかる夕霧は薄い、秋の川波の上よ。

〔参考歌〕明けぬるか川瀬の霧の絶え間より遠方人の袖の見ゆるは（後拾遺集・秋上・三二四・経信母）

〔他出〕続拾遺集・秋上・題しらず・二七七。題林愚抄・秋四・霧・四二九八、結句「秋の河霧」。

383

（霧）

色かはる外山の梢見《み》えそめて夕日に晴《は》るる峰《みね》の朝霧《あさきり》

【現代語訳】（霧）

色が赤く染まって変わる外山の梢が見え始めて、夕日の中で晴れる峰に朝立った霧よ。

【参考歌】色かはる梢を見れば佐保山の朝霧隠れ雁は来にけり（風雅集・秋中・五五四・為家。為家五社百首・秋・はつかり・春日・三〇五、二句「木の葉を見れば」。夫木抄・秋三・霧・四九三四、二句同上）

雁の来る峰の朝霧晴れずのみ思ひつきせぬ世の中の憂さ（古今集・雑下・九三五・読人不知）

雁の来る外山の梢見え初めてよそにわかるる秋の朝霧（影供歌合建長三年九月・霧間雁・一八九・為氏）

なるかみはなほ群雲にとどろきて入日に晴るる夕立の空（六百番歌合・夏・晩立・二八七・顕昭）

【語釈】○そめて　「初めて」に、「色」「かはる」「夕日」の縁で、「染め」が掛かるか。

【補説】底本の「あさきり」は、あるいは「あききり」の誤写の可能性があるか。「峰の秋霧」に「晴る」を用いた先行の類例は、『山家集』に「下晴れし名残をこそはながめつれ立ち返りにし峰の秋霧」（雑・一〇五六）が見える。ただしこれは、「寂然、高野に参りて、立ち返りて、大原よりつかはしける／隔て来しその年月もあるものを名残多かる峰の秋霧」の「返し」。後出だが、春日若宮社神主中臣祐臣の家集『自葉集』に「出でそむる月のあたりを絶え間にて光に晴るる峰の秋霧」（秋上・月歌中に・一八二）、『南朝五百番歌合』に「麓をばなほ立ちこめて吹く風の跡より晴るる峰の秋霧」（秋八・四五五・弁内侍）といった類詠がある。

384

紅葉

山もみなうつろひにけり秋萩の下葉ばかりの色と見《み》し間《ま》に

〔現代語訳〕 紅葉

山もなにもみんな色が（紅葉に）変わってしまったな。それは秋萩の下葉だけの色だと見ていた間に。

〔参考歌〕 秋萩の下葉色づく今よりやひとりある人の寝ねがてにする（古今集・秋上・二二〇・読人不知）

うつろふは下葉ばかりと見し程にやがても秋になりにけるかな（拾遺集・恋三・八四〇・馬内侍）

（紅葉）

小《を》塩《しほ》山古《ふ》りぬる松の下紅葉《もみち》神代の秋の色や残《のこ》れる

〔現代語訳〕（紅葉）

小塩山の、すっかり古び年老いた松、その下（に生える草木）の紅葉は、神代の秋の色が残っているのか。

〔参考歌〕 大原や小塩の山のこ松原はや木高かれ千代の影見ん（後撰集・慶賀・一三七三・貫之）

下紅葉するをば知らで松の木の上の緑を頼みけるかな（拾遺集・恋三・八四四・読人不知）

あめつちの神代の秋のしわざよりとるや榊の色も変はらず（土御門院御集・詠百首和歌承久三年・冬・神楽・七六）

小塩山尾上の松の秋風に神代も古りて澄める月影（続古今集・神祇・七一二・信実。名所月歌合・名所月・三一。秋風抄・秋・九五。秋風集・秋上・三三一。信実集・秋・六五）

〔影響歌〕 小塩山時雨れて染むる紅葉葉に神代の秋の色や残れる（嘉元百首・秋・紅葉・二五四六・昭慶門院一条）

〔語釈〕 **○小塩山** 山城国の歌枕。現在の京都市西京区大原野町の山。山麓に大原野神社があり、ここもそれを寓意する。大原野神社は藤原氏の氏神奈良の春日大社を勧請したもの。

（紅葉）

谷陰《かけ》の爪《つま》木の道は紅葉《もみち》して紅《くれなゐ》くゝ潜る秋の山人

〔現代語訳〕（紅葉）

谷陰の、薪を伐る道は木々が紅葉して、その紅の下を潜って行く秋の山人よ。

〔参考歌〕 紅葉葉にあからめなせそ下深き岩のかけぢの秋の山人（正治後度百首・釈教・精進・七五七・季保）

紅葉する峰の梯《かけはし》見渡せば紅潜る秋の山人（続後拾遺集・秋下・題しらず・三九八・順徳院）

〔語釈〕 **○谷陰** 谷間の日の当たらない場所。谷間そのもの。**○爪木の道** 「爪木」は、薪にする小枝類。それを伐採しに行き来する道。比較的新しい詞。後鳥羽院の「冬ごもる寂しさ思ふ朝な朝な爪木の道をうづむ白雪」（後鳥羽院遠島百首・冬・六五）が早いか。

〔補説〕 「ちはやぶる神代も聞かず竜田川唐紅に水くくるとは」（古今集・秋下・二九四・業平）の結句「みつくくるとは」は、古来、「くくる（括る・纈る）」か「くぐる（潜る）」かで、解釈が分かれる。院政期・中世の顕昭から近世の契沖までは「潜る」に解したが、賀茂真淵『古今和歌集打聴』が「括る」に解して以降、これが有力な説となる。現在では、『古今集』歌の解釈としては、「括る」説に従うのが大勢であろう。しかし、定家撰の秀歌撰歌（『百人一首』は定家撰を断言できないが、定家撰と見てよい『百人秀歌』にもこの歌は採録）として見るときは、野中春水「異釈による本歌取―「水くくる」をめぐって―」（『国文論叢』三、昭二九・一一）が首唱し、島津忠夫『百人一首』（昭四四・一二、角川文庫）がそれを踏襲して指摘するように、「水くぐるとは、紅の木の葉の下を水のくぐりて流ると言ふか。潜字を、くぐるとよめり」（顕註密勘）という顕昭注に定家が従っているらしいことなどから、真淵以前の「潜る」説につくべきだという考え方が有力である。『古今集』の顕昭注に定家が密勘を加えたその『顕注密勘』には次のようにある。

神世とは神世昔也。神世七代侍り。世の始め也。水くぐるとは、紅の木の葉の下を水のくぐりて流ると云ふ歟。潜字をくぐるとよめり。寛平の宮滝の御幸に、在原友于歌に、

時雨には竜田の川も染みにけり唐紅に木の葉くぐれり

業平が歌は、紅葉の水くぐるとよめる歟。友于歌は、川を落葉くぐるとよめり。その心別歟。今案に、業平は紅葉の散り積みたるを紅の水になして竜田川を紅の水のくぐることは昔も聞かずとよめる歟。此の友于、時雨に竜田の川を染めさせつれば、唐紅に木の葉をなして川をくぐらせたれば、只同じことにて侍る歟。友于は行平息也。業平逝去の後、舅〔実の叔父〕が歌をかすめよむ歟。

親経縁者の近き歌盗み取る事、此の比の遺恨に侍るを、古き人も侍りけるこそ口惜しけれ。この歌、隠れたる所なし。（日本歌学大系本により、表記は改める。〔 〕は私に記す）

顕昭は、業平の歌は「紅葉を水潜る」、友于の歌は「川を落ち葉潜る」であり、その「心」は「別」かとしつつ、「今案に」以下で、業平の歌は「竜田川を唐紅の水の潜ること」を詠み、友于の歌も「唐紅に木の葉を為して川を潜らせ」ることを詠むので、両者は「只同じこと」かとするのである。これは、顕昭が自身の『古今集註』の考えの上に「今案ずるに」とさらに考察を加え、いまの顕注として記したものであろう。定家の関心は、むしろ友于の業平歌の剽窃のような詠みぶりに向けられている。その後に続く「この歌、隠れたる所なし」は、顕昭の言説に直ちに賛意を示した言なのであろうか。同書の他の例に照らして、顕昭の解釈に異論がないのであれば、何も記さなくてよいはずである。曲折して詳論する顕昭の言説に、その必要はなく、この業平歌は明白だ、と断じているだけなのではないか。その際に定家が「括る」説の反駁を記していないことが、定家が業平歌を「潜る」に解していたことの証左であり、定家が業平歌を本歌にして「潜る」を用いた歌を詠んでいると見る根拠とされてきた。しかし、「この歌、隠れたる所なし」と態々記したのは、本当にそのような賛意であろうか。むしろ、顕注の詳説を否定し、さらにその所説自体を退ける意味合いであったと解することはできないだろうか。それは措いて、この定家が業平

歌を「括る」「潜る」のいずれに解していたかよりもさらに重要な問題点は、ある作者が業平歌を「潜る」に解していれば「潜る」の本歌取作、「括る」に解していれば「括る」の本歌取作が生まれることを前提として立論することである。その逆である場合もあり得ただろうし、作者が同じ詞でも意味を敢えてずらしたり、掛詞を仕込んだりしたことも想定しなければならない。その上でさらに、業平歌を踏まえた各歌の作意については、個別に読み取ることが求められよう。具体的にいくつかの歌を取り上げておこう。そもそも島津の「潜る」とする注解は、定家の、

①竜田川岩根のつつじ影見えてなほ水くくる春の紅（通親亭影供歌合建仁元年三月・水辺躑躅・五四・定家）

が、「潜る」に取りなした業平歌の本歌取だということを、野中春水論文につきながら根拠の一つとしている。ただし、この定家詠の「くくる」は、川に浮かぶ紅葉に代わる紅の「つつじ」の「影」が映じている「竜田川」の「水」を詠じているのであって、業平詠の揺れをそのまま踏襲して、「潜る」ではなく「括る」こそが作意であった可能性は十二分にあろう。一方定家は、①に先んじて、同じく業平詠に負いつつも、「紅くくる」と詠み換えた作を、次のように詠む。

②霞立つ峰の桜の朝ぼらけ紅くくる天の川波（拾遺愚草・花月百首建久元年秋、左大将家・花・六〇四）

これは、峰の桜を包む霞が立つ「朝ぼらけ」の曙光が天空に映えている様子を、天の「天の川」の「波」が染まると見立てたのであるから、「紅括る」が作意だと見るのが妥当であろう。「天の川」を、河内国交野の「天の川」とすれば、実際の川の波頭を曙光が染める下を水が流れることを「紅潜る」と言ったと敢えて解することもできなくはないが、落花が天空に舞うのを「天の川」の「雲」の堤防の決壊に見立てた、俊成の「吉野山花や散るらん天の川雲の堤をくづす白波」（長秋詠藻・右大臣家百首・花・五〇五）に照らせば（参照久保田淳『訳注藤原定家全歌集』昭六〇・二、河出書房新社）、定家詠も天の「天の川」と見るべきである。「水くくる」と「紅くくる」を用いた、業平詠を踏まえる歌は、これらの定家詠を初めとして、新古今時代以降に少しく盛行したと思しい。新古今時代の「紅

くくる」は、次のような作例がある。
③神無月三室の山の山おろしに紅くくる竜田川かな（正治初度百首・冬・二五九・式子。新千載集・冬・六一七、結句「竜田川波」）
④竜田川散らぬ紅葉の影見えて紅くくる瀬瀬の白波（正治初度百首・秋・四五六・良経）
⑤秋といへば紅くくる竜田川夏は緑の色ぞ見えける（正治初度百首・夏・一九三四・二条院讃岐）
⑥水の面に岸の紅葉やうつるらん紅くぐる池の鳰鳥（正治後度百首・秋・紅葉・五三八・家長）
⑦影うつす岩根のつつじ咲きしより紅くくる山河の水（通親亭影供歌合建仁元年三月・水辺躑躅・五四・家隆）
⑧竜田川神代までやはいはつつじ紅くくる水の流れは（通親亭影供歌合建仁元年三月・水辺躑躅・五五・寂蓮）
これらの内、③⑤は「紅括る」で問題はない。「紅潜る」と解するむきもあろうが、特に③の『新千載集』の結句「竜田川波」の形では、「川波」が「紅」を「潜る」というのは不合理で、寄せ返す「川波」が「紅」を「括る」とする見立てが作意であろう。「川かな」の形でも「竜田川」が「紅」の括り染めに染まっているとの見立てになる。④の「紅くくる」は『秋篠月清集』（七五二）や『続拾遺集』（秋下・三六六）では「紅越ゆる」である。水面に映る「散らぬ紅葉の影」の「紅」を「瀬瀬の白波」が越えるという景であろう。その景趣のままであれば、「紅潜る」の場合、「紅」を「潜る」ではなく、「紅」が「潜る」（紅が白波の下を潜っている）であり、きわどい趣向の歌になる。「紅括る」の場合は、「白波」までも「紅」が映じ染まっていることを言うのであり、⑦⑧はこれと同様に、「つつじ」が川の水に映じているさまを言うのであって、「紅括る」が妥当だが、「紅潜る」に解されなくもない。つまり以上の六首は、⑥の水鳥の潜きを言う「紅潜る池の鳰鳥」以外の五首は、「括る」にも「潜る」にも解されるが、「紅括る」を作意と見ることができること、前出の定家詠①「竜田川」歌と同様であろう。新古今時代以降にも、次のような歌が詠まれる。
⑨秋は今日くれなゐくくる竜田川行く瀬の波も色かはるらん（新勅撰集・秋下・三五九・雅経。明日香井集・秋十

首撰歌合同〈建保元年〉八月十五日於水無瀬殿被調之・一二一八、四句「幾瀬の波も」）

⑩秋は今日くれなゐくくる竜田川神代も知らず過ぐる月かは（後鳥羽院御集・建保四年二月御百首・秋・五五五）

⑪紅葉する峰の梯見渡せば紅潜る秋の山人（続拾遺集・秋下・題しらず・三九八・順徳院）

⑫散りかかる木の葉の色の深き江に紅くぐる鳰の下道（雅成親王集・江上落葉・二七）

⑨と⑩の両首は「紅潜る」「紅括る」両様に解される。⑪は、参考歌として挙げたように宗尊詠と同じ趣向で、紅葉に覆われたような「峰の梯」の「紅」の下を行く「山人」を詠じたもので、「紅潜る」と解されなければならない。⑫は「鳰鳥」から「紅潜る」でなければならない。宗尊の同時代では、弘長元年（一二六一）七月の『宗尊親王百五十番歌合』で、

⑬竜田河紅葉の隙になほ見れば紅くぐる冬の夜の月（冬・一八五・能清）

という、趣向が勝った歌が詠まれる。これは、川に浮かぶ「紅葉」とその間隙の水面に映じる「月」を言うのだから、その「紅葉」の下に「月」が潜っているということで、「紅潜る」でなければならない。一方で、『続古今集』の、

⑭せく袖の紅くくる涙川渡らぬよりぞなかは絶えける（恋二・一一〇四・有長）

は、恋の紅涙を湛える「袖」の「涙川」を言ったのだから、「紅括る」であるべきである。他方、「水くくる」は、次の作例が見える。

⑮これもまた神代は聞かず竜田川月の氷に水くぐるなり《とはイ》（撰歌合建仁元年八月十五日・河月似氷・八九・良経）

⑯秋風やたつ田の川の霧の中に色こそ見えね水くぐるなり（道助法親王家五十首・秋・河霧・六〇〇・家衡）

⑰朝日影さすや霞のたつ田川かは水くくる春の紅（石清水若宮歌合寛喜四年・河上霞・八・下野）

⑮は、月光が白く照らす川面を氷に見立てて言う「月の氷に」に続くので、その「氷」の下に「水潜る」としたのであろう。しかし同時に「これもまた神代は聞かず」とあるのが、「唐紅に水括るとは」を承けて言うのか、「唐

紅に水潜るとは」を承けて言うのか、つまり良経がどちらの理解に立っていたかは決まらず、どちらからであっても「水潜る」を発想し得たであろうし、あるいは掛詞に解していたと見ることもできよう。⑯は、紅の「色こそ見えね」と言うのだから、当然「霧の中に」「水潜るなり」と言ったのである。⑰は、「朝日影射すや」から、春の朝の太陽の日射しが霞立つ「竜田川」に「春の紅」をもたらすものであるから、「川水括る」である。宗尊は、⑮あるいは先掲の⑬に倣ってか、

⑱宿しもて今こそ見つれ竜田川空行く月も水くぐるとは（柳葉集・巻五・文永二年潤四月三百六十首歌・秋・七三三）

と詠んでいて、これは当然「潜る」に解されよう。ちなみに、先行して真観は、

⑲かくれがとなほ水くぐる鳰鳥もうきは悲しき世をや知るらん（新撰六帖・第三・にほ・九四五・真観）

と、業平詠とは離れながらも、明らかに「水潜る」が作意の歌を詠んでいる。

以上から、定家の業平詠に対する解釈が「水潜る」だとしても（「水括る」だとしても）、その業平詠を踏まえた鎌倉時代前中期までの詠作は、「水括る」と「水潜る」、ならびに「紅括る」と「紅潜る」、いずれの作意の可能性も排除されず、やはり一首ごとに読み解く必要がある、と考えるのである。該歌の場合、参考歌に挙げた両首の特に順徳院詠（⑪）に倣ったかと思しく、「紅潜る」と見るべきである。なお、拙稿「古注の言説と和歌の実作と現代の注釈と—「括る」か「潜る」か—」（『国文鶴見』五三、平三一・三）に同様のことを論じた。

387

（紅葉）

来《こ》ぬ人の情《なさ》けの色の薄《うす》紅葉梢も辛《つら》き宿《やど》の秋かな

【現代語訳】（紅葉）

訪れて来ない人の情けの色が薄い、そのように薄い色の紅葉、その梢までもがつれなく恨めしいこの家の秋であることだな。

【参考歌】来ぬ人の情けなりけり長き夜の更くるまで見る山の端の月（続古今集・恋三・一一四二・公朝）

頼めつつ待てど梢の薄紅葉こやかれそむる初めなるらん（続詞花集・恋中・五六三・殷富門院大輔）

【語釈】**○情けの色の薄紅葉**　「情けの色の薄（し）」から「薄紅葉」へ鎖る。「情けの色」は、新鮮な詞。また、「情け」を「薄（し）」という、和歌の先行例は見出し得ていない。**○梢も辛き**　先行の類例は、家隆の「散りなれし梢は辛し山桜春知りそむる花を尋ねむ」（千五百番歌合・春三・三九〇。新後撰集・春上・六七）。

388

（紅葉）

時雨《しぐ》れねど身にしむ秋のあはれ《哀》こそ四方《よも》の草木の色となり《成》けれ

【現代語訳】（紅葉）

時雨れないけれども、身に染みる秋の情趣こそが、四方の草木の紅葉の色となったのだな。

【参考歌】秋吹くはいかなる色の風なれば身にしむばかりあはれなるらん（詞花集・秋・一〇九・和泉式部）

物思へば色なき風もなかりけり身にしむ秋の心ならひに（新古今集・哀傷・七九七・雅実）

秋山の四方の草木やしをるらん月は色添ふ嵐なれども（続古今集・秋下・四七七・順徳院。紫禁集・同〔建保

四年三月十五日〕頃、二百首和歌・八四六。雲葉集・秋中・五四〇）

人知れず思ひそめてし心こそいまは涙の色となりけれ（千載集・恋一・六八七・源季貞）

【補説】 時雨が草木を紅葉させるという通念を踏まえて、それに異を唱えるかのような趣向。宗尊に近くは、「秋されば四方の草木を染めはてし時雨の末に冬は来にけり」（宝治百首・冬・初冬時雨・二〇〇一・道助）や「伊吹山さしも時雨るる頃なればなべて草木も色づきにけり」（為家集・雑・伊吹山〔建長五年十一月〕・一三五〇）といった歌があり、これらを意識した可能性があろう。

参考歌の「秋吹くは」の一首は、『和泉式部集』（一三二、八六〇）に入っていて、『後葉集』（一一六）や『古来風体抄』（五四四）でも作者は和泉式部だが、『興風集』（五四）にも見える。

（紅葉）

さても世《よ》に憂《う》き身時雨れし秋よりぞ人の心《こゝろ》の紅葉《もみち》をば見《み》し

【現代語訳】（紅葉）

それでもやはりこの世の中で、憂く辛い身が、涙に時雨れたあの秋から、うつろい変わる人の心の紅葉を見たのだ。

【本歌】 色見えでうつろふ物は世の中の人の心の花にぞありける（古今集・恋五・七九七・小町）

【語釈】 **○さても世に** そうであってもやはりこの世の中に、の意。式子の「はかなしや風にただよふ波の上に鳰のうき巣のさても世にふる」（式子内親王集・鳥・二九五。万代集・雑一・二九四七）が早い例。『新撰六帖』の真観詠「さても世に下りはてたる身の果ては住みかもしるし谷底の庵」（第二・たに・五七五）や為家詠「さても世に我が身はかくてならの葉の名におふ里とふりまさりつつ」（同・ふるさと・七八二）が続く。宗尊親王家小督にも「定めなくさても世にふるこの頃の時雨の宿や我が身なるらん」（三十六人大歌合弘長二年・八〇）の作がある。宗尊はこれらに学ぶか。**〇憂き身時雨れし**　先行の類例としては、「神な月空は曇らぬ今朝なれど憂き身一つはなほぞ時雨るる」（範永集・神な月にひとのもとへ・六二）が見える。

〔補説〕人の心のうつろいを言う本歌の、「人の心の花」の「花」を「紅葉」に置換する。「人の心」を「紅葉」によそえるのは、道命の「山高み峰に散りかふ紅葉葉の人の心を空になすかな」（道命阿闍梨集・十月の紅葉を惜しむ・二六七）が早いが、これは、色の変化を心変わりの比喩とするのではなく、紅葉の落葉を人の心の儚さに喩えたもの。その点では、梢少将公重の「ちりばかり頼みやはする紅葉葉の色色になる人の心は」（風情集・五五三）が、紅葉の色の変化を人の心変わりに喩えた早い例となる。その後は、家隆の「うつろはむ人の心も時しあればまつしもうたて下紅葉ぢつつ」（壬二集・恋・恋歌あまたよみ侍りしとき・二七一二）といった作が見える。

ちなみに、「人の心」を「松」によそえる、宗尊の「雪のうちに紅葉ぢぬ松の何なれやつひにつれなき人の心は」（柳葉集・巻五・文永二年閏四月三百六十首歌・恋・七七二。中書王御詠・恋・不逢恋・一六三）は、隆祐の「つれなくてつひに紅葉ぢぬ松の葉も人の心の雪に見えつつ」（洞院摂政家百首・恋・不遇恋・一一六九）に負ったものであろう。「時雨れし秋」は、将軍を失脚して帰洛した文永三年（一二六六）の秋を思うか。

（紅葉）

紅葉葉をあはれとぞ見《み》る身の上にうつろふ秋は思ひ知《し》られて

〔現代語訳〕（紅葉）

紅葉の葉をしみじみと哀れだと思って見る、我が身の上に、色が変わり衰えてゆく秋は自然と思い知られて。

〔参考歌〕佐保山の柞の紅葉いたづらにうつろふ秋は物ぞ悲しき（新勅撰集・雑一・一〇九五・基綱）

身の上にふりゆく霜の鐘の音を聞きおどろかぬ暁ぞなき（新勅撰集・雑二・一一七三・雅経）

〔補説〕一般的な「秋」を超えて、やはり前歌同様に、文永三年（一二六六）の秋を念頭に置くか。とすると、「うつろふ」には、自分自身の境遇の衰微と、周りの者達の変心とを重ねるか。

暮秋

山の端の有明の月もほのかにて残りすくなくなれる秋かな

〔現代語訳〕暮秋

山の端の有明の月もほんのりと微かで、もう残り少なくなっている秋であることだな。

〔参考歌〕短夜の残りすくなく更けゆけばかねて物憂き暁の空（新古今集・恋三・一一七六・清正）

我が心なほ晴れやらぬ秋霧にほのかに見ゆる有明の月（新古今集・釈教・観心如月輪若在軽霧中の心を・一九三四・公胤）

山の端を出でがてにする有明の月は光ぞほのかなりける（増基法師集・月を・五八）

〔類歌〕有明の月もほのかに霞むなり残りすくなき春の日数に（後十輪院内府集・春・暮春・寛永二・三二五）

〔語釈〕○なれる秋かな　結句をこの形とするのは、西行の「しかもわぶ空のけしきも時雨るめり悲しかれともなれる秋かな」（山家集・秋・鹿・四三四）が早いか。他には、「山ははや梢むらむら色づきて物悲しくもなれる秋かな」（百首歌合建長八年・秋・六一〇・実伊）が目に入る。

〔補説〕類歌に挙げた中院通村の歌の類似は、偶然であろうか。通村が本抄を披見し得たか否かは、課題としておきたい。

392

（暮秋）

時雨れつつ嵐にはやき浮雲のいづち急《いそ》ぎて秋も行くらん

〔現代語訳〕（暮秋）

時雨れながら、激しい風に早く流れる浮雲がどこに急いで行くのか、そして秋もどこに急いで去り行くのだろうか。

〔参考歌〕 紅葉葉は散る木の本にとまりけり過ぎ行く秋やいづちなるらむ（後撰集・秋下・四三八・読人不知）
夕立の心と急ぐ浮雲をしたりがほにも吹く嵐かな（弘長百首・夏・夕立・一九八・基家）

〔類歌〕 暮るる夜の月のためとや急ぐらん浮雲はやき秋の村雨（中書王御詠・六帖の題の歌に、秋雨・九八）

〔語釈〕 **○嵐にはやき** 慈円の「憂き身かも嵐にはやき木の葉かな心にもあらぬ夕暮の空」（拾玉集・詠百首倭歌〔四季題百首〕・夕・二二七一。同・四八四六。御裳濯集・秋下・四八一）が先行例として目に付く。次歌は、この歌を踏まえるか。

393

（暮秋）

つれなくもとまる憂《う》き身か木の葉だに遅《をく》れじと散《ち》る秋の別れに

〔現代語訳〕（暮秋）

どうにもならず、ひとり留まるこの憂く辛い身よ。木の葉でさえ、秋が去り行くのに遅れるまいと散る、秋との別れのときに。

〔参考歌〕 憂き身かも嵐にはやき木の葉かな心にもあらぬ夕暮の空（拾玉集・詠百首倭歌〔四季題百首〕・夕・二二七一。

同・四八四六。御裳濯集・秋下・四八一・慈円）
秋はいぬ風に木の葉は散りはてて山寂しかる冬は来にけり（続古今集・冬・五四五・実朝。金槐集定家所伝本・冬・二七五。万代集・冬・一二六四。新時代不同歌合・四一）
もろともになきてとどめよ蛬秋の別れは惜しくやはあらぬ（古今集・離別・三八五・兼茂）
遅れじと契らぬ秋の別れゆゑことわりなくもしぼる袖かな（拾遺愚草・重奉和早率百首文治五年三月・秋・五五五）

〔語釈〕 **○つれなくも** 物事が自分の思いどおりにならないことに、という意味。

〔補説〕 404と類想。

（暮秋）

いつまでかよそに別《わか》ると慕《した》ひけん今は身に添《そ》ふ秋の心を

〔現代語訳〕（暮秋）

いったいいつまで、自分とはかけ離れた所に秋は別れて行くというので、愛惜したことであろうか。今は、この身に付け加わる秋の心、愁いであるのに。

〔参考歌〕 ことごとに悲しかりけりむべしこそ秋の心を愁へといひけれ（千載集・秋下・三五一・季通）
かへりては身に添ふ物と知りながら暮れ行く年をなに慕ふらん（新古今集・冬・六九二・上西門院兵衛）

〔類歌〕 別れとて誰惜しむらむいつも我が身にのみ添へる秋の心を（中書王御詠・秋・九月尽・一三〇）

〔語釈〕 **○いつまでか** 将軍在時の昔を言うか。**○よそに別る** 「目の前にこの世を背く君よりもよそに別るる魂ぞ悲しき」（源氏物語・橋姫・六三〇・柏木）に学ぶか。**○身に添ふ** →346。

395

時雨

かき曇《くも》りさも時雨《しく》れつる夕べかなこれは思ひし神無月とて

【現代語訳】 時雨

空一面に曇り、いかにも時雨れた夕方であることだな。これが、思ひ描いた神無月だということで。

【参考歌】 物思ふ心や空に曇るらむさも時雨れつる神な月かな（後鳥羽院御集・詠五百首和歌〔遠島五百首〕・冬・八五九）

【語釈】 ○さも時雨れつる　参考歌の後鳥羽院詠も、「人知れぬ寝覚めの涙ふりみちてさも時雨れつる夜半の空かな」（新古今集・恋五・一三五五・伊尹）に拠るか。○これは思ひし　先行例は見当たらず、後出でも三条西実隆の「咲きしよりこれは思ひしことわりも散りまがふ花にかきくらしつつ」（雪玉集・百首永正二年八月廿日・花・六七八三）が目に入る程度の、珍しい措辞。

396

（時雨）

神無月なほ《を》さだめなき雲よりも心時雨《しく》るる夕暮《くれ》の空

【現代語訳】（時雨）

神無月は、なおいっそう定めのない雲（が降らせる時雨であるけれども）、それよりも私の心が涙の時雨を降らせる、夕暮の空よ。

【参考歌】 夕暮に物思ふことは神無月我も時雨におとらざりけり（大和物語・十九段・二九・故式部卿の宮。秋風集・冬上・敦慶、四句「是も時雨に」）

神無月時雨や冬のはつせ山峰行く雲はさだめなけれど（宝治百首・冬・初冬時雨・二〇〇・基家）
風吹けば空にただよふ雲よりもうきて乱るる我が心かな（新勅撰集・恋四・八九一・二条太皇太后宮大弐）
かきくらし心時雨れていくかへり袂に秋の色をみすらむ（拾玉集・建久二年五月のころ、隆寛阿闍梨のもとより十首の詠おくれりける・五二六八）

〔他出〕　夫木抄・冬一・時雨・御集、時雨・六三九〇。

〔補説〕　参考歌の基家詠に先行して、家良の「神無月時雨るる雲にさすらへてさもさだめなき月の影かな」（新撰六帖・第一・冬の月・二七二）がある。これは、「神無月」の「時雨」の「さだめなき」「雲」の景趣を、「さだめなき月の影」の視点から間接的に表したものと言える。これらの他にも、その景趣は、「神無月さもさだめなき村雲に時知る雨のいかで降るらん」（秋風抄・冬・時雨・一三八・実経。秋風集・冬上・四六五）や「神無月空さだめなき浮雲の時雨れぬ隙も降る木の葉かな」（弘長百首・冬・落葉・三七四・為氏）と、鎌倉中期に詠まれている。該歌も、その一連と言えるが、四季の景物に寄せて述懐を詠ずる、宗尊らしい一首でもある。
526と類似。

397
（時雨）
冬の日の光も弱《よは》き山の端《は》に時雨《しく》ると見《み》えてかかる浮雲

〔現代語訳〕（時雨）
冬の日の光も弱くなっている山の稜線に、時雨が降るらしくて、浮雲がかかっているよ。

〔参考歌〕　かき曇り時雨れもあへず出づる日の影弱りゆく冬は来にけり（殷富門院大輔集・冬・八八）

〔語釈〕　**〇かかる浮雲**　「数ならぬ我が身は花に吹く嵐澄む夜も月にかかるうき雲」（千五百番歌合・雑二・二九三

三・忠良）が早い。これは、「斯かる憂き雲」と「掛かる浮雲」の掛詞。本抄の別の一首、「山の端に心はかかるうき雲のなほや都の空に時雨れん」（巻五・文永六年八月百首歌・冬・791）も同様の掛詞であるが、該歌は、掛詞であるとしても、「斯かる憂き雲」の意味はかなり希薄と見るべきであろう。

〔補説〕　後の京極派に通うような純粋叙景の歌境である。「冬の日」の「光（影）」が「弱」いことを言う先例として殷富門院大輔の歌を参考歌に挙げた。必ずしもこれに倣わなくても詠出可能であろうが、なおまた、殷富門院大輔の歌に負ったかもしれない宗尊詠は他にも見出し得るのであれば、その家集歌を宗尊が習い得たのかは、宗尊の詠作方法を全体として見渡すときに、改めて検討されるべきであろう。

（時雨）

ふるかひもなきは我《わ》が身と思ふ世に常磐の杜ぞまた《又》時雨れ行く

〔現代語訳〕（時雨）
日々を過ごしてゆくかいもないのは、我が身だと思うこの世の中に、色が変わらないので降るかいもない常磐の杜がまたも時雨れてゆくことだ。

〔参考歌〕　うつろはぬ常磐の山に降る時は時雨の雨ぞかひなかりける（貫之集・秋・五四）
紅葉せぬ常磐の山の時雨こそふるにかひなき我が身なりけれ（月詣集・雑下・八三八・藤原師綱朝臣女）
長らへてふるかひもなき我が身こそ常磐の山の時雨なりけれ（忠盛集・無常・一四三）
色に出でぬ思ひのみこそ常磐山我が身時雨はふるかひもなし（仙洞句題五十首・寄雨恋・二五六・宮内卿。続古今集・恋一・九九八）

〔語釈〕　○ふる　「経る」に「時雨れ行く」の縁で「降る」が掛かる。○常磐の杜　山城国の歌枕。現在の京都市右京区常盤、双ヶ丘の西南の地の杜。もとより常緑樹の森の意も込められる。

（時雨）

我も世《よ》に時雨《しくれ》心ちの晴れやらで三年《とせ》ふり行く神無月かな

〔現代語訳〕（時雨）

私もこの世の中で、時雨めいた空がぐずぐずと晴れないように、すっきりと気分が晴れきることもなく、時雨が降り行くにつれて、三年の年をとり古びてゆく、この神無月であることだな。

〔本歌〕大空は曇らざりけり神な月時雨心ちは我のみぞする（拾遺集・恋一・六五一・読人不知）

〔参考歌〕かくばかりさだめなき世に年ふりて身さへ時雨るる神な月かな（続古今集・雑上・一六二一・家隆。遠島御歌合・時雨・八二。壬二集・冬・遠所にて十首歌合侍りし時、時雨・二五七七。万代集・冬・一三〇二）

〔語釈〕**○時雨心ち**　時雨が降りそうな空模様の意に、心に涙の時雨が降るような気持ちの意が重なる。**○晴れやらで**　空が晴れきらないでの意に、気持ちが晴れきらないでの意が重なる。**○三年ふり行く**　「ふり」は「古り」に「時雨」「晴れやらで」の縁で「降り」が掛かる。為家に「小倉山形見の宿を思ひやれ三年ふりぬる露も涙も」（為家集・雑・〔寛元元年八月頃〕・一七二六）という類似の先行作がある。

〔補説〕「三年ふり行く」は、文永三年（一二六六）秋七月に将軍を失脚して帰洛から、本三百首を詠む文永五年（一二六八）冬十月までの沈淪を、足掛け三年として言ったものであろう。

（時雨）

400 山里《さと》の寝《ね》覚め・の時雨嶺晴《は》れて木の葉にかかる有明の月

〔現代語訳〕（時雨）

山里で夜に眠りから目を覚ます時雨が降っている、しかし嶺は晴れて、その木々の葉に時雨ではなく、有明の月がかかるよ。

〔本歌〕 寝覚めして誰か聞くらんこのごろの木の葉にかかる夜半の時雨を（千載集・冬・四〇二・馬内侍）

〔語釈〕 **○寝覚めの時雨**　新鮮な措辞。寝て夜半に雨音で目覚めると降っている時雨、ということ。後出でも、京極派の「秋深き寝覚めの時雨聞きわびて起き出でて見れば群雲の月」（歌合〔正安元年～嘉元二年〕・秋夜・三〇・伏見院新宰相。玉葉集・秋下・七七一）や「槙の屋の寝覚めの時雨音近み濡れぬばかりの夜半の手枕」（十五番歌合〔延慶二年～応長元年〕・冬夜・一・伏見院。伏見院御集・冬部・冬夜三首歌合・一八六三）が見える程度。

〔補説〕 時系列で、時雨で目覚めて見ると、その時雨が晴れて、嶺の木の葉に有明の月がかかる、というように解されなくもない。しかし、題が「時雨」であるので、時雨が降りながら、嶺の一部が晴れて木の葉に有明の月が掛かるのが見える、という景趣に解しておく。

（時雨）

401 あはれにもひとり寝《ね》覚め・の袖濡《ぬ》れてまだ有明の空ぞ時雨《しく》るる

〔現代語訳〕（時雨）

しみじみとしたことにも、独り寝て（時雨に）目覚めた袖は涙の時雨で濡れて、まだ有明月の空は時雨が降ることよ。

【参考歌】寝覚めする床に時雨は漏りこねど音にも袖の濡れにけるかな（久安百首・冬・一三五二・小大進）

暁の寝覚めに過ぐる時雨こそ漏らでも人の袖濡らしけれ（千載集・冬・四一七・紀康宗）

秋の夜を物思ふことの限りとはひとり寝覚めの枕にぞ知る（千載集・恋五・九五二・顕昭）

寝覚めして袖濡らしけり長月の有明の月にかかる時雨は（秋風抄・秋・一一五・鷹司院帥）

【語釈】**○まだ有明の空ぞ時雨るる**「また有明の空ぞ時雨るる」、即ち、またもや有明月の空は時雨が降ることよ、とも解される。

落葉

浮雲《うき》の跡なき方に時雨《しく》るるは風をたよりの木の葉《は》なりけり 成

【本文】○歌頭に「続拾」（続拾遺集）の集付あり。

【現代語訳】落葉

浮雲が跡形もない方で時雨れているのは、風をつてとして降る木の葉なのであったな。

【本歌】白浪の跡なき方に行く舟も風ぞたよりのしるべなりける（古今集・恋一・四七二・勝臣）

【参考歌】名残なく時雨の空は晴れぬれどまだ降るものは木の葉なりけり（詞花集・秋・雨後落葉といふことをよめる・一三五・俊頼）

時雨れつる峰の群雲晴れのきて風より降るは木の葉なりけり（六百番歌合・冬・落葉・四八一・慈円）

白雲の跡なき峰の霞より風をたよりの花の香ぞする（新和歌集・春・山花・三〇・源親行。東撰六帖・第一・桜・一五〇）

〔類歌〕 群雲の晴れ行く跡の山風に時雨れかはりて降る木の葉かな（嘉元百首・落葉・七四九・実重）
浮雲は晴れ行く跡の山風になほ時雨るるや木の葉なるらん（外宮北御門歌合元亨元年・落葉・四・藤原憲家女）

〔他出〕 続拾遺集・冬・落葉を・三九四、初二句「群雲の跡なき方も」。題林愚抄・冬上・落葉・続拾・五〇六六。

〔補説〕 本歌の『古今集』歌を本歌に詠むのは、『千五百番歌合』の定家詠「今朝よりは風をたよりのしるべして跡なき浪も秋や立つらん」（秋一・一〇五九）が早い。その後、新古今時代より後、鎌倉前中期に少しく流行したと思しい。関東圏にも、参考歌の親行詠を初めとして散見する。宗尊自身は、先に『宗尊親王三百首』で「花さそふ風をたよりのしるべにて跡なき方に春ぞ暮れ行く」（春・六七）や「白雲の跡なき嶺に出でにけり月の御舟も風をたよりに」（秋・一三二）という、同歌を本歌にした作をものしている。

（落葉）

神無月嵐の吹《ふ》かぬ夕暮《くれ》も心と落《お》つる木木《々》の紅葉《もみち》葉《は》

〔本文〕 〇次歌と共に、他の歌本文より二〜三字下げで、詞書の位置に歌を記す。

〔現代語訳〕（落葉）
冬神無月は、激しい風が吹かない夕暮でも、自ら散り落ちる木々の紅葉の葉よ。

〔参考歌〕 神無月寝覚めに聞けば山里の嵐の声は木の葉なりけり（後拾遺集・冬・三八四・能因）
吹く風ぞ思へばつらき桜花心と散れる春しなければ（後拾遺集・春下・一四三・大弐三位）
おのづから峰の嵐の吹かぬ間も神無月とや木の葉散るらん（万代集・冬・一三三八・後深草院弁内侍。続後拾遺集・冬・四二五）

〔語釈〕 **〇心と落つる** 「心と」は、自分から、の意。参考歌の「心と散れる」からの派生。「紅葉」について言うのは、俊成の「心とや紅葉はすらむ竜田山松は時雨に濡れぬものかは」（新古今集・秋下・五二七）が先行し、その落葉について言う、家隆の「故郷の御垣が原の櫨紅葉心と散らせ秋の木枯らし」（新勅撰集・秋下・三五二）が続く。後者の「散らせ」は、「木枯らし」にではなく、「櫨紅葉」に対する懇願（命令）と解する。**〇木木の紅葉葉**　平安時代からの句形だが、該歌に近い先行例としては、「散りぬべき秋の嵐の山の名にかねても惜しき木木の紅葉葉」（亀山殿五首歌合文永二年九月・山紅葉・五一・公雄）がある。

【補説】「あしひきの山の紅葉葉散りにけり嵐の先に見てましものを」（後撰集・秋下・四一一・読人不知）に窺われるような、「嵐」によって「紅葉」が散るという通念を踏まえる。

（落葉）

つれなしと散《ち》る紅葉葉《は》や思ふらんうつろひはてて残る憂き身を

【本文】〇前歌と共に、他の歌本文より二〜三字下げで、詞書の位置に歌を記す。

【現代語訳】（落葉）

つれなく薄情だと、散る紅葉の葉は思っているのだろうか。すっかり色が変わる紅葉の葉のように、すっかり様変わりして衰えて、（それでもこの世に）残るこの憂愁の我が身を。

【参考歌】つれなしとゆふつけ鳥や思ふらん鳴く音に立てぬ人の寝覚めを（宝治百首・雑・暁鶏・三二二七・隆祐）

世の中につひに紅葉ぢぬ松よりもつれなきものは我が身なりけり（続後撰集・雑中・身を愁へてよみ侍りける・一一七五・真観）

【語釈】**〇うつろひはてて**　盛りを過ぎすっかり衰えて、の意に、「紅葉葉」の縁で、木の葉がすっかりと色づいて、の意が掛かる。**〇残る憂き身**　慈円の「年なみは我が袖よりぞ越えて行く残る憂き身の末の松山」（拾玉集・副

詠　歳暮述懐・四二五四）や「五十余り別れし人をかぞへきて残る憂き身も残るべきかは」（同・無常・四四二〇）、あるいは土御門院の「山陰に降る白雪の消えやらで残る憂き身の末ぞかなしき」（土御門院御集・冬五首・二九五）が先行例。

〔補説〕宗尊は、参考歌の真観詠に負ってか、先に「雪のうちに紅葉ぢぬ松の何なれやつひにつれなき人の心は」（柳葉集・巻五・文永二年潤四月三百六十首歌・恋・七七二。中書王御詠・恋・不逢恋・一六二）とも詠んでいる。

なお、393と類想。

千鳥

浦《うら》風は寒《さむ》く吹くらし・海人《あま》衣つま呼《よ》ぶ千鳥鳴く・音《ね》悲《かな》しも

〔本文〕○歌頭に「玉」（玉葉集）の集付あり。

〔現代語訳〕千鳥

浦風は寒く吹いているらしい。その風が吹く海人衣の褄ならぬ、妻を呼ぶ千鳥の鳴く声が悲しいなあ。

〔参考歌〕湊風寒く吹くらし奈呉の江につま呼びかはしたづさはに鳴く（万葉集・巻十七・四〇一八・家持。続古今集・雑中・一六三五）

時つ風寒く吹くらしかすひ潟潮干の千鳥夜半に鳴くなり（続古今集・冬・千鳥をよめる・六〇一・為家。宝治百首・冬・潟千鳥・二三二五）

五月闇神奈備山の時鳥妻恋ひすらし鳴く音悲しも（金槐集定家所伝本・夏・深夜郭公・一四五。万代集・夏・六一二）

神奈備の里わかぬ月の清き瀬に妻呼ぶ千鳥鳴く音悲しも（宗尊親王百五十番歌合弘長元年・冬・一九八・行円）

〔他出〕　玉葉集・冬・千鳥をよみ侍りける・九一七、初二句「浦風の寒くし吹けば」四句「つまどふ千鳥」。題林愚抄・冬中・千鳥・玉・五四五二、初二句・四句同上。

〔語釈〕　○寒く吹くらし　宗尊は、先に「弘長元年五月百首歌」で「己高《こだかみ》の山の木の葉も色づきぬ余呉の浦風寒く吹くらし」（柳葉集・巻一・秋・三七）や「入江には鴨ぞ鳴くなるかつしかの真間の浦風寒く吹くらし」（同・同・冬・四二）と詠んでいる。この句は勅撰集では、『続後撰集』の「妻恋ふる鹿ぞ鳴くなる小倉山峰の秋風寒く吹くらし」（秋上・二九九・長家）と「みなと風寒く吹くらしたづの鳴く奈呉の入江につららゐにけり」（冬・五〇一・長方）が初出で、後者に明らかなように、参考歌に挙げた万葉歌からの摂取と見てよい。宗尊は、早くこれらの歌に接していたであろう。○海人衣　漁民の衣。「浦風」（「裏」が響く）「寒く吹く」との縁で有意だが、例えば「流らふるつま吹く風の寒き夜に我が背の君はひとりかぬらむ」（万葉集・巻一・雑歌・五九・誉謝女王）を本歌にした「旅衣つま吹く風の寒き夜に袖をりかへし幾夜かも寝ん」（宝治百首・雑・旅宿・三八一六・成実）の「旅衣」と同様に、「褄」との掛詞で「妻」を起こす序詞の働きがあるか。なお、「褄」と「妻」の掛詞の「つま吹く風」は、定家の「浦千鳥かたもさだめず恋ひて鳴くつま吹く風のよるぞ久しき」（拾遺愚草・内大臣家百首建保三年九月十三夜講・冬・寒夜千鳥・一一四四）や道助法親王の「はまびさしつま吹く風に恨みわび潮干のかたに千鳥鳴くなり」（宝治百首・冬・潟千鳥・二三三一九）といった作例がある。ただし、『万葉』の「つま吹く風」の「つま」には、「夫（妻）」（配偶）の意味が込められると見る点は諸注一致するが、「つま吹く風」は、旋風、着物の褄を吹く風、切り妻に吹く横風等諸説があって定説を見ていない。○鳴く音悲しも　実朝が古代調めかして詠出したか。参考歌に挙げた他に、「高円の尾上の雉子朝な朝な妻に恋ひつつ鳴く音悲しも」（金槐集定家所伝本・春・きぎす・四三）とも詠んでいる。宗尊は、実朝詠を模倣したと見られる『宗尊親王百五十番歌合』の行円詠に倣ったとも思しいが、実朝詠にも学んでいたであろう。なお、「千鳥」について言う類例は、『源氏物語』の「霜さゆる汀の千鳥うちわびて鳴く音悲しきあさぼらけかな」（総角・六七六・薫）があって、これも宗尊の視野に入っていたのではないか。

〔補説〕「寒く吹くらし」を用いて、鳥獣の「つま」を呼ぶ鳴き声を詠む類型という点では、参考歌に挙げた万葉歌の系譜上にある。より直接には、語釈に示した『続後撰集』の両首や参考歌の為家詠に負っているのかもしれない。また、「鳴く音悲しも」は、語釈にも記したとおり、前将軍実朝や自ら主催の歌合詠という関東圏の詠作に倣った可能性があろう。広く学んだ歌を咀嚼して、自在に組み合わせながら、穏当で自然な歌として仕立てる能力を窺わせる歌である。

406

（千鳥）

さゆる夜《よ》はいとど難波の浦千鳥《ちどり》住《す》み憂《う》きもの《物》と音《ね》をや鳴くらん

〔現代語訳〕（千鳥）

寒く冴える夜はいっそう、難波の浦の浦千鳥は、住み辛いものだと、声を上げて鳴いているのだろうか。

〔本歌〕君なくてあしかりけりと思ふにもいとど難波の浦ぞ住み憂き（拾遺集・雑下・五四〇・読人不知）

〔参考歌〕難波潟汀の千鳥さゆる夜は蘆間の霜をうらみてぞ鳴く（宝治百首・冬・潟千鳥・二三二四・隆親）

〔語釈〕**○難波の浦千鳥**「難波の浦」から「浦千鳥」へ鎖る。「難波の浦」は、摂津国の歌枕。現在の大阪湾の淀川河口付近の浦。**○憂き**「浦」「千鳥」の縁で「浮き」が響くか。**○鳴く**「憂き」の縁で「泣く」が響くか。

407

（千鳥）

我《わ》がごとや友無《な》し千鳥昔にもあらぬなるみのかたになくらん

〔現代語訳〕（千鳥）

私と同じようなのか、友無し千鳥は。私は昔とは違ったようになる身の方で泣いている、そのように千鳥は昔とは違った鳴海の潟で鳴いているのだろうか。

〔参考歌〕 あしひきの山郭公我がごとや君に恋ひつつ寝ねがてにする（古今集・恋一・四九九・読人不知）

思はんと頼めし人の昔にもあらずなるとのうらめしきかな（金葉集・恋下・四三〇・永縁）

昔にもあらぬ我が身に時鳥待つ心こそかはらざりけれ（詞花集・夏・五五・周防内侍）

〔他出〕 拾遺風体集・雑・都へのぼり給ふとて・三八六、四句「あらずなるみの」。

〔語釈〕 **○友無し千鳥** 俊恵の「楸生ふる清き河原に月さえて友無し千鳥ひとり鳴くなり」（林葉集・冬・或所にて・六六二）が早いか。その後、鎌倉時代以降に少しく流行する。**○なるみのかた** 「鳴海の潟」と「成る身の方」の掛詞。「鳴海の潟」は、尾張国の歌枕。現在の愛知県名古屋市緑区鳴海町の西側の海岸。**○なく** 「鳴く」と「泣く」の掛詞。

〔補説〕 周りに友とする者のない己の境涯から、「友無し千鳥」を自分によそえる。「昔」とは、鎌倉で将軍であった頃を念頭に置いていようか。とすれば、三句以下は、かつての栄光とは異なる境遇となって京都で嘆く自分自身を寓意していよう。

408

雪

風まぜに散《ち》るや霰の空《そら》冴えて雲間に白《しろ》き雪の遠山

〔現代語訳〕 雪

風交じりに散るのは霰か、その空は寒く冴えて、雲間には、白い雪をかぶった遠山が覗いている。

〔参考歌〕 風まぜに雪は降りつつしかすがに霞たなびき春は来にけり（新古今集・春上・八・読人不知）

〔語釈〕 **○雲間に白き** 「正元二年毎日一首中」という為家の「嵐山くづれて落つるたきつ瀬の雲間に白き五月雨の頃」（夫木抄・夏二・五月雨・三〇三三）が先行例となる。後出では、為村の「はるかなる空目を花の一むらや雲間に白き雪の山の端」（為村集・冬・遠嶺雪・一三二一）が見える程度。

〔補説〕 天象の輻輳、物の「間」に遠景を望む趣向、「雪の遠山」の用語の点で、京極派に通う詠みぶり。勅撰集では、「雪の遠山」を用いた歌は、次の三首のみ。

見渡せば明け分かれ行く雲間より尾上ぞ白き雪の遠山（玉葉集・冬・九五一・賀茂久世）
明け渡る波路の雲の絶え間よりむらむら白き雪の遠山（玉葉集・冬・九六九・隆康）
薄曇りまだ晴れやらぬ朝あけの雲にまがへる雪の遠山（風雅集・冬・八四五・徽安門院）

（雪）

朝戸あけて都の北の山見《み》れば今夜《こよひ》も雪の降《ふ》りにけるかな《哉》

〔現代語訳〕（雪）

朝戸を開けて、都の北の山を見ると、昨晩も雪が降ったのであったなあ。

〔参考歌〕 朝戸あけて見るぞ寂しき片岡の楢の広葉に降れる白雪（千載集・冬・四四五・経信）
朝戸あけて都のたつみながむれば雪の梢や深草の里（六百番歌合・冬・冬朝・五五〇・家房。雲葉集・冬・八四三）
朝戸あけて都の宿を見渡せば高き賤しき雪ぞつもれる（洞院摂政家百首・冬・雪・九二六・家隆）

〔語釈〕 **○都の北の山** 所謂「北山」を言ったか。 **○今夜** ここは過ぎ去った前夜を言う。

（雪）

降《ふ》り積《つ》もる雪の八重《やへ》山道《みち》閉《と》ぢて行く人うとき足柄《あしから》の山

【現代語訳】（雪）

降り積もる雪が幾重にも重なる八重山は、道が閉ざされて、行く人も煩わしい悪路の足柄の山よ。

【本歌】足柄の関の山路を行く人は知るも知らぬもうとからぬかな（後撰集・羇旅・一三六一・真静）

【参考歌】足柄の八重山越えていましなば誰をか君と見つつしのはむ（万葉集・巻二十・四四四〇・郡司妻。五代集歌枕・あしがら山　相模・四六五）

【類歌】みな人のうとくなりつつ足柄の関の山路を別かれ来しかな（本抄・巻一・文永三年十月五百首歌・関・116）

【他出】歌枕名寄・東海四・相模・八重山・五三三五、二～五句「雪は八重山道とめて行へぞうとき足柄の関」。

【語釈】○八重山　未詳の所名。参考歌からは足柄の重畳たる山容を言ったもの、あるいは足柄山中の特に重畳たる部分を言ったもの、と思われる。該歌もそれに従うか。そうでなければ、足柄より都寄りの山かとも疑われる（→補説）。とすれば駿河か。あるいは遠江で、比定地は未詳とも（角川日本地名大辞典）。いずれにせよ、「降り積もる」の縁で、幾重にも重なったものを言う「八重」が掛かり、「雪の八重」から「八重山」へ鎖ると見たい。後代の例になるが、「足柄やただ雲霧の八重山ぞ道なき関のとざしなりける」（柏玉集・雑・関・一六九〇。同・五百首歌下・関・二二九一）も同様であろう。○道閉ぢて　西行の「問ふ人は初雪をこそ分け来しか道閉ぢてけりみ山辺の里」（山家集・冬・山家冬深・五六九）や「道閉ぢて人問はずなる山里のあはれは雪にうづもれにけり」（西行法師家集・冬・雪・二九八）が早い。その後の作例は少ないが、『弘長百首』の為家詠に「憂く辛き余所の関守道閉ぢて寝られぬ夜半は夢も通はず」（恋・遇不逢恋・五一六）と用いられている。○足柄の山　相模と駿河両国の境山。金時山に連なる足柄山塊の一峰、足柄峠一帯の称か。「道閉ぢて」「うとき」の縁で「悪し柄」が掛かるか。宗尊の「月待ちていざ越え行かむ夕闇は道たどたどし足柄の山」（柳葉集・巻五・文永二年閏四月三百六十首歌・雑・八〇八）も同様であろう。ちなみに、将軍宗尊の幕下に祗候した顕氏は、宗尊親王家の「当座続歌」で、「駒並めていくたび峰を越えぬらん作れる道も足柄の山」（顕氏集・羇旅・三五）と、明らかに「足柄」に「悪し柄」を掛けた歌を詠んでいる。

【補説】 本歌の詞書は、「東なる人のもとへまかりける道に、相模の足柄の関にて、女の京にまかりのぼりけるにあひて」で、「これやこの行くも帰るも別れつつ知るも知らぬもあふ坂の関」（後撰集・雑一・一〇八九・蝉丸）を踏まえ（片桐洋一校注『後撰和歌集』平二・四、岩波書店）、かつ倭建命が弟橘姫を失って「吾妻はや」と三嘆したという「あづま」の地名起源譚説話から、「東なる人」（知るも）だけでなく、東国から来た「女」（知らぬも）でも、「吾妻」（自分の妻）だから、「うとからぬ」（親しい）とした歌という（工藤重矩校注『後撰和歌集』平四・九、和泉書院）。類歌として挙げた116番歌と同様にこれを本歌にしたと思われる該歌の趣旨は、116番歌に比せば本歌からはかけ離れていることもあって、必ずしも明確ではない。一応、「八重山」を「足柄の山」の一部を言ったものと見て、「うとき」を「悪し柄」である「足柄の山」にかけて解した。「八重山」が「足柄の山」とは別で、より都寄りにあるのだとすれば、その「八重山」の道が雪に閉ざされていて、「足柄の山」を「行く人」は、都へも通じないので、皆「うとき」（疎遠である）、という理屈を立てた、というようにも解されようか。

411

（雪）

嶺の雪日影《かけ》かかやく夕暮《くれ》に分け越《こ》し道を誰《たれ》語《かた》りけん

【現代語訳】（雪）

峰の雪に日の光がきらきらと輝く夕暮に、雪をかき分けながらやって来た道を、いったい誰が語っただろうか。

【参考歌】 ひかげ草かかやく影やまがひけん真澄の鏡曇らぬものを（後拾遺集・雑五・一一二一・長能）

みがくらん玉とはこれか夕づく日峰にかかやく花の色色（正治後度百首・雑・暮・一六六・範光）

【補説】用語・内容共に斬新である。結句の「誰語りけん」がどのような趣意なのか分明ではない。四句までが聞いたこともない景観であることを言おうとしたものか。

412

（雪）

言問《こと》ひし誰《たれ》か情けも跡絶《た》えてひとりながむる庭の白雪

【現代語訳】（雪）

私を尋ねてくれた誰かの思いやりも、その訪れは絶えて、ただ独り物思いに眺める庭の白雪よ。

【参考歌】言問ひし飛火の野守跡絶えて幾日ともなく積もる白雪（為家五社百首・冬・ゆき・春日・四一七）

後れゐてひとりながむる庭の雪に心までこそ埋もれにけれ（守覚法親王集・〔幼くよりおほしたてたる童〕はかなくなりて後、雪の降るあした・一三七）

【語釈】○言問ひし　この「言問ふ」は、音信を通じる、訪問するの意。

【補説】参考歌の為家詠は、「春日野の飛火の野守出でて見よ今幾日ありて若菜摘みてん」（古今集・春上・一八・読人不知）を本歌にする。

413

（雪）

いにしへは跡を厭《いと》ひし庭の雪に今〔は〕問《と》ひ来《こ》ぬ人を待《ま》つかな

【本文】○底本第四句「今とひこぬ」は、誤脱と見て、私に「は」を補う。

〔現代語訳〕（雪）
以前は人が付ける跡を嫌だと思った庭の雪に、今は訪れて来ない人が跡を付けるのを待っていることだな。

〔参考歌〕いにしへは散るをや人の厭ひけん今は花こそ昔恋ふらし（拾遺抄・雑上・三九二・伊尹。拾遺集・哀傷・一二七九、三句「惜しみけん」）

今日はもし君もや問ふとながむれどまだ跡もなき庭の雪かな（新古今集・冬・六六四・俊成）

〔　〕ぬ庭の雪こそ悲しけれ昔は跡を厭ひしものを（東撰六帖・冬・雪・四八六・光行）

〔類歌〕いにしへは厭ひし跡も待たれけり老いて世にふる宿の白雪（玉葉集・雑一・二〇四五・基忠）

〔語釈〕○今〔は〕問ひ来ぬ　「見し人も今は問ひ来ぬ山里を春さへ捨てていづち行くらん」（月詣集・雑上・七二二・静賢。治承三十六人歌合・七一）という実例がある。

〔補説〕人跡のない「庭」の「雪」を賞美する通念を踏まえた、絶えた人の訪れを期待する嘆きの述懐。『瓊玉和歌集新注』306〜309参照。

参考歌の光行詠の初句は、「人問はぬ」といった類の句であったか。いずれにせよ、該歌と同工異曲と思しい。

歳暮

人遣《や》りの道とはなしに行《ゆ》く年のなど帰《かへ》り来《こ》ぬならひなるらん

〔現代語訳〕歳暮
人から強いられて行く道というのではないのに、だから普通は帰ろうとするものなのに、暮れて行く年は、何故二度と帰って来ないきまりなのだろうか。

〔本歌〕人遣りの道ならなくに大方は行き憂しといひていざ帰りなむ（古今集・離別・三八八・実）

関越ゆる道とはなしに近ながら年にさはりて春を待つかな（後撰集・冬・五〇五・読人不知）

〔参考歌〕人遣りの道とはなしに旅衣たちかへるべき日をぞかぞふる（教長集・雑・旅の歌とてよめる・八一四）

人遣りの道とはなしに旅衣きつつ都を恋ひぬ日もなし（為家五社百首・たび・伊勢・六四五）

〔補説〕「年」を擬人化して、本歌両首から詞を取り、本歌の『古今集』歌の心をも踏まえる、院政期本歌取りの方法でもある。

（歳暮）

厭《いと》ひえぬ我《わ》があらまし《有増》のいたづらにまた《又》やむなしき年も暮《く》れなん

〔現代語訳〕（歳暮）

この世の中を厭いえない、ただそうしたいと願う私の心づもりが、無為にまたそのかいもなく、はかない年も暮れてしまうのだろうか。

〔参考歌〕世の中を厭ふあまりのあらましに死なでも人に別れぬるかな（拾玉集・略秘贈答和歌百首・三四五六。同・貞応元年七月五日朝、すずろに詠之・四八六七）

〔語釈〕**〇厭ひ**　単に嫌だと思うのではなく、俗世を厭って出家すること。**〇我があらまし**　自分自身の、そうあって欲しいと思いめぐらす期待、予定。この形は、「岩の上に種なき松は生ひぬとも我があらましの果ては頼まじ」（洞院摂政家百首・恋・不遇恋・一一五一・信実）を初めとして、鎌倉時代前期頃から詠まれ、勅撰集の初出は「老いらくの親の見る世と祈り来し我があらましを神やうけけん」（続後撰集・神祇・大納言になりて、喜び申しに日吉社に参りてよみ侍りし・五七三・為家）である。比較的新しい用語にも従うのは、宗尊の特徴の一つでもあろう。**〇むなしき**　主語としての「あらましの」がかかり、重ねて「年」にかかる、と解する。

〔補説〕 宗尊は先に、「思ひつつ経にける年のかひやなきただあらましの夕暮の空」（新古今集・恋一・一〇三三・後鳥羽院）を踏まえて、「いかにせむただあらましの月日経てつひに厭はぬ世をもつくさば」（瓊玉集・雑下・五十首御歌中に・四八七）と詠じ、また、「厭ふべき心一つのあらましに身の行末ぞなぐさまれける」（中書王御詠・雑・述懐・三〇七）とも詠んでいる。

（歳暮）

あはれにも暮れ行く年か明日《あす》知らぬ命ばかりを待つことにして

〔現代語訳〕（歳暮）

しみじみと心にしみて、暮れて行く年か。明日をも知らないはかない命、それが尽きるのだけを待つこととして。

〔参考歌〕 あはれにも暮れ行く年の日数かな返らむことは夜の間と思ふに（千載集・冬・四七一・相模）

明日知らぬ命をぞ思ふおのづからあらば逢ふ世を待つにつけても（新古今集・恋二・一一四五・殷富門院大輔）

〔語釈〕 ○待つことにして 宗尊は該歌に先行して、「文永三年八月百五十首歌」（雑述懐）で「いかで我憂き世厭はんとばかりを待つことにして過ぐる頃かな」（本抄・巻三・584）と用いている。

思ひきや憂かりし夜半の鳥の音を待つことにして明かすべしとは（千載集・恋四・八九四・俊恵）

〔補説〕 734と同工異曲。

（歳暮）

417 春秋にかはる月日の現《うつゝ》とも夢ともなくて暮《く》るる《ゝ》年かな《哉》

〔現代語訳〕（歳暮）

歳月の中で変化する月日が、現実とも夢ともなくて、暮れる年であることだな。

〔本歌〕 世の中は夢か現か現とも夢とも知らず有りてなければ（古今集・雑下・九四二・読人不知）

〔参考歌〕 現とも夢ともなくて明けにけり今朝の思ひは誰まさるらん（新勅撰集・恋三・八一五・読人不知）

〔語釈〕 **○春秋**　漢語の「春秋」の訓読表現。ここは、歳月、あるいは一年の意。**○かはる月日**　「かはるらん月日も知らず嘆く間にあはれはつかに過ぎにけるかな」（続詞花集・哀傷・物申しける女身まかりて三七日ばかりになりけるに、かの家に遣はしける・四二五・匡房）や「移りゆく月日ばかりはかはれども我が身をさらぬ憂き世なりけり」（続後撰集・雑中・述懐心を・一一八一・家良）等に学ぶか。

418

忍恋

我のみは知《し》るかひもなき年月の経《へ》にける程《ほど》は誰に語《かた》らん

〔現代語訳〕 忍ぶ恋

私ひとりだけが知っているのでは価値もない、恋しい思いを忍ぶ年月が過ぎた長い時は、いったい誰に語ろうか。

〔本歌〕 忍ぶれば苦しきものを人知れず思ふてふこと誰に語らむ（古今集・恋一・五一九・読人不知）

〔参考歌〕 年月の経にける程を頼むかなさすがに人やあはれ知るとて（百首歌合建長八年・恋・一三八〇・伊嗣）

〔語釈〕 **○我のみは知るかひもなき**　自分だけが知っていて、恋の相手が分かっていないのならば意味がなく無駄である、との趣旨か。「知るかひもなき」の先行する類例には、慈円の「憂きものと我が心をば思ひ知りぬ知るかひはなし」（拾玉集・日吉百首・混本歌・二一〇五）がある。

知《し》らせばや浅間《あさま》の嶽の雲隠《かく》れ人もとがめぬ下の煙《けふり》を

（忍恋）

〔現代語訳〕（忍ぶ恋）

知らせたいものだよ。浅間の嶽が雲に隠れて、人がその下に立つ煙を見咎めることのないように、人が咎めない胸の中にある恋しい思いの煙を。

〔本歌〕 信濃なる浅間の嶽に立つ煙をちこち人の見やはとがめぬ（伊勢物語・八段・九・男。新古今集・羇旅・九〇三・業平）

〔参考歌〕 知らせばやほのみしま江に袖ひちて七瀬の淀に思ふ心を（金葉集正保版二十一代集本・恋上・忍恋の心をよめる・六八九・顕仲）

むせぶとも知らじな心瓦屋にわれのみ消たぬ下の煙は（新古今集・恋四・一三二四・定家）

恋ひわぶる身は富士の嶺の雲隠れ下の煙を知る人ぞなき（宗尊親王百五十番歌合・恋・二四五・能清）

〔語釈〕 **〇浅間の嶽** 信濃国と上野国にまたがる山。浅間山。現在の長野県北佐久郡軽井沢町と群馬県吾妻郡嬬恋村の境にある。活火山で、景物の「煙」を恋の思いに寄せて詠むことが多い。**〇人もとがめぬ下の煙** 本歌を承けて、浅間の嶽の煙を見咎めるはずの遠近の人が見咎めない雲に隠れた下の煙を、人が咎めることのない（人知れない）胸中に燻る恋心に喩える。

〔補説〕 「知らせばや」を初句に置く恋歌は少なくないので、必ずしも参考歌の顕仲詠に拠ったとばかり見ることはできないが、『瓊玉集』（五一、五〇一）にも、正保版二十一代集本『金葉集』の歌に負ったかと思しい歌が見えなくもないので、一応留意しておきたいと思う。

誰住《す》みて名づけ初《そ》めけんみちのくのいはで忍ぶの里《さと》も恨《うら》めし

（忍恋）

【現代語訳】（忍ぶ恋）

いったい誰が住んで、初めに名前を付けたのだろうか。陸奥の岩手や信夫の里は、その名の「言わで」「忍ぶ」というのも、恨めしいことだ。

【参考歌】 誰住みてあはれ知るらむ山里の雨ふりすさむ夕暮の空（新古今集・雑中・一六四二・西行）

みちのくのいはでしのぶはえぞ知らぬ書きつくしてよ壺の石文（新古今集・雑下・一七八六・頼朝）

【類歌】 思ふことをいかに忍びし誰が世よりいはでの里と名を留むらん（玉葉集・雑二・二〇六三・為教女為子）

【語釈】 **○名づけ初めけん** 『万葉』（「なづけそめけめ」）以来の措辞だが、直接には「煙立ちもゆとも見えぬ草の葉を誰かわらびと名づけ初めけむ」（古今集・物名・わらび・四五三・真静）に学ぶか。**○みちのくのいはで忍ぶの里** 陸奥の歌枕「岩手」（現岩手県岩手郡）と「信夫」（現福島県福島市）の二つの「里」に、「恨めし」の縁で、「言はで」と「忍ぶ」が掛かる。参考歌の頼朝歌に拠っていようが、その原拠は「別れ路を今日ぞ限りとみちのくのいはでしのぶに濡るる袖かな」（海人手古良集・わかれ・六〇）。ちなみに、「岩手の里」については、『新勅撰集』に「見ぬ人にいかがかたらむくちなしのいはでの里の山吹の花」（春下・一二六・読人不知）と見え、これに負って、宗尊は「山吹はいはでの里の春よりやくちなしぞめの花に咲きけん」（宗尊親王三百首・春・六五）と詠んでいる。

【補説】 宗尊には、物事の起源あるいは本意の始原を問う傾きが窺われる↓150。該歌も、その傾向にある。類歌は該歌と同工異曲だが、影響関係にあるか否かは即断し得ない。

421

（忍恋）

跡見《み》えぬ蓬の茂り踏《ふ》み分けて忍《しの》びに問《と》ひし道の露けさ

〔現代語訳〕（忍ぶ恋）

人の足跡が見えない蓬の繁茂するところを踏み分けて、密かに尋ねる道の露っぽさよ。

〔参考歌〕苔の庵さして来つれど君まさで帰るみ山の道の露けさ（新古今集・雑中・一六三〇・恵慶）

〔語釈〕 **○茂り** 「茂る」の名詞形。草木の繁茂、その場所。 **○忍びに** 副詞。人知れずこっそりと。

422

（忍恋）

袖に余《あま》る涙の玉よいかがせん忍《しの》ぶ心はおろかならぬを

〔現代語訳〕（忍ぶ恋）

袖にあふれ余る涙の玉よ、どうしようか。恋しい思いを忍ぶ心は、いい加減ではないのだけれども。

〔参考歌〕人目をばつつむと思ふに堰きかねて袖に余るは涙なりけり（千載集・恋一・六九七・宗家）

いかにせん思ひを人にそめながら色に出でじと忍ぶ心を（千載集・恋一・六四六・輔仁）

〔語釈〕 **○涙の玉** 涙の粒を玉に見立てる常套表現。

〔補説〕仕立て方は、本抄・34に似通う。また、先に『宗尊親王三百首』では、「袖に余る涙の露や時雨るらん秋のならひと言ひはなすとも」（恋・二二六）という類詠をものしている。

（忍恋）

423

よもすがら知《し》らば知《し》れとて敷たへの枕にかか《ゝ》る我《わ》が涙《なみた》かな《哉》

〔現代語訳〕（忍ぶ恋）

夜通し、（忍ぶことの憂き辛きを）もし知るのならば知れといって、（敷たへの）枕に散り掛かる、このような私の涙であることだな。

〔参考歌〕 世の中の憂きも辛きも告げなくにまづ知る物は涙なりけり（古今集・雑下・九四一・読人不知）

年月は忍びしものを今はただ知らば知れとや袖の濡るらん（宗尊親王百五十番歌合・恋・二八八・時家）

〔語釈〕 **○知らば知れとて**　「我が恋は人知りねとや響めとや響《とよ》むらんとや知らば知れとや」（古今六帖・第四・恋・こひ・一九七四・作者不記）や「知らば知れなにに枕を尋ぬらんあやなし人よゆめな問はれそ」（輔親集・五九）といった古い類例が見えるが、宗尊は直接には参考歌の時家詠を学んでいたのではないか。**○敷たへの**　「枕」の枕詞。**○枕にかかる我が涙かな**　「かかる」を掛詞に「枕に掛かる」から「斯かる我が涙かな」へ鎖る。

〔補説〕 参考歌の『古今集』歌を、本歌のように強く意識した作と解した。

424

不逢恋

知《し》られじなまだ浪なれぬ海士人の潮《塩》汲《く》み初《そ》むる袖とばかりも

〔現代語訳〕 逢はざる恋

人には知られまいよ。まだ波に馴れていない海人が、初めて潮水を汲むまだ褻れていない袖だとだけでも。そのように、まだ恋に馴れない私の、恋の涙で濡らし始める袖だとだけでも。

〔本歌〕 逢ふまでのみるめ刈るべきかたぞなきまだ浪なれぬ磯の海士人（新古今集・恋一・一〇七九・相模）

〔参考歌〕 松島や潮汲む海人の秋の袖月は物思ふならひのみかは（新古今集・秋上・四〇一・長明）

〔他出〕拾遺風体集・恋・はじめの恋の心を・二七六。
〔語釈〕○なれぬ　「馴れぬ」に、「袖」の縁で、着古さない・着褻れない意の「褻れぬ」が掛かる。
〔補説〕『後拾遺集』初出歌人の相模の歌を本歌と見ることについては、『瓊玉和歌集新注』126・128補説、解説参照。

（不逢恋）

みるめさへかた田の沖に棹《さほ》させどつれなき人や我《われ》に教《おし》へし

〔現代語訳〕（逢はざる恋）
海松布ならぬ見る目の逢う機会まで難しい、棹を差してその機会を教えてくれと（あの業平が）言うように、堅田の沖に棹は差すけれど、薄情につれない人は、私に逢うすべを教えたか、いや教えはしないよ。
〔本歌〕みるめ刈るかたやいづくぞ棹さして我に教へよ海人の釣舟（新古今集・恋一・一〇八〇・業平。伊勢物語・七十一段・一二九・男、二句「方やいづこぞ」）
〔参考歌〕棹させど深さも知らぬふちなれば色をば人も知らじとぞ思ふ（後撰集・春下・一二七・貫之）
みるめなきかた田の沖にさす棹のしるべもつらき海人の釣舟（万代集・恋一・一八四八・平政村）
〔語釈〕○みるめ　海藻の「海松布」に、「つれなき」「人」の縁で、恋人に逢う機会の「見る目」が掛かる。○かた田の沖　院政期の藤原資隆の「吹きおろす比良の山風なかりせば堅田の沖に紅葉見ましや」（禅林瘀葉集・湖上落葉・五四）や俊恵の「山川はこほりにけらし鴛鳥の堅田の沖に数のそひゆく」（林葉集・冬・湖上水鳥・六五四）が早いか。「堅田」自体、古くから詠まれている所名ではない。鎌倉時代以降に作例が増える。例えば、定家には「月出づるかた田の海人の釣舟は氷か浪かさだめかねつつ」（拾遺愚草・正治元年左大臣家冬十首歌合・湖上冬月・二四三九）や「雲の行くかた田の沖や時雨るらんやや影しめる海人の漁り火」（洞院摂政家百首・雑・眺望・一七一四）、為家には

「逢ふこともまたはかた田の海人の住む里のしるべとうらみてぞ経る」（中院集・〔　〕日、十楽院権僧正道　日吉社奉納廿一首・恋・一〇九）の作がある。「堅田」は、近江国志賀郡（現滋賀県大津市）の所名。琵琶湖西岸の景勝地。後に「堅田落雁」の景趣で有名。ここは、「かた」を掛詞に「見る目さへ難」から「堅田の沖」へ鎖る。〇棹させど　本歌を承けて、「棹させと」が掛かる。

〔補説〕　前歌と該歌が、原三百首でも連続の二首であったとすれば、『新古今集』恋一巻軸の連続した二首を各々本歌にしていることは、宗尊の意識的措置か。

（不逢恋）

逢ふことはなほ《猶》いな舟のしばしとも頼《たの》まぬ人にこがれてぞ経《ふ》る

〔現代語訳〕（逢はざる恋）

逢うことはやはり否、だめだという。稲舟の稲ならぬ否暫し、少しの間だけでも（逢うことを）とさえも、あてにはしない人にしかし、稲舟を漕ぐように、恋い焦がれて過ごしているのだ。

〔本歌〕　頼めとやいなとやいかに稲舟のしばしと待ちしほども経にけり（千載集・恋一・六八二・惟規）

〔語釈〕　〇逢ふことはなほいな舟のしばしとも　「いな」を掛詞に「逢ふことはなほ否」から「稲舟の」へ鎖り、「稲舟の」を序詞に、「否暫し」の連想から「暫し」を起こして、「稲舟の暫しとも」へ続く。「稲舟」に「否」を掛ける素地は、「最上河上れば下る稲舟のいなにはあらずこの月ばかり」（古今集・東歌・陸奥歌・一〇九二）に求められる。また、「稲舟のしばし」の措辞の原拠は、「いかがせむ我が身下れる稲舟のしばしばかりの命絶えずは」（拾遺集・雑下・五七五・兼家）である。〇こがれて　「焦がれて」に「稲舟」の縁で「漕がれて」が掛かる。

〔補説〕　『後拾遺集』初出歌人の藤原惟規の歌を本歌と見ることについては、『瓊玉和歌集新注』126・128補説、解説参照。

427
（不逢恋）

逢《あ》はでのみさても絶えなば竹河《たけ川》のいかなる節《ふし》を思ひ出にせん

〔現代語訳〕（逢はざる恋）まったく逢わないばかりで、そのまま死んでしまうならば、あの竹河の竹の節のような、これまでのどのような折節を思い出にしようかしら。

〔本歌〕竹河のその夜のことは思ひ出づやしのぶばかりのふしはなけれど（源氏物語・竹河・六一七・女房）

〔参考歌〕竹河のはしうち出でし一節に深き心の底は知りきや（源氏物語・竹河・五九九・薫）

竹河に夜を更かさじと急ぎしもいかなる節を思ひおかまし（源氏物語・竹河・六〇〇・藤侍従）

逢はでのみあまたのよをも帰るかな人目の繁き逢坂に来て（後撰集・恋五・九〇五・読人不知）

〔語釈〕〇竹河の　『源氏物語』の巻名を用いて、「竹」の縁で、折節・時節の意の「節」を起こす。**〇思ひ出にせん**　底本の表記は、「思ひ出でにせん（おもひいでにせむ）」とも解される。

〔補説〕本歌は、冷泉院と共に御息所（大君）の所に渡った薫に、女房の一人が「すかして、（簾の）内より」詠み掛けた歌。薫は「流れての頼めむなしき竹河に世は憂きものと思ひ知りにき」と返す。参考歌は、薫に責められて「竹河」を謡った藤侍従に対して、薫が翌朝に贈った歌と返歌。

428
（不逢恋）

恋ひ死《し》なん我や高《たか》しの煙だに思ふあたりの空《そら》にたなびけ

【現代語訳】（逢はざる恋）

（逢わないで）恋い死にするであろう私よ。高師の山のように、せめて（荼毘の）高い煙だけでも、私が恋しく思う辺りの空にたなびいてくれ。

【本歌】行くへなき空の煙となりぬとも思ふあたりを立ちは離れじ（源氏物語・柏木・五〇三・柏木）

【参考歌】逢ふことを遠江なる高師山高しや胸に燃ゆる思ひは（古今六帖・第二・山・八六〇・作者不記）

【語釈】〇高し　三河国渥美郡（現愛知県豊橋市）と遠江国浜名郡（現静岡県湖西市）の国境にある歌枕「高師」に、「高し」が掛かる。

【補説】本歌は、病状が悪化した柏木に、女三宮が消息で「立ち添ひて消えやしなまし憂きことを思ひ乱るる煙くらべに」と贈り、柏木は「いでや。この「煙」ばかりこそは、この世の思ひ出でならめ。はかなくもありけるかな」と言いつつ、「いとど、泣きまさり給ひて、御返り、臥しながら、うち休みつつ書い給ふ」という返歌。

（不逢恋）

さのみやは惜《お》しむにかかる命とて恋を祈りの世《よ》にも残さん

【現代語訳】（逢はざる恋）

そうだとばかり、惜しんでも所詮はこのような命だということで、ただこの恋を祈りとして世に残すことになるのだろうか。

【本歌】逢ふまでとせめて命の惜しければ恋こそ人の祈りなりけれ（後拾遺集・恋一・六四二・頼宗）

【参考歌】さのみやは我が身の憂きになしはてて人の辛さを恨みざるべき（金葉集・恋下・四五五・経盛母）

いかにせん恋ひぞ死ぬべき逢ふまでと思ふにかかる命ならずは（続後撰集・恋一・七〇七・式子）

〔語釈〕 ○さのみやは　参考歌の『金葉集』歌は下文を反語で自問する表現だが、ここは、「残さん」にかかり、強い疑問。この句を宗尊は好んだらしく、『瓊玉集』（一九二）と『柳葉集』（八三三）に各一首、本抄に4首（他に431、482、771）の用例が見える。○かかる　参考歌の式子詠は「掛かる」（依拠する）に解されるが、ここは「斯かる」に解するべきか。○世にも残さん　比較的新鮮な句。「世に残す（る）」の類の措辞も、定家の「子の日する野べの形見に世に残れ植ゑおく庭の今日の姫松」（拾遺愚草・百廿八首和歌建久七年九月十八日内大臣家・春・一六〇六）と慈円の「なほ恋ひむ越の白根に消えぬ雪の折知らぬ名は世に残すとも」（拾玉集・詠百首和歌当座百首・恋・寄山恋・一四六〇）や、「同じくは心とめけるいにしへのその名をさらに世に残さなん」（建礼門院右京大夫集・三六一）等に見え始める新しいもの。本抄では他に、「津の国の長柄の橋と我とこそ跡なき名をば世に残しけれ」（巻二・文永五年十月三百首歌・述懐・484）や「いにしへにいかなる花の咲き初めて春の情けを世に残すらん」（巻四・〔文永六年四月廿八日柿本影前百首歌〕・春・609）と詠まれている。時代の変化をより鋭敏に感じ取った歌人達の意識を反映した表現のようにも思われる。

（不逢恋）

憂《う》き人の辛《つら》さに添《そ》へてしぼれとや昔にこりぬ袖の涙《なみだ》を

〔現代語訳〕（逢はざる恋）
恨めしい人の薄情さに流す涙に付け加えて、さらに絞れというのか。昔のことに懲りないこの私の袖の涙を。

〔本歌〕　つれなさを昔にこりぬ心こそ人の辛きに添へて辛けれ（源氏物語・朝顔・三一六・光源氏）

〔補説〕　本歌は、桃園式部卿宮の姫君で斎院の朝顔に懸想した光源氏が、斎院退下後にも求愛するが拒絶され続ける中で詠み掛けた歌。

431

待恋

さのみやはこりずも待《ま》たん今来《こ》んと言《い》ひしばかりの夕暮《ゆふくれ》の空

〔現代語訳〕 待つ恋

そうだとばかり、懲りもせずに待とうか。あの人が今すぐに行くよ、と言ったばかりに訪れを待つ、夕暮の空の下で。

〔本歌〕 今来むと言ひしばかりに長月の有明の月を待ち出でつるかな（古今集・恋四・六九一・素性）

〔参考歌〕 さのみやは我が身の憂きになしはてて人の辛さを恨みざるべき（金葉集・恋下・四五五・経盛母）

待てとしも頼めぬ山も月は出でぬ言ひしばかりの夕暮の空（金槐集定家所伝本・恋・頼めたる人のもとに・四一九）

〔語釈〕 ○さのみやは 「待たん」にかかり、429と同様に強い疑問。○こりずも待たん 「も」は強意。

432

（待恋）

言《い》はで来《こ》しいつのならひの夕べとて頼《たの》めぬ暮《くれ》もなほ猶待《ま》たるらむ

〔現代語訳〕（待つ恋）

あの人が何も言わないままに訪れて来た、いったい何時の習慣どおりの夕方ということで、私に訪れをあてにさせてはいない夕暮も、やはりひとりでに待ち遠しいのだろうか。

〔参考歌〕 契りしやそれかとばかりみねの月いつのならひの暮を待つらん（紫禁集・同〔建暦二年八月三日〕頃当座、恋・一三二）

【影響歌】 恨みずよ空頼めなる夕暮も言はで来し夜をなぐさめにして（隣女集・巻四自文永九年至建治三年・恋・待恋・二二九四）

【語釈】 ○言はで来し 影響歌と見た後出の雅有詠を参照すれば、恋人が行くとも言わないで訪れて来た、の意に解される。

（待恋）

偽りのなきよの月は出でにけりいかがなりぬる人の言《こと》の葉《は》

【現代語訳】（待つ恋）
嘘偽りのない二人の仲であるならばあの人が来るはずの夜の月は、出てしまったのだったな。どのようになってしまったのか、あの人の言葉は。

【本歌】 偽りのなき世なりせばいかばかり人の言の葉うれしからまし（古今集・恋四・七一二・読人不知）

【参考歌】 偽りのなき世の人の言の葉を空に知らする有明の月（続後撰集・釈教・観無量寿経、説是語時、無量寿仏、住立空中・六一一・蓮生〈宇都宮頼綱〉）

【語釈】 ○なきよの月 「よ」を掛詞に「無き世」から「夜の月」へと鎖ると見る。○いかがなりぬる 作例の少ない句。宗尊は別に二首（中書王御詠・三四四。本抄・659）で用いている。

【補説】 宗尊は先に、同じ歌を本歌として「待つ人と共にぞ見まし偽りのなき世なりせば山の端の月」（柳葉集・巻一・〈弘長元年九月中務卿宗尊親王家百首〉・恋・一一三。瓊玉集・恋上・契空恋を・三六〇。続古今集・恋三・一一四三）と詠んでいる。

（待恋）

現《うつゝ》には待《ま》たじと思ふ月影に来《こ》ぬ夜《よ》あまたの夢《ゆめ》も絶えつゝ

【本文】○第四句「来ぬ夜あまたの」は底本「こぬ。よあまたの」。

【現代語訳】（待つ恋）

現実ではもう（待つよりも）待つまいと思う。（訪れが無いことを示す）月の光に、あてにさせながら訪れて来ない夜が数多く重なる中で見る夢も、絶え絶えになって。

【本歌】頼めつつ来ぬ夜あまたになりぬれば待たじと思ふぞ待つにまされる（拾遺集・恋三・八四八・人麿。和漢朗詠集・恋・七八八）

別恋

別れ路《ち》の辛《つら》さはかねて聞《き》きしかどこはよに知《し》らぬ鳥の声かな

【現代語訳】別るる恋

恋人との別れ路の辛さは前から聞いていたけれど、この別れ路は、この世の中で決して経験していない、（逢っていた）夜には分からなかった、恨めしく堪えがたい鶏の声であることだな。

【本歌】つひに行く道とはかねて聞きしかど昨日今日とは思はざりしを（古今集・哀傷・八六一・業平。伊勢物語・百二十五段・二〇九・男）

【参考歌】暁の別れはいつも露けきをこは世に知らぬ秋の空かな（源氏物語・賢木・一三五・光源氏）
別れ路の辛さはさぞな有明の月の空行く春の雁がね（宗尊親王百五十番歌合・春・二二・重教）

〔影響歌〕天の戸を明けぬ明けぬと言ひなして空鳴きしつる鳥の声かな（後撰集・恋二・六二一・読人不知）
花の色鳥の声をも聞きそへてげに世に知らぬ春の曙（亀山院御集・詠百首和歌・春曙・一一二）
別れ路の辛さはかねて知られけりかならず鳥の声ならねども（松花集・恋下・二三四・重遠）

〔語釈〕**○別れ路**　恋人と別れて帰って行く道、の意だが、別れそのものをも言う。**○よに**　世の中で、あるいは二人の仲の意の「世に」に、決しての意の副詞「よに」が掛かるか。また、「別れ路」「鳥の声」の縁で、「夜に」が掛かるか。

〔補説〕本歌とした両首の他に、参考歌の両首にも負っていようか。複数の古歌や先行歌を摂取する方法は、実朝に通じる宗尊の特徴の一つである。

本歌の『源氏』歌は、娘の斎宮に伴って伊勢に下向しようとする六条御息所を慰留しに野宮に赴いた光源氏が、「やうやう明け行く空の気色、ことさらに、作り出でたらむ様なり」という中で詠じた歌。直後は「出でがてに、（御息所の）御手をとらへて、やすらひ給へる、いみじうなつかし」とある。

影響歌に挙げた二首の内、前者は宗尊の弟亀山院が作者である。後者については偶合の可能性があろうから、なお検討が必要であろう。

（別恋）

まほし世《よ》は誰《たれ》ゆゑ《へ》とだに見《み》しものを別れぞ辛《つら》き有明の月

〔現代語訳〕（別るる恋）

逢うことを願っていた間柄のときは、いったいこの月を見るのは誰のお陰だとさえ見ていたものだけれども、別れにあっては何とも辛い、この有明の月だ。

〔本歌〕 頼めずは待たで寝る夜ぞかさねまし誰ゆゑか見る有明の月（後拾遺集・雑一・八六三・小式部）

〔語釈〕 **○まほし世は** 他に例を見ない措辞。希望の助動詞の「まほし」から派生した「まほしげ」「まほしさ」の語に照らして、「まほし」を形容詞のごとく用いたものと見て、逢いたいと願っていた仲のときは、の意に解しておく。もしこれが正しいすれば、古歌・先行歌に依拠する傾向が強い宗尊とは異なる、宗尊の自在さ・柔軟さの一面を窺わせるものであろう。なお、「世」には「別れ」「有明の月」の縁で「夜」が響くか。**○誰ゆゑとだに見しものを** 本歌を踏まえ、訪れない恋人を待って結局は有明の月を見たことについて、あたかも有明の月を見ることができたのは不実な誰かのお陰だとさえ見ていたよ、と皮肉交じりに言いつつ、しかしながらその恨めしさは軽い程度のものだと示すことによって、下句で別れに見る有明の月の方がそれよりもさらに程度が重く恨めしいと嘆く。

〔補説〕 『後拾遺集』初出歌人の小式部の歌を本歌と見ることについては、『瓊玉和歌集新注』126・128補説、解説参照。

（別恋）

明日《あす》よりの形見《かたみ》は知《し》らず今の間《ま》の有明の月は憂《う》しとこそ見《み》れ

〔現代語訳〕（別るる恋）

明日から先の形見になるというのはさあどうだか知らず、別れる今このほんの少しの間の有明の月は、ただ憂く辛いと思うのだ。

〔参考歌〕 つれなしと言ひても今は有明の月こそ人の形見なりけれ（続後撰集・恋五・九七二・公親）

つらしとは思ふものから有明の憂かりし月ぞ形見なりける（続後撰集・恋五・九七七・修明門院大弐）

〔類歌〕 思ひ出でむのちとは言はじ今の間の名残のみこそ有明の月（弁内侍日記・八・少将内侍）

〔語釈〕○知らず　さておいて、ということ。○今の間　今この時、瞬間。「逢はざりし時いかなりしものとてかただ今の間も見ねば恋しき」（後撰集・恋一・五六三・読人不知）等、古くからある詞。

438
（別恋）

また《又》いつかとばかりだにも言《い》ひかねて涙におほふきぬぎ《〈》ぬの袖

〔現代語訳〕（別るる恋）
またいつか（逢えるのか）というだけでさえも言いかねて、流す涙に、衣衣の別れの袖を覆うよ。

〔類歌〕さてもまたいつぞとだにも言ひかねてむせぶ涙におき別れぬる（風雅集・恋二・一一一八・忠季）

〔他出〕拾遺風体集・恋・別恋・三二七。

〔語釈〕○またいつか　新鮮な句。為家の「またいつか逢ふ瀬ありやと頼むらんさてふる河の二もとの杉」（為家集・恋・絶久恋文永六年四月廿七日月次三首・一〇七二）は後出。あるいは該歌から為家が影響されたか。○とばかりだにも　家隆に「いかにして我が思ふほどは数ならずとばかりだにも君に知らせん」、「いつよりか衣の袖は濡れそめしとばかりだにも問ふ人もがな」（壬二集・家百首・恋・片恋・一四一七、雑・寄衣雑・一四三二）という二首の作例が見える。宗尊は、先に「文永三年十月五百首歌」で用いている→160。○きぬぎぬの袖　意外にも早い作例が見当たらない句。

439
遇不逢恋

さればこそまた《又》よと言《い》ひし言《こと》の葉《は》を頼《たの》まざりしが限りなり《成》ける

【現代語訳】 遇ひて逢はざる恋

やはりそうだ、またもう一度逢うよと言った言葉を、あてにはしなかったけれど、それが最後であったのだ。

【類歌】 忘れめや袖引きとめて有明にまたよと言ひし人の面影（拾遺風体集・恋・逢不逢恋・三三五・真観。題林愚抄・恋二・逢不遇恋・北野歌合・六九六二、初句「忘ればや」）

【補説】 女歌に解する。

類歌に挙げた、同じく「またよと言ひし」という特徴的な句を持つ真観詠との先後は不明。

440

契り置《を》きし今一たびの逢《あ》ふ事をいかでこの世《よ》のうちに待ち見《み》ん

（遇不逢恋）

【現代語訳】（遇ひて逢はざる恋）

約束し置いたもう一度の逢う瀬を、いったいどのようにして、今生の内に待ってみたらよいのだろうか。

【本歌】 あらざらんこの世のほかの思ひ出でに今一たびの逢ふこともがな（後拾遺集・恋三・七六三・和泉式部）

【参考歌】 三輪の山いかに待ち見む年経とも尋ぬる人もあらじと思へば（古今集・恋五・七八〇・伊勢）

441

暁はいづこを偲《しの》ぶ涙とて憂《う》かりし月の袖濡《ぬ》らすらむ

（遇不逢恋）

【現代語訳】（遇ひて逢はざる恋）

暁は、今さらいったいどこのどちらを恋い慕う涙だということで、（あの人の訪れがないことを知らせて）憂く辛かった月が私の袖を濡らすのだろうか。

〔本歌〕　侘びはつる時さへものの悲しきはいづこを偲ぶ涙なるらむ（古今集・恋五・八一三・読人不知。後撰集・恋五・九三六・伊勢、結句「心なるらむ」）

〔参考歌〕　つらしとは思ふものから有明の憂かりし月ぞ形見なりける（後撰集・恋五・逢不遇恋・九七七・修明門院大弐。万代集・恋四・二四八七）

まだ知らぬうき寝の床の波よりもなれたる月の袖濡らすらん（仙洞句題五十首・旅泊月・二二〇・宮内卿。雲葉集・羇旅・九四二）

〔補説〕　女歌に解する。

本歌と参考歌に拠った詠作であろうが、西行の「嘆けとて月やはものを思はするかこち顔なる我が涙かな」（千載集・恋五・月前恋といへる心をよめる・九二九）に通う趣もあるか。

（遇不逢恋）

明《あ》けぬとて恨みしものを鳥の音《ね》の今は待《ま》たるる夜半《は》ぞおほかる

〔現代語訳〕（遇ひて逢はざる恋）

（逢っていたときは）夜が明けてしまうといって恨んだものを、その鳥の声が、（逢えない）今では、（せめて早く明けないかと）ひとりでに待たれる夜中が多いことだ。

〔参考歌〕　明けぬとて常は厭ひし鳥の音の独りし寝れば待たれ顔なる（万代集・恋四・二四九一・寂然。寂然法師集・恋・七九）

さやかにも見るべき月を我はただ涙に曇る折ぞおほかる（拾遺集・恋三・七八八・中務）

年経てはつらき心やかはるとて行末のみぞ今は待たるる（正治初度百首・恋・三七六・守覚）

（遇不逢恋）

今はまた誰《た》が帰《かへ》るさに払《はら》ふらん出でにしままの道芝の露《つゆ》

〔現代語訳〕（遇ひて逢はざる恋）

今はまた、いったい他の誰からの帰り道で払っているのだろうか。あの人は私のもとから出て行ったままで、その時と同じ道端の芝草の露を。

〔参考歌〕なほざりの遠方人や払ふらむ逢はで来る夜の道芝の露（後鳥羽院御集・詠五百首和歌・恋・九四三）

帰るさの誰が涙とは知らねども月にみがける道芝の露（紫禁集・暁月五首・九九六）

やすらひに出でにしままの月の影我が涙のみ袖に待てども（六百番歌合・恋下・寄月恋・九〇九・定家）

〔語釈〕〇**誰が帰るさ**「しののめと契りて咲ける朝顔に誰が帰るさの涙置くらん」（続古今集・秋上・三四八・後鳥羽院）など、鎌倉時代以降に詠まれる措辞。ここは、帰る誰かの帰り道の意ではなく、誰かの許からの帰り道の意。〇**出でにしまま**「まま」に、そのままの意と、それと同じの意が重なる。以前の逢瀬で恋人は出て帰って行ったままで（それ以来訪れはなく）、その帰り道と同じ（道芝の露）、ということ。参考歌に挙げた定家詠の他に、「かりにとて出でにしままに逢はぬ日の数ふばかりも積もりぬるかな」（新撰六帖・第五・日ごろへだてたる・一四三三・知家）も、宗尊の視野に入っていたであろう。〇**道芝の露**　平安中期から見える詞だが、『狭衣物語』の、飛鳥井女君が死んだと思い狭衣が詠んだ「尋ぬべき草の原さへ霜枯れて誰に問はまし道芝の露」（巻二・四五）が、新古今歌人達に影響を与えたか。

〔補説〕　女歌。

（遇不逢恋）

そのままの峰《みね》の横雲消え返《かへ》りありし別れの空を恋《こ》ひつつ

〔現代語訳〕（遇ひて逢はざる恋）

以前の逢瀬の時そのままの峰の横雲は（毎朝）かかっては消えて、心が消え入りそうに、あのかつての別れの時の空をずっと恋い慕っている。

〔本歌〕 朝戸あけてながめやすらん七夕はあかぬ別れの空を恋ひつつ（後撰集・秋上・二四九・貫之。拾遺集・雑秋・一〇八四）

〔参考歌〕 そのままの鏡の影も頼まれず変はる心のほどを見せねば（為家集・恋・〔寛元四年日吉社歌合〕・寄鏡忘・一〇八四）

いかがせんありし別れを限りにてこの世ながらの心変はらば（続後撰集・恋三・久しくかき絶えたる人につかはしける・八四九・定家。拾遺愚草・恋・久しくかき絶えたる人に・二六五五。定家卿百番自歌合・一二六。万代集・恋四・二四二四、初句「いかにせむ」）

〔語釈〕 **○そのままの**　この句形は参考歌の為家詠が早い例。宗尊は別に、「そのままのただ有明を限りにてまだ見ぬ月に残る面影」（中書王御詠・恋・百首の歌の中に・一九二）と詠んでいる。勅撰集では『風雅集』の「そのままの夢の名残の覚めぬ間にまた同じくは逢ひ見てしかな」（恋二・後朝恋を・一一三〇・永福門院）が初出。南朝の尊良親王に「そのままの途絶えを今は嘆くかな渡り初めにし夢の浮橋」（一宮百首・恋・逢不逢恋・七六）、宗良親王に「そのままの都なりせば庭の雪に厭ふばかりの跡は見てまし」（李花集・冬・四四五）がある。その意味では、宗尊と京極派と南朝が結ばれるが、特に南朝の両親王には宗尊詠からの影響を見てもよいか。**○消え返り**（横雲が）繰り返し消えては生じ生じては消えての意に、心が消え入りそうに思い詰めての意が掛かり、「恋ひつつ」にかかる。

〔補説〕『後撰集』歌を本歌にして、参考歌の両首に詞を倣っていようが、「春の夜の夢の浮橋途絶えして峰に分かるる横雲の空」（新古今集・春上・三八・定家）も意識するか。ちなみに、右に記した尊良親王の「そのままの」の一首は、この定家詠の本歌取りだろうが、そこに該歌が媒介した可能性を見ておきたい。

445

（遇不逢恋）

待ちかねし昨日の昔恋ひかねてよそにながむる秋の夕暮《くれ》

〔現代語訳〕（遇ひて逢はざる恋）

あの人の訪れを待ちかねた昨日といつも同じだったこれまでの過去を恋い慕うことはできなくて、自分とは無縁なものとして、物思いに耽りながら眺める、秋の（人の訪れが待たれるはずの）夕暮よ。

〔参考歌〕いかにせんひとり昔を恋ひかねて老いの枕に年の暮れぬる（続後撰集・冬・五二九・慈円。拾玉集・詠百首倭歌今以廿五首題各寄四季之心〔二十五首題百首〕・述懐・二二八九。万代集・冬・一五二八）

つねよりも嘆きやすらむ七夕は逢はまし暮をよそにながめて（詞花集・夏・閏六月七日よめる・七九・太皇太后宮大弐）

〔語釈〕○昨日の昔　新奇な措辞。○秋　「待ちかねし」「恋ひかねて」の縁で、「飽き」が響くか。

〔補説〕女歌。

446

恨恋

枯れはてん辛《つら》さも知《し》らず真葛《まくず》原頼《たの》むばかりの秋風ぞ吹く

〔現代語訳〕　恨むる恋
真葛原が秋風に枯れ果ててしまうように、あの人が飽きて離れ果ててしまう辛い恨めしさも知らずに、真葛原は、ただ私があの人を頼みとするばかりの、秋風が吹いているよ。

〔本歌〕　枯れはてむのちをば知らで夏草の深くも人の思ほゆるかな（古今集・恋四・六八六・躬恒）
秋風の身に寒ければつれもなき人をぞ頼む暮るる夜ごとに（古今集・恋二・五五五・素性）

〔参考歌〕　枯れはつる藤の末葉の悲しきはただ春の日を頼むばかりぞ（詞花集・雑上・三三九・顕輔）
枯れはてて言の葉もなき真葛原なにをうらみの野辺の秋風（続後撰集・恋五・一〇〇二・公経）

〔語釈〕　**○枯れはてん**　「辛さ」と、「秋風」に掛ける「飽き」及び「頼む」の縁で、「離れはてん」が掛かる。**○辛さも知らず**　宗尊は先に、「風吹けばいかにせよとて散る時の辛さも知らず花に馴れけん」（瓊玉集・春下・落花を・七六）と詠んでいる。新奇な句形だが、『千載集』の「人の上と思はばいかにもどかまし辛きも知らず恋ふる心を」（恋四・八六三・平実重）の類句が先行する。ただし、これは相手（恋人）の薄情なことを言うが、該歌の「辛さ」は自分の耐え難さを言う。**○秋風**　「辛さ」と、「枯れ」に掛ける「離れ」及び「頼む」の縁で、「飽き」が掛かる。

447

（恨恋）

あやなくもなにかと言《い》ひし思ひこそ果《は》てては辛《つら》さの知るべなり《成》けれ

〔現代語訳〕（恨むる恋）

訳が分からないままにも、どうしてかと言った「思ひ」の「火」こそは、最後には辛い恨めしさに至る道しるべなのであったな。

〔本歌〕 知る知らぬ何かあやなく分きて言はむ思ひのみこそしるべなりけれ（古今集・恋一・四七七・読人不知）

〔語釈〕 **○なにかと言ひし** 新奇な措辞。自分につれなく冷たい恋の相手に、その訳をどうしてかと問い尋ねた、という趣意か。**○思ひ** 本歌を承け、「知るべ」の縁で、「火」が掛かる。

（恨恋）

後さへと思ひしままの袂かないかに言《い》ふべき涙なるらむ

〔現代語訳〕（恨むる恋）

恨み言を言ってやった後までも（あの人がつれないならばどのように言って泣こうかしら）と、思ったとおりに涙で濡れる私の袂であることだな。この上、どのように言えばいいこの涙なのであろうか。

〔本歌〕 恨みての後さへ人のつらからばいかに言ひてか音をも泣かまし（拾遺集・恋五・九八五・読人不知）

〔参考歌〕 忘れなむと思ふに濡るる袂かな心長きは涙なりけり（後拾遺集・恋三・七六〇・高橋良成）

〔語釈〕 **○思ひしままの** 慈円の「澄む月よ思ひしままの心かな秋と頼みし影を待ちえて」（拾玉集・花月百首・月・一三五七）や良経の「晴れそめてまだたなびかぬ雲までも思ひしままの山の端の月」（秋篠月清集・秋・八月十五夜、座主のもとより／返し・一二〇一）が早い例の句形であり、他に鎌倉前期に数例が見える。勅撰集では『新千載集』の兼好詠「住めばまた憂き世なりけりよそながら思ひしままの山里もがな」（雑下・二一〇六）が初出で、以下は『新拾遺集』の一首（一二二五・尊道）と『新後拾遺集』の二首（一三四〇・経賢、一四二二・定顕）がある程度で、「思ひしままに」の形でも『続千載集』（九〇一・慈勝）と『風雅集』（二一三七・中臣祐春）に一首ずつ見えるのみである。

宗尊は、『宗尊親王三百首』で二首（二四七、二九〇）、本抄でも別に一首（636）用いている。宗尊の比較的新しい用語を取り込む自在さが垣間見えるか。

449

絶恋

みかの原古《ふる》き都を行《ゆ》く川のいつみしままに染《そ》まずなりけん

【現代語訳】絶ゆる恋
瓶の原の古い都を流れ行く川、その「泉」ならず、「何時見」いったい何時あったきりで、（あの人が私に）深く思いを寄せることがなくなったのだろうか。

【本歌】都出でて今日みかの原いづみ河川風寒し衣かせ山（古今集・羇旅・四〇八・読人不知）
みかの原わきてながるる泉河いつ見来とてか恋しかるらん（新古今集・恋一・九九六・兼輔）

【語釈】**○みかの原**　瓶の原。山城国の歌枕。現在の京都府相楽郡賀茂町。木津川（泉川）が流れ、南岸に鹿背山、北岸に元明天皇の甕原離宮がある、聖武天皇の恭仁京の地。平安京から三日の行程で、本歌の『古今集』歌は、「瓶」に「三日」「見」が掛かる。ここも、それが響くか。**○行く川**　本歌を承け、「古き都」から、山城国の歌枕「泉川」のこと。山城国相楽郡水泉郷、現在の木津・加茂両町辺の木津川を言う。**○いつみしまま**　本歌を承け、「行く川」即ち「泉川」の縁で、「泉」に「何時見」が掛かる。先行例は見えず、後出は、近世の本居宣長の「鹿背山は雲晴れやらで泉川いつみしままの五月雨の空」（鈴屋集・夏・五月雨・四九五）を除くと、掛詞ではない作例が、「おのづから雲の途絶えの日影をもいつ見しままぞ五月雨の空」（柳風抄・夏・五月雨送日といへる心をよめる・五四・丹治盛直）や「人はいさいつ見しままの夢ぞとも身におどろくや小夜の手枕」（雪玉集・稀恋・一九七六。他に同集に一例）と見える程度。

450

（絶恋）

お《を》のづからさてもすむやとかきやりし涙《たなみ》の清水影《かけ》は絶えつつ

【本文】○底本第四句「たなみの清水」は不通なので、参考歌の『源氏』歌に照らし、「涙の清水」の誤りと見て、私に改める。

【現代語訳】（絶ゆる恋）

もしかすると水がそのまま澄むかと、掻きやり払いのけた私の涙の清水は（澄むことなく）、映るはずの影は絶え続けていて。あの人がそのまま私と住むかと、消息を書き遣ったけれど、あの人は住むこともなく、その姿は絶えたままで。

【参考歌】かきやりし山井の清水さらにまた絶えての後の跡を恋ひつつ（新撰六帖・第二・山の井・五五二・為家。為家集・雑・一二二一。新後拾遺集・恋四・一一九四）

行くと来とせきとめがたき涙をや絶えぬ清水と人は見るらむ（源氏物語・関屋・二七一・空蝉）

涙のみせきとめがたき清水にて行き逢ふ道ははやく絶えにき（源氏物語・若菜上・四七〇・朧月夜）

【語釈】**○すむ**　「澄む」に「かきやりし（書き遣りし）」「影」の縁で「住む」が掛かる。**○かきやりし**　「掻きやりし」に「すむ（住む）」の縁で「書き遣りし」が掛かる。**○影**　清水に映る物の影の意に恋人の姿の意が掛かる。

【補説】参考歌の為家詠は、「袖濡るる山井の清水いかでかは人目もらさで影を見るべき」（新勅撰集・恋一・六五九・待賢門院堀河）や「人目もる山井の清水結びてもなほあかなくに濡るる袖かな」（同・恋三・七九〇・京極前関白家肥後）を踏まえるか。

451

（絶恋）

いつ迄か夜深《ふか》からではとばかりもはつかに月の影と見《み》せけむ《劔》

【現代語訳】（絶ゆる恋）

（あの人は）いったいいつまで、夜更けでなくては二十日の「月」は出ないように、夜が深くなくては逢う「付き」（手がかり）がない、とばかりにも、「二十日」の月の影のように、「はつかに」僅かにちらっと姿を見せたことだろうか（今はそれも絶えた）。

【本歌】逢ふことの今ははつかになりぬれば夜深からでは月なかりけり（古今集・雑体・誹諧歌・一〇四八・中興）

【語釈】○はつかに　本歌を承け、「僅かに」に「夜深からで」「月」の縁で「二十日」が掛かる。○月　本歌を承け、「付き」が掛かる。○影　月「影」に恋人の「影」が重なる。

452

（絶恋）

さてもなほ《猶》いかに寝《ね》し夜《よ》の夢《ゆめ》までかその面影《かけ》の絶えず見《み》えけん

【現代語訳】（絶ゆる恋）

それでもやはりそのまま、どのようにして寝た夜の夢のときまでが、恋人のその面影が絶えることなく見えたのだろうか。

【本歌】宵宵に枕さだめむ方もなしいかに寝し夜か夢に見えけむ（古今集・恋一・五一六・読人不知）

【参考歌】はかなくて見えつる夢の面影をいかに寝し夜とまたや偲ばむ（続古今集・恋三・一一九二・土御門院小宰相）

【補説】今は、恋人との逢瀬は絶え、さらにその面影が夢に現れることも絶えた、ということ。

453

山家

みな人のありとて通《かよ》ふ山里《さと》もなど身一《ひと》つになき世なるらん

【本文】○和歌は他より二字上げで記されている。○第三句「山里も」は底本「山さとの《も》」（見消ち字中）。

【現代語訳】山家

人が皆、あるといって通う山里さえも、どうしてこの身一つには無い世の中なのであろうか。

【補説】人が辛い世の中から逃れるために通うという「山里」さえも、自分一人だけは無い、と嘆く歌。『古今集』の次のような歌（雑下・九五〇〜三）に代表される、憂き世から山中への隠逸志向の通念を下敷きにする。

み吉野の山のあなたに宿もがな世の憂き時の隠れがにせむ

世に経れば憂さこそまされみ吉野の岩のかけ道踏みならしてむ

いかならむ巌の中に住まばかは世の憂きことの聞こえこざらむ

あしひきの山のまにまに隠れなむ憂き世の中はあるかひもなし

さらにより直接には、「物思はぬ人は絶えける山里に我が身一つの秋の夕暮」（正治後度百首・夕暮・八六五・宮内卿。水無瀬恋十五首歌合・山家恋・八〇）や「人知れず我が身一つの山里は世の憂きことも聞こえざりけり」（隆祐集・百番歌合・八十五番、山家、左・二二八）といった歌を意識していたかもしれない。

454

（山家）

いつか世《よ》に思ひけりとも知らるべきあはれ心の奥《おく》の山里《さと》

【本文】○底本結句頭の「おくの」の「の」は「も」に上書きか。

〔現代語訳〕（山家）
いったい何時、（私が）憂き世を遁れて山里に住むことを思い願ったとも、世の中に知ってもらうことができるのか。ああなんとしても（と思う）、我が心の奥にある山里よ。

〔参考歌〕 背かずはいづれの世にかめぐりあひて思ひけりとも人に知られん（新古今集・釈教・棄恩入無為・一九五七・寂然）
何事を思ひけりとも知られじな笑みのうちには刀やはなき（新撰六帖・第五・かたな・一八二六・家良）
山里よ心の奥の浅くては住むべくもなき所なりけり（秋篠月清集・二夜百首・山家・一九一）
世を厭ふ心の奥の山里にひとりぞ月を見ても過ぎぬる（道助法親王家五十首・秋・山家月・五二〇・幸清）

〔語釈〕 **○いつか世に** 「知らるべき」にかかる、と解する。**○思ひけりとも** 「草木まで思ひけりとも見ゆるかな松さへ藤の衣着てけり」（金葉集・雑下・白河女御隠れ給ひて後、家の南面の藤の花盛りに咲きたりけるを見てよめる・六二三・行尊）が原拠。

455

（山家）
山里《さと》や我があらましのかねてより聞く心地《ち》する峰《みね》の松風《かせ》

〔現代語訳〕（山家）
（憂き世を捨てる）山里よ。（そこに早く逃れたいという）私の心づもりが、前もって（山里の）峰に吹く松風の音を聞く気持ちがする（ようにさせる）のだ。

〔参考歌〕 山里に我が庵しめてうれしきは心につづく峰の松風（拾玉集・詠三十首和歌・山家松・四六五一）

〔語釈〕 **○我があらまし** ↓415。**○聞く心地する** 「白河の春の梢の鶯は花の言葉を聞く心地する」（山家集・春・

花の歌あまたよみけるに・七〇）や「鶯の声に桜ぞ散りまがふ花の言葉を聞く心地して」（西行法師家集・春・一〇八）など、西行が用いたのが早いか。『頼政集』にも伊賀入道寂念の「すみのぼる夜のことぢは松風を聞く心地して身にぞしみにし」（六五五）が見える。定家は若い時期に、「あやめ草かをる軒端の夕風に聞く心地する郭公かな」（拾遺愚草・二見浦百首文治二年円位上人勧進之・夏・一二三）や「心から聞く心地せぬすまひかな閨よりおろす松風の声」（同・韻歌　百廿八首和歌建久七年九月十八日内大臣家、他人不詠・山家・一六九九）と詠んでいる。他にも、慈円・隆信・家隆・雅経等の新古今歌人に作例が散見するが、鎌倉中期では、該歌が数少ない作例となる。「我があらまし」と同様に、比較的新しい詞遣いも用いる宗尊詠の傾向の一端が窺われる。

〔補説〕前歌と同じく、俗世を出離して早く山里へ隠棲したいという主旨。参考歌の慈円詠を意識したように見て取れるが、これは宗尊の慈円詠摂取を広く検証した上で、改めて定位されるべきであろう。

（山家）

馴《な》れなばと思ひし山の松風は年経《ふ》るままに泪落《お》ちけり

〔現代語訳〕（山家）

馴れてしまうならば（悲しくはない）、と思った山の松風はしかし、年が経つにつれても、やはり涙が落ちるのであったな。

〔参考歌〕時雨るとも馴れなばとこそ思ひしかならへばかはる庭の松風（正治初度百首・冬・一四六二・家隆）

馴れなばと思ひし峰の庵にしも松の嵐の音ぞ悲しき（宝治百首・雑・嶺松・三三〇九・高倉）

馴れなばと何思ひけん柴の庵に寝覚めゆるさぬ夜半の松風（白河殿七百首・山家夜・六三八・真観）

春の過ぎ秋の暮れゆく別れにも年経るままに堪へずもあるかな（俊成五社百首・伊勢・雑・別・九二）

夕されば荻の葉むけを吹く風にことぞともなく涙落ちけり（新古今集・秋上・三〇四・実定）

〔類歌〕馴れなばとなに思ひけん年経ても同じ辛さの春の曙（柳葉集・巻二・弘長二年十二月百首歌・春曙・三〇六）

〔語釈〕○馴れなばと　「別れにも馴れなばとこそ思ひしか老いて悲しき秋の暮かな」（御室五十首・秋・六八三・禅性。秋風集・雑上・一一三〇）が早い作例で、参考歌の家隆詠が続き、恐らくはその影響下に参考歌の高倉と真観の両首が詠まれたか。類歌に挙げた一首も該歌もその流れの中にある。「馴れなば」は、本抄・99にも用いられている。ちなみに、『千五百番歌合』（雑一・二八三五）で詠まれ『新古今集』（雑中・一六二一）に採られる通具の「ひとすぢに馴れなばさても杉の庵に夜な夜なかはる風の音かな」も、家隆詠に触発された作か。○泪落ちけり　「今よりは更けゆくまでに月は見じそのこととなく涙落ちけり」（千載集・雑上・九九四・清輔。太皇太后宮大進清輔朝臣家歌合・月・三二）が、参考歌の実定詠に先行するか。

（山家）

石の階《はし》松の戸ぼそもあはれ《哀》なり誰《た》が住《す》みなせる山辺《へ》なるらん

〔現代語訳〕（山家）

石造りの階段も、松材の扉戸も、しみじみと趣が深い。いったい誰がこのようにして住んでいる山のほとりなのであろうか。

〔本説〕住まひ給へるさま、言はむかたなく唐めいたり。所のさま絵に描きたらむやうなるに、竹編める垣し渡して、石の階、松の柱、おろそかなるものから、めづらかにをかし。（源氏物語・須磨）

〔参考歌〕奥山の松のとぼそをまれにあけてまだ見ぬ花の顔を見るかな（源氏物語・若紫・五三・聖）

〔類歌〕石の階竹の籬の草の庵に松の嵐や涙そふらん（道家百首・雑・九七）

〔語釈〕　**〇松の戸ぼそ**　松の木材で作った扉戸。あるいはその扉戸のある庵。「戸ぼそ（枢《とぼそ》）」は、「戸臍《とほそ》」即ち開き戸の回転軸をはめ込む穴が原義で、転じてその扉戸を言う。

〔補説〕　本説は、白居易の「五架三間新草堂　石階松柱竹編牆　南簷納㆑日冬天暖　北戸延㆑風夏月涼…」（白氏文集・巻十六・香鑪峰下、新卜㆓山居㆒、草堂初成、偶題㆓東壁㆒五首・九七五）を踏まえているが、それは宗尊も認識していたのではないか。なお、上記の本文は、一誠堂書店（酒井宇吉）蔵『白氏長慶集（巻二十二）』や内閣文庫蔵『管見抄』に拠る。那波本や馬元調校本（明暦三年刊本）等は「松柱」を「桂柱」、「延風」を「迎風」に作る。

参考歌は、瘧が快癒して北山から帰京する光源氏から、「御かはらけ」を賜った北山の聖（大徳）が詠んだ歌。「松のとぼそ」は聖自身の庵居を、「花の顔」は光源氏の容貌を寓意する。

（山家）

心のみすめとはなれる住《す》まひ《ゐ》かな《哉》山の木立《たち》も水の流《なか》れも

〔現代語訳〕（山家）

住んで、せめて心だけは澄めというようになっている、この住まいであることだな。山の木立につけても、水の流れにつけても。

〔参考歌〕　我が庵は山の木立の繁ければ朝去らずこそ鶯も鳴け（新撰六帖・第六・うぐひす・二五八五・真観）

〔語釈〕　**〇すめとはなれる**　不審を残す句。「すめ」は「住め」と「澄め」の掛詞であろう。一応、そうなる意の動詞「為る」に、完了・存続の助動詞の「り」が付いた形に解しておく。**〇住まひかな**　後鳥羽院の「物ごとに寂しき宿の住まひかな籬になるる峰の白雲」（正治初度百首・山家・九二）以下、新古今歌人が詠み始めた句。それらに倣うか。

【補説】 前歌の初二句と共に、下句の双貫句法が、後の京極派に通う。

459
ここもなほ《猶》同じ憂《う》き世の山なれどありしには似ずなる心かな《哉》
（山家）

【現代語訳】 ここもやはり同じ憂く辛い世の中にある山ではあるけれど、それでも昔とは似ずうって変わる心であることだな。

【参考歌】 山里も同じ憂き世の中なれば所かへても住み憂かりけり（古今六帖・第二・山ざと・九七三・作者不記）
吹き結ぶ風は昔の秋ながらありしにも似ぬ袖の露かな（新古今集・秋上・三一一・小町）
思はじと思へどものの嘆かれて我にもあらずなる心かな（続古今集・恋五・一三四六・知家）

【類歌】 ここもなほ憂き世の中の宿なればいなや心もとまらざりけり（人家集・修行し侍りけるとき、いなやの別所といふ所ぞしばし立ちよりて侍りけるを、あるじの僧とどめける返事に・一二六・勝秀法師）

【語釈】 **○なる心かな** 原拠は、「音に聞くこまのわたりの瓜作りとなりかくなりなる心かな」（拾遺集・雑下・五五七・朝光）で、参考歌の知家詠もこれに拠る。

460
山里《さと》もさすがに堪《た》へぬ山里《やまさと》に思ひ捨《す》てゝし人ぞ待《ま》たるゝ
（山家）

【現代語訳】（山家）

（自ら住む）山里は山里でも、さすがにこらえきれないこの山里で、思い捨ててしまった人が、ひとりでに待たれるよ。

【本歌】世の中を思ひ捨ててし身なれども心弱しと花に見えぬる（後拾遺集・春上・一一七・能因）
山里に散りはてぬべき花ゆゑに誰とはなくて人ぞ待たるる（後拾遺集・春下・一三五・道済）

【補説】宗尊は先に、「山里はかくこそあれと思へども鹿の鳴く音に堪へぬ秋かな」（柳葉集・巻三・弘長三年六月廿四日当座百首歌・秋・三九二）と詠んでいる。これは、平忠度の「山里に住みぬべしやとならはせる心も堪へぬ秋の夕暮」（忠度集・秋・山家秋暮といふことを・五〇）や西行の「堪へぬ身にあはれ思ふも苦しきに秋の来ざらん山里もがな」（西行法師家集・秋・雑秋・一七二）等に通じる、憂き世から出離する「山里」も「秋」は「堪へぬ」という主旨である。該歌は、季節の限定をはずし、「山里」の人恋しさを詠じる。
『後拾遺集』初出歌人の能因と道済の歌を本歌と見ることについては、『瓊玉和歌集新注』126・128補説、解説参照。

閑居

仕《つか》ふとはなきものゆゑに荒《あ》れはてて忍《しのぶ》草生ふる宿《やど》の寂しさ

【現代語訳】閑居
（もはや）御上に仕えるということはないものなのに、（侘び住まいに）かえって荒れ果てて、忍草が生える我が家の寂しさよ。

【参考歌】仕ふとて見る夜なかりし我が宿の月には独り音こそ泣かるれ（為家集・秋・建長八年八月十五夜前太政大臣〔実氏〕吹田亭同〔月〕五首・五九四。続拾遺集・雑秋・六〇四・為家）
惜しむともなきものゆゑにしかすがの渡りと聞けばただならぬかな（拾遺集・別・大江為基東へまかり下り

けるに、扇を遣はすとて・三二六・赤染衛門）

故郷は浅茅が原と荒れはてて夜すがら虫の音をのみぞなく（後拾遺集・秋上・二七〇・道命）

袖にさへふる春雨のもる宿は忍草生ふる露や置くらん（宝治百首・春・春雨・三五六・俊成女）

住みわびぬ問ふ人あれな月影のおぼろけならぬ宿の寂しさ（宝治百首・春・春月・四三九・但馬）

〔語釈〕 **○宿の寂しさ**　安元元年（一一七五）『右大臣家歌合』の「思ひやれ庭の木の葉を踏み分けて問ふ人もなき宿の寂しさ」（落葉・一〇・行頼）が早い例となる。その後、家隆が文治三年（一一八七）十一月の「百首」（雑・苺）で「来てみれば庭のやり水苔堰きて守る人もなき宿の寂しさ」（壬二集・九八九）と詠んでいる。宗尊は該歌より先に、「見ぬ人にいかがかたらむ時雨れつつ木の葉の落つる宿の寂しさ」（柳葉集・巻一・〔弘長元年九月中務卿宗尊親王家百首〕・冬・一二）と用いている。

〔補説〕　必ずしも参考歌に挙げた諸詠に負ったのではないにせよ、初句から結句までに、古歌から当代までの先行表現を用いている点は、宗尊の詠作方法の特徴の一面を示すものであろう。

（閑居）

問ひ馴《な》れし人も間遠《まとを》になり《成》はてて草のみ深き庭《には》の面《おも》かな

〔現代語訳〕（閑居）

あたりまえにいつも訪問していた人までも、訪れがすっかり間遠になって、草ばかりが深い我が家の庭の面であることだな。

〔参考歌〕　馴れゆくはうき世なればや須磨の海人の塩焼き衣間遠なるらん（新古今集・恋三・一二一〇・徽子女王〔斎宮女御〕）

〔語釈〕 ○問ひ馴れし　「建久七年三月、関白殿宇治にて、山花留客といふことを、当座」という定家の「春来ての花のあるじに問ひ馴れて故郷うとき袖の移り香」（拾遺愚草・二二六七）が早い作例か。

463

（閑居）

かかる身を稀にも人の問ひ来《く》るやげに有り難《かた》き情《なさ》けなるらん

〔現代語訳〕（閑居）

このような我が身を、稀にでも人が訪れて来るのは、本当にめったにない人の思いやりであるのだろうか。

〔参考歌〕 かかる身を何かはとこそ思ひしに従ふものは涙なりけり（新三十六人撰正元二年・二九三・真観）

今日よりは稀にも人の問はざらん行きかふ道をうづむ白雪（洞院摂政家百首・冬・雪・九八七・但馬）

〔語釈〕 ○かかる身を　宗尊は先に、恐らくは将軍廃位後の述懐を「かかる身を誰かあはれと言ひもせん世に従はぬ人しなければ」（中書王御詠・雑・述懐・二九〇）と詠じている。沈淪する宗尊自身の真情を映す語であろうが、先行例として参考歌の真観詠があり、これに学んだ可能性は見ておくべきであろう。○稀にも人の　「打ち渡す槙の板橋朽ちにけり稀にも人の来ばいかにせん」（堀河百首・雑・橋・一四二七・国信）に遡る措辞。

464

（閑居）

静かにて明け暮《く》らすこそあはれ《哀》なれこと繁《しげ》かりし心慣《な》らひに

〔現代語訳〕（閑居）

閑静に毎日を暮らすのが、なんとも物寂しいのだ。為すことが多く忙しかったときの心の習慣から。

〔参考歌〕明け暮らす人の慣らひをよそに見て過ぐる日影も急ぎやはする（拾遺愚草員外・文集百首・山家・始知天造空閑境、不レ為二肥人富貴人一・四六二）

こと繁き世を遁れにしみ山辺に嵐の風も心して吹け（新古今集・雑中・一六二五・寂然）

辛かりし心慣らひにあひ見てもなほ夢かとぞうたがはれける（金葉集・恋上・三八一・行宗）

〔類歌〕なにとなき昔語りに袖濡れて閑かに暮らす五月雨の比（本抄・巻三・文永三年八月百五十首歌・夏雨・513）

〔補説〕将軍職に在った頃の政務繁多を述懐しつつ、沈淪する現在の閑居を自嘲する趣か。

（閑居）

いたづらにまぎるる方もなき身にて月日の行くはまづおぼえける

〔現代語訳〕（閑居）

無為に、気が紛れることもないこの身なので、月日が過ぎ行くのは、ともかくも感じられるのであった。

〔本歌〕物思ふと月日の行くも知らざりつ雁こそ鳴きて秋と告げつれ（後撰集・秋下・三五八・読人不知）

〔参考歌〕紅葉散る音は時雨にたぐへどもまぎるる方もなき身なりけり（散木奇歌集・雑上・恨躬恥運雑歌百首・一四四五）

いさやまた月日の行くも知らぬ身は花の春とも今日こそは見れ（新古今集・雑上・一四五八・師光）

吹く風もをさまれる世のうれしきは花見るときぞまづおぼえける（続古今集・春下・一〇五・後鳥羽院。秋風集・春下・七一。後鳥羽院御集・建暦二年二月廿五日　於紫震殿花下三首・一七〇六）

〔語釈〕○いたづらに　「まぎるる」にかかると見るが、「行く」にもかかるか。あるいは、「おぼえける」にかけて解することもできようか。○まぎるる方　気が紛れる方法、気を取られる他のこと、の意。宗尊は先に、「さすが身のまぎるる方もなきままに心のみすむ山の奥かな」（柳葉集・巻二・弘長二年十一月百首歌・山家・二八九）と用いている。**〇まづ**　他のことはともかく、何はともあれ、の意。

眺望

見渡《わた》せば春とも分《わ》かず霞みけり末はるかなる浮《うき》島が原

〔現代語訳〕　眺望

見渡すと、春とも区別できずに霞んでいるのだった。果ての方遙かにある浮島が原は。

〔参考歌〕　雪はまだ春とも分かず故郷に霞めば遠きみ吉野の山（壬二集・春・霞歌よみ侍りし時・二〇六九）

末遠き松の緑はうづもれて霞ぞ浪に浮島が原（新宮撰歌合建仁元年三月・霞隔遠樹・五・寂蓮）

東路を雪にうち出でて見渡せば波にただよふ浮島が原（千五百番歌合・冬一・一七九八・顕昭）

〔語釈〕　**〇浮島が原**　「浮島の原」とも。駿河国の歌枕。富士山の南、愛鷹山南麓と駿河湾奥部に沿う田子の浦砂丘との間に位置する低湿地。現在の沼津市街地西部から富士市吉原市街地東部にかけての低地。参考歌の家隆詠に先行して、良経が「足柄の関路越え行くしののめに一群霞む浮島の原」（新勅撰集・雑四・一二九九。秋篠月清集・十題百首・地儀・二二〇）と、「霞」む「浮島の原」の景を詠んでいる。

〔補説〕　「見渡せば」と「分かず」の詠み併せの先行例には、「明け渡る外山の桜見渡せば雲とも分かず霞ともなし」（正治初度百首・春・二一一四・宜秋門院丹後）や「見渡せば山路の末も跡絶えてそことも分かず雪の曙」（石清水若宮歌合正治二年・雪・二三二一・実宣）、あるいは「見渡せば一つ緑の草若みそれとも分かぬ野辺の色かな」（宝治百首・春・若草・三八六・為継）等がある。

467

（眺望）

ほのぼのと明け行く方《かた》の浪の上にいや遠ざかる沖つ舟人

〔現代語訳〕（眺望）

ほのぼのと明けて行く方の波の上に、ますます遠ざかってゆく沖の舟人よ。

〔本歌〕　ほのぼのと明石の浦の朝霧に島隠れ行く舟をしぞ思ふ（古今集・羇旅・四〇九・読人不知、左注人麿とも）

〔参考歌〕　海原や沖行く舟のほのかにもいや遠ざかる波の上かな（顕氏集・同〔将軍家〕当座続歌・眺望・三六）

〔類歌〕　波の上にすだく鳥かと見ゆるかな遠ざかり行く室の友舟（広田社歌合承安二年・海上眺望・九一・資隆）

〔補説〕　参考歌は、将軍であった宗尊親王家の「当座続歌」に於ける一首。作者は、六条藤家の一員で関東に祗候した顕氏である。これに倣った可能性は高いであろう。

468

（眺望）

住吉《よし》の浦《うら》の朝凪《なき》(のどか)長閑にて日影《かけ》うつろふ淡路島山

〔現代語訳〕（眺望）

住吉の浦の朝凪はのんびりと穏やかで、淡路島には日の光が照り映えていることよ。

〔参考歌〕　見渡せば夕日ぞかかる住吉の浦にむかへる淡路島山（壬二集・旅・眺望の歌とて・二九五七）

霞立つ沖つ波もて夕日影かかれる方や淡路島山（中院集・〔文永四年〕右京大夫行家卿勧進住吉社歌合・海上霞・二〇三）

のどかなる朝凪見えて水茎の岡の湊は波静かなり（白河殿七百首・雑・名所湊・六二三・為氏）

〔語釈〕　○住吉の浦　摂津国の歌枕。現在の大阪市住吉区付近の海浜。住吉大社が鎮座する。大社の祠官を務めた津守氏の名にちなんで「住吉の津守の浦」と言うのは、現在の大阪市西成区津守町に比定される。「四方の海ものどかなれとぞ住吉の津守の浦に跡を垂れけん」（俊成五社百首・住吉・雑・祝・四〇〇）と詠まれる。該歌が「長閑にて」とするのは、この印象も与るか。○淡路島山　淡路国の歌枕。淡路島のこと。
〔補説〕　「住吉」と「淡路」の詠み併せの原拠は、「住吉の岸にむかへる淡路島あはれと君をいはぬ日ぞなき」（拾遺集・恋五・九二六・人麿）で、参考歌の家隆詠も、これに負っていよう。

羇中

行く末の山もさだかに見え分《みわ》かで雲を限《かき》れる道の遙《はる》けさ

〔現代語訳〕　羇中
　これから旅を行く先の山も、はっきりと見分けがつかないで、空の雲を境としている道の遙けさよ。
〔参考歌〕　数ふればまた行く末ぞ遥かなる千代を限れる君が齢は（栄花物語・巻二十・御賀・二四四・教通。万代集・賀・二七六四。雲葉集・賀・九〇〇）
〔語釈〕　○道の遙けさ　『土佐日記』の「日をだにも天雲近く見るものを都へと思ふ道の遙けさ」（三三・ある女）に遡る句だが、その後の用例は多くない。宗尊に近い時代では、『宝治百首』の「この里に来宿るまでと急ぎつる今日の野原の道の遙けさ」（雑・旅宿・三八二一・寂西）がある。
〔補説〕　旅行く道の先にある遙か遠くの山が雲に隠れていて、その道の先がまるで雲に続いているかと見える景趣を詠じたか。

470

（羇中）

一夜寝《ぬ》る野辺《べ》の朝露おき別れ・まだしののめに急《いそ》ぐ旅人

〔現代語訳〕（羇中）

一夜旅の宿りに寝た野辺の朝露は置いて、その中を起きてそこから別れ、まだようやく空が白む時分の早朝に、先を急ぐ旅人よ。

〔参考歌〕一夜寝る野辺の篠屋のささ枕かごとがましき袖の露かな（後鳥羽院御集・建仁元年三月内宮御百首・秋・二四六）

〔語釈〕**○朝露おき別れ**　「朝露」が有意の序として働き、「朝露置き」から「おき」を掛詞に「起き別れ」へ鎖る。「起き別る」は、共寝した男女が朝起きて別れる意で、「思ふだにけぬべきものを朝露のおき別れなばなに心ちせん」（洞院摂政家百首・恋・後朝恋・一二二七・知家）や「朝露のおき別れにし形見とて涙ぞ残るつげのを枕」（宝治百首・恋・寄枕恋・三〇八六・公相）のように、恋歌が先行例となる。ここは「羇中」題なので、旅の宿りで朝起きて、そこから別れて旅立ってゆく、という意に解するべきであろうか。「おき別れ」は、670にも用いている。**○まだしののめ**　定家の「敷妙の枕にのみぞ知られけるまだしののめの秋の初風」（御室五十首・秋・五一八）や家隆の「秋は来るまだしののめのけしきより夕べの空も見えけるものを」（千五百番歌合・秋一・一〇六二）等に学ぶか。**○急ぐ旅人**　定家の「帰るさは都も近くなりぬらし春の隣を急ぐ旅人」（拾遺愚草員外・詠百首和歌〔四季題百首〕・旅・五九四）が早い作例。関東祗候の廷臣歌人で宗尊幕下にあった藤原顕氏に「思ひやる末も遙けき東路の日数かずへて急ぐ旅人」（顕氏集・日光別当法印会弘長元五廿七・旅人情・一一四）がある。これらに学ぶか。

（羇中）

忘《わす》れずよ粟津《あはつ》の森に立ち寄《よ》りて暮《く》るるを待ちし程の悲しさ

〔現代語訳〕（羇中）

忘れないよ。粟津の森に立ち寄って、日が暮れるのを待った時の悲しさを。

〔本歌〕関越えて粟津の森のあはずとも清水に見えし影を忘るな（後撰集・恋四・八〇一・読人不知）

〔参考歌〕忘れずよまた忘れずよ瓦屋の下たく煙下むせびつつ（後拾遺集・恋二・七〇七・実方）

遅れじと常のみゆきは急ぎしを煙にそはぬ旅の悲しさ（後拾遺集・哀傷・五四二・行成）

〔語釈〕○忘れずよ　→62。→補説。○粟津の森　近江国の歌枕。「粟津」は、現在の滋賀県大津市膳所町の膳所明神の辺りといい、その付近の森を言うのであろう。あるいは、粟津から勢田に至る琵琶湖岸の松原である「粟津の松原」「粟津の原」と同じとも言う。該歌は、実際に「粟津の森」に立ち寄って日暮を待った体験に基づいていようか。→補説。宗尊の別の一首「逢坂や時雨るる秋の関越えて粟津の森の紅葉をぞ見る」（柳葉集・巻五・文永二年潤四月三百六十首歌・秋・七四九）は、建長四年（一二五二）春三月十九日に京都を発って関東に下向したときに通過したであろう「粟津の森」を、歌枕一般の詠み方と同様に、観念的に秋景に置き換えて詠じたものであろう。○程の悲しさ　『源氏物語』に「荒れはつる朽木のもとを宿木と思ひ置きける程の悲しさ」（宿木・七一五・弁の尼）の例が見える。勅撰集では、『続後撰集』の「なき数に今まで漏るる老いの身のまた加はらん程の悲しさ」（雑下・一二二三・信実）が初出で、『続古今集』の「身をつめば袖ぞ濡れぬるあま衣思ひたつらん程の悲しさ」（雑下・一八三〇・詮子）が続く。為家にも「厭はるる身には心もしたがはであればある世の程の悲しさ」（為家集・雑・同五三〔述懐建長五年三月〕・一四三七）の作がある。いずれも宗尊の学習の範囲内にあるかと思われる。

〔補説〕鎌倉を追われた文永三年（一二六六）の帰洛の旅の逢坂越えを前に、「粟津の森」での待機を思い起こした詠嘆であろう。宗尊は七月二十日の子刻に入京（六波羅北方北条時茂邸に入る）しているが、「金風《あき》にあふ坂越えし夕宿や旅の辛さの限りなりけり」（本抄・巻一・文永三年十月五百首歌・坂・76）とも詠じているので、その日は、「粟津の森」の辺りで暫時滞留して日暮を待ち、逢坂越えにも夕べの休息の宿りをして、真夜中に入京したのであろう。該歌の「暮るるを待ちし程の悲しさ」や76番歌の「夕宿」が時間の調整を意味するのであれば、何事かを警戒して夜陰に紛れた移動を余儀なくされたかとも疑われる。↓76。

「忘れずよ」は宗尊多用の語だが、これを京都と鎌倉を往還する東海道の歌枕と共に用いたと思しい述懐歌は、次のとおり。

忘れずよ鳥〔の〕音つらくおとづれて逢坂越えし春の曙（柳葉集・巻二・弘長二年十一月百首歌・旅・二八三）

忘れずよ清見が関の波間より霞みて見えし三保の浦松（柳葉集・巻二・弘長二年十一月百首歌・旅・二八五。続古今集・羇旅・八五八）

忘れずよ富士の川門の夕立に濡れ濡れ行きし旅の悲しさ（本抄・巻一・文永三年十月五百首歌・夕・62）

忘れずよ朝けの風を身にしめて露分け捨てし宇津の山越え（本抄・巻三・文永三年八月百五十首歌・秋旅・565）

前二首は東下の、後二首は西上の折の、実見した歌枕に寄せた述懐であろうか。

（羇中）

忘れめや霧深《きりふか》かりし曙《明ほの》の高師《たかし》の山の秋〔の〕けしきは

〔本文〕 ○底本結句「秋けしきは」は、誤脱と見て、私に「の」を補う。

〔現代語訳〕（羇中）

忘れようか（忘れはしない）。霧が深かった曙の、高師の山の秋の景色は。

〔参考歌〕 雲のゐる梢はるかに霧こめて高師の山に鹿ぞ鳴くなる（新勅撰集・秋下・三〇三・実朝）

〔語釈〕 ○高師の山　三河と遠江国境、現在の愛知県豊橋市と静岡県湖西市の境の山。
〔補説〕 『中書王御詠』に、詞書「高師山にて霧いと深かりしかば」とする「霧深き高師の山の秋よりも我ぞ憂き世に道迷ひぬる」（雑・二二四）という述懐歌が収められている。これは、同集所収歌中の最も遅い時期の詠作と見られる、文永三年（一二六六）七月の帰洛時の詠（あるいはその追想歌）であろうか。鎌倉を追われた直後の失意が窺われる。それに比べて該歌は、少し時が経過したことの反映か、述懐性を抑えて、実見した「高師の山」を追憶した趣がある。それでも単なる歌枕讃美の叙景歌ではなく、ある種の感懐を込めた詠作であろう。あるいは、西上の折だけではなく、東下の折の記憶も相俟っているのかもしれない。

（羇中）

来《こ》し秋の佐夜《さや》の中山なかなかに憂《う》かりししもぞ思ひ出でなる

〔現代語訳〕（羇中）
　過ぎた秋の佐夜の中山は、「なかなか」かえって、憂く辛かったのも思い出であるのだ。
〔本歌〕 東路の佐夜の中山なかなかに何しか人を思ひ初めけむ（古今集・恋二・五九四・友則）
〔語釈〕 ○来し秋　過ぎて行った秋、過去になった秋、の意に解する。○佐夜の中山　遠江国の歌枕。同国小笠郡、日坂（現静岡県掛川市）の東北に位置する山、あるいはその坂道（峠）を言う。その南方に菊川の宿駅（遠江国榛原郡菊川村、現静岡県島田市菊川）がある。
〔補説〕 「来し秋」は、鎌倉を追われて帰洛した、文永三年（一二六六）の秋であろう。宗尊は、同年七月八日か九日頃に菊川に在ったと推測されるので、「佐夜の中山」通過は、その直後であろうか。→59。前歌と同様に、少し時を経過した中で、失意の内に通過した「佐夜の中山」を、感懐を込めて追想した歌と見てよい。

474

（羇中）

夢にこそいやなり《成》にけれ泣《な》く〳〵も越えし駿河《するか》の山の現《うつゝ》は

〔現代語訳〕（羇中）

いよいよ夢になってしまったのであったな。あの、泣く泣く越えた駿河の宇津の山の現実は。

〔本歌〕駿河なる宇津の山べの現にも夢にも人にあはぬなりけり（伊勢物語・九段・一一・男。新古今集・羇旅・九〇四・業平）

〔語釈〕○いや　副詞。いよいよの意。あるいは、まったくの意。○駿河の山　本歌を承け、「現」に「宇津」が響いて、「宇津の山」を言う。現在の静岡市宇津ノ谷と藤枝市岡部町岡辺との境にある山で、そこを通る道の峠が宇津ノ谷峠。

〔補説〕前三首と同様に、文永三年（一二六六）七月に鎌倉を追われて帰洛する旅の途次、失意の内に通過した歌枕を追想した述懐であろう。もとより宗尊にとって関東下向は不本意であったが、十五年に渡り務めた将軍職を追われての上洛もまた不本意であったのである。「文永二年潤四月三百六十首歌」（雑）の一首「忘れめや夕つけ鳥に音を添へてなくなく越えし逢坂の関」（柳葉集・巻五・八一二）は、該歌と対照的に、関東下向の折に越えた「逢坂の関」に寄せた述懐であろう。

475

（羇中）

時も秋頃《ころ》も月夜《よ》の旅寝《ね》してさもためしなく濡《ぬ》れし袖かな《哉》

〔現代語訳〕（羇中）

時も秋の時節、頃も月夜の頃おいに旅寝をして、まったく例がないほどに涙で濡れた私の袖であることだな。

〔参考歌〕かり衣袖の涙に宿る夜は月も旅寝の心ちこそすれ（千載集・羇旅・五〇九・崇徳院）

雨雲のかへるばかりの村雨にところせきまで濡れし袖かな（後拾遺集・恋二・六八七・読人不知）

〔語釈〕〇時も秋　「時は秋」は作例が散見するが、「時も秋」は珍しい。

〔補説〕これも、文永三年（一二六六）秋の失意の帰洛の旅寝を追想した述懐であろう。初二句の双貫句法、「濡れし袖かな」の結句は、83番歌に通じる。

（羇中）

夜《よ》を重《かさ》ね結ぶは草の枕にてまどろむほどの夢ぞ稀なる

〔現代語訳〕（羇中）

夜を重ねて結ぶのは旅の草枕で、うとうととまどろむほどに見る夢はまれでたまにしか結ばないのだ。

〔参考歌〕夜を重ね結ぶ氷の下にさへ心深くも宿る月かな（千載集・冬・四三八・平実重）

憂きことのまどろむほどは忘られて覚むれば夢の心ちこそすれ（千載集・雑中・一一二五・読人不知）

見てもなほいかばかりなる慰めにまどろむほどの夢を待つらん（続古今集・恋三・一一八二・家良）

〔類歌〕夜を重ね夢路は絶えて草枕はらはぬ露の結ぼほれつつ（北野宮歌合元久元年十一月・羇旅・二三・下野）

嵐吹く山路重なる草枕結ぶ旅寝の夢ぞ少なき（院御歌合宝治元年・旅宿嵐・二三二・禅信）

〔影響歌〕草枕結ばぬほどは旅寝にてまどろむ夢は都なりけり（隣女集・巻四自文永九年至建治三年・雑・旅歌中に・二四八三）

よなよなに結ぶは草の枕にて旅寝の夢は見るとしもなし（草庵集・羇旅・旅宿夢・一二九五）

〔語釈〕 ○結ぶ 「夢」の縁で、夢を見る意が掛かる。 ○まどろむ うとうと浅く眠る、ぐっすり深く眠る、の両方の意味がある。ここは前者か。

〔補説〕 前歌と同様に、文永三年（一二六六）秋の失意の帰洛の旅寝を追想しつつ、その憂苦を一般的な羇中の旅寝のそれとして詠じた歌であろう。

大枠の類型では、「旅衣うら悲しさに明かしかね草の枕は夢も結ばず」（源氏物語・明石・二二三・光源氏）の範疇に入る歌であり、宗尊はそれを意識して、光源氏の明石流離に自らの流浪の人生を重ねていたのかもしれない。類歌に挙げた二首についても、宗尊の視野に入っていた可能性を見ておきたい。なお、一応該歌からの影響と見た頓阿の歌については、頓阿による宗尊詠あるいは本抄歌摂取を総合的に検証する中で、改めて定位する必要があろう。

述懐

身一《ひと》つに何か恨《うら》みん世の中の憂《う》きはなべての慣《な》らひとぞ見《み》る

〔現代語訳〕 述懐

我が身一身のこととしてどうして恨もうか。世の中の憂く辛いことは、すべての人一般のきまりごとと思うよ。

〔本歌〕 世の中の憂きはなべてもなかりけり頼む限りぞ恨みられける（後撰集・恋六・一〇六一・読人不知）

〔参考歌〕 大方の我が身一つの憂きからになべての世をも恨みつるかな（拾遺集・恋五・九五三・貫之）

身一つぞ悲しかりける世の中の憂きはなべての慣らひならぬに（百首歌合建長八年・雑・一四二三・鷹司院帥）

〔補説〕 宗尊は、本歌の『後撰集』歌を、該歌以前に「文永元年六月十七日庚申百番自歌合」（仮称）の「荻」題で「秋風の憂きはなべてと思へどもさもわびさする荻の音かな」（柳葉集・巻四・四八二）と踏まえ、以後にも「文永六年四月廿八日柿本影前百首歌」（本抄・巻二・682）と「文永八年七月内裏千五百番歌合百首歌」（本抄・巻五・886）で本歌に取っている。

参考歌に挙げた類似詠の作者鷹司院帥は、宗尊の師の一人真観の女で、「宗尊親王家百首」等に出詠し、鎌倉に於ける宗尊の和歌活動に関わった人物である。

（述懐）

憂《う》きながらなほ過《す》ぐすかな世《よ》の中にあらぬ所のなきをかこちて

〔現代語訳〕（述懐）

憂く辛いながらも、このままやはり日々を過ごすことであるな。この（憂き）世の中ではない別の場所が無いのを口実にして。

〔本歌〕世の中にあらぬ所も得てしかな年ふりにたる形隠さむ（拾遺集・雑上・五〇六・読人不知）

〔参考歌〕憂き世にはあらぬ所のゆかしくて背く山路に思ひこそ入れ（源氏物語・横笛・五一三・女三宮）

身の憂さを思ひ知らずはいかがせむ厭ひながらもなほ過ぐすかな（新古今集・雑下・一七五三・寂蓮）

〔補説〕参考歌に挙げた女三宮の歌は、山で修行する父朱雀院が文で「世を別れ入りなむ道はおくるとも同じ所を君も尋ねよ」（五一二）と贈った歌に応じた一首。

（述懐）

かくばかり憂《う》しと見《み》つつも世の中になに長《なか》らふる我《わ》が身《み》なるらん

【現代語訳】（述懐）

これほどまでに憂く辛いと思いながらも、この世の中にどうして生き長らえる我が身なのであろうか。

【本歌】いづくとも身をやる方の知られねば憂しと見つつも長らふるかな（千載集・雑中・一一二六・紫式部）

【参考歌】かくばかり憂しと思ふに恋しきは我さへ心二つありけり（拾遺集・恋五・九八九・読人不知）

かくばかり憂きを忍びて長らへばこれよりまさるものをこそ思へ（新古今集・雑下・一八一一・和泉式部）

憂き身までかはればかはる世の中になに長らへて明け暮らすらむ（万代集・雑六・三七〇九・民部卿典侍。後堀河院民部卿典侍集・述懐歌・三三、三句「世の中を」結句「明け暮らしけん」）

鈴鹿山憂き世をよそにふり捨てていかになり行く我が身なるらむ（新古今集・雑中・一六一三・西行）

（述懐）

かからずはとまる心もあり《有》なまし憂《う》きぞこの世《よ》の情けなりける

【現代語訳】（述懐）

このように憂く辛いのでないなら、この俗世に留まる心も存在したであろうに（今は出家の志があるのだ）。憂く辛いことこそが、この世の中で自分に掛けられた思いやりの情けなのであったな。

【参考歌】憂きながらとまる心もありなまし蓮の上の露もかけずは（浜松中納言物語・巻三・七六・中納言）

何事にとまる心のありければさらにしもまた世の厭はしき（新古今集・雑下・一八三一・西行）

かばかりと思ひ果てにし世の中になにゆゑとまる心なるらむ（新勅撰集・雑二・一一四一・行尊）
問へかしなこの世ばかりの情けとて憂きは昔の報いなりとも（続古今集・恋四・一二一三・八条院高倉）

【類歌】 身の憂さも花のまぎれに忘られて春をこの世の情けとぞ見る（柳葉集・巻五・文永二年潤四月三百六十首歌・春・六六六）

【他出】 玉葉集・雑五・述懐歌の中に・二五二〇。六華集・雑下・一七七八、二句「とむる心も」結句「情けなりけり」。

【補説】 出家の意志を持つに至ったこの世の憂苦を、むしろ「情け」だと見る、諦観ともいうべき述懐。

481

（述懐）

厭《いと》ふべき身を捨《す》てやらで惜《お》しむこそなか《中》なか《〱》世《よ》をば背《そむ》くな《也》りけれ

【本文】 ○底本歌末の「けれ」の「れ」は「り」に上書きか。

【現代語訳】（述懐）

俗世を出離すべき身を捨てきることができなくて惜しむことこそが、かえってこの世を背くことなのであったな。

【参考歌】 惜しからぬ身を捨てやらで経る程に長き闇にやまた迷ひなん（山家集・雑・七三八・ある人）

【語釈】 **○世をば背くなりけれ** 「世を」「背く」は普通には、俗世から離れる・出家する意だが、世の中の慣らいに背反する、宿世に逆らう、あるいは自分の人生に向き合わない、といった趣旨か。とすれば、新鮮な詠み方ということになる。

（述懐）

さのみやは物思ひ知《し》らぬ身になして心の外《ほか》〔の〕世《よ》をも慕《した》はん

【本文】○底本第四句「心のほか」は、誤脱と見て、私に「の」を補う。

【現代語訳】（述懐）

そうだとばかり、この身を物思いを知らないこの身になして、全ては心一つでそれ以外のものはないという世の中というけれども、物思いをする心以外の世の中を慕おうかしら。

【本歌】散る花も惜しまばとまれ世の中は心のほかのものとやは聞く（後拾遺集・雑六・釈教・三界唯一心・一一九一・伊世、初句「散る花を《もイ》」は異文につく）

【参考歌】さのみやは我が身の憂きになしはてて人の辛さを恨みざるべき（金葉集・恋下・四五五・源盛経母）

【語釈】○さのみやは　「慕はん」にかかり、疑問を表す。→429。

【補説】本歌の題は、「三界唯一心　心外無別法」（華厳経の偈）に拠る。生ある者全てが住む世界である三界（欲界・色界・無色界）のあらゆる現象・事物は、全て一心から現出したものであり、すべての存在は心によってのみ認識されて存在するので、心以外のものは存しない、ということ。それを承けて、この世の中（俗世）は自分の辛い物思いの現れだから、物思いを知らない身になって、物思いの心以外の世を追慕しようか、という趣旨。

なお、『後拾遺集』初出歌人の伊世の歌を本歌と見ることについては、『瓊玉和歌集新注』126・128補説、解説参照。

（述懐）

何事になほ《猶》さはるらん今は我思ひ入るべき端《は》山繁山《しげやま》

〔現代語訳〕（述懐）いったい何事によって、この上まだ差し支えるのだろうか。今は私が、一途に思い込んで、分け入ることになるに違いない、端山も繁山も。

〔本歌〕筑波山端山繁山しげけれど思ひ入るにはさはらざりけり（新古今集・恋一・一〇一三・源重之）

〔語釈〕**○思ひ入る**　心に深く思い込む意に、「入る」は、「端山」「繁山」の縁で、山の中に入る（隠棲するあるいは出家する）意が掛かる。**○端山**　連なる山々の人里近い方の山。**○繁山**　草木の繁茂した山。

（述懐）

津の国の長柄《なから》の橋と我《われ》とこそ跡なき名《な》をば世《よ》に残しけれ

〔本文〕○底本第四句の「なきな」の下の「な」は、何かの字に上書き。

〔現代語訳〕（述懐）

摂津国の長柄の橋と私とこそが、長らえるという形跡もない虚しい評判を、世の中に残すのだな。

〔本歌〕世の中に古りぬるものは津の国の長柄の橋と我となりけり（古今集・雑上・八九〇・読人不知）

〔参考歌〕行く末を思へば悲し津の国の長柄の橋も名は残りけり（千載集・雑上・一〇三〇・俊頼）
年経れば朽ちこそまされ橋柱昔ながらの名だにかはらで（新古今集・雑中・長柄の橋をよみ侍りける・一五九四・忠岑）

〔語釈〕**○長柄の橋**　摂津国の歌枕。長柄川に架けられた橋。現在の大阪市北区長柄、東淀川区柴島付近にあったと伝える。位置は、現在の長柄橋（淀川と新淀川の分流点の西、大阪市北区本庄東と東淀川区柴島を結ぶ）付近とされる（分流点の南が長柄）。『日本後紀』によれば、弘仁三年（八一二）六月三日に使者を派遣して造橋という。『文徳実録』

の仁寿三年（八五三）十月十一日の条に、「摂津国奏言、長柄三国両河、年頃橋梁断絶、人馬不レ通、請准二堀江川一置二二隻船一以通二済渡一、許レ之」と見えて、既にこの時点で廃絶して渡船を用いたと知られる。『和歌初学抄』に「今はなし。橋柱ばかりはよむ」とある。院政期以降には、「聞き渡る長柄の橋は跡絶えて朽ちせぬ名のみとまるなりけり」（続詞花集・雑上・七五八・公重。風情集・長柄の橋・八〇。治承三十六人歌合・三〇七）や「今日見れば長柄の橋は跡もなし昔ありきと聞き渡れども」（千載集・雑上・一〇三一・道因）、あるいは「朽ち果つる長柄の橋の跡に来て昔を遠く恋ひ渡るかな」や「ひとりのみ我や古りなん津の国の長柄の橋は跡もなき世に」（続後撰集・雑上・一〇二七・実氏、一〇二八・有教）等と、橋は朽ちて跡形もないものとの通念が認められる。ここは、本歌を承け、「世に」の縁で、「長柄」に「長ら（ふ）」が掛かる。**〇跡なき名**　「長柄の橋」については、（橋が）存在した跡形もない評判、と解してもよいだろうが、「我」についてその意味に解するのは、当時の和歌として自意識が強すぎるように思われる。「長柄」の掛詞「長らふ」から、長らえるであろうという形跡・痕跡もない、と解するべきかと考える。この「文永五年十月三百歌」の時点で、宗尊は二十七歳である。また、一般に「跡なき名」は、虚しい評判・名前の意に解することはできようから、その意味を重ねて解釈しておく。**〇けれ**　詠嘆を含んだ認識の確認を表す。

485
懐旧
・分きてそのなに事としはなけれども《共》ただ昔《むかし》こそ恋しかりけれ

〔本文〕　〇ここから489まで、和歌は他より二字上げで記されている。

〔現代語訳〕　懐旧
取り分けて何の何事というのはないけれども、ただひたすら昔が恋しいのであった。

〔参考歌〕　語るべき身の思ひ出ではなけれども昔はなどて恋ひしかるらむ（万代集・雑六・三七四九・伊成）

何事をその言の葉となけれども昔と聞けば人ぞ恋しき（弘長百首・雑・懐旧・六六六・実氏）

【影響歌】分きてその恋しきことはなけれども昔忘れぬ独り寝の袖（亀山殿七百首・雑・独懐旧・六五八・後宇多院）

【語釈】**○分きてその**　『建保名所百首』の家衡詠「わきてその色やは見ゆる秋風の立田の山の夕暮の空」（秋・竜田山・三七六）が早い作例。真観に「分きてその暁契る法のみ井流れ汲む身となるがたふとさ」（新撰六帖・第二・井・八一五）や「分きてその問はれしことは多かれど親思ふこそあはれとは見る」（二十八品並九品詩歌・妙音品・五〇）の作例がある。これらに学ぶか。

【補説】影響歌に挙げた一首は、宗尊の甥後宇多院の作だが、後宇多院が伯父宗尊の詠作をいかに受容したか否かを検証する中で、改めて定位されるべきであろう。

（懐旧）

誰にかも語《かき》り合《あ》はせて偲《しの》ばまし見《み》し世《よ》の夢は我《われ》のみぞ知《し》る

【本文】○底本第二句の「かきり」の「き」（字母「幾」）は「た」（字母「多」）の誤写と見て、私に「語り」に改める。

【現代語訳】（懐旧）
いったい誰と相語らって偲んだらよいのだろうか。かつて見たあの一夜の夢のような時は、私だけが知っているのだ。

【本歌】むつごとを語り合はせむ人もがな憂き世の夢もなかば覚むやと（源氏物語・明石・二二九・光源氏）

現とも思ひ分かれで過ぐる間に見し世の夢をなに語りけん（千載集・哀傷・五六七・彰子）

人知れぬ思ひのみこそわびしけれ我が嘆きをば我のみぞ知る（古今集・恋二・六〇六・貫之）

〔語釈〕　○見し世の夢　時代（あるいは人生）の意の「世」に、「夢」の縁で「夜」が掛かる、と解する。
〔補説〕　他にも見られる宗尊の方法として、語句を取った右記の三首を本歌と見た。『源氏物語』歌は、須磨から明石に移った光源氏が、明石入道の娘（明石上）と逢って詠み掛けた歌。返歌は、「明けぬ夜にやがてまどへる心にはいづれを夢と分きて語らむ」（二三〇）。

（懐旧）
我はなほ《猶》ためしも知《し》らず昔《むかし》とて偲《忍》ぶは人の慣《な》らひなれども

〔現代語訳〕（懐旧）
私の場合はやはり、（同じような）前例もまた知らないのだ。昔ということで懐かしむのは、人のならいであるけれども。

〔参考歌〕　行く末は我をも偲ぶ人やあらむ昔を思ふ心慣らひに（新古今集・雑下・一八四五・俊成）
〔語釈〕　○偲ぶは人の慣らひなれども　恐らく後出ながら例えば、「偲ぶべき慣らひと思ふ理に過ぎて恋しき昔なりけり」（新後撰集・雑下・一四七七・禅助）とも詠まれる、人の昔を偲ぶことは生来の性癖だという考えを踏まえて言う。一般的な人間の意の「人」について「慣らひなれども」と言う先例は、定家の「憂かりける弥生の花の契りかな散るをや人は慣らひなれども」（拾遺愚草・雑・〈建永二年三月慈円十首の返歌〉・二八五八）がある。後の例に「なにかせんありて憂き身の年の暮惜しむは人の慣らひなれども」（新続古今集・雑上・一八〇二・季顕）が見える。
〔補説〕　懐旧は世人の通例だが、自身の場合は前例がない昔に対する懐旧なのだ、という趣旨か。ちなみに、宗尊は先に「文永三年十月五百首歌」の「恋昔」題で、「昔とて偲ぶばかりになりにけり見しも聞きしも昨日と思ふに」（本抄・巻一・159）とも詠んでいるが、これは『中書王御詠』（三一五）では、雑部の「懐旧」題に収められている。

488

（懐旧）

忘《わす》れなん今は恋ひじと言《い》ひながら心弱《よは》きは昔《むかし》な《成》りけり

【現代語訳】（懐旧）
忘れてしまおう、もう今は恋い慕うまいと言いながらも、それが気弱い（忘れられず恋い慕わしい）のは昔のことなのであったな。

【本歌】つれなきを今は恋ひじと思へども心弱くも落つる涙か（古今集・恋五・八〇九・忠臣）

【参考歌】忘れなむと思ふ心のつくからにありしよりけにまづぞ恋しき（古今集・恋四・七一八・読人不知）
忘れなん今は問はじと思ひつつ寝る夜しもこそ夢に見えけれ（拾遺集・恋三・今は問はじといひ侍りける女の許に遣はしける・八〇〇・読人不知）

【語釈】○心弱きは　古く『元真集』に「忘るやとしばしばかりも忍ぶるに心弱きは涙なりけり」（二三五）と用いられている。また、これに類似した歌が、『後葉集』に「侘びぬればしひて忘れんと思へども心弱きは涙なりけり」（恋二・三三四・読人不知）と見える。宗尊がこれらを見知っていたか否かは全く分からない。宗尊詠全体の中で、改めて考えられるべきであろう。他に、宗尊が知り得た可能性が高い例としては、『堀河百首』の「何しかは人を恨みんひたすらに心弱きにつける思ひを」（恋・思・一二三七・顕季）という類例や、後鳥羽院の「あやにくに時雨に堪へし松の葉の心弱きは雪の下折れ」（正治初度百首・冬・雪・四四）、あるいはそれに倣ったかと思しい寂蓮の「女郎花なびきもはてぬ秋風に心弱きは露の下折れ」（千五百番歌合・秋一・一一五二）等がある。

489

（懐旧）

何《なに》事も思ひ捨《す》てにし袖になほ《猶》残る涙か昔《むかし》なりけり

〔現代語訳〕（懐旧）

何事も全て思ひを断って捨ててしまった私の袖に、いまだ残る涙なのか。それは昔（を思う涙）なのであったな。

〔参考歌〕何事も思ひ捨つれど秋はなほ野辺のけしきのねたくもあるかな（久安百首・秋・八三五・俊成）

形見とて残る涙のいくかへり秋の別れに時雨れ来ぬらん（続後撰集・雑上・一〇八一・後堀河院民部卿典侍）

松島や雄島の海人の捨て衣思ひ捨つれど濡るる袖かな（建保名所百首・恋・松島・八九六・忠定。万代集・恋三・二三二一。続千載集・恋二・一一七七）

〔補説〕宗尊は先に「文永三年十月五百首歌」の「懐旧」題で、「何事も思ひ捨つれどいにしへの恋しきのみぞかなはざりける」（本抄・巻一・135）と、参考歌の俊成詠に負った歌を詠んでいる。

490

祝

千早振る神の植《うへ》ゑけん住吉の松の千歳《ちとせ》は君がためかも

〔現代語訳〕祝

（千早振る）神が植えたであろう、住吉の松の千歳の齢は、我が君のためであるのだなあ。

〔本歌〕君が代の久しかるべきためしにや神も植ゑけむ住吉の松（詞花集・賀・後三条院住吉詣でによめる・一七〇・読人不知。栄花物語・巻第三十八　松のしづえ・六〇〇・一品宮〔後三条皇女聡子〕女房）

〔参考歌〕神代より植ゑはじめけん住吉の松は千年や限らざるらん（続後撰集・神祇・五六〇・宜秋門院丹後）

跡垂るる神や植ゑけん住吉の松の緑はかはる世もなし（続後撰集・神祇・五六一・珍覚）

〔語釈〕○千早振る 「ちはやぶる」。中古以降は「ちはやふる」とも。「神」の枕詞。

〔補説〕類型表現だが、その早い例として「君が代の」歌を本歌と見た。後三条院が譲位後の延久五年（一〇七三）二月に、皇女の一品宮聡子内親王等と共に住吉に参詣御幸した折の作。『後拾遺集』成立以前の詠作なので、同初出歌人と同列と見なし、宗尊当時の本歌たる要件は満たすものと判断した。『後拾遺集』初出歌人の歌を本歌と見ることについては、『瓊玉和歌集新注』126・128補説、解説参照。

宗尊は先に、『宗尊親王三百首』で「住吉の浦わの松の深緑久しかれとや神も植ゑけん」（雑・二九八。瓊玉集・雑上・四一四）と詠んでいる。また、「文永八年七月内裏千五百番歌合百首歌」の「祝」題でも、「神もまた千歳のためし君にとや植ゑはじめけん住吉の松」（本抄・巻五・902）とも詠んでいる。なお、『宗尊親王三百首』の一首は『宗良親王千首』（雑・八六二）に「羈中浦」題で、一字も違わずに見えることは、既に『瓊玉和歌集新注』で指摘したところである。

（祝）

さらでだに尽《つ》きじとぞ思ふ君が代を御裳濯《すそ》川になほ《を》祈るかな

〔現代語訳〕（祝）

そうでなくてさえ尽きるまいと思う、我が君の世を、御裳濯川にさらに祈ることであるな。

〔本歌〕君が代は尽きじとぞ思ふ神風や御裳濯川の澄まむ限りは（後拾遺集・賀・四五〇・経信）

〔語釈〕○御裳濯川 伊勢国の歌枕。伊勢神宮内宮の禊ぎの川で、内宮ひいては皇統の守りを象徴する。伊勢国度会郡（現三重県伊勢市）を流れる。「五十鈴川」、「宇治川」ともいう。宇治川の上流二岐のうち、風宮橋の方から流れるのが「五十鈴川」で、鏡石の方から流れるのが「御裳濯川」だとする説も行われる。倭姫命の御裳の穢れを洗濯した故の名と伝える（倭姫命世記）。**〇なほ祈るかな**　「今はとてつま木樵るべき宿の松千代をば君となほ祈るかな」（新古今集・雑中・一六三七・俊成）や「み熊野の神倉山の岩畳のぼりはててもなほ祈るかな」（続古今集・神祇・七三六・実氏）に倣うか。

〔補説〕　『後拾遺集』初出歌人経信の歌を本歌と見ることについては、『瓊玉和歌集新注』126・128補説、解説参照。

竹風和歌抄巻第三

文永三年八月百五十首歌

春天

492
立ち迷《まよ》ふ霞の隙《ひま》は緑にて空に見《み》えたる春の色《いろ》かな

〔本文〕○底本は、492から595まで、歌題は歌頭に記されているが、歌の前に歌より二字下げの書式に改める（以下同様）。

〔現代語訳〕文永三年八月百五十首歌

春の天

あちこちに紛れて立つ（緑の）霞の隙間は、また緑であって、空に表れ見えている春の色であることだな。

〔参考歌〕深緑色ことなりや朝まだき霞の隙に見ゆる大空（和歌童蒙抄・第一・天部・天・一）

春の行く弥生の野辺の朝緑霞の隙も霞みしにけり（壬二集・春・建保二年同内裏歌合に、野外霞・二〇八二）

白妙に衣ほすてふ夏の日の空に見えたる天の香具山（紫禁集・同（建保三年）十月廿四日、名所百首、人人つかうまつりし時・天香久山・六四〇。建保名所百首・夏・天香具山・三〇一・順徳院、初句「白妙の」四句「空に見えける」）

春の色をいく万代かみなせ河霞の洞の苔の緑に（建保名所百首・春・水無瀬河・一九五・定家）

〔類歌〕立ち迷ふ緑は同じ色ながら竹の葉埋む夕霞かな（如願法師集・嘉禄三年三月廿日前大政大臣家影供御会歌に、竹間霞・四〇二）

〔出典〕文永三年八月百五十首歌。以下595まで同じ出典。

〔語釈〕○文永三年八月百五十首歌　未詳。本集に現存は一〇四首。題は、春・夏・秋・冬・雑を頭に冠した種々の結題。従って、結果として珍しい歌題となる場合がある。↓577補説。↓解説「『竹風和歌抄』の伝本と構成」第二章第一節。○春天　伝統的な歌題ではない。『為家集』にも見える。○立ち迷ふ霞の隙は緑にて　「霞」は「白」か「（浅）緑」であることが通念である。その「隙」が「緑」であるということは、天空全体が春霞に覆われていることを言外に言うのと同じであろう。つまり、斑に入り乱れて立つ「霞」の「隙」から覗く「空」も霞の「緑」であって、ということか。「立ち迷ふ霞」が白であれば白と緑の対照を、それが緑であれば緑の濃淡を詠じる趣向ということになろう。前者はむしろ「柳桜をこきまぜ」た「春の錦」の景趣であろうから、後者に解する。また一方で、「霞晴れ緑の空ものどけくてあるかなきかに遊ぶいとゆふ」（和漢朗詠集・晴・四一五・作者不記）という、晴天の空を「緑の空」とする歌もある。これを踏まえるとすれば、「立ち迷ふ霞」の「隙」の「緑」は天空の色を言っていると見ることもできよう。その場合も、緑の濃淡を詠じる趣向と解するべきであろう。○春の色　漢語「秋色」の訓読「秋の色」とともに漢語「春色」の訓読語という。春季を表徴する色調や情調を言う。早く平安時代には、貫之の「春の色はまだ浅けれどかねてより緑深くも染めてけるかな」（貫之集・延喜十九年東宮の御屏風の歌、うちより召しし十六首・子日の松のもとに人人至り遊ぶ・一二七）が目に入る程度だが、鎌倉時代以降には、参考歌の定家詠や同じく定家の「若菜摘むをちの沢辺の朝緑霞のほかの春の色かな」（拾遺愚草・十題百首・地部・七一六）等、「緑」を「春の色」と見る歌が少なくない。それは、実際の景趣の実感によるばかりではなく、五行説に基づく春の当色が青であるという認識に従った結果でもあろう（「緑」は「青」に包摂される）。

〔補説〕参考歌の『和歌童蒙抄』所収歌に措辞と趣向が類似する。該歌がこれに負うとすれば、宗尊の学習範囲の広さを窺わせることになる。いずれにせよ、建保期の家隆・順徳院・定家の三首には学ぶところがあったと見てよいであろう。また、「霞の隙」の「緑」の「空」を詠むことは、間隙に景趣を見る点、緑色を強調する点で、京極派和歌に通う。

夏天

晴れ間《ま》なきあはれ愁《うれ》への類とてまた《又》掻《か》き暗《くら》す五月雨の空

〔現代語訳〕 夏の天

心が晴れる隙がない悲哀や憂愁の同じ類として、心中を暗くするように、またもさっと暗くなる五月雨の空よ。

〔参考歌〕 冬の夜の長き思ひの類とて下にも消たぬ埋み火の影（土御門院御集・詠百首和歌承久三年・冬・炉火・七九）

〔類歌〕 晴れ間なき心のうちの類とや空も掻き暗す五月雨の頃（風雅集・雑上・一五一一・教兼）

〔語釈〕 **○夏天** 前歌の「春天」と同様、『為家集』に見える。**○晴れ間なき** 心が晴れる隙もないの意に、「五月雨」「空」の縁で、天空の晴れ間がないの意が掛かる。**○あはれ愁へ** 名詞の「あはれ」と「愁へ」の並列に解する。**○掻き暗す** あたりをさっと暗くする意に、「あはれ」「愁へ」の縁で、悲しみに心中を暗くする意が掛かる。

〔補説〕 類歌として挙げた為家孫・為守男で為兼猶子の教兼の一首は、あるいは該歌に倣った可能性もあろう。後代に於ける本抄あるいは宗尊詠の受容の問題として、改めて検討すべきであろう。また、教兼詠は『風雅集』に撰入されているので、京極派の好尚に通う宗尊の詠みぶりという観点からも注意しておきたい。

秋天《あきのそら》々

山の端《は》に月ほの見《み》えて寂《さひ》しきは雲なき空の秋の夕暮

〔現代語訳〕 秋の天

山の端に月がかすかに見えて、寂しいのは、雲がない空の下の秋の夕暮だ。

〔参考歌〕 ほの見えし月を恋しと帰るさの雲路の波に濡れて来しかな（新古今集・恋四・一二六一・読人不知）

草も木も枯れゆく色に寂しきは外山の庵の秋の夕暮（順徳院御集・同〔承久元年二月〕廿三日、当座歌合・暮秋夕・一二三四）

厭ひ得て雲なき空となるままにいや遠ざかる山の端の月（千五百番歌合・秋二・一二五六・具親）

〔語釈〕 ○秋天 歌題としては珍しい。

〔他出〕 中書王御詠・秋・百五十首歌に、秋天・一〇一。

〔補説〕 「秋の夕暮」を「寂し」とするのは、良暹詠「寂しさに宿を立ち出でてながむればいづくも同じ秋の夕暮」（後拾遺集・秋上・三三三）や、その「良暹法師の許に遣しける」と詞書する「思ひやる心さへこそ寂しけれ大原山の秋の夕暮」（同・雑三・一〇三八・国房）、あるいは「いかばかり寂しかるらん木枯らしの吹きにし宿の秋の夕暮」（同・哀傷・五五四・顕房室隆子）の『後拾遺集』の三首と、寂蓮の「寂しさはその色としもなかりけり槙立つ山の秋の夕暮」（新古今集・秋上・三六一）に代表されて、通念となっていよう。中で、三句に「寂しきは」、結句に「秋の夕暮」を置く形は、参考歌の順徳院詠が早い例となる。その後、所謂宇都宮歌壇の『新和歌集』に「み山辺や住みならひても寂しきは桐の葉落つる秋の夕暮」（雑上・山家秋・七九七・源宗景）と「憂き世にてながめしよりも寂しきは草の庵の秋の夕暮」（雑上・宇都宮神宮寺二十首歌・七九九・浄忍）の両首が見える。宗尊自身も該歌より先に「色かはる野辺よりもなほ寂しきは朽ち木の杣の秋の夕暮」（宗尊親王三百首・秋・一一二。瓊玉集・秋上・一九七）と詠じている。後代では、「松の葉のかはらぬ色も寂しきは尾上時雨るる秋の夕暮」（光吉集・秋・一三一）や「ことわりと思ひながらも寂しきはみ山の庵の秋の夕暮」（草庵集・秋上・四四二）が目に付く程度である。該歌も、これらの類型の中にあるが、「山の端に月ほの見えて」「雲なき空の」の措辞によって、新鮮な趣がある。それも例えば、「ながめつつ何にたとへむ方もなし雲なき空の秋の夜の月」（如願法師集・秋明月・五一六）という雲のない秋天の明月の景趣を讃美する歌と対比する時、同様の景趣に物寂しさを表出する宗尊の述懐性が際立つか。

495

雑天々

それをだに思ふことゝて幾《いく》度か答《こた》へぬ空に身を愁《うれ》ふらん

〔現代語訳〕雑の天

せめてそれをだけでも私が心に思うこととして、いったい幾度答えない空に、我が身を愁訴するのだろうか。

〔本歌〕それをだに思ふこととて我が宿を見きとな言ひそ人の聞かくに（古今集・恋五・八一一・読人不知）

うちわびて呼ばはむ声に山彦の答へぬ空はあらじとぞ思ふ（後撰集・恋五・返事せぬ人につかはしける・九六九・読人不知。貫之集・六五五。古今六帖・第二・やまびこ・九九七）

〔語釈〕**○雑天**　珍しい詞の題になるが、これはある語（字）に春夏秋冬と雑を冠した設題の規制の結果であろう。以下も同様である。**○それ**　「愁ふ」を指す。**○思ふ**　相手が思うの意の本歌とは異なり、自分自身が思うの意。**○答へぬ空**　本歌の『後撰集』歌が原拠の措辞。平安期にも他の用例が若干見えるが、鎌倉時代になると、建仁元年（一二〇一）二月の『老若五十首歌合』で、定家が「仰げども答へぬ空の青緑むなしく果てぬ行く末もがな」（雑・四二五）、良経が「世の中をあるにまかせて過ぐるかな答へぬ空をうち詠めつつ」（同・四五四）と詠じ、直後の同年三月には、後鳥羽院が「袖の露をいかにかこたん言問へど答へぬ空の秋の夕暮」（後鳥羽院御集・〔建仁元年三月〕外宮御百首・秋・三四〇。続古今集・秋上・三六二）と詠じる。土御門院にも「いたづらに答へぬ空を仰ぎつつあはれあな憂と過ぐすなりけり」（土御門院御集・雑・三〇〇。新続古今集・雑下・二〇三八）の作がある。これらも宗尊の視野に入っていた可能性が高い歌々であろうが、その原拠が『後撰集』歌であることも、宗尊は当然に認識していたであろう。

〔補説〕『中書王御詠』に「愁へに沈みて後、月を見て」の詞書の下に収める類詠「夜もすがら答へぬ月に音をぞ泣くありしにかはる身を愁ふとて」（秋・一一五）は、やはり文永三年（一二六六）七月の失脚後のしかるべき時期の詠作と見るべきであろう。該歌の「幾度か」に着目すれば、該歌が後出である可能性があるのではないだろうか。

春日

春の日の藪《やぶ》しも分《わ》かぬ光にも洩《も》れたるもの《物》を我《わ》が身なるらむ

〔現代語訳〕春の日

春の日の、藪でも分け隔てせず洩れこぼれるはずの日の光にさえも、それからはずれて（この身には）日の光（恩寵）が当たらないのだけれど。（それはそれで）我が身なのであろう。

〔本歌〕日の光藪し分かねば石の上古りにし里に花も咲きけり（古今集・雑上・石上の並松が宮仕へもせで、石上といふ所に籠り侍りけるを、俄に冠り賜はれりければ、喜び言ひ遣はすとて、よみて遣はしける・八七〇・布留今道）

〔参考歌〕空晴れて藪しも分かぬ日の本の秋津島根はのどけかりけり（宝治百首・雑・寄日祝・三九七一・頼氏）

〔語釈〕**〇日**　折（一定の日）の意に、日光（太陽）の意が重なるか。**〇光**　本歌を承け、帝の恩寵を寓意するか。その場合、当代亀山天皇よりも、宗尊の父帝後嵯峨院のそれと見るべきであろう。**〇洩れ**　除外される、はずれるの意。「日」「光」の縁で、日の光が隙間を通って出る意が掛かる。

〔補説〕「ものを」が「ものは」であれば、一首の通りは良く、意味がより明快である。しかしそれだけに、「ものを」は誤写ではなく原態である可能性が高く、宗尊は屈折ある表現を選択したと見るべきであろう。

497

夏日《々》

磯辺《いそへ》なるむろの木陰に舟浮《う》けて夏の日暮《く》らす鞆《とも》の浦《うら》人

〔現代語訳〕 夏の日

磯辺にあるむろの木陰に舟を浮かべて、夏の一日を暮らす鞆の浦の浦人よ。

〔本歌〕 鞆の浦の磯のむろの木見るごとにあひ見し妹は忘られむやは（新勅撰集・雑四・一三二三・旅人。五代集歌枕・ともの浦　鞆浦　備後・一〇六八、結句「忘られんや《ママ》」。原歌万葉集・巻三・挽歌・大宰帥大伴卿向レ京上レ道之時作歌五首・四四七、三句「見むごとに」結句「忘られめやも」）

〔参考歌〕 梓弓磯辺に立てるむろの木のとことはにうつ鞆の浦浪（新撰六帖・第六・むろ・二四三七・為家）

鞆の浦の磯辺に立てるむろの木につなげる舟の主は誰ぞも（三十六人大歌合弘長二年・九九・隆弁）

〔影響歌〕 播磨路の追風ながら鞆の海のむろの木陰に舟は来にけり（草根集・雑・浦舟・九二四八）

〔語釈〕 **○むろの木陰**　先行例を見ない措辞。「むろ」については、219語釈参照。**○舟浮けて**　万葉語。勅撰集では、『続古今集』に赤人の「天の川安の河原に舟浮けて秋風吹くと妹に告げこせ」（秋上・三〇八）が採られたのが初出だが、宗尊は既に文応元年（一二六〇）の『宗尊親王三百首』で「岩高き塩田の川に舟浮けてさし昇りたる月を見るかな」（秋・一四〇）と用いている。**○夏の日暮らす**　新鮮な措辞。為家の「おのづからおのが葉陰にかくろへて秋の日暮らす朝顔の花」（為家集・秋・槿花一日同（文永）八年四月十八日続百首題自和漢朗詠内注出之・五〇六）は後出。**○鞆の浦人**　「鞆の浦」の「浦人」（漁師などの海辺に住む人）ということ。「鞆の浦」については、219語釈参照。

〔補説〕 宗尊は該歌より先に、「文永元年十月百首歌」（恋）で「鞆の浦の磯辺に立てるむろの木の常世に人を恋ひつつぞふる」（柳葉集・巻四・六〇四）と詠んでいる。これは、参考歌の為家詠に倣ったと思しいが、その本歌は、右に挙げた『万葉集』の旅人歌と同機会の「吾妹子が見し鞆の浦のむろの木は常世にあれど見し人ぞなき」（四四六）である。宗尊もそれを認識していたであろう。別に宗尊は、「文永三年十月五百首歌」でも「樫」（むろ）題で「つれなさのこれや憂き身の鞆の浦寂しく立てる磯のむろの木」（本抄・巻一・219）と詠じている。

正徹詠を、「むろの木陰」の「舟」の一致から影響歌として挙げたが、偶合であるかもしれず、正徹詠全体の検証の中で、改めて宗尊詠との関係を探る必要があろう。

秋日々

秋の日の傾《かたふ》きやすき影をさへ物思ふ比は暮《く》らしかねつゝ

〔現代語訳〕 秋の日

秋の日のすぐ西に傾きがちな光までも、物思いをしている頃は、その日を過ごしあぐねていて。

〔参考歌〕 つれづれの秋のながめのうたた寝にやすく日影の傾きにける（新撰六帖・第四・うたたね・一二四三・知家）

夜もすがら物思ふ頃は明けやらぬ閨のひまさへつれなかりけり（千載集・恋二・七六六・俊恵）

宿からの身のつれづれの雨により春日もことに暮らしかねつつ（宝治百首・春・春雨・三四五・寂西）

〔補説〕 「暮らしかぬ」を用いた歌としては、詞書に「一条院御時、皇后宮に清少納言初めて侍りける頃、三月ばかり二、三日まかでて侍りけるに、かの宮よりつかはされて侍りける」という、定子の「いかにして過ぎにし方を過ぐしけん暮らしわづらふ昨日今日かな」（千載集・雑上・九六六。枕草子・三〇）に対する清少納言の返歌「雲の上も暮らしかねける春の日を所がらともながめつるかな」（同・同・九六七。同・三一）が早い例となる。この清少納言詠の影響下に、「春」に「暮らしかね」とする歌が鎌倉時代に散見する。参考歌の寂西歌もこれに負っていよう。

冬日《々》

雲さえし空とも見《み》えずのどかにて朝日に磨《みか》く峰《みね》の白《しら》雪

【現代語訳】冬の日

雲が冷たく冴えていた空だとも見えずのどかで、朝日に磨いて輝きを見せている峰の白雪よ。

【参考歌】雲さえて峰の初雪降りぬれば有明の外に月ぞ残れる（拾遺愚草・韻歌、百廿八首和歌建久七年九月十八日内大臣家、他人不詠・冬・一六五八）

今はとて寝なましものを時雨れつる空とも見えず澄める月かな（新古今集・冬・雨後冬月といふ心を・六〇〇・良暹）

天の原澄めるけしきはのどかにて早くも月の西へ行くかな（千載集・雑上・九九二・賀茂成保）

玉桙の道白妙に降る雪を磨きて出づる朝日影かな（御室五十首・冬・五三四・定家）

【影響歌】①晴れそむる雲のとだえの方ばかり夕日に磨く峰の白雪（玉葉集・冬・九五六・道平）

②雲晴れて朝日に磨く白玉のをさきが原に氷るあは雪（最上の河路・六・雅有。隣女集・巻三・冬・をさきが原といふ所にて・一三二八）

③雨晴るる軒端の桜枝垂れて朝日に磨く花の上の露（俊光集・春・永仁内裏御会の続歌に・朝花・六五）

④み吉野の滝つ氷はとけぬらし朝日に磨く波の初花（拾藻鈔〔公順〕・春上・入道前大納言家日吉社百首歌・一一三）

⑤降り白む雲の絶間に顕れて朝日に磨く雪の遠山（菊葉集・冬・八八六・前右大臣〔実直か〕）

⑥暁は光ぞまさる入り方の月に磨ける峰の白雪（文保百首・冬・六六四・実泰）
⑦花を見し面影去らで吉野山月に磨ける峰の白雪（新千載集・冬・七一二・公敏）
⑧山はみな鏡をかけて有明の月に磨ける峰の白雪（師兼千首・冬・暁山雪・五六四）

〔語釈〕 **○空とも見えず**　参考歌の良暹詠に負っていようが、宗尊の父後嵯峨院にも「かき暗す空とも見えず夕立の過ぎ行く雲に入日さしつつ」（宝治百首・夏・夕立・一一二二）の作があって、宗尊はこれも学んでいたであろう。

〔補説〕　措辞は参考歌に負いつつも、新鮮な景趣の歌となっているが、その主因は「朝日」に「磨く」「雪」を詠じている点にあろう。参考歌の定家の「玉梓の」詠に倣った結果でもあろう。影響歌①に挙げた『玉葉集』の道平詠が、該歌に拠ったものであるとすれば、新古今歌人の新奇な詠みぶりが、宗尊等の（広義の）関東縁故歌人を経由して、京極派の勅撰集に掬い上げられる一例と言えよう。影響歌②の雅有詠も、同時代歌人の秀句を取りこむ傾向がある祖父雅経にも通じる雅有の詠作方法と関東祇候の廷臣歌人である雅有の境遇とに照らせば、該歌に倣った可能性は高いであろう。他に「朝日に磨く」を用いた三首を、③～⑤に挙げておいたが、これらは①や②に学んだ可能性も排除できない。同様に、⑥～⑧の「月」に「磨」く「峰の白雪」の三首は、①の『玉葉集』歌から援用したり、相互に依拠したりした可能性があるであろうが、一応該歌に溯る措辞・趣向の歌として掲出しておく。

500

春月

春の月涙の外《ほか》に見《み》る人や霞《かす》める影《かけ》のあはれ知《し》るらん

〔現代語訳〕　春の月
春の月よ、涙とは無縁に見る人が、霞んでいるその光の趣ある風情を知るのだろうか。

〔参考歌〕　さやかにも見るべき月を我はただ涙に曇る折ぞ多かる（拾遺集・恋三・七八八・中務）

時分かぬ涙に袖はおもなれて霞むも知らず春の夜の月（土御門院御集・詠二十首和歌承久四年正月廿五日・四季月・春・一一五。秋風集・春上・五六・土御門院）

荻の葉に風の音せぬ秋もあらば涙のほかに月は見てまし（新勅撰集・秋上・二二三・道助。三十六人大歌合（元暦）・七。新三十六人撰正元二年・六三、四句「涙のほかの」。新時代不同歌合・二八七）

〔語釈〕**○涙の外に**　涙の埒外に、涙とは関係なく、涙を流すことなく、ということ。参考歌の道助詠が早い例となり、宗尊はこれに学ぶか。「涙の外」は、宗尊好尚の語。→補説。**○霞める影**　「見る程にいかでかたらむ玉津島霞める影の春の夜の月」（玉津島歌合弘長三年・島春月・二三・為氏）や「春の月霞める影のうつろひて花もおぼろのにほひなりけり」（白河殿七百・春・月前花・九七・経任）が、宗尊に身近な例となる。

〔補説〕「見る人や…知るらん」を反語に解すると、「いや、人は分かるまい。自分のように涙と共に霞む月を見る者が、本当の春の月の情趣を分かるのだ」という含意があることになろう。疑問に解すると、自分は涙で見えず春の霞む月の情趣を認識しないけれど、涙に無縁の人がそれを知るのだろうか、という主意の歌となる。参考歌の土御門院詠に拠ったと見て、後者に解しておく。

「不明不暗朧朧月」に基づく千里の「照りもせず曇りもはてぬ春の夜の朧月夜にしくものぞなき」（千里集・七二。新古今集・春上・五五）の示す景趣の類型の大枠の中に、さまざまな「春」のおぼろに霞む「月」が詠まれるが、例えば鎌倉中期には、「深き夜のあはれも空に知られけりおぼろに霞む春の月影」（宝治百首・春・春月・四四〇・下野）や「春はなほ霞むにつけて深き夜のあはれを見する月の影かな」（続古今集・春上・七七・土御門院小宰相）や「月影の霞むは憂きをいかにして春はあはれと思ひ初めけん」（同・同・七八・顕朝）等々というように、その「月影」の「あはれ」が詠まれているのである。かつて真観は「あはれをばいづくにそふる影ならんつらさ霞める春の夜の月」（百首歌合建長八年・春・三二一。三十六人大歌合弘長二年・一九二）と、そのような伝統的通念に反駁するかのように詠じた。しかしまた、その真観詠に異を唱えるごとく、宗尊は「霞めるはつらきものからなかなかにあはれ知らるる春の夜の月」（瓊玉集・春上・春月を・三〇）と詠んだのであった。従って、「霞」む「春」の「月」を「あはれ」と見る点では、宗尊は伝統的通念の中にあると見てよく、該歌もその類型の範疇にあると言える。そこに、「涙の外」の語を用いた点が、宗尊の工夫であろう。その「涙の外」を、宗尊は次のように用いている。

①空も憂き時や知るらむかみな月涙の外のまた時雨れつつ（柳葉集・巻一・弘長元年五月百首歌・冬・四〇）

②今日はまた涙の外に菖蒲草長きねをさへ袖にかけつつ（柳葉集・巻二・弘長二年十二月百首歌・菖蒲・三一四）

③あはれ我が涙の外の秋ならば置きける露や袖に知らまし（中書王御詠・秋・百首の歌の中に・九四）

④なほざりの秋の空ゆく月だにも涙の外の影をやは見し（中書王御詠・雑・手越宿にて月を見て・二一八）

⑤返しても涙の外の玉は見ず夜半の衣の恨めしの身や（本抄・巻一・文永三年十月五百首歌・玉・168。中書王御詠・雑・雑の歌の中に・二八二）

⑥冬来ぬと涙の外も時雨るなりいかがはすべき墨染めの袖（本抄・巻五・〔文永九年十一月頃百番自歌合〕・初冬・958）

これらの内、①②⑥の「涙の外」は、涙以外、あるいは涙に加えて他、の意。③④の「涙の外」は、該歌と同様に、涙と無関係、涙を流すことのない、の意。⑤は、前者に解するのが穏当であろうが、後者に解されなくもない。いずれにせよ、和歌一般がそうであることを超えて、境涯から見て特に、「涙」を意識して詠ずる傾きがあったかと想像される宗尊らしい詠みぶりではあろう。また、「涙の外」という比較的新しい語を多用している点には、宗尊の学習や詠作の傾向の一端が窺えよう。

夏月

鵑のお《を》のが羽《は》がひの山越《こ》えて鳴《な》く音も涼し短夜《みじかよ》の月

〔現代語訳〕夏の月

鵲の、おのれ自身の翼の「羽交ひ」ならぬ、「羽易」の山を飛び越えて鳴く音も涼しい。夏の短い夜の月よ。

〔参考歌〕 鵲の羽がひの山の山風の払ひもあへぬ霜の上の月（拾遺愚草・春日同詠百首応製和歌〔建保四年正月〕・冬・一三五九）

蜩の鳴く音も涼し夏山の木の下隠れ秋や来ぬらん（東撰六帖抜粋本・夏・納涼・一九九・証定）

郭公鳴く音もまれになるままにやや影涼し山の端の月（老若五十首歌合・夏・一八八・良経。秋篠月清集・院無題五十首・夏・九一八）

程もなし朝妻舟の追風に雲路ともなふ短夜の月（影供歌合建仁三年六月・水路夏月・四〇・定家）

〔他出〕 中書王御詠・夏・夏月・六九。夫木抄・雑九・動物・鵲・御集、夏月・一二七〇四。

〔語釈〕 **○おのが羽がひの山越えて** 「はがひ」を掛詞に「おのが羽交ひ」から「羽易の山越えて」へ鎖る。「羽交ひ」は、鳥の両翼が交差する部分、転じて羽・翼そのものを言う。「羽易の山（羽買の山）」は、大和国の歌枕。「春日なる羽易の山ゆ」（万葉集・一八二七）「春日なる羽易山なる」（赤人集・一三二）等と詠まれ、春日山の中の一峰という認識があったらしい。**○鳴く音も涼し** 先行例の少ない句。参考歌に挙げた、宗尊幕下に成立と考えられる『東撰六帖』の一首以外には、嘉禎三年（一二三七）六月五日の成立という『楢葉集』の「うつせみの鳴く音も涼し夕づく日か「　」山の峰の常磐木」（夏・一六六・専寂）が目に入る程度。ここの「も」は並列で、「短夜の月」も「涼し」く、「鵲の」「鳴く音」も「涼し」ということか。あるいは、「羽交ひ」の縁で、羽風が涼しいとの意が響くか。**○短夜の月** 参考歌の定家詠の後に、後鳥羽院も「誰が禊ぎ夕されくれてかげろふの燃ゆる春辺の短夜の月」（後鳥羽院御集・建保四年二月御百首・春・五一二）と詠む。宗尊は該歌以前に、文応元年（一二六〇）の『宗尊親王三百首』で「明けぬともなお影残せ白妙の卯の花山の短夜の月」（夏・七三）、「潮の満つ入江の松の木の間より見えてすくなき短夜の月」（夏・八九）、弘長二年（一二六二）の「弘長二年冬弘長百首題百首」（仮称。柳葉集・巻二・一四四〜二一八）で「いかにせん闇のうつつを厭ひても夢にまさらぬ短夜の月」（同・同・夏・夏月・一六五）、また、該歌以後の「文永六年五月百首歌」でも「竹の葉に風吹く窓は涼しくて臥しながら見る短夜の月」（本抄・巻四・夏・712）と用いていて、「短夜の空」（柳葉集・三一七、六九六）と共に宗尊好尚の句であることが窺われる。右掲の定家と後鳥羽院の歌以後は、宗尊の他にも、関東祗候の雅有（雅有集・三一一＝隣女集・一五四〇、雅有集・七四五）や宇都宮景綱（沙弥蓮愉集・一八三、一八六）や大江広元の曾孫茂重（茂重集・六一）等の関東縁故者の作例が目に付く。勅撰集では『玉葉集』の三首（三八五・公守、三九三・有忠、三九四・院新宰相）が初出となる。これも、新古今歌人詠出の新しい句形が、関東圏の歌人の使用を経て、京極派勅撰集に顕現した例と捉えることができよう。

〔補説〕鎌倉時代以降の詠作の表現に負ったと思しく、宗尊の学習と詠作の方法の一端を窺い得る一首でもある。

秋月々

今かかる涙に見《み》んと思ひきや都《宮古》の空の秋の夜《よ》の月

〔現代語訳〕秋の月

今（我が身に）降り掛かるこのような涙の中で見るだろうと（昔は）思ったか（思いもしなかった）。この都の空の秋の夜の月を。

〔参考歌〕思ひきや古き都を立ち離れこの国人にならむものとは（後拾遺集・雑三・一〇一七・懐寿）

おぼつかな都の空やいかならむ今宵あかしの月を見るにも（後拾遺集・羇旅・五二三・資綱）

思ひきや山のあなたに君をおきてひとり都の月を見むとは（秋風集・雑上・清少納言山里に住み侍りける頃、月いと明かかりける夜言ひ遣はしける・一一一七・道長。清少納言集・七。続後拾遺集・雑中・一〇六〇）

いにしへを恋ふる涙にくらされておぼろに見ゆる秋の夜の月（詞花集・雑下・三九二・公任）

〔類歌〕思ひきや年ふる里を住みかへて今年都の月を見むとは（隣女集・巻二自文永二年至同六年・秋・月・四八五）

〔語釈〕 **○かかる** 「掛かる」に「思ひきや」の縁で「斯かる」（このようなの意）が掛かる。

〔補説〕 京都に生を享けながらはからずも、鎌倉の主となって十一歳から二十五歳までを関東に過ごし、再び京都に戻されて秋の月を万感の涙の内に見る感懐であろう。参考歌の『後拾遺集』歌両首に負っていようが、道長詠や公任詠にも学んでいたか。

雑月

すむ月の憂《う》き世の外《ほか》も頼《たの》まれず慰《なぐさ》みぬべき愁へ・ならねば

〔現代語訳〕 雑の月

明るく澄む月が照らす私の今住むこの憂き世の、そのよそであっても、あてにすることはできない。いずれにせよ、なだめることができるような私の愁いではないので。

〔参考歌〕 もろともに同じ憂き世にすむ月のうらやましくも西へ行くかな（後拾遺集・雑一・八六八・中原長国妻）

入る方を憂き世の外に慰めて月に心の闇ははるけよ（続古今集・雑下・一八三九・鷹司院按察）

かりにぞと言はぬさきより頼まれずたちどまるべき心ならねば（千載集・恋五・九一四・赤染衛門。続詞花集・恋下・六五五。赤染衛門集・三四八）

〔語釈〕 **○すむ** 「澄む」に「（憂き）世」の縁で「住む」が掛かる。**○憂き世の外** 憂く辛いこの世以外の所。参考歌の『続古今集』歌の「憂き世のほか」は西方極楽浄土を暗示するが、ここは、俗世から出離した出家者の世界を言うか。

504

夏雲

なにぞこは待《ま》たるる月はさもあらで山の端《は》のぼる夕立の雲

〔現代語訳〕夏の雲

何だ、これは。心待ちにされる月はそうでもなくて、かわりに山の端を上る夕立の雲とは。

〔参考歌〕なにぞこは稲負鳥の名のみして刈り干す民に足たゆく来る（新撰六帖・第二・いなおほせ鳥・六六〇・真観）

夕立の風に別れて行く雲におくれてのぼる山の端の月（秋篠月清集・夏・雨後夏月・一〇九〇。後京極殿御自歌合・雨後夏月・四四。風雅集・夏・三八九・良経）

〔語釈〕〇なにぞこは　何だ、これは。「こはなにぞ」の倒置形。参考歌の真観詠の他に、同時代では『現存六帖』に「なにぞこは世に定めなき花桜惜しきばかりのかはらざるらん」（はなざくら・六一一・実経）が見える。宗尊は、これらに学んだのであろう。

〔補説〕参考歌の良経詠や、詞書を「雨後月明といへる心をよめる」とする『千載集』の俊恵詠「夕立のまだ晴れやらぬ雲間より同じ空とも見えぬ月かな」（夏・二一七）等の、夏の夕立を降らせた雲の後に照る月の景趣を踏まえながらも、その夕立をこれから降らせるはずの積乱雲と思しき雲が、月をさしおいて山の稜線を上って行くさまを詠じるるか。

505

秋雲々

草木吹《ふ》くむべ山風《かせ》の夕暮《くれ》に時雨《しく》れて寒《さむ》き秋の群《むら》雲

〔現代語訳〕秋の雲

草木を吹く（そして萎れさせる）、なるほど（嵐と言うはずの）山風のうちの夕暮に、時雨を降らせて寒い秋の群雲（が流れ行く）よ。

〔本歌〕 吹くからに秋の草木のしをるればむべ山風を嵐といふらむ（古今集・秋下・二四九・康秀）

〔参考歌〕 あはれ我が身にしみ渡る夕べかな時雨れて寒き秋の山風（新撰六帖・第一・あきの晩・一五五・真観）

思ひあへず時雨れにけりな立田山薄霞み行く秋の群雲（夫木抄・秋四・秋雑・貞応三年百首・五五五二・為家。同・秋六・秋山・貞応三年四季百首、秋雲・六〇一二）

〔補説〕 「秋の群雲」は、参考歌の為家詠などに学びつつ、宗尊が好んだか。該歌に先行して、「憂く辛き物なりけりな更くる夜の月の空行く秋の群雲」（瓊玉集・秋下・和歌所にて男ども結番歌読み侍りける次に・二二〇）や「時雨れぬと見ゆる空かな雁鳴きて色づく山の秋の群雲」（続古今集・秋下・五〇七）と用いている。安貞元年（一二二七）生で正安二年（一三〇〇）没の源雅言に「山の端の夕日の影もたえだえに時雨れて過ぐる秋の群雲」（玉葉集・秋下・暮秋望・八一五）があるが、詠作時期は不明である。雅有の「染め返しなにをあかずと時雨るらん紅葉にかかる秋の群雲」（隣女集・巻四自文永九年至建治三年・秋・紅葉歌中に・二一六七）は、該歌よりも後出であり、為家や宗尊の歌に倣った可能性が高いであろう。勅撰集では、右の『玉葉集』所収雅言詠の他には、『風雅集』の徽安門院詠「雁の鳴くとほちの山は夕日にて軒端時雨るる秋の群雲」（秋中・秋歌とて・五四一）という、きわめて京極派らしい一首が見えるのみである。宗尊の好みが京極派に通うことを窺わせる小さな事例の一つと言えよう。

冬雲

古郷は雪げになれやみ吉野《よしの》の山嵐《あらし》さえて雲のかかれる

〔現代語訳〕 冬の雲

古里は雪もよいになればか、吉野の山から吹く激しい風が冷たく冴えて、山には雲がかかっている。

〔参考歌〕み吉野の山の白雪積もるらし古里寒くなりまさるなり（古今集・冬・三二五・是則）
秋篠や外山の里や時雨るらん生駒の嶽に雲のかかれる（新古今集・冬・五八五・西行）
み吉野の時雨も日数ふる里にかよふ嵐や雪げなるらん（後鳥羽院御集・〔建仁元年三月〕外宮御百首・冬・三五九）
古郷は吉野の山の山嵐に吹きくるたびに雪は散りつつ（洞院摂政家百首・冬・雪・九〇〇・実氏）

〔語釈〕 **○古郷**　故郷、古里。「吉野」は、古代に離宮が営まれた（故京）という通念から、このように言うのが類型となっている。↓22。**○雪げになれや**　新鮮な句形。後出では、京極派の『二十番歌合（嘉元～徳治）』に、永福門院の「神無月時雨の空も日数経て雪げになれや雲ぞしづまる」（雲・一）と永福門院内侍の「風早み時雨るる頃は浮き立ちて雪げになれや雲ぞしづまる」（同・四）が見える。「雪げ（雪気）」は、雪の降りそうな気配・空模様。**○み吉野の山**　大和国の歌枕。吉野山のこと。奈良県吉野郡の金峯山一帯の山。

〔補説〕　参考歌の是則詠を初めとする「吉野」の「古里」と「山」との気象の連関を下敷きにして、西行詠を換骨奪胎したとも言える詠み方。後鳥羽院や実氏の歌の詞遣いにも学ぶところがあったか。

雑雲

夕暮の高嶺《たかね》にかくる雲見《み》ればすずろにもの《物》のあはれなるかな《哉》

〔現代語訳〕　雑の雲
夕暮の高嶺におおいかける雲を見ると、訳もなくむやみに、しみじみともの哀れであることだな。

〔参考歌〕　おぼつかな秋はいかなるゆゑのあればすずろにものの悲しかるらん（新古今集・秋上・三六七・西行。山家

集・秋・秋歌中に・二九〇。西行法師家集・雑・題不知・六一八）
ちはやぶる神のいがきに巫覡《きね》がふるすずろにもののあはれなるらん（明日香井集・百日歌合毎日一首後不見建保二年七月廿五日始之・八女・七〇一）
夕暮は雲のはたてに物ぞ思ふ天つ空なる人を恋ふとて（古今集・恋一・四八四・読人不知）

〔補説〕参考歌の雅経詠は、西行詠に負っていようか。その西行詠は、『大和物語』の「世にふれど恋もせぬ身の夕さればすずろにものの悲しきやなぞ」（十九段・二八・二条の御息所）を踏まえたかとも疑われる一首である。該歌の下句は、これらを視野に入れていたことの反映であろう。同時に、「夕暮」の「雲」に物思いをするという『古今集』歌の発想の枠組みの中にある歌でもあろう。

春風

果《は》てはみな別《わか》れありてふ憂《う》き世とて花にも避《さ》らぬ春の山風《かせ》

〔現代語訳〕春の風
最後は皆別れがある、という憂く辛いこの世だといって、桜の花にも避けることなく吹く春の山風よ。

〔参考歌〕花ゆゑに問ひ来る人の別れまで思へば悲し春の山風（新勅撰集・春下・一一二・慈円。慈鎮和尚自歌合・花の歌中に・三八。拾玉集・花月百首・一三二九）
吹く風の避らぬならひも忘られて千代もと嘆く花の陰かな（続古今集・春下・一〇九・鷹司院按察。万代集・春下・三七二）

〔類歌〕身のための憂き世とばかり思ひしに花にもあれや春の山風（東撰六帖・春・桜・二二四・公朝）

夏風々

夕されば涼しくもあ《有》るか夏草の野島が崎《さき》の沖《おき》つ潮《しほ》風

〔現代語訳〕夏の風

夕方になると涼しいことであるな。（夏草の）野島が崎の沖に吹く潮風よ。

〔参考歌〕河風の涼しくもあるかうち寄する浪とともにや秋は立つらむ（古今集・秋上・一七〇・貫之）

おのづから涼しくもあるか夏衣ひもゆふ暮の雨の名残に（新古今集・夏・二六四・清輔。定家八代抄・夏・二五五。詠歌大概・秀歌体大略・二一。久安百首・夏・九三〇、四句「ひもゆふ立の」。清輔集・夏・夕立・八五、四句同上）

浜風に涼しくなびく夏草の野島が崎に秋は来にけり（続後撰集・秋上・二四〇・有家。千五百番歌合・夏三・一〇一〇。秋風集・秋上・二三三。和漢兼作集・秋上・五三四）

浦人も夜や寒からし霰降る鹿島が崎の沖つ潮風（万代集・冬・結縁経百首に・一三九一・為氏。新後撰集・冬・霰を・四九八、四句「鹿島の崎の」）

〔語釈〕○夏草の　「野（野島）」の枕詞。○野島が崎　淡路国の歌枕。現在の兵庫県津名郡北淡町、淡路島北端の野島の西海岸辺り。『万葉集』の「玉裳苅る敏馬《ひぬめ》（現行訓「みぬめ」）を過ぎて夏草の野島が崎に舟近づきぬ」（巻三・雑歌・柿本朝臣人麿羈旅歌八首・二五〇、異伝二句「をとめを過ぎて」）と「粟路《あはみち》の（現行訓「あはぢの」）野島が崎の浜風に妹が結びし紐吹き返す」（同上・二五一）が原拠。顕輔の「近江路や野島が崎の浜風に夕波千鳥立ち騒ぐなり」（顕輔集・長承元年十二月廿三日内裏和歌題十五首・千鳥・一〇一。風雅集・冬・七八八）や「東路の野島が崎の浜風に我が紐ゆひし妹が顔のみ面影に見ゆ」（千載集・雑下・一一六六）は、『万葉集』（二五一）の「粟路之」の旧訓「あはみちの」の訛伝・誤解あるいは意改に起因するか。『建保名所百首』や『八雲御抄』が、近江国（後者は一説淡路国）とするのも同根であろう。該歌の場合は、「沖つ潮風」の用語から、淡路国の「野島が崎」を詠じたと見るべきであろうが、宗尊自身が近江説を知っていた可能性は、否定できない。近江国のそれは、現在の滋賀県神崎郡能登川町にある野島崎神社辺りの洲崎に比定されている。

〔補説〕「夕されば」「涼し」とする歌は、早くは『行宗集』に「夕されば吉野の川の川風に岩越す波の音ぞ涼しき」（水風晩涼師時朝臣会・八六）が見え、同時代の道経にも「夕されば玉ゐる数も見えねども関の小川の音ぞ涼しき」（続詞花集・夏・水辺納涼をよめる・一四六）があり、これが『千載集』（夏・二一一）に入集するのが勅撰集の初出となる。また、覚性法親王に「夕されば見るさへ涼しを笹原風に波寄る深草の里」（出観集・夏・二六九）、経盛に「夕されば蘆の葉末に風過ぎて涼しく見ゆる難波潟かな」（経盛集・刑部卿頼輔卿家歌合に・四四）、長方に「夕されば難波の蘆を吹く風にこやの渡りぞ涼しかりける」（長方集・二条院御時、蘆葉有風といふ事を・六二）があって、院政期にはこの詠み方が類型化していることが窺われる。その後、新古今時代にも「夕されば波越す池の蓮葉に玉ゆりすうる風の涼しさ」（御室五十首・夏・六八・実房。玉葉集・夏・四二三）他の作例が散見する。実朝には「夕されば衣手涼したかまとの尾上の宮の秋の初風」（金槐集定家所伝本・秋・秋風・一六二）や「夕されば秋風涼し七夕の天の羽衣たちやかふらん」（同・同・秋の初めによめる・一六七）という両首がある。宗尊は既に「文永元年十月百首歌」（秋）で「夕されば山陰涼し吉野なる夏実の川の秋の初風」（柳葉集・巻四・五八〇）と詠じていて、該歌も含めて、院政期以来の詠み方に従っていると言える。

510

秋風々

憂《う》かりける草葉も知《し》らず我《わ》が為にまづ色どりし秋の初風《かせ》

〔現代語訳〕 秋の風

（すぐに色が変わるので）嫌だった草葉は（どうか）知らないけれど、先ず私自身にむけて、（人が）「飽き」と（心を）色づかせた「秋」の初風よ。

〔参考歌〕我が為に来る秋にしもあらなくに虫の音聞けばまづぞ悲しき（古今集・秋上・一八六・読人不知）

秋萩を色どる風の吹きぬれば人の心もうたがはれけり（後撰集・秋上・女のもとより、ふん月ばかりにいひおこせて侍りける・二二三・読人不知。業平集・染殿の内侍の許に通ひける頃、女・一一。古今六帖・第一・あきの風・四〇八・作者不記）

秋萩を色どる風は吹きぬとも心はかれじ草葉ならねば（後撰集・秋上・二二四・業平。業平集・一二。古今六帖・第一・あきの風・六二二、三句「早くとも」）

〔語釈〕**○まづ色どりし**　他に見ない句形。**○秋**　「憂かりける」の縁で「飽き」が掛かる、と解する。

〔補説〕やや分かりにくい歌である。「秋の初風」が人の心を「飽き」の色にした、秋風とともに人が私を飽きた、という主旨と見ておくが、必ずしも恋の気分という訳ではなく、述懐に傾いた歌ではあろう。

春雨

雨そゝく夕《ゆふ》べの空の薄《うす》霞もの《物》あはれなる春の色かな

〔現代語訳〕春の雨

雨が降り注ぐ夕方の空をおおう薄霞よ。何となくしみじみとした春の色であることだな。

〔参考歌〕なにとなくものあはれにも見ゆるかな霞や旅の心なるらん（長秋詠藻・故女院美福門白河押小路殿にて彼岸の御念仏ありし七日のほど、人人毎日会せんとて歌よみし中に、羈中霞といふ心を・二〇五）

なにとなくものあはれなる如月に雨そほ降れる夕暮の空（正治初度百首・春・九・後鳥羽院。後鳥羽院御集・

正治二年八月御百首・春・八、三句「如月の」）

天の原富士の煙の春の色の霞になびく曙の空（新古今集・春上・三三・慈円。正治後度百首・霞・一〇〇一。拾玉集・詠百首和歌・霞・三六七四）

〔他出〕 中書王御詠・春・春雨・一七。

〔語釈〕 **〇春の色** →492。

〔補説〕 「雨」が降った後に「薄霞」がかかったのではなく、降り注ぐ春の雨が景色を薄く霞ませている様子を詠じたか。

『中書王御詠』の為家評詞は「先年、融覚、霞、と詠じ候ふ。亡父、厚霞、面白し、と被レ難候ひき。下句不二庶幾一候。」という。「先年に、私融覚（為家）が、（薄い）「霞」と詠んでおります。亡父（定家）は、「厚霞」こそが趣があるのだ、と批難されました。だから、下句は請い願われるものではないのです。」といった意味であろうが、為家の「霞」の歌とそれに対する定家の批判が、具体的に何を指しているかは、現時点では不明である。

512

雑風

憂き身をばいかなる風の吹き頻《し》きて浪の騒《さは》ぎに沈《しつ》めはつらん

〔現代語訳〕 雑の風

この憂く辛い我が身を、どのような風が頻りに吹いて、波の騒ぎの中にすっかり沈めているのだろうか。

〔本歌〕 知りにけむ聞きても厭へ世の中は浪の騒ぎに風ぞ頻くめる（古今集・雑下・九四六・布留今道）

〔参考歌〕 雲居路のはるけきほどの空ごとはいかなる風の吹きて告げけん（後撰集・雑二・一一四一・読人不知）

〔語釈〕 **〇波の騒ぎに沈めはつらん** 不穏な世間の動向のうちに沈淪させられた自己を寓意する。

〔補説〕歌題から見て、本来は510の「秋風」題歌の次に位置するべきか。

513 夏雨

なにとなき昔語《かた》りに袖濡《ぬ》れて閑《しつ》かに暮《く》らす五月雨の比

〔現代語訳〕夏の雨
なにということもない昔語りに、袖が涙に濡れて、閑かに日を暮らす五月雨の頃よ。

〔参考歌〕なにとなく昔語りに袖濡れてひとり寝る夜もつらき鐘かな（後鳥羽院遠島百首・雑・八七）
舟人は苫の雫に袖濡れて幾夜とまりの五月雨の頃（白河殿七百首・夏・舟中五月雨・一七二・真観）

〔語釈〕○閑かに暮らす　先行例を見ない句。類似の措辞として、464の「静かにて明け暮らす」がある。

〔補説〕参考歌の真観詠は、「五月雨は苫の雫に袖濡れてあな潮どけの波のうき寝や」（千載集・夏・一八七・仲正）に拠ったもので、宗尊もそれは理解していたであろう。

514 秋雨

問《と》へかしな桐の葉《は》落つる山里《さと》の夕べの雨の秋《あき》のあはれを

〔現代語訳〕秋の雨
尋ねてくれよ。桐の葉が枯れ落ちる山里の、夕方の雨が降る秋のしみじみとした情趣を。

〔参考歌〕いかばかり君嘆くらん数ならぬ身だに時雨れし秋のあはれを（後拾遺集・哀傷・五五一・出雲）
夕されば松風寒し山里の秋のあはれを問ふ人もがな（治承三十六人歌合・松風・九六・寂念）
待つ人のあらば恨みや重ねまし桐の葉落つる秋の夕暮（宝治百首・秋・秋夕・一三八六・経朝）

み山辺や住みならひても寂しきは桐の葉落つる秋の夕暮（新和歌集・雑上・山家秋・七九七・源宗景）
秋の雨に桐の葉落つる夕暮を思ひ捨つるぞ待つにまされる（三十六人大歌合弘長二年・八・基家）

〔影響歌〕松に吹く夕べの風は昔にて桐の葉落つる故郷の雨（宗良親王千首・恋・寄桐恋・七〇六。新葉集・恋五・九九五・宗良）
問へかしな梧の葉落つる秋の雨ももろき涙にたぐふ夕べを（卑懐集〔基綱〕・恋・四九九）

〔補説〕参考歌の「秋のあはれ」の両首、「桐の葉落つる」の三首は、それぞれ宗尊の視野に入っていた可能性が考えられる歌々であるが、いずれの歌に拠ったかを特定することには意味がないであろう。
一応影響歌として挙げた姉小路基綱の一首については、基綱詠全体を検証する中で、改めて定位されるべきであろう。

冬雨

神無月袖より外の時雨《しぐ》るるは雲も愁《うれ》へのある《有》世なるらん

〔現代語訳〕冬の雨
神無月十月に、涙の袖以外が時雨れるのは、私ばかりでなく雲も愁えがあるこの世であるのだろうか。

〔参考歌〕神無月旅寝の空をながむれば袖より外もうち時雨れつつ（寂蓮法師集・雑・羈中時雨・一六三）
空に満つ愁への雲の重なりて冬の雪とも積もるなりけり（久安百首・冬・八五六・俊成。長秋詠藻・五六）
袖ぬらす時雨なりけり神無月生駒の山にかかる群雲（新勅撰集・冬・三八二・師賢）

〔類歌〕空寒み雲も愁へて神無月時雨れもはてぬ袖の色かな（草根集・冬・時雨・五〇二〇）

〔補説〕『中書王御詠』の「神無月空行く雲の晴るる間はあれども袖のなほ時雨れつつ」（冬・時雨・一三三）とは対

照的な趣向。

516

雑雨

いたづらにふり行く身こそあはれなれ涙の雨に袖をまかせて

〔現代語訳〕雑の雨

ただむなしく古びて行くこの身こそが悲しくさびしいよ。降りゆく涙の雨のままに、袖をゆだねて。

〔本歌〕いにしへにふりゆく身こそあはれなれ昔ながらの橋を見るにも（後拾遺集・雑四・一〇七四・伊勢大輔）

〔参考歌〕墨染の衣の袖は雲なれや涙の雨の絶えず降るらん（拾遺集・哀傷・一二九七・読人不知）

白雲の幾重の嶺を越えぬらんなれぬ嵐に袖をまかせて（新古今集・羇旅・九五五・雅経）

〔語釈〕○ふり　「古り」に「雨」の縁で「降り」が掛かる。

〔補説〕『後拾遺集』初出歌人の伊勢大輔の歌を本歌と見ることについては、『瓊玉和歌集新注』126・128補説、解説参照。

517

春暁

恨《うら》むべき山の端《は》までの影も見《み》ず霞《かすみ》の末の有明《あり》の月

〔現代語訳〕春の暁

（そこに入るなら）恨むに違いない山の端に到るまでの月光も見ないよ。（あたりを覆う）春霞の果てに沈む有明の月は。

〔参考歌〕惜しむべき雲のいづくの影も見ず霞みて明くる春の夜の月（宝治百首・春・春月・四〇三・実氏。続拾遺

集・春下・一三二）

誰が里に山の端までとながむらん明石の浦に有明の月（仙洞十人歌合・浦月・五七・家隆。壬二集・秋・仙洞にて十題歌合に、浦月・二四六二、二句「山の端までに」）

ながめやる霞の末はしら雲のたなびく山の曙の空（正治初度百首・春・二〇九・式子。式子内親王集・二〇七、二句「霞の末の」。三百六十番歌合・春・四）

〔類歌〕有明は入る恨みなき山の端のつらさにかはる暁の雲（玉葉集・秋下・七一六・雅有）

〔他出〕中書王御詠・春・春暁月・二五。

〔補説〕「あかなくにまだきも月の隠るるか山の端逃げて入れずもあらなむ」（古今集・雑上・八八四・業平。伊勢物語・八十二段・一四九・馬頭）は、人事を寓意したものではあっても、「月」が沈む「山の端」に対する感情を代表していよう。このような思いを基盤に、いつまでも沈まない「有明」の「月」であっても、「月はなほ入らで有明の山の端もさぞあらましに恨めしきかな」（民部卿家歌合建久六年・暁月・一〇二・丹後）といった「山の端」への「恨」みが表出されるのである。こういった通念を踏まえた詠作である。

夏暁

郭公声《こゑ》する方《かた》の山の端《は》に月傾《かたぶ》きて明《あ》くるしののめ

〔現代語訳〕夏の暁

時鳥の声がする方の山の稜線に、月が傾き沈んで、ほのかに白んで明ける暁よ。

〔本歌〕夏の夜の臥すかとすれば郭公鳴く一声に明くるしののめ（古今集・夏・一五六・貫之）

〔参考歌〕郭公月の傾く山の端に出でつる声の帰り入るかな（山家集・百首・郭公十首・一四七二）

郭公鳴きつる方をながむればただ有明の月ぞ残れる（千載集・夏・一六一・実定）

〔類歌〕 郭公鳴く一声はしののめの月を残して明くる山の端（四十番歌合建保五年十月・夏月・三二一・兵衛内侍）

〔他出〕 中書王御詠・夏・百五十首歌に、夏暁・五七。

〔語釈〕 **○郭公声する方の山の端に** 次句の「月傾きて」にかかると見るのが穏当だが、「明くるしののめ」にかかると見ることもできよう。もちろん、「時鳥」の本意は「一声」にあるので、両者にかかると見るべきではない。参考歌の西行詠や実定詠を踏まえれば、宗尊も少なくとも後者は意識していたのであろうし、やはりこの「山の端」は、西の山の稜線と解するべきであろう。↓補説。なお、「声する方」は、『古今集』の「秋の野に道もまどひぬ松虫の声する方に宿やからまし」（秋上・二〇一・読人不知）が原拠だが、鳥について言うのは『後拾遺集』の「数知らず重なる年を鶯の声する方の若菜ともがな」（春上・三七・藤三位親子）が比較的早い。時鳥についていう例は多くないが、頼政の「郭公声する方の空見れば月をながむる心地こそすれ」（為忠家初度百首・夏・雲間郭公・一八六）が早い。また、時鳥ではないが、雁と「月」との取り合わせでは、順徳院に「惜しむらん人の心をなく雁の声する方に月ぞ残れる」（紫禁集・同〔承久二年〕八月十五夜会・惜月・一一九一）がある。両首共に、宗尊の目に入っていたかもしれない。**○しののめ** 夜明け方、東方の空が少し白む頃、またその状態。

〔補説〕 「郭公声する方の山の端」が西の山の稜線であれば、「明くるしののめ」の東の山の稜線との対比となる。とすれば該歌は、古く人麿が「東野のけぶりの立てる所見てかへりみすれば月かたぶきぬ」（万葉集・巻一・雑歌・四八。玉葉集・旅・一一二四）と詠じた類型の大きな枠組みの中にある一首と言ってもよい。

参考歌の実定詠は、「有明の月だにあれや時鳥ただ一声の行く方も見む」（後拾遺集・夏・一九二・頼通）が踏まえられていようか（松野陽一校注『千載和歌集』平成五・四、岩波書店）。

秋暁

里《さと》人の砧《きぬた》の音に寝《ね》覚めして明け方寒《かたさむ》き月を見《み》るかな《哉》

〔現代語訳〕 秋の暁

　里人が打つ砧の音に目を覚まして、明け方の寒い空にかかる月を見ることだな。

〔参考歌〕 衣打つ砧の音にことよせて寝覚めがちなる秋の夜な夜な（久安百首・秋・七四五・実清）

　まどろまでながむる月の明け方に寝覚めやすらん衣打つなり（拾遺愚草・春日同詠百首応製和歌・秋・一三四四）

　月の色も山の端寒しみ吉野の故郷人や衣打つらん（内裏歌合建保元年閏九月・深山月・一・順徳院。紫禁集・同〔建保元年〕閏九月十九日歌合、深山月・二八三）

　夜を長み寝覚めて聞けば長月の有明の月に衣うつなり（金槐集定家所伝本・秋・月前擣衣・二四七）

〔他出〕 中書王御詠・秋・百五十首の歌に、秋暁・一一九。

〔語釈〕 ○明け方寒き　新鮮な措辞。後鳥羽院の「宮城野や暁寒く吹く風に鳴く音も弱ききりぎりすかな」（最勝四天王院和歌・宮城野陸奥・四三一）を初めとした、「暁寒き」がやや先行するが、いずれも鎌倉初期頃以降に詠まれ始める。「明け方寒き」の先行例は、藤原光経に「雲の色も明け方寒き山の端の松の葉ごしに残る月影」（光経集・冬・五〇六）がある。光経は「暁寒き」についても、「嵐吹く遠山もとの里つづき暁寒く衣打つなり」や「この頃の暁寒き月影に里も残らず打つ衣かな」（光経集・暁擣衣・五五三、五六六）と、擣衣を詠んでいて、この両首の景趣は該歌に通う。あるいは、宗尊はこれら真観の叔父光経の歌に学んでいたか、とも疑われるのである。

〔補説〕 宗尊は、参考歌に挙げた歌のいずれかにのみ拠ったという訳ではなく、これらの歌々に見られる言詞や想念に日頃から習っていた、と捉えるべきであろう。中で順徳院の一首は、雅経の「み吉野の山の秋風さ夜更けて故郷寒く衣打つなり」（新古今集・秋下・擣衣の心を・四八三）に負っていよう。該歌にも微かに、雅経詠の面影が感じられなくもない。

520

雑暁

暁《あかつき》の寝《ね》覚《さ》めのたびにしほるるは昔を思ふ涙《なみた》なり《成》けり

〔現代語訳〕雑の暁

暁に目を覚ますその度に、ぐっしょりと濡れるのは、昔を思って流す涙なのであったな。

〔参考歌〕暁の寝覚めのたびに音をぞ泣く後の世思ふ袖の枕に（秋風抄・雑・三一九・道家。夫木抄・雑十四・袖のまくら・雑歌中　秋風・一五三九二）

昔思ふさ夜の寝覚めの床さえて涙も氷る袖の上かな（新古今集・冬・六二九・守覚。正治初度百首・冬・三七二）

〔補説〕実体験に基づく率直な感懐かとも疑われる。とすれば、この「昔」は、将軍になる以前の幼少時か、将軍在位時か、東下・西上の折々か、あるいはそれら全てを包含した過去か。

521

夏朝

明けにけりまだ短夜《みしかよ》に捨てられて急《いそ》がぬ月の空に残れる

〔現代語訳〕夏の朝

夜が明けたのであったな。まだまだ短い夏の夜にうち捨てられて、急がない月が空に残っているよ。

〔本歌〕夏の夜はまだ宵ながら明けぬるを雲のいづこに月宿るらむ（古今集・夏・一六六・深養父）

〔参考歌〕 草の原野もせの露に宿借りて空に急がぬ月の影かな（続古今集・秋上・野月をよみ侍りける・四二四・為家。宝治百首・秋・野月・一六四七）

白雲にまがへし花は跡もなし弥生の月ぞ空に残れる（新勅撰集・春下・一二四・公経）

〔他出〕 中書王御詠・夏・百五十首の歌に、夏朝・七一、為家評詞「第三、四句、不㆓庶幾㆒候」。

〔語釈〕 ○明けにけり 初句に置くのは珍しい。「更けにけり山の端近く月さえて十市の里に衣打つ声」（新古今集・秋下・四八五・式子）等の「更けにけり」を初句に置く歌に倣ったかとも疑われる。また一方、本歌の『古今集』歌は、「夏の夜はまだ宵ながら明けにけり雲のいづくに月隠るらん」（継色紙、基俊本。古来風体抄・二一四）の形でも伝えられているのであり、宗尊がこれに拠った可能性を見る必要があろう。○まだ短夜に 特異な措辞。本歌の「まだ宵ながら」から発想されたと見る。まだまだ短い夏の夜に、というほどの意味か。先行例は見当たらず、後出では、『風雅集』の「七夕の契りは秋の名のみしてまだ短夜は逢ふほどやなき」（秋上・四六九・道平）が勅撰集唯一の例である。その後は、正徹に「洩る月に枝もさはらぬ竹の子のまだ短夜の窓ぞ涼しき」（正徹千首・夏・夏月・二七一。草根集・夏・夏月・二二四五）、実隆に「待ち待ちて心やすめむほどだにもまだ短夜の星合の空」（着到百首和歌永正六年九月九日・雪玉集・織女惜別・七〇〇五。称名院集・五四三）、伏見宮貞常親王に「今来んの秋の光は見えながらまだ短夜の有明の月」（後大通院殿御詠・秋近月明・四二四）等の作例が見える。後二首は、『風雅集』歌に拠ったものであろうが、正徹の一首についてはなお、宗尊詠にも倣った可能性を見ておきたい。○捨てられて 置き去りにされて、といった程の意味か。このように、「捨つ」に受け身の「らる」が付く形は、『中書王御詠』の為家評詞が言うとおり、伝統的雅詞ではない。早くは俊頼に、「捨てられてうき瀬に立てる水車世にめぐるとも見えぬ身なれや」（散木奇歌集・雑上・水車の程過ぎて、捨てたれば廻らぬを見てよめる・一三三七。田上集・六六）がある。新古今歌人では、家隆が好んだと思しく、「頼みこし我が心にも捨てられて世にさすらふる身を厭ふかな」（洞院摂政家百首・雑・述懐・一八二二。万代集・雑六・三七二二）、「無き名のみゆふつけ鳥の逢坂に捨てられてだに音をやなかばや」（道助法親王家五十首・恋・寄鳥恋・九三二。定家家隆両卿撰歌合・六六、結句「音をもなかばや」）、「老いが世の憂き身は春に捨てられてまたあら玉の年も急がず」（壬二集・日吉奉納五十首・冬・一八三〇）等と用いている。勅撰集には、右の家隆の「頼みこし」の一首が、『玉葉集』（雑五・二五一九）に入集するのみである。**○急がぬ月**　珍しい句。他には、幕末の井上文雄に「こよろぎのいそがぬ月に見渡せば雲居になりぬ伊豆の大島」（調鶴集・秋・海上月・三一四）の作例があるが、これは「こよろぎの磯」から「急がぬ月」へ鎖る形である。宗尊は恐らく、参考歌の為家詠に拠って詠出したのであろう。その為家が、『中書王御詠』の評詞でこの句を批判したのは、自身の「空に急がぬ月の影かな」が、「急がぬ月の空に残れる」と詠み替えられた、その「急がぬ月」が、俗に傾いた、あるいは意を尽くさない縮約のように感じられたからではないだろうか。

〔補説〕　初句に「明けにけり」を置くことや二・四句の措辞自体は新奇であり、三・五句の形も必ずしも伝統的ではない。その意味では、宗尊なりの野心的試みなのであろうが、一首全体としては、題の「夏朝」をむしろ「夏月」の本意の範疇で表したものと言える。なおまた、二句と三句が、勅撰集ではそれぞれ『風雅集』『玉葉集』にしか見えない点は、宗尊の詠みぶりと京極派の好みとに通う点があることを窺わせる。

秋朝

雁の鳴く秋の朝《あさ》けに見渡《みわた》せば霧隠《かく》れなる四方の山の端

〔現代語訳〕　秋の朝

雁が鳴く秋の早朝に見渡すと、霧に隠れている四方の山の稜線よ。

〔本歌〕　この頃の秋の朝けの霧隠れ妻呼ぶ鹿の声のさやけさ（続古今集・秋下・四四五・人麿。原歌万葉集・巻十・秋雑歌・詠鹿鳴・二一四一・作者未詳）

〔参考歌〕隔て行く霧隠れなる女郎花深き窓にもあるかとぞ思ふ（公衡集・賦百字和歌七月九日午時以後三時詠之・秋・をみなへし・三九）

立ち染むる霞の衣薄けれど春きて見ゆる四方の山の端（続後撰集・春上・一三・公経。万代集・春上・一九。道助法親王家五十首・春・初春・二。新三十六人撰正元二年・一〇二）

〔補説〕本歌の万葉歌原文は「比日之　秋朝開尓　霧隠　妻呼雄鹿之　音之亮左」。二句は旧訓・現行訓共に「あきのあさけに」、三句は旧訓「きりかくれ」現行訓「きりごもり」、五句は旧訓「こゑのはるけさ」あるいは「おとのはるけさ」現行訓「こゑのさやけさ」。また、この歌は、『古今六帖』（第二・しか・九四〇・作者不記）には二句「秋の朝けに」五句「音の寂しさ」、『綺語抄』（六四〇）には二句「秋の朝けに」下句「妻恋ふ鹿の音のともしさ」、『秋風集』（秋下・三六二）には下句「妻どふ鹿の声の寂しさ」作者「友則」で、それぞれ見える。

雑朝

また《又》さこそはかなく暮《く》れめ今日《けふ》と言《い》ひてあはれに空の明け・渡《わた》るかな《哉》

〔現代語訳〕雑の朝

さぞまた、はかなく一日が暮れるのだろう。今日も今日とて、しみじみと空が明け渡ることではある（けれども）な。

〔参考歌〕惜しめどもはかなく暮れて行く年の偲ぶ昔に帰らましかば（千載集・冬・四七三・光行）

今日と言ひ昨日と暮らす夢の中に五十余りの過ぐるほどなさ（続拾遺集・雑下・中務卿宗尊親王家百首歌・一二六四・教定）

短夜の月を宿せば夏衣薄くも影の明け渡るかな（宝治百首・夏・夏月・一〇六五・寂西）

〔他出〕　中書王御詠・雑・朝・二四五。

〔語釈〕　○またさこそ　「さこそまた月もすむらめ浮雲をみるめはよそににほの浦風」（宝治百首・秋・湖月・一六三七・弁内侍）等の「さこそまた」の倒置形。○今日と言ひて　①「今日と言へばもろこしまでも行く春を都にのみと思ひけるかな」（新古今集・春上・五・俊成）の「今日と言へば」は、特定の日を言う句である。また、②「今日と言ひし暮はなほこそただならね契りしことをなほ頼めども」（隆信集・恋五・女の、頼めし日を言ひのべつつ、後の日を待てと言ひしかば、初め契りし日の暮れ方に、曇る空も今日うれしからましをなどうちながめ暮らして、かくなむ・六七四）の「今日と言ひし」は、逢瀬の日を約したことを言う措辞である。「今日と言ひて」の同形は、他には後出の伏見院詠「今日と言ひて春をむかふる心こそいついつなべてひとしかるらめ」（伏見院御集・正月一日・二一六三）が目に入るが、これは、①の特定の日であることを表す措辞となっている。該歌の場合は、恋歌であるならば②の意味合いで解することができるようにも思われるが、雑歌の述懐として、「一日一日を暮らして廻り来るまた別の今日ということで」といった趣意に解するべきかと思われる。その点で、参考歌の教定詠の「今日と言ひ」が最も近い用法であると考えるのである。

〔補説〕　参考歌の「今日と言ひ」歌の作者教定は、藤原雅経の子にして関東祇候の廷臣であり、宗尊にも影響を与えたと思しい。この歌は、弘長元年（一二六一）九月の「中務卿宗尊親王家百首歌」で詠じた一首であって、宗尊が必ずや目にしていたであろう。

春夕

花の香はそことも知《し》らず匂ひ来て遠山霞《かす》む春の夕暮

〔現代語訳〕　春の夕べ

花の香は、どことも知らずに匂って来て、遠山が霞んでいる春の夕暮よ。

〔参考歌〕思ふどちそことも知らず行き暮れぬ花の宿かせ野辺の鶯（新古今集・春上・八二・家隆）

五月雨の雲にも霞むながめかな遠山本の夕暮の空（正治後度百首・夏・五月雨・八二二・宮内卿）

〔類歌〕おのづから風のつてなる花の香のそこことも知らず霞む春かな（続拾遺集・春上・山階入道左大臣家に十首歌よみ侍りけるに、寄霞花といへる心をよみてつかはしける・六七・公親）

そことなく遠山霞む春の日に見えぬ梢の花ぞ待たるる（為理集・同心〔待山花〕を・七三七）

〔影響歌〕尋ねばやそことも知らぬ花の香の霞に匂ふ春の山もと（李花集・春・これかれ誘ひて花尋ね侍りし所にて・八〇）

〔他出〕中書王御詠・春・百五十首の歌よみ侍りしに、春夕・七。続拾遺集・春上・暮山春望といふ事を・六六。題林愚抄・巻二十一・雑・暮山春望・同（続拾）・九四一九。

〔補説〕山が霞む春の夕方の風情を賞するという点では、後鳥羽院の「見渡せば山もと霞む水無瀬川夕べは秋となに思ひけむ」（新古今集・春上・三六）の延長上に位置付けられる歌である。

秋夕

ながめても身をばかくやは愁《うれ》へこしあはれ昔の秋の夕暮

〔現代語訳〕秋の夕べ

物思いに眺めても、我が身をこのように愁えて来たか。いや、来なかったはずだ。ああ昔の秋の夕暮よ。

〔参考歌〕ながめてもあはれと思へおほかたの空だに悲し秋の夕暮（新古今集・恋四・一三一八・長明）

あるじなきすみかに残る桜花あはれ昔の春や恋しき（続古今集・哀傷・花山にまかりたりけるに、僧正遍昭が

室の跡の桜の散りけるを見て・一四一〇・国基。万代集・雑一・二七八五。国基集・七三。新時代不同歌合・二一八）

〔他出〕中書王御詠・秋・秋夕・九七。

〔補説〕下句に往昔をしみじみと偲ぶ懐旧の情が表出される。これは、失脚後の宗尊の詠作に通底する傾き。

冬夕

神な月雲の浮《う》き立《た》つ夕暮はもろき涙ぞまづ時雨《しく》れける

〔現代語訳〕冬の夕べ

神無月十月、雲が浮き立つ夕暮は、もろくもこぼれる我が涙が、空よりもまづ先に時雨と降るのであったな。

〔参考歌〕木の葉散る時雨やまがふ我が袖にもろき涙の色と見るまで（新古今集・冬・五六〇・通具）

夕暮に物思ふことは神な月我も時雨におとらざりけり（大和物語・十九段・二九・故式部卿の宮。秋風集・冬植上・四五九・式部卿のみこ敦慶、四句「是も時雨に」）。

〔語釈〕〇浮き立つ　為家の元仁元年（一二二四）の作「わたの原波路の末は中絶えて雲に浮き立つ海人の釣舟」（為家集・詠百首和歌（元仁元年藤川題百首和歌）・雑・海路眺望・二〇九三）が早い例になる。その後にも為家は、「秋になる風のけしきのかはるより心浮き立つ空の村雲」（為家集・秋・秋風建長五年七月・五四六）と詠じている。「浮き立つ」の主語や対象が「雲」である例は、「道助法親王主催で嘉禄元年（一二二五）四月に行われた歌会と推定される」（『新編国歌大観』久保田淳・堀川貴司解題）という『詠十首和歌』の「住む人の心も知らぬ谷の戸に浮き立つ雲もなほまよひつつ」（渓雲・一〇七・長尋）や『現存六帖』の「み吉野の雲も浮き立つ春風に散るさへまがふ山桜かな」（やまざくら・六三六・良守）が先行例となる。宗尊はこういった歌々に学んだのであろう。宗尊は別に「あはれまた空に浮き立つ心かな夕べの雲の秋の初風」（中書王御詠・秋・初秋・八一）とも詠んでいる。
〔補説〕　宗尊は、「文永五年十月三百首歌」でも「神無月なほさだめなき雲よりも心時雨るる夕暮の空」（本抄・巻二・時雨・396）と類詠をものしている。

雑夕

夕《ゆふ》づく日《ひ》入りぬる後も暮れやらで光り残れる山の端《は》の空

〔現代語訳〕　雑の夕べ
夕方の日の光が西に沈んでしまった後も、十分に暮れきることはなくて、輝き残っている山の端の空よ。
〔参考歌〕　逢ふことを今宵と思はば夕づく日入る山の端もうれしからまし（金葉集・恋下・四二七・雅定）
山の端に入りぬるのちぞ我が心ほかの月見て帰り来にける（出観集・秋・月・三五六）
山の端の雪の光に暮れやらで冬の日長し岡の辺の里（風雅集・冬・建保五年四月庚申に、冬夕を・八三五・公経）
〔類歌〕　夕づく日花の梢は暮れやらで鐘ほのかなるを初瀬の山（拾遺風体集・春・二九・慶融）
〔影響歌〕　夕づく日入りぬる後も山の端の雲に光はしばし見えけり（文保百首・雑・一一九〇・俊光）
月ははや入りぬるのちも山の端の雲に光はしばし見えけり（俊光集・雑・千首歌よみ侍りしに・夜・五〇二）
夕づく日入りぬる後も暮れやらで雲に名残りの色ぞ残れる（院六首歌合康永二年・雑色・六十七番右・作者未詳）
〔他出〕　中書王御詠・雑・夕・二四六、二句「暮れぬる後も」。夫木抄・雑一・夕・御集・八〇三一。
〔語釈〕　**○夕づく日**　↓294。**○暮れやらで**　建久頃の寂蓮の「卯の花の垣根ばかりは暮れやらで草の戸ささぬ玉川の里」（寂蓮法師集・〈建久六年暮以後〉内大臣殿〈良経〉、座主、十首歌合あるべしとて、薄暮卯花・一二八）や「行く春も惜しむ心は暮れやらで花のあたりになれし面影」（御室五十首・春・八一七）が早いか。前者は一日について、後者は季節について言ったもの。その後の一日について言う「暮れやらで」の例は、建保元年（一二一三。建暦三年を十二月六日に改元）二月の『内裏詩歌合』の範宗詠「桜花木の下陰は暮れやらで匂ふ山路の袖の夕露」（山中花夕・五〇。範宗集・春・二四）や参考歌の公経詠、あるいは信実の「暮れやらでまだかたあかき空の色にやがて出でそふ月の影かな」（信実集・秋・法性寺殿卅首・五七）や寂身の「初瀬山花の光に暮れやらぬ夕べすすむる鐘の音かな」（寂身法師集・雑雑会等・夕山花・二一一）が目に入る。宗尊幕下の鎌倉に成立した『東撰六帖』には、「つつじ咲く山下ひかげ暮れやらで岩根の水に色ぞうつろふ」（第一・躑躅・二九一・房円。抜粋本・六一）が採られている。勅撰集では、『風雅集』の「日影さす稲葉が上は暮れやらで松原薄き霧の山もと」（秋下・六六〇・忠季）と「暮れやらぬ庭の光は雪にして奥暗くなる埋み火のもと」（冬・八七八・花園院）および参考歌の公経詠の三首が初見で、他には京極派歌壇にも通じた飛鳥井雅孝の「暮れやらで日影はなほも高し山思ふとまりや過ぎて行かまし」が『新続古今集』（羇旅・貞和二年百首歌たてまつりけるに・九四六）に入集するのみである。新古今新風歌人の試みが、建保期歌壇の詠作を経て、関東歌人にも詠み継がれて後、後期京極派に掬い上げられた措辞と捉えられる。**○光り残れる**「光り」を名詞と見れば、「光が残っている」の意味になるが、底本の表記を尊重して「光り」を動詞（連用形）に解しておく。

〔補説〕 該歌は、「暮れやらで」の措辞を用いつつ、薄暮の微妙な陰翳を詠じる歌境が、京極派の好みに通じると言える。

影響歌の内、俊光の両首は改作か異伝か。いずれにせよ、鎌倉後期に関東にも度々下向した経験を持つ俊光が、将軍職を務めた宗尊の歌に倣っていた痕跡と見ておきたい。

春夜

霞《かす》む夜《よ》に軒端《は》の梅の匂《にほ》はずは昔も知《し》らぬ月と見《み》てまし

〔現代語訳〕 春の夜

霞む夜に、軒端の梅が匂わないなら、あの昔のことも知らない月と見ただろうに。

〔本説・本歌〕 またの年の正月に、梅の花盛りに、去年を恋ひていきて、立ちて見、居て見、見れど、去年に似るべくもあらず。うち泣きて、あばらなる板敷に、月の傾くまでふせりて、去年を思ひ出でてよめる、

月やあらぬ春や昔の春ならぬ我が身一つはもとの身にして（伊勢物語・四段・五・男。古今集・恋五・七四七・業平）

〔参考歌〕 人はいさ心も知らず古里は花ぞ昔の香に匂ひける（古今集・春上・四二・貫之）

霞む夜はそれとも分かぬ梅が枝の花ゆゑ曇る春の月影（百首歌合建長八年・春・一七五・忠基）

紅ににほはざりせば雪消えぬ軒端の梅をいかで知らまし（続古今集・春上・三五・基俊。堀河百首・春・梅花・一〇七）

偲べとや知らぬ昔の秋を経て同じ形見に残る月影（新勅撰集・雑一・一〇八〇・定家。定家卿百番自歌合・四九。拾遺愚草・秋・神主重保、賀茂社歌合とてよませ侍りしに、月、元暦元年九月侍従・二二八六）

山高み吹きくる風の匂はずは尾上の雲を花と見てまし（為家集・山花貞永元年内裏当座・一七一）

〔影響歌〕 春なりな月のほのかに霞む夜に軒端の梅はうちかをりつつ（伏見院御集・春歌中に・二二一三）

〔語釈〕 ○霞む夜　古くからの伝統的な詞ではない。『正治初度百首』の慈円詠「花盛り雲もおぼろに霞む夜は月さへ深きみ吉野の山」（春・六一八）あたりが早いか。

〔補説〕 月が霞む春の夜に、軒端にある梅香が匂い、往時を思い起こす、という主旨であろう。『伊勢物語』四段

の世界を下敷きにしつつ、この「昔」は、将軍として鎌倉に在った往時を念頭に置いたものであろうか。宗尊は、該歌以前既に鎌倉で、『伊勢物語』四段を本説として、「梅が香は同じ昔の匂ひにて故郷霞む春の夜の月」（柳葉集・巻四・〔文永元年六月十七日庚申百番自歌合〕・春月・四五八）という類歌を詠じている。この場合の「昔」は、在京の往時であろう。また、詠作時期は不明ながら、同様の趣を「月影も霞める頃の梅が香にひとり昔の春を恋ひつつ」（中書王御詠・春・夜梅・一四）とも詠じている。

夏夜

はかなしなさても見果《みは》てぬ夏の夜《よ》の短《みしか》き夢ぞこ《此》の夜なりける

〔現代語訳〕 夏の夜
はかないことだな。ほんとうにまあ、見果てぬ夏の夜の短い夢というのは、まさにこの夜の夢のようなこの世の中であるのだったな。

〔本歌〕 よそながら思ひしよりも夏の夜の見果てぬ夢ぞはかなかりける（後撰集・夏・相知りて侍りける中の、かれもこれも心ざしは有りながら、慎むことありてえ逢はざりければ・一七一・読人不知。大和物語・三十一段・四三・宗于）

〔参考歌〕 はかなしな夢に夢見るかげろふのそれも絶えぬる中の契りは（洞院摂政家百首・遇不逢恋・一三一四・定家）

〔他出〕 中書王御詠・夏・百五十首の歌に・夏夜・七二。

〔語釈〕 **○この夜**　底本表記は「此夜」であるが、三句の「夏の夜」と同心病であり、内容上は「この世」がふさわしいように思われる。「この世なりけり（る）」の先行例は数多く、為家には「夢や夢現や現ひとすぢに分かれぬものはこの世なりけり」（為家千首・雑・九六六）があって、宗尊も既に「いかに見て思ひ定めむ現とも夢ともなきはこの世なりけり」（瓊玉集・雑下・四九五）と詠んでいる。また、「はかなしな」を初句に置いて「この世」を詠むことも、「はかなしな憂き身ながらも過ぎぬべきこの世をさへも忍びかぬらん」（千載集・雑上・一〇二九・経因）という先行例に照らして自然である。底本の「夜」は誤写か意改と見て、「世」に改めるべきかとも考えるが、底本の表記を尊重して、「夜」と「世」の掛詞に解しておく。

　　秋夜《々》

人は来《こ》で月冷《（すさま）》じく更《深・》くる夜《よ》に風も秋なる荻の音かな

【現代語訳】 秋の夜

　人は訪れて来ないで、月が冷たく更ける夜に、風もまさに秋となって吹く荻の音であることだな。

【本文】 更闌夜静（かうたけよしづかにして） 長門閑而不開（ちやうもんげきとしてひらかず） 月冷風秋（つきすさまじくかぜあきなり） 団扇杳而共絶（たんせんえうとしてともにたえぬ）（和漢朗詠集・恋・七七九・張文成）

【参考歌】 人は来で風のけしきも更けぬるにあはれに雁のおとづれてゆく（新古今集・恋三・一二〇〇・西行。御裳濯河歌合・五三。西行法師家集・恋歌中に・六五三）

　澄む月の影すさまじく更くる夜にいとど秋なる荻の上風（続古今集・秋上・建長二年八月歌合に、月前風・三九七・実氏）

【語釈】 **○風も秋なる** 直接には本文の「風秋なり」に基づくと見る。和歌の先行例（類例）は、建仁元年（一二〇一）二月『建仁元年十首和歌』の「夏の夜を月にのみやは忘るべき風も秋なる住の江の松」（松月似秋・九八・季景）や、同年五月『仙洞影供歌合』の「暮れ行けば風は秋なる故郷に色こそ見えね松の下草」（松風暮涼・三〇・家隆）が目に付く。勅撰集では『玉葉集』の「肌寒く風も秋なる夕暮の雲のはたてを渡る雁がね」（秋上・五八七・永陽門院少将）が初出。
〔補説〕参考歌の両首に倣っていよう。特に実氏詠とは極めて近く、ほとんど剽窃と言ってもよい。宗尊は、実氏詠の背後に本文の詩境を感じ取り、あえてその詩句を本文にして、詠み直したのであろう。

冬夜《々》

夜も長し嵐も寒《さむ》く時雨る・なり《也》寝《ね》覚・めせよとはなれる比かな

〔現代語訳〕冬の夜
夜も長い。激しく吹く風も寒く、時雨が降る音が聞こえる。まさに、夜に寝て目覚めよ、とばかりになっているこの頃であることだな。
〔参考歌〕時しもあれ秋は嵐の寒ければ長き夜あかず衣打つなり（宝治百首・秋・聞擣衣・一八三二・高倉）
音さゆる風のまにまに霰降り夢路絶えねとなれる頃かな（正治初度百首・冬・一二六四・隆信。隆信集・冬・
正治二年百首歌たてまつりしに・二七七、初句「音さやぐ」）
神無月時雨るるたびに寝覚めして長き夜しもぞ夢は短き（東撰六帖抜粋本・冬・時雨・三六九・公朝）
〔他出〕中書王御詠・冬・百五十首の歌に、冬夜・一四一。
〔語釈〕〇寝覚めせよとは　「…せよとは」の形は珍しい。「五月山越えこそやらね時鳥旅寝せよとはかたらはねども」（治承三十六人歌合・山路郭公・二三一・祐盛）が早い例。先行歌に拠らなければ詠出し得ない訳ではなかったろうが、「いにしへは誰か教へし郭公花橘に名のりせよとは」（洞院摂政家百首・夏・郭公・四〇〇・但馬）や「入がたの月やは人に教へけむあかで有明の別れせよとは」（宗尊親王百五十番歌合・恋・二八一・時遠）等は、宗尊にとって身近な先行例ではあったろう。

〔補説〕『中書王御詠』では、為家が「如ㇾ此事雖二有ㇾ興候一、決而不二庶幾一候」と批判する。

532

雑夜々

夜《よ》を残す老いの眠《ねぶ》りも知《し》らぬ身は愁《うれ》へも辛《つら》き寝《ね》覚めなり《成》ける

〔現代語訳〕雑の夜
夜を長く残す、早く目を覚ます老いの眠りというものも知らないこの身は、その悲哀も堪え難い夜中の目覚めなのであったな。

〔本文〕老眠早覚常残夜（おいのねぶりはやくさめてつねによをのこす） 病力先衰不待年（やまひのちからまづおとろへてとしをまたず）（和漢朗詠集・老人・七二四・白居易）

〔参考歌〕秋にまたあはむあはじも知らぬ身は今宵ばかりの月をだに見む（詞花集・秋・九七・三条院）

〔他出〕中書王御詠・雑・夜・二四七、四句「愁へぞ辛き」。

533

春山

富士の嶺《根》に立《た》てる霞や千早振る神の思ひの煙《けふり》なるらん

〔現代語訳〕春の山
富士の山に立っている霞は、（千早振る）神でさえ消さない「思ひ」の火の煙であるのだろうか。

〔本歌〕富士の嶺のならぬ思ひに燃えば燃え神だに消たぬ空し煙を（古今集・雑体・誹諧歌・一〇二八・紀乳母）

〔参考歌〕霞には富士の煙もまがひけり似たる物なき我が思ひかな（続古今集・雑上・一四九二・土御門院。土御門院御集・名所春・三六六）

〔語釈〕○富士の嶺　駿河国の歌枕。富士山。○千早振る　「神」の枕詞。↓490。○思ひ　「ひ」に「富士の嶺」「煙」の縁で「火」が掛かる。
〔補説〕　宗尊は無論、富士山を実見しているであろうが、富士はその時代には目立った噴火活動をしていない山であったから、その噴煙を見ることはなかったであろう。

夏山

夏きても衣《ころも》は干《ほ》さぬ涙かないづくなるらん天《あま》の香具《かく》山
哉

〔現代語訳〕　夏の山
夏が来ても、そのまま着て衣は乾かすことがない（絶えず流れ落ちる）涙であることだな。衣を干すという天の香具山は、いったいどこにあるのだろうか（自分とは無縁だ）。
〔本歌〕　春過ぎて夏来にけらし白妙の衣干すてふ天の香具山（新古今集・夏・一七五・持統天皇。原歌万葉集・巻一・雑歌・二八、現行訓「春過ぎて夏来たるらし白妙の衣干したり天《あめ》の香具山」）
〔他出〕　中書王御詠・夏・百五十首の歌に、夏山・五一。
〔語釈〕　○夏きても　ここは、「来ても」に「衣」の縁で「着ても」が掛かると解する。早く、和歌六人党の一人藤原経衡に「夏来ても忘れざりけり梓弓春めでたしと見えしにほひは」（経衡集・四月一日の残りの花惜しむ・三七）の作例があるが、「…（季）きても」の形は、「春来ても」と「秋来ても」が多い。「衣」との詠み併せの先行例としては、「秋きてもまだひとへなる衣手に厭はぬほどの風ぞ吹くなる」（六百番歌合・秋・残暑・三〇六・家隆）が早い。○天の香具山　大和国の歌枕。奈良県橿原と桜井の両市にまたがる山。藤原京の東に位置する。耳成山、畝傍山と共に大和三山と言われる。「天の（あまの・あめの）」を付すので、天空近い山との印象がある。

【補説】「夏山」題で、清澄な夏の到来の気分が漂う持統歌を本歌にしながら、涙に暮れる述懐を詠じる。先に注釈を施した『瓊玉集』や本抄に散見する歌と同様に、『正徹物語』が言う「宗尊親王は四季の歌にも、良もすれば述懐を詠み給ひしを難に申しける也。物哀れの体は歌人の必定する所也。此の体は好みて詠まば、さこそあらんずれども、生得の口つきにてある也」という評価は当を得ているのである。そして、その宗尊の詠作傾向は、幼くして鎌倉に赴いて将軍として過ごした時期から、地位を追われて京都に戻った後の時期までを通じたものであったということになろう。『瓊玉和歌集新注』解説参照。

雑山

甲斐《かひ》が嶺《ね》はかすかにだにも見《み》えざりき涙に暮《く》れし佐夜《さや》の中山

【現代語訳】雑の山
甲斐の山は、ほんのわずかにばかりも見えなかったのだ。涙に暮れた佐夜の中山、そこからは。

【本歌】甲斐が嶺をさやにも見しかけれなく横ほり伏せるさやの中山（古今集・東歌・甲斐歌・一〇九七）

【参考歌】跡もなく八重立つ雲に道分けて涙時雨るるさやの中山（正治初度百首・羇旅・三八四・守覚。三百六十番歌合・冬・四五七。秋風集・羇旅・一〇二一、結句「さよの中山」）

【他出】中書王御詠・雑・旅歌とて・二三五。

【語釈】○甲斐が嶺　甲斐国の山々。白根山とする説もある。○佐夜の中山　「小夜（さや・さよ）の中山」とも。遠江国の歌枕。現在の静岡県掛川市日坂と菊川の間にある山。東海道の難所。

【補説】文永三年（一二六六）七月に、失脚して鎌倉から京都へ上る途次の同月十二日頃に通った「佐夜の中山」での感懐を思い起こしたような詠作であろう。実体験に基づきながらも、『古今集』歌を本歌に、「さやの中山」から「さやにも」見たい「甲斐が嶺」の通念を踏まえた、より観念的な述懐ではないかと思われる。「甲斐が嶺」が見えないことを言う先行歌は、「春霞立ち渡りつつ甲斐が嶺のさやにも見えぬ朝まだきかな」（堀河百首・春・霞・四一・師時）を初めとして、これを踏まえたと思しい宗尊の師為家の「甲斐が嶺はそれとも見えず東路や霞横ほるさやの中山」（為家集・春・遠山霞建長五年正月・三一）や、御家人宇都宮景綱の「いかばかりみ雪ふるらし甲斐が嶺はさやにも見えず雲のかかれる」（新和歌集・冬・鶴岳社十首歌に・三〇四）等があって、いずれも宗尊の視野に入っていても不思議はない歌だからでもある。

春野

あはれなり幾代《いくよ》の人の跡ならん春の草のみ茂《しげ》き野辺かな《へ》《哉》

〔現代語訳〕 春の野

しみじみと哀れであるよ。いったい幾世代の人の（亡くなった）跡なのであろうか。春の草ばかりがみっしりと生い茂る野辺であることだな。

〔本歌〕 あはれなり我が身の果てや浅緑つひには野辺の霞と思へば（新古今集・哀傷・七五八・小町）

〔参考歌〕 聞くたびにあはれとばかり言ひすてて幾代の人の夢を見つらん（続後撰集・雑下・一二二五・順徳院。順徳院百首・雑・九八）

消えはてし幾代の人の跡ならむ空にたなびく雲も霞も（秋篠月清集・無常・世のはかなきことを思ひて・一五七三。続千載集・哀傷・二〇二六・良経）

〔類歌〕 道の辺や幾代の人の朽ちぬらん茂りぞまさる春の若草（佚名歌集（徳川美術館）・雑・古墓何世人と云ふ事・一二）

〔他出〕 中書王御詠・春・百五十首の歌の中に、春野・一九。

〔語釈〕　○幾代の人　寿永百首の一つと考えられている『師光集』の「ふりにける志賀の桜の春ごとに幾代の人の心見るらむ」（故郷花・一〇）や『治承三十六人歌合』の「故郷の花に昔のこと問はむ幾代の人の心知らまし」（故郷・四〇・成範。万代集・春下・二五九。雲葉集・春中・一三七。別本和漢兼作集・一三〇。続古今集・春下・一二〇。新時代不同歌合・五二）あたりが早い例かと見られる。その後、良経は「鳥辺山幾代の人の煙立て消え行く末は一つ白雲」（後京極殿御自歌合・無常の歌よみける中に・一八八）という、参考歌後者と類想の一首を詠じている。また、『千五百番歌合』では、「行き帰り花こそあだに思ふらめ幾代の人か志賀の山越え」（春三・三八八・通具）や「ふりにける三輪の檜原にこと問はむ幾代の人かかざし折りけん」（雑一・二八四五・惟明）と用いられている。前者は師光詠の影響下に、後者は「いにしへに有りけむ人も我がごとや三輪の檜原にかざし折りけん」（拾遺集・雑上・詠葉・四九一・人麿）を本歌にしつつ成範詠の影響下にあろうか。定家は、順徳天皇の「内裏秋十首」で「おのづから幾代の人のながむらん天の河原の星合の空」（拾遺愚草・秋・二二六五）と詠んでいる。勅撰集の初出は参考歌に挙げた『続後撰集』の順徳院詠（「幾代」に「夢」の縁で「幾夜」が掛かるか）である。院政期末に始まり鎌倉時代にかけて少しく盛行した措辞と見てよいであろう。このような措辞を取りこむところに、宗尊の敏感さを窺うことができるであろう。

○野辺　一首の内容から、鳥辺野のような葬送の野辺を想定していよう。

〔補説〕　小町詠を本歌と見たが、宗尊は、あるいは同じく『新古今集』所収の「あはれなり昔の人を思ふには昨日の野辺にみゆきせましや」（雑上・一四三八・雅信）をも意識したかもしれない。類歌に挙げた「鎌倉初頭頃の一歌人の家集である可能性が高いと思われる」（『新編国歌大観』中村文解題）という『佚名歌集（徳川美術館）』の作者不明歌とは、主旨を同じくし、措辞も似通う。

537

冬野

跡絶《た》ゆる石田《いはた》の小野《をの》の雪の中にいかにしてかは山路《ち》越《こ》えまし

【現代語訳】冬の野

人跡が絶える石田の小野の雪の中で、どのようにして山路を越えたものだろうか。

【本歌】山城の石田の小野の柞原見つつや君が山路越ゆらむ（新古今集・雑中・一五八九・宇合。原歌万葉集・巻九・雑歌・一七三〇、初句「山科の」）

【参考歌】思ひやれ雪も山路も深くして跡絶えにける人のすみかを（後拾遺集・冬・四一三・信寂）

【語釈】○石田の小野　山城国の歌枕。現在の京都市伏見区石田付近かという。東南に日野、南に木幡、北東に醍醐が接する。該歌は実見ではなく観念で詠まれたものであろうが、「山路」は東南の日野山中などを想定したものであろうか。

【補説】宗尊は既に同じ宇合詠を本歌に、「柞散る石田の小野の木枯らしに山路時雨れてかかる村雲」（柳葉集・巻二・〈弘長二年冬弘長百首題百首〉・冬・時雨・一八八。瓊玉集・冬・二八四）や「柞原散ると見し間に山城の石田の小野は雪降りにけり」（同・同・弘長二年十一月百首歌・雪・二六九。瓊玉集・冬・三〇四）と詠んでいる。

538

春杜

美《み》豆《つ》の杜《もり》ありとも見《み》えず山城の淀《よと》の向かひの霞《かす》む朝けは

【現代語訳】春の杜

「見つ」というのに「美豆の杜」は、そこにあるとも見えない。山城の淀の向かい側の、霞む早朝は。

〔参考歌〕　逢ふことを淀にありてふ美豆の杜つらしと君を見つる頃かな（後撰集・恋六・九九四・読人不知）

淀川の向かひに見ゆる美豆の杜よそにのみして恋ひ渡るかな（新撰六帖・第二・もり・六〇七・為家。現存六帖抜粋本・第二・もり・八四。秋風抄・恋下・一八七。秋風集・恋上・七四七）

津の国の武庫の奥なる有馬山ありとも見えず雲ぞたなびく（雲葉集・次第不同・九八一・基氏。新千載集・雑上・一六四八）

〔語釈〕　○美豆の杜　「美豆」は、山城国の歌枕。山城国久世郡の木津川と宇治川の合流する付近。現在の京都市伏見区淀美豆町、久世郡久御山町の辺り。古く「美豆の御牧」が置かれた。淀川を挟む対岸（西淀）との間には「淀の渡り」があり、京都から奈良への淀路はここを渡り生駒山脈東麓を南に下る。鳥羽から船で木津川左岸の「美豆の浜」に着く、石清水八幡宮参詣の道筋にも当たる。『能因歌枕』にも見える「美豆の杜」も、この地の森を言ったものであろう。「長秋記・天永二年（一一一一）の条に見える「水津頓宮」の森か」（片桐洋一校注『後撰和歌集』平二・二、岩波書店）という。それは、『小右記』（永祚元年（九八九）三月二十二日）にも「美豆頓宮」として見える。「美豆」に「見えず」の縁で「見つ」が掛かる。○山城の淀　山城国の歌枕。単に「淀」とも。桂川・宇治川・木津川が合流して（淀川となり）淀むことからの呼称という。現在の京都市伏見区南西部辺りの地。ここは、一首の内容から、「美豆の杜」の対岸の西淀からの眺めを想定するか。○霞む朝け　古い用例は見えない。『東撰六帖』に収める北条政村の「わたの原霞む朝けの浪の上に来し方遠く帰る雁がね」（第一・帰雁・一一三）が、宗尊に身近な先行例か。

秋杜

津《つ》の国やいくたび雲の時雨れ来て杜の木の葉の色まさるらん

〔現代語訳〕 秋の杜

津の国よ。幾度、雲が時雨を降らせて来て、生田の杜の木の葉の色が濃くなっていくのだろうか。

〔参考歌〕 津の国の生田の森の初時雨明日さへ降らば紅葉しぬべし（万代集・秋下・一一八六・教実。続千載集・秋下・五七二）

村時雨今朝も行き来の雲の杜幾たび秋の梢染むらん（宝治百首・秋・杜紅葉・一八九九・知家）

晴れ曇り時雨るるたびに神奈備の杜の木の葉ぞ濡れて色濃き（宝治百首・秋・杜紅葉・一九一八・但馬）

時雨れ行く日数に添へて片岡の森の木の葉は色まさりけり（新和歌集・秋・二六一・泰綱）

〔他出〕 中書王御詠・秋・杜紅葉・一二六。

〔語釈〕 **○津の国** 摂津の国。現在の大阪府北西部と兵庫県南東部。**○いくたび** 「幾度」に「（摂）津」「杜」の縁で「生田」が掛かるか。「…それにつけても　津の国の　生田の杜の　いくたびか　海人のたく縄　くり返し…」（千載集・雑下・一一六〇・俊頼。堀河百首・雑・一五七六）を踏まえるか。後出だが、為家に「問はるべき秋を待つとて津の国のいくたび杜に禊ぎしつらん」（為家集・夏・杜夏祓同〔文永〕五年三月十三日続五十首・四四〇）がある。

〔補説〕 参考歌の但馬詠は、「晴れ曇り幾たび空に時雨れてか信田の杜を染めつくすらむ」（洞院摂政家百首東北大学本拾遺・紅葉・三〇四・隆祐。隆祐集・一五三）に倣っているかもしれないが、この両首に参考歌の泰綱詠も含めた類型の淵源は、「時雨の雨間なくし降れば神奈備の森の木葉も色付きにけり」（古今六帖・第一・しぐれ・四九四・作者不記）に求められよう。

冬杜

憂《う》かりける誰《た》が祈《ね》ぎ言《こと》の神な月あはれなげきの杜ぞ時雨るる

〔現代語訳〕　冬の杜

恨めしかった誰の願いごとを聞いた神なのか、この神無月十月は、哀れにも嘆きの涙のように、なげ木の杜が時雨れている。

〔本歌〕　祈ぎ言をさのみ聞きけむ杜こそ果てはなげきの杜となるらめ（古今集・雑体・誹諧歌・一〇五五・讃岐）

〔影響歌〕　憂かりける誰が言の葉のかはるらん果てはなげきの杜の時雨に（李花集・恋・恋の歌の中に・五九二）

神な月世の祈ぎ言はいひやみて今朝より聞くは時雨なりけり（晩花集・冬・初冬・二七三）

〔語釈〕　**○誰が祈ぎ言の神な月**　「神」を重ねて「誰が祈ぎ言の神」から「神な月」へ鎖ると解する。**○なげきの杜**　本歌の『古今集』歌により早くから歌枕とされたが、所在地は不明で、伊勢とも丹後とも大隅ともいう。「なげきの杜」の「なげき」には「嘆き」が掛かり、「き」には「木」が掛かるか。

〔補説〕　影響歌とした『晩花集』の一首は、下河辺長流の宗尊詠受容の可能性を探る中で改めて位置付けられるべきであろう。

夏河

五月雨は浪越《こ》すばかりなり《成》にけり瀬絶《せた》えやいつの佐野《さの》の中川

〔現代語訳〕　夏の河

五月雨は、波が越えるほどになってしまったのだったな。浅瀬の水が絶えるとは、いったい何時のことである佐野の中川なのか。

〔参考歌〕　五月雨の幾日になれば瀬絶えせし佐野の中川舟通ふらん（堀河百首・夏・五月雨・四三七・顕季）
五月雨の瀬切りの浪のわき返り佐野の中川水まさるなり（百首歌合建長八年・夏・一〇五一・具氏。夫木抄・夏二・五月雨・後九条内大臣家歌合・三〇四三・具親、初句「五月雨に」）

〔他出〕　中書王御詠・夏・河五月雨・六五。

〔語釈〕　**○波越すばかり**　例を見ない句。波が越える程度にという意だが、一首の中では、波が何を越えるかが明確ではない。順徳院の「真菰生ふる伊香保の沼のいかばかり波越えぬらん五月雨の頃」（建保名所百首・夏・伊香保沼・二八九。紫禁集・六三九）を踏まえれば、やはり「岸」を越えるということであろうか。**○瀬絶え**　川の水量が減って浅瀬の水が涸れること。**○佐野の中川**　『八雲御抄』（第五・名所部・河）は「さのの中〔千、仲綱〕」として所在は記していないが、『建保名所百首』（恋）では「佐野舟橋上野国」題で「東路にかけては過ぎし中川の瀬絶えもつらし佐野の舟橋」（八七〇・兵衛内侍）と詠まれている。『歌枕名寄』（東山五）は「上野国」「佐野」の「中河」として、補説の俊頼詠と参考歌の『堀河百首』歌（作者を「顕仲朝臣」に誤る）及び補説の仲綱詠を挙げる。『夫木抄』（雑六）も「さのの中河、上野」として、参考歌の『堀河百首』歌（作者を「神祇伯顕仲卿」に誤る）と補説の俊頼詠を挙げる。宗尊も、上野国と考えていたと見てよいであろう。

〔補説〕　「佐野の中川」は、参考歌の顕季詠の他、「住みなれし佐野の中川瀬絶えして流れかはるは涙なりけり」（千載集・恋四・八九〇・仲綱）とも詠まれていて、「瀬絶え」する川との印象が付与されている。これは、山城国の歌枕である「中川」が、「中川の絶え果てにける跡を見て」の詞書で「中川の水絶えにけり末の世は秋をも待たでかれやしにける」（安法法師集・一〇七）や「行く末を流れて何に頼みけん絶えけるものを中川の水」（後拾遺集・雑二・九六六・式部命婦）と、男女の「仲」を喩えて「絶え」と詠まれることが影響を与えているかと思しい。一方で、俊頼の「瀬切りせし佐野の中川つらゐて堰杙に波の声絶えにけり」（散木奇歌集・冬・氷閉水・六四六）のように、激しく水が流れた「瀬切りせし佐野の中川」を言う歌があって、参考歌の具氏詠はこれを踏まえていよう。宗尊詠も同工異曲だが、俊頼詠に負ったのではなく、『堀河百首』や『千載集』の両首に学んでいた結果なのであろう「瀬絶え」の「佐野の中川」の通念に異を唱える趣向と見るべきであろう。和歌の本意の始原を探ろうとする意識（↓150）と表裏に、和歌の通念・類型に反言するような志向もまた、宗尊詠の特徴である。ただし、それは鎌倉時代中後期の時代相と無縁ではないであろう。

秋河

絶《た》えずこそ澄《す》み馴《な》れぬらめ斑鳩《いかるが》や富雄《とみのを》川の秋の夜《よ》の月

〔現代語訳〕 秋の河
まったく絶えることなく、澄むのに馴れてしまっているであろう。斑鳩の富雄川の水と、それを照らす秋の夜の月の光は。

〔参考歌〕 斑鳩や富緒川の絶えばこそ我が大君の御名を忘れめ（拾遺集・哀傷・一三五一・餓人。和漢朗詠集・親王付王孫・六七三・達磨和尚、初句「斑鳩の」）
君が代は富雄川の水澄みて千歳を経とも絶えじとぞ思ふ（金葉集・賀・三二七・源忠季）
斑鳩や富雄川の冬の月絶えずや千代の影に澄むらん（紫禁集・同〔建保二年三月十日〕頃、四季鳥歌、宛十二月也、当座・三五〇）

〔語釈〕 **○澄み** 「富雄川」の水が「澄み」に、「秋の夜の月」が「澄み」が重なる。**○斑鳩** 大和国平群郡の地名。現在の奈良県生駒郡斑鳩町。聖徳太子が斑鳩宮を営む。**○富雄川** 大和国の歌枕。元来「鳥見小川」と書く。生駒山地から発して、奈良県生駒郡斑鳩町の法隆寺の東を流れ、大和川に合流する。

〔補説〕 より直接には参考歌の順徳院詠に倣った詠作であろうが、その背景には勅撰集の両首があることを、宗尊も認識していたであろう。特に『拾遺集』の一首は、本歌と見ることもできよう。

雑河

五十鈴《いすゞ》川清き流《なが》れの末ならん沈《しつ》む水屑《みくつ》は神の名も惜《お》し

〔現代語訳〕 雑の河

五十鈴川の清らかな流れの末なのだろう、そこに沈んでいる穢らわしい水屑は、伊勢の神の名も惜しまれるよ。

皇統の流れの末流であろう沈淪する我が身は、その祖先の伊勢の神の名も穢して遺憾であるよ。

〔参考歌〕 我が末の絶えず澄まなん五十鈴川そこに深めて清き心を（続後撰集・神祇・十首歌合に、社頭祝・五三四・後嵯峨院。院御歌合宝治元年・社頭祝・二三五）

〔類歌〕 数ならぬ水屑なりとも五十鈴川流れの末と神は知るらん（柳葉集・巻二・弘長二年十二月百首歌・河・三四九）

〔語釈〕 **○五十鈴川清き流れの末** 「五十鈴川」は、伊勢国の歌枕。現在の三重県伊勢市の伊勢神宮内宮の境内を流れる御手洗川。ここは、皇室の祖先神たる天照大神を祀る伊勢内宮を象徴し、「清き流れ」がそこに発する皇統の比喩となり、「末」がその末流に連なる宗尊自身を表す。**○沈む水屑** （川の）水中に沈む塵くず。失脚して沈淪する自身の比喩。古くから詠まれるが、「淵は瀬にかはると見れど明日香川沈む水屑は浮かぶ瀬もなし」（続古今集・雑中・一七〇一・光行）が宗尊に身近な先行例か。**○神の名も惜し** 「五十鈴川」の縁で、この「神」は伊勢内宮（天照大神）のこと。沈淪する自身が穢す皇統の祖先神たる伊勢の神の名を愛惜し、遺憾だということ。先行例は、治承二年（一一七八）三月十五日に賀茂別雷社の神主重保が主催した『別雷社歌合』の「我が為は後のうき瀬を渡さなんまた雲分けむ神の名も惜し」（述懐・一七六・安性）で、これは、賀茂別雷神がかつて雲を分けて天に昇ったという伝承を踏まえている。

〔他出〕 中書王御詠・雑・神祇の歌の中に、伊勢・三三二、三句「末ながら」。

〔補説〕 皇統の清澄なる永続を伊勢内宮の御手洗川である五十鈴川に寄せて祈り予祝する、父帝後嵯峨院の参考歌に対して、その皇統の直系の一員でありながら沈淪した我が身を述懐しつつ、伊勢の祖先神に遺憾の意を示す趣旨であろう。

秋海

清見潟《かた》夜舟漕ぎ出でて三保《みほ》が島松の上行く月を見《み》るかな《哉》

〔現代語訳〕 秋の海

清見潟に夜船を漕ぎ出して、三保が島（崎）の松の上を渡って行く月を見ることであるな。

〔参考歌〕 清見潟なぎたる沖に漕ぎ出でて雲なき夜半の月を見るかな（玄玉集・天地下・百首歌中に、月歌とて・一八四・摂政家丹後）

清見潟富士の煙や消えぬらん月影みがく三保の浦浪（後鳥羽院御集・同月日〈建仁三年十一月〉六首、和歌所・海辺月明・一六四六。風雅集・秋中・六二二・後鳥羽院）

清見潟うち出でて見れば庵原の三保の沖つは海静かなり（宝治百首・雑・海眺望・三八九九・為氏。新後撰集・羇旅・五九一）

〔類歌〕 波の上に松原見えて清見潟三保の洲崎に澄める月影（沙弥蓮愉集・雑・四六二）

〔影響歌〕 明石潟夜舟漕ぎ出でて心さへつなぐかたなく見つる月かな（晩花集・秋・月・二二九）

〔他出〕 中書王御詠・秋・百五十首の歌に、秋海・一〇六、三句「みほが崎」。歌枕名寄・東海四・駿河・清見・

三穂浦・崎・五二一七、三句同上。夫木抄・雑八・崎・みほがさき、近江又駿河・御集中、秋海、古来歌・一一二八八、三句同上。

〔語釈〕 **○清見潟** 駿河国庵原郡の歌枕。現在の静岡県静岡市清水区（旧清水市）興津の海湾。その突き出た所が「清見が崎」で、北東の海越しに富士山、南側の対岸に半島状に突き出た「三保が崎」を望む。「浪の上はすべて清見が関なればかかる物なき月を見るかな」（弘長百首・雑・関・六〇四・基家）を参照すれば、該歌も、「月」「見る」の縁で「清見」に「清」（清く）「見」が響くと見るべきか。**○夜舟** 夜間に航行する舟。『万葉』の詞。「我のみや夜舟は漕ぐと思へれば沖への方に楫の音すなり」（万葉集・巻十五・三六二四・作者未詳）。勅撰集では「湊川夜舟漕ぎ出づる追ひ風に鹿の声さへ瀬戸渡るなり」（千載集・秋下・三二五・道因）が初出。宗尊は該歌以前に「夜舟漕ぐ瀬戸の潮干をよそに見て月にぞ越ゆる佐屋形の山」（瓊玉集・雑上・四二八）と詠む。**○三保が島** 他出の本文が妥当で、「三保が崎」の誤写か。「三保が崎」は、駿河国の歌枕。現在の静岡県静岡市清水区の三保半島。「松」の景勝地。**○松の上行く** 新鮮な措辞。類似の古い例に「松の上に月は移りぬ紅葉葉の過ぎぬや君が逢はぬ夜多く」（古今六帖・第五・日ごろへだてたる・二七六六・池のうへの大君）があるが、その原歌は『万葉』（巻四・相聞・六二三・池辺王）で初句は「松之葉尓（まつのはに）」。

〔補説〕 参考歌三首の内、『玄玉集』の一首は該歌と似通うが、宗尊が直接これに倣ったとまでは推断できない。むしろ後鳥羽院詠と為氏詠は、宗尊詠全体の学習傾向に照らして、宗尊が目にした可能性は高いであろう。その為氏詠は、「田子の浦にうち出でてみれば白妙の富士の高嶺に雪は降りつつ」（新古今集・冬・六七五・赤人。原歌万葉集・巻三・雑歌・三一八、初句「田子の浦ゆ」三句「真白にぞ」結句「雪は降りける」）を意識していよう。あるいは宗尊も、赤人詠を微かに思い起こすか。

影響歌とした『晩花集』の一首は、下河辺長流の宗尊詠受容の可能性を探る中で改めて位置付けられるべきこと、540の場合と同断である。

冬海《々》

雲誘《さそ》ふ葦《あし》屋の沖《興》の浦《うら》風に我が住《す》むかたもさぞ時雨るらん

〔現代語訳〕 冬の海

雲を誘う葦屋の沖を吹く浦風に、私が住んでいる方も、さぞ時雨が降っているのだろう。

〔本説・本歌〕 昔、男、津の国菟原の郡、蘆屋の里に知るよしして、行きて住みけり。…宿りの方見やれば、海人の漁り火多く見ゆるに、かの主の男よむ。

晴るる夜の星か川辺の蛍かも我が住むかたの海人の焚く火か（伊勢物語・八十七段・一六〇・主の男。新古今集・雑中・一五九一・業平）

〔参考歌〕 ほのぼのと我が住むかたは霧こめて葦屋の里に秋風ぞ吹く（拾遺愚草・閑居百首・秋・三四一。続拾遺集・秋上・二七八・定家）

雲誘ふ峰の木枯らし吹きなびき玉の横野に霰過ぐなり（壬二集・西園寺三十首・冬・二〇〇五。万代集・冬・一三九〇・家隆、結句「霰降るなり」）

〔語釈〕 ○葦屋の沖 摂津国の歌枕。兎原郡のち武庫郡（現芦屋市周辺）の「葦屋（蘆屋）」の岸から離れた海。

○雲誘ふ 鴨長明の「雲誘ふ天つ春風かをるなり高間の山の花盛りかも」（三体和歌・春・三七。無名抄・四〇）が早い作例か。宗尊は他に、「雲誘ふ嵐のつてに雪散りてこのほどいたくさゆる空かな」（柳葉集・巻二・〔弘長二年冬弘長百首題百首〕・冬・雪・一九二）や「雲誘ふ嵐にさやぐ笹の葉のみ山時雨れて冬は来にけり」（同・同・弘長二年十二月百首歌・初冬・三三二）と詠んでいて、これらの景趣から、参考歌の家隆詠や、同じく家隆の「神無月今は時雨もしがらきの外山の嵐雲誘ふなり」（壬二集・冬・建暦二年仙洞廿首歌奉りし中に、冬歌・二五六二）等に学んだ可能性を見ておきたい。

雑海々

わたつうみも潮《しほ》の満《み》ち干《ひ》はある《有》もの《物》を辛《から》くうき身の沈《しづ》みはてぬる

〔本文〕　○第四句の「うき身の」は底本「うき身を《の》」。

〔現代語訳〕　雑の海

海も潮の満ち引きはあるのだなあ。その海に浮き沈みするように、かつてはかろうじて浮いて世に出ていた我が身が、今は苦しく憂く辛い身となり、すっかり沈淪してしまっていることだ。

〔参考歌〕　おしなべてうき身はさこそなるみ潟満ち干る潮のかはるのみかは（新古今集・釈教・水渚常不満といふ心を・一九四五・崇徳院）

うき身世に沈みはてたる名取川また埋もれ木の数や添ふらん（続後撰集・雑中・寄河述懐・一一六九・伊長）

〔語釈〕　**○わたつうみ**　「わたつみ」と同じで、海のこと。「み」を「海」と誤解して生じた語という。**○ものを**　詠嘆の終助詞に解する。**○辛くうき身の沈みはてぬる**　「辛く」は、かろうじて、苦しくつらくの意で「憂き」にかかる。その「うき」を掛詞に「辛く浮き身の」（かろうじての意で「浮き」にかかり、苦しく辛く憂き身の沈みはてぬる」（かろうじて浮いて世に出ていた我が身が）から「辛く憂き身の沈みはてぬる」（苦しく憂く辛い我が身が沈淪してしまっている）へ続く。「辛く」は「潮」の縁で「塩辛く」の意が響く。「浮き」「沈み」は「わたつうみ」の縁語で海に浮き、沈みの意が掛かる。

〔補説〕　皇統に生を享けつつ、一度は幕府将軍として戴かれながら、失脚し鎌倉を追われて京都に閑居する境涯を、世の慣らいと諦観した趣の述懐。

秋島

心ある海人《あま》の苫屋《や》も夜寒にて衣うつなり松が浦島《うらしま》

〔現代語訳〕 秋の島

心ある海人の苫屋も夜寒になって、衣を打つ音が響いてくる。松が浦島よ。

〔本歌〕 音に聞く松が浦島今日ぞ見るむべも心あるあまは住みけり（後撰集・雑一・西院の后、御ぐしおろさせ給ひておこなはせ給ひける時、かの院の中島の松をけづりて書きつけ侍りける・一〇九三・素性。五代集歌枕・島・まつがうらしま・一五一八）

〔参考歌〕 心ある伊勢をの海人の濡れ衣干すべき浪の折を知らばや（水無瀬恋十五首歌合・海辺恋・一一七・慈円。拾玉集・海辺・四九五七、結句の「を知らばや」欠）

松島や海人の苫屋の夕暮に潮風寒み衣うつなり（続後撰集・秋下・海辺擣衣といふことを・四〇一・公猷。万代集・秋下・一一一九）

浦風や夜寒なるらん松島や海人の苫屋に衣うつなり（続古今集・秋下・四六四・通親。千五百番歌合・秋四・一五二三）

〔語釈〕 **○心ある海人** 物の情趣を解する海辺に生業う人。**○苫屋** 菅や茅を編んだ苫で屋根を葺いた粗末な小屋。**○夜寒** 秋の終わり頃に夜になると感じる寒さ、その時季。**○松が浦島** 『五代集歌枕』『和歌初学抄』『八雲御抄』等が陸奥国の歌枕とする。七ヶ浜（現宮城県宮城郡七ヶ浜町）の海岸の島に比定されるが、松島のこととも言う。

〔補説〕 『後撰集』歌を本歌にした該歌を詠作する際に、直接は意識していないとしても、参考歌に挙げた『続後撰集』『続古今集』の両首を宗尊は日頃から見習っていたであろうから、その素養が反映したと見てよい一首である。

冬島《々》

月に漕ぐ・棚《たな》無し小《を》舟ほのかにて千鳥門《と》渡《わた》る笠結《かさゆひ》の島

〔現代語訳〕　冬の島
　月の下で漕ぎ行く棚無し小舟がほんのりとかすかに見えて、千鳥が渡る笠結の島よ。

〔本歌〕　しはつ山うち出でて見れば笠結の島漕ぎかくる棚無し小舟（古今集・大歌所御歌・しはつ山ぶり・一〇七三。五代集歌枕・島・かさゆひのしま　豊前・一五二三）

〔参考歌〕　月に漕ぐ沖つ舟人波間より数さへ見ゆる住吉の松（道助法親王家五十首・秋・船中月・五五二・公経）
末に見し雲路も知らぬ浦わより月に漕ぎ出づる海人の釣舟（紫禁集・同〔建暦二年六月〕頃詩歌合当座、海上月・一〇九）
くまもなき淡路の水脈の月影は棚無し小舟浦づたひ行く（出観集・秋・題不知・四三〇）
明石潟月の出潮や満ちぬらん須磨の浪路に千鳥門渡る（俊成五社百首・住吉・冬・千鳥・三六二。新後撰集・冬・四七七・俊成）

〔語釈〕　○棚無し小舟　櫓や櫂を操るために船の両舷に取り付ける板（船棚）の無い小舟。○門渡る　海や川の狭くなっている所（門）を向こう側へ行くことが原義だが、「と（門）」が接頭語のようになって、ほぼ渡るの意味。○笠結の島　『五代集歌枕』『八雲御抄』は豊前国とするが、所在は未詳。漢字は、本歌の『古今集』歌の掛詞（「笠結ひ」が掛かるという）に従って宛てる。この歌は、『万葉集』の「しはつ山うち越え見れば笠縫の島漕ぎ隠る棚無し小舟」（巻三・雑歌・二七二・高市黒人）の異伝とも言える。この「しはつ山（四極山）」は諸説あるが、現在は摂津と三河の両説が行われ、従って「笠縫の島」も両国の何れかと考えられている。しかし、『八雲御抄』は「しはつ山」も豊前とする。宗尊は、「しはつ山」「笠結の島」共に、豊前国の歌枕と見ていた可能性が高いか。

〔補説〕参考歌に挙げた四首は、その歌人や所収作品から判断して、宗尊が視野に入れていたと見てもよい歌であるが、該歌詠作時に直接に思い起こしたというよりは、歌人宗尊の意識下に蓄えられていたと捉えるべきであろう。

雑　島々

人ならぬみつの小島となりはてて都《宮古》のつとは無《な》き名なり《成》けり

〔現代語訳〕雑の島

私が見た限り（この島は）人ではない（ただの）みつの小島とすっかりなっていて、（あの古歌が）人であるならば都への土産としていざ一緒にと言おうものを、と言った、都への土産というのは、無実の評判であるのだったな。

〔本歌〕をぐろ崎みつの小島の人ならば都のつとにいざと言はましを（古今集・東歌・陸奥歌・一〇九〇。五代集歌枕・島・みつのこじま　山城　此所為奥州歟、順徳院御本云、古今二八陸奥也、無体又非近国歟・一四六六・黒主）

〔参考歌〕人ならぬ岩木もさらに悲しきはみつの小島の秋の夕暮（続古今集・雑上・一五七八・順徳院。雲葉集・秋下・六三一。順徳院百首・秋・三九）

唐衣我は刀の触れなくにまづたつ物は無き名なりけり（拾遺集・恋二・七〇四・読人不知）

〔語釈〕〇みつの小島　『五代集歌枕』は山城国とするが（「美豆の小島」か）、そこにも注するように、『古今集』の東歌に詠まれているので、陸奥国の歌枕と見るべきである。『能因歌枕』は、「陸奥国」に「水のこじま」として挙げる。本歌の東歌と同様に、ここも「見つ」（自分が見たとの意）が掛かると解する。

〔補説〕宗尊は該歌以前に、参考歌の順徳院詠に負って、「人ならぬ岩木の山に置く露も心あればや秋を知るらん」（柳葉集・巻五・文永二年閏四月三百六十首歌・秋・七〇九）と詠んでいる。

550

春江

難波江の春のけしきも誰か見《み》ん心ある人はなき世なりけり

〔現代語訳〕春の江

難波江の春の景色も、いったい誰が見るだろうか。（古人が）それを見せたいと言った、心ある人はいない世の中なのであった。

〔本歌〕心あらむ人に見せばや津の国の難波わたりの春のけしきを（後拾遺集・春上・四三・能因）

〔参考歌〕これやこの心ある人のながむべき難波わたりの春の曙（六百番歌合・春・春曙・一一三・兼宗）

春霞かすめる空の難波江に心ある人や心見ゆらん（拾遺愚草・春・江上霞、内裏歌合・二一四三）

〔他出〕中書王御詠・春・春江・二〇。

〔補説〕『後拾遺集』初出歌人の能因の歌を本歌と見ることについては、『瓊玉和歌集新注』126・128補説、解説参照。

551

秋江

急《いそ》ぐともよく見《み》て行《ゆ》かん玉津《つ》島深《ふか》き入江の秋の夜《よ》の月

〔現代語訳〕秋の江

急ぐとしても、よくよく見て行こう。この玉津島の深き入り江に照る秋の夜の月を。

〔本歌〕玉津島よく見ていませあをによし奈良なる人の待ち問はばいかに（万葉集・巻七・雑歌・一二一五・作者未詳。

五代集歌枕・たまつしま・一四八〇）

玉津島深き入江を漕ぐ舟のうきたる恋も我はするかな（後撰集・恋三・七六八・黒主。五代集歌枕・たまつし

ま・一四八五）

〔参考歌〕故郷によく見て行かむ玉津島待ち問ふ人のありもこそすれ（秋風集・羇旅・真観が勧め侍りける百首・一〇五三・為家）

〔語釈〕○急ぐとも　平安時代から散見する措辞だが、勅撰集唯一の例である『新勅撰集』の「急ぐとも今日はとまらむ旅寝するあしのかり庵に紅葉散りけり」（羈旅・五一七・通俊）や、それに負ったとも思しい、文永二年（一二六五）七月後嵯峨院主催の当座探題歌会詠である『白河殿七百首』の「急ぐともここにや今日も暮らさまし見て過ぎがたき花の下陰」（雑・羈中春・五九一・教定）などは、宗尊が直接に学び得た可能性があろうか。○玉津島　紀伊国の歌枕。現在の和歌山市和歌の浦にある玉津島神社周辺の丘陵地が、かつて海湾部中にあって島として点在した一つの島、あるいは全体の呼称か。「たとふべきかたこそなけれ玉津島照らしかはせる住の江の月」（俊成五社百首・住吉・秋・月・三五〇）は、共に和歌の神である「玉津島」と「住吉」が月に照応する景趣を絶讃したものであろう。この歌を含めて、「玉津島」の「月」の歌は少なくない。特に「秋（の夜の）月」が結びついた歌枕ではないが、該歌はその景趣を賞賛する詠みぶりである。

〔補説〕共に『五代集歌枕』に収める『万葉』と『後撰』の両首を本歌にしていると解するが、その万葉歌を本歌にした参考歌の為家詠にも倣っているかのようでもある。

552

冬江

住の江の松の嵐も激《はげ》しくて声うち添《そ》ふる村《むら》時雨かな　哉

〔現代語訳〕冬の江

住の江の松を吹く激しい風も荒々しくて、そこにさらに声を加える村時雨であることだな。

〔本歌〕住の江の松を秋風吹くからに声うち添ふる沖つ白波（古今集・賀・三六〇・躬恒。拾遺集・雑秋・一一一二。五代集歌枕・すみよし　摂津・八六五、初句「住吉の」。同・すみの江　摂津・九四二）

〔参考歌〕住吉の松の嵐やかかるらん夕波千鳥声まさるなり（建保名所百首・冬・住吉浦摂津国・六二五・順徳院。紫禁集・同〔建保三年〕十月廿四日名所百首人人仕うまつりし時・住吉浦・六六七、三句「かはるらん」）

淡路島むかひの雲の村時雨染めもおよばぬ住吉の松（建保名所百首・冬・住吉浦摂津国・六二七・定家。拾遺愚草・内裏百首・冬・住吉浦・一二五三。新後拾遺集・冬・四七一）

〔類歌〕住吉の松の嵐も霞むなり遠里小野の春の曙（新勅撰集・春上・一四・覚延）

今よりは思ひこそやれ住吉の松の嵐の音の激しさ（隆祐集・二八七・伊成）

〔語釈〕〇住の江　「住吉」と同じ。摂津国の歌枕。現在の大阪市住吉区及び住之江区（近世以降の開発埋め立て地）の辺り一帯。〇村時雨　ひとしきり激しく降ってはやみ、また激しく降り過ぎてゆく雨。

春里

逢《あふ》坂の関越《こ》えて来《く》る春なれば音羽の里《さと》や先づ霞《かす》むらん

〔現代語訳〕春の里

（東から）逢坂の関を越えて来る春であるので、音羽の里がまっ先に霞むのであろうか。

〔本歌〕逢坂の関をや春も越えつらん音羽の山の今日は霞める（後拾遺集・春上・立春日よみはべりける・四・橘俊綱。新撰朗詠集・春・早春・一三。経衡集・正月朔日に、年改まりて、山辺のけしきかはりて侍らむかしとて、播磨の守俊綱・一二一。五代集歌枕・おとは山　同〔山城〕・二一四。和歌初学抄・一八六。新時代不同歌合・一三五）

〔語釈〕〇逢坂の関　近江国の歌枕。現在の滋賀県大津市の南の逢坂山に置かれた関所。京都と東国を結ぶ交通の要衝。**〇音羽の里**　山城国の歌枕。現在の京都市山科区と大津市との境の逢坂山の南に続く音羽山の西麓の里。

〔補説〕　五行説に従い、東方から「逢坂の関」を越えてやって来る「春」であるので、その逢坂の関に南接する音羽山の西麓の「音羽の里」が、京都のある山城の国では最初に霞むのであろうか、という趣旨で、霞む音羽の里の景色を詠じる。

宗尊は、該歌以前に「東より関越えて来る春とてや逢坂山のまづ霞むらん」（東撰六帖・第一・早春・六。同抜粋本・六）と、類詠をものしている。

秋里々

山陰《かけ》はいつも夕べのけしきにて小倉の里《さと》の秋ぞ悲《かな》しき

〔本文〕　〇初句「山陰は」は底本「山さと《かけ》は」。

〔現代語訳〕　秋の里

このほの暗い山陰の里はいつも夕方のたたずまいであって、小倉の里の秋はそれこそ悲しいのだ。

〔参考歌〕　いつとても恋しからずはあらねども秋の夕べはあやしかりけり（古今集・恋一・五四六・読人不知）

時分かずいつも夕べはあるものを秋しもなどて悲しかるらん（続後撰集・秋上・二七八・実雄。三十六人大歌合弘長二年・七三・三品親王〔宗尊〕家小督、四句「秋しもなどか」）

小倉山裾野の里の夕霧に宿こそ見えね衣打つなり（続後撰集・秋下・擣衣の心を・三九五・順徳院。紫禁集・同〔建保六年九月〕廿五日、当座詩歌合、秋歌・一〇九〇、三句「夕煙」）

〔影響歌〕　吹く風の秋よりさきもすずしきはいつも夕べの山陰の庵（耕雲千首・雑・山家夏・八七二）

〔語釈〕　**〇けしき**　本来は漢語の（従って後半生の為家は禁忌としたらしい）「気色・景色」。ここは、どちらかと言えば「気色」で、自然の景趣・景物が醸し出す様子、といった意か。**○小倉の里**　山城国の歌枕。平安時代から詠まれるが、さほど多く詠まれた歌枕ではない。山城国葛野郡の歌枕である「小倉山」、即ち現在の京都市右京区嵯峨の大堰川を挟んで嵐山に対峙する小倉山の麓の里を言うのであろう。「山陰」「いつも夕べ」の縁で「を暗（し）」が掛かると解する。

〔補説〕　大枠では、「秋は夕暮」（枕草子）というような、「秋」の「夕べ」の情趣を殊なるものとする通念の上に詠まれた一首である。恋歌である参考歌の『古今集』歌なども、その枠組みの基層にある歌であり、これが微かに意識されたかとも思しいが、より直接には、参考歌の「時分かず」歌を踏まえていよう。影響歌とした耕雲花山院長親の一首は、耕雲全体の詠作傾向を検証するなかで、改めて定位されるべきであろう。

雑里

十年あまり五年までに住《す》み馴《な》れて猶《な》ほ忘《わす》られぬ鎌倉の里

〔現代語訳〕　雑の里

十年を過ぎてさらに五年になるまでに住み馴れて、やはり忘れられない鎌倉の里よ。

〔参考歌〕　宮柱ふとしき立てて万代に今ぞ栄えむ鎌倉の里（続古今集・賀・祝歌中に・一九〇二・実朝。金槐集貞享四年刊本・雑・慶賀の歌・六七六）

〔他出〕　夫木抄・雑部十三・里・御集・一四六〇六。

〔語釈〕　**○なほ忘られぬ**　先行例は多くない。宗尊はより直接には、『続後撰集』の北条長時詠「頼むるをまたいつはりと思ひてもなほ忘られぬ夕暮の空」（恋三・契待恋といふことを・八〇一）に学ぶか。**○鎌倉の里**　相模国の歌枕。現在の神奈川県鎌倉市。「鎌倉」「鎌倉山」共に『万葉集』に詠まれるが、「鎌倉の里」は、参考歌の実朝詠に始まるか。頼朝が開いた幕府の所在地としての謂いであろう。

〔補説〕 宗尊は十一歳の建長元年（一二五二）四月一日に入府し、二十五歳の文永三年（一二六六）七月八日に鎌倉を離れた。その足かけ十五年の鎌倉在府を懐かしく回想する趣である。本抄巻一所収の「文永三年十月五百首歌」の「里」題でも「今は身のよそに聞くこそあはれなれ昔は主鎌倉の里」（106）と詠じている。

556

夏関

忘れじな関屋の杉の下陰にしばし涼《すゞ》みし不破《ふは》の中山

〔現代語訳〕 夏の関

忘れまいよ。夏の関屋にある杉の下陰に、暫しの間涼んだ、あの不破の中山を。

〔参考歌〕 越えはてば都も遠くなりぬべし関の夕風しばし涼まん（後拾遺集・羈旅・五一一・赤染衛門。赤染衛門集・一六九。後六々撰・三三）

涼しさは秋やかへりて初瀬川古川のへの杉の下陰（新古今集・夏・二六一・有家）

鳴海潟夏の日遅き松陰に潮の干る間まやしばし涼まむ（為家集・雑・夏山文永元年・一三一七）

〔他出〕 夫木抄・雑二・山・ふは山、不破、近江又美乃・八六五三。

〔語釈〕 **○関屋** 関所の役人が詰める番小屋。ここは結句に「不破の中山」とあるので「不破の関屋」のこと。「不破の関」は、令制下に美濃国不破郡内（現岐阜県不破郡関ケ原町松尾辺り）の東山道が畿内から美濃国に出る場所に設置された関。「美濃の関」とも。東海道の鈴鹿関、北陸道の愛発関とともに三関の一つ。天武天皇二年（六七三）七月に初めて設置（帝王編年記）という。養老年間（七一七〜七二四）頃には存在し、延暦八年（七八九）七月に三関は停廃されたが、儀礼的に固関は行われたらしい。その「関屋」は、「霰もる不破の関屋に旅寝して夢をもえこそとほさざりけれ」(千載集・羇旅・五四〇・大中臣親守)、「人住まぬ不破の関屋の板びさし荒れにし後はただ秋の風」(新古今集・雑中・一六〇一・良経)等と、荒廃していることを通念として詠まれる。**〇不破の中山** 美濃の国の所名。現在の岐阜県不破郡関ケ原町中山。「不破の関」が置かれた。「不破の中山」は、源師行男有房の「別れ行く君をとめねば関守のかひこそなけれ不破の中山」(有房集・四一四)が早い用例で、参考歌の後鳥羽院詠が続く。「不破の山」も、嘉応二年(一一七〇)十月十六日の『建春門院北面歌合』の隆信詠「不破の山紅葉散りかふ梢より嵐おこさぬ関守もがな」(関路落葉・一四)が早く、同じく後鳥羽院の「不破の山風もたまらぬ関の屋をもるとはなしに咲ける花かな」(仙洞句題五十首・関路花・七九)が続く。共に、院政期末から詠まれ始めたと思しい。宗尊は、「弘長二年冬弘長百首題百首」の「関」題(柳葉集・二一六)、「弘長二年十一月百首歌」の「雪」題(柳葉集・二七一。瓊玉集・冬・三二三)、「文永元年六月十七日庚申宗尊親王百番自歌合」の「関」題(柳葉集・五四五)で、この「不破の中山」を詠んでいる。「年経たる杉の木陰に駒とめて夕立過ぐす不破の中山」(中書王御詠・雑・旅歌とて・二三九)も、該歌と同様に実体験に基づきながらも、夏季の景趣に再構築した歌であろう。ちなみに、飛鳥井雅有の「逢坂の杉の木陰に駒とめて涼しく結ぶはしり井の水」(隣女集・巻二自文永二年至同六年・夏・逢坂にて・四三五。無名の記・三)は、この「年経たる」歌と影響関係にあるか。

〔補説〕 文永三年(一二六六)秋七月の将軍失脚後の西上の旅か(不破通過は十七日か)、あるいは建長四年(一二五二)春三月の東下の旅(不破通過は二十一日)の体験を基に、いずれにしてもそこに、夏の「不破の中山」に於ける一時の納涼を仮構し、良き思い出として回想する体で、せめてもの慰めとしたかのような一首である。

秋関

我《わ》が心行方《ゆくゑ》も知《し》らず逢《相》坂の関の藁屋《わらや》の秋の夕暮《くれ》

〔現代語訳〕 秋の関

私の心はその行きつく先も分からない。（蝉丸が庵居したという）逢坂の関の藁屋をつつむ秋の夕暮に。

〔参考歌〕 風になびく富士の煙の空に消えてゆくへも知らぬ我が心かな（新古今集〔新編国歌大観底本寿本〕・雑中・一六一五・西行、為相本他は結句「我が思ひかな」。西行法師家集・恋・三四七、結句「我が思ひかな」）

ながめわび行方も知らぬ物ぞ思ふ八重の潮路の秋の夕暮（雲葉集・秋下・六三四・実朝。新後撰集・秋上・二九二）

我が心とまるところはなけれどもなほ奥山の秋の夕暮（続古今集・雑上・一五八〇・教家）

とにかくにながめし秋もとどまらず関の藁屋の夕暮の空（紫禁集・同〔建保四年三月十五日〕頃、二百首和歌・七五六。雲葉集・秋下・六四九・順徳院）

〔語釈〕 ○逢坂の関の藁屋　近江国の歌枕で、山城・近江国境の逢坂山に置かれた「逢坂の関」（関址は現滋賀県大津市逢坂一丁目付近）にあったという藁葺きの粗末な小屋。「関の藁屋」は、参考歌の順徳院詠の他、建保頃から詠まれ始めた詞。「世の中はとてもかくても同じこと宮も藁屋も果てしなければ」（新古今集・雑下・一八五一・蝉丸。和漢朗詠集・述懐・七六四。江談抄・第三・博雅三位習琵琶事・七・目暗、三句「過ぐしてむ」。今昔物語集・巻二十四・源博雅朝臣行会坂盲許語第二十三・六二・蝉丸、三句「過ごしてむ」。時代不同歌合・一四九、三句「ありぬべし」）は、『江談抄』（類聚本系）と『今昔物語集』では、琵琶を習おうとした博雅三位が人を介して目暗（蝉丸）に何故逢坂の関に庵居するのか問い尋ねたのに対する答えの歌である。同じく蝉丸という「これやこの行くも帰るも別れつつ知るも知らぬも逢坂の関」（後撰集・雑一・一〇八九。五代集歌枕・逢坂の関・一八二四、百人一首・一〇他、共に三句「別れては」）の印象も相俟って、「逢坂の関の藁屋」は、往昔に蝉丸が庵居した所と考えられていたであろう。「問はれける関の藁屋は昔にて主残れる逢坂の花」（道助法親王家五十首・春・関花・二一五・経乗）や「逢坂の関の藁屋は跡もなし秋のしらべを松に残して」（土御門院御集・同〔名所〕秋・三八九）や「思ひやる関の藁屋の昔まで雪に寂しき逢坂の山」（雲葉集・冬・八四九・土御門院小宰相）、あるいは「しひてやはなほ過ぎ行かむ逢坂の関の藁屋の秋の夕霧」（宝治百首・秋・関霧・一七六二・実氏。玉葉集・秋下・七三〇）や「逢坂や関の藁屋は跡もなし情けばかりぞ名をとどめける」（伏見院御集・関・一八九）等々は、その通念に従った詠作であろう。宗尊もまた、その通念を抱いていたであろう。

【補説】 題詠ではあるが、文永三年（一二六六）秋七月の失脚帰洛の旅の途次に懐いた感懐を詠出したか。

558

雑関《々》

東路の関ぜき《せき〳〵》越《こ》えて身は過ぎ・ぬ心ぞなほ《猶》も世《よ》にとまりける

【現代語訳】 雑の関

東路の関々を越えて、我が身は人生を経てきた。けれども、心はやはりこの世に留まったままであったな。

【参考歌】 よけがたき道のつまりの関関はところせながらなほぞ越えぬる（新撰六帖・第二・せき・五九四・知家）

【語釈】 **○東路の関ぜき** 京都と関東鎌倉を往還する道道にあった幾つかの関所。廃関や実際には不通の関も併せて、逢坂関の他不破関や鈴鹿関あるいは足柄関等を念頭に置くか。将軍たるべく下り解任されて上った往復に再度通った関々との意味も込められるか。**○心ぞなほも世にとまりける** 我が心が今も俗世に執着していることを表し、いまだ出家しない自己を自嘲する趣もある。「とまり」は「（関ぜき）越えて」「（身は）過ぎぬ」と縁語（対照）。

559

夏橋

いとどまた《又》通《かよ》はぬ人の中絶え・て身をうぢ橋の五月雨の頃《ころ》

【現代語訳】 夏の橋

雨に宇治橋が途中で絶え、よりいっそうまた通ってこないあの人との仲は絶えて、この身を「憂し」辛いと思う、宇治橋に五月雨が降る頃よ。

〔本歌〕 忘らるる身をうぢ橋の中絶えて人も通はぬ年ぞ経にける（古今集・恋五・八二五・読人不知）

〔参考歌〕 水まさる宇治の川長高瀬さす身をうき舟の五月雨の頃（洞院摂政家百首・夏・五月雨・四八七・俊成女。俊成卿女集・詠百首和歌・夏・一〇二）

〔他出〕 中書王御詠・夏・橋五月雨・六六。

〔語釈〕 **○中絶えて** 男女の仲が絶えての意に、「橋」の縁で橋が途中で切れての意が掛かる。**○身をうぢ橋の** 「うし・うぢ」を掛詞に「身を憂し」から「宇治橋の」へ鎖る。「宇治橋」は、山城国の歌枕。現在の京都府宇治市の宇治川に架かる橋。古くからの交通の要衝。

冬橋

埋《うづ》もれぬ名もいかばかり古《ふ》りぬらん長柄《なから》の橋《はし》の跡の白《しら》雪

〔現代語訳〕 冬の橋

埋もれることのない名も、どれほど古びたことだろうか。長柄の橋の跡に降り埋む白雪よ。

〔本歌〕 世の中に古りぬる物は津の国の長柄の橋と我となりけり（古今集・雑上・八九〇・読人不知）

〔参考歌〕 跡もなき長柄の橋の真砂路に埋もれぬ名を聞き渡るかな（為家五社百首・恋・橋・住吉・六二九）

いかばかりふり重ぬらん名に立てて津守の浦の冬の白雪（為家五社百首・冬・雪・住吉・四一九）

〔類歌〕 聞きおきし長柄の橋はこれかさは雪ふりにけり跡だにもなく（太皇太后宮小侍従集・名所・長柄橋・一七七）

〔他出〕 中書王御詠・冬・雪・一五三。

〔語釈〕○埋もれ　「白雪」の縁で、雪が降って埋もれる意が掛かる。○古り　「白雪」の縁で「降り」が掛かる。
○長柄の橋　摂津国の歌枕。→484。
〔補説〕　本来「秋橋」題の次歌と逆順か。

秋橋

真野《まの》の浦《うら》の入江も遠く霧晴《は》れて秋風渡《わた》る淀《よど》の継《つ》ぎ橋《はし》

〔現代語訳〕　秋の橋

真野の浦の入江も遥か遠くまで霧が晴れて、秋風が吹き渡る淀の継ぎ橋よ。

〔本歌〕　真野の浦の淀の継ぎ橋心ゆも思ふや妹が夢《いめ》にし見ゆる（万葉集・巻四・相聞・四九〇・吹芡〔吹黄〕刀自。五代集歌枕・浦・まのの浦・一〇〇六。和歌童蒙抄・三八二）

天の川扇の風に霧晴れて空澄み渡る鵲の橋（拾遺集・雑秋・一〇八九・元輔）

〔語釈〕○真野の浦　摂津国の歌枕。武庫郡真野（現神戸市長田区真野町）の海岸。○秋風渡る　古い用例のない句。『正治初度百首』の「よそへても思ふ心を知らせばや秋風渡る葛の裏葉に」（恋・一〇七五・経家）が早いか。宗尊は別に「入り海の浜名の橋に日は暮れて秋風渡る浦の松原」（中書王御詠・雑・浜名橋をすぐとて・二二二）とも詠む。「継ぎ橋」の縁で橋を渡る意が響く。○淀の継ぎ橋　水が流れずに澱んでいる所に架けられた、板を何枚も継いで渡した橋を言う。本来普通名詞だが、『八雲御抄』（巻五・名所部・橋）は、「淀」を現在の京都市伏見区南西部の地と解してか山城とし、『夫木抄』（雑三・橋）はこれに加えて、「真野」を近江国滋賀郡（現大津市真野）とも解してか「山城或近江」とする。宗尊は、万葉歌を踏まえて摂津国の「真野の浦」に架かる「淀の継ぎ橋」と理解していたか。ちなみに、「ふみ見ても物思ふ身とぞなりにける真野の継ぎ橋途絶えのみして」（後拾遺集・雑一・八八〇・相模）

と詠まれる「真野の継ぎ橋」は、『五代集歌枕』（橋・一八八一）では「まののつぎはし　摂津国」とする。

562

雑橋

いにしへの真間《まゝ》の継《つ》ぎ橋《はし》ある《有》もの《物》を世渡《わた》る道《みち》のなどかはるらん

〔現代語訳〕　雑の橋

遠い昔の真間の継ぎ橋は今もあるのに、橋を渡るならぬ、私がこの世を生きて渡って行く道がどうして変わるのだろうか。

〔参考歌〕　足《あ》の音せず行かむ駒もが葛飾の真間の継ぎ橋止まず通はむ（万葉集・巻十四・相聞・三三八七・下総国歌。五代集歌枕・橋・ままのつぎはし　下総国・一八八八）

いにしへのきたの翁もあるものをなどあやにくに世を嘆くらん（新撰六帖・第二・おきな・八五八・知家）

〔他出〕　中書王御詠・雑・六帖の題の歌に・橋・二六四。

〔類歌〕　いにしへの真間の継ぎ橋継ぎてなほ今もかはらぬ代代の跡かな（嘉元百首・雑・橋・一九八六・為藤）

〔語釈〕　○真間の継ぎ橋　下総国の歌枕。葛飾郡（現千葉県市川市国府台付近）にあったという「継ぎ橋」→561。○世渡る道　世間を渡り暮らして行く道、人生の道程の意。先行例は、関東にも居した寂身の「みな人の世渡る道に年暮れて急ぐも知らず積もる雪かな」（寂身集・百首中　寛喜二年・冬・歳暮雪・一六八）がある。「渡る」は「継ぎ橋」の縁で橋を渡る意が掛かる。

〔補説〕　該歌が、『中書王御詠』の「六帖題の歌に」の一首、即ち文永元年（一二六四）九月に宗尊が召し催した六帖題歌会の折の作とすれば（↓73）、下句は、親王の身でありながら建長四年（一二五二）四月に十一歳で東下して征夷大将軍となった身分の激変、あるいはそれから十二年間の鎌倉に於ける境遇の変化等を寓意したものであろうか。しかし該歌を、文永三年（一二六六）七月に将軍を更迭されて帰洛した直後の「文永三年八月百五十首歌」に組み込まれた一首として見れば、親王の身でありながら東下して幕府の将軍として戴かれ、しかし結局は失脚して鎌倉を追われてまた京都に舞い戻った、宗尊の激動の半生の述懐ということになる。それは、文永四年（一二六七）十一月前後に成立した『中書王御詠』の一首として見るのと同断である。どちらの時点の作としても通用する歌であることを、家集が自撰だとすれば、宗尊自身がそのことを認識していた可能性があろうか。

春旅

かへりみる都の山に月落ちて行《ゆ》く先霞《さきかす》む春の曙《あけほの》

〔現代語訳〕 春の旅

振り返って見る都の山に月が沈んでゆき、旅に進み行く先は霞んでいる、春の曙よ。

〔参考歌〕 都のみかへりみられて東路を駒の心にまかせてぞ行く（後拾遺集・羇旅・東へまかりける道にて・五〇八・増基）

面影のひかふる方にかへりみる都の山は月細くして（拾遺愚草・韻歌　百廿八首和歌建久七年九月十八日内大臣家、他人不詠・旅・一七一三）

〔語釈〕 **○月落ちて**　例えば「商山月落秋鬢白（しやうざんにつきおちてあきのひげしろし）　潁水波揚左耳清（えいすいなみあがてひだりのみみきよし）」（和漢朗詠集・仙家付道士隠倫・五五一・大江朝綱）と詠じられた、漢語の「月落」からの援用か。先行例としては、「紀の国や由良の岬に月落ちて拾ひ残せる玉かとぞ見る」（御室五十首・秋・七八三・師光）や「雲かかる生駒高嶺に月落ちて三輪の檜原にましら鳴くなり」（千五百番歌合・秋三・一三六二・宮内卿）あるいは「紅葉吹く風のたよりに月落ちて霜に裏ある庭の面影」（慈鎮和尚自歌合・三宮・八番右・月明かりける夜三位入道の許へ・一二〇二。雲葉集・秋下・七〇二・慈円）等、新古今歌人の作例が目に付く。なおまた、「木の間より洩りくる月の影見れば心づくしの秋は来にけり」（古今集・秋上・一八四・読人不知）の第二句を「落ちたる月の」（清輔本）や「落ちくる月の」（新撰和歌・二四）とする形の本文が、いくらかの影響を与えたかもしれない可能性を見ておきたいと思う。

〔補説〕 建長四年（一二五二）三月十九日に、将軍たるべく関東に向けて京都を出発した折のことを回想しつつ、東下する春の旅を今に仮構したか。以下の「夏」「秋」「冬」「雑」の「旅」の歌も、同様であろうか。

夏旅

大井川川辺《かはへ》の里《さと》に日数《かすへ》経ぬ渡瀬《わたせ》待《ま》つ間《ま》の五月雨の比

〔現代語訳〕 夏の旅

大井川の川辺の里に、日数が経ってしまった。徒歩で渡る渡瀬が現れるのを待つ間の五月雨が降る頃に。

〔参考歌〕 五月雨に渡瀬も見えず大井川いづくがもとの流れなるらん（教長集・夏・河辺五月雨・二七四）

山もとも庭は海なる五月雨に川辺の里を思ひこそやれ（百首歌合建長八年・夏・一〇五九・忠定）

五月雨の日数経ぬれば刈り積みし賤屋の小萱朽ちやしぬらん（千載集・夏・一八一・顕輔。久安百首・夏・三二七）

〔語釈〕 ○大井川 一首の内容や前後の歌の配列および宗尊の経歴から見て、山城の「大堰川」ではなく、遠江・駿河国境を流れて東海道をよぎる「大井川」であろう。関東祇候の廷臣飛鳥井雅有の「大井川渡瀬を多み行き暮れて月に越えゆくさやの中山」（隣女集・巻三自文永七年至同八年・雑・さやの中山・一五二二）も同様であろう。古く『更級日記』には「大井川といふ渡りあり。水の、世の常ならず、すり粉などを濃くて流したらむやうに、白き水、速く流れたり」とある。ただし、参考歌に挙げた教長詠の「大井川」は、山城か東海道かは不分明である。例えば、「五月雨にみかさぞまさる大井川戸無瀬の井堰おとすばかりに」（新撰六帖・第三・井せき・一〇一一・家良）や「大井川音まさるなりゐる雲のをぐらの山の五月雨の頃」（弘長百首・夏・五月雨・一八二・為家。為家集・夏・五月雨弘長元・三八〇。拾遺風体集・夏・六七。続後拾遺集・夏・二一〇）と詠まれるように、「五月雨」と山城の「大井川」との詠み併せはまま見られる。しかし、教長詠の「渡瀬も見えず」の詠みようは、むしろ東海道の「大井川」にこそ似つかわしい。宗尊が教長詠を知っていて、その「大井川」を東海道のそれと認識したかもしれず、また山城の「大井川」と認識した場合でも、それを東海道のそれに取りなして詠み直したとしても不思議はないであろう。**〇渡瀬**人が歩いて渡ることのできる水深の浅い所。

〔補説〕 宗尊が大井川を渡ったのは、東下の折の建長四年（一二五二）三月か、西上の折の文永三年（一二六六）七月であり、「夏旅」ではない、「五月雨」の山城の「大井川」の通念の枠組みを借りて、実際に渡った東海道の「大井川」の情景を思い起こしつつ、夏の旅の歌として仮構したものであろう。

秋旅

忘《わす》れずよ朝けの風を身にしめて露分け捨《す》てし宇津《うつ》の山越え・

〔現代語訳〕 秋の旅

忘れないよ。早朝の風を身に染み込ませて、露を分け捨てて行った宇津の山を越える旅を。

〔参考歌〕 忘れずよ朝清めするとのもりの袖にうつりし秋萩の花（続後撰集・秋上・二八七・後嵯峨院）

いつしかと朝けの風の身にしみてさやかにかはる秋は来にけり（夫木抄・秋一・立秋・嘉禄三年百首、早秋風・三八五九・為家）

都思ふそなたの風を身にしめて月にともなふ宇津の山越（千五百番歌合・雑二・二八七四・保季）
宇津の山これや昔の跡ならん露分けわぶる蔦の下道（宝治百首・雑・旅行・三七九七・下野）

〔語釈〕 **○朝け** ↓380。 **○宇津の山越え** 駿河国の歌枕「宇津の山」は、現在の静岡市宇津ノ谷と藤枝市岡部町との境にある宇津ノ谷峠のこと。その「宇津の山」を越えて旅すること。理屈では西上・東下どちらにも言うが、「駿河なる宇津の山辺のうつつにも夢にも人にあはぬなりけり」（伊勢物語・九段・一一・男。新古今集・羈旅・九〇四・業平）と詠じた男＝業平の東下りの印象からもっぱら東に越えて行くことを言う。↓補説。

〔補説〕 題の「秋旅」からすると、建長四年（一二五二）三月の東下の折ではなく、文永三年（一二六六）七月の西上の折を回想したことになる。「宇津の山越え」は、七月七日か八日であったか（↓59）。失意の内に帰洛する旅であり、「露」は涙を寓意したものかもしれない。ただしまた、見知らぬ土地に恐らくは心細く東下する折の経験を踏まえて、季節を換えて詠じたものと見てもおかしくはない。結局、東下・西上いずれの折の「宇津の山越え」も、宗尊にとって忘れられないものであったのには違いないであろう。

冬旅

逢坂《あふ》やまだ夜深《よふか》きに関越《こ》えて跡付《つ》け初《そ》むる山の白《しら》雪

〔現代語訳〕 冬の旅
逢坂よ、まだ夜深いうちに関を越えて行き、初めて足跡を付ける山の白雪だ。

〔参考歌〕 道しあればふりにし跡に立ち返りまた逢坂の関の白雪（続古今集・冬・六七八・良実）
月影のかはらず見ゆる夜半の雪に跡付け初むる浜千鳥かな（熊野懐紙・浜月似雪・九二・通親）

〔語釈〕 **○逢坂** 近江国の歌枕。山城・近江国境の逢坂山に置かれた「逢坂の関」（関址は現滋賀県大津市逢坂一丁目付近）があった。「白雪」との詠み併せは、必ずしも伝統的ではない。寿永百首家集の一つである『頼輔集』の「逢坂の山の白雪見渡せば関の小川ぞたえまさりける」（冬・日吉の歌合に・五〇）が早く、勅撰集では参考歌の良実詠が初出。**〇跡付け初むる**　これも比較的新しい措辞。参考歌の通親詠や俊成の「君が問ふ跡付け初むる初雪は積もらむ末も頼まるるかな」（秋篠月清集・雪の朝三位入道許へ遣はしける・返事・一三〇一）等が先行例となる。

〔補説〕「まだ夜深きに関越えて」が、微かに孟嘗君の故事を連想させるか。宗尊の逢坂越えは、東下の折の建長四年（一二五二）春三月か、西上の折の文永三年（一二六六）秋七月である。該歌は、その経験を踏まえながらも、歌題の「冬の旅」に即して、初めて逢坂を越えて東国へ下る風情を仮構して詠出したものであろう。

雑旅

篠原《しの》や袖折《お》り返《かへ》しさ寝《ね》し夜《よ》の有明方《かた》の月は忘《わす》れず

〔現代語訳〕　雑の旅

篠原よ、袖を折り返して寝た夜の、有明頃の月は忘れることはない。

〔参考歌〕　世の中は憂きふし繁し篠原や旅にしあれば妹夢に見ゆ（新古今集・羇旅・九七六・俊成。長秋詠藻・堀河院御時百首題を述懐によせて読みける歌、保延六、七年のころの事にや・恋・旅恋・一七八）

白妙の袖折り返し恋ふればか妹が姿の夢にし見ゆる（万葉集・巻十二・正述心緒・二九三七・作者未詳）

印南野の浅茅押しなみさ寝し夜のけ長くしあれば家し偲ぶる（五代集歌枕・野・いなみの・七二一・赤人。万葉集・巻六・雑歌・九四〇、三・四句「さ寝る夜のけ長くあれば」（三句を「さ寝し夜の」とするのは類聚古集・細井本、広瀬本は「サネシヨノ」の「ネシ」を見消ちして左傍に「ヌル」右傍に「或メル」）。古今六帖・第二・ざふのの・一一六一、初句「いなびのの」結句「妹をこそ思へ」）

年も経ぬ長月の夜の月影の有明方の空を恋ひつつ（後拾遺集・恋一・六一四・源則成）

〔他出〕　中書王御詠・雑・旅歌とて・二三三。

〔語釈〕　○篠原　一般に篠の生える原を言ったとも考えられるが、ここは、「文永三年八月百五十首歌」の一首なので、文永三年（一二六六）七月八日に鎌倉を出立した帰洛の旅の途次、七月十九日頃に通ったであろう「野路」（中書王御詠・二二八）の東に位置する近江国野洲郡（現滋賀県野洲市野洲）の宿駅名を言うか。○袖折り返し　原拠は参考歌の万葉歌だが、あるいは宗尊の視野には、「旅衣棲吹く風の寒き夜に袖折り返し幾夜かも寝ん」（宝治百首・雑・旅宿・三八一六・成実。雲葉集・羇旅・九六二）も入っていたか。○有明方　陰暦十六日以降、特に二十日以後の月が空に残っているうちに夜が明ける暁近くの時分。

春望

夕凪《なぎ》の春の潮干《しほひ》は静かにて霞《かすみ》に遠きわかの松原《はら》

〔現代語訳〕　春望

春の夕凪に静かに潮が引いて、霞の中に遠く望む和歌の松原よ。

〔本歌〕　妹に恋ひわかの松原見渡せば潮干の潟にたづ鳴き渡る（新古今集・羇旅・八九七・聖武天皇。原歌万葉集・巻六・雑歌・一〇三〇、二句「わがの松原」〔原文「吾乃松原」、現行訓「あがの松原」〕）

〔参考歌〕　伊勢島や潮干の潟の朝凪に霞にまがふわかの松原（後鳥羽院御集・詠五百首和歌〔遠島五百首〕・春・六六八。風雅集・春上・二二・後鳥羽院）

伊勢の海清き渚も霞みつつ春の潮干の玉も拾はず（建保名所百首・春・伊勢海・九〇・兵衛内侍）

伊勢の海人の玉裳の裾やまがふらん霞に遠き沖つ白波（雲葉集・春上・六七・実氏。三十六人大歌合弘長二

年・一二三）

〔他出〕中書王御詠・春・春眺望・八。夫木抄・春五・春海・御集、春御歌中・一七一〇。

〔語釈〕○春望　春の眺めの意。○潮干　潮が引くこと。干潮になること。○わかの松原　底本の「和歌」は宛字か。「わかの松原」は、伊勢国の歌枕。「若の松原」とも。三重郡の地名というが、比定地は不明で、あるいは四日市付近かともいう。右記『万葉集』の「吾乃松原」が原拠。その題詞は、前歌の「十二年庚辰冬十月、依㆓大宰少弐藤原朝臣広嗣謀反発㆑軍、幸㆓于伊勢国㆒之時、河口行宮、内舎人大伴宿祢家持作歌一首」を承けた「天皇御製歌一首」で、『新古今集』の詞書は「天平十二年十月、伊勢国に行幸したまひける時」である。『万葉集』の左注には「右一首今案、吾松原在㆓三重郡㆒、相㆓去河口行宮㆒遠矣。若疑御㆓在朝明行宮㆒之時所㆑製御歌、伝者誤之歟」とある。

夏望

播《はり》磨《ま》潟《かた》灘《なた》のみ沖《奥》は風荒《あ》れて高砂めぐる夕立の雲

〔現代語訳〕夏望

播磨潟の灘の沖は風が吹き荒れて、高砂を夕立雲が行き廻るよ。

〔参考歌〕播磨潟灘のみ沖に漕ぐ舟の行くも帰るもかつ霞みつつ（洞院摂政家百首・雑・眺望・一九六七・実氏。万代集・雑一・二七四三）

〔他出〕中書王御詠・夏・夕立・七六。

〔語釈〕○夏望　夏の眺めの意。「春望」や「秋望」がより一般的だが、四季と雑からなる組題の構成故に設定された題であろう。○播磨潟灘のみ沖　この措辞は、西行の「播磨潟灘のみ沖に漕ぎ出でてあたり思はぬ月をながめん」（山家集・秋・月・三二一）や「播磨潟灘のみ沖に漕ぎ出でて西に山なき月を見るかな」（西行法師家集・秋・月・

一八三）が早く、参考歌の実氏詠もこれらに倣っていよう。「播磨潟」は、播磨国の歌枕。播磨（現兵庫県南西部）の沿岸。「灘」は、遠浅の海岸。「み沖」の「み」は、語調を整える接頭語。これは他に、俊恵の「ちはやぶる阿蘇のみ沖に澄む月は誰が手向けたる鏡なるらん」（林葉集・秋・池上月同〔歌林苑〕・五〇五）が目に付く。**○高砂めぐる夕立の雲**　他に例を見ない措辞。宗尊が別に詠じた「行きやすき船出急げや高砂の尾上をめぐる道はありとも」（中書王御詠・雑・万行具廻日得往、念仏一行最為尊・三五四）や「松風も激しくなりぬ高砂の尾上の雲の夕立の空」（柳葉集・巻二・〔弘長二年冬弘長百首題百首〕・夏・夕立・一六九。瓊玉集・夏・一四一。続古今集・夏・二六七）に照らせば、播磨国（現兵庫県高砂市）の歌枕である「高砂」を廻るように流れ行く夕立雲を、「尾上の松」を言外に想起させるように詠出した表現であろう。後出の類例に「山の端にさすや日影はうつろひて麓をめぐる夕立の雲」（続門葉集・夏・一八四・得業俊助）や「なる神の音もはるかに紫香楽の外山をめぐる夕立の雲」（続後拾遺集・夏・二三四・承覚法親王）がある。

　　雑望

行く末の雲間に富士《ふし》の山を見《み》て西に向《む》かふ足柄《あしから》の関

〔本文〕　○第三句「山を見て」は底本「山。《をみて》みえて」（見消ち各字中）。

〔現代語訳〕　雑望

　進み行く先の方の雲間に富士の山を望み見て、西へと向かって越える足柄の関よ。

〔参考歌〕　富士の山同じ雪げの雲間より裾野を分けて夕立ぞする（最勝四天王院和歌・富士・三八一・後鳥羽院。後鳥羽院御集・承元二年十一月最勝四天王院御障子・富士・一四四七）

　秋までは富士の高嶺に見し雪を分けてぞ越ゆる足柄の関（続古今集・羈旅・十首歌講じ侍りし時、関路雪を・

九〇九・真観）

〔語釈〕 **○雑望**　述懐の眺め、といった趣意であろう。これも前歌の「夏望」と同様に、一連の構成故に設定された題であろう。**○富士の山**　駿河国の歌枕。富士山。**○足柄の関**　→116。

〔補説〕「西にぞ向かふ」からすれば、失脚し鎌倉を追われて帰洛する折の文永三年（一二六六）秋七月の旅に、足柄の関を越えた経験を踏まえた一首ということになる。

春山家

山里《さと》に花咲《さ》きぬとて人待《ま》つはいつの情《なさ》けの慣《習》らひなるらん

〔現代語訳〕 春の山家

山里で、花が咲いたということで人を待つのは、いったい何時から続く心持ちのきまりであるのだろうか。

〔参考歌〕 植ゑしよりした待つものを山里の花見に誘ふ人のなきかな（公任集・同じ所〔白川〕に紅梅植ゑたりつるに初めて花さきたるにおはしたりけるに、女御の御もとに・二。万代集・雑三・白川におはしましける時、按察使公任のもとに遣はしける・三一四四・四条太皇太后宮）

春ならで誰か問ひ来し山里に花を待つこそ人を待ちけれ（拾玉集・花月百首・花・一三〇六）

春は花秋は紅葉と人待ちし道絶え果つる冬の山里（壬二集・殷富門院大輔百首文治三年春于時侍従兼越中守従五位上・冬・二四六）

〔語釈〕 **○情け**　風情・情趣を解する心。ここでは、咲いた花を共に見るべく人を待つような心のあり方。**○慣らひ**　自然とそうなってしまう癖、傾向、ということ。

〔補説〕 参考歌は、必ずしも宗尊がそれらに負ったという訳ではなく、春の「山里」で「花」を共に見る「人」を

「待」つ、という通念が窺われる歌の例として挙げた。和歌の通念や類型の始原を問おうとする傾向が認められる宗尊詠の特徴を示す一首である。↓150。

秋山家

かくて見《み》ん外山の里《さと》の薄《うす》紅葉今一しほの色な時雨《しく》れそ

〔現代語訳〕 秋の山家

このままで見よう。外山の里の薄い色の紅葉は、もう一段の濃い色に時雨れてくれるな。

〔本歌〕 常磐なる松の緑も春来れば今一しほの色まさりけり（古今集・春上・二四・宗于）

〔参考歌〕 かくて見む青葉まじりの薄紅葉時雨よいたく染めはてずとも（楢葉集・雑二・八五一・禅定院尊者）

夕づく日うつろふ峰の薄紅葉今ひとしほは時雨せねども（道助法親王家五十首・秋・夕紅葉・六五五・経乗）

〔他出〕 中書王御詠・秋・紅葉・一二五。

〔語釈〕 **○外山の里** 山の端、あるいは連山の外れにある里。**○色な時雨れそ** 珍しい句。後代に、康正三年（一四五七）九月七日『武家歌合』の「染め残す峰の紅葉葉ひさかたの山より北の色な時雨れそ」（二五・心敬）が見える程度。紅葉の色を濃くなるように時雨が染め上げるな、という趣旨。

〔補説〕 措辞の類似から参考歌に挙げた『楢葉集』の一首については、嘉禎三年（一二三七）六月五日素俊撰の同集あるいはその歌を、宗尊が披見し得たか否かを含めて、さらに検討が必要であろう。

573

冬山家

音信れて寂《さひ》しきもの《物》は山里《さと》の寝《ね》覚めにかかる松の雪折《お》れ

〔**現代語訳**〕冬の山家

人が訪れるでもなく、音が聞こえて来てさびしいものは、山里で夜に目を覚ました時にその音が降りかかってくる、このような松の雪折れだよ。

〔**他出**〕中書王御詠・冬・雪・一五四。

〔**参考歌**〕草の原かれにし人は音もせであらぬ外山の松の雪折れ（続後撰集・冬・五一〇・家隆。内裏百番歌合・冬・一五九。家隆卿百番自歌合・九七。壬二集・冬・二五八三）

夕暮の寂しきものは槿の花を頼める宿にぞありける（後撰集・雑四・一二八八・読人不知）

〔**語釈**〕**○音信れて**　音を立てて来ての意に、「山里」の縁で「訪れで」（人が訪れないでの意）が掛かる。**○寂しきものは**　意外に先行例は少なく、参考歌の『後撰集』歌の他には、『万代集』の「世の中に寂しきものは霜枯れの冬の薄と我となりけり」（雑一・二九三七・兼経）が目に入る程度。**○寝覚めにかかる松の雪折れ**　「かかる」を掛詞に「寝覚めに掛かる」（夜の目覚めに〔音が〕降りかかる意）から「斯かる松の雪折れ」（このような松の雪折れよの意）へ鎖る。「雪折れ」は、木や竹などの枝や幹が降り積もった雪の重みで折れること。先行する類例は「忍び住む心も堪へず山陰や軒端にかかる松の雪折れ」（民部卿家歌合建久六年・深雪・一六〇・定家）。他の類例に宇都宮景綱の「吹きまよふ嵐の風にたぐひ来て寝覚めにかかる秋の村雨」（新和歌集・秋・秋夜雨・二三一）があり、南朝の尊良親王の「きぬぎぬの嘆きならでは来し方の寝覚めにかかる物や思ひし」（一宮百首・雑・暁・八二）もある。関東縁故歌人と南朝歌人との共通の一例となる。

雑山家

世の中の憂《う》きは身に添《そ》ふ辛《つら》さにてなほ《猶》山里もの《物》や悲《かな》しき

〔現代語訳〕　雑の山家

この世の中の苦しみは、我が身に付いている辛さであって、（住みよいはずの）山里もやはり何となくもの悲しいよ。

〔本歌〕　世の中はいかにやいかに風の音を聞くにも今はものや悲しき（後撰集・雑四・一二九二・読人不知。伊勢集・友だちなりける人の思ふことありける、とぶらふとて・三〇七）

山里はもののわびしきことこそあれ世の憂きよりは住みよかりけり（古今集・雑下・九四四・読人不知）

〔参考歌〕　世の中は憂き身に添へる影なれや思ひ捨つれど離れざりけり（堀河百首・雑・一五七七・俊頼。金葉集・雑上・五九五。千載集・雑下・一一六一）

今日までも憂きは身に添ふさがなれば三とせの露の乾く間ぞなき（続古今集・哀傷・一四二〇・為家）

〔語釈〕　**○憂きは身に添ふ**　参考歌の俊頼詠を原拠とする。「憂きは身に添ふ」の句形は、右の為家詠が勅撰集の初出であるが、この歌は「前中納言定家身まかりて後、第三年の仏事嵯峨の家にてし侍りけるに遣はしける」という実氏の「今日といへば秋のさがなる白露もさらにや人の袖濡らすらん」（一四一九）の「返し」である。これに先行して、雅経の「厭ひかね憂きは身に添ふかげろふのあるかなきかの世をや頼まん」（明日香井集・春日社百首元久二年十二月三日於宝前被講七ケ日参籠之間詠之・雑・釈教・是身如影・六一四）や家隆の「厭ひ出でてこの世をよそに聞くべきに憂きは身に添ふ影ぞ悲しき」（洞院摂政家百首・雑・述懐・一八二〇。壬二集・洞院摂政家百首・述懐・一五三一。秋風集・秋中・一二三〇）がある。為家はこれら、特に家隆詠に倣っているのかもしれない。所収歌集より推して、宗尊も家隆詠を見知っていた可能性は高いであろう。

春閑居

長閑《のどか》なる春の心もあり《有》けりと訪《と》はれぬ宿《やと》の花に見《み》るかな

〔現代語訳〕　春の閑居

ゆったりと落ち着いている春の情趣もあったのだ、と、誰からも訪れを受けない我が家の花に知ることであるな。

〔参考歌〕　つらきかななどて桜ののどかなる春の心にならはざりけん（続後撰集・春中・一一五・俊成。久安百首・春・八一一。長秋詠藻・久安の頃崇徳院に百首歌めされし時奉る歌・春・一一。万代集・春下・三六四）

春はなほ来ぬ人待たじ花をのみ心のどかに見てを暮らさん（万代集・春下・二九七・具平。続拾遺集・春下・八七。伝寂然筆切中務親王集・解題・一六。為頼集・一三）

花見ても春の心ののどけきは老いて世に経るすみかなりけり（続古今集・春下・一一四・家良）

咲かぬ間は誰かは訪ひし我が宿の花こそ人の情けなりけれ（続古今集・春下・一一〇・兼実）

〔類歌〕　おぼつかな花なき里の里人は春の心やのどけかるらん（別雷社歌合・花・六一・隆季）

のどかなるながめを時のけしきにて春の心を霞にぞ見る（伏見院御集・霞・四八五）

のどかなる春の心の色にうけて花鳥までの情けをぞ見る（伏見院御集・春・五五六）

のどかなる春の心となりにけり待ちし桜の花咲きしより（延文百首・花・一五一四・公清）

〔他出〕　中書王御詠・春・閑居花・三五。

〔語釈〕　○訪はれぬ宿　他の人によって訪れられることのない我が家、ということ。宮内卿の『正治初度百首』詠「三輪の山訪はれぬ宿に神さびて幾代になりぬ杉の秋風」（雑・神祇・八五二）が早く、為家の「今さらになに恨むらんいつとても訪はれぬ宿のまつ虫の声」（為家千首・秋・四六四）や知家の「降る雪の花のあるじにかこちても訪はれぬ宿に跡は絶えつつ」（洞院摂政家百首・冬・雪・九三一）が続く。他には、『秋風集』に「千五百番歌合の歌」と詞書する嘉陽門院越前の「まさ木ちる谷のかけはし埋もれて訪はれぬ宿は霰降るなり」（冬・一六〇）があり、『楢葉集』に「あしひきの山路よりけに跡もなし訪はれぬ宿の庭の白雪」（雑二・八六一・尊海）がある。鎌倉前期に少しく流行した措辞であろう。宗尊はそれを敏感に取り入れたことになる。同時にまた、宗尊はこれ以前に「いかにせむ訪はれぬ花の憂き名さへ身に積もりける春の山里」（瓊玉集・春下・五七）という「訪はれぬ花」を詠んでいて、これは雅経の「よそながら山路も絶えて降る雪は訪はれぬ花の主とぞ見る」（明日香井集・内裏御会同〔建保四年〕十一月一日・遠村雪・一二六四）が先行するのである。「訪はれぬ花」から「訪はれぬ宿」を発想することは容易であったろう。

〔補説〕 花故に心落ち着かないとする通念は、「ひさかたの光のどけき春の日にしづ心なく花の散るらむ」（古今集・春下・八四・友則）や「春はなほ我にて知りぬ花盛り心のどけき人はあらじな」（拾遺集・春・四三・忠岑。和漢朗詠集・春・春興・二六）、あるいは「春風の吹かぬ世にだにあらませば心のどかに花は見てまし」（亭子院歌合・一一・宇多院。万代集・春下・二九六。続後撰集・春中・一一〇・醍醐天皇）等々に始発して、大きな類型を形成する。参考歌の俊成の「つらきかな」詠もその枠組の内にある。一方でまた、花故に人が我が家を訪れることを言う歌も、「我が宿の花見がてらに来る人は散りなむのちぞ恋しかるべき」（古今集・春上・六七・躬恒）や「春来てぞ人も訪ひける山里は花こそ宿のあるじなりけれ」（拾遺集・雑春・一〇一五・公任）に代表されるように、類型化している。参考歌の兼実の「咲かぬ間は」詠も、その中の一首である。該歌は、そういった通念を踏まえながら、人の訪れのない花見の寂寥感を「長閑なる春の心」に昇華させたと言ってよいであろうが、宗尊と同じ中務卿親王であった具平の「春はなほ」詠や、直前の勅撰集入集歌である家良の「花見ても」詠に倣ったかとも思しい。

576

冬閑居

訪《と》はれぬる身のことわ《は》りと言《い》ひながらさも跡もなき庭の雪かな《哉》

〔現代語訳〕　冬の閑居

（雪に跡が付くのは）人に訪問を受けたときの自分の身から生じる道理（だからしょうがない）とは言うけれども、よくもまあ、人の足跡もない我が庭の雪であることだな。

〔参考歌〕　しのぶるも我がことわりと言ひながらさても昔と訪ふ人ぞなき（新勅撰集・雑二・一一四四・真観）

訪へかしな跡も厭はで待たれけりまだ空晴れぬ庭の白雪（続古今集・冬・庭雪を・六五五・隆祐）

〔類歌〕　さこそはあれ出で入る人の跡もなし身のことわりの庭の白雪（中書王御詠・冬・庭雪・一五二）

〔語釈〕　**○身のことわり**　自分自身のせいでそうなる道理、ということ。668にも。**○さも**　いかにも、まったくの意の副詞に解した。指示副詞「さ」と係助詞「も」と見ると、そのようにも、そうは、といった意味になろうか。

〔補説〕　一見、上句と下句の関係に齟齬があるように見える。仮に初句が「訪はれざる」であったとすれば、類歌の宗尊詠のように、分かりやすい一首となる。しかし、底本の本文に従えば、「子猷尋戴」の故事のように雪を心ある人と共に鑑賞したいという通念の一方で、例えば慈円の「庭の雪をよきて通はむ道もがな跡惜しからで人に訪はれむ」（拾玉集・雪・三九〇四）のように庭の雪の人跡を惜しむという類型も存しているので、その両者を併せた参考歌の隆祐詠を踏まえて、「訪はれぬる身のことわり」は、庭の雪に人跡が付くのは人に訪われた我が身の場合の道理、といった趣旨に解するべきであろう。

577

雑閑居

人言《こと》の暇《ひま》なかりしも昔にて今はのどけき身の住まひ《ゐ》かな

〔現代語訳〕　雑の閑居
他人の噂がひっきりなしだったのも昔のことになって、今は穏やかにのんびりとしているこの身の暮らしであるよ。
〔参考歌〕　空蟬の世の人言のしげければ忘れぬもののかれぬべらなり（古今集・恋四・七一六・読人不知）
世の中は憂きものなれや人言のとにもかくにも聞こえ苦しき（後撰集・雑二・一一七六・貫之）
都をばよそのながめになしはててあはれなりける身の住まひかな（正治初度百首・山家・九九三・季経）
〔語釈〕　○人言　他人の言葉、世間の人の評判・噂。○住まひ　住みか・住居の意にも取れるが、生活・暮らしの意に解しておく。
〔補説〕　「雑閑居」題に従った詠作ではあるが、実感を宿した感もある。宗尊は、文永三年（一二六六）妻宰子と良基の密通を知って三月六日に藤原親家をして上洛させ、六月五日に帰参した親家を通じて父後嵯峨院からの諷諫を受けつつ、失脚への流れは止めがたく、七月八日に鎌倉を発ち二十日に失意の内に入洛するもなお、父母から義絶されている。そうであれば、その直後の八月に、本当にかかる心境に達していたとは考え難く、それは題詠を通じた真実、もしくは仮構や誇張ということであろうか。あるいはこの「文永三年八月百五十首歌」の和歌に、差し替え等があった可能性も考えてみるべきかもしれない。→解説「『竹風和歌抄』の伝本と構成」第二章第一節。

春恋
難波潟《なにはかた》霞の下に行《ゆ》く舟の晴《は》れぬ恨み・に身はこがれつつ
〔現代語訳〕　春の恋
難波潟を覆う霞の中に漕ぎ行く船の、浦見をしようにも霞が晴れない恨みのように、晴れることのない恋の恨みに、我が身はじりじりと焦がれ続けている。

〔参考歌〕難波潟潮路遙かに見渡せば霞に浮かぶ沖の釣り舟（千載集・雑上・眺望の心をよめる・一〇四九・円玄）
難波江の霞の下の澪標春のしるしや見えて朽ちなむ（万代集・雑一・建保内裏歌合に、江上霞を・二七四四・家隆。続拾遺集・雑春・四七九。壬二集・春・同じ〔建保二年〕頃、内裏歌合に・江上霞・二〇八八、二句「霞に沈む」）
難波人霞の下に焼く塩をしばしたゆめて春や知るらん（洞院摂政家百首・春・霞・八五・隆祐。隆祐集・百番歌合・十番、霞五首中　左、大殿百首御会・七九、四句「しばしたゆみて」）

〔語釈〕**○難波潟**　摂津国の歌枕。現在の大阪府の淀川河口付近の浅い海。**○晴れぬ恨み**　霞が晴れない恨みの意に、比喩で恋の晴れない恨みが重なる。「恨み」に「難波潟」の縁で「浦見」が掛かると解する。**○身はこがれつつ**「身は焦がれつつ」に、「難波潟」「行く船」の縁で「漕がれつつ」が掛かる。

夏恋

時鳥皐月《さ》待《ま》つだに苦《くる》しきにいつとて聞《き》かぬ人に恋《こ》ふらん

〔現代語訳〕夏の恋
時鳥の声を聞くのに五月を待つのさえ苦しいのに、いったいいつ（その人が訪れる）というわけで、それも聞いていない人に、恋い慕っているのだろうか。

〔参考歌〕身に知らば初音聞かせよ時鳥皐月を待つも苦しかるらん（宝治百首・夏・待郭公・八四一・後嵯峨院。続古今集・夏・一九八）

〔類歌〕いつとてかやすくは聞きし郭公今年も懲りずなに待たるらん（柳葉集・巻二・弘長二年十二月百首歌・郭公・

三一二）

〔語釈〕**○いつとて聞かぬ人に恋ふらん**　「いつとて」が「聞かぬ」と「恋ふらん」の両者にかかると解する。いつ訪れるということとて聞いていない人に、いったいいつ訪れるというのでその人を恋しく思い続けるのだろうか、という趣旨。

〔補説〕用語の類似から一応類歌に挙げた宗尊詠は、「いったいいつといって簡単に時鳥の声を聞いたか、いや常に聞くのは困難だった。それなのに今年も懲りずに、どうして時鳥が待たれるのだろうか。」という趣意。

雑恋

恨み来《こ》し心も今はなきもの《物》をただ恋しさの音の〔み〕泣《な》かれて

〔本文〕○底本結句「音のなかれて」は、誤脱と見て他出本文に従って「み」を補う。

〔現代語訳〕雑の恋

恨んできた心も今はないのだけれども、やはりただ恋しさ故に、自然と声を上げて泣いてばかりいて。

〔参考歌〕恨むべき心ばかりはあるものをなきになしても問はぬ君かな（千載集・恋五・九五八・和泉式部。続詞花集・恋下・六四二。古来風体抄・六〇六。和泉式部集・久しう音もせぬ人に・四二八）

恨むべき方だに今はなきものをいかで涙の身に残りけん（万代集・恋四・二四二一・和泉式部。和泉式部集・五七二）

憂きにおひて人も手ふれぬあやめ草ただ徒らに音のみ泣かれて（和泉式部集・同じ人〔丹後〕に・五七六）

鐘の音をなにとて昔恨みけむ今は心もあけがたの空（新勅撰集・雑二・一一七二・隆衡）

悲しきは憂き世の咎と背けどもただ恋しさの慰めぞなき（続後撰集・雑下・藻璧門院御事の後、頭おろし侍りけるを、人のとぶらひて侍りける返事に・一二六三・後堀河院民部卿典侍。後堀河院民部卿典侍集・世を背きぬと聞きて、人のとぶらひて侍りける返事・二九）

〔影響歌〕恋しさの慰むことはなけれどもかこつかたとて音をのみぞ泣く（隣女集・巻四自文永九年至建治三年・恋・人のもとへ遣はし侍りし・二三九〇。都路の別れ・一〇・雅有、二句「慰むとしは」）

〔他出〕中書王御詠・恋・恋歌・一八五、結句「音のみ泣かれて」。新後撰集・恋五・一一六〇、結句同上。

〔補説〕参考歌の内、特に和泉式部の前二首（あるいは三首）に負った詠作かとも疑われる。

春述懐

また《又》も来《こ》ん年の頼《たの》みもなきもの《物》は我《わ》が身の春の別《わか》れなりけり

〔現代語訳〕春の述懐

再びめぐって来るであろう年を迎える望みもないものは、我が身のこの春との別れなのであったな。

〔本歌〕またも来む時ぞと思へど頼まれぬ我が身にしあれば惜しき春かな（後撰集・春下・一四六・貫之。貫之集・九〇一。定家十体・幽玄様・四九）

〔参考歌〕またも来む春の別れを嘆きしはせめて思ひのなき世なりけり（続古今集・哀傷・権中納言公宗弥生の末つ方身まかり侍りければよめる・一四四八・実雄。公宗は実雄の一男）

いにしへに我が身の春は別れにき何か弥生の暮は悲しき（続後撰集・雑上・一〇四八・基氏。万代集・春下・四八七）

〔補説〕『後撰集』歌を本歌にしつつ、「我が身の春の別れなりけり」の詞遣いは、参考歌の両首にも負っていようか。

582

秋述懐

露寒《さむ》き浅茅《あさち》が末の色異《こと》になりにしもの《物》は我が身なり《成》けり

〔現代語訳〕 秋の述懐

露が冷たく寒い浅茅の先が色を変えてしまった、そのように、すっかり様変わりしてしまったものは、我が身であったのだ。

〔本歌〕 思ふよりいかにせよとか秋風になびく浅茅の色ことになる（古今集・恋四・七二五・読人不知。定家八代抄・恋四・一二六五）

〔参考歌〕 虫の音もかれがれになる長月の浅茅が末の露の寒けさ（万代集・秋下・一一五六・為経。続拾遺集・秋下・三四七。和漢兼作集・秋下・叢虫・八九六）

世の中につひに紅葉ぢぬ松よりもつれなきものは我が身なりけり（続後撰集・雑中・一一七五・真観）

〔語釈〕 ○浅茅が末の　丈の低い茅である「浅茅」の先の方の、という意味。ここまでは序詞。○色異になりにし　「浅茅」がその色を紅葉に変えてしまったの意に、様子がすっかり変わってしまったの意が掛かる。

583

冬述懐

いつまでか潮干《しほひ》の浪に降《ふ》る雪の跡留《と》め難《かた》き世《よ》にも迷《まよ》はん

〔現代語訳〕 冬の述懐

いったいいつまで、潮が引く波の上に降る雪が跡を留めがたいように、私も生き長らえて跡を留め難いこの世に迷うのだろうか。

〔参考歌〕 蘆そよぐ潮瀬の波のいつまでか憂き世の中に浮かび渡らむ（新古今集・釈教・一九一九・行基）

降る雪の晴れ行くあとの波の上に消え残れるや海人の釣り船（続古今集・冬・六五二・平泰時。雲葉集・冬・八六四。宗尊親王百五十番歌合弘長元年・百九番判詞、四句「残れる雪や」。六華集・冬・一二六一、四句「消え残りたる」）

風をいたみ磯越す波のしばしばも跡とめ難く立つ千鳥かな（閑月集・冬・石清水社卅首歌に、礒千鳥・三一五・知家。新続古今集・冬・六六五）

〔他出〕 中書王御詠・冬・雪・一五五、二句「潮瀬の波に」。

〔語釈〕 ○潮干 例を見ない句。意味もつかみ難いが、一応干潮の引き波の意に解しておく。「潮干」は↓568。○降る雪の 「潮干の」からここまでは序詞。○跡留め難き（波に降る雪がその痕跡を）留め残すことが難しいの意に、生き長らえることが困難な（この世）の意が掛かる。

〔補説〕 第二句が『中書王御詠』の「潮瀬の波に」の形の場合、参考歌とした『新古今集』の「蘆そよぐ」の一首が本歌となろう。恐らくはこれが原態であろうか。

雑述懐

いかで我《われ》憂《う》き世厭《いと》はんとばかりを待つことにして過ぐる比かな

〔現代語訳〕 雑の述懐

どうにかして私は憂く辛いこの世を厭い出よう、ということだけを待ち望むこととして、日々を暮らしているこの頃であるな。

〔参考歌〕 いかで我人にも問はむ暁の飽かぬ別れや何に似たりと（後撰集・恋三・七一九・貫之）

山里に憂き世厭はむ友もがな悔しく過ぎし昔語らむ（新古今集・雑中・一六五九・西行。西行法師家集・雑・述懐の心を・五四七。定家十体・面白様・一七八。自讃歌・一七〇）

今はただ思ひ絶えなんとばかりを人づてならで言ふよしもがな（後拾遺集・恋三・七五〇・道雅）

思ひきや憂かりし夜はの鳥の音を待つことにして明かすべしとは（千載集・恋四・八九四・俊恵。林葉集・恋・遇不逢恋歌林苑・八二五）

霜枯れの萱が下折れとにかくに思ひ乱れて過ぐる頃かな（後拾遺集・恋三・七二九・惟規。新日本古典文学大系本・新編国歌大観本異文に拠る）

〔類歌〕 心から思へば人をとばかりにうち嘆きても過ぐる頃かな（洞院摂政家百首東北大学本拾遺・怨恋・三一七・家隆）

〔補説〕 五句全てが参考歌に挙げた勅撰集歌に典拠を求め得るが、必ずしも直接参考歌のみに拠ったとまでは言えないであろう。例えば、「とばかりを」については『続後撰集』所収の知家詠「春を経て花をし見ればとばかりを憂き慰めの身ぞふりにける」（春中・九六）が、「過ぐる頃かな」についても「いかならむ明日に心を慰めて昨日も今日も過ぐる頃かな」（秋風集・雑下・一二四七・順徳院）が、むしろ宗尊にとっては身近な先例として存在したであろう。しかしいずれにせよ、勅撰集に著録されるような句を用いる詠作は、宗尊の方法的傾きと言ってよいであろう。

類歌に挙げた家隆詠との類似は三・五句に同様の句を置く点にあるが、内容には隔たりがある。ただしまた、その出典と作者の点から、宗尊がこの歌を見知っていたとしても不思議はないであろう。

春懐旧

雁がねの春の慣《な》らひもある有《》物《》ものをなどて帰《かへ》らぬ昔なるらん

〔現代語訳〕 春の懐旧

雁の必ず帰るという春のきまりもあるというのに、どうして帰らない昔であるのだろうか。

〔参考歌〕 うかりける慣らひなるかな春来れば花に別れて帰る雁がね（堀河百首・春・帰雁・二〇八・河内。万代集・春上・一八五）

何ゆゑにいざなはれつつ雁がねの行きては帰る慣らひなるらん（宝治百首・春・帰雁・四四一・後嵯峨院。現存六帖・かり・七八〇。秋風集・春上・四三）

霞めるは春の慣らひと思へども月待ち出でてつらき空かな（秋風抄・雑下・二六八・伊忠）

〔類歌〕 葛の葉のいく秋風をうらみてもかへらぬものは昔なりけり（後堀河院民部卿典侍集・述懐歌・三五）

〔語釈〕 **○雁がね** 雁を言う。**○春の慣らひ** 春としてのきまり、春につきものの慣習。「秋の慣らひ」が先行するか。「春の慣らひ」では、家隆の「さのみ我涙をのみやかこつべき曇るは月の春の慣らひを」（壬二集・雑・述懐歌あまたよみ侍りしとき・三〇八五）あたりが早く、鎌倉時代から詠み始められた。参考歌の『秋風抄』の一首は、宗尊にこれに倣ったかと思しい「霞めるを春の慣らひと思はずはいかに恨みむ夜半の月影」（柳葉集・巻一・〈弘長元年九月中務卿宗尊親王家百首〉・春・七六）の作があるので、特に挙げておく。

〔補説〕 「春霞立つを見捨てて行く雁は花なき里に住みやならへる」（古今集・春上・帰雁をよめる・三一・伊勢）を泉源として、帰雁の大きな枠組みが形成されるが、参考歌の前両首もその中にある歌である。それらを意識しつつ、春に北へ帰るという雁の本意を下敷きに、将軍として東下した鎌倉の往時を懐旧する趣の一首であると言える。ただしまた、宗尊は在鎌倉時にも既に、「来し方に帰るは難き世の中をいかに習ひて雁の行くらん」（柳葉集・巻五・

文永二年潤四月三百六十首歌・春・六五一。中書王御詠・春・帰雁・二八）と詠じていて、宗尊の心性一体に懐古・懐旧の傾き、帰らぬ過去を述懐する傾向があることも見逃してはなるまい。

秋懐《々》旧《々》

忘《わす》れてもある《有》べき世世《々》の古《ふる》ことを心に誘《さそ》ふ秋の夕暮《ゆふくれ》

〔現代語訳〕秋の懐旧

忘れて然るべきである過去の歳月の出来事を、心に誘う秋の夕暮よ。

〔参考歌〕忘れてもあるべきものをなかなかに問ふにつらさを思ひ出でつつ（続古今集・恋四・一二四一・馨子。続詞花集・恋下・六四七）

思ひ出でて夜はすがらに音をぞ泣くありし昔の世世の古こと（新勅撰集・雑二・一一三三・実朝。金槐集定家所伝本・雑・五九六）

とどまらむことは心にかなへどもいかにかせまし秋の誘ふを（新古今集・離別・八七五・実方）

〔語釈〕**○忘れてもあるべき**　参考歌の馨子詠以前にも、義孝の「忘れてもあるべきものをこの頃の月夜よいたく人なすかせそ」（後拾遺集・雑六・誹諧歌・一二〇二。義孝集・一五。別本和漢兼作集・四三三）や道命の「忘れてもあるべきものをなかなかに思ひを残す秋にもあるかな」（道命阿闍梨集・二三〇）等々、平安前中期に作例が散見する。宗尊がこれらにも触れていた可能性はあろう。宗尊は後に「忘れてもあるべきものをいにしへのうたて何とて恋しかるらん」（本抄・巻五・〔文永八年七月内裏千五百番歌合百首歌〕・雑・927）とも詠んでいる。**○世世**　ここは多くの歳月の意。**○古こと**　故事・古事。昔の出来事。参考歌の実朝詠に倣ったと見る。ただし、「呉竹の　世世の古言なかりせば　伊香保の沼の　いかにして　思ふ心を　述ばへまし…」（古今集・雑体・短歌・一〇〇三・忠岑）の「世世の古言」（代々の古い言葉、特に和歌）と解することもできなくはないし、あるいは「古事」と「古言」の両方の意味を持たせていると考えられなくもない。一応、宗尊の経歴に照らして、波乱多い前半生の出来事が胸に迫るように思い起こされることを踏まえたと見ておく。**〇心に誘ふ**　心に思い起こさせるように促す意。

587

雑懐《々》旧《々》

大方《かた》の慣《な》らひよりけに恋しきはあはれ我《わ》が身《み》の昔《むかし》な《成》りけり

〔現代語訳〕　雑の懐旧

世間一般の常より、いっそう恋しいのは、ああ、この我が身の昔なのであったな。

〔参考歌〕　忘れなむと思ふ心のつくからにありしより異《け》に先づぞ恋しき（古今集・恋四・七一八・読人不知）

道の辺の朽木の柳春来ればあはれ昔と偲ばれぞする（新古今集・雑上・一四四九・道真）

〔類歌〕　大方の慣らひに憂しと言ひし世の今は我が身に限りぬるかな（中書王御詠・雑・述懐・二九一）

〔語釈〕　**〇けに**　「異に」。よりいっそうの意。

〔補説〕　波乱多いこれまでの半生を愛おしむように回顧する趣であり、それは前二首も同様であろう。

588

春無常

常《つね》ならぬ世のことわ《は》りの辛《つら》さとて惜《お》しむに難《かた》き山桜《さくら》かな《哉》

〔現代語訳〕　春の無常

無常であるこの世の道理を表す恨めしさというわけで、惜しむにも惜しみきれない山桜であることだな。

〔参考歌〕常ならぬ山の桜に心入りて池の蓮を言ひなはなちそ（後拾遺集・雑五・法師の色好みけるをよみ侍ける・一一五二・源重之）
常ならぬ世のことわりを思はずはいかでか花の散るに堪へまし（唯心房集・花の歌・一二）
山桜惜しむにとまるものならば花は春とも限らざらまし（詞花集・春・承暦二年内裏後番歌合によめる・二三・公実。内裏後番歌合承暦二年・桜・匡房、二句「惜しむに散らぬ」。江師集・春・承暦二年四月卅日後番歌合、花・四〇。後葉集・春下・五四・公実）

589

秋無常

浅茅生《あさちふ》の末葉にかか《ゝ》る露見《み》れば命《いのち》知《し》られて濡《ぬ》るる《ゝ》袖かな《哉》

〔現代語訳〕秋の無常
浅茅生の先の方の葉に掛かって置く、このような露を見ると、はかない自分の寿命を思い知らされて、涙に濡れる袖であることだな。

〔参考歌〕浅茅原末葉に結ぶ露の身か本の滴をよそにやは見る（治承三十六人歌合・無常・一六八・仲綱。宝物集・一〇〇、二・三句「末葉にすがる露の身に」）
露の命それも消えぬと記し置く跡見るごとに濡るる袖かな（万代集・雑五・過去帳を見てよみ侍りける・三五五二・隆誉）

〔語釈〕**○浅茅生**　丈の低い茅が生えている所。その茅の群れ。**○末葉にかかる露**　「かかる」を掛詞に「末葉に掛かる」から「斯かる露」へ鎖る。

590

冬無常

誰もさぞあはれ憂《う》き世にふる雪の果《は》ては消《き》え行く・慣《な》らひ悲《かな》しも

〔現代語訳〕　冬の無常

皆誰もそうだ。ああ何とも憂く辛い世に過ごして、降る雪の最後は消え行くように、全ての人が最後は死んで行くきまりが、悲しいなあ。

〔参考歌〕　誰もさぞ思ひながらに年はふる水の上なるうたかたの世に（能因法師集・「愛宕白雲といふ所に住む人に／白雲に君が心のすむことは清滝河といづれまされり」の「返事」・九八）

今日までと思はぬ野辺のきりぎりす世をあき果てぬ慣らひ悲しな（明日香井集・詠五十首和歌正治元年九月四日・冬・八四七）

〔類歌〕　消えてゆく慣らひも悲し皆人の果ては老いその杜の下露（中書王御詠・雑・六帖の題の歌に・杜・二六五）

〔語釈〕　**○さぞ**　「然ぞ」（副詞「然」と係助詞「ぞ」）。そのように、そのようだ、の意。**○憂き世にふる雪の果ては消え行く**　「ふる」を掛詞に「憂き世に経る」から「降る雪の」へ鎖る。「降る雪の」は「消え」の枕詞だが、ここは「冬無常」題に従って有意に働き、「降る雪の果ては消え行く」が、人が最後は死んで行くことの比喩になっていると解する。

591

秋神祇

鶴《つる》の岡や秋の半《なか》ばの神祭今年《ことし》は余所に思ひこそやれ

〔現代語訳〕　秋の神祇

鶴の岡、鎌倉の鶴岡若宮社よ。秋の半ば八月のその神祭を、今年は都で、よそながら思いを馳せるのだ。

〔語釈〕 ○鶴の岡 将軍を守護する八幡神を勧請し、武家の府鎌倉の中心的存在であった鶴岡若宮社（鶴岡八幡宮）を指す。先に実朝が「鶴岡別当僧都許に、雪の降れりしあした、よみて遣はす歌／鶴の岡仰ぎて見れば峰の松梢はるかに雪ぞ積もれる」（金槐集定家所伝本・冬・三二三）と詠んでいる。○秋の半ばの神祭 毎年八月十五日の鶴岡八幡宮の放生会を言う。続く十六日の流鏑馬も一体の行事。文治三年（一一八七）八月十五日の放生会と流鏑馬の始行に由来するという。宗尊については、将軍職に就いていた建長四年（一二五二）四月〜文永三年（一二六六）七月の間に、初年の建長四年（一二五二）（不快による）、正元元年（一二五九）（吾妻鏡欠により不明）、弘長二年（一二六二）（同上）、文永元年（一二六四）（同上）、文永二年（一二六五）（妻宰子の懐妊による。但し十六日の馬場の儀は密かに観覧）を除く毎年の参詣が知られる。忘れ難く心に刻まれた記憶であったのであろう。○余所 鶴岡の在る鎌倉の余所、具体的には京都。宗尊の抜き難い鎌倉あるいは将軍職への帰属意識を見ることもできるか。

雑神祇

八百《やを》万神てふ神よあはれ知《し》れ例《ため》しもあらじかかる無き名は

〔現代語訳〕 雑の神祇

八百万の神という神よ。哀れを分かってくれ。前例もあるまい。私のこのような無実の汚名は。

〔参考歌〕 八百万神もさこそは守るらめ照る日のもとの国つ都を（続古今集・賀・一九〇六・為家）

我や憂き人や辛きとちはやぶる神てふ神に問ひ見てしかな（拾遺集・恋四・八六八・読人不知）

〔語釈〕 ○例しもあらじ 前例もあるまいの意。家隆の「君が世は例しもあらじ天地を照らす月日のきはめなければ」（洞院摂政家百首東北大学本拾遺・祝・一一八四。壬二集・祝・祝歌とて・二九四五）が先行例。○かかる無き名 「文永三年十月五百首歌」の一首である212にも用いている。将軍職を廃されて鎌倉を追われた責あるいは妻宰子の不義の責が、自分にはないことを言っていよう。

〔補説〕本百五十首歌には、落ち着いた諦念を思わせる詠作がある一方で、このように、「神祇」に対して鬱積した無念を噴出させたかのような詠作があって、宗尊の揺れる感情が垣間見える。

夏釈教

いたづらに身を焼《や》き捨《す》つる蛍かな《哉》法の為とは思はざるらむ

〔現代語訳〕夏の釈教

虚しく無益に身を焼き捨てている蛍であることだな。あの自ら身を燃やした薬王菩薩のように、仏法の為とは、思わないのであろう。

〔参考歌〕燃《とも》し捨てしその身も本に返りにき返るも燃《とも》す報ひならずや（拾玉集・詠百首和歌法門妙経八巻之中取百句・薬王品六首、而自燃身・二五一六）

夏虫の身を燃しける光こそ闇に迷はぬしるべなりけれ（寂蓮法師集・重保がために一品経歌勧めける其頃所労ありけり・薬王品、人に代はりて・一九五）

ひろむべき法の為とも思ひせば燃ゆとも身をば惜しまざらまし（壬二集・殷富門院大輔百首・寄法文恋五首・其身火燃〔「燃」は新編国歌大観本「極」を『藤原家隆集とその研究』本と私家集大成本に拠り改める〕・二九九）

〔他出〕夫木抄・夏二・蛍・御集、蛍・三二六三。

〔補説〕『法華経』「薬王菩薩本事品」の、薬王菩薩の焼身供養による現一切色身三昧の会得を踏まえる。

過去世に、日月浄明徳如来（仏）の弟子であった一切衆生喜見菩薩（薬王菩薩）は、苦行して仏道に精進し、現一切色身三昧を得たので、これは仏より法華経を聴いた功徳であるとして、歓喜して仏と法華経とにあらゆる供養を捧げたが、ついに自ら香を飲み、身体に香油を塗り焼身して供養した（「而自燃身、光明遍照」）。諸仏は讃嘆し、その身は千二百歳燃え続け（「其身火燃、千二百歳」）、命終して後、また同じ日月浄明徳如来の国に生じ、浄徳王の子に化生して大王を教下した。そしてまた、仏から法華経を聞いたことを思い、再びその仏を供養せんとして親近した時、仏は今夜に涅槃することを告げ、仏の法及び諸菩薩・大弟子・世界や舎利などを附属された。仏入滅後、舎利を供養せんとして、八万四千塔を起てて種々供養したが、結局自らの肘を燃やし、七万二千歳に渡って供養したという。

この仏典の故事を念頭に置いた一首であろう。

冬釈《尺》教

かか《い》げばや朝日《旭》待《ま》つ間《ま》もほど遠《を》し霜深《ふか》き夜の法の灯

〔現代語訳〕　冬の釈教

挑げたいものだよ。弥勒示現の朝日を待つ間も、ほど遠いのだ。だから、この霜深い無明の闇夜を照らす、仏法の灯火を。

〔参考歌〕　夢覚めんその暁を待つほどの闇をも照らせ法の灯（千載集・釈教・一二一〇・敦家）

願はくはしばし闇路にやすらひてかかげやせまし法の灯（新古今集・釈教・一九三一・慈円）

さえわびて覚むる枕に影みれば霜深き夜の有明の月（新古今集・冬・六〇八・俊成女。千五百番歌合・冬二・一九二五。俊成卿女集・一九四）

〔語釈〕　○朝日待つ間　天象の朝日が昇るのを待つ間の意だが、「朝日」に、弥勒菩薩の示現を寓意する。「はかなしや朝日待つ間の露を見て蜘蛛手に抜ける玉と見ける世」（和泉式部集・一六三）のように、束の間の比喩にも用いられる。一方で、「朝日」の類を、仏滅後五十六億七千万年後の未来に成道して仏陀となり世を救う弥勒菩薩の比喩とする歌がある。例えば、慈円の「鷲の山の月に代はりて出づる日をかぞふる程ぞげには遙けき」（拾玉集・詠百首和歌・釈教・弥勒・三八七一）や家隆の「わび人の涙の雨もあらじかし笠置の山の法の朝日は」（光明峰寺入道摂政家百首・釈教・弥勒・七〇〇）である。ちなみに、宗尊を護持した隆弁の「長き夜の暁を待つ月影は幾重の雲の上に澄むらん」（新拾遺集・釈教・弥勒を・一五〇二）の「暁」も、弥勒の示現を寓意したものであろうし、鎌倉末期の武士という藤原政範の「鐘の音を待つぞ久しき夢の夜の長きねぶりの明け方の空」（政範集・弥勒・二七〇）の「明け方の空」もまた同断であろう。とすると、慈円の「このもとの塵にまじはる影なくは朝日待つ間の闇いかにせん」（慈鎮和尚自歌合・十禅師・一五六）や「いかにせむ草葉にすがる露の身の朝日待つ間の深き闇路を」（拾玉集・厭離欣求百首中被取替三十五首・四五五三）、あるいは良経の「長き夜に朝日待つ間の心にぞ高野の奥に有明の月」（秋篠月清集・二夜百首・仏寺・一八六）等の「朝日待つ間」は、無明長夜の闇世を朝日たる弥勒が示現するまで待つ間、という意味に解されようか。該歌も、これに同様と見ておく。

595

雑釈教

故郷《ふる》をなにの迷《まよ》ひに別れ来《き》て帰《かへ》りかねたる心《こゝろ》なるらん

〔現代語訳〕　雑の釈教

本来備わっている仏性である人の故郷を、どんな迷妄から別れて来て、今そこに帰ることができない人の心であるのだろう。

〔類歌〕迷ひ初めし心の末に引かれ来て本の悟りに帰りかねぬる（新千載集・釈教・上のをのこども題を探りて歌仕うまつりける次でに、本末といへることをよませ給うける・八四八・伏見院）

〔他出〕中書王御詠・雑・釈教の歌の中に・三四六。

〔語釈〕**○故郷**　「一切衆生悉有仏性」（涅槃経）、即ち、一切の衆生が悉く有している仏性の寓意に解しておく。

〔補説〕釈教の本意を措くと、心ならずも離れざるを得なかった宗尊の「故郷」、前半生は京都、後半生は鎌倉、その「故郷」に帰りたくても帰れない心を寓意すると解されなくもない。

中川博夫（なかがわ・ひろお）

1956年、東京都生まれ。
慶應義塾大学大学院博士課程単位取得退学。博士（文学）。
徳島大学助教授、国文学研究資料館助教授（併任）を経て、
鶴見大学教授。
著書に『瓊玉和歌集新注』（2014、青簡舎）等。
論文に「中世和歌表現史試論」（『国語と国文学』2016・12）等。

新注和歌文学叢書25

竹風《ちくふう》和《わ》歌抄《かしょう》新注　上〈宗尊親王集全注 2〉

二〇一九年八月三一日　初版第一刷発行

著　者　中川博夫
発行者　大貫祥子
発行所　株式会社青簡舎
〒一〇一-〇〇五一
東京都千代田区神田神保町二-一四
電　話　〇三-五二一三-四八八一
振　替　〇〇一七〇-九-四六五四五二

印刷・製本　株式会社太平印刷社

ISBN978-4-909181-18-3 C3092

◎新注和歌文学叢書

編集委員 —— 浅田徹　久保木哲夫　竹下豊　谷知子

1	清輔集新注	芦田耕一	13,000円
2	紫式部集新注	田中新一	8,000円
3	秋思歌 秋夢集 新注	岩佐美代子	6,800円
4	海人手子良集 本院侍従集 義孝集 新注	片桐洋一　三木麻子　藤川晶子　岸本理恵	13,000円
5	藤原為家勅撰集詠 詠歌一躰 新注	岩佐美代子	15,000円
6	出羽弁集新注	久保木哲夫	6,800円
7	続詞花和歌集新注 上	鈴木徳男	15,000円
8	続詞花和歌集新注 下	鈴木徳男	15,000円
9	四条宮主殿集新注	久保木寿子	8,000円
10	頼政集新注 上	頼政集輪読会	16,000円
11	御裳濯河歌合 宮河歌合 新注	平田英夫	7,000円
12	土御門院御百首 土御門院女房日記 新注	山崎桂子	10,000円
13	頼政集新注 中	頼政集輪読会	12,000円
14	瓊玉和歌集新注	中川博夫	21,000円
15	賀茂保憲女集新注	渦巻 恵	12,000円
16	京極派揺籃期和歌新注	岩佐美代子	8,000円
17	重之女集 重之子僧集 新注	渦巻 恵　武田早苗	9,000円
18	忠通家歌合新注	鳥井千佳子	17,000円
19	範永集新注	久保木哲夫　加藤静子　平安私家集研究会	13,000円
20	風葉和歌集新注 一	名古屋国文学研究会	15,000円
21	頼政集新注 下	頼政集輪読会	11,000円
22	発心和歌集 極楽願往生和歌 新注	岡﨑真紀子	9,000円
23	風葉和歌集新注 二	名古屋国文学研究会	18,000円
24	伝行成筆 和泉式部続集切 針切相模集 新注	久保木哲夫	8,000円
25	竹風和歌抄新注 上	中川博夫	17,000円

＊継続企画中

〈表示金額は本体価格です〉